Julia Kröhn wurde 1975 in Linz, Österreich, geboren.
Sie studierte Geschichte, Philosophie und Theologie in Salzburg
und ist heute als freie Journalistin und Schriftstellerin tätig.
Als begeisterte Autorin von historischen Romanen legt sie viel
Wert auf ausgedente Recherchereisen zu den Originalschauplätzen
ihrer Bücher. Für ihren Bestseller *Im Land der Feuerblume*, der
unter dem Pseudonym Carla Federico erschien, erhielt sie 2010 den
internationalen Buchpreis *CORINE*. Julia Kröhn lebt heute mit
ihrem Mann und ihrer kleinen Tochter in Frankfurt am Main.

Besuchen Sie die Autorin auf www.juliakroehn.de

Julia Kröhn

Tochter
DES NORDENS

Historischer Roman

BASTEI LÜBBE TASCHENBUCH
Band 16 582

1. Auflage: November 2011

Dieser Titel ist auch als E-Book erschienen.

Bastei Lübbe Taschenbuch in der Bastei Lübbe GmbH & Co. KG

Originalausgabe

Dieses Werk wurde vermittelt durch
die Literarische Agentur Thomas Schlück GmbH, 30827 Garbsen

Copyright © 2011 by Bastei Lübbe GmbH & Co. KG, Köln
Lektorat: Melanie Blank-Schröder
Titelillustration: Geviert – Büro für Kommunikationsdesign,
München unter Verwendung eines Motivs von
shutterstock/Ksenia Kozlovskaya
Umschlaggestaltung:
Geviert – Büro für Kommunikationsdesign, München
Autorenfoto: Wolfgang Leidl
Satz: Urban SatzKonzept, Düsseldorf
Gesetzt aus der Garamond
Druck und Verarbeitung: GGP MediaGmbH, Pößneck
Printed in Germany
ISBN 978-3-404-16582-7

Sie finden uns im Internet unter
www.luebbe.de
Bitte beachten Sie auch:
www.lesejury.de

Der Preis dieses Bandes versteht sich einschließlich
der gesetzlichen Mehrwertsteuer.

Höre Krähen krächzen und Raben,
Adler jauchzen der Atzung froh,
und Wölfe heulen um deinen Helden.

Aus der »Edda«

Kloster Saint-Ambrose in der Normandie
Herbst 936

Die Äbtissin betrachtete den schwer verletzten jungen Mann. Sie hielt ihn für tot. So viel Blut war aus der großen Brustwunde gesickert; an den Rändern war es zu schwarzen Krusten erstarrt. Mit ihm musste sämtlicher Lebensodem entschwunden sein. Sie wollte schon befehlen, die Fensterluke zu öffnen, damit die heimatlos gewordene Seele den Weg zum Himmel finden konnte, als sie plötzlich stutzte. Der Brustkorb des Verletzten hob sich kaum merklich; sein Mund öffnete sich, und er schnappte röchelnd nach Luft.

Nicht nur sie, auch zwei der Nonnen schreckten erblasst zurück. Die eine schlug ein Kreuz.

Ihre verstörten Rufe hatten die Äbtissin in der Kapelle gestört, wo sie Zwiesprache mit Gott gehalten und sich von ihm Kraft für das höchste Amt im Kloster erbeten hatte. Manchmal war sie dankbar für die vielen Pflichten, die sie vor trüben Gedanken bewahrten, manchmal war es ihr eine Last, Entscheidungen treffen zu müssen – so auch, als sie erfahren hatte, was geschehen war: Vor der Pforte war ein Verletzter zusammengebrochen. Offenbar hatte er sich mit letzter Kraft nach Saint-Ambrose gerettet. Zunächst hatte niemand gewagt, ihn zu berühren, weil er ein Mann und überdies ein

Fremder war. Dann aber hatte sich die Schwester Portaria, die Pförtnerin, ein Herz gefasst und ihn in die Aderlassstube bringen lassen – ein niedriges, kreisrundes und fensterloses Gebäude gleich neben Bad und Kräutergarten. Die Krankenstube mit dem Steinboden wäre der wärmere Ort gewesen, doch die Aderlassstube lag näher an der Pforte.

Wenn es auch nur wenige Schritte zu überwinden gegolten hatte – die Nonnen hatten sich gewiss damit geplagt, den Verletzten herzuschleppen. Nicht nur mit der Last seines Körpers hatten sie fertig zu werden, sondern auch mit dem Gefühl, Verbotenes zu tun: Für gewöhnlich betrat kein Mann je den Klausurbereich, die Mönche des Nachbarklosters ausgenommen, und diese nur, um die Messe zu lesen und die Beichte abzunehmen. Bei Letzterer musste aus der Ferne stets eine weitere Nonne die Beichtende beobachten, auf dass sie – und sei es nur, um ihre Sünden zu benennen – nicht allein mit einem Mann war. Nur kranke Schwestern durften mit dem Priester allein sein – wohl weil ihr Körper zu geschwächt war, um zu sündigen.

Zu geschwächt, um die Keuschheit der Schwestern zu bedrohen, war auch dieser Verwundete, der genau besehen die Klausur nicht eigenmächtig betreten hatte, sondern hineingetragen worden war.

»Was sollen wir nun tun?«, fragte eine der beiden Nonnen, Mathilda mit Namen, mit zarter Stimme. Ihr Körper bebte.

So bin ich einst auch gewesen, dachte die Äbtissin. Hilflos, weltfremd, schwach. Sie straffte die Schultern, um das eigene Unbehagen nicht zu zeigen.

»Er lebt. Vielleicht nicht mehr lange, aber noch lebt er«, stellte sie fest. »Wir müssen den Blutfluss stillen und die Wunde nähen. Und wir müssen zusehen, dass der Leib zu Kräften kommt.« Sie blickte vom Verletzten hoch. »Ruft die Kranken-

schwester, damit sie sich seiner annehmen kann! Und sagt der Schwester Cellerarin, dass sie Brombeerwein mit etwas Honig erwärmen soll!«

Gewiss war der Verletzte zu schwach, um auch nur einen Schluck zu trinken, aber die Schwester Pförtnerin nickte eifrig und ging.

Die Äbtissin beugte sich tiefer über den Mann. Seine Lider waren einen winzigen Spalt weit geöffnet, und seine Stirn war gerunzelt – vielleicht der Schmerzen wegen, die diese erbarmungswürdige Kreatur beutelten, vielleicht, weil die Ohnmacht nicht schwarz und abgründig genug war, um böse Träume zu schlucken.

Woher nur die Wunde stammt?, überlegte die Äbtissin. Ein Tier könnte ihn angegriffen haben oder – und dieser Gedanke war noch beängstigender – ein Mensch. Sein Anblick, wie er da reglos am Boden lag, war erbärmlich, doch wäre er ihr aufrecht entgegengetreten, das sah sie sofort, er wäre ein stattlicher Mann gewesen, einer der größten, den die Äbtissin in ihrem Leben gesehen hatte, wenn auch nicht so kräftig und breitschultrig wie jene, die schwer zu arbeiten oder zu kämpfen hatten. Sein Gesicht war elend blass, die Nase fein geschnitten, die Lippen voll. Als die Äbtissin vorsichtig die Kapuze zurückzog, die den Kopf des jungen Mannes bedeckte, stellte sie fest, dass sein braunes Haar von kräftigem Wuchs war. Und sie sah noch mehr.

»Gütiger Himmel!«, stieß Mathilda aus und deutete auf seinen Hinterkopf, staubig, schweißverkrustet – und kreisrund rasiert.

»Er muss ein Mönch sein! Oder zumindest ein Novize!«, rief die Äbtissin, voreiliger, als ihr zu reden und zu entscheiden zu eigen war.

Bekräftigend nickte Mathilda, doch sie konnte ebenso wenig wie die Äbtissin erklären, warum der Verletzte zwar die Tonsur eines Klerikers, aber nicht dessen Kleidung trug. Diese glich der eines Bauern – leinerne geflickte und nun blutbesudelte Hosen, raue Strümpfe und stramm sitzende Beintücher, die an den Unterschenkeln mit Binden verschnürt waren. Ein Marderfell war unterhalb des Halses mit einer glanzlosen Nadel zusammengehalten, die Taschen am Gürtel aus brüchigem Leder gefertigt, die Sohle des Schuhwerks durchlöchert. Bevor er vor der Pforte Saint-Ambrose' zusammengebrochen war, musste er stundenlang gelaufen sein.

Die Äbtissin seufzte und sehnte sich insgeheim nach der Stille in der Kapelle.

»Denkt Ihr, er war auf der Flucht vor ... vor ... vor ...«, setzte Schwester Mathilda an und geriet ins Stottern.

Die wenigen Jahre ihres noch kurzen Lebens hatte sie im Kloster zugebracht, an dessen Pforte sie einst als Kleinkind abgegeben worden war. Doch wenn die Welt ihr auch fremd war, so war sie nicht taub für die Geschichten über mordende Männer, die aus fernen heidnischen Ländern kamen, über viele Jahre das Frankenland heimgesucht hatten und Nordmänner genannt wurden. Viele von ihnen waren in dem Landstrich längst heimisch geworden, tüchtige Bauern und gläubige Christen, doch in der benachbarten Bretagne, so hieß es, tummelten sich gewalttätige Banden, die Klöster überfielen und sich mit ihrer Beute in den Höhlen der rauen Klippen versteckten.

»Wir wollen keine voreiligen Schlüsse ziehen«, erklärte die Äbtissin gleichmütiger, als ihr zumute war.

Mathilda ließ sich nicht beruhigen. »Wenn er vor Nordmännern geflohen ist, werden sie womöglich bald hier vor dem Kloster stehen!«, rief sie aufgeregt.

»Es herrscht seit vielen Jahren Frieden zwischen den Nordmännern und dem Frankenreich«, *gab die Äbtissin streng zurück.* »Wer wüsste es besser als ich? Zeigst du deine Angst und Verzagtheit so deutlich, öffnest du deine Seele dem Teufel, und der wartet nur darauf, dass dein Gottvertrauen wankt.«

Was sie dem Mädchen verschwieg, war, dass sie selbst Angst hatte – weniger vor wilden Nordmännern als davor, etwas falsch zu machen. Wenn sie noch lange auf die Krankenschwester warten mussten, würde der Mann verbluten.

Obwohl eine Überwindung, kniete die Äbtissin sich schließlich seufzend auf den kalten Boden. Sie vermied zwar, die Haut des Fremden zu berühren – die vielleicht noch erhitzt war vom schnellen Laufen, vielleicht auch schon vom eisigen Hauch des nahen Todes erkaltet –, aber zog vorsichtig an dem zerrissenen Hemd. Begleitet von einem neuerlichen Blutschwall löste es sich und gab den Blick auf die klaffende Wunde in ihrer Gänze frei.

Ein Schrei ertönte, schrill und lang. Kurz glaubte die Äbtissin, Mathilda hätte so geschrien; wer, wenn nicht ein weltfremdes Mädchen, könnte derart die Beherrschung verlieren? Aber dann spürte sie, wie ihre Kehle schmerzte und ihre Brust dröhnte. Nein, nicht Mathilda hatte geschrien, Mathilda bekreuzigte sich nur, vom Anblick der Wunde nicht annähernd so verstört wie davon, dass der stets gefassten, ruhigen Äbtissin ein ebenso kläglicher wie entsetzter Laut entfahren war.

Deren Blick war starr auf das Amulett gerichtet, das auf der Brust des Mannes lag, nur wenige Fingerbreit von der Wunde entfernt, eben noch vom Leinen bedeckt. Sie hatte es auf den ersten Blick erkannt.

Er war nicht irgendein Amulett.

Es war ... ihr Amulett.

Die Äbtissin verkrampfte ihre Hände wie zum Gebet und biss sich auf die Lippen, um kein zweites Mal zu schreien.

Das Amulett der Wölfin.
»Wie ist Euch, Mutter Äbtissin?«, fragte Mathilda.
Der Boden schien unter ihren Knien nachzugeben, nicht länger gestampfter Lehm, sondern ein Morast der Vergangenheit. Und das niedrige, heimelige Dach – es bot nicht länger Schutz vor der feindlichen Welt, sondern schien auf sie zu fallen und sie zu begraben, erdrückend wie die Bilder, die vor ihrem inneren Auge aufstiegen.
»Mutter Äbtissin?«, fragte Mathilda wieder.
Sämtliche Kraft hatte sich im Schrei erschöpft – nun fehlte diese, um die verlorene Fassung wiederzugewinnen und vor Mathilda die Wahrheit zu verbergen.
»Ich . . . ich glaube, ich kenne diesen Mann«, stammelte die Äbtissin. »Ich denke, ich weiß, wer er ist.«

I.

Norvegur – das heutige Norwegen
Frühling 910

Eiskaltes Wasser schlug über Runa zusammen und nahm ihr die Luft zum Atmen. Sie war von einem kleinen Felsen in den Fjord gesprungen, den Körper gestrafft und die Arme weit ausgebreitet, als würde sie fliegen. Für einen Augenblick glaubte sie, dass sie es tatsächlich könnte. Vollkommen frei fühlte sie sich, und die Wasseroberfläche schien von oben betrachtet nicht dunkel und bedrohlich, sondern wie ein weiches Tuch. Doch die Kälte versetzte ihr einen Schlag, der noch schmerzhafter als der einer Faust war. Das Herz schien auszusetzen, der Körper auf immer gelähmt. Nicht nur das Tageslicht wurde vom Wasser verschluckt, sondern jeder Laut.

Ja, still war das Reich vom Meeresgott Njörd und seine Umarmung sanft und gewaltig zugleich. Kurz dachte Runa, er würde sie nicht mehr loslassen, sie stattdessen in die Tiefe reißen, um alle Wärme aus ihr zu saugen. Doch mit gleicher Wucht, mit der die Kälte sie getroffen hatte, kehrte Leben in ihre Glieder zurück. Sie begann mit den Beinen gegen das Wasser zu treten, machte mit den Armen kreisende Bewegungen, und als sie auftauchte, stieß sie einen juchzenden, triumphierenden Schrei aus, der von den umliegenden schneebedeckten Bergen widerhallte. Weiter unten war der

Schnee schon geschmolzen. Ein schmaler Streifen Wiese trennte den grauen Fels vom schwarzen Wasser, bräunlich und schlammig noch, ein zaghaftes Zeichen, dass der Winter vorüber war – der Winter, dessen Umarmung so leise sein konnte wie die von Njörd. Und ebenso tödlich.

Trotz aller Gefahr: Runa mochte die Kälte, und sie mochte es, im Fjord zu schwimmen. Sobald keine Eisschollen mehr auf dem Wasser trieben und vor sich hin grummelten, als wären sie lebendige Wesen, sprang sie hinein. Ihre Großmutter Asrun klagte im Frühjahr stets, es sei noch zu kalt und zu gefährlich, und stand dann doch am Ufer, um ihr stolz zuzuwinken. Runa juchzte erneut, machte einige kräftige Schwimmstöße, blickte sich um.

Niemand stand am Ufer.

Runa erschauderte. Sie mochte nicht nur die Kälte und das Wasser, sondern auch die Einsamkeit des Fjords, doch nun stieg Unbehagen in ihr hoch. Warum war ihre Großmutter Asrun nicht hier? War sie ihr nicht eben noch nach draußen gefolgt und hatte auf sie eingeredet?

Rasch schwamm Runa zum Ufer. So leicht es gewesen war, ins Wasser zu springen – so überaus mühsam erwies es sich, sich wieder aus den Fluten zu kämpfen. Runa rutschte auf den schlickigen Steinen aus, versank, kaum dass sie das Land erreicht hatte, im sumpfigen Gras. Beim Hochklettern klammerte sie sich an kleine Büsche, doch deren Äste waren brüchig oder faulig und hielten ihrem Gewicht nicht stand. Mitsamt der erdigen Wurzel rissen sie aus und ließen sie mehrmals zurück ins Wasser purzeln. Ihr Rücken und ihre Knie waren aufgeschürft, als Runa endlich den Felsvorsprung erreicht hatte.

Ihre Kleidung lag unberührt dort, wo sie sie zurückgelassen hatte, und dennoch wurde sie das Gefühl nicht los, dass sich irgendetwas verändert hatte. Der Fjord, die Berge und die Siedlung waren die einzige Welt, die sie kannte, und manchmal vermeinte sie, ihren Herzschlag spüren zu können und ihren Atem zu hören. Beides ging nun unruhiger und schneller, so, als würde das Land wie sie erbeben. Ihre Haut war krebsrot und begann, in der kalten Luft zu brennen, ihr langes schwarzes Haar klebte schwer auf ihrem Rücken. Die Glieder, sehnig und muskulös, schienen wie steif gefroren. Rasch schlüpfte sie in die Kleidung – die Kleidung eines Mannes.

Seit Runa mit Asrun ganz allein in der Siedlung lebte, weil die anderen Bewohner entweder auf Viking – auf Raub- oder Handelszügen – waren, verhungert oder vor Missernten geflohen, trug sie nicht länger das, was die Sitten vorschrieben, sondern was bei Jagd und Fischfang am wenigsten störte: eng anliegende Hosen und eine Tunika aus Wolle, Strümpfe mit Ledersohlen und darüber Schuhe aus Robbenhaut. Ihren knielangen Umhang befestigte sie an der rechten Schulter mit einer Brosche, ein kleines Messer an dem handbreiten Ledergürtel um die Taille. Ihre Hand fuhr zu dem Amulett, das sie um den Hals trug. Seit dem Tod ihrer Mutter, die es selbst ihr Leben lang getragen hatte, hatte sie es nie wieder abgelegt – auch nicht zum Schwimmen.

Beunruhigt schlich Runa zurück zur Siedlung. Sie lebte mit Asrun in einem Langhaus, dem einzigen der Häuser, das nicht verfallen war. Vor kurzem noch vom Schnee begraben zerrte nun pfeifender Wind am Flechtwerk zwischen den mit Lehm beschichteten Holzpfosten. Kein Fenster hatte das Haus, nur eine winzige Luke und ein Abzugsloch im Dach, durch das der Rauch hochstieg, den der Wind in alle Himmelsrichtungen blies. Runa stutzte. Ungewohnte Laute, die der Wind nicht übertönen konnte, drangen an ihr Ohr: Gemurmel, Getrappel, schließlich ein unmenschliches Brüllen.

Es musste ihre einzige verbliebene Kuh sein, die so erbärmlich schrie.

Das Mädchen beschleunigte den Schritt, sah nun die ganze Siedlung vor sich liegen, auch den Stall für das Vieh, der viel zu groß für nur eine Kuh war, das Speicherhaus für Getreide, das sie seit Jahren nicht mehr bis zum Dach gefüllt hatten, Werkstätten und Bootsschuppen, Aborthäuschen und Badehaus.

All das war ihr vertraut, die siebzehn Jahre, die ihr Leben nun währte, hatte sie ausschließlich hier verbracht – die Augen hingegen waren nicht vertraut, Augen, die starr auf sie gerichtet waren. Sie waren Teil eines kunstvoll geschnitzten Drachenkopfes, und dieser saß auf dem Steven eines Schiffes, das lautlos in den Fjord gesegelt war. Unweit der Siedlung wurde es eben an Land gezogen – von einem halben Dutzend Männer, die wie zuvor Runa mit dem sumpfigen Untergrund zu kämpfen hatten. Das Gras wuchs, glatten Strähnen gleich, die den Meeresgott Njörd kitzelten, bis ins Wasser. Fluchend fanden die Männer schließlich Halt.

Runa duckte sich im Schatten eines der Häuser. Ein Drachenschwanz wuchs vom Heck des Schiffes aus ins Wasser. Das Eichenholz, aus dem er geschnitzt war, war morsch, die vielen kleinen Schuppen vom Seewind zerfressen, von Möwen verdreckt und dort, wo sie aus dem Wasser ragten, teilweise von Algen überwuchert. Blank gescheuert hingegen und prächtig bunt waren die Schutzschilde der Mannschaft, die am Schandeckel des Schiffes hingen, und obwohl sein Holz so brüchig schien wie das vom Drachenschwanz, reckte sich der Kiefernmast stolz in den Himmel und trug mühelos das Großsegel, das sich im Wind blähte und knatterte. An der Spitze des Mastes flatterte eine Wetterfahne – auch sie zeigte ein Tier, jedoch nicht den Furcht erregenden Drachen, sondern einen Raben, Odins Raben.

Ein spitzer Aufschrei wollte Runa entfahren, doch es gelang ihr, ihn zu unterdrücken. Auf der Jagd nach wilden Tieren, Mardern und Fischottern, aber auch Wildvögeln wie Lumme, Kranich oder Kiebitz hatte sie gelernt, jede Regung ihres Körpers zu kontrollieren. Das Leben in der kargen Natur war hart; es erteilte nur wenige Lektionen, aber diese standen wie in Stein gemeißelt da: Wer Lärm machte, vertrieb Tiere; wer nichts jagte, hatte nichts zu essen; wer nicht aß, verhungerte.

Runa wagte es, ein paar Schritte weiter vorzuschleichen. Jetzt konnte sie die Gesichter der Männer erkennen. Zwei waren damit beschäftigt, das Schiff mit schweren Tauen an Bäumen festzubinden; einer hockte am Ufer, um sich auszuruhen, ein anderer schleppte Kisten auf das Schiff. Und zwei weitere zerrten die Kuh aus dem Stall – die Kuh, die Runa so oft gemolken hatte, für die sie im Sommer ein Stück flache Sommerweide gesucht hatte, die sie über schlammige Wege inmitten von Sümpfen dorthin gezerrt und deren Heu sie streng rationiert hatte, um sie über den Winter zu bringen. In den letzten kalten Wochen hatte sie immer weniger Milch gegeben. Sie war abgemagert, hatte aber überlebt, und Runa war stolz darauf gewesen.

Früher, als sie noch mehr Kühe besessen hatten, waren diese von Sklaven gemolken worden – den gleichen Sklaven, die in den Mooren Torf gestochen und die Felder gedüngt hatten. Doch die meisten Sklaven waren noch vor den anderen Bewohnern der Siedlung verhungert, und die, die nicht verhungert waren, hatte die Großmutter schließlich freigelassen. Der Vater war wütend gewesen, ändern konnte er es nach der Rückkehr von einer seiner vielen Handelsreisen, die ihn nach Vik, nach Skiringssal oder noch viel weiter in den Süden führten, jedoch nicht. Und was hätte er den Worten der Großmutter auch entgegenhalten können?

»Es gibt doch jetzt nur mehr Runa und mich«, hatte sie erklärt. »Zu zweit überleben wir eher als in Gesellschaft dreier Sklaven, die nur darauf warten, uns im Schlaf zu töten.«

Nun war er also wieder einmal nach Hause gekommen, der Vater, den der Verlust der Sklaven mehr verärgert hatte als der Verlust von Schwestern und Brüdern, Basen und Vettern. Doch warum ließ er nun Kisten aufladen, wo er doch gewöhnlich Waren mitbrachte? Und warum war er jetzt schon hier, wo doch seine Heimkehr erst für den Sommer geplant war, um rechtzeitig zur Ernte zurück zu sein?

Die beiden Männer zerrten die Kuh in die Mitte des Hofs. Den Strick hielten sie in der einen Hand, große Messer in der anderen. Die Kuh schien ihren Tod zu ahnen, denn sie brüllte durchdringend, wie sie noch nie gebrüllt hatte. Wenn Runa sie molk, redete sie mit sanfter Stimme auf das Tier ein, und dieses beglotzte sie dann mit seinen farblosen Augen, stand aber ganz ruhig da.

Nicht!, wollte Runa am liebsten schreien. Tut ihr nichts!

Doch wieder unterdrückte sie den Aufschrei und biss sich auf ihre Lippen. Wahrscheinlich hatte der Vater befohlen, die Kuh zu schlachten, und wenn die Großmutter in seiner Abwesenheit auch eigenmächtige Entscheidungen fällte, fügte sie sich seinen Befehlen, sobald er wieder da war.

Jedes Mal, wenn der Vater heimkehrte, lächelte Runa ihn an, aber zählte insgeheim die Tage, bis er wieder mit seinen Männern ablegte – im Frühjahr nach der Aussaat, im Herbst nach der Ernte. Seine Geschenke nahm sie dankbar entgegen, aber sie konnte nichts davon brauchen: Was fing sie mit Bernstein von der Ostsee an, wenn es niemanden gab, dem sie gefallen musste, was mit Tauen aus Seehundhäuten, wo sie doch selbst auf keinem Schiff lebte, was mit Walrosszähnen und Walknochen, aus denen sich Männer, aber doch keine Frauen Pfeifen schnitzten? Gewiss, die Zobelpelze waren weich und warm, der Honig süß, die Kerzen, die man aus dem mitgebrachten Wachs formen konnte, rochen gut. Aber aus den gekauften oder erbeuteten Gläsern tranken nur die Männer den gekauften oder erbeuteten Wein, nicht die Frauen.

Nun suchte Runa den Vater vergebens im Kreise seiner Männer. Auf manch vertrautes Gesicht stieß sie, auf seines nicht. Mit einigen der Männer war sie aufgewachsen und schon als Kind im Fjord geschwommen, und sie hatten ihr nicht nur gezeigt, wie man sich auf der Wasseroberfläche hielt, sondern auch, wie man ein Messer benutzte, Fische briet und Hasen enthäutete. Was sie ihr nicht beigebracht hatten, war die Sehnsucht nach Fremde und Weite und den Hunger, andere Länder zu erforschen. Die jungen Männer hatten es kaum erwarten können, im Alter von zwölf Jahren erstmals mit auf Viking zu gehen. Runa hingegen fühlte sich im heimatlichen Fjord am wohlsten.

Ein letztes Mal schrie die Kuh erbärmlich auf, dann riss der Schrei ab wie brüchig gewordenes Leder. Der mächtige Leib sackte zusammen, blieb warm und bebend liegen. Eine Blutlache ergoss sich über den schlammigen Boden, und die farblosen Augen, die Runa stets vertrauensselig angesehen hatten, starrten gebrochen ins Nichts. Einer der beiden Männer lachte. Er hatte der Kuh mit dem Messer die Kehle durchschnitten, und Blut war auf ihn gespritzt, doch das schien ihn nicht zu stören, vielmehr zu amüsieren. Sein Gesicht war Runa fremd. Weder war sie mit ihm im Fjord geschwommen noch hatte er von fernen Ländern geschwärmt, reichen und üppigen und fruchtbaren. Wahrscheinlich hatte der Vater ihn irgendwo im Süden auf sein Schiff genommen. Im Süden, so sagte der Vater, seien nicht nur tüchtige Männer zu finden, dort läge auch die Zukunft. Im heimatlichen Fjord stehe nichts anderes zu erwarten als Hunger und Tod und lange, bittere Winter, in denen die Pässe zugeschneit waren.

Er begriff nicht, dass es noch so viel mehr gab: die Stille, die Klarheit, die Weite – zumindest, wenn keine Männer mit ihren Schiffen Lärm und Unruhe brachten.

Die beiden Fremden stiegen achtlos über die geschlachtete Kuh hinweg und traten dabei grob gegen eines ihrer Hörner. Runa grub die Nägel in ihre Haut und schluckte mit Mühe die aufkommenden Tränen. Eine Kuh war kein Mensch, aber was zählte das, wenn man zu zweit in der Einsamkeit lebte und sonst keine Gefährten hatte? Und warum lachte dieser eine Mann, als wäre es lustig, Kühe zu töten? Blitzschnell begann er nun, sie zu enthäuten – mit einer Kraft, die ihm nicht anzusehen war. Sein Leib war dürrer und schmächtiger als der der anderen, sein Rücken gekrümmter, sein Haar, das bis in den Nacken fiel, schütter. Ihr Vater, das wusste Runa, hatte eine große Narbe auf der Schulter – bei diesem Fremden war das ganze Gesicht davon entstellt, als hätte irgendwann jemand versucht, ihm die Haut abzuziehen, so wie er es nun bei der Kuh tat. Er musste sich rechtzeitig dagegen gewehrt haben, und er musste trotz seiner schmächtigen Statur den Respekt der anderen gewonnen haben, denn er trug die prächtigste Kleidung von allen: eine Tunika, blau-grün kariert, mit einem Saum aus roter Seide und mit metallisch glänzenden Fäden durchwebt. Der Stoff schien widerstandsfähiger als das löchrige Leinen, das sie am eigenen Körper trug.

Runa konnte den Anblick der geschlachteten Kuh nicht länger ertragen, schlich leise weiter und lugte nun durch die winzige, mit einer Schweinsblase bespannte Luke ins Langhaus. Ihr Leib bebte – nicht nur vor Kälte, auch vor Furcht, in die sich das Unbehagen gewandelt hatte: Furcht vor Männern, die kamen, wenn sie nicht kommen sollten, die Kisten auf das Schiff ihres Vaters brachten, anstatt es zu entladen, und die ihre Kuh schlachteten.

Das Stimmengemurmel jener Männer wurde von der Hauswand gedämpft – stattdessen hörte Runa nun die Großmutter rufen: »Was hast du vor? Was hast du nur vor?«

Ihre Großmutter Asrun war eine nüchterne, bestimmte Frau, die ihrem Alter und ihrem Geschlecht trotzte, die sich Kälte, Erschöpfung und Hunger nicht anmerken ließ, die nicht um Tote trauerte, weil es keinen Sinn machte, aber um jeden Überlebenden ihrer Sippe kämpfte, weil dies das Einzige war, in dem sie einen Sinn sah. Doch jetzt lag Panik in ihrer Stimme, und als Runa nun sah und hörte, was drinnen vor sich ging, begann sie zu ahnen, warum.

Im Langhaus war es finster. Rauchschwaden, die vom offenen Herdfeuer aufstiegen, stauten sich an der hölzernen Decke. Um die Feuerstelle herum standen niedrige Erdbänke, die des Nachts, mit Fellen bedeckt, zur Schlafstätte wurden, und gleich daneben gab es eine Mahlmulde aus Speckstein, in der Asrun für gewöhnlich Getreide und Senfsamen rieb. Runa meinte, ihre Großmutter an der Fischöllampe hantieren zu sehen, wenig später wurde das Langhaus erhellt. Asrun stellte die Lampe auf einer der Bänke ab und trat auf Runolfr, Runas Vater, zu – ein Riese verglichen mit der kleinen, hageren Alten. Diese stand jedoch mit strammem Rücken da, während er den Kopf gesenkt hielt und ihr nicht ins Gesicht sehen konnte.

Er konnte kaum jemandem ins Gesicht sehen, nachdem

vor vielen Jahren seine Frau, Runas Mutter Aesa, gestorben war. Runolfr zog seitdem immer öfter auf Viking und blieb viel länger fort. Als Aesa noch gelebt hatte, hatte Runa manchmal auf seinem Schoß gesessen und seinen rotblonden Bart zerrauft, während er ihr kleine Knochen auf eine Schnur zog oder Tiere, Schiffchen und Götterfiguren für sie schnitzte. Später hatte sie den Mann, der für sie ein Fremder geworden war, meist nicht wiedererkannt, wenn er plötzlich von einer seiner Reisen zurückkehrte.

»Es ist vorbei«, erklärte er eben, überdrüssig und trotzig zugleich. »Es ist lange vorbei. Ihr führt hier ein erbärmliches Dasein! Einst waren wir eine große Sippe – mein Vater war mächtig wie ein Jarl. Doch du weißt, wie es gekommen ist: Das Jarlsgeschlecht derer, die hier in der Nähe von Nidaros leben, wurde von Harald bezwungen, der aus dem Süden kam. Und Harald begnügte sich nicht damit, ein Stammesführer zu sein, sondern wollte König heißen, und er wollte kein König unter vielen sein, sondern der einzige. Die meisten unserer Männer sind in der großen Schlacht gestorben, und die, die nicht gestorben sind, führen ein erbärmliches Leben wie unsereins. Von allem gibt es zu wenig: zu wenig fruchtbares Weideland, zu wenige Sommer, zu wenige Sklaven. Vor allem zu wenige Männer. Warum sonst lebt ihr nur zu zweit hier?«

Runa konnte das Gesicht der Großmutter nicht sehen, denn sie hielt ihr den Rücken zugewandt. Ihre grauen Haare waren unter einer Haube verborgen, und die beiden Spangen hielten an den Schultern ein Kleid, das ihr viel zu weit war. Asrun behauptete, dass das Alter den Menschen auszehre und jeder an Körperumfang verliere. Runa wusste, dass es nicht das Alter, sondern der Hunger war, der Asrun so mager und sie selbst so sehnig hatte werden lassen, aber über den

Hunger sprachen sie nicht. Sie sprachen auch nicht über den Krieg, den König Harald gegen die Jarls von Nidaros geführt hatte.

Wenn Asrun ihr etwas über jenen Harald erzählt hatte, so nicht, dass er besessen von Macht und Landgewinn war, sondern von Gyda, um deren Hand er warb, die ihn jedoch ablehnte, weil er ihr nicht reich genug war. Da schwor sich Harald, den man auch Schönhaar nannte, weil seine glänzenden blonden Locken ihm bis über den Rücken fielen, dass er alle anderen Jarls unterwerfen würde, kein anderer mehr für sie bliebe und sie ihn dann heiraten müsste. Bis dahin wollte er kein Bad mehr nehmen und seine Haare nicht mehr schneiden. Diese wurden grau und struppig – trotzdem glückte die Eroberung, und Gyda nahm ihn endlich zum Mann.

Runa schreckte aus ihren Gedanken hoch. Eben hatten sich Vater und Großmutter angeschwiegen, nun ergriff Asrun das Wort.

»Wir leben nur deshalb so einsam, weil du alle Männer fortgelockt hast. Du hast sie fortgelockt, weil du vor deinen Erinnerungen fliehst. Und diese Erinnerungen haben nichts damit zu tun, dass Harald die stolzen Männer dieses Landes unterwarf, sondern damit, dass du die Frau verloren hast, die du liebtest.«

Der ängstliche Ton, der Runa eben noch beunruhigt hatte, war aus Asruns Stimme geschwunden. Sie musste ihre Fassung wiedergefunden haben.

Der Vater schüttelte den Kopf, aber blickte immer noch nicht auf. »Das ist nicht wahr, und das weißt du auch. In unserer langen Ahnenreihe gab es immer Männer, die es nicht zuhause hielt, die fortzogen, um zu kämpfen, um zu handeln und um neues Land zu erforschen. Aber es gab stets auch solche, die zurückblieben, und wenn ich früher heimkam, habe ich sie hämmern und sägen und stampfen und klopfen gehört: unseren Weber, den Schmied, den Ledergerber und den Zimmermann. Nun höre ich nichts mehr. Was ist mit ihnen? Sind sie erfroren oder verhungert?«

»Die meisten von ihnen sind nicht tot, sondern in den Süden gegangen«, gab Asrun kleinlaut zu. Doch sogleich straffte sie wieder die Schultern und fuhr energisch fort: »Wir brauchen keinen von ihnen. Alles, was sie hergestellt haben, können wir selbst machen. Runa ist geschickt! Erst kürzlich hat sie einen Webstuhl geschnitzt und ...«

»Runa ist ein Mädchen ... eine Frau! Und du lässt sie in der Kleidung eines Mannes herumlaufen und den Stuhl, um diese zu weben, selbst fertigen? Im Nordmännerland, jenem Gebiet im Norden des Frankenreichs, das nunmehr uns gehört, wird sie es besser haben, sie ...«

»Wir brauchen auch dich nicht«, unterbrach Asrun ihn, ohne auf seine Worte einzugehen. »Du wirst keine Entscheidung über unser Leben treffen.«

Runa war zusammengezuckt, als der Vater vom fernen Frankenreich sprach, und nickte zu den Worten der Großmutter bekräftigend. Sie konnte sich kein anderes Leben denken als das friedvolle an Asruns Seite. Was zählte der Hunger, solange sie einander hatten, auf dem Schlafplatz gemeinsam einschliefen, morgens miteinander erwachten und dann der stillschweigenden Übereinkunft folgten, dass eine jede tat, was sie für richtig hielt? Manchmal runzelte Asrun die Stirn, wenn Runa zu früh im Fjord schwimmen wollte, aber sie verbot es nicht, so wie sie ihr nichts verbot. Wenn sich Runa zur Jagd rüstete, so stand keine Angst in Asruns Gesicht, weil die Jagd gefährlich war – nur Stolz, wenn sie mit Beute wiederkehrte. Und wenn Schnee und Eis sie nicht im Langhaus einsperrten, wanderten sie gemeinsam, meist einträchtig schweigend, die Ufer des Fjords entlang, manchmal so weit, dass man die Siedlung nicht länger sehen konnte, nur das offene, weiß schäumende Meer. Asrun sammelte dann die Eier und Daunen aus den Nestern der Eiderenten, und Runa fischte Getier, das nicht nur aus Gräten und zäher Haut bestand, sondern aus weichem, saftigem Fleisch, das – roh wie gebraten – im Mund zerging.

Ob es das beste Leben war, das man hier in Midgard, der Welt der Menschen, haben konnte, vermochte Runa nicht zu sagen, weil sie kein anderes kannte. Ein gutes musste es sein, sonst würden sie und ihre Großmutter sich nicht so wohlfühlen. Und in jedem Fall war es ihr Leben, nur das ihre.

»Hör zu«, fuhr der Vater fort. »Es scheint, du hast mich eben nicht richtig verstanden. Ich will Runa nicht einfach in die Fremde verschleppen, ich will sie in ein Land bringen, in dem man nicht hungert und friert, in dem die Weizenfelder üppig stehen und die Häuser aus Stein gebaut sind, in dem der Blick nicht von verschneiten Bergen verstellt wird, sondern auf fruchtbare Wiesen und Weiden und Weinberge fällt. Und wo das Wasser nicht schwarz ist wie die Augen Hels, sondern in der Sonne türkisfarben schimmert.«

»Aber das Land unserer Ahnen ist es nicht!«, hielt Asrun dagegen. »Willst du Runa und mich unter Menschen leben lassen, die nicht wissen, wer wir sind und von wem wir abstammen?«

Der Vater knirschte mit den Zähnen, hob nun erstmals den Kopf, aber starrte an Asrun vorbei. »Unsere Ahnen hätten liebend gern im Nordmännerland gelebt, hätten sie es damals selbst erobert! Denk dir unseren Anführer mächtiger als jeden Jarl in dieser erbärmlichen Einöde. Hrólfr heißt er oder vielmehr Rollo.«

Asrun lachte bitter auf – nie hatte Runa die Großmutter so lachen gehört, verzweifelt und zornig zugleich. »Er leugnet seinen Namen, damit die Franken ihn besser aussprechen können?«

»Spotte nicht! Rollo ist ein mutiger Mann. Sein Vater Ragnval, der Jarl von Møre, wurde von Harald ermordet, er selbst hingegen trotzte Harald, indem er auf dessen Land jagte. Dass Harald ihn daraufhin hat verbannen lassen, hat ihm nur die Heimat geraubt, nicht den Stolz. Er hat das Land auf einem Schiff verlassen, das von einer hölzernen Schlange und von einem Drachen gekrönt wurde, und giftig wie eine Schlange, feurig wie ein Drache schlug er fortan auf seinen Raubzügen zu. Ich kenne ihn seit vielen Jahren, noch von den Feldzügen nach Friesland, Schottland und Irland, auf denen ich ihn manchmal begleitet habe. Er hat viele Stämme und Sippen aus unserem Land vereint und die nördliche Spitze des Frankenreichs erobert.«

»Von welchen Ländern du auch sprichst – keines will ich sehen.«

»Aber Runa wird. Denn ich nehme sie mit.«

Diesmal trotzte die Großmutter nicht mit Worten, sondern mit ihren Händen, die sie zu Fäusten ballte und abwehrend erhob. Runa hielt nichts mehr. Sie stürzte zur Tür, riss sie auf und stolperte ins Langhaus. Das Holz knarrte, als sie sich gegen eine der Wände stemmte, um das Gleichgewicht zu halten; Torf rieselte vom Dach.

»Ich bleibe hier!«, verkündete sie ebenso gruß- wie atemlos und funkelte Runolfr mit ihren dunklen Augen an. »Ich bleibe hier bei der Großmutter! Ich werde niemals in die Fremde gehen!«

Ihr Vater sah aus, als hätte er verdorbenen Met getrunken. »Du weißt doch gar nicht, wovon ich rede!«

Er spuckte die Worte mehr aus, als dass er sie sprach, und ansehen konnte er seine Tochter so wenig wie zuvor Asrun.

Wie will er denn überhaupt wissen, dass ich Männerkleidung trage, wenn er mich nicht ansieht?, fragte sich Runa.

Doch auch wenn sein Blick unsicher geriet, seine Worte waren fest. »Dieser Hrólfr oder vielmehr Rollo, wie man ihn nennt, ist so groß, dass kein Pferd ihn tragen kann und er auf eigenen Beinen marschieren muss, wenn andere reiten. Als Sohn eines Jarls zu Möre im Westen Norwegens ward er geboren, jedoch gewillt, es weiter zu bringen als dieser, und er hat es geschafft: Alles Land nördlich der Epte ist letztlich in seiner Gewalt.«

Runa wusste nicht, was die Epte war, und noch weniger, warum so viel Bewunderung in der Stimme ihres Vaters lag. Dieses Nordmännerland, von dem er als ihre Zukunft sprach, war, so sie ihn recht verstanden hatte, doch nichts weiter als ein kleines Land inmitten eines größeren.

Ohne auf seine Worte zu antworten, trat Runa zur Großmutter, die ihre Fäuste wieder hatte sinken lassen und sich nun an ihre Hand klammerte. Nie hatte Asrun sie so festgehalten – und Runa ahnte, dass es weniger ein Zeichen von Stärke war als von Ohnmacht. Den Rücken hielt sie dennoch stolz gestrafft, und Runa tat es ihr gleich.

»Ich bleibe hier!«, wiederholte sie.

Runolfr starrte die beiden Frauen jetzt erbost an. Er deutete auf das Ledersäckchen, das an seinem breiten Gürtel hing.

»Seht ihr nicht, wie reich ich geworden bin? Ich habe jahrelang für Rollo Waffen gestohlen und sie ihm und seinen

Kriegern verkauft! Nun braucht er Männer, tüchtige Männer, die das Nordmännerland besiedeln und beackern.«

Er hob die rechte Hand, um die goldenen Armreife zu zeigen, die sein Handgelenk schmückten.

Die Großmutter ließ Runa los. »Und kann man einen davon essen?«, fragte sie.

Runolfr runzelte die Stirn. »Du dummes altes Weib!«, brüllte er wütend und ballte seinerseits die Hand zur Faust.

Großmutter!, wollte Runa schreien, doch die Silben blieben ihr im Hals stecken. Sie wollte sich dazwischenwerfen, als ihr Vater auf Asrun losging, aber ehe sie einen Schritt machen konnte, sauste seine Faust auf das alte Gesicht nieder. Asrun versuchte nicht, Runolfr auszuweichen, erzitterte nicht, reckte ihm nur herausfordernd den Kopf entgegen. Sie hatte Runa ihre Furcht spüren lassen, als sie ihre Hand umklammerte – Runolfr zeigte sie diese Furcht nicht.

Die Faust war so schwer und der alte, zähe Körper so leicht. Als sie getroffen war, fiel Asrun nicht nur, sie wurde durch das Langhaus geschleudert, prallte mit dem Kopf gegen die Wand und ging polternd zu Boden. Ihre Haube hatte sich gelöst, das graue Haar, fein wie Spinnweben, stand wirr nach allen Seiten ab, aus dem Mund floss ein dünnes Rinnsal Blut.

»Großmutter!«

Diesmal konnte Runa schreien, aber die Großmutter hörte sie nicht mehr, sah sie nicht mehr an. Runa rüttelte den dürren Leib, dessen Arme und Beine merkwürdig verdreht neben dem Rumpf lagen, als gehörten sie nicht mehr zu ihr. Ihr Mund öffnete sich, ihr Atem hingegen war nicht zu hören, das Herz schlug nicht mehr gegen die knöchrige Brust, die Augen blieben geschlossen.

»Großmutter!«

Runa streichelte und liebkoste den hageren Körper, zerrte daran und hämmerte schließlich auf ihn ein. Nichts brachte die alte Frau dazu, aufzustehen.

»Das ... das wollte ich nicht ...«, murmelte der Vater, nicht länger zornig jetzt, sondern hilflos und betroffen.

Runa ließ vom Körper Asruns ab und wandte sich Runolfr zu. »Wie konntest du ...«, setzte sie tonlos an.

Sie kam nicht weiter. Polternd wurde die Tür geöffnet, und drei Männer standen im fahlen Nachmittagslicht.

»Das Vieh ist zerlegt«, erklärte der Mann mit dem vernarbten Gesicht, der die Kuh geschlachtet hatte, noch immer grinsend, »sonderlich mehr konnten wir nicht finden, was nützlich wäre. Ein Wunder, dass hier jemand den Winter überleben konnte.«

Er ließ seinen Blick neugierig kreisen, sah dann Asrun an der Wand liegen. Sein Grinsen erlosch nicht, und Runa konnte nicht entscheiden, wen sie mehr hasste – diesen Fremden oder ihren Vater.

»Ich gehe nicht mit!«, schrie Runa erneut. »Ich werde hierbleiben! Ich werde bei Großmutter bleiben!«

Wieder begann sie den leblosen Leib zu stoßen, zu schütteln, zu streicheln, zu küssen, wieder blieb jedes Lebenszeichen aus. Sie sah nicht, wie Runolfr sich ihr mit schweren Schritten näherte, kurz zögernd stehen blieb, dann aber ihre Taille umfasste und sie hochhob.

Runa schlug um sich und strampelte mit den Füßen. »Ich gehe nicht von hier fort!«, schluchzte sie.

Runolfr warf sich die junge Frau über die Schultern. Sie war stark, aber nicht so stark wie er. Die Luft blieb ihr weg, die Augen begannen zu tränen.

»Lass mich!«, schrie sie, als er sie zur Tür trug.

Sie rammte ihr Knie in seinen Leib, der sehr dick war. Es

musste viel zu essen und zu trinken geben in diesem fernen Frankenreich, dessen Norden nun den Männern unter Rollos Führung gehörte. Er ächzte und hielt ihr die Beine fest, damit sie sich nicht mehr rühren konnte.

»Lass mich los!«

»Halt dein Maul!«, brüllte Runolfr ungehalten, hob wieder seine Faust und drosch auf Runa ein.

Sie trotzte ihr, anstatt ihr auszuweichen, genauso wie es zuvor Asrun getan hatte.

So soll er eben auch mich töten, dachte Runa, ehe ihre Welt, die Welt des schwarzen Fjords, der weißen Berge und des verrauchten Langhauses in Dunkelheit versank.

Runa wurde von einem Glucksen geweckt, als fiele ein Stein ins Wasser. Sie glaubte, jemanden nach ihr rufen zu hören, nicht laut, nicht eindringlich, sondern erschöpft, und lauschte konzentrierter. Aus dem Glucksen wurde das Greinen eines Kindes, das zu schwach für ein raues Leben war, vielleicht auch die Klage eines Alten, der seine letzten Tränen auf der Welt vergoss.

Ihre Großmutter ... gewiss war es die Großmutter, die nach ihr rief!

Runa fuhr ruckartig hoch – ihr Kopf schien zu zerspringen. Ein Greifvogel schien in ihrem Nacken zu sitzen, die Krallen tief in ihrer Haut versenkt; er trug sie durch die Lüfte zu seinem Nest, um sie seinen Jungen zum Fraß vorzuwerfen.

Doch dann gewahrte sie, dass sie nicht durch eiskalte Lüfte flog, sondern in einem niedrigen, stickigen Raum hockte. Und dass das Glucksen, das sie vernommen hatte, kein menschlicher Laut war und schon gar kein Hilferuf ihrer Großmutter

Asrun, sondern von einem hölzernen Gegenstand stammte, der die Wasseroberfläche durchschnitt, in die Tiefe tauchte, dann wieder nach oben drängte.

Ruder. Sie war auf einem Schiff.

Auf dem Schiff ihres Vaters?

Das Knirschen unter ihr kam von den Holzbohlen, die der unruhigen See zu trotzen versuchten. Runa betastete den schwankenden Boden; Holzsplitter bohrten sich in ihre Haut. Sie griff in ihren Nacken und fühlte eine Schwellung und eine nässende Wunde. Doch trotz der Schmerzen, mehr gleißender Blitz nun als Krallen eines Raubvogels, konnte sie aufrecht sitzen, ohne zur Seite zu sinken, konnte tiefe Atemzüge machen, ohne dass ihre Brust zersprang, konnte Beine wie Arme strecken. Nichts war gebrochen, nichts gezerrt.

»Vater? Großmutter?«

Ihre Stimme klang rau, als wäre sie zu lange im kalten Fjord geschwommen oder als hätte sie im Winter an Eiszapfen gelutscht, die vom Dach des Langhauses wuchsen. Allerdings war ihr nicht kalt – vielmehr heiß. Ihr brach Schweiß aus, als plötzlich ganz dicht neben ihr eine Stimme antwortete – weder die ihres Vaters noch die der Großmutter, ein scheues Flüstern nur.

»Du bist erwacht«, stellte die Stimme fest.

Runa drehte den Kopf und wurde erneut von stechendem Schmerz bestraft. Trübes Licht fiel durch die Ritzen der Wände und eines Dachs, das unmittelbar über Runas Kopf zusammenzuwachsen schien. Unmöglich, dass man in dieser winzigen Kammer, die nichts mit dem vertrauten Langhaus gemein hatte, stehen konnte. Anstatt zu erkunden, aus welchem Mund die Stimme erklungen war, kroch Runa auf allen vieren zu einer der Ritzen zwischen den Holzbalken und lugte hinaus. Weder sah sie einen Teil des Schiffes noch Ruder, nur das Meer, weit wie der Himmel, glatt und schwarz, dann und wann vom Schaum sich kräuselnder Wellen zerrissen. Das Schwanken hatte etwas nachgelassen. Runa kroch weiter, blickte durch einen anderen Spalt. Auch von hier sah sie nicht mehr – weder das weiße Glitzern des Fjords noch das matte Grün der Wiesen, nirgendwo Häuser und Menschen. Nirgendwo Land.

»Großmutter...«

Der Vater hatte sie aus der Heimat verschleppt, und ihre Großmutter war tot. Inmitten aufsteigenden Schwindels und plötzlicher Übelkeit überkam Runa diese Gewissheit so heftig wie ein Schlag ins Gesicht.

»Ich soll mich um dich kümmern.«

Runa hatte nicht bemerkt, dass sie schwer zurückgefallen war, der Last nicht standgehalten hatte – der Last des eigenen Körpers und des Wissens darum, was sie verloren hatte.

Eine Frau beugte sich über sie, nein, eigentlich noch ein Mädchen, wohl einige Jahre jünger als sie, ein dünnes Geschöpf mit apfelroten Wangen und zu zwei festen Zöpfen geflochtenem Haar, so farblos wie Hanf. Die Brosche aus Schildpatt, die ein weiches graues Wolltuch an den Schultern zusammenhielt, war das Einzige in der Kammer, was glänzte.

»Das...«, sagte sie, »...das soll ich dir geben.«

Sie hob ihre Hände so ehrfürchtig, als würde sie nicht nur einer Fremden ein Geschenk übergeben, sondern den Göttern ein Opfer darbringen, um sie gnädig zu stimmen. »Es ist von deinem Vater...«

Runa presste die Augen zusammen; der Schmerz in ihrem Nacken wanderte zur Brust, nahm wieder die Gestalt des Raubvogels ein, der jetzt mit spitzem Schnabel auf sie einhackte. Ein Mal würde dort bleiben, wenn er endlich von ihr abließ, ein Mal, das nie vernarbte.

Mein Vater hat mich verschleppt, und meine Großmutter ist tot.

Runa blickte auf die Gaben des Mädchens. In einer Hand hielt es zwei Kämme – aus dem Geweih eines Hirsches geschnitzt und mit runden Ornamenten verziert, die zwei Schlangen glichen, ineinander verschlungen und bestrebt, sich zu erwürgen –, in der anderen einen Umhang aus Ziegenleder und eine Kordel, die ebenfalls einer Schlange glich und wohl dafür gemacht war, sich die Taille zu schnüren. Das Ziegenleder war fein und edel, doch Runa befühlte nicht des Mädchens Gaben, sondern umkrampfte den eigenen Kittel, rau und voller Flicken und mit Asruns Blut besudelt.

»Ich will nichts davon!«, brach es aus ihr hervor.

Das Mädchen zuckte zusammen, und augenblicklich tat es Runa leid, so schroff mit ihm geredet zu haben. Sie wollte es nicht kränken, ihm keinen Schmerz zufügen, wollte nur den eigenen irgendwie ertragen, den hungrigen, gierigen Vogel loswerden, der unablässig auf sie einhackte.

»Mein Vater ist ein Mörder«, rief sie, weniger wütend als verzweifelt und weil sie sonst erstickt wäre.

Runa schloss die Augen. Sie wollte nichts sehen – weder das bestürzte Gesicht des Mädchens noch die hoffnungslose Weite draußen, wo sich in der Ferne Himmel und Meer trafen.

Als Runa wieder erwachte, hockte nicht das Mädchen, sondern der Vater bei ihr. Sein Gesicht war grau, und in seinen Augen stand Unbehagen. Vielleicht dachte er an seine tote Mutter, vielleicht wappnete er sich gegen Runas Vorwürfe.

Sie blieben aus. Weder konnte sie ihm ins Gesicht sehen noch darüber sprechen, was geschehen war.

Ob das Mädchen ihm wohl gesagt hatte, wessen sie ihn angeklagt hatte?

Kurz wünschte Runa sich, er würde es abstreiten – dann bliebe Hoffnung, dass die Großmutter wider besseres Wissen noch lebte. Er tat es nicht. »Wir werden viele Tage unterwegs sein. Sieh zu, dass du genügend isst«, murmelte der Vater stattdessen.

Erst jetzt erkannte sie die hölzerne Schüssel mit Essen in seinen Händen. Sie musste würgen, noch ehe sie es roch – Hafermus und ein Stück Brot, das aus Gerste, Kleie und Asche gebacken worden war. Als sich Widerwille in ihrem Gesicht ausbreitete, hob Runolfr eine zweite Schüssel – diese mit geräuchertem Fleisch, einigen Scheiben Speck und einem Stück gesalzenen Aal gefüllt.

Ihre Augen tränten vor Übelkeit.

»Bald machen wir Halt in Vik«, erklärte der Vater und ließ die Schüsseln sinken, ohne dass sie sich etwas genommen hatte.

Runa seufzte erleichtert. Vik war ein Hafen, und wenn sie dort hielten, bedeutete es, dass sie wieder Land betreten konnte. Doch die Erleichterung währte nicht lange. Ja, sie konnte es betreten, aber dieses Land war nicht ihre Heimat, und sie würden nicht dort bleiben können. Der Vater wollte immer weiter in den Süden, in das reiche, saftige, fruchtbare Nordmännerland, wo früher nur Franken gelebt hatten, jetzt jedoch auch ihresgleichen.

Sie hasste dieses Land.

»Solange wir in der Nähe der Küste segeln«, fuhr Runolfr fort, »verbringen wir die Nächte an Land. Wenn der Boden flach genug ist, um Zelte aufzustellen, schläfst du dort, ansonsten hier.«

Runa sagte weiterhin nichts. Um ihren Vater nicht ansehen zu müssen, blickte sie sich um und erkundete den Raum eingehender. Bis jetzt wusste sie, dass er klein, stickig und ihr Gefängnis war – nun erkannte sie, dass die Wände an manchen Stellen mit Fellen bedeckt waren und der Boden mit Teppichen ausgelegt. In der einen Ecke standen Kisten und Fässer, in der anderen messingbeschlagene Bottiche. Runolfr schien ihren suchenden Blick als Frage aufzufassen.

»Dies ist der einzige überdachte Ort auf dem Schiff – gleich hinter dem Mast. Hier bist du vor Wind und Regen geschützt.« Er klopfte gegen das Dach, als wollte er beweisen, dass es stabil war und den Gezeiten trotzen konnte. »Aus halben Baumstämmen gebaut«, fügte er hinzu.

»Das andere Mädchen...«, setzte Runa an.

Noch während sie die Worte sagte, bereute sie sie. Eigentlich hatte sie ihrem Vater gegenüber schweigen wollen – wo sie doch kein anderes Mittel als dieses hatte, um ihn zu strafen.

»Sie heißt Ingunn, und sie wird dir alles geben, was du brauchst.«

War sie Sklavin, die Frau eines seiner Männer, vielleicht gar seine eigene?

Im Grunde zählte es nicht, zählte nur, was sie selbst war: eine aus der Heimat Verschleppte. Der Schweiß brach ihr aus, und Runa presste ihr Gesicht gegen einen Holzspalt, um nach frischer Luft zu schnappen. Der Himmel war nicht länger grau, sondern rot und grün. Nein, berichtigte sie die müßigen Gedanken. Nicht der Himmel war rot und grün, sondern die Segel des Schiffes, die im Wind flatterten, waren es. Die Ruder klatschten gleichmäßig aufs Wasser.

Eine Weile hörte sie nur das, den eigenen Atem und das Seufzen des Vaters. Dann näherten sich Schritte, energischer als die des Mädchens Ingunn. Der Vater fuhr herum, und auch sie musterte den Mann, der sich wie alle anderen bücken musste, um die niedrige Kammer zu betreten – der Mann, der ihre Kuh geschlachtet hatte. Deren verzweifeltes Röhren hallte noch in Runas Ohren nach – viel eindringlicher als der letzte Schrei ihrer Großmutter.

Im fahlen Licht wirkten seine Narben nicht so beängstigend und seine Kleider nicht bunt, sondern grau, aber sein Grinsen war unheimlich, und seine Augen funkelten silbrig und kalt. Vielleicht war Silber gar nicht ihre Farbe, vielleicht reflektierten sie nur, was sie sahen. Und wenn er mich ansieht, dachte Runa, werden seine Augen schwarz. Schwarz wie ihr Haar und schwarz wie die Trauer um die verlorene Heimat. Er musste noch etwas anderes an ihr sehen.

»Du hast eine schöne Tochter«, stellte der Mann fest.

Sein Blick erforschte ihre Gestalt, lästig und aufdringlich wie Ungeziefer.

»Halt's Maul, Thure«, fuhr der Vater ihn an. »Wag nicht, sie anzustarren!«

Runa war dem Vater dankbar – und wieder nicht. Nichts, was er tat oder sagte, konnte wiedergutmachen, dass er die Großmutter getötet hatte. Herausfordernd blickte sie auf diesen Thure, bekundend, dass sie des Vaters Fürsprache nicht brauchte und dass sie jede Anzüglichkeit ertragen konnte – nur seine Nähe nicht.

Doch da hatte sich Thure bereits dem Befehl gebeugt, den Kopf gesenkt und war aus der Kammer gekrochen, und Runolfr folgte ihm ohne ein weiteres Wort.

Kaum war sie allein, stürzte sich Runa auf die Schüssel mit dem Essen. Der Hunger hatte die Übelkeit jäh vertrieben. Das Brot schmeckte wie Asche, das Fleisch wie Leder – und die Tränen, die sie vergoss, während sie aß, salzig.

Am Abend des ersten Tages schob sich der Eichenkiel des Schiffes lautlos auf das sandige Ufer einer Bucht. Dort verbrachten sie die Nacht. Am nächsten Abend ankerten sie in der Nähe von Vik. Anfangs war sie noch starr vor Angst und Schock und Wut gewesen – doch als Runa erneut festen Boden unter den Füßen spürte, überwältigte sie der Drang, wegzulaufen. Sie kam fünf Schritte weit, dann wurde sie von ihrem Vater an ihren Haaren gepackt und zurückgezerrt.

»Wenn du dich störrisch zeigst, bleibst du künftig über Nacht auf dem Schiff!«, brüllte er.

Als sie später am Lagerfeuer saßen, verweigerte Runa aus Trotz das Essen. Erst nach einer schlaflosen Nacht war der Hunger größer als die Wut. Sie ließ sich von Ingunn den mit Butter bestrichenen Trockenfisch reichen und einen Humpen aus poliertem Kuhhorn, der mit Met gefüllt war, und aß und trank gierig. Als sie sich an ihrer Tunika die Hände abwischte, fühlte sie das kleine Messer an ihrem Gürtel.

Runa hielt es fest in den Händen, als sie am dritten Tag das Schiff bestiegen. Sollte sie sich damit selbst Gewalt antun? Oder einem anderen? Am Ende schnitt sie sich ihre Haare in Höhe ihrer Ohrläppchen ab. Sie wollte das Messer gegen keinen Menschen erheben, aber sie schwor sich, dass der Vater sie nie wieder an den langen Strähnen festhalten sollte.

Als Ingunn sie so erblickte – das verbliebene Haar war schief geschnitten und stand widerspenstig wie ein Igelfell nach allen Seiten ab –, schrie sie entsetzt auf. Thure hingegen lachte, als Runa zwei Tage später aus der kleinen Kammer ins Freie trat. Sie hatte darauf gewartet, dass sie wieder an Land anlegten und sich eine neue Möglichkeit zur Flucht ergeben würde – doch stattdessen waren sie die ganze Nacht weitergesegelt, und jetzt sah sie auch, warum: Sie hatten die Küste hinter sich gelassen, der nordischen Heimat endgültig den Rücken zugewandt.

Runa verkniff sich die Tränen – die Freiheit, über ihr Handeln zu entscheiden, mochte sie verloren haben, der Kummer gehörte ihr allein, niemand sollte ihn sehen. Anstatt zurückzuschauen, starrte sie auf das riesige Rahsegel, das für den Vortrieb sorgte. Zu ihrer Überraschung flatterten nicht weit von dem einen ein zweites und drittes. Sie gehörten zu anderen Schiffen, die mit dem des Vaters vertäut waren und sein Tempo hielten. Offenbar hatte er sich in Vik mit Männern gleichen Zieles zusammengeschlossen. Runa blickte hinüber, konnte aber nur vertraute Drachenköpfe auf den Steven erkennen, keine Frauen und Kinder, die wie sie von Männern und Väter gezwungen worden waren, in ein neues Leben aufzubrechen. Oder die ihnen freiwillig gefolgt waren.

»Was machst du hier?«, bellte der Vater; sämtliche Blicke, nicht mehr nur der des lachenden Thure, fielen auf sie. »Hinein!«

Runa presste die Lippen zusammen und bückte sich, um in die enge Kammer zurückzukehren. Sie hockte sich zu Ingunn, die damit beschäftigt war, Stoffbahnen zusammenzunähen. Runa wollte nicht wissen, was es war, sich erst recht nicht an der Arbeit beteiligen, doch das Mädchen schien begierig auf Austausch oder war dazu verpflichtet worden, sie nicht nur mit Speisen, sondern auch mit Worten zu versorgen.

»Das Segel eines Schiffes ist so groß, dass man es nicht mit Webstühlen fertigen kann«, erklärte Ingunn. »Man muss viele kleine Stücke aneinandernähen.« Als Runa nicht reagierte, fuhr sie fort: »Willst du dir auch die Zeit vertreiben?«

Zuhause hatte meist die Großmutter gewebt und genäht.

»Ich kann Fische fangen und Tiere jagen, alles andere kann ich nicht«, gab Runa knapp zurück.

Es stimmte nicht, was sie sagte. Sie hatte sich auch um die Kuh gekümmert, hatte Haus und Dach instand gehalten, hatte den Hauptraum gefegt und Feuer gemacht. Alles, alles hatte sie getan, was Asrun von ihr verlangte.

Jetzt verschränkte sie die Arme vor den Beinen, und Ingunn verstummte.

Seetag reihte sich an Seetag. Noch einmal machten sie Halt an einem Hafen, diesmal in Aggersborg in Dänemark, doch danach war keine Küste mehr zu sehen, nur das Meer. Die Männer orientierten sich an Sternen, am Flug der Vögel, an ihrem Peilstein – aber nicht mehr am Land.

Kein Kummer, kein Trotz konnten alsbald die Langeweile vertreiben, und mehr als einmal war Runa versucht, Ingunn doch beim Nähen zur Hand zu gehen. Dann jedoch nahm sie ihr Messer und begann, von dem Mädchen misstrauisch beäugt, zu schnitzen. Bald zierten Runen und Ornamente die hölzernen Balken der Kammer.

Oft lugte Runa auch durch die Dachspalten nach draußen. Manchmal, wenn die See stürmisch war, tropfte es kalt von dort herunter. Die Holzbalken knackten, der Boden schaukelte, und sie kämpfte mit der Übelkeit. Dann wieder herrschte Flaute, und das Schiff kam nur dank seiner Ruder, nicht seines Segels voran.

Die Männer wurden von Tag zu Tag grimmiger. Obwohl ihre Lederkleidung in Öl getränkt war, hielt sie der Feuchtigkeit – Regen und Spritzwasser – nicht stand. Selbst Runa, obwohl von einem Dach geschützt, vermeinte an regnerischen Tagen, nie wieder Trockenheit spüren und nie wieder die Haut vom juckenden Salz reinwaschen zu können. Auf dem Schiff ließ sich kein Feuer machen, sodass es nur Dörrfleisch gab, das Tag für Tag weniger und zäher wurde. Das Wasser schmeckte so abgestanden, dass sie es bald nicht mehr trinken konnte und den Durst mit Met stillen musste. Den, den die Großmutter gebraut hatte, hatte Runa gut vertragen – von diesem nun, vielleicht aber auch nur von der Eintönigkeit der Reise, bekam sie Kopfweh.

Tagsüber schwitzte sie unter der oft brütenden Sonne, nachts zitterte sie vor Eiseskälte. Die Männer schliefen zu zweit in einem Schlafsack, der halbwegs warm hielt. Ingunn lud sie ein, zu ihr zu schlüpfen. In der ersten Nacht verweigerte es Runa. In der zweiten gab sie weniger der Kälte nach als dem Mitleid mit dem bebenden Mädchen. Ingunn traf keine Schuld an ihrem Geschick, und überdies tat es gut, jemanden zu halten, einen fremden Atem auf dem eigenen Gesicht zu spüren und zu wissen, dass sie nicht allein auf der Welt war. An Ingunns Seite schlief sie ohne die finsteren Träume, die sie immer wieder heimsuchten – Träume, in denen sich die Großmutter mit blutendem Mund erhob und wie die Kuh vor der Schlachtung schrie.

Der Vater hielt sich von ihr fern, seit Runa sich die Haare geschnitten hatte. Sie erwartete, dass das Schweigen bis zu dem Tag andauerte, da sie im Nordmännerland anlegten, doch eines Abends kam er in die Kammer gekrochen. Er verscheuchte Ingunn mit knapper, unwilliger Geste. Runa hätte sie gern zurückgehalten, wusste sie doch mittlerweile, dass das Mädchen die Männer fürchtete und dass Thures Blick, der selbst Runa unheimlich war, sie tief verstörte. Doch Ingunn gehorchte Runolfr, ehe Runa etwas sagen konnte.

Schwerfällig ließ der Vater sich neben sie fallen. Während der Fahrt hatte sie sich nicht nur geweigert, mit ihm zu reden, sondern ihn auch nie angesehen. So eng wie der Raum war, blieb ihr nun nichts anderes übrig, als ihn zu mustern. Der Bart war etwas gewachsen, das Haupthaar auch, beides war vom Salz verkrustet und so schief geschnitten wie ihre schwarzen Strähnen. Der Lederumhang klebte auf seinen Armen wie eine zweite, lästige Haut; die Lippen waren vor Trockenheit weiß und das Gesicht vom scharfen Wind gerötet. Bläuliche Äderchen auf der wuchtigen Nase verrieten, dass er zu viel getrunken hatte – und offenbar war er auch jetzt nicht willens, damit aufzuhören.

»Hier!«, rief er.

Anstelle eines Humpen Mets warf er einen Weinschlauch vor ihre Füße. Dieser gab gluckernde Geräusche von sich, als er vom Schiff hin und her geschaukelt wurde, und der rote Tropfen, der austrat, erinnerte sie an Blut.

Runa schüttelte nur den Kopf.

»Sauf, Mädchen! Das wird dir guttun!«

Wieder schüttelte sie den Kopf.

Drohend hob Runolfr die Hände, zum Zeichen, dass er ihr den Wein notfalls gewaltsam einflößen würde, wenn sie sich weiterhin bockig gab, und da erst redete Runa wieder mit ihm.

»Willst du mich schlagen?«, fragte sie kühl. »So wie du Großmutter geschlagen hast? Willst du mich vielleicht sogar töten wie sie?«

Runolfr ließ nicht nur die Hand sinken, sondern auch den Kopf. Sämtliche Kraft schien aus seinen Gliedern zu weichen, als wären sie nicht mit Fleisch und Blut gefüllt, sondern wie der Schlauch mit Wein. Regelrecht zu schrumpfen schien er.

»Du bist mein Mädchen, Runa, du bist doch Aesas Tochter. Wie sollte ich dir etwas zuleide tun können?« Seine Stimme klang hoch und verzagt wie die einer Frau.

Das Mitleid, das in ihr aufstieg, konnte Runa schlucken, nicht jedoch die Erinnerung, die darauf folgte. Sie sah sich selbst, wie sie als kleines Mädchen auf seinen Knien gehockt und durch diesen Bart gefahren war, damals noch dicht und weich. Kurz war ihr, als könnte sie nicht nur seine Stimme vernehmen, freudiger und kräftiger, sondern auch den Singsang ihrer Mutter. Später hatte es ihre Großmutter getan, doch in den ersten Lebensjahren war es Aesa gewesen, die ihr Geschichten von den Göttern und den Helden erzählt hatte.

»Ich will, dass du ein gutes Leben hast«, murmelte Runolfr.

»Dann bring mich zurück.« Sie hatte schroff klingen wollen, doch heraus kam ein flehentlicher, zittriger Ton.

»Es ist zu spät, Runa. Und versteh doch! Dort im Norden des Frankenreichs – dort liegt unsere Zukunft.«

»Meine nicht«, erwiderte sie knapp.

Sie wollte noch etwas hinzusetzen, aber begriff, dass sie mit Trotz nicht weiterkam, und auch, dass Wut und Verbitterung ihr während der eintönigen Tage abhandengekommen waren. Plötzlich war es leicht, zum Vater zu kriechen, die schmale Hand auf seine Pranke zu legen, ihn dazu zu bewegen, sie anzusehen.

»Bitte, Vater«, flehte sie. »Wenn dir mein Wohl am Herzen liegt, dann bring mich zurück!«

Er starrte sie an, ratlos und zerrissen. Während sein Körper immer schlaffer wurde, war jede Faser des ihrigen gespannt, als sie seiner Antwort harrte. Anstatt sie zu erlösen und endlich etwas zu sagen, griff er nach dem Weinschlauch, schnürte ihn auf und schüttete das Gesöff in sich hinein.

»Bitte, Vater«, wiederholte Runa, »bring mich zurück.«

Als er sie ansah, war sein Blick glasig. Rot war sein Gesicht schon zuvor gewesen, nun breiteten sich dunkle Flecken auf der Haut aus. Er rülpste, fiel dann schwer wie ein Stein zur Seite. Sie glaubte, er würde gleich zu schnarchen beginnen, doch stattdessen begann er zu murmeln.

»Es ist zu spät. Vor einer Weile haben wir einen Raben ausgesendet, und als er zurückkam, trug er einen grünen Zweig im Schnabel. Dort vorne kannst du schon die Küste sehen. Die Küste deiner künftigen Heimat.«

Er hob die Hand, deutete in eine Richtung.

Runas Blick folgte ihr nicht.

Es ist nicht meine Heimat, wollte sie sagen, aber da begann seine Hand zu zittern und sich dann zu einer Faust zu verkrampfen. Ein Ächzen ertönte plötzlich aus dem schwerfälligen Leib, schwoll zu einem Schrei an, röhrend wie der eines brünstigen Hirsches. Runa sprang auf und schlug sich den Kopf an der niedrigen Decke an.

»Vater!«

Sein Gesicht war nun so rot, als würde es platzen, die Augen, eben noch zu Schlitzen verzogen, schienen überzuquellen.

»Vater, was ist mit dir?«

Er klopfte mit der Faust auf seine Brust, als hockte dort ein wildes Tier, das er töten musste, wollte er weiterleben. Doch das Tier entkam ihm, drehte sich behände im Kreis, und jede Bewegung schien ihm unendlichen Schmerz zu bereiten. Er japste nach Luft. Die Farbe des Gesichts wandelte sich von Rot in Blau.

»Runa...«

Noch mehr wollte er sagen, doch jede Silbe wurde vom Röcheln verschluckt. Weißer Schaum trat ihm vor den Mund. Krämpfe schüttelten Runolfrs Glieder, ebbten plötzlich ab. Die Arme fielen auf den Boden, danach regte er sich nicht mehr. Sämtliches Leben war aus dem aufgedunsenen Leib gewichen.

Runa kniete bei ihrem Vater und hörte Thure nicht kommen. Mit lautlosen Schritten und geschmeidig wie eine Wildkatze war er in den kleinen Raum gekrochen. Er hockte schon dicht neben ihr, als sie herumfuhr und in seine Augen blickte, die jetzt nicht grau waren, sondern von kaltem Gelb.

»So schnell?«, raunte er, bückte sich über ihren Vater und musterte ihn eingehend. Kein Entsetzen stand in seinen Zügen, nur waches, ehrliches Interesse.

Verständnislos starrte Runa Thure an, konnte eine Weile nichts tun, als stumm neben ihm zu hocken. Erst nach einer Weile wurden ihre Gedanken von einer jähen Erkenntnis aufgescheucht.

Er ist nicht überrascht, dass Vater tot ist. Er hat seinen Tod erwartet. Laut aussprechen konnte sie den Verdacht nicht.

So wie ihr Hast und Panik fehlten, so seelenruhig griff Thure nach dem leeren Weinschlauch, schüttelte ihn leicht und roch daran, als entströmte ihm der liebliche Geruch von Frühlingsblumen.

»Ich war mir nicht sicher, ob es zu viel oder zu wenig war«, begann er. »Zu viel wäre recht gewesen, denn noch toter als tot kann man nicht sein. Aber hätte ich zu wenig genommen, so hätte mich das in Schwierigkeiten gebracht.« Er lachte auf.

»Was ... was ...«

Die Kammer schien Runa nie so eng und klein gewesen zu sein wie in diesem Augenblick. Kurz vermeinte sie, die Wände würden rund um sie zusammenwachsen und die Decke auf sie fallen, um sie zu begraben. Aber sie war nicht tot – der Vater war es.

»Du hast ihn vergiftet«, stieß sie hervor.

Thures Miene blieb fröhlich. Er widersprach nicht, zuckte nur schweigend die Schultern.

»Ich ... ich ...«, stammelte Runa, »ich hätte auch davon trinken können!«

Sie biss sich auf die Zunge. Eben noch hatte sie nicht einmal schreien können, waren ihr die Worte in der Kehle stecken geblieben – diese aber nun waren viel zu schnell, zu gedankenlos aus ihr herausgeplatzt, verrieten ihm, wie träge ihre Gedanken arbeiteten und wie leichtgläubig und unschuldig ihr Herz war.

»Dies war der Plan«, murmelte er.

Runa sagte nichts mehr, führte ihre Hand nur vorsichtig zu dem kleinen Messer, das sie am Gürtel trug.

Sie hatte den Knauf noch nicht ertastet, als Thure mit tödlichem Ernst drohte: »Tu es lieber nicht!«

Sie erstarrte.

Auch wenn er keine Anstalten machte, auf sie loszugehen – sie wusste, wie schnell er sein konnte und wie stark. Sie wusste auch, dass er ihren Vater getötet hatte und sie selbst hatte töten wollen und dass er es nun, da sie nichts vom vergifteten Wein getrunken hatte, auf andere Weise erneut versuchen würde. Unter den bunten Gewändern sah sie weder Messer noch Schwert. Waren seine Hände, verglichen mit Runolfrs Pranken eher schmal, seine einzige Waffe?

Gemächlich begann Thure zu sprechen: »Du musst wissen – ich habe nichts gegen Runolfr, nur dagegen, wie er die Welt sieht. Er denkt tatsächlich, im Land der Franken wird man als Bauer reich. Aber Männer wie er und ich sind für das Schwert gemacht, nicht für den Pflug. Ich will kein Feld beackern, sondern mir die Ernte holen, nachdem andere sie eingebracht haben. Früher, als er noch jung war und ungebrochen, wollte er das auch.«

Runa starrte ihn fassungslos an. »Du hast ihn vergiftet, weil du mit seinen Plänen nicht einverstanden warst?«

Wieder zuckte er die Schultern, als würde er ernsthaft überlegen, ob ihm noch eine andere Möglichkeit geblieben wäre. Schließlich schüttelte er ebenso verneinend wie bedauernd den Kopf. »Runolfr dachte, eine Zeit des Friedens würde beginnen – ich hingegen denke, der Krieg hört niemals auf. Ich mochte ihn, aber auf unterschiedlichen Seiten standen wir trotzdem. Und ich habe genügend Kämpfe erlebt, um zu wissen, dass Worte niemals Einigkeit schaffen, sondern einzig das Schwert eine klare Entscheidung darüber treffen kann, wer Recht hat und wer nicht.«

»Aber du hast nicht gegen ihn gekämpft!«, schrie Runa auf. »Nicht auf ehrbare Weise! Du hast nicht das Schwert gegen meinen Vater erhoben, sondern ihn vergiftet! Nichts ist verwerflicher als ein Mord, wenn einer wehrlos auf dem Boden liegt!«

Achtlos ließ Thure den Weinschlauch fallen, der sich kurz aufblähte, dann schrumpfte. Er griff zu einem Bündel, das er am Gürtel trug, schüttete etwas von dessen Inhalt – schwarze Körnchen, so groß wie Samen – auf seine Handfläche, roch erst daran und leckte sie dann auf.

»Was tust du da?«, rief Runa.

»Freu dich nicht zu früh«, höhnte er. »Daran werde ich nicht sterben. Wohldosiert sind diese Pilze kein Gift, das den Tod bringt, sondern eins, das die Welt bunter und heller erscheinen lässt. Dass es sich so verhält, scheint mir kein Zufall zu sein. In der Nähe des Todes ist die Welt immer bunter und heller, wusstest du das? Öde und grau ist der Alltag, in dem ein Augenblick dem anderen gleicht. Eintönig und langweilig alle Pflichten, bei denen man sich den Rücken krümmt. Aber stehst du einem Feind gegenüber und weißt, dass am Ende du tot bist oder er, so beginnt die Erinnerung an dein Leben zu leuchten und zu glühen. Das letzte Stück Brot, das du gegessen hast, schmeckt saftig in deinem Mund nach. Du siehst Blumen, die du vorher nicht gesehen hast, und hörst Vögel singen, denen du dich taub gestellt hast. Du bist dankbar für jedes Mal, da du im Badehaus gehockt, im Meer geschwommen, dich am Lagerfeuer betrunken und bei einer Frau gelegen hast. Ja, ich habe gelebt, denkst du dir, und wenn du erregt das Schwert hebst, wenn dein Blut in dein Gesicht steigt, ist dein Blick auf die Welt nicht grau, sondern rot. Der Tod schenkt dir Farben, wenn du nicht vor ihm wegläufst, sondern ihm mutig entgegentrittst. Und kommt er in der Gestalt eines anderen Kriegers auf dich zu, lockt er mit der Einladung zum schrillsten und lautesten und berauschendsten aller Feste – dem Fest in Walhall.«

Runa hörte Thures Worte, aber das Einzige, was sie begriff, war, dass sein Kopf krank und seine Seele verkommen waren.

»Kein Mann mit Ehre tötet einen anderen mit Gift«, stieß sie aus. »Es gibt nichts Wichtigeres im Leben als einen guten Ruf. Er ist das, was bleibt.«

Er widersprach nicht. »So mag es sein«, gab er freimütig zu. »Doch um seine Ziele zu erreichen, gilt es manchmal, etwas zu opfern. Du kennst doch die Geschichte unseres Göttervaters Odin, der nach Weisheit suchte und sein Auge als Pfand gab, um einen Schluck aus Mimirs Brunnen zu erheischen. So wie er sein Auge für seherische Kräfte gab, gab ich meine Ehre, um mich nicht länger führen zu lassen, sondern selbst zu führen. Weißt du, Runa, dir kann ich's verraten«, er beugte sich vertraulich vor, »hätte ich die Wahl, würde ich immer wieder auf die Ehre verzichten, ungern jedoch auf ein Auge. Einmal hätte ich beinahe ein Auge verloren – in einer Schlacht im Friesenland. Willst du wissen, was geschehen ist? Und willst du wissen, woher ich meine Narben habe?«

Thure ließ das Säckchen sinken und fuhr sich bedächtig über Wangen und Stirn. Seine Haut war fahl wie der Mond, seine Augen nun abgründig schwarz wie die Nacht. Ganz gleich, was er über den Tod und seine Farben gefaselt hatte, das Feuer, das in ihm brannte, so war sich Runa gewiss, spuckte nur schwarzen Rauch, nicht das kleinste rötlich gelbe Flämmchen.

»Also«, wiederholte er, »willst du wissen, woher ich meine Narben habe?«

»Ich will wissen, was du nun mit mir tun wirst«, flüsterte sie.

Er blickte sie freundlich an, beinahe mitleidig, strich weiter, fast behutsam, über seine Wangen. Ihr war, als könnte sie diese Berührung auf der eigenen Haut spüren. Dann schrie er plötzlich auf, verzweifelt und hasserfüllt wie nie.

»Du verfluchtes Weib!«, kreischte er. Sie zuckte zusammen, und er biss sich auf die Lippen, um zwischen den wüsten Anklagen, die er nun aneinanderreihte, nicht in hysterisches Lachen auszubrechen. »Verfluchtes Weib! Du hast Runolfr getötet! Du hast deinen eigenen Vater vergiftet! So schändlich kann nur eine Frau sein! Kommt alle her und seht! Runa hat ihren Vater vergiftet, aus Rache, weil er sie aus der Heimat verschleppt hat.«

Thure schnappte gierig nach Luft, während Runa der Atem stockte. Starr vor Entsetzen ließ sie die Flut an Worten über sich ergehen. Erst als sie endlich abriss, handelte sie – blitzschnell und ohne zu überlegen. Eben noch hockte sie mit krummem Rücken da, jetzt beugte sie sich nach vorn. Es hatte den Anschein, als würde sie über dem Vater zusammenbrechen, und tatsächlich kam sie auf seinem schweren, weichen Leib zu liegen. Doch das tat sie nicht, um sich an ihn zu klammern, sondern um mit ihrem Fuß nach Thure zu treten. Den Augenblick, da er überrascht zurückwich, nutzte sie, aufzuspringen, um an Thure vorbei nach draußen zu stürmen. Vergebens griff er nach ihren Beinen, bekam jedoch ihren Arm zu fassen. Runa spürte seine Kraft, die nicht an ihm zu vermuten war und die sie doch erahnt hatte. Er zerrte sie auf den Boden, drückte ihren Kopf auf das Holz. Ganz dicht beugte er das bleiche Gesicht über ihres; riesengroß schienen ihr die Narben jetzt. Als sie sich wehrte, schlug er ihr ins Gesicht. Runa verkrampfte sich, schrie auf.

Und dann fühlte sie nichts, rein gar nichts mehr; sie tat so, als würde der Schmerz ihr das Bewusstsein rauben, und tastete zugleich nach ihrem Messer. Sie bekam es an der Klinge zu fassen, spürte, wie diese ihr ins eigene Fleisch schnitt, doch auch jener Schmerz erreichte sie nicht. Runa umschloss nun den Knauf und schlug wild um sich. Ob das Messer Thure traf oder nur die Luft zerschnitt, wusste sie nicht, nur, dass er sie freigab. Blitzschnell rollte sie sich auf den Bauch und sprang auf.

Kein zweites Mal versuchte Thure, sie zu packen – es war nicht mehr notwendig. Als sie ins Freie stürzte, schloss sich bereits ein Kreis von Männern um sie.

»Sie hat Runolfr umgebracht!«, schrie Thure hinter ihr. »Sie hat ihren eigenen Vater vergiftet, dieses schändliche Weib!«

Aus den Augenwinkeln nahm Runa Ingunn wahr. Sie schlug die Hände vors Gesicht und lugte dann zwischen den Fingern hindurch, die Augen vor Entsetzen weit aufgerissen.

Sie glaubt es auch, durchfuhr es Runa. Wir haben in den Nächten Seite an Seite geschlafen, und doch glaubt sie nun, ich hätte meinen Vater getötet ...

Dann achtete sie nicht länger auf Ingunn. Einer der Männer hatte sich aus dem Kreis gelöst, trat auf sie zu, gemächlich, sich der eigenen Übermacht bewusst. Wieder handelte Runa blitzschnell und ohne nachzudenken, vertraute den Instinkten, die ihr bisher immer geholfen hatten. Behände stützte sie sich auf dem Dach der Kammer ab und sprang hinauf, noch ehe Thure ins Freie trat. Drei unsichere, wankende Schritte später vermeinte sie, die Welt rollte ihr unter den Füßen weg. Dann hatte sie das Ende des Dachs erreicht und sprang ins Nichts. Nein, nicht ins Nichts, sondern ins Meer, kalt, tief und schwarz.

Einen kurzen Augenblick dachte Runa an die Küste, die der Vater am Morgen gesehen haben wollte, und ob sie nahe genug war, dorthin zu schwimmen. Als die Fluten über ihr zusammenbrachen, dachte sie an gar nichts mehr. Kälte verbiss sich in ihren Gliedern wie ein hungriges Tier. Sie ergab sich ihr wehrlos, versteifte, sank tiefer und tiefer in Njörds Reich. Nun machte es sich bezahlt, dass sie so oft im eiskalten Fjord geschwommen war: Der Meeresgott kannte sie und wusste, dass sie ihm nicht feindlich gesinnt war. Seine Hände liebkosten sie nur, aber rissen sie nicht ganz in die Tiefe.

Runa begann, mit den Füßen zu treten. Vielleicht kam ihr nicht nur Njörd selbst, sondern auch Ran zu Hilfe, die Göttin, die mit ihrem Netz die Ertrinkenden aus dem Wasser fischte. Spuckend und prustend kam sie an die Oberfläche und holte tief Atem. Sie drehte sich nach allen Seiten, hielt Aussicht nach den Schiffen, deren schweres Holz ihren Schädel zerbersten lassen würde, wenn es sie mit ganzer Wucht träfe. Doch das schien nicht die größte Gefahr.

»Dort ist sie!«

Thures Stimme wurde gedämpft vom Wasser, das in Runas Ohren gedrungen war. Viel deutlicher vernahm sie das Zischen, das seinen Worten folgte. Ehe sie hochblicken konnte, schoss ein Pfeil haarscharf an ihrem Kopf vorbei. Noch einmal schöpfte sie Luft, versank erneut in die schwarze Kälte, tauchte schließlich, als sie es nicht länger aushielt, wieder auf. Kaum sah sie Licht, ging ein neuer Pfeil auf sie herab, nein, nicht nur einer, sondern ein Regen gar aus Holz und Erz. In ihrer Brust hämmerte es.

»Dort ist sie!«, schrie Thure wieder.

Sie würde ihm nicht entkommen, würde entweder von einem Pfeil getroffen werden oder ertrinken, und während sie verzweifelt strampelte, dachte sie, dass es vielleicht auch besser war, wenn sie ihrer Großmutter nach Niflheim folgte – ihr und dem Vater. Viele Übel hatte sie ihm gewünscht, den Tod jedoch nicht, und anstatt den Mann zu verfluchen, der sie verschleppt hatte, flehte sie nun innerlich um die Hilfe des Vaters. Als erneut Pfeile auf sie herabstoben, sie wieder in das dunkle Reich des Meeresgottes versank, hörte sie plötzlich seine Stimme, laut und klar.

Du musst überleben. Wer sonst kann die Geschichten unserer Ahnen erzählen. Wer sonst kann einen Becher Wein auf uns trinken. Wer sonst kann Runen in einen Stein ritzen, die an unsere Namen und unsere Geschichten erinnern.

Vielleicht war es auch gar nicht seine Stimme, sondern die Asruns.

Runa blickte nach oben, sah den dunklen Leib des Schiffes und gleich daneben das Steuerruder, das in die Tiefe ragte. Sie schwamm darauf zu, zog sich daran hoch, spürte, wie die Muscheln, die am Holz hafteten, unter ihren Händen brachen, und rutschte an den glitschigen Algen ab. Aber sie gab nicht auf. Irgendwann gelang es ihr, sich ans Ruder zu klammern und den Kopf aus dem Wasser zu heben, so dicht neben dem Schiff nun, dass man sie von dessen Deck aus nicht sehen konnte. Unverwandt schossen die Pfeile ins Wasser – jedoch weit von ihr entfernt. Sie hörte die Männer enttäuscht brüllen, dann befriedigt murmeln.

»Ihr müsst sie getroffen haben«, verkündete Thure.

Ganz nüchtern klang er, er lachte nicht. Runa schloss erschöpft die Augen.

Als Ruhe eintrat, öffnete sie sie wieder und blickte sich um. Sie sah die anderen Schiffe, doch nirgendwo war die Küste auszumachen. Entschlossen ließ sie das Ruder los, schwamm so lautlos wie möglich von den Schiffen fort, drehte sich wieder im Kreis. In der einen Richtung traf weißer Himmel auf das schwarze Meer, in der anderen war ein grauer Streifen zu erahnen. Das konnten Wolken sein, milchig und kraftlos, vielleicht aber auch Klippen.

Ihr blieb keine andere Wahl, als es zu versuchen.

Runa tauchte unter, schwamm, tauchte wieder, niemand hatte sie gesehen. Das Meer lag ruhig da, dann kräuselte sich die Oberfläche. Wellen spritzten ihr ins Gesicht, jede Bewegung, ob von Beinen oder Armen, begann zu schmerzen. Eine Weile schwamm sie blind, als sie die Augen wieder aufschlug, war der graue Streifen etwas breiter – nicht mehr fadendünn, sondern dick wie ein Finger.

Zu weit, dachte sie ... es ist viel zu weit.

Und doch schwamm sie unermüdlich weiter, nichts anderes blieb ihr noch. Die Wellen schlugen erst immer höher über ihrem Kopf zusammen, ließen schließlich von ihr ab. Der diesige Himmel leuchtete im letzten Tageslicht orangerot auf und wurde dann schwarz wie das Meer. Der Mond erschien am Nachthimmel, von Wolkenfetzen umwoben wie von einem Spinnennetz. Er und die Sterne allein wiesen ihr den Weg.

Wie breit die Klippen sich nun vor ihr erhoben, ließ sich im Dunkel nicht länger erahnen. Runa schwamm ins Nichts. Dann ließen die Schmerzen in den Gliedern nach – gefühllos wurde die Haut, der ganze Leib. Sie hätte nicht einmal beschwören können, ob sie überhaupt noch schwamm, doch es musste so sein, denn schließlich hielt sie den Kopf über Wasser. Mondlicht glitzerte auf den spitzen Wellen, ein schönes, aber kaltes Licht. Es bewies, dass Thure gelogen hatte: Der nahe Tod schenkte keine Farben, schenkte nur Weiß und Schwarz – und vielleicht ein wenig Silber.

Aber vielleicht war sie dem Tod auch nicht nahe genug. Noch schwamm sie, atmete sie, lebte sie.

Irgendwann stießen ihre Füße auf Widerstand.

Irgendwann lag sie auf festem Grund.

Das Erste, was Runa bewusst wurde, als sie zu sich kam, war der Geschmack von Sand. Ihre Kehle fühlte sich so an, wie die des Vaters sich angefühlt haben musste, nachdem er von Thures Gift getrunken hatte. Eine Weile konnte sie nur liegen, ausgelaugt und erschöpft, dann stützte sie ihre Hände auf und versuchte sich zu erheben. Schmerzen peinigten den Leib. Jedes Glied schien zu schreien.

Runa zitterte, aber sie gab keinen Schmerzenslaut von sich. Nicht der Klang ihrer Stimme, einzig der Sand in ihrem Mund und das Weh in ihren Gliedern waren Zeichen dafür, dass sie noch lebte. Nebel waberte um sie herum – seltsam tröstlich. Von dem fruchtbaren Land, das der Vater versprochen, aber das sie bis jetzt noch nicht gesehen hatte, hätte sie sich verspottet gefühlt. Die grauen Felsen hinter dem farblosen Dunst waren ihr hingegen vertraut. Nein, Heimat war es nicht, würde es niemals sein, aber auf diesem Fleckchen Sand inmitten schroffer Klippen und rauer See, schwor sie sich, auch weiterhin nicht zu sterben: nicht unter Thures Pfeilen, nicht in den eisigen Fluten.

Keuchend raffte Runa sich auf. Ihre Knie bebten schon beim ersten Schritt, aber irgendwie gelang es ihr, Fuß vor Fuß zu setzen, bis sie es zu einem kleinen, runden Stein geschafft hatte. Dort ließ sie sich fallen, hockte eine Weile gekrümmt und begann, die Umgebung abzusuchen. Wenn sie leben wollte, nicht nur irgendwann wieder in der verlorenen Heimat, sondern einfach nur bis zum nächsten Tag, brauchte sie trockene Kleidung und etwas zu essen.

Und wenn sie gar nicht lebte, sondern gestorben war? Vielleicht war dies hier nicht der nördliche Zipfel des Frankenreichs, den man Nordmännerland nannte, sondern Niflheim, das Reich der Toten inmitten der gähnenden Leere des gefrorenen Nordens. Nein, das war nicht möglich – in Niflheim war stets Nacht, hier aber war der Himmel von einem blassen Blau.

Ich lebe, dachte Runa, und diese Gewissheit verhieß Triumph und Sehnsucht zugleich. Triumph über Thure und Sehnsucht nach Wärme.

Nicht mehr ganz so schmerzhaft zog sich ihre Kehle zusammen, als sie sich vom Stein erhob. Runa drehte sich nach sämtlichen Richtungen, um einen Weg in die Welt hinter den Klippen zu finden. Sie waren zu steil, um einfach hochzuklettern, aber der Sandstreifen wurde hinter einem der Felsentürme breiter. Sie ging am Meer entlang, und in der Ferne erahnte sie das Grün wogender Gräser. Oder war es nur das Trugbild ihres verwirrten Geistes?

Gewiss kein Trugbild war das Geräusch, das Runa im

nächsten Augenblick vernahm. Zum steten Rauschen der Wellen und dem Gekreisch der Möwen gesellte sich plötzlich das Getrappel von Pferdehufen.

Runa zuckte zusammen, versteckte sich hastig zwischen zwei Felsen. Die Wellen leckten an ihren Füßen, so wie einen kurzen Augenblick die Todesangst an ihrer Lust zu überleben.

Unwillkürlich fuhr ihre Hand zur Brust und umfasste das Amulett der Mutter, das ihr die Großmutter nach deren Tod umgelegt hatte. Seit Tagen hatte sie es nicht berührt, und doch hatte es ihre Flucht vom Schiff heil überstanden. Sie schloss die Augen, und wenn sie sich auch nicht an das Gesicht ihrer Mutter erinnern konnte, stand das von Asrun deutlich vor ihr: gütig und vertrauensvoll, tröstend und ermutigend, trotzig und entschlossen.

Runa atmete tief durch, ehe sie sich vorwagte, um zu sehen, wie viele Pferde auf sie zukamen, wer auf ihrem Rücken ritt und ob diese Reiter bedrohlich schienen oder nicht. Vielleicht würde sie vor ihnen davonlaufen, vielleicht sich vor ihnen verstecken, vielleicht sogar gegen sie kämpfen müssen.

Nur aufgeben – aufgeben würde sie nicht.

Kloster Saint-Ambrose in der Normandie
Herbst 936

Nebel stieg vom regennassen Boden auf, die Äbtissin vermeinte, in einem grauen Sumpf zu waten. Die Ränder ihres Kleides, schwarz, wie es alle Nonnen als Zeichen der Enthaltsamkeit trugen, hatten sich mit Schlamm vollgesogen. Sie ging im Hof des Klosters auf und ab und hoffte, dass niemand sie beobachtete, dass niemand die Unsicherheit sah, die ihr im Gesicht geschrieben stand, und nicht die Zerrissenheit. Sie war erleichtert, dass der junge Mann nach nunmehr drei Tagen das Schlimmste überstanden zu haben schien, und hatte zugleich voller Angst der Stunde geharrt, da er die Augen aufschlagen würde.

An diesem Tag war das geschehen.

Ja, er sei erwacht, hatte die Krankenschwester, ebenso gründlich wie gleichgültig in allem, was sie tat, bestätigt. Man habe ihn, da nicht länger mit dem Schlimmsten zu rechnen sei, aus der Aderlassstube gebracht. Stattdessen liege er nun in jenem Häuschen bei der Pforte, wo man gewöhnlich Gäste empfinge. Bis jetzt habe er noch kein Wort gesprochen.

In den letzten Tagen hatte die Krankenschwester seine Blutungen mit Kerbel gestillt, hatte mit Wermut das Fieber gesenkt, hatte die Wunde mit einem dünnen Hanffaden ge-

näht, hatte ihm schließlich nicht nur heißen Brombeerwein eingeflößt, sondern auch Rinderbrühe. Nachdem er nun endlich erwacht war, hatte er erstmals wieder etwas Festes essen können: einen Bissen Brot, ein Stück Käse und etwas von den gekochten, mit Schweineschmalz gefetteten Bohnen. Offenbar hatte er es vertragen. Zum Reden hatte es ihn nicht gebracht.

Die Äbtissin atmete tief ein, dann lenkte sie ihre Schritte Richtung Pforte.

Schwester Mathilda beaufsichtigte den Verletzten, da die Krankenschwester anderswo gebraucht wurde. Die Äbtissin hatte dem Mädchen strikt verboten, Unruhe zu stiften und im Kloster zu verkünden, dass der junge Mann vielleicht auf der Flucht vor Nordmännern war. Mathilda hatte gehorcht und geschwiegen, doch das hatte ihren Ängsten nicht die Macht genommen. Nach einigen durchwachten Nächten sah man ihr die Erschöpfung deutlich an.

Als die Äbtissin die Krankenstube betrat, fuhr Mathilda hoch. »Etwas geht nicht mit rechten Dingen zu!«, rief sie panisch. »Seit ... er hier ist, fliegen die Krähen niedriger, und die Katzen fressen weniger Mäuse. Das sind Zeichen, dass uns ein Unglück bevorsteht!«

»Das sind keine Zeichen, das ist Aberglaube«, erklärte die Äbtissin scharf.

»Und Schwester Bernharda behauptete gestern Abend, dass sie auf dem Himmelszelt einen Kometen gesehen habe«, fuhr Mathilda ungerührt fort. »Ein solcher kündigt Kriege an!«

Die Äbtissin schüttelte den Kopf. »Als das letzte Mal ein Komet gesehen wurde, herrschte danach Dürre, kein Krieg.«

»Aber...«

»Genug!«, unterbrach die Äbtissin sie streng. »Diesmal

will ich deine vorlauten Worte überhört haben, aber wenn du dergleichen noch einmal aussprichst, wirst du dafür Buße tun.«

Für gewöhnlich ging sie mit ihren Nonnen nicht so streng ins Gericht. Sie war nachlässig, wenn es galt, alle Sünden, die großen wie die kleinen, zu ahnden – durch Fasten oder stundenlanges Gebet, durch Frieren oder durch Schlafentzug, durch grässliche Arbeiten wie das Leeren des Aborts oder das Knien auf kaltem Boden. Nein, nichts davon forderte sie, wenn eine es nicht freiwillig tat, sondern begnügte sich damit, dass die Nonnen nicht stritten, das Essen gerecht verteilt und die alltäglichen Pflichten halbwegs gründlich erledigt wurden. Bruder Ludwig vom Nachbarkloster war mit ihrer Amtsführung nicht immer einverstanden, doch er kam nur einmal im Jahr, stets vor Beginn der Fastenzeit, und sein Nörgeln wuchs nie zu ernsthaftem Tadel. Er wusste schließlich, wer sie war, und drückte darum beide Augen zu. Außerdem lebten die Schwestern nach den Regeln des heiligen Benedikt, nicht nach denen des heiligen Columban, und Erstere waren nicht ganz so entschieden darauf ausgerichtet, alles Menschliche mit Gewalt auszumerzen, auf dass nur Heiliges bliebe.

Ob ihrer harschen Worte senkte Mathilda den Blick und trat zur Seite. Zum ersten Mal sah die Äbtissin den jungen Mann nicht liegen, sondern sitzen. Die Haare fielen ihm strähnig in die Stirn, er hockte wie erstarrt da. Er trug eine saubere Tunika, und die Äbtissin fragte sich, ob es womöglich nur ein in zwei Teile zerrissenes Nonnengewand war. Das Amulett, dessen Anblick sie drei Tage zuvor so erschüttert hatte, lag nicht unter der Tunika verborgen, sondern auf dem rauen Stoff. Als die Äbtissin näher kam, griff er wie schutzsuchend danach – eine erste schnelle Regung.

Die Äbtissin zauderte wieder, überwand sich schließlich

doch und hockte sich zu ihm. Sie überlegte, Mathilda fortzuschicken, aber war sich nicht sicher, ob sie ertragen könnte, mit dem Mann allein zu sein. Jetzt hob er den Kopf und schüttelte das Haar aus der Stirn.

»Ehrwürdige Mutter«, hauchte er.

Seine Stimme klang heiser, aber die Worte waren gut zu verstehen. Er nutzte keine der nordischen Sprachen, wie die Äbtissin trotz seiner Tonsur instinktiv erwartet hatte, sondern akzentfrei die lingua romana, *die in der ganzen Francia, wie man das Westfränkische Reich nannte, gesprochen wurde.* Sein Blick war fest auf sie gerichtet, sie hingegen hielt seinem kaum stand. Warum sprach er die ersten Worte ausgerechnet zu ihr? Ahnte er, wer sie war? Doch müssten seine Züge dann nicht von heftigen Gefühlen zerrissen sein, von Wut oder Trauer, von Freude oder Neugier?

Nichts davon war zu erahnen, als er ausdruckslos hinzufügte: »Habt Dank für die Gastfreundschaft. Christus wird sie Euch lohnen.«

Die Äbtissin schloss die Augen, um die aufsteigenden Tränen zu verbergen.

Er war getauft. Gott sei Dank war er getauft.

Und dennoch trug er dieses heidnische Amulett.

Sie kaute auf ihren Lippen, zwang sich dann, eine Frage zu stellen. »Du bist Arvid, nicht wahr?« Sie sprach so heiser wie er.

Sein Blick senkte sich, dann nickte er.

Ihre Augen blieben starr auf das Amulett gerichtet. »Du trägst das Zeichen der Wölfin«, stellte sie fest. »Runas Amulett.«

Eine Weile schwieg er. »Sie hat mir von Euch erzählt«, kam es schließlich flüsternd. »Sie hat gesagt ... wenn ich jemals Hilfe brauche ... sei ich hier in Sicherheit.«

Die Äbtissin schluckte. »Und warum brauchst du Hilfe? Wie ... wie wurdest du so schlimm verletzt?«

Auf seiner Stirn stand Schweiß. Er sagte nichts mehr, und sie entschied, ihn nicht weiter zu bedrängen.

Doch kaum erhob die Äbtissin sich, bekannte er hastig: »Jemand trachtet mir nach dem Leben. Wahrscheinlich wisst Ihr, dass ... er es ist.« Er machte eine Pause, ehe er seine Worte bekräftigte. »Ja, ich bin sicher, er will mich töten.«

II.

LAON
SOMMER 911

Der Schrei, schrill und verzweifelt, durchbrach den Gesang und ließ Gisla verstummen. Für gewöhnlich gab es nichts, was ihren Gesang störte. Die Kemenate der königlichen Pfalz, in der sie lebte, lag fern vom Lärm des Hofs, und nur wenige Frauen und der Priester wagten es, sie zu betreten.

Jener Priester war nicht immer glücklich über den Gesang. Gewiss, Gislas Stimme sei engelsgleich und könne dem erbärmlichen Menschen eine Ahnung von jenseitiger Glorie schenken – eine Wohltat und ein Zeichen der Hoffnung im hiesigen Jammertal. Und doch, der einzig rechte Ort, um zu singen, sei das Gotteshaus. Und der einzige Zweck, es zu tun, sei, Gott zu huldigen. Einfach nach Lust und Laune zu singen, weil es die Ohren der Mutter und der einstigen Amme erfreute und weil man es meisterhaft konnte, war hingegen eine Sünde und verriet nicht weniger eine hoffärtige Seele als prächtige Kleider und funkelnder Schmuck. Auf beides konnte Gisla verzichten, obwohl sie als Königstochter immer nur in edelste Stoffe gekleidet war – dem Singen zu entsagen war ihr jedoch unmöglich, vor allem dann, wenn der Priester sie nicht mit mahnenden Worten davon abhielt, die Amme Begga sie hingegen dazu ermutigte.

Jetzt sah Begga sie entsetzt an. Gislas Kehle wurde trocken, als ein zweiter Schrei ertönte, gefolgt von Worten, nicht minder schrill und verzweifelt.

»Ich lasse das nicht zu! Ich werde das nicht zulassen!«

Gisla und Begga tauschten betroffene Blicke. Es war Gislas Mutter Fredegard, die so schrie, noch nie hatte eine von ihnen ähnlich durchdringende Laute aus ihrem Mund vernommen. Fredegards Blick war manchmal traurig umwölkt, aber ansonsten war sie stets beherrscht, trug ihr Schicksal, das kein leichtes war, mit Würde, und ließ die Welt nicht an dem Schmerz teilhaben, der ihr insgeheim jede Stunde vergällte. Sie sprach nie darüber, aber Gisla wusste natürlich, was die Mutter betrübte. Wenn die Kemenate auch fern vom Hofe lag und ihre dicken Steinmauern dessen Laute verschluckten – manch Tuschelei drang an ihr Ohr, so auch darüber, dass Fredegard nur die Konkubine des Königs war, nicht seine Gattin. Und dass Gisla nichts weiter als ein Bastard gewesen wäre, wenn der König sie nicht als rechtmäßige Tochter anerkannt hätte.

Rechtmäßig oder nicht – dem Rang nach zählten ihre jüngeren Halbschwestern mehr, Kinder der wahren Königin, die mit dem königlichen Vater und dessen Haushalt von Pfalz zu Pfalz zogen, während Gisla mit ihrer Mutter in Laon lebte und die dortige Kemenate so gut wie nie verließ. Als Gefängnis empfand sie sie trotzdem nicht. Es machte ihr nichts aus, in einigen wenigen Räumen zu leben. Ganz gleich, was der Priester sagte – singen konnte sie hier so gut wie in der Kapelle.

»Was sollen wir tun?«, fragte sie Begga.

Die Amme wusste keinen Rat. Sie kleidete Gisla jeden Morgen an und jeden Abend aus, kämmte ihr das weizenblonde Haar und lauschte hingerissen ihrem Gesang; sie schlief am Fußende ihres Bettes, sorgte im Winter dafür, dass es warm und im Sommer, dass es kühl blieb. Mehr Aufgaben hatte sie nicht. Und so war es schließlich nicht ihre, sondern Gislas Entscheidung, dem Schrei zu folgen.

Die junge Frau zitterte und steckte ihren Schleier fest. Für gewöhnlich verließ sie ihre Kemenate nicht ohne Erlaubnis und nur in Begleitung der Mutter. Auch Begga schien zunächst unsicher, trabte ihr aber schließlich willig hinterher.

»Das dürft ihr nicht tun!«, gellte es wieder durch die Gänge.

War es der Vater, mit dem Fredegard so schrie? Obwohl doch niemand mit ihm schrie, dem König von Gallia, nach seinem Großvater, den man auch den Kahlen genannt hatte, und nach dem Ururgroßvater, der der Große gewesen war, Karl getauft?

Der Gang mündete in die Gemächer der Mutter, doch diese standen leer. Gisla durchquerte den Raum, öffnete die Tür aus Eichenholz an dessen anderem Ende, betrat nun den Speisesaal, größer als die Kemenate und schöner, die Wände bemalt und mit Luchs- oder Auerochsfellen bedeckt. Manchmal hatte Gisla hier gegessen – nicht nur mit der Mutter, sondern auch mit dem Vater, und vor Aufregung, dem König gegenüberzusitzen, hatte sie keinen Bissen heruntergebracht. Auch jetzt wurde ihr die Kehle eng, als ihre Schritte von den Wänden widerhallten. Das einzige Fenster – mit rundem Bogen und aus seltenem Glas – war nach außen hin geöffnet, im Kamin brannte trotz der lauen Sommerluft, die hineinwehte, ein Feuer.

Und tatsächlich fand sie Vater und Mutter im Speisesaal vor. Edel wie die Einrichtung war die Kleidung ihres Vaters – er trug eine prächtige Tunika, weiße Handschuhe und golddurchwirkte Schuhe. Glanzlos jedoch war sein Bart an diesem Tag, und seine Haltung verhieß nichts Gutes.

Auch darüber wurde in Gislas Kemenate getuschelt: dass der Vater von der Angst erdrückt wurde, seine Krone zu verlieren. Mächtige Feinde hatten sie ihm von Kindheit an streitig gemacht. Einer von ihnen, König Odo, hatte sie ihm einst sogar gestohlen. Nach seinem Tod war Karl nun wieder Herrscher, was er mehr dem Glücksfall verdankte, dass Odo keine Söhne hatte, nicht dem Vertrauen, das die Großen des Landes in ihn setzten. Doch es gab genügend Widersacher, die auf der Lauer lagen und auf sein Scheitern warteten.

Zwei weitere Männer standen bei der Mutter und dem Vater, und als Gisla sie erblickte, wurde ihr die Kehle noch enger.

Hagano, ein Verwandter der rechtmäßigen Königin, stammte aus Lothringen. Fredegard hasste ihn, weil er sich – obwohl nichts weiter als ein Emporkömmling – als Staatsmann gab, weil er sich anmaßte, stets rechts vom König zu sitzen und mit ihm die Botschafter des Reichs zu empfangen, obwohl dies eine Beleidigung für die großen Adelsfamilien war, und weil der König ihn gewähren ließ, anstatt ihm Grenzen aufzuzeigen. Fredegard fragte oft, warum Karl sich ausgerechnet einen eitlen, genusssüchtigen, herzlosen Mann zum engsten Vertrauten und Berater auserkoren hatte – die Antwort darauf kannte niemand.

Der zweite Mann, der im Saal stand, war Gisla fremd. Kurz dachte sie, es sei Ernustus, des Königs Kanzler, den sie zwar noch nie gesehen, aber von dem sie schon oft gehört hatte, doch dann sah sie, dass dieser große, dürre Mann die Tracht eines Bischofs trug: die runde Kopfbedeckung, den roten, mit Hermelin verbrämten Bischofsmantel, das schwere, gleichfalls rot funkelnde Kreuz auf der Brust.

Gisla war auf der Schwelle verharrt, und dorthin trat ihr nun der Bischof entgegen. Sie überlegte, ob sie sich verneigen und ihm die Hand küssen sollte. Das tat sie stets, wenn sie dem Vater begegnete, und dieser richtete sie dann auf, strich ihr über das Haar und nannte sie »meine Gisla«.

An diesem Tag blieb der Vater stumm. Und der Bischof streckte seine Hand nicht nach ihr aus, sondern erklärte lediglich: »Du bist also Gisla, des Königs älteste Tochter.«

Hastig eilte die Mutter zu ihr und zog sie an sich. Ihre Schritte waren lautlos, die Stimme hingegen fest.

»Seht Ihr nicht, wie zart sie ist?« Ihr Blick, den sie zunächst auf den Bischof, dann auch auf den König richtete, war zornig und erschüttert zugleich. »Seht sie an, und dann sagt es ihr! Sagt ihr, was ihr mit ihr vorhabt! Wenn ihr es denn noch könnt!«

König Karl sank in sich zusammen. Nein, er sah Gisla nicht an, und nein, er sagte nicht, was er mit ihr vorhatte. Er wandte sich einfach von ihr ab.

Gisla sah, wie eine Träne über die Wange der Mutter perlte, als sie über ihr Gesicht streichelte. Sie begriff nicht, was vor sich ging. Was konnte so schrecklich sein, dass es ihre Mutter zum Weinen brachte?

Schließlich begann der Vater doch zu reden – keine erklärenden Worte, vielmehr verworrene, aber er sprach.

»Wir müssen dieses Opfer bringen«, sagte er leise. »Alle, die wir hier stehen, wissen, wie viele Feinde das Reich bedrohen. Zumindest mit den Eindringlingen aus dem Norden müssen wir endgültig Frieden schließen.«

»Aber doch nicht zu diesem Preis ...«, setzte die Mutter an.

Des Königs Schultern zuckten, Hagano aber straffte seine. »Werte Fredegard«, begann er, eigentümlich lächelnd.

Die Mutter zuckte zusammen, als hätte sie der Schlag getroffen. Offenbar fand sie es schmählich genug, wenn andere sie mit ihrem Namen ansprachen und nicht mit dem Titel »meine Königin«, nach dem sie sich insgeheim sehnte – doch aus dem Mund eines Emporkömmlings und eines Verwandten der wahren Königin klang es wie eine schlimme Beleidigung.

»Werte Fredegard«, begann Hagano jedoch seelenruhig ein zweites Mal. »Ich weiß, dass es dir das Herz zerreißt. Ich weiß auch, dass dich allein die Vorstellung ängstigt, Gisla einem Unhold anzuvertrauen.« Er hob entschuldigend die Hände. »Aber lass dir gesagt sein: Ein solcher Unhold ist Rollo nicht. Seit einigen Monaten lässt er sich von einem Priester, der die nordische Sprache beherrscht und den Namen Martin trägt, unterrichten. Dieser Martin wiederum wurde vom Bischof von Chartres persönlich beauftragt, die Nordmänner zu missionieren. Es heißt, er habe Rollo bereits das Credo beigebracht. Warum also sollten wir nicht hoffen, dass er ein guter Christenmensch wird wie einst Hundeus – auch er ein Heide, der unser Land heimsuchte, schließlich aber bekehrt wurde? Im Übrigen kann das, was ich sage, auch der Bischof von Rouen bestätigen.«

Er wies mit dem Kinn auf den Kleriker. Der Bischof war also Witto von Rouen.

Obwohl Gisla ihr Leben in Laon verbracht hatte, war ihr der Name der Stadt vertraut. Man sprach von Rouen nicht nur oft, sondern voller Mitleid und Entsetzen. Kaum eine Stadt im Norden des Reichs war so oft den Angriffen der Nordmänner zum Opfer gefallen wie diese. Mittlerweile war sie fest in deren Hand und die meisten Franken geflohen.

»Ja«, sagte der Bischof indes, »ich kann es bestätigen. Nicht nur, dass Rollo sich von Bruder Martin unterweisen lässt, sondern auch, dass jeder Priester von Rouen, mich eingeschlossen, unter seinem Schutz steht. Und sein Wort gilt. Die Übergriffe, unter denen wir zu leiden hatten, sind selten geworden, und überdies hat er befohlen, gestohlene Reliquien wieder an ihren rechtmäßigen Platz zurückzubringen. Bedenkt jedoch, werte Fredegard«, nun sprach auch er ihren Namen aus, »bedenkt, dass nicht nur Rouen Rollos Schutz braucht, sondern so viele andere Städte, Kirchen und Klöster, einst blühende Orte unseres Reichs, jetzt längst in der Hand der Nordmänner. Der Mont-Saint-Michel, Saint-Ouen, Jumièges, Wandrille, selbst Saint-Denis sind auf Rollos Schutz angewiesen – weil wir selbst ihn nicht mehr zu gewähren vermögen. Unmöglich können wir diese Gebiete der Hand der Nordmänner wieder entreißen. Aber wenn Rollo sich taufen lässt, dann werden seine Männer diesem Beispiel folgen. So bleibt der Norden unseres Reichs christlich, kann unfruchtbares, verwaistes Land wieder beackert werden, können Männer Gottes zerstörte Klöster wieder aufbauen.«

»Aber doch nicht...«, setzte Fredegard wieder an.

»Auch der Erzbischof von Reims«, unterbrach Hagano ihre Worte, »ist von der Vorstellung, dass Rollo sich taufen lässt, sehr angetan. Der Friede, so sagt er, lässt sich nur durch christliche Liebe erreichen, nicht durch Gewalt.«

»Wie kannst du nur von Liebe sprechen und zugleich verlangen, dass...«

»Fredegard!«, diesmal war es der König selbst, der ihr ins Wort fiel. »Der Norden des Reichs erträgt keine neuen Überfälle der Nordmänner mehr!«

»Und du willst ihn aufgeben, ihn diesen Kreaturen der Hölle überlassen?«

»Nicht diesen Kreaturen der Hölle... sondern einzig Rollo. Er wird das Land klug verwalten und die Raubzüge anderer Stämme aus seiner Heimat abwehren! Er wird es an meiner statt schützen!«

»Wie kann er es schützen, wo er doch Heide ist!«

»Du hast es ja eben gehört – er wird nicht mehr lange ein Heide bleiben.« Der König starrte Gislas Mutter an. »Ja, Rollo wird sich taufen lassen«, fuhr er fort, »Robert von Paris wird sein Pate werden. Und er wird mir den Lehnseid schwören. Für das Land von der Epte bis zum Meer, in dem Franken und Nordmänner künftig friedlich miteinander leben können.« Er seufzte matt.

»Und um dieses Bündnis zu besiegeln, willst du ...«

Diesmal verstummte die Mutter, ohne dass sie unterbrochen wurde, und als sie nichts mehr sagte, tat es auch kein anderer. Gisla sah, dass sie kaum merklich erzitterte und blickte sie fragend an. Die vielen Namen und Orte echoten in ihrem Kopf, wurden zu einem Rauschen. Übermächtig war der Drang, davor in den Gesang zu fliehen. Doch plötzlich war ihr, als könnte sie nicht singen, nicht nur jetzt in diesem Saal nicht, sondern nie wieder, könnte weder Mutter noch Vater künftig mit ihrer Stimme trösten.

Hagano war der Erste, der die Stille nicht mehr ertrug. »Du weißt doch, werte Fredegard«, begann er, »wie wichtig es gerade in diesen Tagen ist, den Norden zu befrieden. Die Höchsten Lothringens, meiner Heimat, haben dem König ihr Reich angeboten – wollen sie es doch lieber in seiner Hand wissen als in der des wahren Erben, Ludwig, König der Ostfranken, ein Kind noch und obendrein kränklich. Wenn König Karl Lothringen tatsächlich bekommt, wird Gallia bis zum Rhein reichen. Doch er kann nicht gleichzeitig um Lothringen kämpfen und um das Nordmännerland.«

»Und bedenkt auch«, schaltete sich Bischof Witto von

Rouen wieder ein, »es gibt keinen besseren Zeitpunkt für einen Friedensvertrag zwischen Nordmännern und Franken als den jetzigen. Bis vor kurzem hätte Rollo noch ein größeres Gebiet als Lehen verlangt, doch nachdem er bei der Belagerung Chartres' gescheitert ist – Bischof Jousseaume höchstselbst und Graf Robert von Paris leisteten erbitterten Widerstand –, wird er die Epte als Grenze anerkennen. Allem Land nördlich von dieser wird er geben, was es in dieser Zeit am notwendigsten braucht: eine harte Hand und jemanden, der die zerstrittenen norwegischen und dänischen Stämme unter seiner Führung vereint. Nicht nur, dass Chaos herrscht, die Ufer der Seine sind mittlerweile menschenleer. Wie soll man den Handel so am Leben erhalten, wie den Fischfang? Rollo wird all die vagabundierenden Banden ausschalten, wird das Land wieder bevölkern und ihm seinen Reichtum zurückgeben. Er wird nicht nur Rouen in alter Pracht erstehen lassen, sondern auch Bayeux, Évreux, Lisieux ...«

Fredegard starrte an Bischof Witto vorbei zum König. Keines seiner Worte schien sie zu beeindrucken. »Es heißt, Rollo ist von solcher Größe, dass kein Pferd ihn tragen kann«, sagte sie, nicht länger durchdringend nun, sondern flüsternd.

Wenn es überhaupt möglich war, so sank der König noch weiter in sich zusammen. »Ich tue nichts, was meine Vorväter nicht auch getan haben. Sie haben verhandelt, anstatt zu kämpfen, haben den Speer, der auf ihre Brust zielte, mit Geld abgewendet, um seine Spitze nicht fühlen zu müssen. Schon mein Großvater Karl hat einst du Cotentin einem Nordmann als Lehen überlassen.«

Fredegard schluchzte auf. »Aber hat er auch seine Tochter mit einem Wüstling verheiratet?« Sie wartete die Antwort auf diese Frage nicht ab. »Das kannst du nicht tun!«, schrie sie. »Ob sie nun Christen werden oder nicht, niemand macht die Gräueltaten der Nordmänner ungeschehen – Taten, die sich nicht in Worte fassen lassen. Jeder weiß doch: Auch wenn hundert scharfe, gewandte eherne Zungen und hundert redselige, laute, nimmermüde Stimmen von jenen Taten berichten würden, so könnten sie doch nicht ausreichend darüber klagen, was alle Männer und Frauen, Alte und Junge, Hohe und Niedere, an Leid und Unterdrückung durch diese furchtbaren, ganz und gar heidnischen Menschen erlitten haben.«

Gisla hörte nicht, was sie sagte, vernahm nur einen Namen: Rollo. Und dann ihren eigenen: Gisla.

Rollo und Gisla.

Hinter sich hörte sie Begga aufstöhnen, sie hatte gar nicht bemerkt, dass diese im Saal geblieben war. So kalkweiß die einstige Amme auch war, zumindest bewahrte sie die Fassung. Die Mutter hingegen konnte das nicht. Sie fiel auf die Knie und faltete die Hände.

»*Summa pia gratia nostra conservando corpora et custodia, de gente fera Normannica nos libera, quae nostra vastat, Deus, regna*«, betete sie inbrünstig.

Unsere höchste und heiligste Gnade, die uns und das Unsere schützt, bewahre uns, Gott, vor dem wilden Geschlecht der Nordleute, das unsere Reiche verwüstet.

Da trat der König auf sie zu, beugte sich zu ihr und umfasste ihre Hände. Sie ließ ihn gewähren, nicht aber, dass er sie aufrichten wollte. Sie kämpfte dagegen an, und am Ende sank er selbst kraftlos auf die Knie und begann ein Gebet zu murmeln. Gisla verstand seine Worte nicht, doch wahrscheinlich flehte er Gott an, dass er sein Reich und seine Macht schützen möge, vor allem aber seine Tochter, die Älteste, von ihm als rechtmäßig anerkannt und dennoch nur das Kind einer Konkubine.

»Ihr wisst, dass Ihr es tun müsst«, sagte der Bischof von Rouen.

Hagano sagte nichts, sondern lächelte scheinbar bedauernd.

»Ich weiß es«, sagte der König. Er umarmte seine Konkubine, was er noch nie vor den Augen anderer getan hatte. »Ich weiß es. Um den Friedensvertrag zu bekräftigen, wird Gisla Rollo heiraten.«

Gisla umarmte er nicht.

Gisla lag zitternd in ihrem Bett, einen Wärmestein an ihren Leib gepresst. Begga hatte ein Kohlebecken herangeschoben, dessen Hitze spürte sie jedoch nicht. Nichts spürte sie – auch nicht das mit weichen Federn gefüllte Kopfkissen unter ihrem Nacken oder die Decke aus Biberfell, die bis zu ihrem Kinn hochgezogen war. Sie roch weder das Nussöl der Lampe noch schmeckte sie den Gewürzwein, den Begga ihr zuvor an die Lippen gesetzt und den sie nach dem ersten Schluck verweigert hatte. Nur die Blicke der Mutter und der einstigen Amme spürte sie.

Sie hatten sie gezwungen, sich ins Bett zu legen, und standen nun daneben, voller Angst auf sie herabblickend. Gisla selbst hatte keine Angst, fühlte nur Traurigkeit, weil des Vaters Schultern so tief herabhingen, als sie den Raum verlassen hatte, und weil die Mutter unablässig gebetet hatte. Zwischen den beiden schien eine unsichtbare Wand zu stehen, obwohl es doch hieß, dass der Vater die Mutter so geliebt hätte – damals, in seinen jungen Jahren, als er noch kein König gewesen war, aber ungleich fröhlicher. Und als es

Fredegard noch gleichgültig gewesen war, ob man sie mit ihrem Namen ansprach oder einem Titel.

»Ich werde es verhindern«, sagte die Mutter.

Sämtliche Kraft schien sie verbraucht zu haben. Sie brachte nur ein Flüstern zustande, heiser und erstickt.

Begga starrte sie an. »Wie wollt Ihr das tun?«

Gisla schloss die Augen.

Rollo. Der Wüstling aus dem Norden. Der Antichrist. Die Geißel Gottes. Die Heimsuchung des Satans. Wie sahen sie aus, die Nordmänner? Sahen sie aus wie fränkische Krieger?

In ihrem sechzehn Jahre währenden Leben hatte Gisla nicht viele Männer gesehen, die keine Könige, deren Berater oder Priester waren. Doch einige Wochen zuvor war sie Kriegern begegnet – im Garten, dem dritten Ort neben Kemenate und Kapelle, in den die Mutter und die Amme sie gehen ließen. Anderswo, so sagten sie, sei die Welt zu groß, zu laut, zu wild für sie, man dürfe sie ihr nicht zumuten ob all der Gefahren und Bedrohungen des Schicksals. Im Garten, der von einem kleinen Mäuerchen begrenzt wurde, war die Welt nicht bedrohlich. Es roch nach Lilien und Rosen, Hornklee und Frauenminze, deren Blütenblätter im Wind erzitterten. Und über das Mäuerchen kam an jenem Tag ein Jagdhund gesprungen, mit Ohren schmal und so lang, dass sie beinahe den Boden berührten.

Als sie den Hund erblickte, musste Gisla lächeln, doch das Lächeln schwand, als dem Hund drei Krieger folgten, dazu bestimmt, ihn zurück zu seinem Rudel zu holen, das den König zur Jagd begleiten würde. Die Krieger waren größer und mächtiger als alle Männer, die Gisla je gesehen hatte. Sie trugen ein Langschwert auf der einen und einen Dolch auf der anderen Seite ihres Gürtels, zudem einen runden Schild mit dickem hölzernem Griff, ein Wams, das in der Sonne silbrig glitzerte, und kniehohe Stiefel aus Leder.

Die Krieger riefen einen Namen, den Gisla noch nie gehört hatte, und erst als der Hund ihnen gehorchte und über das Mäuerchen zu ihnen zurücksprang, ging ihr auf, dass es der Hund war, der so hieß, kein Mensch. Dann waren sie schon wieder verschwunden, ohne Gisla beachtet zu haben. Nur die zertrampelte Erde und das platt getretene Unkraut, das anstelle von Blumen hinter dem Mäuerchen wuchs, bewiesen, dass die Männer kein Trugbild gewesen waren.

Gisla starrte ihnen mit aufgerissenen Augen nach. Entsetzen überkam sie, so gewaltig, dass sie vermeinte, sich übergeben zu müssen. Als im nächsten Augenblick die Amme auf sie zugelaufen kam, erbost schreiend, weil die Wüstlinge ihr Täubchen erschreckt hätten, und darauf bedacht, sie so schnell wie möglich zurück in die Kemenate zu scheuchen, da schwand die Übelkeit jäh, und ihr wurde bewusst, dass kein Anblick, so erschreckend er auch wäre, einen Menschen töten könnte. Und ja, sie war neugierig – nicht nur darauf, wer diese Männer waren und was sie dachten und redeten, sondern auch darauf, wie die Welt aussah, durch die sie auf ihren Pferden ritten, und ob die Feinde, gegen die sie die Schwerter erhoben, ihnen an Statur glichen. Nicht nur Neugier erwachte, sondern auch ein wenig Neid auf die jüngeren Halbschwestern, die mit dem königlichen Vater von Pfalz zu Pfalz reisten, behütet zwar wie sie, aber auf dem Weg dorthin frei genug, die Wiesen und Wälder zu betrachten, die Felder und Weinberge und all die Menschen, die darauf lebten.

Eben beugte sich die Mutter zu ihr und riss sie aus ihren Gedanken: »Du musst keine Angst haben, Gisla«, sagte sie mit dieser kraftlosen Stimme, die einer Greisin zu gehören schien. »Es wird alles gut werden.«

Gislas Blick fiel auf ihre Kleidung, die am Fußende ihres Bettes lag, dort, wo für gewöhnlich die Amme schlief – das Untergewand mit den weiten Ärmeln, der Gürtel mit den Edelsteinen, der Umhang aus Seide und der Schleier, der von einem Goldband gehalten wurde. Ob sich die Frauen der Nordmänner auch so kleideten? Oder ob sie nur Felle trugen wie Tiere, weil sie doch kaum anderes als Tiere waren?

Rollo und Gisla.

Gisla und Rollo.

Der Gedanke erzeugte weder Schrecken noch Neugier. Er war zu undenkbar, um sie erschaudern zu lassen. Er lag hinter einer Grenze, über die zu lugen bedeutet hätte, dass ihr Kopf zerplatzen müsste. Und sagte nicht die Mutter immer wieder, es würde alles gut werden, sie würde es verhindern?

Sie glaubte ihr.

In der Amme hingegen erwachte Misstrauen. »Was wollt Ihr tun, wenn der König dieses Opfer doch fordert?«

Fredegards Lippen wurden schmal. »Ich habe schon so viel geopfert«, murmelte sie. »Und er auch. In jungen Jahren war er unbeschwert und vergnügt – nun lebt er für die Pflicht und mit der Angst, jemand könnte ihn abhalten, sie zu tun. Mag er seine Seele hingeben für diese Pflicht – mein Kind aber nicht. Der Nordmann wird sie nicht bekommen.«

Nun endlich fühlte Gisla, wie die Kälte aus ihren Gliedern schwand. Wärmestein und Kohlebecken trieben ihr den Schweiß ins Gesicht.

»Aber wie wollt Ihr es verhindern?«, fragte Begga.

»Ich habe einen Plan«, erwiderte die Mutter. »Und du musst mir helfen, ihn umzusetzen.«

Runa schlug die Augen auf und tastete mit den Händen den Boden unter sich ab. Zu schlafen war gefährlich. Sie kannte alle Geräusche des Waldes, doch wenn sie im Schlaf zu ihr drangen, konnte sie die bedrohlichen nicht von den harmlosen unterscheiden. Sie war zu laufen gewohnt, zu klettern, zu kriechen, zu springen, zu schleichen, doch im Schlaf fehlte ihr die Beherrschung über jede Körperregung. Und wenn sie vom dunklen Reich der Träume in die hiesige Welt zurückkehrte, wusste sie oft nicht, wo sie war und gegen welche Gefahren sie sich zu schützen hatte – Gefahren, die von wilden Tieren des Waldes drohten oder von den Menschen.

Seit sie sich hinter einem Felsvorsprung vor den Reitern versteckt hatte – fränkische Krieger, wie die fremden Trachten, Waffen und Worte verrieten –, war sie auf der Flucht. Nur manchmal blieb ihr gar nichts anderes übrig, als die Nähe von Menschen zu suchen, nicht die von Kriegern zwar, aber die von Bauern – wenn nämlich Hunger und Kälte sich als die noch größeren Bedrohungen erwiesen.

Runas Körper spannte sich an, als sie die Beine streckte. Wie so oft hatte sie zusammengekrümmt auf der Astgabel eines Baumes geschlafen. Dass sie hier oben vor Blicken geschützt war, machte das Risiko wett, im Schlaf hinunterzufallen.

Sie umfasste einen Ast und sprang wendig auf den Boden. Das Feuer, das sie am Abend zuvor auf der kleinen Lichtung mithilfe von trockenem Geäst und Steinen entfacht hatte, war längst erloschen. Runa zitterte. Die wenigen Sonnenstrahlen, die das Astwerk durchdrangen, spendeten kaum Wärme, doch sie fror nicht auf diese schmerzhafte Weise wie im Winter.

Der Winter war das Schlimmste. Über ein Jahr war vergangen, seit ihr Vater sie aus der Heimat verschleppt hatte, und in den Wintermonaten hatte sie oft gedacht, dass sie den Kampf um den nächsten Tag nicht überleben würde.

Runa stellte sich auf die Zehenspitzen und griff nach ihrem Bündel, das sie zwischen zwei Äste geklemmt hatte. Ihr sämtlicher Besitz befand sich darin – ein paar Essensreste und selbst gemachtes oder von fränkischen Bauernhöfen gestohlenes Werkzeug. Viele dieser Höfe standen leer, manchmal war sie auf Bewohner gestoßen, nicht immer hatte sie rechtzeitig vor ihnen fliehen können.

Von den Bäumen tropfte es feucht. Der Umhang, in dem sie geschlafen hatte, war feucht vom Tau und von Schlammspritzern übersät. Diesen Umhang hatte sie im Winter aus dem Fell einer Wölfin gemacht, die sie erlegt hatte, ehe das Tier ihr seine gefletschten Zähne ins Fleisch hauen konnte. Während sie dem Kadaver das Fell abgezogen hatte, hatte sie plötzlich die Jungen der Wölfin in einer nahen Höhle winseln hören. Sie war dem Laut gefolgt, hatte den Wurf entdeckt und die Welpen mit einem Stein erschlagen – nicht, um auch deren Fell zu bekommen, sondern weil es ihr gnädig schien, sie schnell zu töten, bevor sie langsam verhungerten. Obwohl ihr keine andere Wahl geblieben war, hatte sie dabei geweint wie schon seit vielen Monden nicht, aus Mitleid mit sich selbst und den jungen Wölfen und vor Überdruss, weil ihr Kampf um den nächsten Tag stets auf Kosten anderer Wesen ging, die doch auch nichts weiter wollten, als zu überleben. Auch in Norvegur hatte Runa Tiere getötet, Biber, Otter und Eichhörnchen, aber es war niemals eine Wölfin mit ihren Jungen darunter gewesen – und niemals ein Mensch.

Runa zog den Umhang von ihren Schultern und schüttelte ihn, bis die Tautropfen sprühten und der Staub in der Luft tanzte. Nachdem sie ihn wieder umgelegt hatte, kramte sie im Lederbeutel nach Essensresten. Im Winter hatte sie sich vor allem von Fleisch ernährt, nun sammelte sie im Wald Heidelbeeren und Pilze und außerhalb des Waldes Äpfel, Pflaumen und Birnen. Beeren hatte sie noch. Seit Tagen zauderte sie, das schützende Dach der Bäume wieder einmal zu verlassen und die Rodungen, die Wiesen, die Moore oder die mit Reben bepflanzten Hänge nach Nahrung abzusuchen. Anfangs, als sie von der Küste ins Landesinnere vorgedrungen war, hatten ihr die Wälder große Angst gemacht, und sie hatte hinter jedem Baum einen boshaften Troll vermutet, der sie belauerte. Nun war es eine noch größere Überwindung, sich ungeschützt den Blicken von Menschen auszuliefern.

Runa schob sich ein paar Beeren in den Mund – die Haut war hart, und das Fruchtfleisch schmeckte sauer, aber sie vertrieben das Knurren in ihrem Magen. Plötzlich zuckte sie zusammen. Ein Geräusch ließ sie aufschrecken, kaum vernehmbar und doch beängstigend. Nicht dass es im Wald je still gewesen wäre, dass nicht ständig heruntergefallene Zweige unter Tierbeinen brachen, Vögel durch die Blätter stoben, Geäst im Wind knarrte – dennoch stellten sich Runa bei dem dumpfen Poltern sämtliche Härchen auf.

Dieses Geräusch klang irgendwie ... menschlich.

Sie lugte hoch zum Baum, der ihr in der Nacht Schutz gewährt hatte, und überlegte, wieder hinaufzuklettern. Allerdings – ihre Füße hatten Spuren hinterlassen; die Asche, die vom Feuer zurückgeblieben war, würde jedem verraten, dass sich hier keine Tiere herumgetrieben hatten, sondern ein Mensch. Anstatt auf den Baum zu fliehen, duckte Runa sich und huschte durchs Unterholz. Sie drängte sich an Ästen vorbei, die ihr, ausgebreiteten Armen gleich, den Weg verstellten, balancierte auf Steinen über sumpfige Stellen, achtete nicht auf die Blätter, die sich in ihrem struppigen Haar verfingen. Nach einer Weile, da sie sich ausreichend von ihrem Schlafplatz entfernt zu haben glaubte, hielt sie inne, lauschte wieder. Kein Laut drang an ihr Ohr, der Wald schien verstummt. Waren die Tiere mit ihr geflohen? Doch vor wem? Und konnte sie dem unsichtbaren Feind so mühelos entkommen wie die Bewohner des Waldes?

Dann erneut ein Laut, diesmal ein Rascheln. Vielleicht war es ein Auerochse oder ein Büffel. Hirsche und Wildschweine hatte sie sogar schon gejagt – wenn auch nicht mit ihrem Messer, damit konnte sie nur kleine Tiere töten. Um große zu erlegen, hatte es anderer Waffen bedurft, und um an diese zu kommen, hatte sie sie stehlen müssen. An einem der Tage, da sie gestohlen hatte, hatte sie zum ersten Mal in ihrem Leben einen Menschen getötet.

Vorsichtig schlich Runa weiter durchs Gebüsch, nicht länger von dem fremden Geräusch gejagt, sondern von ihren Erinnerungen, die nach einer durchschlafenen Nacht nicht gnädig schwiegen wie in den Zeiten völliger Erschöpfung.

Der erste Tote war ein fränkischer Bauer gewesen, hatte in einem Haus aus Holz und Lehm gewohnt, das – wie drei weitere solcher Gebäude nebst Schuppen, Speicher, Scheune und Stall – von einem Palisadenzaun umgrenzt war. Runa hatte die kleine Siedlung tagelang beobachtet, sich schließlich, da sie kein Lebenszeichen wahrgenommen hatte, angeschlichen. Voller Wehmut kam ihr ihre Heimat in Erinnerung.

Manches war fremd, vieles vertraut. Das Nordmännerland im Frankenreich war fruchtbarer als die norwegischen Fjorde, doch es war ähnlich verwahrlost. An vielen Orten war Getreide verfault, ehe man es geerntet hatte, an anderen war es gar nicht erst gesät worden. Getreide glaubte sie in dem Bauernhaus also nicht zu finden, nur Werkzeuge und Waffen.

An ihrer statt stieß Runa auf Leben – zunächst auf das von vier Ferkeln und zwei Hühnern, die sich in der Wohnstube tummelten und die sie am liebsten sofort geschlachtet hätte, so hungrig war sie. Sie suchte nach Eiern, doch ehe sie welche fand, schrie hinter ihr lauthals eine Frau, und als sie sich umdrehte, stürzte ein Mann auf sie zu. Sein Gesicht war müde und zerfurcht, die Hände aber groß und kräftig. In einer hielt er einen Rechen mit spitzen Zinken. Runa versuchte, etwas zu sagen, doch natürlich verstanden die beiden sie nicht.

In ihrer Verzweiflung zog sie das Messer. »Lasst mich gehen, und ihr seht mich nie wieder!«

Als der Mann auf sie losging, ließ Runa das Messer sinken, duckte sich und schlüpfte an ihm vorbei ins Freie. Doch kaum hatte sie den Palisadenzaun erreicht und zum Sprung angesetzt, hörte sie seine dröhnenden Schritte und spürte den kalten Lufthauch, als er den Rechen auf sie niedersausen ließ. Wieder duckte sie sich, wich dem Rechen wendig aus und schleuderte ihr Messer. Nicht willentlich hatte sie auf ihn gezielt, nur instinktiv ihr Leben vor seines gesetzt. Als er im nächsten Augenblick zuckend und blutend zusammensank, stand sie einen Moment wie erstarrt neben ihm. Dann überwand sie ihr Entsetzen und zog das Messer aus seinem noch warmen Fleisch. Blut lief ihr über die Finger, aber es war ihr unmöglich, auf das Messer zu verzichten! Erbärmlich zitternd übergab Runa sich noch neben dem Leichnam. Dann rannte sie davon.

Wenn sie später daran dachte, überkam sie immer wieder Fassungslosigkeit. Geweint hatte sie an jenem Tag jedoch nicht – nicht, wie sie über die toten Wolfswelpen geweint hatte.

Für eine Weile hatte Runa jeden Hof gemieden, aber sie

hatte Werkzeuge und Waffen gebraucht – und stehlen müssen. Einmal hatte sie auch einen Feuerstein erbeutet oder grobe Fäustlinge, nicht aus Filz, wie sie sie früher trug, sondern aus Wolle, die nicht minder wärmte. Sie floh, wenn man sie entdeckte. Sie wehrte sich, wenn man sich ihr in den Weg stellte. Und wenn man sie zu töten versuchte, tötete sie zuerst. Zweimal. Dreimal. Jedes Mal quälte es sie mehr.

Als es Sommer wurde, stellte Runa erleichtert fest, dass sie genügend Waffen besaß – unter anderem einen Speer, den sie aus einer Sense gemacht hatte, ein weiteres Messer und einen Bogen mit Pfeilen, die sie selbst geschnitzt hatte –, und hoffte, nie wieder töten zu müssen.

Jetzt schwand diese Hoffnung. Auf die Stille, eindringlicher als jeder Lärm, folgten wieder Geräusche: ein spitzer, hoher Schrei, ein Poltern, als springe ein schweres Wesen von einem Baum, das Rascheln von Blättern. Runa versuchte, jedem Geräusch zu folgen, doch am Ende hatte sie sich nur im Kreise gedreht. Vor ihr auf einer Lichtung, etwas größer als jene, auf der sie den letzten Abend und die Nacht verbracht hatte, hoppelte ein Hase. Für gewöhnlich hätte sie ihn gejagt und gehäutet, doch sie blieb steif stehen, hielt den Atem an, lauschte wieder. Manchmal erschien ihr das Gehör als ihr einziges Sinnesorgan, dem sie noch vertrauen konnte. Sie sprach mit niemandem, sie nahm keine Farben wahr, sie roch es nicht, wenn das Fleisch verbrannte, und sie schmeckte nichts, wenn sie es aß. Aber sie hörte alles – hörte nun ein Flüstern, ein Raunen.

Runa überlegte, ihr Messer zu ziehen. Wenn sie es früher geschleudert hatte, hatte sie mühelos einen Baumstamm treffen können. Jetzt traf sie auch Ziele so dünn wie ein Ästchen. Doch wohin sollte sie es schleudern, wenn die Laute doch von allen Richtungen zu kommen schienen, wieder das Knacken, wieder das Raunen, zuletzt ein glucksendes Gelächter?

Ihr Magen verkrampfte sich. Sie hörte es nicht nur, sie fühlte es auch – fühlte, dass jemand hinter ihr stand, sie betrachtete. Jäh huschte ihr ein Gedanke durch den Kopf, den sie bis jetzt noch nie gedacht hatte: Ich will nicht in der Fremde sterben. Dann fuhr sie herum.

Runa blickte nicht in fremde Augen. Aber unter einem Busch standen Füße, menschliche Füße.

Die Füße bewegten sich nicht. Reglos standen sie im weichen Moos. Oder waren es Baumwurzeln? Spielten Wildnis und Einsamkeit ihr einen Streich? Vielleicht hatte sie schon zu lange allein gelebt.

Doch dann hoben sich die Füße ganz langsam auf ihre Zehenspitzen. Sumpfig braunes Wasser wurde aus dem samtigen Mooskissen gepresst, die Blätter erzitterten, und noch ehe Runa das Gesicht des Menschen erkennen konnte, der sich aus dem grünen Dickicht löste, wusste sie, wer er war. Wusste es, weil er lachte, und weil sie in ihrem Leben nur so wenige Menschen hatte lachen hören.

Blitzschnell, jedoch nicht schnell genug, griff sie nach ihrem Messer. Jemand zerrte ihr die Hände auf den Rücken. Nein, nicht der Mann aus dem Gebüsch, der stand seelenruhig vor ihr, aber einer seiner Bande, die sie langsam und lautlos eingekreist hatte. Ein Dutzend Männer, mit Schwertern, Speeren, Äxten und Schilden bewaffnet, viel zu viele, um sich gegen sie zur Wehr zu setzen.

Runa tat es dennoch, teilte einen Tritt nach hinten aus, kam kurz frei, und ehe man sie erneut packte, machte sie einen Satz zur Seite. Weglaufen konnte sie nicht, zu dicht hatte sich der Kreis der Männer um sie geschlossen, aber sie presste sich Schutz suchend an einen Baum. Wer immer sie nun angreifen wollte, musste ihr ins Gesicht sehen und konnte sich nicht heimtückisch anschleichen. Wieder griff sie nach dem Messer, und diesmal hielt niemand sie davon ab, es drohend zu erheben.

»Ihr seid in der Übermacht«, knurrte sie. »Aber bevor ihr mich tötet, nehme ich so viele wie möglich mit.«

Es waren kehlige, unmenschliche Laute, die aus ihrem Mund tönten. Als Antwort kam nur wieder das Lachen.

Die raue Rinde des Baumes grub sich in Runas Schultern, als er auf sie zutrat – Thure, der Mann, dessen Füße sie für Baumwurzeln gehalten hatte, der ihren Vater getötet hatte und der auch sie hatte töten wollen. Erneut spürte sie das kalte Wasser, das ihr die Luft zum Atmen geraubt hatte, den Regen von Pfeilen, die haarscharf an ihrem Kopf vorbeigeschossen waren.

Runa sah, dass Thure ein Messer an seinem Gürtel trug – klein wie ihres und gewiss so scharf –, aber er zog es nicht, sprach vielmehr spöttisch: »Odin muss dich wie eine Tochter lieben.«

Sie begriff nicht, was er meinte. Vielleicht hatte sie nicht nur das Sprechen verlernt, sondern auch das Hören.

»Ja, wie eine Tochter«, wiederholte er. »So viele Räuberbanden tummeln sich im Nordmännerland – und so viele werden in diesen Tagen von Rollo dingfest gemacht, neuerdings der Retter fränkischer Bauern. Doch du bist ihm bis jetzt entgangen.«

Er trat noch näher, sie hob das Messer höher.

»Keine Angst«, lachte er, »ich habe nicht länger im Sinn, dich zu töten, Runa. Und meine Männer werden dir auch nichts tun.«

Nicht deine Männer, ging ihr durch den Kopf. Die Männer meines Vaters.

Sie erkannte jedoch kein einziges Gesicht wieder – und sie glaubte Thure nicht, dass sie vor ihnen sicher war. Zumindest war er selbst in ausreichendem Abstand zu ihr stehen geblieben, ließ lediglich seinen Blick über ihre Gestalt schweifen. Sie musterte ihn ihrerseits genauer, erkannte, dass er noch auffälliger gekleidet war als bei ihrer letzten Begegnung. Inmitten des Waldes wirkte seine Kleidung sonderbar – die bunte Tunika, der Fellmantel, der ob der goldenen eingewebten Fäden schimmerte, das Stirnband, das die Haare zurückhielt. Im fahlen Licht der Bäume schienen seine Haare grünlich. Um den Hals trug er Perlenketten – und ein Amulett, das, wie sie sich nun erinnerte, ihrem Vater Runolfr gehört hatte.

Ein Laut löste sich aus ihrer Kehle – erneut mehr ein Knurren als ein Schrei.

»Ich sollte dich wohl besser nicht Odins Tochter nennen, sondern Wölfin.« Sein Blick war bei ihrem Umhang hängen geblieben. »Oder weißt du etwa gar nicht, dass man dich so nennt – die Wölfin?«

Bis eben hatte sie nicht gewusst, dass sie überhaupt noch einen Namen trug. Niemand rief sie hier Runa, nicht der flüsternde Wind, nicht die kreischenden Vögel, nicht der knackende Waldboden.

»In jedem Falle hast du überlebt«, fuhr Thure fort. »Nicht nur mich, sondern auch den ersten Winter im Nordmännerland. Und glaub mir, ich bewundere das. Ich will gar nicht mehr daran denken, dass du eigentlich mit Runolfr hättest sterben sollen. Was zählt das heute noch? Was zählt es auch, wer ihn meuchelte und warum?«

Für mich, begehrte sie im Stillen auf, für mich zählt es! Ich habe es nicht vergessen!

Doch sie sagte nichts, überlegte nur fieberhaft, wie sie dieser Horde entkommen könnte. An einem Ast könnte sie sich hochziehen ... mit den Beinen gegen jene treten, die bedrohlich nah bei ihr standen ... sich dann zum nächsten Baum schwingen, ihn loslassen und ... rennen.

Doch auch wenn ihr die Flucht gelingen würde – sie hatten sie heute aufgestöbert, sie konnten es morgen wieder tun. Also biss sie die Zähne zusammen und verharrte steif.

»Du hast dir einen Ruf verschafft«, sprach Thure. »Ja, die Bauern sprechen ängstlich über die Wölfin, die manchen der Ihren angefallen hat. Über mich spricht man natürlich auch, und das nicht minder ängstlich. Doch im Gegensatz zu mir hast du es ganz allein geschafft, wie ich neidlos bekennen muss. Ich weiß, wie gut du mit dem Messer triffst, wie schnell du auf Bäume kletterst und wie ausdauernd du der Witterung standhältst. Hast du etwa nicht bemerkt, dass sich unsere Wege manchmal gekreuzt und ich dich beobachtet habe?«

»Soll ich dir beweisen, wie gut ich wirklich mit dem Messer umgehen kann?«, fauchte sie und umklammerte ihre Waffe.

»Pah!«, machte er. »Wenn du mich tötest, bist du auch tot – und davon hätten wir beide nichts. Lass also dein Messer sinken und hör mir zu, Wölfin.«

Die weiteren Worte gingen in einem Rauschen unter. Zu lange hatte sie kein menschliches Wort mehr gehört. Schwierig genug war es gewesen, den bisherigen zu folgen.

Wölfin ... nannte man sie wirklich so?

Nicht nur seine Stimme vernahm sie nun wie aus der Ferne, auch eine andere – die ihrer Großmutter. Geschichten kamen ihr in den Sinn, die Asrun ihr einst erzählt hatte – Geschichten von Fenrir, dem Wolf, der am Ende der Tage Tod und Vernichtung brachte, Geschichten des großen

Wikingers Egil, der nicht nur ein Krieger war und England heimsuchte, sondern ein Magier und sich manchmal in der Schlacht in einen Werwolf verwandelte. Geschichten von Berserkern, Helden mit unmenschlichen Kräften, die dann und wann in die Gestalt von Wölfen schlüpften und wie diese heulten.

Nie hatte sie an diese Geschichten gedacht, wenn sie den Wolfspelz umlegte, immer nur, welch eine Wohltat es war, dass er sie wärmte, und welch ein Kummer, dass sie die Wölfin und ihre Jungen hatte töten müssen.

»Also«, schloss indes Thure. »Was hältst du davon?«

Verständnislos starrte sie ihn an – kein Wort, das er eben gesagt hatte, verstand sie.

»Was?«, stieß sie heiser aus.

»Ich weiß, du traust mir nicht«, murmelte er. »Aber ich brauche dich, ich brauche deine Hilfe. Was hältst du von meinem Angebot?«

Schweigen senkte sich über sie, Thure lachte nicht mehr. Sein Blick war starr, die Züge ernst – ob auch aufrichtig, konnte sie nicht sagen. So unbegreiflich es war, dass er tatsächlich ihre Hilfe brauchte, unfassbar erschien ihr die Möglichkeit, dass er ihr im Gegenzug etwas dafür bieten könnte.

»Du hast meinen Vater getötet – und ich soll dir helfen?«, stieß sie aus und erkannte die eigene Stimme, ebenso unsicher wie empört, erstmals wieder.

Sein Gesicht blieb ernst. »Du würdest vor allem dir selbst helfen.«

Thures Männer regten sich nicht. Grobschlächtig waren sie, vom rauen Leben gezeichnet, gewiss gewalttätig und gefährlich und ihr dennoch irgendwie vertraut. Der Trieb einte sie mit ihnen – der Trieb, es von Tag zu Tag zu schaffen – und die Gewissheit, dass sich die größte Wohltat nicht erleben ließ, wenn man sein Gesicht in der Sonne wärmte, die Umarmung eines Liebsten suchte oder ein gutes Stück Fleisch genoss, sondern wenn man sich vor Augen hielt, nicht der Erste zu sein: der Erste, der von einer Waffe getroffen blutig auf den Waldboden sank; der Erste, der verhungerte und erfror; der Erste, der an einem Fieber starb, gegen das sich der ausgezehrte Körper nicht wehren konnte.

Thure begann, unruhig auf und ab zu laufen. Auf dem sumpfigen Waldboden fand er keinen festen Stand, drohte mehrmals zu fallen. Als er sich wieder zu ihr drehte, war sein Blick feucht und irr.

»Ich sage dir gerne noch einmal, wie du mir helfen wirst und ich dir«, sagte er.

Er sprach von einem kleinen Ort im Grenzgebiet zwischen Nordmännerland und Frankenreich, Saint-Clair-sur-Epte genannt, weil er am Fluss Epte lag und zugleich an der alten römischen Straße, die Laon und Rouen verband. Nicht nur Fluss und Straße befanden sich dort, sondern auch eine Kapelle – eines der Häuser, die die Christen für ihren gekreuzigten Gott errichteten. In dieser Kapelle hatte einst, vor vielen hundert Jahren, Sankt Clarus gelebt, sein Leben dem Zwecke geweiht, den gekreuzigten Gott anzubeten. Die meiste Zeit hatte er allein zugebracht, dann und wann nur Besuch empfangen, von Menschen, fromm und gottesfürchtig wie er, aber auch von Sündern. Diesen Sündern hatte er ins Gewissen geredet, ihr Leben zu ändern, und eine von ihnen, ein vornehmes Weib, war daraufhin so erbost gewesen, dass sie Mörder auf ihn gehetzt hatte. Diese Mörder hatten Sankt Clarus den Kopf abgehauen – verstummen lassen aber konnten sie ihn nicht. Der Mund sprach nämlich weiter und verzieh den Mördern – ob auch der Frau, die diese beauftragt hatte, wusste Thure nicht. Er wusste nur, dass Sankt

Clarus nicht der erste und nicht der letzte Heilige gewesen war, der niedergemetzelt wurde.

»Der gekreuzigte Gott ist ein Schwächling, der tatenlos zugesehen hat, wenn die Seinen gemartert und erstochen und verbrannt und ertränkt und aufgehängt wurden. Er hockt lieber droben im Himmel, anstatt sich mit der Welt abzugeben. Und er ist nicht nur ein schwächlicher Gott, sondern ein langweiliger dazu«, höhnte Thure. »Wie viel lieber ist mir unser Odin, der die Menschen unablässig zum Streit anstiftet, auf dass sie sich gegenseitig töten und er genügend Krieger in Walhall versammeln kann! Odin hockt nicht im Himmel. Keine List ist ihm zu schändlich, kein Kampf zu blutig, kein Opfer zu grausam, um sich für das Ende der Welt zu rüsten.«

Thure lachte auf, dann schwieg er.

Endlich, wie Runa befand. Sie wusste nicht, was sie von seiner wirren Rede zu halten hatte, und noch weniger wusste sie, was er von ihr wollte. Sie fragte ihn mit fester Stimme, ein Beben unterdrückend.

Erst lachte er erneut, dann fuhr er fort: »Nicht nur Sankt Clarus' Blut ist an besagtem Ort vergossen worden – rund um seine Kapelle hat es fortan viele Schlachten gegeben, von Franken gegen Franken ausgefochten, von Nordmännern gegen Nordmänner oder von Franken gegen Nordmänner. Such es dir aus. Es gibt so viele Gründe, warum Männer kämpfen und Blut fließt. In jedem Fall ist der Boden um Saint-Clair-sur-Epte mit Blut getränkt worden. Das Getreide soll dort gut wachsen.«

Thure schmatzte genüsslich. Weil er an das Brot aus diesem Getreide dachte oder an das Blut?

»Ich dachte, eine Kapelle stünde dort – und nun sprichst du von Getreidefeldern?«, fragte sie ungehalten.

»Vielleicht ist die Kapelle von Getreidefeldern umgeben?«, schlug er vor.

Sie starrte ihn kopfschüttelnd an, als er erneut begann, auf und ab zu gehen.

»Ob nun Kapellen oder Felder dort zu finden sind – seit kurzem wird Saint-Clair-sur-Epte ein Ort des Friedens genannt. Und dort wollen sie sich treffen: Karl und Rollo.«

Runa wusste nicht viel von der Welt, in der sie lebte – dies aber schon: Rollo war Anführer der Nordmänner. Und Karl offenbar der König der Franken.

»Sie wollen Frieden schließen, Frieden! Denk dir das!«, kreischte er.

Thures Augen glänzten, die Narben auf seinen Wangen runzelten sich wie kleine Schlangen. Vielleicht versprühten sie das Gift, das seinen Verstand verwirrt hatte, und nicht die Pilze, von denen er im letzten Jahr zu viele genossen haben musste, so durcheinander, wie er sprach.

»Frieden!«, stieß er wieder aus, amüsiert und angewidert gleichermaßen. »Und so soll er aussehen, der Frieden: Rollo lässt sich taufen, und König Karl übergibt Rollo das Land, das diesem ohnehin schon gehört, als Lehen. Dafür gilt Rollo fortan als Graf, nicht länger als Bestie aus dem Norden. Obendrein kriegt er des Königs Tochter zur Ehefrau – und alle leben glücklich auf blutgetränktem Boden.«

Hektisch leckte er sich mit der Zunge über seine rauen Lippen.

»Nicht alle«, berichtigte Runa ihn. »Du scheinst nicht glücklich zu sein.«

Vage erinnerte sie sich an die Worte, die er zu ihr gesagt hatte, nachdem er ihren Vater vergiftet hatte – dass Männer wie er nicht zum Pflügen gemacht seien, sondern zum Kämpfen.

»Die Welt taugt nicht für Glück und Frieden«, erwiderte er. »Wie sehr man sich darum mühen mag – am Ende wartet das Chaos. Wenn der Endkampf der Götter und der Riesen über uns hereinbricht, wird alles Böse entfesselt, wird die Erde zu beben beginnen, und sämtliche Bäume werden entwurzelt. Die Berge werden einstürzen, das Land wird überflutet, und die Sterne werden vom Himmel fallen. Und alle Krieger und Götter werden sich erheben – zum letzten großen Kampf, ehe die Welt untergeht. Das ist unser Schicksal. Und warum sollten wir uns ihm blind stellen und hoffen, dass es erst über unsere Kindeskinder hereinbricht? Warum nicht mit den Kräften des Chaos spielen, sie sich zunutze machen, seinen Spaß daran haben?«

Ruckartig blieb Thure stehen und stolperte. Vielleicht war er tatsächlich so ungeschickt, vielleicht aber gehörte zu dem Spiel, von dem er sprach, seiner Sinne vermeintlich nicht mächtig zu sein.

»Sag endlich, was du willst.«

Runas Anspannung wich Erschöpfung. Der Hass auf den Mörder ihres Vaters war nicht lebendig genug, dass es sie nicht auslaugte, ihm zuzuhören. Thure fuchtelte mit den Armen, als wollte er in die Luft zeichnen, wovon er sprach.

»Sie werden also alle in Saint-Clair-sur-Epte zusammentreffen, um einen Frieden zu schließen, den es nie geben kann: der König vom Frankenreich und seine Krieger. Rollo und die Seinen. Und natürlich auch die Frankenprinzessin – sie heißt Gisla. Noch wird sie nicht in Rollos Hände übergeben, jedoch dem Bischof von Rouen, bei dem sie leben soll, bis er genug über den Christengott gelernt hat. Rollo, meine ich natürlich, nicht den Bischof. Der weiß bereits alles über den Christengott. Und soll ich dir etwas sagen? Ich für meinen Teil auch.« Verschwörerisch beugte er sich vor und nuschelte: »Der Christengott sieht nicht nur untätig zu, wenn die Seinen gemartert werden – er hat sich selbst schlachten lassen wie ein Stück Vieh.«

Thure spuckte aus, und sein weißer Speichel warf auf dem dunklen Boden kleine Bläschen. Als Runa daraufstarrte, musste sie an die Kuh denken, ihre und Asruns Kuh, deren Kehle Thure durchschnitten hatte und deren Blut einer Fontäne gleich in die kalte Luft gespritzt war.

»Nun gut«, fuhr Thure indessen fort, »wenn Rollo also bewiesen hat, dass er nicht nur ein guter Christ ist, sondern seinem Lehnsherrn, dem König, ein guter Diener, dann wird im nächsten Frühjahr Hochzeit sein. Bis dahin wird sich Rollo mit seiner Konkubine vergnügen und Gisla zitternd in Rouen hocken und sich den Tod wünschen. Wenn sie denn dort überhaupt ankommt.«

»Du willst es verhindern?«

Er zuckte die Schultern. »Nun, dort bei Saint-Clair-sur-Epte wird in diesen Tagen der Brautschatz durchs Land gefahren, Schmuck und Gold und Pelze und Geschirr, und wenn ich es genau bedenke, ist mir das lieber als gestohlenes Getreide. Ich habe es satt, verhungerte Bauern auszurauben und Mönche zu töten, deren Scheiße hart wie Stein ist, weil sie nichts Anständiges zu essen haben.«

»Du willst den Brautzug überfallen«, fasste Runa zusammen.

Thure grinste. »Sagen wir es so: Auf Pelze und Geschirr kann ich verzichten, Schmuck und Gold sind mir umso lieber ... und du, Runa, willst dergleichen doch auch.«

Sie hatte lange nicht mehr überlegt, was sie wollte. Von einem Tag zum nächsten zu überleben hatte nichts mit Wollen zu tun. Aber damals, als sie erstmals den Boden des Nordmännerlandes betreten hatte, inmitten von Klippen und Sand – damals hatte sie noch gewusst, was sie wollte: in den Fjord heimkehren, wo sie mit Asrun gelebt hatte. In ein Land, das karg und einsam und gefährlich war, aber nicht blutdurchtränkt wie dieses. Um heimzukehren brauchte sie ein Schiff, und damit das Schiff fuhr, brauchte sie Ruderer, und für Schiff und Ruderer brauchte sie wiederum Gold.

Runa ließ ihren Blick über die Männer schweifen. »Du hast so viele, die mit dir kämpfen. Und ausgerechnet meine Hilfe suchst du, um den Brautschatz dieser Gisla zu stehlen?«

»Genau genommen brauche ich nicht unbedingt dich, sondern eine Frau. Eine Frau, die mit Waffen umgehen kann. Und derer gibt es hierzulande nicht so viele. Bist du dabei? Wenn ja, sage ich dir, wie mein Plan aussieht.«

Sie schwieg verstockt, und er drängte sie nicht zu einer Antwort. Fast treuherzig lächelte er sie an. Sie zweifelte keinen Augenblick daran, dass er ihr eigenhändig ein Schwert in den Leib rammen würde, wenn sie sich seinem Vorhaben widersetzte.

Kloster Saint-Ambrose in der Normandie
Herbst 936

Die Äbtissin entschied sich, nicht zu fragen, wer Arvids Leben bedrohte. Sie wollte ihn nicht bedrängen, ihn nicht quälen, ihn nicht grausame Erinnerungen an seine Verwundung neu durchleben lassen. Es zählte nicht, wer ihm das angetan hatte – wiewohl sie einen Verdacht hegte –, auch nicht, warum er im Kloster und wie er seinem Mörder entwischt war. Es zählte nur, dass er in Gefahr war und bei ihr Zuflucht gesucht und gefunden hatte. Aus Zufall. Oder aus Gottes Fügung.

»Es tut mir leid, was du erfahren musstest«, murmelte sie. »Ich verabscheue den Menschen, der dir das angetan hat. Und doch bin ich überglücklich, dass du seinetwegen hier bist.«

Hier bei mir, wollte sie hinzufügen, aber das wagte sie nicht. Nicht bevor sie sich sicher sein konnte, dass er ihr ... Geheimnis kannte.

Die Äbtissin beugte sich leicht vor und berührte seinen Arm. Er zuckte zurück. Vielleicht vor Schmerzen, vielleicht aus Angst. Oder, was das Schlimmste wäre, aus Verachtung ihr gegenüber.

Seit er im Kloster war, hatte sie sich gegen diese Verachtung gewappnet, doch nun erschien sie ihr unerträglich. Ein Messer riss nicht weniger tiefe Wunden, wenn man es kommen sah. Allerdings – besser war es, sich einem schnellen, heftigen Stoß auszusetzen als langsamer Qual. Sie atmete tief durch und wagte dann die Frage zu stellen, vor der sie sich am meisten fürchtete.

»*Du ... du weißt ... es?*«, *stammelte sie.* »*Du kennst die Wahrheit?*«

Er senkte den Blick. Das Amulett lag unberührt auf seiner Brust. Eine Weile regte sich keiner von ihnen beiden. Der Mund wurde ihr trocken.

Wenn er es nicht wusste, wie es ihm sagen, wie es ihm erklären?

Doch dann nickte er, und sie ließ laut ihren Atem entweichen, erleichtert, dass sie es nicht aussprechen und dass sie die Wahrheit nicht länger verheimlichen musste, zumindest nicht vor ihm. All die letzten Jahre hatte sie sich nie jemandem anvertrauen können. Sie hatte damit zu leben gelernt, aber es hatte Zeiten gegeben, da es ihr schwerer fiel als sonst – so in dem Jahr, als sie vom unrühmlichen Ende König Karls gehört hatte. Er war als Gefangener gestorben, abgesetzt von den Großen des Reichs, gerüchteweise in einem Turm der Burg von Thierry und abgeschieden von allen Menschen.

Die Meinung der Nonnen war damals gespalten gewesen – die einen empfanden es als abscheulich, dass man so mit einem König verfuhr; die anderen meinten, dass er es verdiente nach allem, was er getan hatte. Sein Herz sei feige, erklärten sie gleich dem Adel des Landes. Viel zu großen Einfluss habe er an Hagano abgetreten, viel zu dreist einen Aufstand provoziert.

Die Äbtissin hatte sich damals eines Urteils enthalten. Sie wusste mehr über den König als all die Nonnen, und es fiel ihr schwer, allein mit der Erkenntnis zu leben, dass sein Opfer nichts wert gewesen war, dass er einen Pakt mit den Nordmännern geschlossen und seine Tochter verkauft hatte, um Lothringen zu bekommen, und am Ende nicht nur das Land im Norden seines Reichs, seine Tochter und dieses Lothringen verloren hatte, sondern auch seine Krone.

»Ehrwürdige Mutter?«

Sie schreckte aus ihren Gedanken hoch. Sie war es gewohnt, stundenlang über etwas nachzusinnen, aber nicht, dabei beobachtet zu werden.

Arvid starrte sie an – lauernd, wie ihr schien.

»Es ... es ist gewiss nicht leicht«, murmelte sie.

Wieder sprach sie nur einen Teil ihrer Gedanken aus und fügte im Stillen hinzu: nicht leicht, damit zu leben – und nicht leicht, mir zu verzeihen.

Er nickte zaghaft. »Ich bin der, der ich bin, und manchmal denke ich, ich habe mich damit abgefunden, dann aber wieder...«

Er brach ab.

»Ich bin trotzdem froh, dass sie es dir gesagt hat.«

Er zuckte die Schultern. »Es gab Zeiten, da wünschte ich mir, sie hätte mich belogen.«

Sie verstand, was er meinte. Lügen machte zwar einsam, aber das Leben einfacher. Doch jetzt war Arvid bei ihr, das Leben nicht länger einfach und die Zeit gekommen, mit den Nonnen zu sprechen.

Sie würde ihnen nur einen Teil der Wahrheit beichten. Aber sie würde für diesen Teil geradestehen.

III.

Saint-Clair-sur-Epte
September 911

Nie hatte Gisla so viel Himmel gesehen. Nach der langen Fahrt im Wagen hatte dieser auf einem Hügel gehalten und sie den Kopf aus der Luke gesteckt. Auf der einen Seite erblickte sie Wälder, auf der anderen Wiesen, Felder und eine kleine Kirche. Und wenn sie den Kopf hob, dann sah sie nur Himmel, einen farblosen Himmel und ein paar kleine Schäfchenwolken.

Auch in Laon hätte sie den Himmel sehen können, wenn sie den Kopf aus dem Fenster gesteckt hätte, doch das hatte sie nie getan. In Laon hatte es keinen Anlass gegeben, nach draußen zu blicken. Andere hatten dort für sie gesorgt und Entscheidungen getroffen, während sie nun ganz allein mit ihrer Begleiterin Aegidia war und selbst bestimmen musste, wann sie die Kleider wechselte.

Der jetzige Augenblick war vielleicht dazu geeignet. Stille hatte sich über sie alle gesenkt; die fränkischen Krieger standen wie erstarrt.

Zuvor, bei der Ankunft der Nordmänner, schien die Luft ob der Unruhe noch zu brennen: Schritte hatten sie angekündigt, Pferdegetrappel und Stimmen. Die Bewohner des Dorfs waren so erschrocken, dass sie in die umliegenden Wälder geflohen waren, bekundend, dass sie dem Frieden nicht trauten. Sie erwarteten, dass Franken und Nordmänner – wann immer sie zusammentrafen – die Waffen gegeneinander erhoben, anstatt ein Abkommen zu treffen.

Diese Waffen sahen Furcht erregend aus. Gisla selbst hatte sie nicht zu sehen bekommen, jedoch Bruder Hilarius, ein Mönch, der sie begleitete und der den Frauen berichtet hatte, dass Rollo, tatsächlich zu schwer und mächtig, um auf einem Pferd zu sitzen, seinen Kriegern mit großen Schritten voranging und eine riesige Lanze auf seinen Schultern trug.

Immerhin – er hatte diese Lanze nicht gegen die Franken gerichtet. Schweigend hatten sich die Krieger beider Völker gegenübergestanden – auch das berichtete Bruder Hilarius –, die Einzigen, die keine Beherrschung kannten, waren die Hunde. Sie kläfften laut und durchdringend, weil sie, wie Bruder Hilarius meinte, das Böse witterten.

Irgendwann waren die Hunde verstummt, König Karl, Rollo und ihre engsten Vertrauten, der Bischof von Rouen darunter, desgleichen Robert, Graf von Paris, Enkelsohn von Robert dem Tapferen, Besitzer der mächtigen Königsabtei Saint-Denis und darum selbst sehr mächtig, hatten sich in die Kirche zurückgezogen. Das Gebäude war nicht zusammengebrochen, wie Bruder Hilarius es für den Fall prophezeit hatte, dass Heiden es betraten – vielleicht, weil Sankt Clarus wusste, dass diese Heiden nicht Krieg, sondern Frieden brachten und sich taufen lassen würden, vielleicht aber auch, weil Sankt Clarus oder Gott nicht mächtig genug waren, eine entweihte Kirche zu zerstören. Bruder Hilarius hatte den Wagen verlassen, um das Zusammentreffen mit eigenen Augen zu bezeugen, und Gisla und Aegidia allein zurückgelassen. Was nun in diesem Wagen geschah, interessierte keine Seele. Aller Augen waren auf die Kirche gerichtet.

»Wir ... wir könnten es jetzt tun«, murmelte Gisla zum wiederholten Male.

Ihre Worte kamen nur zögerlich über ihre Lippen, und sie war nicht bereit, ihnen Taten folgen zu lassen. Noch nie in ihrem Leben hatte sie sich selbst entkleidet, und da Aegidia keine Anstalten machte, ihr zu helfen, brachte sie es nicht fertig, damit zu beginnen. Sie überkreuzte ihre Hände über der Brust, und begnügte sich damit, Aegidia zu mustern, ebenso blond wie sie selbst, ebenso zart und ebenso blass. Wegen der deutlichen Ähnlichkeit hatte Fredegard die junge Frau für die Aufgabe ausgewählt – und auch, wie sie Gisla erklärt hatte, weil Aegidia aus bester fränkischer Familie stammte, allerdings Waise war und in einem Kloster erzogen wurde, ehe Fredegard sie als Zofe in ihren Hofstaat aufgenommen hatte.

»Sie ist des Lesens und Schreibens kundig und sollte klug genug sein, um zu wissen, wie man sich als Königstochter beträgt«, hatte Fredegard erklärt.

In diesem Augenblick wirkte Aegidia allerdings nicht klug, sondern verängstigt, und ihre Kleidung glich nicht der einer Adeligen, sondern wirkte einfach.

Wie sich diese Kleidung wohl anfühlt?, überlegte Gisla.

Aegidia trug ein graues Leinenkleid und eine Palla darüber, ebenfalls grau und mit Pelz verbrämt. Die hochgeschnürten Schuhe sahen härter aus als ihre, die Haare waren unter einem groben Tuch verborgen. Bis auf die Brosche, die die Palla auf der Brust zusammenhielt, besaß Aegidia keinen Schmuck.

Um vieles prächtiger fiel Gislas Gewand aus: Die Fränkinnen trugen bei ihrer Hochzeit Rot, und auch wenn Gisla Rollo erst viel später, nach seiner Taufe, heiraten würde, hatte ihr Untergewand mit den weiten Ärmeln und der hochgeschnürten Taille diese Farbe. Rot war auch der großzügige

Umhang, und rot waren die Haarbänder, die ihre Zöpfe hielten. Der Gürtel war aus feinem braunem Leder und mit unzähligen kleinen Edelsteinen besetzt. Auch das Band, in das der Schleier über ihren Zöpfen eingefasst war, funkelte, nicht ob der Edelsteine, sondern weil es mit goldenen und purpurfarbenen Fäden durchwebt war. Ihr Hals war mit schweren Halsketten geschmückt, die bis zur Taille reichten.

Auch wenn Gisla immer noch zögerte, sich zu entkleiden, so nahm sie doch eine dieser Ketten ab und ließ sie durch ihre Finger gleiten.

Wenn nur Begga hier wäre!, dachte sie seufzend. Sie würde die rechten Worte finden, auf dass sie endlich zur Täuschung schreiten konnten!

Der König hatte darauf bestanden, dass die Mutter schon in Laon Abschied von Gisla nahm und mit ihr auch die einstige Amme. Zu viel Unruhe würde entstehen, wenn die Frauen die Tochter begleiteten, hatte er gesagt und offengelassen, wer sich an dieser Unruhe am meisten stören würde: Fredegard, Gisla oder vielmehr er selbst.

Gisla hob die Kette und ließ sie in der Luft kreisen, doch Aegidia missachtete den Schmuck und begann stattdessen aufgeregt zu plappern – so schnell, so atemlos, dass Gisla sich unwillkürlich fragte, wie jemand, der so viel redete, das Geheimnis würde hüten können: das Geheimnis, dass sie ihre Rollen tauschen würden – dass nicht sie, sondern Aegidia an ihrer statt Rollo heiraten würde.

Sie sei stolz und glücklich, für diese Aufgabe auserwählt worden zu sein, beteuerte Aegidia zum wiederholten Male, aber sie machte keine Anstalten, diese Rolle tatsächlich einzunehmen, und ihre Augen glänzten nicht glücklich, sondern wie im Fieber.

»Der König hat Rollo eigentlich Flandern als Lehen angeboten, doch Rollo wollte Flandern nicht, und der dortige Graf Balduin hätte es ihm wahrscheinlich auch nicht gegeben«, sagte Aegidia jetzt. »Hier im Norden gibt es ja keinen Grafen oder zumindest nicht mehr, seit die Nordmänner ihn meuchelten. Ich frage mich, wie dieses Gebiet nun heißen wird – Nordmännerland kann man es doch nicht länger nennen. Wenn sie erst einmal getauft sind, dann sind sie doch keine Nordmänner mehr, nicht wahr? Allerdings – auch wenn sie getauft und keine Heiden mehr sind, dann stammen sie immer noch aus dem Norden.« Ihr Blick flackerte. »Weißt du eigentlich, wie der Lehnseid lautet, den Rollo sprechen wird?«, fragte sie dann abrupt.

Sie wartete Gislas Antwort nicht ab. »Ich will lieben, was du liebst, und hassen, was du hasst«, erklärte Aegidia bestimmt. Erneut ließ sie Gisla keine Zeit, etwas hinzuzufügen, sondern fuhr rasch mit ihrer Rede fort. »Rollo hat einen Bruder namens Ivar, hast du davon gehört? Es ist merkwürdig, sich vorzustellen, dass er eine Familie hat. Bruder Hilarius hat schließlich behauptet, die Hölle habe ihn ausgespuckt, aber wenn er einen Bruder hat, dann wohl auch eine Mutter, und die wird ihn nicht ausgespuckt haben, sondern geboren, wie jedes andere Weib auch seine Kinder gebärt.«

Endlich hielt die junge Frau inne. Ihre Augen glänzten immer noch – jetzt nicht mehr fiebrig, sondern vor Tränen.

Woher weißt du das?, wollte Gisla fragen, stattdessen kam ihr unwillkürlich über die Lippen: »Hast du Angst?«

Sie selbst hatte Angst, große Angst, erdrückende Angst. Ihre Mutter hatte zwar einen Weg gefunden, wie sie der Heirat mit dem riesigen, grausamen Nordmann entgehen konnte – aber allein den bevorstehenden Kleiderwechsel durchzuführen erschien ihr ungeheuerlich. Und auch wenn Aegidia ihre Rolle einnehmen würde, musste sie sie dennoch nach Rouen begleiten. Es würde Misstrauen erwecken, hatte Fredegard erklärt, wenn die Dienerin der Prinzessin in Saint-Clair-sur-Epte zurückbliebe.

In Rouen würde Rollos Braut für die Zeit des Katechumenats ihres künftigen Gatten in der Obhut des Bischofs leben. Zu Ostern schließlich würde die Taufe vollzogen – und die Ehe mit der fränkischen Prinzessin gleich darauf auch. Sie und ihre Mutter hofften, dass der Bischof nichts bemerken würde – hatte er sie doch nur einmal gesehen, obendrein mit Schleier, und glich Aegidias Statur und Haarfarbe doch der ihren.

Obwohl Aegidia so viel und gerne redete, antwortete sie auf die Frage, ob sie Furcht habe, nicht. Sie schwieg vielmehr betroffen und senkte ihren Blick. Gisla sah noch einmal hinaus.

So viele Krieger, ging ihr durch den Kopf, und so viel Himmel.

Die Luke war eigentlich mit einem Stück Leder verhängt, doch sie hatte es beiseitegeschoben, um hinaussehen zu können. Nun zog sie es wieder vor, damit niemand hineinschauen konnte.

»Wir ... wir müssen es jetzt wirklich tun«, beharrte Gisla, rieb die Steine der Kette aneinander und hob dann die Hand, um die von Aegidia zu berühren. Sie spürte, wie das Mädchen zusammenzuckte.

»Aegidia, wir haben nicht mehr viel Zeit ...«

»Ja«, fiel diese ihr mit schriller Stimme ins Wort, »›ich will lieben, was du liebst, und hassen, was du hasst‹ – das ist der Lehnseid. Aber bevor Rollo diese Worte sprechen wird, muss Graf Robert, sein künftiger Pate, ihn dem König als Lehnsmann empfehlen: ›Du wirst keinen ehrenhafteren Lehnsmann als diesen finden‹, wird der Graf sagen. Und dann muss er die gefalteten Hände Rollos in die des Königs legen.« Sie zuckte die Schultern. »Bruder Hilarius war sich nicht sicher, ob Rollo dazu bereit ist, denn die Barbaren aus dem Norden haben keinen Sinn für Sitte und Anstand. Doch wenn er es tut, so verspricht ihm der König seine Tochter und nimmt Rollo in seine Familie auf.«

Die Worte klangen nicht so, als gäbe sie ihre eigenen wieder. Jemand musste sie ihr vorgesagt haben, vielleicht Fredegard.

Während sie sprach, hektisch und laut, hatte Aegidia jäh begonnen, an ihrer Kleidung zu zerren, als könnte es ihr nach dem langen Zögern gar nicht schnell genug gehen, sie endlich abzulegen.

Gisla war nicht sicher, woher diese plötzliche Hast rührte – ob von der Verzweiflung, weil ihr Schicksal so ausweglos war, oder von Entschlossenheit, diesem Schicksal das Beste abzugewinnen. In jedem Fall folgte sie Aegidias Beispiel, schnürte den Gürtel auf, legte die Palla ab – und hielt inne.

Sie hatte ein Geräusch vernommen, das erst wie das Kläffen von Hunden klang, dann nach einem Lachen – dem tiefen, brummenden Lachen von schweren, großen Männern.

Schnell zog sie die Palla wieder vor der Brust zusammen, schob das Leder beiseite und sah durch die Luke. Die Krieger, die um die Kutsche postiert waren, um den Brautschatz zu bewachen, lachten nicht. Kam das Gelächter etwa von der Kirche? Obwohl man an einem geweihten Ort wie diesem doch nicht lachen durfte?

Schließlich hörte Gisla nicht nur Lachen, sondern auch Schritte.

»Zieh dich wieder an!«, zischte sie Aegidia zu.

Hastig schloss sie die Palla mit ihrer Brosche. Als das Gefährt geöffnet wurde, hatte sie den Gürtel noch nicht wieder umgelegt, aber Bruder Hilarius war viel zu aufgeregt, um es zu bemerken.

»Welch eine Schande!«, rief er entrüstet, während er in den Wagen kletterte. Es bereitete ihm sichtlich Mühe, denn er war klein und rund, und niemand reichte ihm die Hand, um ihm zu helfen. »Welch eine Schande!«

»Hat Rollo den Lehnseid doch nicht abgelegt?«, fragte Aegidia – und der hoffnungsvolle Klang in ihrer Stimme schmerzte Gisla.

Noch mehr schmerzte sie die eigene Schuld. Es war zwar nicht ihr Plan gewesen, die junge Frau zu ihren Gunsten zu opfern, aber als ihn die Mutter ausgeheckt hatte, hatte sie keinen Einspruch erhoben.

Bruder Hilarius schüttelte den Kopf. »Der König und Rollo haben sich in der Kirche getroffen«, berichtete er aufgeregt. »Alle waren zunächst guter Dinge. Rollo sprach den Lehnseid – an Karl gerichtet, den König eines gläubigen Volkes, das mit Inbrunst die Gesetze des Königs ehrt, des Königs, der sich nach dem Schwur an Rollo richtete mit den Worten: ›Du, der du dieses Lehen erhalten hast, solltest des Königs Fuß küssen.‹« Hilarius wischte sich den Schweiß von der Stirn. »Und da sagte Rollo plötzlich«, fuhr er fort, »er werde niemals seine Knie vor einem anderen beugen noch jemandes Fuß küssen.« Bruder Hilarius schüttelte noch heftiger den Kopf. »Welch eine Schande!«, rief er wieder.

»Und? Ist der Lehnseid nun ungültig?«, fragte Aegidia gebannt.

»Nein«, rief Bruder Hilarius mürrisch, »der Bischof von Rouen hat sich an Rollo gewandt und ihn angefleht, dem Ritual Folge zu leisten und gegen all seine Überzeugung den Fuß des Königs doch zu küssen – und das hat Rollo prompt getan. Allerdings hat er sich nicht zum Fuß gebeugt, sondern den Fuß des Königs vielmehr zu seinen Lippen hochgezerrt, und das so heftig, dass der König auf den Rücken fiel. Eine

Unhöflichkeit sondergleichen – die Rollos Krieger noch dazu keineswegs zutiefst beschämte, sondern zum Lachen brachte!«

Gisla versuchte, sich den Vater auf dem Rücken liegend vorzustellen. Sie kannte ihn nur mit hängenden Schultern – liegend nicht.

»Ist der Lehnseid nun ungültig oder nicht?«, rief Aegidia wieder, diesmal nicht hoffnungsfroh, eher kreischend.

Bruder Hilarius hörte auf, den Kopf zu schütteln. Der König habe Rollo dieses entwürdigende Verhalten verziehen, erklärte er schmallippig, und ihm überdies versprochen, seine Grafschaft fortan zu schützen, zumal Rollo nach seiner Taufe nicht nur sein Schwiegersohn, sondern auch sein Bruder in Christus sei.

»Der Bischof von Rouen«, schloss er, »war erleichtert und gab sich danach so beseelt, als hätte sich nicht nur Rollo bekehrt, sondern alle nordischen Länder. ›Es ist, als hätte die Erde ihr Alter abgeschüttelt, um sich nun überall in das weiße Gewand der Kirche zu hüllen‹, hat er laut verkündet.«

Die letzten Worte gingen in einem Grummeln unter. Als es verstummte, erhob sich Hilarius und kletterte wieder aus dem Wagen – nicht minder schwerfällig, als er zuvor eingestiegen war.

»Wohin geht Ihr?«, rief Gisla ihm nach.

»Ihr befindet Euch nun in der Obhut des Bischofs von Rouen und somit nicht länger in der Gewalt des Königs. Der Bischof wiederum hat eigene Mönche; sollen diese doch Eure Reise begleiten. Nichts bringt mich in das Land, in dem ein Heide – und ja, noch ist er es! – einen König auf den Rücken fallen lässt.«

Er schlingerte, drohte das Gleichgewicht zu verlieren und selbst zu fallen. Doch dann landete er heil und mit den Füßen voran auf dem Gras. Der Himmel über ihnen war immer noch farblos und weit. Wenig später setzte sich der Wagen in Bewegung.

Die beiden jungen Frauen waren wieder ungestört, doch nachdem der Wagen Fahrt aufgenommen hatte, war es ungleich schwerer, die Kleider zu wechseln. Gisla wurde hin- und hergeworfen, als sie an der Brosche zog, mit der sie ihre Palla geschlossen hatte. Sie entglitt ihren Händen, die Palla rutschte vom Rücken, auch das Riechfläschchen, das am Gürtel hing, fiel auf den Boden. Aegidia hielt die Balance etwas besser und zögerte nun nicht länger, erst aus ihrem Oberkleid, dann aus ihrer Tunika zu schlüpfen. Je mehr nackte Haut man von ihr sah, desto schneller sprach sie. Es war erbärmlich kalt.

»Rollo ist kein schlechter Mensch«, begann sie gehetzt. »Nicht nur, weil er sich jetzt taufen lässt. Hast du gehört, was er in Chartres tat?«

Gisla hatte es nicht gehört.

»Er hat die Stadt belagert«, sagte Aegidia. »Doch dann ist der Bischof auf die Befestigungsmauer gestiegen und hat vor den Augen der Feinde eine Reliquie geschwenkt – ein Stück von jenem Kleid, das die Jungfrau Maria in der Nacht trug, als sie Jesus, unseren Erlöser, gebar. Rollo sah es und befahl den Rückzug.«

Gisla fiel wieder ein, dass sie doch von Chartres gehört hatte und dass Rollo dort gescheitert war. Von einem freiwilligen Rückzug hatte sie nichts vernommen, nur von einer bitteren Niederlage.

»Und bevor er seine Heimat verließ«, fuhr Aegidia rasch fort, »ist Rollo im Traum ein Eremit erschienen und hat ihm prophezeit, dass er Christ werden wird.«

Gisla fragte sich einmal mehr, ob Aegidia das von ihrer Mutter zugetragen worden war. Dieser hatte man in den letzten Wochen selbst viele Geschichten erzählt, um sie mit dem Gedanken zu versöhnen, ihr Kind dem Nordmann zu geben. Der sei zwar groß und wild, aber kein Unhold und seine Seele nicht verloren, warum sonst wären ihm im Traum immer wieder Heilige wie der erwähnte Eremit erschienen, um ihm Landgewinn und Taufe zu prophezeien.

Gisla versuchte sich vorzustellen, wie dieser riesige Mann die Taufe empfing, doch stattdessen kam ihr nur das Bild in den Sinn, wie Rollo ihres Vaters Fuß an seine Lippen zog und dieser vor ihm auf dem Rücken lag.

»Wir müssen uns beeilen«, drängte sie.

Sie überreichte Aegidia ihre Ketten und den Gürtel und wollte sich eben daranmachen, den Schleier vom Kopf zu ziehen und die roten Bänder zu lösen, die die Zöpfe hielten, als der Wagen einen Ruck machte.

Aegidia verstummte vor Überraschung und zog sich hastig das Unterkleid über die nackten Schultern. Gisla sah, dass sich ihre Härchen aufgerichtet hatten – vor Kälte. Oder vor Angst?

Die Wagenräder knarrten, es ruckelte noch stärker, schließlich hielten sie an. Einmal mehr beugte sich Gisla aus der Luke. Jemand stand mitten auf der Straße. Sie konnte das Gesicht dieser Gestalt nicht erkennen, jedoch, dass sie einen bodenlangen Kittel trug. Offenbar war es eine Frau, der Schlichtheit ihrer Kleidung nach zu schließen eine Bäuerin – vielleicht eine aus dem Dorf, dessen Bewohner vor Rollo geflohen waren. Das erklärte jedoch nicht, warum sie den Wagen aufhielt.

Gisla zuckte zurück, als sich plötzlich das Gesicht eines der Krieger vor die Luke schob. Die Angst vor dem fremden

Mann überwog jene, dass sie beim Kleiderwechsel ertappt wurden. Genau betrachtet war er nicht fremd – er begleitete den Brautzug schon seit Laon, aber ein Mann war er und mit dem gefurchten Gesicht, den riesigen Pranken und dem harten Blick fürchterlich anzusehen.

Ihm schien es nicht aufzufallen – weder dass sie Palla, Gürtel und Schmuck abgelegt hatte noch dass sie sich vor ihm ängstigte.

Ausdruckslos erklärte er, dass die Frau vor dem Wagen an Skrofeln erkrankt sei und die Hoffnung auf Genesung hege, wenn nur eine sie berühre, in deren Adern königliches Blut rinne.

Gisla biss sich auf die Lippen, um ihr Zittern zu unterdrücken. Sie wusste, dass ihrem Vater solche Wunderkräfte nachgesagt wurden und dass immer wieder Kranke seine Nähe suchten – doch sie hatte nie darüber nachgedacht, ob auch sie als seine Tochter ähnliche Gaben besaß. Sie glaubte nicht daran und war doch voller Mitleid für die Frau, umso mehr, als sie sah, wie zwei weitere Krieger auf sie zugetreten kamen und sie wegzerren wollten. Die Frau musste verzweifelt sein und folglich schon lange an der tückischen Krankheit leiden, denn sie wehrte sich heftig, und der Schrei aus ihrer Kehle klang kläglich.

»Nicht!«, rief Gisla. »Wartet!«

Sie rief die Worte entschieden, aber verharrte unschlüssig, sobald sie verklungen waren. Sollte sie den Wagen verlassen? Die Frau berühren? Oder würde es reichen, ihr durch die Luke die Hand entgegenzustrecken? Trotz ihres Mitleids überkam sie Ekel, wenn sie sich vorstellte, einen von Beulen und Eiter geschlagenen Leib anzufassen.

Die Entscheidung, das Gute oder das Angenehme zu tun, blieb ihr allerdings erspart. Oft hatte Hilarius behauptet,

Rollo sei von der Hölle selbst ausgespuckt worden, doch erst jetzt, als plötzlich ohrenbetäubender Lärm losbrach, begriff Gisla, was Hölle überhaupt bedeutete.

Runa wusste nicht, wann sie misstrauisch geworden war – ob schon im Wald, als Thure ihr seinen Plan darlegte, später, als sie sich wie ausgemacht in Frauenkleidern vor den Wagen stellte, oder erst, als der Sturm losbrach – und sie erkannte, dass er sie belogen hatte.

Sie war entsetzt, überrascht aber war sie nicht: Thure hatte es also doch nicht auf den Brautschatz abgesehen, sondern auf die fränkische Prinzessin selbst. Vielleicht, weil diese Geisel mehr wert war als Gold und Silber, vielleicht aber auch, weil es die größere Gefahr und folglich das größere Vergnügen verhieß, sich ihrer zu bemächtigen. Ein Teil des Spaßes bestand gewiss darin, dass sie bei alldem ohnmächtig zuschauen und obendrein erkennen musste, warum er sie in seinen Plan einbezogen hatte: nicht einfach nur, um als vermeintliche Bäuerin den Zug aufzuhalten – auch einer seiner Krieger hätte den Kittel überziehen können, um ihn, sobald der Kampf losbrach, abzustreifen und zur Waffe zu greifen –, sondern obendrein, um sie zu zwingen, einmal mehr zu töten und ihres Vaters Hoffnung zu spotten, im Nordmännerland warteten Frieden und Wohlstand.

Thures ursprünglicher Plan sah dieses Töten eigentlich nicht vor: Demnach hätte es genügt, Gisla aus dem Wagen zu locken und möglichst lange ihre Aufmerksamkeit auf sich zu ziehen. Runa sollte die Prinzessin packen, sie nicht mehr loslassen und solcherart bewirken, dass sämtliche Krieger damit beschäftigt wären, die junge Maid vor ihr zu schützen, um lange genug vom Brautschatz abgelenkt zu sein, über den sich Thures Männer unterdessen hermachten.

Doch noch ehe die fränkische Prinzessin den Wagen überhaupt verlassen hatte, zeigte sich der wahre Plan. Thures Männer kamen nicht etwa leise und heimlich, sondern laut schreiend und mit schwingenden Waffen aus dem nahen Wald gestürmt, und wenn jene Waffen – Wurfschlingen, Keulen und Streitaxt – verglichen mit den Schwertern der Krieger, die die Prinzessin geleiteten, auch einfach wirkten, so waren sie nicht minder tödlich. Schon ging einer jener Männer, die neben Runa standen, zu Boden. Ein zweiter zog hingegen blitzschnell das Schwert, um die Angreifer abzuwehren. Runa rutschte der Umhang vom Kopf, und prompt ging der Krieger mit seinem Schwert auf sie los. Mit ihren kurzen Haaren hielt er sie für einen Mann.

Ehe sie gewahr wurde, ihr Messer überhaupt gezogen zu haben, hatte Runa es ihm in den Leib gestoßen. Warmes Blut lief über ihre Hand. Noch während der Krieger sich krümmend daraufstarrte, kam einer von Thures Männern und schlug ihm seinen Kopf ab. Runa hörte nicht, wie der Krieger fiel, zu laut schrien die blindwütig mordenden Männer; zu überraschend war ihr Angriff für die Franken, um ihn mühelos abzuwehren. Thures Ziel – die fränkische Prinzessin zu entführen, um solcherart reicher zu werden und möglichst viel Zerstörung zu säen – rückte in greifbare Nähe. Schon sah Runa, wie einer von Thures Männern die Wagentür aufriss und ein Mädchen herauszerrte – die Prinzessin. Sie hatte blondes Haar und zarte Glieder, Haut so weiß wie Milch, und ihre Augen waren weit aufgerissen. Runa fühlte das Blut auf ihrer Hand erkalten – das Blut eines Mannes, den sie nie hatte töten wollen.

Die Prinzessin wehrte sich heftig, ähnlich wie sie selbst sich gewehrt hatte, als ihr Vater sie gewaltsam aus der Heimat fortschaffte. Ohne nachzudenken, was sie tat, stürzte Runa auf die beiden zu. Runas Zorn wurde zu einer gleißenden Flamme, die alles versengte. Sie würde es Thure heimzahlen – des Vaters Tod ebenso wie den Betrug an ihr. Wenn sie ihm nicht vertrauen konnte, so sollte er auch nicht auf sie setzen dürfen.

»Gib sie mir!«, schrie sie den Mann an.

Runa bekam eine zarte weiße Hand zu fassen. Kalt war sie, leblos, vielleicht war das Mädchen vor Schreck gestorben. Runa glaubte nicht, dass ein Wesen mit solch weißer Haut lange in der rauen Welt überleben könnte.

Der Mann überließ sie ihr bereitwillig. Wer immer die Blutgier geweckt hatte, die in seinen Augen stand – ob Thure, die kalten Winter im Frankenland oder zu viel Hunger: Er wollte kämpfen, anstatt die Prinzessin zu verschleppen, und er schien sicher, dass Runa ihm diese Aufgabe abnehmen würde.

Als Runa das Mädchen an sich zog, richteten sich die blauen Augen auf sie. Erst war der Blick starr, dann fiel er auf die gefallenen Krieger. Die Prinzessin riss die Augen auf. Sah sie zum ersten Mal Tote? Runa beneidete sie für ihre Unschuld und bedauerte gleichzeitig, dass diese Unschuld für immer verloren war.

Doch wenn sie ihr den Anblick von Toten auch nicht ersparen konnte, so konnte sie zumindest versuchen, sie wieder in den Wagen zu zerren. Es gelang ihr nicht. Die weiße Hand klammerte sich an ihre, stärker, als sie der schwächlichen Königstochter zugetraut hätte.

In diesem Moment erzitterte die Erde. Nur wenige Krieger hatten den Brautzug begleitet – umso mehr ritten an der Spitze des Zugs mit Rollo und dem Bischof von Rouen. Der Lärm hatte sie herbeigelockt, und sie kamen von allen Seiten, um nicht nur Thures Männer, sondern auch sie selbst einzukreisen.

Rollos Männer schlugen nicht schnell und wütend zu, sie führten ihre Hiebe sorgfältig aus. Äxte barsten unter Schwertern, Stahl zerschnitt Haut und Knochen gleichermaßen.

Und nicht nur an Waffen und Kriegskunst waren sie Thures Kriegern überlegen, sondern auch wegen ihrer Kleidung: Anders als diese trugen sie schwere Kettenhemden, die selbst Stößen standhielten, unter denen Pelz und Leder gerissen wären.

Doch obwohl Thures Männer nun zahlenmäßig unterlegen waren – die Mordlust blieb. Das durchdringende Geschrei, das Runa an das Heulen von Wölfen erinnerte, riss kaum ab. Setzten Rollos Männer mehr auf Kraft und das Ausführen klar erteilter Befehle denn auf Schnelligkeit, bewegten sich die Thures immer hektischer. Und hinter ihren Regungen war keinerlei Plan zu erkennen, nur wildes Wüten und rohe Gewalt.

Runa fühlte sich von diesem Anblick wie gelähmt. Sie wusste, dass nicht nur die Männer sterben würden, sondern auch sie selbst, und dass es ihre Schuld war, weil sie die fränkische Prinzessin geschützt hatte, die ins Wageninnere geflüchtet und nun hinter der verschlossenen Tür verborgen war. Und der letzte Gedanke, der ihr durch den Kopf gehen würde, war nicht, dass sie das Richtige getan hatte, sondern dass sich das Richtige nie lohnte, dass man im Blut geboren wird und im Blut umkommt.

Dann jedoch vernahm Runa inmitten der Kampfeslaute und des Geheuls ein anderes Geräusch, verhasst und unerträglich und doch gerade darum tauglich, sie aus der Starre zu reißen: Thure lachte. Noch aberwitziger als sein Gelächter aber war, was er tat. Er mischte sich in die Schlacht, doch nicht, um nun auch selbst zu töten, sondern um die ohnehin schon reglosen Leiber der Gefallenen aufzuschlitzen, sodass noch mehr Blut floss.

Runa gab den Schutz des Wagens auf, um besser sehen zu können. Eine Streitaxt flog auf sie zu, und sie wich ihr geschickt aus. Kurz glaubte sie, dass es einer von Thures Männern auf sie abgesehen hatte, doch dann erkannte sie, dass diese nicht länger Herr ihrer Regungen waren. Niemand konnte mehr zwischen Feind und Freund unterscheiden. Zu einem einzigen monströsen, vielgliedrigen Leib schienen die Menschenleiber zusammengewachsen zu sein. Thure stand etwas abseits, und als Runa auf ihn zustürzte, begriff sie, was er mit seinem Blutvergießen bezweckte. Er warf Rollos Kriegern die Leichen entgegen, und wenn diese sie auch nicht scheuten – die Pferde, auf denen sie ritten, taten es umso mehr. Sie rochen das Blut und stiegen wiehernd hoch.

Runa begriff, dass Thures Taktik aufging. Erst am Abend zuvor hatte er davon gesprochen: dass die Nordmänner bei der Schlacht um Chartres ihre Pferde geschlachtet, zerteilt und zu einer Mauer aufgehäuft hatten, die die Tiere der Franken panisch stimmte, und dass sie damit ihr Ziel erreicht hatten, weil dem Tier zuwider bleibt, woran sich der Mensch so schnell gewöhnt. Obwohl die Reiter in ihre Flanken schlugen, wichen die Pferde zurück; der enge Kreis, den sie um die Wagen gezogen hatten, öffnete sich, und inmitten des Gewühls war plötzlich ein schmaler Weg auszumachen, der direkt in den Wald führte. Dort, zwischen den hohen Bäumen, zählte nicht mehr, wer bessere Waffen besaß und stärkere Kettenhemden trug, sondern wer das Gebiet kannte und wusste, wo gefährliche Sümpfe lauerten.

Runa sah, dass Thure fortlief – offenbar fürchtete er den

Ruf, ein Feigling zu sein, an diesem Tag ebenso wenig wie an dem, da er ihren Vater heimtückisch vergiftet hatte, anstatt ihn im offenen Kampf zu fordern. Und während Runa ihn damals dafür verachtet hatte, verstand sie ihn jetzt gut. Sie folgte ihm ebenso hastig wie die wenigen Männer, die überlebt hatten. Runa konnte den Wald schon riechen, Gras und Moos und das Herbstlaub. Dunkelheit und Einsamkeit erschienen ihr nicht bedrohlich wie sonst, sondern höchst willkommen.

Doch kaum hatte sie den Schatten der ersten Bäume erreicht, traf sie ein Stoß in den Magen. Sie hatte die Faust nicht kommen sehen und ihre Muskeln nicht rechtzeitig anspannen können. Eine Welle des Schmerzes schlug über ihr zusammen, und als sie endlich wieder atmen und schauen konnte, stand Thure vor ihr.

»Verräterin!«, zischte er. Sie war nicht sicher, ob er es verächtlich oder anerkennend sagte.

»Du sagst mir nicht, was ich zu tun habe«, gab sie keuchend zurück. »Du solltest mir nicht mehr vertrauen als ich dir.«

»Das ist richtig«, gab er zurück und versetzte ihr einen neuerlichen Stoß.

Diesmal wappnete sie sich gegen die Faust, doch auch wenn es nicht ganz so schmerzte, hielt sie der Wucht nicht stand. Runa stolperte, fiel zu Boden und rollte die kleine Böschung hinab, die zum Wald führte. Thures Männer trampelten über sie hinweg, doch sie fühlte es kaum, nahm nur wahr, dass sie unter freiem Himmel lag und dass es hier nichts gab, wo sie sich verstecken konnte.

Plötzlich stand einer von Rollos Kriegern vor ihr, packte sie am Arm und zerrte sie hoch.

Das Bild vor ihren Augen verschwamm. Sämtlicher Überlebenswille schrumpfte zur Hoffnung, schnell und ohne Schmerzen sterben zu dürfen.

Doch der Tod kam nicht, weder schnell noch langsam: Was immer Rollos Männer mit ihr vorhatten – noch ließen sie sie am Leben.

Als sie Rouen erreichten, zitterte Gisla immer noch. Ihre Sinne konnten kaum fassen, was ihr zugestoßen war, wieder und wieder durchlebte sie die Schreckensminuten. Obwohl längst im sicheren Wagen, sah sie die Krieger deutlich vor sich, hörte ihr Gebrüll, fühlte, wie die kräftigen Pranken nach ihr griffen. Sie war verwundert, dass sie nicht vor Schreck gestorben war – und noch mehr, dass dieser Tag unbeirrt seinen Fortgang nahm. Nur ihre Welt war aus den Angeln gehoben worden, die andere jedoch stand von allem unberührt, und in dieser Welt ging es auf der alten römischen Straße geradewegs auf Rouen zu.

Die Zeit schien sich im Kreis zu drehen, sie immer wieder zu dem Augenblick zurückzuführen, da sie den ersten Toten ihres Lebens gesehen hatte, doch dann stellte sie fest, dass sich dieser Tag – so entsetzlich er auch gewesen war – wie jeder andere seinem Ende zuneigte.

»Wir müssen nun endlich ...«, setzte Aegidia an.

Erst jetzt gewahrte Gisla – wie aus einem dunklen Traum erwachend –, dass die Gefährtin all die letzten Stunden kein Wort gesagt hatte und dass sie immer noch nicht ihre Kleidung getauscht hatten. Rasch zog sie ihre Tunika vom Leib, erleichtert, etwas tun zu können, was sie von den Erinnerungen ablenkte. Diese Erinnerungen kehrten jäh zurück, als sie die Kratzspuren und die blauen Flecken sah, die ihren Unterarm übersäten. Rührten sie von den Pranken des Kriegers? Oder von diesen anderen Händen, kräftig wie jene, aber nicht ganz so schwielig und breit – den Händen der Frau, die sie in den Wagen zurückgestoßen hatte? Eigentlich war sie sich nicht sicher, ob es überhaupt eine Frau gewesen war.

Sie zog apathisch Aegidias Kleidung über, und diese die ihre. Gisla presste sich an die Holzwand des Wagens, wollte nichts mehr sehen, schon gar keinen Himmel. Sie wollte auch nichts hören, aber Aegidia hatte die Sprache wiedergefunden und begann erneut zu plappern.

Rouen sei eine stolze Stadt, erzählte sie. Schon in römischen Zeiten sei sie gegründet worden und habe damals Rotomagus geheißen. Eine schwere Mauer schütze sie, ein großer Hafen mache sie zu einem lebhaften Handelszentrum.

Gisla beugte sich nun doch vor und spähte durch die Luke, sah aber nicht viel, vor allem nichts Lebhaftes. Ihr fiel ein, dass auch sie manches über die Stadt gehört hatte, so, dass es viele Kirchen gab – neben der Ecclesia Prima, Notre Dame, auch Saint-Étienne, Saint Martin du Pont und Saint-Pierre außerhalb der Mauern, des Weiteren zwei Klöster: Saint Sauveur und – im Norden der Kathedrale – Saint Amand.

Soeben ertönte Glockengeläut, und Gisla lauschte zutiefst dankbar für das Zeichen, dass die Stadt offensichtlich kein gottverlassener Ort war und Rollo, der versprochen hatte, all die zerstörten Gotteshäuser wieder aufzubauen, kein böser Mensch. Wenn etwas an diesem schrecklichen Tag Trost verhieß, dann das: dass es einen guten Gott im Himmel gab und auf Erden Menschen, die zu ihm beteten.

Als Gisla sich noch weiter vorbeugte, sah sie nicht nur Kirchen oder mächtige Römermauern, sondern auch kleine, windschiefe Gebäude.

»So viele Menschen sind in den letzten Jahren nach Rouen geflüchtet«, fuhr Aegidia fort. »Sie haben hier kaum Platz zum Leben, aber sie fühlen sich hier sicherer als im Cotentin, woher die meisten stammen.«

Gisla wusste nicht, wo das Cotentin lag, aber ihr Herzschlag beruhigte sich etwas. Wenn diese Menschen hier Schutz fanden, dann könnte sie es vielleicht auch – und mit der Kleidung, die sie Aegidia überreicht hatte, hatte sie vielleicht auch ihre Erinnerungen abgelegt. Zumindest spukten sie ihr nicht mehr ganz so eindringlich im Kopf herum, und sie wurden noch blasser, als sie draußen auf den Straßen eine Gruppe Mönche sah. Der Wagen rollte an ihnen vorbei, doch nicht weit von dieser ersten Gruppe stand eine zweite, um den Bischof von Rouen zu erwarten.

Der Bischof war ein mächtiger Mann – nicht nur Herr von Rouen, sondern Metropolit von Évreux, Sées, Lisieux, Bayeux, Coutances und Avranches – und seine *familia* groß. Zu all den Klerikern, die bereits an seinem Hof lebten, hatten sich jene gesellt, die in den letzten Jahren aus ihren Klöstern geflohen waren; sie hatten die Reliquien ihrer verehrten Heiligen hierher nach Rouen gebracht.

Gisla sprach ein rasches Gebet zu diesen Heiligen – dem heiligen Leo von Coutances, dem heiligen Germanus Scotus, dem heiligen Johann.

Lasst alles gut werden ... Steht mir ... steht vor allem Aegidia bei.

Auch der Körper des Sankt Clarus war seinerzeit nach Rouen gebracht worden, doch zu ihm wagte sie nicht zu beten. In der Nähe seiner Kirche war nicht nur der Frieden zwischen dem fränkischen König und dem Anführer der Nordmänner geschlossen worden, sondern hatte auch Aegidias und ihre Täuschung den Anfang genommen, und Gisla war sich nicht sicher, ob Sankt Clarus dies gutheißen und ihre Gebete erhören würde.

Im nächsten Augenblick verstummten ihre Gebete unvermittelt. Der Wagen hielt, die Tür wurde geöffnet; davor standen keine Mönche, sondern wiederum Krieger. Ob es die gleichen waren, die zuvor gekämpft und getötet hatten, wusste Gisla nicht. Nur dass jene wilden Tieren geglichen hatten, diese aber erstaunlich menschlich wirkten. Die Nordmänner erschienen ihr lediglich größer als die Franken, ihre Schädel länger und zugleich schmaler, ihre Bärte rötlicher und ihre Augen blauer. Gewiss, sie waren Furcht erregend, weil sie riesig waren, hässlich aber nicht, und ihre Kleidung hatte manches mit der der Franken gemein. Die einen waren elegant gekleidet mit geflochtener Brünne, Pelzen des Blaufuchses und dicken Reifen um das Handgelenk – die anderen einfacher mit schlichtem Kittel, langbeiniger enger Hose und Umhang. Nackt aber war keiner, obwohl Begga es befürchtet hatte. Schließlich, so hatte sie gesagt, seien auch Tiere nackt und die Nordmänner kaum besseres als solche.

Noch etwas anderes hatte Begga behauptet: Die Nordmänner seien grausam und wild, voller Beutegier, Mordlust, Zerstörungswut, und während des Kampfes hatte Gisla das auch geglaubt. Nun aber standen sie ruhig beisammen, und jene, die nicht vor dem Wagen warteten, um Aegidia und sie ins Innere zu geleiten, wärmten sich am Feuer, das in der Mitte des Hofs brannte, rösteten Fleisch darüber und tranken ein Gebräu aus dunklen Schläuchen.

So ins Schauen vertieft hatte Gisla nicht bemerkt, dass nicht nur die Krieger Rollos darauf warteten, bis sie dem Gefährt entstiegen, sondern auch der Bischof von Rouen. Als ihr Blick auf ihn fiel, duckte sie sich rasch. Aegidia hingegen, sich trotz aller Aufregung bewusst, was sie zu tun hatte, richtete ihren Schleier, stieg als Erste aus dem Wagen und trat mit gestrafftem Rücken auf Witto von Rouen zu. Er sagte etwas zu ihr, und sie antwortete.

In Gislas Ohren rauschte es so laut, dass sie es nicht verstand. Als sie den Blick hob, entdeckte sie jedoch keinerlei Misstrauen in des Bischofs Gesicht. Ob es an der Dunkelheit lag oder an dem geglückten Tausch ihrer Kleidung – er zweifelte keinen Augenblick lang daran, dass Gisla vor ihm stand.

Langsam ließ das Rauschen nach. Sie hörte, wie Witto erklärte, dass der ursprüngliche Bischofspalast zerstört worden sei und er darum im alten Palast des Grafen – Odilo war der Name des letzten – residiere, nicht von fränkischen Kriegern bewacht, die Rouen nicht betreten durften, sondern von den Männern Rollos. In diesen Palast bat er sie nun, und als Gisla ihn wenig später in Aegidias Gefolge betrat, war sie keine fränkische Prinzessin mehr, sondern nur mehr deren Dienerin.

Runa streckte vorsichtig ihre Glieder. Jedes einzelne tat weh, doch keines schien gebrochen zu sein. Sie konnte sowohl Beine als auch Arme bewegen, schließlich aufstehen und herumgehen. Sonderlich weit kam sie nicht – der Raum, in den man sie geworfen hatte, war eng, niedrig und von einer großen Tür verschlossen.

Nur schwer konnte Runa das Verlangen unterdrücken, sich mit aller Macht gegen diese Tür zu werfen. Sie wusste, es war sinnlos – sie war zu schwach, um sie aufzubrechen. Und selbst wenn es ihr gelänge – der Kerker wurde gewiss von Männern bewacht, den gleichen Männern, die zuvor so roh mit ihr umgegangen waren.

Sie hatten sie nach Thure befragt, bereit, notfalls jedes Wort mit Gewalt aus ihr zu holen, und obwohl Gewalt nicht nötig war, weil sie schnell und viel erzählte, was sie von Thure wusste, wurde sie trotzdem geschlagen – ins Gesicht, in den Leib. Einer riss an ihrem kurzen Haar, ein anderer kniff ihr grob in den Arm. Immerhin hatten sie ihr nichts Schlimmeres angetan, sie nicht getötet. Und sie nicht geschändet. Was genau sie von Letzterem abgehalten hatte, wusste Runa nicht – weil es bei Nordmännern als Verbrechen galt, eine Jungfrau aus dem eigenen Volk zu schänden oder vielmehr, weil sie so gar nichts mit einer solch lieblichen Jungfrau gemein hatte?

Am Ende hatten die Männer sie auf ein Pferd geworfen, sie in eine Stadt gebracht, von der sie nicht viel gesehen hatte, und dann in dieses verdreckte Loch geworfen. Sie vermutete, dass die Stadt Rouen war, das Zentrum von Rollos neuem Reich. Doch ob Stadt oder Dorf, ob Rouen oder nicht – ihre Welt bestand nur aus diesem kleinen Fleckchen Erde, und auf diesem Fleckchen stank es, und es war kalt.

Runa trug wieder ihren Wolfspelz und zog ihn nun fest um ihre Schultern. Sie umklammerte ihr Amulett, als sie sich auf den Boden hockte. Dort saß sie, fror und weinte. Sie fragte sich, ob sie jemals wieder das Sonnenlicht sehen und den Waldboden unter ihren Füßen spüren würde. Und sie verfluchte Thure.

Gisla wälzte sich unruhig auf ihrer Schlafstatt hin und her. Sie hatte sich zunächst davor gefürchtet einzuschlafen – gewiss, dass dunkle Träume sie heimsuchen würden. Nun hätte sie diese gerne ertragen, wenn nur endlich die Nacht vorüberginge, aber der verschmähte Schlaf wollte nicht kommen. Die Bank, auf der sie lag, war hart, nur mit einem Stück schmutzigen Leders bedeckt und bar eines Kissens, um den Kopf darauf zu betten. Und in der Luft hing ein Gestank, den Gisla nicht kannte, wahrscheinlich von den vielen ungewaschenen, verschwitzten Leibern. Der Gestank selbst war erträglich – das Wissen, wie nah diese vielen Leiber ihr waren, jedoch nicht.

Gisla hatte gehofft, sie dürfte an Aegidias Bettende schlafen wie Begga stets an ihrem, doch der Bischof hatte sie fortgeschickt – mit freundlichen Worten zwar, aber offenbar überzeugt, dass sie in Fredegards Auftrag die Königstochter begleitete und ihr, wie die Mutter, Angst vor Rollo und dem Leben an seiner Seite machen würde. Viel besser könne die sich an dieses Leben gewöhnen, so entschied er, wenn sie nicht mit einer Fränkin zusammen war, die die Nordmänner hasste.

Aegidia, die ganz selbstverständlich auf den Namen Gisla hörte, hatte keinen Einspruch dagegen erhoben, sondern wie zuvor ohne Unterlass vor sich hin geplappert. Dem Bischof hatte es gefallen, denn er hatte wohlwollend gelächelt – und Gisla war in die große Küche gebracht worden, wo die Unfreien schufteten. Sie selbst musste nicht mit anpacken, sollte aber fortan dort essen und schlafen. An Essen war jedoch nicht zu denken und an Schlaf noch weniger. Die vielen Menschen in diesem Raum hatten ihr bereits Angst gemacht, als noch Feuer im riesigen Herd glomm; nun, da es erloschen war und die Leiber durch das Mondlicht, das durch ein Fenster fiel, bedrohliche Schatten warfen, verging sie vor Furcht und vor Ekel ob all des Drecks.

Gisla wälzte sich wieder auf die Seite. Am Abend hatte sie geglaubt, nie wieder einen Bissen herunterbringen zu können, doch jetzt knurrte ihr Magen, und noch unangenehmer als der Hunger war das Brennen in der Blase. Sie konnte sich nicht erinnern, wann sie das letzte Mal ihre Notdurft verrichtet hatte – aber sie wusste, dass sie keinen Schlaf finden würde, wenn sie es nicht so rasch wie möglich tat. Allein die Vorstellung, aufzustehen und sich durch die Dunkelheit und an den schlafenden Leibern vorbeizutasten, ließ sie zittern, aber irgendwann wurde das Bedürfnis, sich zu entleeren, mächtiger als die Angst. Gisla erhob sich von der Bank. Der Boden unter ihren Füßen war weich – entweder weil Unrat darauf verstreut lag, die Binsen faulig geworden waren oder er schlichtweg aus Lehm gemacht war. Vorsichtig stieg sie über die schnarchenden Unfreien hinweg. Einem trat sie auf die Hand, und aus dem Schnarchen wurde ein Stöhnen, doch ehe er ganz erwachte, hatte sie ihn schon hinter sich gelassen.

Trotz der Finsternis erreichte sie irgendwie die Tür und stellte erleichtert fest, dass es im Gang, der auf die Küche folgte, nicht dunkel war. Fackeln steckten in Halterungen an den Wänden; sie verströmten einen unangenehmen Gestank – ganz anders als in Laon, wo keine Fackeln, sondern Öllampen ihr Gemach erhellt und es nach Nuss oder Mohn gerochen hatte, aber sie spendeten Licht. Auch im Gang schliefen Unfreie, über die sie hinwegsteigen musste, zitternd ob des dünnen Kleides, in dem sie entsetzlich fror. Den Umhang hatte sie auf der Bank liegen lassen – zu der sie hoffentlich später zurückfinden würde. Fürs Erste war sie schon froh, den Abort zu erreichen.

Als Gisla das Ende des Ganges erreicht hatte, folgte sie nicht länger dem Licht, sondern der Kälte. In Laon hatten sich die Latrinen außerhalb des Gebäudes befunden, wenngleich sie diese nie hatte aufsuchen müssen, sondern immer die Nachtschüssel benutzt hatte. Alsbald ragte nicht länger graues Gemäuer, sondern schwarzer Nachthimmel vor ihr auf, und sie erkannte den Hof, in den sie gelangte, wieder. Hier waren sie am späten Nachmittag angekommen. In seiner Mitte brannte ein Lagerfeuer. Ein Teil der Mauern, die den Hof umgrenzten, gehörten zum Palatium, ein anderer zu den Stadtmauern, doch das Feuer erhellte nicht nur die Mauern, sondern gab auch den Blick auf die Männer frei, die hier beisammenhockten oder -standen, aßen, schliefen oder sich Geschichten erzählten.

Gisla blieb stocksteif stehen. Unmöglich, in Gegenwart dieser Männer die Latrinen zu suchen, sie gar nach dem Weg dorthin zu fragen! Sie konnte sich lediglich dazu überwinden, einen winzigen Schritt ins Freie zu machen, sich dann mit der einen Hand an der Mauer abzustützen und mit der anderen das Kleid zu heben. Kurz überwogen die Wohltat, sich endlich zu erleichtern und die Dankbarkeit, dass niemand sie bemerkte, die Scham, dass ihr das Wasser warm über die Fersen lief. Als sie sich erhob, fühlte sich auch der Saum ihres Kleides nass an, doch sie achtete nicht darauf, beeilte sich stattdessen, wieder ins Innere des Gebäudes zu kommen. Gisla lief hastig und mit gesenktem Blick den Gang zurück und blieb erst stehen, als sie auf eine Tür stieß, die sie vorher nicht gesehen hatte. Sie hob den Kopf. Der Rauch hing schwer in der Luft, der Gang erschien viel niedriger. Hatte sie den falschen Weg gewählt? Einen, der nicht zur Küche führte, sondern von dieser fort?

Sie hätte am liebsten geweint, gab diesem Bedürfnis aber nicht nach, sondern drehte sich um, um in die andere Richtung zu laufen. Das Gemäuer war ihr fremd, die Küche schien unerreichbar. Gisla hielt unvermittelt erneut inne. Eine Stimme ließ sie aufhorchen.

Es war die Stimme einer Frau, die aus einem der angrenzenden Räume drang, und es war irgendwie tröstlich, eine Frau in der Nähe zu wissen. Noch tröstlicher war es, dass sie Fränkisch sprach. Nur das, was sie sagte, war alles andere als tröstlich.

Gisla erstarrte, hielt den Atem an, lauschte noch konzentrierter. Nein, sie hatte sich nicht verhört. Die fränkische Frauenstimme wiederholte ihren Befehl.

»Ich will«, so sagte sie, »ich will, dass du Prinzessin Gisla tötest, Taurin.«

Kloster Saint-Ambrose in der Normandie
Herbst 936

Ja, es war Zeit, mit den Nonnen zu sprechen, ihnen zwar nicht ihr Geheimnis anzuvertrauen, jedoch, dass sie eins hütete, desgleichen, dass sie dafür geradestehen wollte, wenn auch verspätet. Nach diesem Entschluss fühlte die Äbtissin sich besser, doch wenn sie auch wusste, was sie zu tun hatte, so nicht, wann dafür die beste Zeit war.

Nach dem Auftauchen des Fremden war eben erst wieder Ruhe im Kloster eingekehrt. Sie wollte diesen Gleichmut nicht ausgerechnet jetzt erschüttern, da der Abend nahte, sondern entschied zu warten. Auch wenn für sie selbst an Schlaf nicht zu denken war – ihren Schwestern wollte sie diesen gönnen. Ob Arvid schlafen konnte oder von seiner Angst vor den Feinden und seiner Scheu vor ihr wach gehalten wurde, wusste sie nicht.

Als sie am nächsten Morgen nach ihm sah, hatte sein Gesicht eine etwas gesündere Farbe angenommen, aber er wich ihrem Blick aus. Sie nahm es schweigend hin, ließ ihn bald wieder allein und bat die Subpriorin, die Schwestern zusammenzurufen.

Gewiss, erklärte die Äbtissin auf deren Einwand hin, es sei noch nicht die Zeit für eine Kapitelsitzung gekommen, und ja, um diese Tageszeit gingen die Klügeren der Gemeinschaftslektüre nach und die weniger Klügeren ihren Arbeiten. Aber all das müsse vorerst ruhen. Sie wolle alle Nonnen im Refektorium sehen.

Mathilda war eine der Ersten, die wenig später dort eintrafen, andere folgten ihr bald – und in sämtlichen Gesichtern stand Anspannung geschrieben. Auch wenn es den Nonnen verboten war, tuschelten sie miteinander, und den Worten, die zu ihr drangen, entnahm die Äbtissin, dass sie den jungen verletzten Mann für den Grund dieser Zusammenkunft hielten. Sie erwarteten offenbar, dass die Äbtissin ihnen erklärte, wer er war und wer ihn so zugerichtet hatte, woher er stammte und warum er dieses heidnisch anmutende Amulett um den Hals trug.

Doch die Äbtissin beabsichtigte nicht, darüber zu reden. Genau besehen redete sie vorerst gar nicht, sondern musterte alle schweigend.

Die Schwestern waren die einzige Familie, die sie noch hatte – doch gerade weil sie ständig mit ihnen zusammen war, blickte sie oft durch sie hindurch und nahm nicht wahr, wie sie sich veränderten und älter wurden, manch eine gleichmütig, andere verbitterter. Die Schwester Mesnerin hatte deutlich zugenommen. Ihr Doppelkinn schien förmlich aufgebläht vor Entrüstung – weniger, weil die Äbtissin die Nonnen zu einer Unzeit zusammenrief, sondern weil sie es zuvor nicht mit ihr beredet hatte. Ungleich ruhiger wirkte die Schwester Cellerarin. Die Äbtissin hatte nichts anderes von ihr erwartet. Sie hatte noch nie erlebt, dass diese die Fassung verlor, was vielleicht daran lag, dass sie sich um die Vorräte und die Essenszubereitung kümmerte. Wer sich stets mit derart irdischen Dingen beschäftigte, war wohl fester in der Welt verwurzelt und nicht so leicht umzustoßen wie vergeistigtere

Gemüter. Die Schwester Portaria war verwirrt – wahrscheinlich weniger ob dieser Zusammenkunft, sondern weil es sie immer noch beschäftigte, vor wenigen Tagen den jungen Mann auf der Schwelle des Klosters gefunden zu haben. Ihr Amt brachte sie mit der Welt zwar häufiger in Berührung als die anderen, aber diese Welt klopfte meist behutsamer an – in Gestalt von Bettlern, von Mönchen und Priestern oder von Pilgern. Blutverschmiert waren diese alle nicht.

Die Kustodin, die regelmäßig die Glocken zu läuten hatte und der die Verwaltung des Kirchenschatzes oblag, lächelte falsch. Die Äbtissin hatte sie im Verdacht, oft mit Absicht Unfrieden zu säen, auf dass sie die anderen Schwestern mit ihrer Verbitterung ansteckte. Bis jetzt hatte sie sie nie offen dafür zur Rede gestellt – und auch künftig würde sie es nicht tun, weil es nicht länger zu ihren Pflichten zählen würde.

Die Magistra wirkte etwas ärgerlich. Sie war für die Erziehung und Ausbildung der jungen Mädchen verantwortlich , memorierte mit ihnen die Psalmen, brachte ihnen Grammatik bei und unterwies sie in der Kunst des Schreibens. Ebendieser Unterricht war an diesem Morgen unterbrochen worden, und obwohl die ihr anvertrauten Nonnen deswegen am Ende des Jahres nicht weniger gelernt oder geschrieben haben würden, glaubte die Äbtissin den Vorwurf zu hören, ihr Amt und ihre Aufgabe zu gering zu bewerten.

Die Spannung wuchs, je länger die Äbtissin schwieg. Sie entschied, es schnell hinter sich zu bringen und verzichtete sogar auf ein Gebet, obwohl im Kloster gewöhnlich für alles, was man tat, der Beistand Gottes erfleht wurde. Gott allerdings – so befand sie – hatte mit ihrer Sache nichts zu tun.

»Ich werde vom Amt der Äbtissin zurücktreten«, erklärte sie mit fester Stimme. »Noch heute werde ich dem Bischof da-

rüber Kunde geben. Bis er eine Nachfolgerin bestimmt, übernimmt die Schwester Subpriorin alle meine Pflichten.«

Sie hatte Entsetzen erwartet, aufgerissene Augen, verwirrte Fragen, vielleicht sogar Geschrei, obwohl dergleichen verboten war.

Stattdessen kam nichts – nur Stille. Die Schwestern blickten sie an und schienen nicht recht zu wissen, wer seines Geistes nicht mächtig war: die Äbtissin, weil sie dies verkündet hatte – oder sie selbst, weil sie etwas falsch verstanden hatten.

Nun, die Ruhe machte es leichter. So musste sie sie nicht beschwichtigen, sondern konnte fortfahren. »Ich gebe das Amt auf, weil ich seiner unwürdig bin. Eigentlich bin ich das immer gewesen. Ja, jemand wie ich ist es nicht wert, eure Mutter zu sein. Leider fehlte mir bislang der Mut, dies einzugestehen – mir selbst und vor allem euch.«

Verspätet brandeten dann doch Raunen und Rufe auf. Nicht alle mochten sie, in den Augen mancher führte sie das Kloster zu lasch, anderen erschien sie als zu gleichgültig, wieder anderen als zu verschwiegen. Und dennoch: An ihrer Tugend hatte man nie gezweifelt.

Aus dem Gemurmel stach eine Stimme klar hervor. Es war die der jungen Mathilda, hochrot im Gesicht: »Aber warum nur?«

Die Frage rührte an ihr Herz. Erst jetzt ging ihr auf, dass sie nicht nur selbst ein Opfer brachte, sondern auch den Schwestern eines abverlangte. Im Kloster mussten sie auf vieles verzichten – auf eines für gewöhnlich aber nicht: ihren Frieden.

Sie wünschte kurz, sie könnte erklären, warum sie ihn erschütterte, könnte ihre Sünden klar benennen, sodass man darüber reden und dadurch der Erregung Herr werden könnte. Doch sie hatte keine Wahl.

»Wenn ihr um meine Vergangenheit wüsstet, würdet ihr mich von hier verjagen. Ihr würdet mir nicht länger erlauben, in eurer Mitte zu leben.« Die Äbtissin ließ ihren Blick kreisen und sah, dass Mathilda blass wurde. *»Ich kann nicht sagen, was passiert ist«*, schloss sie, *»aber ich kann auch nicht länger eure Äbtissin sein.«*

IV.

Rouen
September 911

»Ich will, dass du die fränkische Prinzessin tötest, Taurin.«

Nur mit Mühe enthielt sich Taurin eines Zeichens der Verachtung – dem Zucken der Mundwinkel, dem Runzeln der Stirn. Mit ausdrucksloser Miene starrte er auf Popa, als sie ihren Befehl wiederholte, obwohl er sich insgeheim fragte, wie aus einem so schönen Gesicht solch hässliche Worte kommen konnten.

Allerdings war sie ihm selbst nie sonderlich schön erschienen. Er hatte nie recht verstanden, wenn andere von ihrem Liebreiz säuselten und Rollo dafür beneideten, dass er sich solch köstliches Weib in sein Bett geholt hatte. Schön genug, dass er aus ihr mehr als seine Konkubine machte, nämlich sein rechtmäßiges Eheweib, war sie wohl auch ihm nicht. Und diese Schmach war es, die dazu führte, dass ihre Lippen an diesem Tag nicht voll und rosig glänzten, sondern schmal zusammengepresst waren, und dass der Gleichmut, den sie sonst so vollkommen wie Taurin wahrte, erschüttert war.

»Ja, töte sie!«, kam es zum nunmehr dritten Mal, heiser und voll ohnmächtiger Wut.

Taurin zögerte seine Antwort hinaus und meinte schließlich doch gedehnt: »Und warum soll ich das tun?«

»Nun, aus Treue!«, rief sie ungeduldig. »Du dienst mir seit so langer Zeit! Wie könntest du mir eine Bitte abschlagen?«

Als sie den Tod der fränkischen Prinzessin gefordert hatte, hatte ihre Stimme verbittert geklungen, nun klang jener lockende Tonfall durch, der ihr zu eigen war.

Treue, dachte Taurin verächtlich, Treue ...

Er war ihr nicht treu. Er war ihr Sklave. Und er verachtete sie dafür, wie er jeden verachten würde, der vermeinte, ihn besitzen zu können. Popa verachtete er sogar noch ein bisschen mehr, weil sie Fränkin war. Christin. Und dennoch mit Rollo hurte. Und dennoch ihn, der er ein Mann ihres Volkes war, ihren Sklaven sein ließ.

»Ich frage nicht nach dem Grund, warum ich es tun soll. Sondern nach dem Grund, warum du, Popa, willst, dass ich es tue. Bis jetzt galt Rollo in der christlichen Welt als Pirat – nun ist er ein Lehnsmann des fränkischen Königs. Das sollte dir gerade recht kommen.«

Popa neigte sich vor, sodass sich ihre Brüste durch die Kleidung abzeichneten. Rollos Konkubine hatte von allem ein wenig zu viel, befand er: zu volle Brüste, zu dicke Lippen, zu rote Wangen. Nur an einem sparte sie – an ihrer Kleidung. Der Stoff war äußerst knapp bemessen, was nicht hieß, dass er nicht überaus kostbar war. Er war mit goldenen Fäden durchwirkt, so wie ihn die wohlhabenden Fränkinnen trugen, und der Saum ihrer Palla mit Edelsteinen besetzt. Eigentlich sollten diese dem Zweck dienen, sie zu beschweren, sodass der Stoff faltenlos zum Boden hing, doch Popa hatte ihre Palla nicht um die Schultern gelegt, sondern in der Armbeuge gerafft und nutzte die kostbaren Steine nicht zur Glättung ihrer Kleidung, sondern als Beweis dafür, wer sie war – einstmals die Tochter eines mächtigen Mannes, der ihr Haargebände schenkte, Ohrringe, Broschen und Ringe und kleine

Döschen mit Wohlgerüchen. Und nunmehr die Konkubine eines mächtigen Mannes, von dem sie ebensolche Gaben erhielt, wenngleich zu einem höheren Preis – nämlich dem, in Schande zu leben.

Taurin wich kaum merklich von ihr zurück. Nicht nur, dass ihm ihre Schönheit zu derb war – zudem konnte er all das Gold und Silber an ihr nicht betrachten, ohne daran zu denken, woher dieser Schmuck stammte: Raubgüter aus Klöstern – Buchschnallen und Monstranzen – waren einst von den Nordmännern nicht einfach nur gestohlen, sondern eingeschmolzen und in neue Formen gegossen worden, damit das edle Metall nicht mehr der Verherrlichung Gottes dienen, sondern ihre Frauen schmücken konnte. Oder, wie in Popas Fall, fränkische Frauen, die sie zu ihren machten wie das Gold und Silber der Klöster und die sie dabei nicht minder grausam verformten.

Ja, aus einer guten Christin hatte Rollo ein schändliches Weib gemacht, das sich nicht schämte, mit dem Mann zu huren, der die Stadt ihres Vaters belagert, besetzt und zerstört hatte, und das nun Gislas Tod befahl.

»Karl kann sein Lehen nicht zurückziehen, auch wenn seinem Töchterlein vor der Eheschließung etwas ... zustoßen würde«, antwortete Popa eben. »Wenn sie ... krank werden oder einen Unfall erleiden würde, könnte er unmöglich Rollo die Schuld daran geben.«

»Zumal sie im Palatium des Bischofs lebt«, warf Taurin ein.

»Richtig«, bestätigte sie spöttisch lächelnd. »Der König weiß schließlich nicht, dass in Rouen kaum Häuser aus Stein stehen und darum nicht nur Rollo in der Nähe des Bischofs lebt, sondern auch ich. Tja«, sie machte eine bedauernde Geste, »in Rouen ist es eng, das Leben hier ist rau, und die Prinzessin wiederum ist zart.«

Einst war das Leben zu ihr rau gewesen und sie selbst zart, aber – dies musste er ihr zugestehen – sie hatte dem Leben getrotzt und Fleisch angesetzt.

»Warum liegt dir so viel daran, dass Gisla stirbt? Rollo wird dich niemals verstoßen, selbst wenn er die Prinzessin heiratet. Die meisten Nordmänner haben neben ihrer Hauptfrau viele Nebenfrauen, und dass er sich taufen lässt, wird ihn nicht dazu bringen, diese Sitte aufzugeben.«

Eine schmale Falte erschien auf Popas Stirn. »Natürlich würde er mich nicht verstoßen!«, rief sie energisch. »Aber es geht nicht um mich, es geht um meinen Sohn!«

Taurin verstand und nickte nachdenklich. Er hatte ihn nicht oft gesehen, denn Popa hatte den Kleinen einer Amme anvertraut, aber er wusste, dass es diesen Sohn gab und dass sein Name Wilhelm war. Er würde wohl nicht ihr einziges Kind bleiben: Gerüchten zufolge war sie wieder guter Hoffnung. Und Popa war nicht die einzige Frau, die Rollo geschwängert hatte, ob nun mit Gewalt oder ohne.

Als er seinerzeit seine nordische Heimat verlassen und lange Zeit auf den Inseln in der Nähe Englands gelebt hatte, hatte Rollo mehrere keltische Frauen zu seinen Geliebten gemacht. Eine von ihnen hatte eine Tochter namens Kathleen geboren, die hier in Rouen aufwuchs, vom Vater geliebt und sehr verwöhnt. Aber sie war eben nur ein Mädchen – Wilhelm hingegen der bislang einzige Sohn. Und der mögliche Erbe, sofern er nicht zugunsten eines ehelichen Sohnes benachteiligt werden würde.

»Nun gut«, setzte er gedehnt an, »ich verstehe deine ... Sorge. Aber warum hast du ausgerechnet mich für diese Aufgabe ausgewählt?«

»Wie ich schon sagte: Es gibt niemanden, dem ich mehr vertraue. Uns eint das gleiche Schicksal.«

Diesmal konnte er seine Gefühle nicht beherrschen. Unwillkürlich ballte er seine Hände zu Fäusten. Welche Anmaßung, dass sich diese fränkische Hure mit ihm zu vergleichen wagte!

»Gewiss, ich bin die Tochter des Grafen von Bayeux«, fuhr Popa ungeachtet seines Ausbruchs fort, »und dein Vater ist, nach allem, was ich von ihm weiß, nicht annähernd so mächtig. Aber in jedem Fall waren wir einst beide frei. Waren einst beide für ein anderes Leben bestimmt. Und mussten beide damit leben lernen, dass die Welt sich manchmal schnell verändert und in dieser neuen Welt nur überlebt, wer klug, geschickt und wach genug ist, sich darin zurechtzufinden.«

Und skrupellos genug, setzte Taurin im Stillen hinzu.

Dass sie den Grafen von Bayeux erwähnt hatte, hatte ihn beinahe ärgerlich knurren lassen. Er dankte Gott, dass besagter Berengar bei der großen Schlacht um seine Stadt umgekommen war und darum nicht hatte zusehen müssen, wie seine Tochter später bei Rollo nicht nur um ihr Leben flehte, sondern für dieses Leben jeden Preis zu zahlen bereit war.

Popa erhob sich. »Und es gibt noch einen anderen Grund, warum ich dich erwählt habe.« Die Palla glitt zu Boden, doch Popa stieg achtlos darüber hinweg. »Du bist schon so lange ein Sklave der Nordmänner – länger noch als ich. Und du hast nie aufgehört, sie zu hassen. Glaub nicht, dass ich nicht davon weiß. Unmöglich kannst du gutheißen, dass ein Heide aus dem Norden eine fränkische Prinzessin heiratet!«

»Und deshalb soll ich sie töten?«

»Was ist ein armseliges Leben gemessen an der Reinheit der Seele? Denkst du etwa, die Seele der Prinzessin würde nicht verrohen, wenn sie gezwungen ist, an der Seite eines Mannes zu leben, der bislang für sie ein Ungeheuer war?«

Ihre Augen glänzten. Nicht vor Mordlust, wie er zunächst

vermutete, sondern vor unterdrückten Tränen. Weil ihre Seele verroht war. Und seine auch.

Taurin ertrug den Anblick nicht länger und schloss die Augen – schutzlos seinen Erinnerungen preisgegeben. So oft überkamen sie ihn, und immer galten sie dem, was er verloren hatte. Immer galten sie ... ihr.

Wie eine Königin überstrahltest du alle mit deinem Glanz. Alle erkannten dich an der Erhabenheit deiner Gestalt.

Er riss die Augen wieder auf. »Und wenn ich es tue ... was bekomme ich dafür?«

Sie hatte sich von ihm abgewandt, sodass er nicht länger ihre feuchten Augen sah. »Du hast dich hochgearbeitet, Taurin, du besitzt Rollos Vertrauen – und bist trotzdem ein Sklave. Die Gesetze des Nordens sehen vor, dass ein Unfreier nicht verdammt sein muss, als solcher zu sterben, vor allem nicht, wenn er nicht als solcher geboren wurde, sondern ein Kriegsgefangener ist. Er kann freigelassen werden, er kann es zu Besitz bringen, und er kann ein ehrbarer Mann werden. Auch du könntest das. Wenn ich mich denn dafür einsetze.«

Das hättest du schon längst gekonnt, du Hure, dachte er.

»Und Freiheit ist es doch, was du willst, nicht wahr?«, fuhr sie schmeichelnd fort. »Überdies will ich dir deinen Dienst gerne auch noch mit Gold entlohnen. Wünsch dir einfach, was du willst. Nur töte ... diese Gisla ... und töte sie unauffällig.«

Ihre Worte verhallten; er bemerkte gar nicht, dass sie auf eine Antwort wartete, so versunken war er in seinen Gedanken. Erst als sie ungeduldig fragte, was in seinem Kopf vorging, riss er sich zusammen.

»Wenn ich sie tatsächlich töte ...«, begann er.

»Wer, wenn nicht ich, kann dir zur Freiheit verhelfen? Die

Nordmänner haben in den letzten Jahren so viele Menschen versklavt, nicht nur Franken, sondern Angelsachsen und Menschen aus den Gebieten Ostfrankens, nicht nur Bauern, sondern auch Mönche und Soldaten. Und weder König Karl noch Bischof Witto noch Robert von Paris haben auch nur einen Gedanken daran verschwendet, bei Saint-Clair-sur-Epte ihre Freilassung zu erwirken.«

Sie raunte nur, doch ihre Worte klangen in seinen Ohren wie Geschrei.

Seine Kiefer mahlten, als er ihr im Stillen Recht gab. So viele Menschen waren von den Mächtigen des Landes verlassen worden ... verraten ... verkauft ...

»Wenn ich sie tatsächlich töte ...«, setzte er wieder an.

Popas Hand fuhr über seinen Unterarm. »Du kannst dich auf mich verlassen. Wenn ich dir etwas verspreche, dann kannst du dich darauf verlassen. Das weißt du doch.«

Nein, er wusste es nicht. Und nein, er wollte keine Freiheit. Nach allem, was er hatte erdulden müssen, war die Freiheit viel zu wenig, um ihm Genugtuung zu schenken. Er wollte etwas ganz anderes. Doch genau aus diesem Grund stimmten seine Ziele mit Popas überein.

»Rollos Taufe ist für das nächste Osterfest angesetzt«, erklärte er. »Bis dahin wird Prinzessin Gisla schon lange nicht mehr leben.«

Die Andeutung eines Lächelns verzog Popas Gesicht, als sie sich nach ihrer Palla bückte. Ihre Bewegungen wirkten behäbig, ihr Lächeln hingegen machte sie jung. Einst hatte sie wohl so gelächelt, wenn ihr geliebter Vater von der Jagd zurückkehrte, jetzt lächelte sie, da sie den Mord an einer Nebenbuhlerin verlangte.

Nein, er wollte keine Freiheit. Denn es gab keine Freiheit. Nicht für ihn, Taurin. Aber auch nicht für sie, Popa.

Er zögerte, ob er noch etwas sagen oder wortlos gehen sollte, als ihm die Entscheidung abgenommen wurde. Ein Geräusch war erklungen, hörbar nur für einen wie ihn, der ständig auf der Lauer lag und sich nie wirklich entspannen konnte. Es war ein Seufzen, und es kam nicht aus seinem Mund und nicht aus Popas. Er fuhr herum, blickte zur Tür, die einen Spalt weit offen stand, und glaubte, einen Schatten wahrzunehmen.

Popa war seine Anspannung nicht entgangen. »Was ist?«, fragte sie.

»Jemand ... jemand hat uns belauscht.«

Gisla schlug sich die Hand auf den Mund, damit ihr kein weiteres Mal ein verräterischer Laut entfuhr. Doch es war zu spät, um zu verhindern, dass der Mann aus dem Raum trat und sich suchend im Gang umblickte. Bis jetzt hatte sie nur seinen Rücken gesehen, nun wandte er sich in ihre Richtung. Er trug die Tracht der Nordmänner – einen blauen gefibelten Umhang aus Marderpelz, Strümpfe und Beinkleider, an den Füßen festes Schuhwerk. Vor allem aber trug er an seinem Gürtel ein Schwert. Gisla huschte von der Tür weg, presste sich in eine dunkle Ecke und schloss unwillkürlich die Augen, sich dem Trug hingebend, dass niemand sie sehen könnte, wenn sie selbst nichts sah.

Tatsächlich blieb es still. Taurin spähte wohl in den Gang. Nach einer Weile vernahm sie Schritte, leise, weiche Schritte, die direkt auf sie zukamen. Ehe er sie erreichte, wurden die Schritte von der Frauenstimme übertönt.

»Was hast du, Taurin?«, rief jene Popa ungeduldig.

»Nichts«, gab er zurück, und seine Stimme klang zweifelnd, »ich dachte nur, hier wäre jemand ...«

Gisla hielt den Atem an.

Popa hingegen lachte. »Mitten in der Nacht schlafen selbst die tapfersten Krieger.« Sie machte eine Pause, und als sie fortfuhr, klang sie ernst und traurig. »Nur wir beide, Taurin, können wie so oft nicht schlafen. Wir fürchten unsere Träume und sind dazu verdammt...«

Gisla vernahm die restlichen Worte nicht mehr. Die Schritte entfernten sich, die Tür wurde geschlossen, sie war wieder allein. Zitternd huschte sie den Gang entlang, während ihr Herz bis zum Hals schlug.

Töten ... sie wollen mich töten, ging ihr im Takt der Schritte durch den Kopf. Nein, berichtigte sie sich alsbald, sie wollen nicht mich, sondern Aegidia töten. Weil jene nun Gisla ist...

Aufseufzend blieb sie stehen.

Wenn sie alles richtig verstanden hatte, war Popa die Konkubine von Rollo – und sie wollte ihre Nebenbuhlerin töten. Oder vielmehr töten lassen. Von diesem Taurin, einem Franken und Sklaven und überdies ihrem Vertrauten.

Gisla eilte weiter, panisch, aber zugleich entschlossen, jegliches Leid von Aegidia abzuwenden.

Unter einer Fackel hielt sie inne. Aegidia warnen zu wollen hieß, sie erst einmal zu finden, und obwohl der Lichtschein sie blendete, machte er aus diesem Ort keinen vertrauten. Einmal mehr fühlte sie sich in einem unentrinnbaren Labyrinth gefangen. Ein Raum glich dem anderen und doch wieder nicht, und so entschlossen sie eben noch Schritt vor Schritt gesetzt hatte, so gewiss wurde sie sich nun, dass sie nicht einmal zu ihrem Schlafplatz zurückkehren konnte, geschweige denn auf Aegidias Gemach stoßen konnte.

Fieberhaft überlegte sie, was sie tun sollte, als jäh ein Schatten auf sie fiel.

Wie aus dem Nichts gekommen standen ihr zwei Männer gegenüber und starrten sie an.

»Was machst du hier?«, fragte einer, eher verwirrt als verärgert.

Sie war zu erschrocken, um den Sinn der Frage zu begreifen. Was ihr überforderter Geist jedoch erfasste, war, dass diese Männer fränkisch zu ihr sprachen – vielleicht Sklaven wie Taurin und ebenso gewillt, sie zu töten.

Gisla fuhr zurück und presste sich an die Wand.

Die Männer fragten nunmehr wie aus einem Mund: »Warum bist du hier? So ganz allein?«

Wieder klangen die Worte nicht ärgerlich, eher besorgt, und bevor sie den Grund für ihre Sorge benannten, fügte der eine Mann etwas hinzu. Ein Wort nur. Einen Namen. »Gisla.«

Die Wand, an die sie sich lehnte, schien zu wanken. Töten wollen die Männer mich wohl nicht, ging ihr auf, aber sie hatten sie erkannt. Und nun stellte auch sie fest, dass ihr diese Gesichter vertraut waren. Die Männer waren Krieger, und sie gehörten zu jener Truppe, die sie auf der Wegstrecke von Laon nach Saint-Clair-sur-Epte begleitet hatten. Eigentlich wollten sie wie Bruder Hilarius dort zurückbleiben – der Mönch, weil er nicht unter den Heiden leben wollte, die fränkischen Krieger, weil es ihnen verboten war, Rollos Land zu betreten. Doch diese beiden hatten sich dem Verbot offenbar widersetzt und ließen sich überdies von Aegidias und ihrer Täuschung wohl nicht blenden.

Gisla verkrampfte sich, zitterte noch stärker, aber es blieb ihr nichts anderes übrig, als sich von der Wand zu lösen und ihnen entgegenzutreten. Als sie den Wagen in Laon bestiegen und diese Männer zum ersten Mal gesehen hatte, war sie unter ihrem Blick errötet. Nun fror sie zu sehr und war zu entsetzt, um rot zu werden.

»Ich ... ich ...«, stammelte sie.

»Was machst du hier so ganz allein, Gisla?«, ertönte wieder die gleiche Frage.

Die Blicke glitten über ihren schmächtigen Leib und das einfache Kittelkleid, das diesen verhüllte, und sie sah Empörung aufblitzen. »Wie kann er nur?«

Die Empörung galt nicht ihr und ihrem Betrug, wie sie zunächst dachte, sondern dem Bischof, der für ihr Wohlergehen Sorge zu tragen hatte, aber sich in den Augen der beiden Männer nicht einmal um ihre Kleidung scherte.

»Es ist nicht schlimm«, murmelte sie schnell, und ehe sie ein weiteres Mal zu wissen forderten, was sie hier trieb, beschloss sie umgekehrt zu fragen: »Warum seid ihr nicht nach Laon zurückgekehrt?«

Ihre Stimme klang hoch und fremd.

»Wir heißen Faro und Fulrad«, erklärte der eine, »und wir sind von deinem Vater beauftragt worden, dir heimlich nach Rouen zu folgen und dort ein Auge auf dich zu haben. Ihm war der Gedanke unerträglich, dass du ganz ohne Schutz hier leben müsstest, und sein Misstrauen, dass Bischof Witto nicht ausreichend auf dein Wohl achten würde, scheint nicht unbegründet. Wie kann es sein, dass du mitten in der Nacht hier herumläufst?«

Noch während er sprach, hatte er seinen Pelz abgenommen und legte ihn um ihre Schultern. Wärme durchflutete sie – nicht nur des Kleidungsstückes wegen, sondern ob seiner Worte. Ihr Vater hatte sie zwar trotz inständigen Flehens ihrer Mutter, es nicht zu tun, mit Rollo verlobt, aber ihr Geschick war ihm nicht gleichgültig.

»Ihr dürft nicht hier sein!«, rief sie dennoch verwirrt. »Keinem fränkischen Krieger ist es erlaubt, das Land der Nord ...«

Sie brach ab, zu bestürzt, um so viel Leichtsinn und Waghalsigkeit in Worte zu fassen. Die beiden Männer hingegen wirkten überaus stolz, als Faro zu prahlen begann, wie sie ihr unbemerkt nachgeritten seien und sich am Hofe eingeschlichen hätten. Dass sie sich in höchste Lebensgefahr begeben hatten, schien das ohnehin schon kühne Abenteuer nur noch aufregender zu machen. Er konnte gar nicht genug bekommen, es bis ins Kleinste auszuschmücken, und wenn die Worte ihr auch wirr erschienen, so erfasste Gisla doch, dass ihr Auftrag nicht nur darin bestand, ihr fürs Erste zu folgen, sondern bis zu Rollos Taufe zu bleiben. Um bis dahin nicht ertappt zu werden, war eigentlich höchste Vorsicht geboten – die den beiden doch entbehrlich schien. Keiner machte sich die Mühe, seine Stimme zu senken, als sie nun ärgerlich durcheinanderriefen.

»Wir müssen sofort mit dem Bischof sprechen! Unmöglich, dass er dir diese schlichte Kleidung gegeben hat!«

Gisla umklammerte den Pelz mit beiden Händen und zog ihn an der Brust zusammen.

»Wahrscheinlich ist auch dein Bett steinhart!«, rief Fulrad.

»Und ist dir überhaupt ermöglicht worden, die Thermen zu besuchen?«, sekundierte Faro. »Hast du etwas Anständiges zu essen bekommen? Wir werden dafür sorgen, dass ...«

Gisla umklammerte den Pelz immer verzweifelter. Die dröhnenden Stimmen setzten ihr zu.

»Nein, nein!«, hielt sie ihnen dennoch entgegen. »Es ist alles nicht so schlimm! Ich ... ich wurde gut versorgt. Am besten, ich ziehe mich ins Schlafgemach zurück.«

Sie wandte sich ab, straffte ihren Rücken und ging ein paar Schritte, um den Anschein zu geben, dass sie sich gut zurechtfand. Prompt eilten die beiden an ihre Seite.

»Wir bringen dich dorthin!«, erklärte Faro.

»Lasst mich nur allein! Ich finde mich zurecht!«

»Aber dein Vater würde es uns nicht verzeihen, wenn wir uns deiner nicht annähmen!«

Gisla kaute auf ihren Lippen; flehentlich blickte sie von einem zum anderen, ihr fiel jedoch nichts ein, um sie zum Gehen zu bewegen.

Also rannte sie selbst los. Sie nutzte den Augenblick der Überraschung, um in den erstbesten Raum zu fliehen, an dem sie vorbeikam, stürzte auf eine gottlob geöffnete Tür an dessen Ende zu, hastete hindurch und immer weiter, vom nächsten Raum in den übernächsten, von einem Gang in einen anderen. Kalt war es hier und finster, aber sie lief zu schnell, als dass irgendetwas sie hätte aufhalten können.

Irgendwann schmerzte Gislas Brust so sehr, dass sie innehielt. Sie hörte Schritte und Stimmen, die ihren Namen riefen. Natürlich waren ihr Faro und Fulrad gefolgt, und natürlich konnten sie so schnell laufen wie ein zartes junges Mädchen!

Hilfesuchend blickte sie sich um. Wenn sie sich nur verstecken könnte, in einer Truhe vielleicht, gerade groß genug, ihren Körper zu bergen. Aber es gab hier keine Truhen, nur nackte Wände und kalten Boden. Also blieb ihr nichts anderes übrig, als wieder zu laufen.

Sie kam nicht weit. Schon der nächste Raum war nicht leer wie die bisherigen, etwas Dunkles ragte vor ihr auf – eine große, breite Gestalt, die Gestalt eines Mannes.

»Wusst ich's doch, dass ich jemanden gehört habe!«, zischte er.

Sein Gesicht verblieb im Dunkeln, seine Stimme aber war ihr vertraut. Dieser Taurin stand vor ihr, und zwar in genau jenem Gang, von dem aus sie das Gespräch von ihm und

Popa belauscht hatte. Er nahm eine Fackel von der Wand, leuchtete in ihr Gesicht.

Gisla klammerte sich an die letzte Hoffnung: Sie kannte ihn – er sie aber nicht. Er ahnte, dass sie sein Gespräch mit Popa belauscht hatte, nicht aber, dass er jene vor sich hatte, die zu morden ihm befohlen worden war.

Doch alsbald hörte sie wieder Schritte und wieder Stimmen, und ihr Geheimnis wurde leichtfertig ausposaunt.

»Gisla, warte!«, riefen Fulrad und Faro.

Taurin runzelte seine Stirn, Gisla hingegen schloss die Augen, als ihr aufging, dass sie mit ihrer überstürzten Flucht alles noch viel schlimmer gemacht hatte.

Die Männer hielten inne, als sie Taurin sahen. Das hieß, eigentlich blieb nur der eine, Faro, stehen, während der andere, Fulrad, direkt in ihn hineinlief und ihn fast zu Boden riss. In einer anderen Lage hätte Gisla darüber gelacht. Nun glaubte sie, nie wieder lachen zu können. Der Mund wurde ihr trocken, als sie sah, wie Taurin erst die beiden Krieger musterte, dann wieder sie. Er zeigte nicht, wessen Anblick ihn mehr verwirrte.

»Gisla?«, fragte er lediglich nachdenklich. »Du bist Gisla?«

Er hielt ihr die Fackel noch näher ans Gesicht, um sie besser sehen zu können, und die Hitze des Feuers schien ihre Haut zu versengen. Kurz war sie überzeugt, er wollte sie schon jetzt töten, indem er sie einfach verbrannte, aber dann zog er die Fackel zurück.

»Du bist tatsächlich Gisla?«, fragte er wieder.

Sie hatte ihren Kopf gesenkt, um sich vor der Hitze zu schützen; nun hob sie ihn, sah ihn an, suchte in seinen Zügen nach etwas, was Hoffnung schenkte. Hoffnung darauf, dass er zu dumm war, die Lage zu durchschauen oder zu mitleidig, um eine Prinzessin zu töten.

»Nein!«, rief sie verzweifelt. »Ich bin nicht Gisla! Ich bin nur die Dienerin der Prinzessin, und ich habe mich verlaufen.«

Faro und Fulrad hatten sich indes wieder aus ihrer Starre gelöst. Die Sorge um die Prinzessin schien größer als die Furcht, enttarnt zu werden – vielleicht war es auch nicht die Sorge, sondern Abenteuerlust.

Verständnislos riefen sie: »Aber Gisla, was redest du denn da?«

Taurin hob erneut seine Fackel, diesmal, um die beiden Männer eingehender zu betrachten. »Und wer seid ihr?«, fragte er und machte einen Schritt auf sie zu.

Obwohl die Bewegung vermeintlich gemächlich ausfiel, entging Gisla seine Anspannung nicht. Nun, da sie nicht länger von der Fackel geblendet war, sah sie das Schwert an seinem Gürtel.

»Bitte geht!«, flehte sie Fulrad und Faro an. »Flieht!«

Er will doch mich, nicht euch, setzte sie im Stillen hinzu.

Ehe die beiden gehorchten, entlud sich ihrer aller Ungeduld in einer raschen Bewegung. Gisla war sich nicht sicher, ob es Taurin war, der als Erster zum Schwert gegriffen hatte oder ob ihn die beiden fränkischen Krieger dazu erst provozierten. Plötzlich hielten alle drei ihre Waffe in der Hand.

Warum darf ein Sklave ein Schwert besitzen?, dachte Gisla noch. Im Frankenreich dürfen nicht einmal Bauern Waffen führen. Und dieser Taurin führt sein Schwert nicht zum ersten Mal.

Ein Klirren ertönte, einmal, zweimal, dann lag Faros Schwert am Boden und das von Taurin war auf dessen Kehle gerichtet.

Auf den raschen Kampf folgte ein Moment der Starre. Gislas Herzschlag schien auszusetzen.

»Wer seid ihr?«, fragte Taurin.

Gisla beteuerte, dass sie nicht Gisla sei. Faro ließ sich vom Schwert an seiner Kehle nicht davon abbringen, zu erklären, die Prinzessin schützen zu müssen. Fulrad hingegen sagte als Einziger nichts. Er machte ein grimmiges Gesicht und hob sein Schwert erneut. Taurin reagierte blitzschnell. Er hob den Fuß und stieß Fulrad gegen das Schienbein, dass dieser taumelte. Faro nutzte diese Regung, um einen Satz zurückzumachen und sich nach seinem Schwert zu bücken. Er hatte sich kaum aufgerichtet und Fulrad kaum die Balance wiedergefunden, als ein Poltern ertönte. Im gleichen Augenblick war der Gang voller Männer, und all diese Männer waren bewaffnet.

Gisla schlug ihre Hände vors Gesicht und duckte sich. Sie sah nicht länger, was geschah, hörte nur ohrenbetäubendes Klirren, das Stöhnen und Keuchen der Kämpfenden. Dann riss der Tumult abrupt ab. Sie wagte nicht, den Kopf zu heben und herauszufinden, wer unterlegen war.

Taurin war es offenbar nicht, denn seine Stimme klang ruhig, als er befahl: »Ihr sagt mir auf der Stelle, was hier vorgeht!«

Nun endlich traute Gisla sich, zwischen ihren Fingern hindurchzulugen. Zwei Schwerter lagen auf dem Boden, die Männer ihres Vaters wurden festgehalten, und Taurin stand drohend vor ihnen.

So ausweglos die Lage für Fulrad und Faro war – für sie war sie das nicht. Niemand achtete auf sie. Wenn sie den Männern ihres Vaters auch nicht helfen konnte – davonlaufen, um die Täuschung zu verbergen, Aegidia zu finden und zu warnen, konnte sie.

Und das tat sie auch.

Gisla wusste nicht, wie sie es geschafft hatte, aber plötzlich fand sie sich in der Küche wieder. Übermächtig wurde der Drang, sich auf die Bank zu flüchten, die, so hart und verschmutzt sie auch war, doch zum Ausruhen verlockte. Aber sie zwang sich, wieder kehrtzumachen. Sie durfte nicht schlafen – sie musste Aegidia finden!

Es war ein hoffnungsloses Unterfangen, und die Gefahr, auf Taurin zu stoßen, eigentlich zu groß, es zu wagen, aber da war keine Zeit, um sorgsam abzuwägen, was sie tun sollte, da war nur noch Panik.

Am Ende trieb diese Panik Gisla nicht zu Aegidia, sondern ins Freie, und wenn sie auch nicht Taurin in die Hände lief, so doch einem anderen. Wie aus dem Nichts ragte eine Gestalt vor ihr auf, griff nach ihr und hielt sie fest. Sie schrie jämmerlich auf und begann, wild um sich zu schlagen. Gewiss war es jemand, der es auf ihr Leben abgesehen hatte, gewiss ein weiterer Meuchelmörder, den Popa auf sie hetzte!

Eine Woge üblen Gestanks traf sie. Der Mann, der sie festhielt, war unbewaffnet, aber dreckig – und betrunken. Und er war nicht sehnig wie Taurin, sondern fett. Leider war er auch stark. Vergebens trat Gisla um sich; nach kurzer Zeit schon fühlte sie, wie ihre Kräfte schwanden.

»Hier bist du!«, stieß er lallend aus – auf Fränkisch, was ihn als Mitglied des bischöflichen Hofstaats auswies.

Ein sonderlich hohes Amt hatte er wohl dennoch nicht inne, so wie er stank. Seine Kleidung war nicht nur schmutzig, sondern auch ärmlich, der Gürtel ausgefranst, das Lederwams speckig, das Gesicht, das sich nun tief über sie beugte, aufgedunsen und rot.

Am Tag zuvor noch hätte Gisla sein Anblick zu Tode erschreckt, aber in dieser Nacht konnte nichts schlimmer sein, als in das Gesicht eines Menschen zu schauen, der sie töten wollte – das hatte dieser Mann offenbar nicht im Sinn.

»Den ganzen Tag suche ich nach dir«, nörgelte er.

Sie begriff nicht, was er meinte. Wusste auch er, dass sie Gisla war? Aber warum suchte er nach ihr?

»Lass mich los!«, flehte sie.

»Das würde dir so passen, du Luder! Aber ich habe schon viel zu oft ein Auge bei dir zugedrückt. Diesmal bekommst du deine Strafe, darauf kannst du wetten.«

Jedes Wort brachte ihr größere Gewissheit, was vor sich ging: Der Mann hielt sie nicht für Gisla, sondern für eine Dienstmagd, trug sie doch schließlich ein so ärmliches Kleid. Und mit dieser Dienstmagd hatte er noch eine Rechnung offen.

»Bist einfach aus der Küche geflohen!«, schimpfte er. »Aber ich werde dir schon noch einbläuen, dass man für jedes Stück Brot, das man isst, zu schuften hat.«

Gisla gefroren die Worte im Mund. Ihre Lage erschien ihr nicht nur als hoffnungslos, sondern als Gottes gerechte Strafe. Ihr, die alle Welt betrogen hatte, als sie mit Aegidia die Kleidung tauschte, würde man nun die Wahrheit nicht glauben.

Sie versuchte es gar nicht erst, sie zu bekennen. Sich von dem Betrunkenen einfach mitzerren ließ sie sich allerdings auch nicht. Ihre Verzweiflung war größer als ihre Furcht, sie begann wieder wild mit den Füßen um sich zu treten. Da rutschte ihr Fulrads Pelz von der Schulter, und der Mann hielt jäh inne. Erst jetzt schien er den wärmenden Umhang wahrzunehmen. Solch einen Pelz trug nur eine Prinzessin, keine Magd.

»Wie?«, schrie er, riss den Pelz an sich und hielt ihn prüfend hoch. »Du hast nicht nur versucht zu fliehen? Du hast auch noch einen Pelz gestohlen? Von wem?«

»Bitte, lass mich gehen!«

»Mach den Mund auf, Luder!«, brüllte er. »Und sag mir die Wahrheit!«

Gisla presste die Lippen aufeinander und hielt die Luft an. Aus dem und des Mannes strömte ein unerträglicher Gestank.

Er ließ sie los und holte aus, um sie zu schlagen. Gerade noch rechtzeitig duckte sie sich, damit sie seine Faust nicht im Gesicht traf. Stattdessen drosch er auf ihre Schulter ein, nicht minder schmerzhaft und so heftig, dass Gisla zu Boden ging.

»Wem hast du den Pelz gestohlen, du Miststück?«

Auch wenn sie gewollt hätte, hätte sie kein Wort herausgebracht. Gisla versteifte sich und hoffte, dass die Hölle, wenn sie sich schon aufgetan hatte, um diese Kreatur freizulassen, sie nun verschluckte. Kein Teufel, der dort auf sie lauerte, schien bedrohlicher als dieser Betrunkene.

»Na warte!«, schrie der. »Ich werde das schon aus dir herausbekommen!«

Sie wappnete sich gegen einen neuerlichen Schlag, doch anstatt die Hand zur Faust zu ballen, zerrte er sie hoch und riss sie mit sich. Gisla stolperte, versuchte auf die Beine zu kommen, schaffte es jedoch nicht. Er zog sie über den harten Boden, bis Schienbein und Knie aufgeschrammt waren, und schleifte sie dann an ihren Haaren in einen dunklen, niedrigen Gang, der in die Tiefe führte.

»Eine Nacht im Kerker wird dich zum Reden bringen«, spie er voller Genugtuung aus.

Seine Pranken versetzten ihr einen letzten Stoß. Sie wankte, umklammerte mit den Händen krampfhaft die Schultern, um sich an irgendetwas festzuhalten, und hob langsam, ganz langsam ihren Kopf.

Es war finster, stockfinster. Hinter ihr fiel eine Tür ins Schloss, quietschte ein Riegel, dann war sie allein. Oder nein, doch nicht. Eine eisige Hand schien nach ihrem Herzen zu greifen, als sie ein Rascheln hörte, ein Seufzen, regelmäßige Atemzüge. Da war noch ein anderer in diesem Kerker gefangen.

Runa hatte sich nicht daran gestört, dass der Boden des Kerkers verdreckt und vor allem eiskalt war. Sie war Kälte gewohnt, und als sie sich zusammengeigelt hatte, war sie sofort eingeschlafen. Sie war jedoch auch gewohnt, beim leisesten Geräusch aufzuschrecken. Es war ein hoher Laut, der sie geweckt hatte. Ein Vogelschrei? Noch bevor sich ihre Augen ans matte Licht gewöhnen konnten, streckte Runa die Hände aus, befühlte den Boden unter sich. Kurz hoffte sie, Rinde oder Erde zu ertasten, nicht etwa faulendes Stroh und lehmigen Boden. Doch alsbald seufzte sie enttäuscht. Die Augen sahen im trüben Licht nur langsam klarer, die Erinnerungen kamen jedoch mit ganzer Wucht zurück.

Erinnerungen an Thure ... die fränkische Prinzessin ... den Kampf ... den Kerker ...

Sie wusste wieder, wo sie war, aber sie wusste noch nicht, was sie geweckt hatte. Das Geräusch verstummte, als sie sich aufrichtete, aber ertönte erneut, als sie still hocken blieb und sich nicht länger regte. Es war kein Vogelgeschrei, sondern ein Schluchzen, unterdrückt zwar, aber eindringlich genug, um zu erkennen, dass es verzweifelt klang. Runas Körper spannte sich an. Das Leid dieses fremden Wesens war für sie kein Grund, nicht auf der Hut vor ihm zu sein.

Ihre Augen gewöhnten sich an die Dunkelheit, die Fackeln an den Wänden des Ganges vor dem Kerker ließen ein wenig

Licht durch einen Spalt in der Tür hinein, und sie sah, dass das fremde Wesen nicht nur verzweifelt war, sondern überaus klein. Es war eine Frau, fast noch ein Mädchen, und anders als Runa hockte sie nicht auf dem Boden, sondern stand inmitten des Kerkers. Als Runa sich langsam erhob, riss das Schluchzen ab, und weit aufgerissene Augen starrten sie an. Die junge Frau hatte graues Haar – oder war es blond? Trag sie das matte Licht?

Blondes Haar ...

Eine Ahnung streifte Runa, aber sie ging ihr nicht nach, musterte ihr Gegenüber vielmehr eingehender, ehe sie ein Urteil fällte. Obwohl sie sich sichtlich nicht zu rühren wagte, konnte die junge Frau ein Zittern nicht unterdrücken. Kein Wunder, dass sie fror – sie trug nur ein Leinenkleid, keinen Wolfspelz wie sie. Unwillkürlich tastete Runa danach, vergewisserte sich, dass niemand ihr ihn im Schlaf gestohlen hatte, und befühlte auch ihr Amulett.

Dann trat sie langsam einen Schritt auf die andere zu – und stellte sie vor die quälende Entscheidung, was das größere Übel war: zurückzuweichen und sich an die kalte, verschmutzte Wand zu pressen oder die Nähe dieser Fremden zu ertragen.

Gebannt hielt Runa den Atem an. Sie öffnete den Mund, wollte etwas sagen, aber heraus kam nur ein Krächzen. Obwohl sie die letzten Tage in Gesellschaft von Menschen verbracht hatte, hatte sie sich noch nicht daran gewöhnt zu reden. Überdies wusste sie weder, was sie sagen sollte, noch, ob die Fremde es überhaupt verstehen würde. Ihr Kittelkleid, bodenlang, wies sie als Fränkin aus. Dergleichen trugen die Frauen ihres Volkes zwar auch, aber diesem hier fehlten die vertrauten Träger, die auf der Brust mit Broschen festgesteckt wurden.

Runa überlegte. Stammte die junge Frau vielleicht doch aus dem Norden und hatte nur ihre Tracht, nicht ihre Sprache abgelegt? In einem Land wie diesem, wo zwei Völker so dicht beisammenlebten, konnten die Grenzen nicht ganz so scharf gezogen sein.

Wieder machte sie den Mund auf, wieder kam zunächst kaum mehr heraus als ein Krächzen. Dann aber formten ihre Lippen die Frage: »Verstehst du mich?«

Die Fremde zuckte zusammen, als hätte sie ein giftiger Pfeil getroffen. Die Wände erregten nicht länger ihren Ekel. Sie machte einen Satz zurück und presste sich gegen das Gemäuer, nicht weit von der Tür, die den Kerker versperrte. Durch den Spalt im Holz drang gerade genug Licht, um zu erkennen, dass die junge Frau tatsächlich blond war und ihr Gesicht kalkweiß. Wieder streifte Runa der Gedanke, dass sie sie kannte, und diesmal kreiste er länger in ihrem Kopf ...

Die fränkische Prinzessin Gisla war genauso klein, genauso zart, genauso ängstlich wie die Gestalt, die sich da an die Wand presste.

Undenkbar andererseits, dass ausgerechnet die fränkische Prinzessin in einen Kerker gesperrt worden war! Ihre Sinne mussten sie trügen.

Vielleicht sahen alle Frauen in diesem Land so aus, waren alle so dünn und klein. Schließlich mussten sie nicht stark sein wie sie. Mussten nicht ums Überleben kämpfen. Hatten nicht alles verloren, die Familie, die Heimat, zuletzt die Freiheit. Nun, zumindest die Freiheit hatte auch die andere verloren. Eben entrang sich ein gequälter Laut ihren Lippen.

Runa dachte angestregt nach. Ja, die junge Frau war in der gleichen Lage wie sie, sie waren beide gefangen. Und ob schwach oder nicht, ob mutig oder ängstlich, gewiss wollte auch diese Fremde so schnell wie möglich dem Kerker entkommen, und dass sie in diesem Trachten geeint waren, könnte ihr vielleicht von Nutzen sein.

Die beiden Männer würden sterben – Taurin wusste es, und sie selbst wussten es wahrscheinlich auch. Furcht zeigten sie jedoch nicht, und als Taurin in ihre trotzigen Gesichter starrte, überkam ihn beinahe Mitleid. Nicht weil sie sterben würden. Sondern weil sie glaubten, dass der Heldentod ein würdiger sei. Jeder Tod aber, der mit Gewalt kam und bei dem Blut floss, war vor allem eines: schmutzig.

Noch war nicht die Zeit gekommen, sie zu töten, noch überließ Taurin sie einem Trupp brutaler Männer, damit diese alles, aber auch wirklich alles aus ihnen herausprügelten, was sie wussten.

Stolz und Trotz hielten der Folter nicht lange stand. Zuerst spuckte einer der beiden einen Zahn aus, dann die ganze Wahrheit: Ja, sie waren vom fränkischen König hergeschickt worden, obwohl Rollo keine fränkischen Soldaten duldete. Ja, sie sollten ein Auge auf die Prinzessin haben, weil der König seinem künftigen Schwiegersohn nicht traute. Und ja, sie hatten gewusst, dass sie es mit ihrem Leben bezahlen könnten.

Taurin hörte schweigend zu und gab dann einem Sklaven ein Zeichen, Rollo zu benachrichtigen. Der wollte – zu welcher Tages- und Nachtzeit auch immer – stets über alle Vorgänge Bescheid wissen. Die Mühe, in den Hof zu kommen, machte er sich wenig später allerdings nicht. Er ließ Taurin seine Entscheidung ausrichten: Die Männer sollten noch vor dem Morgen sterben, ohne dass er, Rollo, je ihre Gesichter gesehen und mit ihnen gesprochen hatte.

Als der Sklave diese Nachricht überbrachte, machten sich

die anderen Männer daran, die beiden Franken erneut zu quälen, jetzt nicht mehr um der Wahrheit, sondern um des Vergnügens willen.

»Hört auf!«, befahl Taurin heiser. Er war der Sache hörbar überdrüssig.

Ächzend richteten sich die Franken auf, als er auf sie zutrat. In den geschundenen Gesichtern stand keine Todesangst, und obwohl es nutzlos war, so mutig zu sein – war der Tod für Mutige doch ebenso letztgültig wie für Feiglinge –, empfand Taurin Anerkennung für Faro und Fulrad, Verachtung dagegen für sich selbst.

Er hatte sich hochgearbeitet. Man sah ihm nicht an, dass auch er Franke war – und noch weniger, dass er eigentlich zu den Sklaven gehörte. Man sah in ihm vielmehr Popas Vertrauten, dessen Verschwiegenheit und Gehorsam auch Rollo schätzte, und der sein Schwert schneller und wendiger führen konnte als die meisten.

An diesem Tag würde er das Schwert nicht selbst heben – andere mussten diese Männer für ihn töten, aber zuvor wollte er noch etwas wissen.

»Wer war das Mädchen, das davongelaufen ist?«

Der Blick der Franken war verschleiert, aber sie bekannten die Wahrheit schnell und ohne Androhung weiterer Gewalt.

»Das war nicht irgendein Mädchen, sondern Prinzessin Gisla, die Tochter des Königs!«

Taurin erinnerte sich vage an das schäbige Kleid, welches das Mädchen getragen hatte und das der Kleidung einer fränkischen Prinzessin mitnichten glich. Allerdings war das kleine Ding so zart und blond gewesen, wie man ihm jene Gisla beschrieben hatte. Und er glaubte nicht, dass der Mann ihn belog – nicht nach den vielen Schlägen, die er hatte einstecken müssen, und nicht kurz vor dem sicheren Tod. Also sprach er die Wahrheit.

So, so, dachte Taurin. Die fränkische Prinzessin Gisla trägt das Kleid einer Dienstmagd und läuft mitten in der Nacht allein im Palatium des Bischofs herum.

Erst war er überrascht, dann amüsiert, schließlich befriedigt. Was immer der Grund für dieses närrische Benehmen war – es würde seine Aufgabe, das Mädchen aus der Welt zu schaffen, erleichtern.

Ein Krieger trat auf ihn zu, bewaffnet wie er. »Sollen sie wirklich sterben?«, fragte er.

Seine Worte verhießen Anteilnahme, sein Blick jedoch vor allem Faulheit, weil ihm Töten offenbar eine ebenso lästige Pflicht war, wie Feuer zu machen oder ein erlegtes Tier auszunehmen.

Taurin musterte ihn kalt. Er kannte diesen Mann. Ein Franke war er wie er – und obendrein ein Mönch, doch er hatte dem Christentum abgeschworen und sich den heidnischen Göttern anheimgegeben.

Taurin verachtete ihn, obwohl oder gerade weil er ihm so ähnlich war. Dem Christentum abgeschworen hatte er selbst nie, aber auch er hatte sich den Nordmännern angedient und sich ihnen vermeintlich mit Haut und Haar übergeben, um nicht zu sterben – anders als diese beiden Franken, die nichts vor dem Tod bewahren konnte.

Er unterdrückte ein Seufzen. Jedes Mal, wenn er erlebte, dass Franken durch die Hand von Nordmännern starben, dachte er, dass sein Herz endgültig versteinert wäre und dass ihn nichts mehr erschüttern konnte. Doch als er das Zeichen gab, ihnen die Köpfe abzuschlagen, fühlte er nur Ekel und Trauer. Vor allem aber, und das war das Schlimmste, krochen Erinnerungen in ihm hoch wie Schlangen aus einem tiefen, kalten Brunnen, an dessen Boden modriges Wasser stand – nur eine bräunliche faulige Brühe.

Die Angreifer aus dem Norden... die Geißel Gottes... Er war damals noch so jung gewesen und die Feinde so zahlreich. Sie kämpften nicht wie Könige, sondern wie Bauern. Pflügten mit Streitäxten durch Menschenmassen und schlugen mit grimmigem Gesicht wahllos auf ihre Opfer ein, als gelte es, harten Boden aufzuwühlen. Sie brachten Zerstörung und Tod. Und sie waren gekommen, um seine Geliebte zu vernichten... um zu töten...

Ein Würgen stieg ihm hoch. Damit man es nicht merkte, befahl er mit harter Stimme: »Nun macht schon!«

Und die grobschlächtigen Männer zögerten nicht länger. Nicht nur Taurins Blicke folgten ihnen, als sie die Franken weg vom Grund und Boden des Bischofs vor Rollos Palatium zerrten. Der Aufruhr im Hof hatte auch Rollos Leibgarde herbeigelockt. Obwohl diese Männer rangmäßig weit über ihm standen, überließen sie ihm das Vorrecht des Befehls, die Männer töten zu lassen.

Als wäre es eine besondere Gnade, dachte Taurin missmutig und trat zurück.

Die beiden Franken knieten. Er hatte nicht gesehen, ob sie gewaltsam dazu gezwungen werden mussten oder freiwillig aufgaben. So oder so hörte er keinen Schrei, nur das Ächzen desjenigen, der zuschlug, und das dumpfe Geräusch, als ein Kopf auf den Boden fiel, dann der andere. Es war ein schrecklicher, quälender Laut. Wieder musste er würgen.

Zumindest – und mit diesem Gedanken suchte er seiner Abscheu Herr zu werden – zumindest starben diese Männer den Tod eines Kriegers. Er hatte schon gesehen, wie Franken grässlichere Tode durch Nordmännerhand starben. Gehängt... verbrannt...

Sie droschen auf Schädel wie auf Ähren – nur mit dem Unterschied, dass Blut und Gehirn quoll, kein Korn. Sie schlugen Arme und Beine ab wie die Äste eines morschen Baums. Sie waren groß und schön, aber ungeschlacht.

Taurin warf einen letzten Blick auf die Enthaupteten und wandte sich ab. Immer noch schnürte Widerwille seine Kehle zu, doch sein Mund verzog sich jäh zu einem Lächeln. Der Tod der Männer war grausam – sinnlos aber nicht, vielmehr der Beweis dafür, dass zwischen den Völkern kein Frieden herrschte, nur ein Waffenstillstand. Wer die Grenze überschritt, musste sterben. Wer glaubte, dass mit Saint-Clair-sur-Epte alles gut wurde, irrte.

Er wollte zurück zum Bischofspalatium gehen, um sich der Suche nach dem Mädchen, der Prinzessin, zu widmen, als ein junger Mann auf ihn zulief, Teil seiner Truppe und wie Popa aus Bayeux stammend. Taurin hatte ihn beauftragt, das Mädchen zu suchen.

»Ich habe sie nirgendwo gefunden!«, rief der Mann atemlos.

Taurins Gesicht verdüsterte sich. »Was soll das heißen?«, fuhr er auf.

»Dass sie wie vom Erdboden verschwunden ist! Allerdings habe ich einen der Pferdeknechte gesehen, der ein Mädchen in den Kerker brachte. Sie hat offenbar etwas gestohlen – und sie trug die Kleidung einer Dienstmagd. Du sagtest doch, das Mädchen gliche einer solchen.«

Die Düsterkeit schwand wieder aus Taurins Miene.

»Vielleicht ist sie das!«, rief er triumphierend.

Popa würde bekommen, was sie wollte, aber er auch – nämlich Rache für seine Schöne, die so schrecklich leiden musste. Bevor er diese Rache nicht bekam, würde er niemals Frieden finden – und keinem anderen Frieden gönnen.

Runa versuchte erneut, mit der Fremden zu reden, aber konnte sich ihr nicht verständlich machen. Auch wenn sie die Worte langsam aussprach, blickte die Fränkin sie nur mit weit aufgerissenen, angsterfüllten Augen an. Irgendwann glänzten diese Augen feucht. Sie lehnte den Kopf an die Wand des Kerkers und weinte.

Runa ging eine Weile unruhig hin und her und versuchte an die Worte zu denken, die sie von Thure gelernt hatte. Der konnte ein wenig Fränkisch, doch der erste Satz, den er ihr beigebracht hatte, lautete: Ich bringe dich um.

Für Thure stand das Töten an oberster Stelle – weit weniger wichtig war zu erklären, wie man hieß, dass man hungrig war oder fror, dass man Hilfe benötigte. Runa fasste einen Entschluss. Um zu erreichen, was sie wollte, brauchte sie die Zustimmung der anderen nicht. Sie zerrte die junge Frau von der Wand weg, und prompt schrie diese aus Leibeskräften, als würde Runas Berührung wie Feuer brennen.

Der schrille Laut verfehlte seine Wirkung nicht. Auch ein herzloser, abgebrühter Wächter konnte ihn nur als den eines Menschen deuten, der um sein Leben bangte. Und auch wenn das Leben einer Frau nicht viel wert war, wenn man sie in diesen Kerker sperrte und sie der Kälte und Finsternis überließ, erregten diese Schreie offenbar sein Mitleid. Wenig später waren rumpelnde Schritte zu vernehmen.

Noch während sie näher kamen, fasste sich die Fremde wieder. Sie kaute auf den Lippen, dann stammelte sie einige unverständliche Worte. Inmitten der Flut fremder Silben vermeinte Runa zwei vertraute herauszuhören: den Namen Gisla.

Hieß so diese Frau? Und war es Zufall, dass sie den gleichen Namen trug wie die fränkische Prinzessin? Einer Prinzessin, der sie obendrein ähnlich sah?

Es blieb keine Zeit, dies zu ergründen. Der Riegel wurde zurückgeschoben, die Tür ging knarzend auf. Im letzten Augenblick sprang Runa in eine Ecke und duckte sich im Dunkeln, nicht länger von den Worten der Fränkin verwirrt, sondern dankbar, dass alles gekommen war, wie erhofft.

Der Leib des Wärters war so üppig, dass er den ganzen Türrahmen auszufüllen schien und sämtliches Licht, das von den Fackeln aus dem Gang kam, abschnitt. Gisla schrie erneut entsetzt auf, als der Mann auf sie zutorkelte. Bevor er auch nur einen Laut von sich geben konnte, sprang Runa ihn von hinten an. Ihr Messer hatte sie im Kampf verloren, aber ihr Amulett nicht. Einem Strick gleich schlang sie es um seinen Hals und zog die Schlinge mit ganzer Kraft zu.

Der wütende Protest verklang in einem gurgelnden Laut. Der Mann versuchte sie abzuschütteln, sein Leib war jedoch nur mächtig, weder stark noch gelenkig. Runa zog fester, gewillt, ihn zu erwürgen, aber bereits siegreich, noch ehe sie ihm sämtliche Luft zum Atmen raubte. Betrunken wie er war, musste er nicht erst sterben, um umzufallen wie ein Sack Getreide, und als sie von ihm abließ und sich über ihn beugte, nahm sie wahr, dass er noch keuchte, sich aber nicht länger rührte. Prüfend trat sie mit dem Bein gegen ihn, doch ein Klagelaut blieb aus und seine Augen geschlossen, selbst dann, als sie an seinem Gürtel nestelte und sein Messer an sich nahm. Eine brauchbare Waffe, und wieder eine solche zu besitzen, fühlte sich an, als wäre ihr ein abgehacktes Glied nachgewachsen.

Eine Weile starrte sie auf den bewusstlosen Wärter, dann gewahrte sie eine Berührung. Hastig fuhr sie herum, aber es war nur die Fremde, die sich voller Entsetzen an sie klammerte.

Runa erstarrte unter ihrem Griff.

Jetzt, da mehr Licht zur Tür hereinschien, erkannte sie die

junge Frau endgültig wieder: Es war tatsächlich die fränkische Prinzessin Gisla. So wenig Runa daran noch zweifelte, so unerklärlich hingegen war, warum diese nicht sicher in einem weichen Bett schlief, sondern in diesen Kerker geworfen worden war. Und noch verstörender war die Frage, was sie nun mit ihr tun sollte.

Ehe Runa eine Entscheidung traf, wurde es im Kerker jäh wieder dunkel. Die Freiheit schien doch nicht so nah, wie Runa erhofft hatte.

Er griff nicht sofort an, sondern blieb abwartend in der Tür stehen. Der Mann war so groß wie die Männer ihres Vaters, aber nicht ganz so breit, die Hände sehnig wie deren Pranken, aber seine Finger schmaler und schlanker. Stark war er wohl in jedem Fall. Zwar hatte er sich kein bisschen bewegt, um es zu beweisen, doch Runa ahnte, dass er das Schwert führen konnte, das an seinem Gürtel hing. Er zog es nicht, stemmte lediglich die Arme in die Hüften und verzog den Mund zu einem schmalen Lächeln. Was er im trüben Licht sah, gefiel ihm offenbar – zwei Frauen nämlich, mit denen er leichtes Spiel haben würde.

Gisla begann wieder zu schreien, als er einen Schritt auf sie zu machte.

Licht fiel nun auf das Gesicht des Mannes. Runa sah, dass seine Haare dunkel waren wie ihre, seine Augen auch. Tiefe Furchen hatten sich in seine Wangen gegraben. Die Stirn war hoch, das Kinn trotzig gereckt. Seine Statur bewies, dass er genug zu essen bekam – und dennoch wirkte er ausgezehrt. Sein Blick ging von der schreienden Gisla zu ihr, schließlich zum Wächter. Der schnarchte nun, aber rührte sich immer noch nicht.

Runa spürte, wie Gislas Hände sich in ihre Schultern krallten und sie ihr Gesicht in ihrem Rücken vergrub. Wie zart dieser Körper war, wie ungemein weich; das Herz schien nicht forsch zu schlagen, sondern lediglich zu zittern. Eine achtlose Berührung, dessen war Runa sich gewiss, würde genügen, um die seidige Haut zerreißen zu lassen.

Dann fühlte Runa Gisla nicht länger, fühlte nur die Augen des Mannes auf sich ruhen, erst gleichgültig, nun auffordernd – ein Zeichen dafür, dass er es nicht auf sie abgesehen hatte, dass er ihr genügend Zeit gewährte, um an ihm vorbeizustürmen, und ihr somit die Flucht gestattete. Diese nicht zu wagen wäre dumm, und am dümmsten wäre, jener Gisla ein zweites Mal zu helfen, wo es ihr schon beim ersten Mal so viel Übles eingebracht hatte. Doch wieder handelte Runa ohne nachzudenken, tat nicht das, was am klügsten war, sondern das, was ihr als richtig erschien.

Sie ließ den Mann näher kommen, sah zu, wie er Schritt vor Schritt setzte, wie er ganz dicht vor ihnen stehen blieb, fühlte, wie sein warmer Atem sie streifte. Dann packte sie Gisla, zog sie hinter ihrem Rücken hervor und stieß sie ihm entgegen. Die Frankenprinzessin stolperte, stumm vor Schreck, und als der Mann die Hände ausstreckte, um sie aufzufangen, beugte Runa sich blitzschnell vor und zog sein Schwert. Es war schwer, und der Kerker war fast zu klein, um die Klinge zu heben, aber groß genug, um dem Mann den Knauf erst in die Seite zu rammen und ihm dann, als er zusammenzuckte, einen weiteren Schlag auf seinen Nacken zu versetzen. Er knickte auf die Knie, Runa hob das Schwert, brachte es jedoch nicht über sich, es auf ihn herabsausen zu lassen – vielleicht, weil sie sein Leben verschonen wollte, vielleicht nur, weil sie ihn nicht gleichzeitig töten und Gisla aus seinen Armen zerren konnte. Sie ließ das Schwert fallen und griff nach der fränkischen Prinzessin, und indem klirrend die Waffe zu Boden ging, sank auch der Mann in sich zusammen. Er heulte auf vor Schmerz, aber stützte sich alsbald auf den Händen ab, um sich wieder aufzurichten.

Ehe er stand, hatte Runa mit Gisla schon das Gefängnis verlassen. Ein letztes Mal drehte sie sich um und sah, wie der Mann die Faust wider sie erhob – ein Gegner zwar, aber ein würdiger, nicht schwächlich wie Gisla und betrunken wie der Wärter, sondern willensstark.

Ehe er ihnen nachgestürmt kommen konnte, zog sie Gisla mit sich in den Gang, schlug die schwere Tür zu und schob den Riegel vor. Wütendes Hämmern und knackendes Holz ertönten, aber der Riegel hielt.

Die fränkische Prinzessin rief etwas in einer ihr fremden Sprache, vielleicht die Frage, wohin sie nun sollten.

Runa sagte nichts. Weg!, ging es ihr durch den Kopf. Einfach nur weg!

Geduckt liefen sie den Gang entlang und gelangten in den Hof. Nur aus den Augenwinkeln nahm Runa Männer wahr, die an einem Feuer lagen – zu verschlafen oder zu betrunken allesamt, um sie aufzuhalten.

Weg, nur weg!, echote es immer noch in ihrem Kopf.

Erst als sie den Hof hinter sich ließen, kamen ihre Gedanken zur Ruhe. Es war verrückt, gemeinsam mit der fränkischen Prinzessin zu fliehen. Um vieles ratsamer hingegen war, sie zurückzulassen.

Doch Runa brachte es nicht übers Herz, das zitternde Geschöpf an ihrer Seite von sich zu stoßen.

KLOSTER SAINT-AMBROSE IN DER NORMANDIE
HERBST 936

Die Nonnen starrten die Äbtissin entsetzt an. So wenig wie sie verstanden hatten, dass sie ihr Amt niederlegte, so wenig konnten sie fassen, was sie dazu trieb.

Sie war unwürdig. Sie hütete ein Geheimnis.

Als Zeichen, dass sie sich nicht zu mehr als vagen Andeutungen hinreißen lassen würde, erhob sie sich und gab sich den Anschein, das Refektorium zu verlassen. Erneut brach Aufruhr los.

Geschrei war im Kloster eigentlich verboten, Lachen ein Teufelswerk, und das Bekunden heftiger Gefühle wurde rechtzeitig beschnitten oder hart bestraft. Nun brach alles gleichzeitig aus den Nonnen hervor, und es gab niemanden, der sie mäßigte: Es wurde nicht nur geschrien, sondern dies wild durcheinander, das Lachen war nicht einfach nur unbeherrscht, sondern hysterisch, und die Gefühle, die sich auf ihren Gesichtern zeigten, waren stark und mannigfaltig: Da war Verwirrung, Fassungslosigkeit, Erschütterung, echte Angst, Trauer, Wut.

Die Äbtissin blieb als Einzige stumm. Eine Weile ließ sie die Nonnen gewähren, dann erst hob sie die Hand – ein Zeichen, das nicht selten mehr bewirkt hatte als jedes strenge

Wort. Auch diesmal verfehlte es seine Wirkung nicht, doch die Ruhe, die einkehrte, hatte nichts mit der heiligen Stille des Klosters gemein, in dem alles, was getan wurde, einem Zweck diente: Gott zu verherrlichen. Anspannung lag darin, Gereiztheit.

»Ich bitte euch, mich zu verstehen«, erklärte die Äbtissin. »Und nicht an meinem Entschluss zu zweifeln.«

Wieder entlud sich die Fassungslosigkeit in Gerede, doch diesmal klang es nicht ganz so durcheinander. Die Subpriorin wurde durch Blicke und Gesten dazu erkoren, für sie alle zu sprechen – und ihre Stimme stach klar hervor: »Ihr sagtet, dass Ihr des Amtes nicht mehr würdig seid, ehrwürdige Mutter. Aber für Sünden, ganz gleich wie schlimm sie sein mögen, kann man Buße tun.«

Wenn du wüsstest, dachte die Äbtissin. Wenn du nur wüsstest ... Mein Leben lang habe ich nichts anderes als Buße getan ...

Ja, jeden Tag musste sie sich ihren Seelenfrieden neu verdienen, durch Stille und Gebet, durch Selbstbeherrschung und klare Ordnung. Ihr Leben war ein schmaler Weg inmitten von Unrat – Unrat, den ihr nicht andere vor die Füße warfen, sondern der aus ihrer eigenen Seele quoll. Wenn sie nicht bedächtig Schritt vor Schritt setzte, fiel sie hinein.

Doch nun war Arvid hier, und Arvid hatte alles verändert, wenn auch noch nicht offensichtlich wurde, auf welche Weise: Vielleicht wurde dank seiner der schmale Weg, auf dem sie balancierte, breiter. Vielleicht versank er nun erst recht im Schlamm.

»Ihr sagtet, dass Ihr dem Bischof mitteilen wollt, dass Ihr das Amt zurückgebt«, rief nun die Schwester Cellerarin. »Wäre es nicht besser, erst mit ihm zu reden, ob es überhaupt notwendig ist? Oder mit dem Abt des Nachbarklosters?«

Selbst sie, die Rotwangige, Feiste, stets Ruhige und Gefasste, war bestürzt. Die schlimmste Sünde, die sie wohl je begangen hatte, war das Naschen von Honig. Vielleicht überlegte sie gerade, ob die Äbtissin Ähnliches verbrochen hatte, denn sie musterte ihre hagere Gestalt argwöhnisch, als ob sich Spuren von Völlerei daran wahrnehmen ließen.

Die anderen folgten ihrem Beispiel, starrten sie prüfend oder verwirrt an, manche sogar besorgt. Die Äbtissin ließ sich nicht hinreißen zu glauben, dass es Liebe und Vertrauen waren, die sie zu dieser Sorge bewogen. Sie wurde respektiert, nicht gemocht. Das Pflänzchen Liebe kann nur zögerlich an einem Ort wachsen, wo das Gesetz gilt, dass man niemanden bevorzugen darf, sondern alle gleich zu behandeln sind. Doch so wenig man liebte, so sehr hasste man Veränderung – und die, die sie ihnen aufbürdete, war eine zu große.

»Warum nur, ehrwürdige Mutter, warum?«

Nicht nur die Schwester Cellerarin schien darüber nachzusinnen, welche Sünde die Äbtissin wohl verbrochen hatte – auch die anderen Nonnen begannen zu mutmaßen und listeten mögliche Verfehlungen auf, die ihr als lächerlich nichtig erschienen: Unentschuldigt den Horae canonicae *fernzubleiben gehörte dazu, außerhalb des Dormitoriums einzuschlafen, sich im selbigen unehrenhaft zu betragen, doppelzüngig zu reden oder einfach zu viel zu reden, eine Schwester zu beleidigen oder sie zu verleumden.*

Nicht nur diese Sünden wurden aufgezählt, auch wie man dafür Buße tun könnte. Wenn Ermahnungen nichts nutzten, wurden Speise und Trank entzogen und musste die Büßende beim Chorgebet abgesondert sitzen. Wenn Beschämung nicht fruchtete, setzte es Schläge. Und wenn sich die Schwestern dann immer noch störrisch gaben, musste der Bischof gerufen werden.

Doch das war in ihrem Kloster und zu ihren Lebzeiten noch nie geschehen.

Während die Schwestern mögliche Verfehlungen diskutierten, war die Subpriorin eines anderen Arguments fündig geworden, um die Äbtissin von ihrem Rücktritt abzuhalten.

»Ich fühle mich nicht in der Lage, Euer Amt einzunehmen«, sagte sie.

Sie sprach mit gesenktem Kopf, und die Äbtissin war sich nicht sicher, ob ihre Worte Heuchelei verhießen oder nicht. Die Subpriorin entstammte einer reichen Sippe, und solche Sippen waren stets bestrebt, den Töchtern ein möglichst hohes Amt zu verschaffen und selbst Ehre daraus zu ziehen. Allerdings entsprach es wohl der Wahrheit, dass sie mit einem solchen Amt überfordert wäre: Bis jetzt war es ihre Aufgabe gewesen, das Essen zuzuteilen und darüber zu wachen, dass nie mehr Nonnen aufgenommen wurden, als das Kloster nähren konnte. Sie war stets nur Garantin für das körperliche Wohl der Schwestern gewesen, nie für das geistliche.

»Meine Sünde ist nicht einfach durch rechte Buße zu tilgen«, erwiderte sie leise, sodass nur die Subpriorin sie hören konnte. »Denn das Schlimme ist – vielleicht ist es nicht einmal eine Sünde. Hier im Kloster können wir uns frei entscheiden zwischen guten und schlechten Taten. Doch draußen in der Welt gerät man häufig in den Strudel fremder Taten und kann nichts tun, als darauf zu reagieren. Manchmal führt das Gute dadurch zum Bösen und das Böse zum Guten. Und was noch schlimmer ist: Manchmal erscheint nicht mehr offensichtlich, was gut ist und was böse. Was mir einst geschehen ist, ist entsetzlich. Doch wenn ich sehe, was daraus hervorgegangen ist, ist es richtig und gut. Wie ich mich dazu verhalten habe, war erbärmlich. Und zugleich gibt es nichts, was mich stolzer macht als diese Entscheidung.«

»Was ist Euch geschehen?«, fragte die Subpriorin verwirrt.
Die Äbtissin schüttelte den Kopf. Sie hatte schon zu viel gesagt – unmöglich war es, die ganze Wahrheit auszusprechen. Die Fassungslosigkeit würde sich in Abscheu wandeln, das aufgeregte Geschwätz in peinvolles Schweigen.
Dieses Schweigen senkte sich jedoch plötzlich auch ohne Geständnis über sie – und diesmal verhieß es nicht Spannung wie zuvor, sondern Totenstarre. Ob des Tumults hatte die Äbtissin nicht gehört, was hinter ihrem Rücken vorging – dorthin aber starrten nun alle Schwestern, und als sie herumfuhr, stand Arvid da im Klausurbereich, dessen Betreten jedem nicht dem Orden Angehörigen streng verboten war. Die meisten Nonnen hatten nur von seiner Anwesenheit gehört, ihn aber noch nicht gesehen. Sie blickten ihn an wie ein wildes Tier.
Obwohl keine etwas zu sagen wagte, hob die Äbtissin erneut beschwichtigend ihre Hand. Langsam trat sie auf Arvid zu. Ihn anzusehen, ohne den Kopf zu senken, war eine große Prüfung. Es vor den Blicken der anderen Schwestern zu tun und obendrein in der Klausur war ihr fast unerträglich. Aber sie wusste – sie durfte sich ihre Verzagtheit nicht anmerken lassen, der Nonnen wegen und vor allem um seinetwillen.
Sie deutete Arvid mit dem Kinn hinauszugehen, und gottlob tat er es ohne Widerstand. Sie gemahnte die Nonnen mit einem Blick, im Refektorium zu warten, und folgte ihm nach draußen.
»Verzeiht«, murmelte er jetzt, »ich wollte nicht stören ... Ich dachte nur ...«
Er war bleich und sie sich nicht sicher, ob es an seiner Wunde lag oder am Aufruhr der Nonnen, den er sich wohl nicht erklären konnte.

»Ich habe meinen Rücktritt beschlossen«, sagte sie rasch, um seine Verwirrung nicht noch zu verstärken. »Ich kann nicht länger Äbtissin des Klosters sein.«

Es war viel leichter, es ihm zu sagen als den Schwestern. Er wusste als Einziger, warum sie es tat, ja, tun musste, er würde sie verstehen.

Doch als sie ihren Blick hob, sah sie, dass sein Gesicht noch bleicher wurde und er die Augen weit aufriss. Aus dem Antlitz des erwachsenen Mannes wurde das hilflose eines Kindes.

Nicht weniger entsetzt als ihre Schwestern rief er: »Aber warum nur?«

»Das weißt du doch! Ich kann nicht länger mit dieser ... Lüge leben.«

»Welcher Lüge?«

Sie ahnte Schlimmes. »Du weißt es nicht?«, fragte sie erschüttert. »Aber du hast doch gesagt, du kennst die Wahrheit!«

»Die Wahrheit ist, dass in meinen Adern nicht nur das Blut christlicher Franken, sondern auch das heidnischer Nordmänner fließt. Aber warum tretet Ihr deswegen zurück? Was habt Ihr damit zu tun?«

Die Welt wankte. Was sie zuvor der Subpriorin gesagt hatte, erwies sich einmal mehr als Wahrheit. Manchmal ließ sich Gut und Böse nicht einfach unterscheiden. Manchmal tat man das Richtige, und es war das Falsche. Richtig war, dass er einen Teil der Wahrheit kannte, falsch jedoch anzunehmen, es wäre die ganze.

V.

Nordmännerland
September 911

Als Aegidia erwachte, fror sie, aber sie hatte in ihrem Leben oft gefroren, vor allem während ihrer Kindheit im Kloster. Obwohl sie fror, war sie nicht müde wie sonst. Niemand hatte sie in der Dunkelheit aus dem Schlaf gerissen und entweder zum Gebet getrieben oder ihr eine der vielen Pflichten am Königshof aufgebürdet. Nein, man hatte sie schlafen lassen, so lange sie wollte, denn ob sie betete, interessierte hier niemanden. Und die einzige Pflicht, die sie erfüllen musste, war, die Königstochter Gisla zu sein. Das fühlte sich gut an.

Aegidia blieb liegen, strich über den weichen Pelz, auf dem sie gebettet lag, roch den verführerischen Duft von frischem Gerstenbrei, krossem Brot und geschmolzener Butter, die eben von einem Mädchen gebracht worden waren. Was zählte es, nicht mehr sie selbst zu sein, wenn sie so viele Annehmlichkeiten genießen durfte, was zählte ihre Furcht vor Rollo und den Nordmännern, solange sie im Haus des Bischofs lebte, was zählte ...

»Gisla!«, rief sie plötzlich entsetzt, um sich sogleich auf die Lippen zu beißen: »Ich meine ... Aegidia! Meine Zofe! Wo ist sie?«

Das Mädchen, das die Speisen gebracht hatte, blieb bei der Tür stehen und starrte sie verständnislos an.

Aegidia richtete sich auf. »Verstehst du mich? Sprichst du meine Sprache? Wo ist Aegidia?«

Jetzt trat das Mädchen an das Bett. »Sie ist ... verschwunden«, berichtete es schließlich mit sichtbarer Freude an diesem Skandal.

Aegidia zuckte zusammen. Das Entsetzen über die Nachricht war größer als die Erleichterung, dass das Mädchen ihre Sprache beherrschte.

»Ist in die Küche gebracht worden, um dort zu schlafen ...«, nuschelte die Kleine. »Hat sich offenbar mit einem der Knechte angelegt ... ist in den Kerker geworfen worden. Von dort ist sie geflohen ...«

Das weiche Bett erschien Aegidia plötzlich ganz hart. Angst schlug einen kalten Knoten in ihren Leib – nicht die Angst vor Rollo wie am Tag zuvor, sondern vor Fredegard, die ihr doch eingeschärft hatte, was zu tun war: Gisla sollte einige wenige Tage in ihrer Gesellschaft bleiben, ehe Aegidia den Wunsch äußern würde, dass man sie zurück ins Frankenreich bringen möge. Sie wäre dem Leben in der Fremde nicht gewachsen, so sollte sie sagen, und darum keine nützliche Vertraute, sondern nur eine Last.

»Wohin ... wohin ist sie geflohen?«, fragte Aegidia aufgeregt.

Das Mädchen zuckte mit den Schultern. »Hat Rouen verlassen ...«, erklärte es knapp und klang so düster, als gäbe es jenseits der Mauern keine Welt, als wäre eine, die sich dennoch dorthin verirrte, so gut wie tot.

Genau das befürchtete auch Aegidia. Und selbst wenn Gisla in diesem Augenblick noch lebte – unmöglich würde sie auf sich gestellt den Weg nach Laon finden! Unmöglich aber auch, dass Fredegard über Wochen vergebens warten würde, bis sie die Tochter wiederhatte! Nein, wenn sie nichts aus Rouen hörte, würde sie die Geduld verlieren, in Panik geraten, nach Gisla suchen und zuletzt, wenn ihr keine andere Wahl blieb, den Betrug zugeben.

Ob Gisla all das retten würde, war nicht gewiss. In jedem Fall würde sie, Aegidia, nicht länger auf einem weichen Fell schlafen und mit knusprigem Brot verwöhnt werden. Sie würde wieder am Hof des Königs in Laon leben, als Waise, ohne Aussicht auf eine Heirat, dazu da, der Konkubine des Königs zu dienen. Gewiss, es war keine harte und keine schmutzige Arbeit, für sie zu nähen und ihr das Haar zu bürsten – aber dienen war es. Hier wurde sie bedient. Von jenem Mädchen, das nun nicht länger von der entflohenen Zofe berichtete, sondern eben fragte, ob sie sich ankleiden wolle.

Aegidia setzte sich auf. Ja, sie wollte angekleidet werden, sie wollte edlen Stoff und Schmuck tragen, sie wollte nicht dienen, nie wieder.

»Ich ... ich muss mit dem Bischof sprechen«, erklärte sie leise. Ich muss verhindern, dass Fredegard die Wahrheit erfährt, setzte sie im Stillen hinzu. »Ich möchte ihn darum bitten, dass ich meiner Mutter einen Brief senden kann – um ihr zu versichern, dass es mir wohl ergeht.«

Sie würde den Brief selbst schreiben. Und sie würde ihn versiegeln, ehe ihn jemand lesen konnte.

Der Morgenhimmel schimmerte nicht länger rötlich, sondern grau; die Sonne hatte zwar das Himmelszelt erreicht, bei ihrem Aufstieg aber alle Kraft verloren. Die Welt verblasste, und diese Welt war sehr groß.

Als die Stadttore geöffnet worden waren – Gisla wusste

nicht, wie die andere Frau überhaupt dorthin gefunden hatte –, gehörten sie zu den Ersten, die sie an diesem Morgen durchschritten. Ob es richtig war oder falsch, wusste Gisla nicht. Sie überließ sich ganz der Führung der Fremden, und kaum dass sie das Tor durchschritten hatten, auch dem ihr eigenen Drang zu rennen: immer schneller und immer weiter fort von Menschen, die sie erkennen konnten.

Von der Stadtmauer führte eine Straße aus großen Steinquadern ins Land, doch sie verließen sie alsbald und liefen über Wiesen und Weinberge in Richtung der großen, dichten Wälder. Die Erde unter Gislas dünnem Schuhwerk war kalt, die Wurzeln, über die sie stolperte, waren hart, aber nichts konnte sie dazu bewegen, innezuhalten.

Die andere lief noch schneller als sie – ohne zu keuchen, zu stolpern oder zu fallen, wie Gisla es mehrmals tat. Immerhin blieb die Frau dann kurz stehen, um sich nach ihr umzudrehen und zu warten, bis sie sich wieder aufgerafft hatte. Nach einer Weile nahm sie sogar ihre Hand, um sie mit sich zu ziehen, doch was immer sie bewog, ihr zu helfen – Freundlichkeit war es nicht. Der Griff war hart, der Ausdruck ihres Gesichts streng, die dunklen Augen nicht etwa besorgt oder neugierig auf sie gerichtet, sondern abschätzend.

Dann hatten sie den Wald erreicht. Das Licht, das durch das Astwerk drang, war grünlich fahl, der Drang zu rennen ließ nach. Zurück blieben Erschöpfung und die Furcht, einen Fehler gemacht zu haben.

Zaudernd blickte Gisla sich um. Die Mauern von Rouen hatten eben noch einen Hort der Gefahr verheißen, wo Mörder sie verfolgten – nun wäre sie froh gewesen, wenn sie irgendetwas gesehen hätte, was von Menschenhand errichtet war. Aber da waren nur Geäst und Moos und Farne und die raue Rinde der Bäume. Nichts, das wärmte, nichts, das satt machte, nichts, das Geborgenheit schenkte. Und da war diese Frau, an die sie sich zwar eben noch Schutz suchend geklammert hatte, die ihr nun jedoch wenig menschlich erschien. Sie betrachtete sie, als wäre sie eine Beute. Gisla nahm all ihren Mut zusammen, die Frau ihrerseits eingehender zu mustern. Schon im Kerker hatte sie eine Ahnung gestreift, jetzt wurde Gewissheit daraus: Diese Frau mit dem raspelkurzen Haar war dieselbe wie jene, die in der Nähe von Saint-Clair-sur-Epte den Wagen aufgehalten, sie während des anschließenden Kampfes gepackt und in das Gefährt zurückgestoßen hatte.

Während sie sie staunend anstarrte, versuchte sie sich zu erinnern, ob sie je von einem weiblichen Wesen mit solch kurzen Haaren gehört hatte. Ihr fiel die Geschichte einer Heiligen ein, die reich geboren worden war, aber die Armut Gottes suchte, ins Kloster ging und dort jeglichem Tand abschwor – Riechfläschchen und Schmuck, pelzverbrämter Palla und perlengeschmückter Haube. Und die sich zuletzt auch die Haare schor, zum Zeichen, dass irdische Schönheit so rasch welkte wie Blumen auf der Wiese.

Diese Frau aber war keine Nonne und schon gar keine Heilige. Sie hatte zwei Männer überwältigt: den Wärter, der aus dem Mund roch, als hätte er sein Leben lang nichts anderes gegessen als fauligen Fisch und vergorenen Wein getrunken, und diesen anderen Mann, Taurin, der sie töten wollte. Oder vielmehr Aegidia. Nein, doch sie. Hätte er sie im Kerker mit so viel Befriedigung angeblickt und gar gelächelt, wenn er nicht ihr Geheimnis kannte?

Und ob auch diese Frau wusste, wer sie war?

In jedem Fall schien sie über etwas nachzudenken, denn ihre Stirn war gerunzelt. Vielleicht überlegte sie, sie einfach im Wald zurückzulassen. Gisla stürzte auf die Gefährtin zu, griff nach ihren Händen. Sie waren fast so rau wie die Rinde der Bäume um sie herum, nur etwas wärmer.

»Bitte, hilf mir!«, stammelte Gisla.

Die Frau riss sich los. Sie hockte sich auf einen Stein, auf dem Moos wucherte. Gisla tat es ihr gleich, überlegte fieberhaft, was sie nun tun sollte.

Schließlich wiederholte sie mit kläglicher Stimme: »Bitte, hilf mir!«

Die Frau beherrschte ganz offensichtlich ihre Sprache nicht; sie schwieg weiterhin, aber eines verstand sie anscheinend auch ohne Worte: dass Gisla müde war, hungrig und erschöpft, und dass sie fror. Denn plötzlich griff sie nach dem Lederbeutel, den sie um ihren Hals trug – genauso wie dieses Amulett, in das ein sonderbares Zeichen eingeritzt war – öffnete ihn und zog etwas heraus, was kleinen Steinen glich. Sie bot Gisla davon an, und während diese befremdet zurückwich, nahm sie selbst dieses Etwas in den Mund, kaute eine Weile darauf und schluckte es.

Zögernd griff Gisla nach den kleinen Brocken, hielt sie zwischen den Fingern und betrachtete sie. Sie waren bräunlich, runzelig und rochen irgendwie modrig, aber als die andere Frau einen weiteren und diesmal größeren aus dem Beutel zog, diesen nicht gleich in den Mund steckte, sondern zu kneten begann, tat Gisla es ihr gleich. Die jetzt unförmige Masse schien weicher zu werden, wirkte nicht länger braun wie Holz oder grau wie Stein, sondern rot.

Es musste Fleisch sein, rohes, getrocknetes Fleisch. Sie würgte, als sie es zum Mund führte, leckte aber dann doch vom Hunger getrieben darüber und schluckte es schließlich hastig, ohne zu kauen. Schon in der Kehle schien der Klumpen stecken zu bleiben. Kurz glaubte Gisla, sie würde daran ersticken – und kurz hoffte sie das auch. Wenn sie starb, bliebe ihr so viel erspart: zu hungern, zu frieren, rohes Fleisch zu essen und vor allem vor diesem Taurin davonlaufen zu müssen. Doch anstatt zu ersticken, würgte und hustete sie – und zu ihrem Erstaunen rutschte der Klumpen tiefer. Sie hatte ihn tatsächlich geschluckt, und sie lebte noch, obwohl es sich nun anfühlte, als läge ein Stein in ihrem Magen.

Wenn nicht an einem rohen Stück Fleisch, fragte Gisla sich bald, woran werde ich dann sterben? War ihnen Taurin schon auf den Fersen, oder lauerte hinter den Bäumen ein Räuber? Von solchen hatte sie viele unheimliche Geschichten gehört, desgleichen von bösen Geistern, die in den Wäldern ihr Unwesen trieben und gottesfürchtige Eremiten in Versuchung führten. Doch wenn es Eremiten gab, dann vielleicht auch ein Kloster, in das sie flüchten konnte, um dem Wunsch der Mutter, ein Leben im Gebet und nicht an Rollos Seite zu führen, zu folgen.

Derart in Gedanken versunken hatte Gisla nicht gemerkt, dass die andere sie musterte. Wieder war ihr Blick abschätzend, aber nicht mehr ganz so unbarmherzig.

»Gisla?«

Sie hob den Blick. Erkannte sie sie auch? Gisla überlegte, ob sie es leugnen sollte, aber nickte dann eifrig.

»Ja«, rief sie, »ja, ich bin Gisla! Ich bin die Tochter des Königs, und ich muss unbedingt nach Laon zurückkehren!«

Sie brach ab. Nun öffnete die andere den Mund, sagte etwas, wiederholte es mehrmals, und nach einer Weile glaubte Gisla das Wort »Runa« zu verstehen.

Sie wusste nicht, was das bedeutete, und zuckte die Schultern, aber als die Frau erst auf sie deutete und »Gisla« sagte, dann auf sich selbst und »Runa« wiederholte, begriff sie, dass das ihr Name war.

Runa griff nach einem Ästchen und schrieb etwas auf den Waldboden, und als Gisla sich darüberbeugte, reifte kurz die irrwitzige Hoffnung, dass sie – wenn sie schon keine vertrauten Worte aus dem Mund der Frau hörte – vertraute Buchstaben würde lesen können. Doch diese hatte keine Buchstaben geschrieben, weder vertraute noch fremde, sondern ein merkwürdiges Gebilde gezeichnet. Gisla ging einmal darum herum, betrachtete es von allen Seiten. Das Gebilde sah aus wie ein Boot.

Gisla zuckte die Schultern und starrte Runa ratlos an. »Was ... was willst du mir denn damit sagen?«, stammelte sie.

Eine Weile standen sie einander gegenüber, schweigend und hilflos. Dann warf Runa den Zweig weg, packte sie am Oberarm – so fest, dass Gisla vermeinte, ihre Knochen müssten brechen –, und zerrte sie weiter.

Was Runa mit dem Boot bekunden wollte, hatte Gisla nicht verstanden. Aber es waren keine Worte nötig, um in ihr die Angst zu wecken, dass Taurin sie verfolgen würde und dass sie darum nicht länger rasten durften.

In dieser Welt jenseits allem Vertrauten schien die Zeit nicht einfach vorüberzugehen, sondern im grünlich diesigen Licht des Waldes zu versinken. Schon nach wenigen Schritten, die sie tiefer in den Wald hineinführten, überkam Gisla das Gefühl, nie wieder aus dem Baumlabyrinth herauszufinden.

Das nährte Furcht, jedoch auch die Hoffnung, dass Taurin sich ebenfalls verirren konnte. Und solange sie sich bewegte, konnte sie darüber hinaus wenigstens der Kälte Herr werden.

Runa setzte nicht auf Hoffnung, sondern auf Vorsicht. Sie ging voran, blieb stets nach ein paar Schritten stehen, um zu lauschen. Gisla hielt den Atem an und lauschte mit ihr, hörte Knacken und Rascheln und Heulen – vielleicht Geräusche von Tieren, den Bäumen und dem Wind. Oder von Feinden? Keines war dabei, was ihr nicht bedrohlich schien, keines ließ sie nicht erbeben – doch jedes Mal entschied Runa, weiterzugehen.

Sie gingen unter Bäumen, die ihr Herbstlaub auf sie regnen ließen, später durch Tannenwald. Nadeln stachen ihnen ins Gesicht und in die Füße. Das Licht wurde trüber – erst, weil die Bäume immer dichter standen, dann, weil die Nacht hereinbrach. Der Tag, der zurücklag, schien Gisla kurz wie ein Augenblick und zugleich lang wie eine Ewigkeit.

Als das Licht so grau wurde, dass man kaum noch den Boden erkennen konnte, blieb Runa wieder stehen, diesmal nicht, um zu lauschen, sondern um sich vor einem der Bäume niederfallen zu lassen. Gisla tat es ihr gleich. Ihr Rücken schmerzte vom langen Gehen, aber zumindest das Brennen in den Fußsohlen ließ etwas nach. Sie zog die Beine an sich heran, verschränkte die Arme um die Knie und war unendlich dankbar, dass sie nichts weiter tun musste, als dazuhocken.

Ewig hätte sie so sitzen bleiben können – Runa hingegen nicht. Wenig später sprang diese plötzlich auf, doch als Gisla es ihr panisch gleichtun wollte, gab sie ihr ein Zeichen, auf sie zu warten.

Gisla vergrub ihren Kopf zwischen den Knien. Ihre Erschöpfung war größer als die Angst, dass Runa nicht zurückkehrte. Irgendwie wusste sie, dass sie wiederkommen würde, und auch, dass Runa dafür sorgte, dass sie nicht mehr froren und hungerten.

Kurze Zeit später kam sie tatsächlich mit einem erlegten Hasen zurück und machte ein Feuer. Runa schichtete erst

Holz, Laub und Tannennadeln übereinander, dann schlug sie zwei absonderliche Steine aufeinander, bis Funken sprühten. Bald erklang das vertraute Knacken von brennendem Holz. Gisla hockte sich ganz dicht an die Flammen und sah Runa angewidert zu, wie sie dem Tier das Fell abzog. Von allen Geräuschen des Waldes war dieses leise das unheimlichste. Ihre Gefährtin nahm einen Ast, zog ein Messer, dessen Anblick für Gisla fast noch schwerer zu ertragen war als der des toten Tieres, und schnitzte so lange, bis er auf einer Seite spitz genug war, um den Hasen aufzuspießen. Gisla wandte sich ab, dann war es geschafft, und Runa drehte das Fleisch über den Flammen.

Gisla war überzeugt, keinen Bissen essen zu können. Der Fleischklumpen lag ihr immer noch wie ein Stein im Magen, aber als die blutrote Haut langsam kross wurde und ein würziger Geruch aufstieg, lief ihr das Wasser im Mund zusammen. Runa riss ein Stück Fleisch ab, und Gisla schlang es noch heiß herunter. Ihre Zunge brannte wie Feuer, ihre Kehle und ihr Magen alsbald auch, aber ihre Gier kannte keine Grenzen. Danach fühlte sie Übelkeit – und eine seltsame Schwere. Sie sank auf das Moos, schloss die Augen und war eingeschlafen, ehe sie darüber nachdenken konnte, ob sie im Wald wohl Schlaf finden würde.

Als Gisla erwachte, fiel fahles Licht auf ihr Gesicht – sie wusste nicht, ob es Mondlicht war oder ob der Morgen graute. In ihrem Mund schmeckte es gallig, und im Magen rumorte das verzehrte Hasenfleisch. Sie schlug sich die Hand vor den Mund, und während sie ein Würgen unterdrückte, dachte sie an den Traum, der sie geweckt hatte. Darin war das Bild vor ihr aufgestiegen, das Runa in den Boden geritzt hatte – das Bild eines Bootes –, und plötzlich war sie sich sicher, warum Runa es gezeichnet hatte.

Gisla richtete sich auf, blickte sich nach ihr um. Runa schlief nicht mehr, sondern flickte ihre zerrissene Kleidung mit einer Nadel, die sie aus einer Tiersehne geschnitzt hatte.

Gisla kroch zu ihr. Das Feuer war zu einer kümmerlichen Glut heruntergebrannt, von Runas Leib hingegen ging Wärme aus. Fragend blickte diese auf, als Gisla sich vor Kälte zitternd an sie presste, ließ sie dann aber gewähren und hob die Nadel, wohl zum Zeichen, ob auch sie ihre Kleidung ausbessern wollte.

Gisla ergriff die Nadel, doch anstatt ihr vom Astwerk zerrissenes Kleid zu nähen, ritzte sie das gleiche Gebilde in den Boden wie Runa am Tag zuvor – ein Boot.

Runa blickte schweigend darauf.

»Du bist auf einem Schiff gekommen, nicht wahr?«, fragte Gisla.

Runa schwieg immer noch, aber als Gisla mehrmals auf das Boot im Waldboden deutete, nickte sie. Schließlich zeichnete sie ein weiteres, allerdings eines, dessen Segel in die andere Richtung wiesen.

»Und du willst wieder zurück«, glaubte Gisla zu verstehen.

»Norvegur«, sagte Runa, und noch einmal: »Norvegur.«

War das ein Name? Der Name eines Menschen, mit dem sie hergekommen war? Oder der Name eines Landes?

Runa deutete auf ihr Schiff, dann auf sich selbst. »Runa«, sagte sie nun, »Norvegur.«

Gisla nickte begeistert.

»Gisla«, gab sie zurück und fügte hinzu: »Laon.«

Sie zeichnete wieder etwas auf den Waldboden, diesmal viele kleine Häuser, um zu zeigen, dass sie aus einer großen Stadt stammte.

Runa starrte lange darauf, dann verzogen sich ihre Lippen

zur Andeutung eines Lächelns. »Runa – Norvegur«, sagte sie. »Gisla – Laon.«

Nun war Gisla nicht länger warm von der Wärme der Gefährtin, sondern vor Aufregung.

»Du willst heimkehren!«, rief sie begeistert. »Und ich auch! Wenn du mich irgendwie nach Laon bringst ... dann kann ich dafür sorgen, dass du zurück nach Norvegur gehen kannst.«

Runa runzelte nachdenklich die Stirn, öffnete dann ihren Mund, und heraus kamen einige Worte, die fränkischen ähnelten: »Bauern ... Laon ... fragen.«

Gisla hätte vor Freude am liebsten geweint. Nicht nur, dass Runa ein paar Brocken ihrer Sprache kannte und verstanden hatte, was sie von ihr wollte, obendrein dachte sie schon einen Schritt weiter – dass sie nämlich, um nach Laon zu kommen, Menschen nach dem Weg fragen mussten.

Der Gedanke an Menschen, an fremde Menschen, machte Gisla Angst, aber als Runa aufstand, die Glut austrat und sie ihr weiter durch den dunklen Wald folgte, war die Hoffnung, dass alles irgendwie gut werden könnte, erstmals größer als diese Angst.

Sie gingen einen Tag und einen zweiten. Sie liefen auf Nadeln und auf Blättern, auf Wurzeln und auf Moos; sie kamen an Sümpfen vorbei und an klaren Bächen, an Bäumen, die dicht wie Mauern standen und deren Kronen ein dunkles Dach bildeten, und an Lichtungen. Der Wald fand kein Ende. Und sie sahen keine Menschenseele.

Insgeheim war Gisla darüber erleichtert, und auch Runa hielt nicht mehr so oft inne, um nach Verfolgern zu horchen. Die Laute des Waldes wurden vertraut; das Gefühl, von bösen Geistern belauert zu werden, schwand. So es diese denn wirklich gab, hatten sie wohl entschieden, die Königstochter nicht zu quälen, sondern zu beschützen.

Woran Gisla sich nicht gewöhnte, waren der Hunger und die Kälte. Das Fleisch, das Runa erjagte, füllte den Magen, aber löste stets Übelkeit bei ihr aus, nie das wohlige Gefühl, wahrhaft gesättigt zu sein. Und das Feuer, das Runa mit Steinen entzündete, verpestete die Luft mit dichtem Rauch, anstatt echte Wärme zu schenken. Am Morgen war es stets erloschen und die graue Asche, wie alles andere um sie herum auch, von Raureif überzogen. Unter jener kalten Schicht wirkten die Bäume greisenhaft und der Wald wie ein Totenreich.

Gegen Mittag wurde es wärmer. Die Wege wurden matschiger, und oft wateten sie bis zu den Knöcheln im Schlamm, was lästig, wenn auch nicht so bedrohlich wie die Sümpfe und Moore war. In einem solchen zu versinken blieb Gislas stete Angst. Früher hatte Begga manchmal Geschichten von Wanderern erzählt, die vom Weg abkamen und im Sumpf ertranken, denn wen das Moor einmal gepackt hatte, den gab es nicht wieder frei, und wen es ganz und gar verschlungen hatte, den spuckte es nie wieder aus. Als sie ein Kind war, hatte sie sich vorgestellt, dass böse Geister auf dem Grund des Moores hockten, die die Menschen hinunterzogen, und wenn das Wasser nun gluckste, glaubte sie wieder daran.

Auch Runa schien die Moore zu scheuen. Sie verlangsamte häufig ihre Schritte, sammelte, wenn der Boden besonders schlammig war, Steine und warf diese auf den Weg, um zu prüfen, ob sie untergingen oder auf festem Grund liegen blieben. An einer Stelle, wo die Erde nicht dunkel, sondern nahezu schwarz war, hielt sie nach einem Baumstamm Ausschau, den der letzte Sturm geknickt hatte, wälzte ihn dorthin und forderte Gisla auf, darüberzubalancieren.

Zu ihrem Erstaunen hatte sie keine Angst, auch nicht, als der Boden tatsächlich unter ihr nachgab und sie knietief versank. Die Möglichkeit, vom Baumstamm zu fallen und ganz zu versinken, war für einen kurzen Augenblick nicht schrecklich, sondern fast verlockend. Was immer in dieser Tiefe lauerte – es war lautlos, und zu ertrinken verhieß nicht nur einen qualvollen Tod, sondern nie wieder Hunger zu haben und zu frieren. Doch Runa zerrte so lange an ihrem Arm, bis sie wieder festen Boden unter den Füßen hatte.

Nicht länger ausschließlich auf den Weg bedacht begannen in Gislas Kopf die Gedanken zu kreisen wie hungrige Raubvögel, ständig drohend, eine ihrer Ängste herauszupicken und sie genüsslich zu zerfleischen.

Wenn sie sich nicht gerade um sich selbst sorgte, dann um Aegidia und ihre Mutter. Die Hoffnung, irgendwann nach Laon zurückzufinden, war selten stark genug, um sich daran zu wärmen – meist loderte die Flamme schwach wie das abendliche Feuer, das Rauch spuckte und ihre Kehle zu vergiften schien. *Vielleicht führt jeder Schritt in die falsche Richtung*, dachte sie dann. *Vielleicht werde ich nie wieder nach Hause kommen. Vielleicht kann ich niemals jemandem anvertrauen, was diese Popa plant. Vielleicht werde ich in diesem Wald sterben – und Aegidia in Rouen.*

Um sich von ihren Ängsten abzulenken, versuchte sie sich an alles zu erinnern, was sie je über das Reich ihres Vaters gehört hatte, wie die wichtigsten Städte hießen, wie groß es war und woran es grenzte. Stunden verbrachte sie damit, wieder und wieder die Länder aufzuzählen, die neben dem Kerngebiet des Kronlandes lagen – die Grafschaft Vermandois, wo der mächtige Heribert regierte, das Herzogtum

Burgund, nicht minder reich und von einem Rudolf beherrscht, Aquitanien schließlich, das in viele kleine Provinzen aufgesplittert war, die im steten Krieg gegeneinander lagen. Dann gab es die Francia rund um Paris, seit Jahrzehnten in den Händen der Nachfahren des berühmten Roberts des Starken, Flandern, dessen Graf mit dem von Vermandois zerstritten war, und die Britannia minor, ähnlich dem Nordmännerland von unzähligen Heiden heimgesucht und großteils in deren Händen. Die Britannia minor, das wusste Gisla, lag im Westen, und im Westen ging auch die Sonne unter, deren rot verglühende Strahlen an manchen Abenden durch das Blätterdach fielen.

Doch auch wenn sie wusste, wo Osten und Westen war, wo Süden und Norden – wie weit sie von welcher Stadt entfernt waren und wie all die Länder, von denen sie nur gehört, die sie aber nie besucht hatte, aussahen, wusste sie nicht. Gisla kannte nur Laon und Saint-Clair-sur-Epte, Rouen und Reims – Letzteres nicht weit von Laon entfernt, die Stadt, wo die Könige mit dem Öl des heiligen Remigius gesalbt wurden und die ihre Mutter als Caput Franciae bezeichnete, als Haupt des Frankenreichs. An den einstigen Besuch konnte sie sich erinnern – an den Weg, der dorthin führte, nicht.

Wenn es Abend wurde, wurde sie so müde, dass ihre Gedanken verstummten. Wie immer ließ Runa sie dann kurz allein, kehrte später mit einem erjagten Tier zurück und einmal sogar mit Wildfrüchten: Äpfeln, Beeren und Nüssen. Die Äpfel schmeckten nicht süß wie das Obst in Laon, sondern faulig, die Beeren so, als würde man auf einem Stück Leder herumkauen, das zu lange heftigem Regen ausgesetzt gewesen war, und als sie auf die Nüsse biss, war sich Gisla gewiss, dass gleich sämtliche ihrer Zähne ausfallen würden.

Sie schluckte ergeben, aber seufzte traurig. Ihre Sehnsucht

nach Geborgenheit konnte sie unterdrücken – nicht aber die nach gutem Essen. Der Gedanke an krosses Brot ließ ihren Mund wässrig werden, jener an cremige Butter, an gelben Käse, an saftige Rinderlenden am Spieß den Magen knurren. Sie hatte nie sonderlich viel gegessen, dies aber stets mit gutem Appetit, und sie hatte immer Mitleid mit dem Priester gehabt, der sie im Glauben unterwies, und der – wie er behauptete – sich nur von Fisch und Birnen ernährte, um Gott zu verehren und den Verlockungen der Welt zu trotzen. Der gleiche Priester war es auch gewesen, der ihr außerhalb der Kirche zu singen verboten hatte.

Kann ich wohl noch singen?, fragte Gisla sich eines Tages. Erst wagte sie es nicht, es zu versuchen. Inmitten der Laute des Waldes schien es ihr fehl am Platz. Doch dann wurde der Drang übermächtig, sich zu vergewissern, dass in der zitternden, frierenden, hungernden Gisla noch ein wenig von dem behüteten Mädchen von Laon steckte. Sie öffnete den Mund, brachte zuerst nur ein Summen heraus, formte schließlich Worte eines Psalms. Aus dem Gemurmel wurde ein Singsang, aus den tiefen Klängen immer höhere.

Während sie sang, starrte sie stur auf ihre Hände und versuchte sich einzureden, dass sie nicht im Wald war, sondern in ihrer Kirche, ja, dass Wille, Gesang und Hoffnung stark genug wären, inmitten der unwirtlichen Fremde ein Stück vertraute Welt zu schaffen.

Kurz schien es zu glücken, das Unheil zu vergessen, doch plötzlich kam Runa auf sie zugesprungen, blitzschnell und wendig, als würde sie einen Hasen jagen. Noch ehe Gisla zurückweichen konnte, hatte ihr die junge Frau einen Schlag auf den Mund versetzt. Runa schrie beängstigend, und am schlimmsten war, dass sich ihre dunklen Augen mit Tränen füllten. Gisla schmerzte der Mund, dann wurden ihre Lippen taub. Auch in ihre Augen traten nun Tränen, Tränen, die nicht nur vom Schrecken und Schmerz rührten, sondern von der Ohnmacht, dass sie nicht miteinander sprechen konnten, dass sie Runa nicht erklären konnte, dass sie sie nicht hatte verärgern wollen. Gisla sank kraftlos zu Boden und legte den Kopf auf die Knie. Sie fühlte sich einsam wie nie.

Am nächsten Morgen wagte sie kaum, Runa in die Augen zu sehen. Diese schien sich beruhigt zu haben, aber nicht minder damit zu hadern, dass sie nicht miteinander sprechen konnten. Anders als Gisla nahm sie es nicht schweigend hin, sondern deutete beim Gehen nun stets voller Ungeduld auf Bäume, Moos, Vögel, ihre Kleidung, selbst auf die Haare. Eine Weile sah ihr Gisla dabei unverständig zu, dann ging ihr auf, dass Runa die Worte dafür hören wollte. Sie nannte sie, und Runa wiederholte sie, und bis es Mittag wurde, beherrschte sie zwei Dutzend. Als es nichts mehr im Wald zu sehen gab, dem Gisla noch keinen Namen gegeben hatte, wollte Runa wissen, was es hieß, zu schlafen, zu essen, zu gehen, und lernte auch diese Wörter schnell. Es war nicht viel, was sie in ihrem Leben taten, außer zu essen, zu jagen, Feuer zu machen und zu schlafen, so gab es alsbald nicht viel mehr zu lernen.

Schlaf brauchte Runa allerdings nicht viel. Es war Gisla schon in den ersten Tagen aufgefallen – Runa war noch hellwach, wenn sie schon einnickte, und am Morgen längst auf den Beinen, wenn sie sich noch schlaftrunken die Augen rieb. Diese stille Zeit des Tages nutzte Runa zum Üben – nicht von fremden Wörtern, sondern zielgenau ihr Messer zu werfen. Oft wurde Gisla von dem dumpfen Laut einer Klinge geweckt, die im Stamm eines Baumes stecken blieb, den Runa anvisiert hatte.

Eines Tages wurde Gisla von etwas anderem geweckt. Sie riss die Augen auf und blickte in das Gesicht eines fremden Mannes. Vielleicht war es gar kein Mann, vielleicht war es der Teufel selbst, so grässlich, wie er anzusehen war: Sein Gesicht war voller Narben, die Augen gelblich, das Haar stand ihm wirr vom Kopf ab, und die Kleidung war bizarr. Als Gisla den Mund öffnete, um zu schreien, spürte sie die Klinge eines Messers an ihrer Kehle. Es war kalt und scharf und drückte sich tief in ihre Haut.

Runa erwachte sofort. Selten hatte sie so lange und tief geschlafen, selten etwas so bereut. Zeit, damit zu hadern, hatte sie nicht. Kaum hatte sie erfasst, was vor sich ging, war sie schon aufgesprungen, hatte sich an einem Ast hochgezogen und war auf einen Baum geklettert. Unten stand Thure inmitten seiner Männer. Er bedrohte Gisla, die, eben noch starr vor Schreck, jetzt gellend schrie.

Runas Gedanken überschlugen sich. Ein entsetztes »O nein!« entfuhr ihren Lippen. Ob Thure wohl wusste, dass Gisla die fränkische Prinzessin war? Und wenn er es wusste, würde er sie als Geisel nehmen? Bestimmt tat er das. Ihr selbst hingegen stünde dann der Weg zur Flucht frei. Ohne Gisla wiederum hatte sie keine Aussicht auf Heimkehr. Und während sie noch um eine Entscheidung rang, kam ihr der Gedanke, dass Thure nur aus diesem Grund so lange zögerte zu handeln: Er ahnte von ihrer Zerrissenheit. Und weidete sich daran.

Plötzlich ertönte ein Knacken, und ehe Runa ihr Gewicht verlagern konnte, brach der Ast, auf dem sie saß. Sie fiel Thures Männern geradewegs vor die Füße. Bevor sie aufspringen und nach ihrem Messer greifen konnte, spürte Runa auch an ihrer eigenen Kehle eine kalte Klinge. Zwei von Thures Männern hielten sie fest.

Sie presste die Augen zusammen, öffnete sie wieder. Vor ihren Augen schien es zu flimmern, und doch sah sie gut genug, dass Thure auf sie zuschritt.

»Sieh an, sieh an«, meinte er anerkennend, »du willst also ganz allein das Lösegeld.«

Er glaubte tatsächlich, sie hätte von Anfang an geplant, die fränkische Prinzessin zu entführen. So fiebrig wie seine Augen leuchteten, schien er begeistert – nicht unbedingt darüber, dass sie ihn verraten hatte, jedoch darüber, dass sie gerissener war, als er ihr zutraute.

Sie konnte es nicht abstreiten. Ihr Mund war zu trocken, um etwas zu sagen.

Thures Augen glänzten jetzt gefährlich. »Nun habe ich schon zum zweiten Mal gegen dich den Kürzeren gezogen«, fuhr er raunend fort. »Was soll ich nur mit dir tun? Welche Strafe wäre angemessen?«

Sie fand ihre Stimme wieder, eine nur heisere zwar, aber dennoch hasserfüllte. »Eine Strafe verdient nur, der Unrecht tut!«, zischte sie. »Ich dachte, du unterscheidest nicht zwischen Recht und Unrecht, sondern bist einfach nur grausam.«

Er tat, als würde er lange nachdenken und seine Worte sorgsam abwägen, um dann grinsend zu verkünden: »Das stimmt. Wenn ich es genau betrachte, will ich mich auch gar nicht an dir rächen. Ich brauche in der Tat keinen Grund für ... das hier.«

Sie wappnete sich mit jeder Faser ihres Körpers dagegen und vermeinte dennoch, in der Mitte entzweizureißen, als er langsam die Faust hob und sie dann umso härter in ihren Magen stieß, sie wieder hob und es ein zweites Mal tat, ohne dass sie ausweichen konnte. Er bekam nicht genug davon, drosch wieder und wieder auf sie ein, und der Schmerz war so gewaltig, dass sie beinahe die Besinnung verlor. Als er endlich von ihr abließ, spürte sie nur noch Pein.

»Warum bist du so?«, rief Runa keuchend.

Aus ihrem Mund tropfte Blut oder Speichel, es schmeckte bitter. Thure stand da, die Hände über der Brust verkreuzt. Sein Atem, eben noch schwer, ob der Anstrengung, sie zu schlagen, beruhigte sich.

»Nicht ich bin so – so ist die Welt«, erklärte er mit leisem Überdruss, stieg, wie es ihm eigen war, auf Zehenspitzen und ließ sich wieder zurück auf die Ferse fallen, »denn die Welt geht aus Yggdrasil hervor, und Yggdrasil ist morsch. Schlangen knabbern an den Wurzeln der Esche; Hirsche fressen die jungen, frischen Triebe, und die Rinde wird von Fäulnis zersetzt.«

Runa senkte ihren Blick. Sie konnte nicht gleichzeitig ihn ansehen und an die Worte ihrer Großmutter denken, die die seinen heraufbeschworen. Kalt klang Thures Stimme – Asrun hingegen hatte geheimnisvoll gewispert, als sie ihr von Yggdrasil erzählt hatte, dem Weltenbaum, dessen Spitzen in den Himmel reichten und dessen Wurzeln die ganze Welt umspannten, die Welt der Menschen, der Götter, der Riesen und der Toten. Yggdrasil wuchs an einer Quelle, und an dieser Quelle hockten die Nornen und spannen das Schicksal der Menschen. Sie besprengten Yggdrasil mit dem heilenden Wasser der Quelle, aber es war immer zu wenig, um der Fäulnis Einhalt zu gebieten, die an ihm hochkroch.

Es ist nie genug, dachte Runa. Es reicht nie. Am Ende verliert man immer.

In den letzten Tagen hatte sie nach langer Zeit wieder Hoffnung gehegt, dass alles gut werden könnte, doch die

Fäden, aus denen die Nornen ihr Schicksal webten, waren wohl besonders brüchig. Wie sonst konnte es geschehen, dass sie immer wieder in Thures Hände geriet?

Der hob jetzt die Hand und schlug sie erneut, nicht ganz so fest wie zuvor, doch mit echtem Zorn. Der Zorn erleichterte Runa. Trotz allem machte er ihn menschlich. Doch leider erlosch er viel zu schnell, und zurück kehrte der Wahnsinn.

Thure begann, dröhnend zu lachen. »Ja, nicht ich bin so, die Welt ist so! Yggdrasil ist faul, die Götter leben in steter Zwietracht, die Menschen wiederum...« Er bückte sich nach dem Ast, der unter ihr gebrochen war. Runa dachte, er wollte sie mit ihm anstelle seiner Fäuste prügeln, doch stattdessen fuhr er fort: »Die ersten Menschen, Ask und Embla, sind aus Baumstämmen geformt worden. Und ich denke mir oft, dass ihr Holz so faulig und morsch war wie das von Yggdrasil.«

Er brach den Ast entzwei, warf ihn zu Boden und trampelte darauf herum, bis er in viele kleine Teile zerborsten war. »Kein Wunder, dass man die Menschen so leicht brechen kann, wo sie doch aus morschem Holz gemacht sind! Und wenn sie gebrochen sind, haben sie keinen anderen Nutzen, als dass man sie ins Feuer wirft! Ach... Da wir gerade davon sprechen... Es ist ziemlich kalt hier, sollten wir nicht ein Feuer machen, um uns zu wärmen?«

Runa unterdrückte ein Schaudern.

»Was willst du von mir, Thure?«, fragte sie.

»Hm«, machte er, keinen Gedanken mehr an das Feuer verschwendend. »Du bist mir ausgeliefert. Dass du so listig bist, gefällt mir. Denn auch so ist die Welt – ein Ort, an dem nur durchkommt, wer listig ist. Niemand hat das so gut durchschaut wie... Loki.«

»Was willst du von mir?«, fragte Runa wieder – und diesmal schrie sie.

Thure wechselte vom einen auf den anderen Fuß, als gäbe es nicht genügend Platz, mit beiden Beinen auf dem Boden zu stehen. »Das ist in der Tat eine gute Frage: Was will ich eigentlich? Die meisten Menschen haben keine Freiheit, etwas zu wollen, sondern tun das, was sie müssen. Ich müsste dich töten, so schwer, wie du mir das Leben machst, aber ich will so ungern etwas müssen. Zugleich bin ich mir nicht sicher, ob mein Wille reicht, dich am Leben zu lassen.«

Blitzschnell griff Thure nach seinem Messer, das wieder in seinem Gürtel gesteckt hatte, und hielt es ihr vors Gesicht, fuhr langsam tiefer, erreichte ihre Kehle, umspielte diese. Dann ließ er die Spitze wieder höher gleiten, über ihr Kinn, ihre Wangen, ihre Stirn, zärtlich, als würde er sie liebkosen.

»Ja – was will ich eigentlich?«, wiederholte er. »Nun, zunächst einmal bist du mir zu schön für diese Welt, liebste Runa. Menschen, die kämpfen und lügen und zur List greifen, sehen aus wie ich. Sie haben Narben.«

Thure ließ das Messer nicht länger über ihr Gesicht fahren. Die Klinge bohrte sich in ihre Haut. Er wird sie aufschlitzen, ging Runa durch den Kopf, er wird mir das Gesicht zerschneiden, mir vielleicht mehr zufügen als nur Schnitte, die Narben hinterlassen, wird mir die Nase abhauen, die Augen ausstechen, die Ohren abschneiden.

Wie aus weiter Ferne vernahm Runa Gislas Gellen. Runa unterdrückte einen Schrei, als das Messer immer tiefer schnitt. Sie sah einen Blutstropfen darüberrinnen, den Thure so verzückt beobachtete, als wäre er aus purem Gold.

Ganz plötzlich verstummte Gislas Schreien. Nein, es verstummte nicht, es wurde von Pferdegetrappel und lautem Gebrüll übertönt.

Thure zog das Messer zurück und fuhr herum. Runa fühlte nicht länger die kalte Klinge. Was sie jedoch fühlte, war der Schmerz, den der Schnitt auf ihrer Haut hinterlassen hatte ...

Ein Pferd durchbrach das Gebüsch, andere folgten so rasch, dass Runa vermeinte, all die Hufe, Füße, Hände, Köpfe seien zu einem einzigen Wesen verschmolzen und dieses nicht der Menschen-, sondern der Götterwelt entsprungen, um sie zu retten. Doch dann sprangen die Reiter zu Boden, und sie erkannte, dass es gewöhnliche Menschen waren, und auch, dass sie nicht als Retter gekommen waren.

Runa presste sich an einen Baum und hielt Ausschau nach Gisla, konnte sie aber weder entdecken noch schreien hören. Sie hörte nur das Klirren von Waffen und das Stöhnen der Kämpfenden. Drei Männer Thures wurden niedergestreckt, ehe sie sich wehren konnten – die restlichen wurden ihrer Überraschung ob des unerwarteten Angriffs rasch Herr. Erst jetzt gewahrte sie, dass es sehr viele waren, obwohl Thure doch wenige Tage zuvor erst, beim Angriff auf Gislas Gefährt, die meisten verloren hatte. Sie fragte sich, wie er sie so schnell hatte ersetzen können und was er ihnen zu gewinnen versprach, wenn nicht nur den Tod.

Diesen Tod wollten sie jedoch nicht hinnehmen, sondern kämpften verbittert dagegen an.

Runa sah einen Mann auf sich zukommen, nicht sicher, ob er zu Thure gehörte oder nicht. Sein Gesicht war so grimmig, dass sie nach ihrem Messer griff und es nach ihm schleuderte. Ob sie ihn getroffen hatte oder nicht, konnte sie nicht erkennen, denn unmittelbar vor ihr sanken drei gleichzeitig nieder. Runa duckte sich, presste sich wieder an den Baum und ließ sich langsam auf die Knie sinken. Dann robbte sie zu einem der Toten, nestelte an dessen Gürtel und nahm sich sein Messer.

Sie hatte sich noch nicht wieder erhoben, als sie hinter sich einen Schatten wahrnahm. Runa versteifte sich, drehte sich dann blitzschnell und stieß zu. Diesmal ließ sie den Knauf des Messers nicht los. Der Getötete sackte leblos zusammen, und fast drohte sie unter seinem Gewicht begraben zu werden. Keuchend stieß sie ihn von sich, während sie das blutüberströmte Messer aus dem Leib zog.

Heiß stieg ihr der Triumph ins Gesicht, doch ehe Runa sich dem Gefühl hingeben konnte, die Stärkere zu sein, nahm sie aus den Augenwinkeln erneut eine Bewegung wahr. Sie wollte das Messer wieder heben, als sie erkannte, dass es Gisla gelungen war, sich aus dem Kampfgetümmel zu retten. Ihr Blick war glasig wie der des Toten, als sie von dem Mann zu Runa sah, dann wieder zu ihm zurück.

Gisla stieß ein paar Worte in ihrer Sprache aus, die Runa nicht verstand, aber sie glaubte ihrem Gesichtsausdruck zu entnehmen, dass sie entsetzt war.

»Er hätte ansonsten mich getötet«, erklärte sie hastig und packte Gisla am Arm.

Widerwillig ließ diese sich in Richtung Gebüsch ziehen, und drei Schritte lang hegte Runa die Hoffnung, dass sie es dorthin schaffen und sich verstecken könnten. Aber dann stand plötzlich ein Mann vor ihnen, und sein Gesicht war ihr seltsam vertraut. Es war jener, den sie im Kerker überwältigt hatte.

Einen Augenblick starrten sie sich reglos an, dann handelte Runa blitzschnell. Sie stieß Gisla zur Seite und sprang mit dem Messer in ihrer Hand auf ihn los. Er wich ihr erst aus, packte dann den Arm, mit dem sie ihre Waffe hielt, und drehte ihn schmerzhaft auf den Rücken. Doch so schnell gab sie nicht auf: Sie tat, als wäre sie überwältigt, und kaum lockerte sich sein Griff, trat sie gegen sein Schienbein. Der Mann rutschte auf dem feuchten Laub aus, fing sich aber gleich wieder und rammte ihr brutal sein Knie in den Leib. Ungeachtet der Schmerzen wehrte Runa sich gegen seinen Griff, doch er ließ sie nicht los. Dicht waren ihre Leiber aufeinandergepresst, heftig ihr Gerangel. Sie hörte seinen keuchenden Atem, sie spürte seinen Herzschlag.

»Ich will nur sie – dich lasse ich gehen«, brach es plötzlich aus ihm heraus.

Seine Stimme klang rau, er sprach ihre Sprache, und ob des vertrauten Klangs erstarrte Runa. Kurz schienen ihre Leiber aufeinanderzuhaften, versanken ihre Blicke ineinander, stand die Zeit still. Der Kampf hinter ihnen schien in einer anderen Welt zu toben. Nicht Wahnsinn stand in seinem Gesicht wie in Thures, nicht blanke Mordlust, nicht Lust an Grausamkeit, nur ... Trauer.

Was macht uns zu Feinden?, ging ihr durch den Kopf. Dass wir nicht zum gleichen Volk gehören? Dass wir nichts weiter wollen, als zu leben?

Er packte sie nun wieder härter, sie wehrte sich nicht minder dagegen, und während des neuerlichen Gerangels begann ihr Leib, eben noch kalt, zu glühen. Runa dachte nicht mehr über ihre Feindschaft nach, sondern dass die Umarmung, die Kampf und Tod schenkt, noch inniglicher ausfällt als die, die die Liebe bringt, dass sich noch nie der Leib eines Mannes so fest an ihren gepresst hatte und dass der Wunsch, sich gegenseitig zu besiegen, sie kurz mehr einte, als trennte.

Seine Nähe verstörte sie und ließ ihren Widerstand weit mehr erschlaffen, als seine Muskelkraft es vermocht hatte. Ein Beben überkam sie beide, und sie wichen voneinander zurück. Die Kluft, die so zwischen ihnen entstand, war kaum mehr als einen Schritt breit, jedoch für Runa ausreichend groß, um seinen Leib wieder als den eines Fremden, nicht den eines tief Vertrauten zu empfinden.

»Gut«, stieß sie aus, »ich gebe sie dir.«

In den Augen des anderen flackerte etwas auf, das sie nicht recht deuten konnte, das mehr dem Überdruss glich als der Genugtuung. Da wusste sie, dass er es nicht genießen würde, Gisla zu töten. Aber sie wusste, dass er es dennoch tun musste – weil es die Notwendigkeit gebot.

Sie drehte sich zu Gisla um, die sich zitternd an einen Baum klammerte. »Das ist Taurin!«, schrie sie panisch.

Der Name war Runa fremd, obwohl der Mensch, dem er gehörte, ihr kurz so vertraut erschienen war.

»Still!«, fuhr sie Gisla an, und tatsächlich verstummte die fränkische Prinzessin.

Leer wurde ihr Blick – leer wie der Taurins. Er hatte sich damit abgefunden, sie töten zu müssen. Sie hatte sich damit abgefunden zu sterben. Nur Runa wollte sich nicht damit abfinden. Immer noch kämpften die Männer. Eines der Pferde war aus dem Kampfgetümmel geflohen und wieherte dicht an ihrem Ohr. Da packte Runa Gisla und hob sie auf das Pferd. Sie schaffte es mit letzter Kraft, sich an einem Ast hochzuziehen und vor ihr aufzusitzen, bevor das Tier davonstob. Es raste auf die Kämpfenden zu, wich vor ihnen zurück und drohte zu steigen. Runa klammerte sich an die Mähne und schrie Gisla an, sich an ihr festzuhalten.

Nicht fallen!, befahl sie sich. Nur nicht fallen!

Sie hieb ihre Fersen in die Flanken des Tieres, das sich nervös wiehernd wie irr im Kreis drehte, ehe es endlich durch die Bäume davonpreschte. Immer leiser wurden die Geräusche des Kampfes, immer leiser die Flüche Taurins, der ihnen nur tatenlos nachsehen konnte. Runa fühlte sich jedoch keinen Augenblick lang in Sicherheit. Sie wusste: Vom Rücken des Tieres zu fallen wäre nicht minder tödlich, als von seinem Schwert getroffen zu werden. Sie dachte an eine Gestalt aus der Götterwelt – Sleipnir, das Pferd mit acht Beinen, auf dem Hermod zu Hel geritten war – und hatte das Gefühl, selbst auf dem Weg zur Göttin des Todes zu sein.

Blätter und Zweige klatschten ihr wie Peitschen ins Gesicht. Ein Ast raste auf sie zu, und Runa duckte sich erst im letzten Augenblick. Tief vergrub sie ihr Gesicht in der Mähne des Pferdes – was es schwer machte, Gisla festzuhalten, und unmöglich, auf den Weg zu achten. Nur am fahlen Licht erkannte sie jetzt, dass sie immer noch im Wald waren, wo die Bäume dicht beisammenstanden.

Das Pferd fand auch ohne ihre Führung seinen Weg durch das grüne Labyrinth, wurde jedoch zunehmend erschöpfter und galoppierte nun langsamer. Vorsichtig richtete sich Runa auf, fand besseren Halt und zog Gisla dichter an sich. Diese presste sich an sie, jeder Schritt musste schrecklich schmerzen. Aber noch schmerzhafter wäre es, zu fallen und sich sämtliche Knochen zu brechen, und gar tödlich, in die Hände von Taurin oder Thure zu geraten. So verhielt Runa das Pferd erst, als sich die Bäume lichteten.

Zögernd drehte sie sich um und hielt Ausschau nach Verfolgern – weit und breit war nichts zu hören und zu sehen. Runa zerrte ungeduldig an der Mähne des Tieres, und dieses wieherte und begann zu traben. Gisla hielt ihre Hüfte fest umklammert, und so ritten sie den ganzen Tag. Die Furcht, vom Pferd zu fallen, weil es erneut in Panik geriet und durchging, blieb – die Furcht hingegen, dass ihnen die Feinde dicht auf den Fersen waren, ließ langsam nach.

Selbst Gisla beruhigte sich, hörte zu keuchen auf und fragte plötzlich etwas.

Runa zuckte die Schultern, da sie nur ein Wort verstanden hatte – Loki. Aber aus Gislas nächsten Worten hörte sie wieder Lokis Namen heraus, und ihr fiel ein, dass Thure von Loki gesprochen hatte.

»Loki war der verrückteste aller Götter«, murmelte sie.

Sie glaubte nicht, dass Gisla sie verstand; zu den Worten, die sie gelernt hatte, gehörten die für Wald und Feuer, nicht für Götter und Wahnsinn. Wobei – Loki war auch der Gott des Feuers. Und darüber hinaus war er listig und verlogen und bösartig und gefährlich.

Ja, ging ihr auf, keine Gottheit konnte Thure mehr gefallen als diese eine, die nicht nur von Göttern abstammte, sondern von Riesen, und die von jenen die Vorliebe, Unheil zu stiften, im Blut hatte. Manchmal biederte sich Loki bei den Göttern an, schloss gar Blutsbrüderschaft mit Odin, doch in der Ragnarök, der Sage vom Untergang der Götter, schlug er sich auf die Seite der Mächte des Chaos, die die Welt versinken und nichts übrig ließen als die große Leere, Ginnungagap – gleiche Leere, aus der die Welt hervorgegangen war.

Loki glich Thure. Ein Verleumder der Götter war er, ein Vater der Lügen, ein Feigling, jedoch auch voller Witz und beißendem Humor. Er bedachte die Götter mit Schimpfworten, brüstete sich, ihre Frauen zu verführen, und spielte ihnen Streiche. Manchmal nahm er die Gestalt von Tieren an. Als Runa nun an Thure dachte, stellte sie sich ihn als einen Raubvogel vor, der lange über seinen Opfern kreist, ehe er plötzlich daraufstürzt.

Sie hob den Blick. Bleich stand der Himmel; kein Raubvogel kreiste über ihnen, und vielleicht war Thure schon tot, von Taurins Schwert getroffen. Gewiss konnte sie sich dessen aber nicht sein, solange sie nicht mit eigenen Augen seinen Leichnam sah, fürchtete sie sich vor ihm. Und sie hasste ihn.

Sie ritten in den Abend hinein, schließlich in die Nacht. Als es vollkommen finster war, blieb das Pferd stehen und spuckte weißen Schaum. Runa saß ab, reichte Gisla die Hand und zog auch sie herunter, zweifelnd, ob sie es je wieder auf den Rücken des Tieres schaffen würden, wenn sie nicht von Panik getrieben und jene Panik nicht von Taurin ausgelöst wurde. Kurz glaubte sie den Blick seiner leeren und gleichzeitig traurigen Augen erneut zu fühlen, die Berührung seines Körpers, so kräftig wie ihrer, so sehnig ... so geschunden von einem harten Leben, und dachte, was sie schon im Kerker zu Rouen gedacht hatte: Er war ein Feind, aber ein ebenbürtiger und würdiger.

Das Schnauben des Pferdes riss Runa aus ihren Gedanken. Es spuckte noch mehr Schaum und rollte mit den Augen, und sie fragte sich, ob es am kommenden Morgen noch leben und ob sie je wieder auf ihm zu reiten wagen würde. Das letzte Mal war sie als kleines Kind auf einem Pferd geritten, doch in Norvegur waren die Pferde halb so groß und konnten nicht galoppieren, nur trittsicher die gefährlichen Sümpfe überqueren.

Das Pferd begann gemächlich zu grasen. Die dunklen Augen standen nun still, wirkten nicht länger wahnsinnig, nur erschöpft ... und traurig ... traurig wie die Taurins.

Traurig wie auch ihre?

Runa wandte sich ab. Gisla war auf den Boden gesunken, hatte wie schon so oft die Knie an sich herangezogen und den Kopf daraufgelegt. Sie wippte vor und zurück, weinte erst und summte dann – summte wieder jene Melodie, die Runa so aufgebracht hatte. Die Klänge hatten sie an die Flöte erinnert, die einer der Männer ihres Vaters einst gespielt hatte, und an die Abende, da sie rund um das Herdfeuer gesessen hatten, zuhause und geborgen. Zwischen Runolfr und Asrun hatte noch Frieden geherrscht, ihr Vater hatte sie gewiegt und geherzt, und die Welt war ein heimeliger, warmer Ort gewesen.

Es war so unerträglich wie beim ersten Mal, den Singsang zu hören und die Erinnerungen zu ertragen, doch diesmal schlug Runa Gisla nicht. Sie ließ sie weitersingen. Und nachdem sie notdürftig ihre Blessuren versorgt hatte, setzte sie sich an ihre Seite, spürte, wie auch ihr Tränen in die Augen stiegen, vor Erschöpfung und vor Heimweh. Sie ließ es zu, dass sie über ihre Wangen perlten. Besser ist es, Augen zu haben, die Tränen spucken, dachte sie, als leere, traurige, tote Augen wie Taurin.

So erleichtert Gisla gewesen war, endlich vom Pferd steigen zu dürfen – am nächsten Morgen wehrte sie sich nicht, als Runa sie aufforderte, wieder aufzusitzen. Die stete Angst zu fallen erschien ihr als gerechter Preis dafür, nicht selbst gehen zu müssen, und während sie am Tag zuvor nur darauf bedacht gewesen war, sich an Runa festzuklammern, gewöhnte sie sich nun daran zu reiten und blickte sich erstmals um. Der Wald lag ein gutes Stück zurück, und der Himmel stand zwar grau über ihnen, aber nicht länger von einem Blätterdach verdunkelt. Sie legte den Kopf in den Nacken, sah schwarze Vögel das Grau durchpflügen und vermeinte kurz selbst zu fliegen, ganz ohne Last und Furcht. Sie dachte an ihre Mutter, an ihr unbeschwertes Leben daheim, und ihr wurde warm ums Herz.

Als Gisla nach einer Weile den Kopf wieder senkte, war die Welt nicht länger grau, sondern bunt. Wiesen, Hügel und Felder umgaben sie, deren Farben zwar matt, aber vielfältig waren: Da gab es helles Grün, verwaschenes Braun, herbstliches Gelb. Sie erfreute sich daran, dann ging ihr auf, dass die Welt außerhalb des Waldes nicht nur farbenfroher war und ungleich mehr Freiheit verhieß, sondern dass mit der Weite die Gefahr wuchs, schon aus der Ferne erkannt zu werden. Stur richtete sie fortan den Blick auf Runas Haar, um nicht bangend nach Verfolgern Ausschau halten zu müssen.

Gegen Mittag legten sie eine kurze Rast ein, und wie am Vortag sprang Runa als Erste wendig vom Pferderücken und hielt ihr die Hand hin. Gisla ergriff sie nur zögernd. Sie kam nicht umhin, sich an Runa festzuklammern, solange sie auf dem Pferd saßen, doch sie konnte ihre Hände nicht betrachten, ohne sich vor Augen zu rufen, wie diese Hände ein Messer in den Leib eines Mannes gestoßen hatten und jener reglos niedergesunken war. Ob er tatsächlich tot war oder nur schwer verwundet, wusste sie nicht – aber sie nahm an, dass es Runa nichts ausmachte, zu töten, und es graute Gisla vor ihr.

Eben blickte sich Runa um, weniger von der Furcht vor Verfolgern getrieben, als von der Hoffnung, jemanden zu sehen, den sie nach dem Weg fragen könnten. Niemand war auszumachen, und Gisla war erleichtert: Weil da keiner war, der sie töten konnte. Und noch mehr, weil da keiner war, den Runa töten konnte.

Der Wind fuhr in die Mähne des Pferdes, es wieherte leise, und nach einer Weile ließ Runa es los, auf dass das Tier die Richtung bestimmen möge. Das Pferd wusste natürlich nicht, dass sie nach Laon wollten und wie man dorthin kam, aber es suchte den trittsichersten Weg, und die beiden jungen Frauen folgten ihm eine Weile zu Fuß, um das Tier nicht zu erschöpfen. Sie kamen an Wiesen vorbei und an Sümpfen, sahen, wie der schmale Weg breiter wurde und der breite Weg zu einer Straße. Immer noch war niemand zu sehen, aber Spuren von Wagenrädern und Hufen verrieten, dass hier vor kurzem jemand entlanggekommen sein musste. Gisla fiel ein, dass Laon ein Knotenpunkt war und nahezu alle Straßen dorthin führten, so vielleicht auch diese, und ihre Hoffnung wuchs.

Als der Wind kälter wehte, kamen sie an einer Baumgruppe vorbei, kletterten auf die unteren Äste und stiegen von dort wieder aufs Pferd, dessen verschwitzter Leib sie wenigstens ein wenig wärmte.

Der Himmel blieb grau, das Land menschenleer und die beiden Frau stumm. Nur das Klappern der Hufe war zu hören und manchmal ein erschöpftes Schnauben des Tieres. Was Runa davon abhielt, mit ihr zu reden und solcherart noch mehr Wörter ihrer Sprache zu lernen, wusste Gisla nicht – sie war nur froh über das Schweigen und hoffte, es möge ein Zeichen sein, dass die Tötung eines Menschen nicht spurlos an ihrer Begleiterin vorüberging, sondern ihr zu schaffen machte.

Während der abendlichen Rast – sie machten kein Feuer, um mögliche Verfolger nicht auf sich aufmerksam zu machen, sondern aßen nur Nüsse und die letzten Beeren, die sie am Wegrand fanden – griff Runa wieder zu ihrem Messer. Gisla beobachtete entsetzt, wie sie ihre Treffsicherheit schulte. War das lange Schweigen womöglich nicht Zeichen der Reue, getötet zu haben, sondern vielmehr des Bedauerns, nicht mehr Männer getroffen zu haben? Übte sie, um künftig wieder und wieder, vor allem aber noch besser töten zu können?

»Wie kannst du nur?«, entfuhr es ihr.

Runa schien ihre empörte Frage falsch zu verstehen, glaubte offenbar, dass das, was sie konnte, auch Gisla können wollte, und hielt ihr das Messer auffordernd hin.

Gisla hob abwehrend die Hände. »Jemanden zu töten führt geradewegs ins Verderben!«, rief sie schrill. »Eine Todsünde ist es, genauso wie die Ehe zu brechen und vom Glauben abzufallen.«

Runa starrte sie verständnislos an. Ob es in ihrer Sprache auch ein Wort für Todsünde gab – oder nur für Tod und nicht für Sünde?

Doch wenn sie auch nicht verstand, woher Gislas Empörung rührte, war diese ihr nunmehr so deutlich anzusehen, dass Runa ihr das Messer nicht länger vors Gesicht hielt, sondern nur mit den Schultern zuckte.

»Wir oder die anderen«, murmelte sie und begann erneut zu üben.

Gisla wandte sich ab, doch wenn sie die Waffe auch nicht länger sehen musste, so musste sie doch den dumpfen Laut vernehmen, den das Messer verursachte, als es im Stamm stecken blieb.

»*Deus caritas est*«, seufzte sie tief und verschränkte ihre Hände zum Gebet.

Ja, der Gott, an den sie glaubte, war die Liebe – und er war sogar noch mehr: Gott war Stille und Sauberkeit und Frieden und Weltabgeschiedenheit. Ihr Herz verkrampfte sich. Sie sehnte sich nach ihrer weichen Bettstatt in Laon, sie sehnte sich nach der Kapelle mit den bunten Glasfenstern, sie sehnte sich nach einer Welt, in der keine Messer geschleudert wurden. Oh, wenn wir nur endlich Laon erreichen würden, flehte sie innerlich. Wenn sie ins Kloster eintreten könnte, so wie ihre Mutter es im Sinn hatte! Wenn nur endlich diese grässlichen Tage vorübergehen und sämtliche Erinnerungen verblassen würden – nicht nur daran, dass sie gefroren und gehungert, sondern dass sie gesehen hatte, wie Menschen getötet wurden.

Das Nachlassen des einen Schmerzes musste durch einen neuen erkauft werden: Seit sie auf dem Pferd ritten, taten Gisla abends nicht mehr die Füße so weh, stattdessen wurde sie von Rückenschmerzen gepeinigt, die immer dann am schlimmsten waren, wenn sie vom Pferd stiegen. Sie war sich nicht sicher, ob sie vom Ritt selbst rührten oder von ihrer Angst, vom Pferd zu fallen. Runa schien von gleicher Angst getrieben, so steif und verkrampft wie sie saß, und wenn das die eigene nicht erträglicher machte, so stimmte es Gisla doch erleichtert, dass diese Frau, trotz allem, was dem widersprach – die raue Stimme, der Eifer beim Messerwerfen, der harte Körper – ein Mensch mit menschlichen Gefühlen war.

Als die Nächte kälter wurden, schlief sie wieder dicht an sie gepresst, doch die Nächte währten nie lange, und Runa weckte sie schon vor dem Morgengrauen. Am liebsten wäre sie wohl die Nacht hindurchgeritten, um noch mehr Distanz zwischen sich und mögliche Verfolger zu bringen, kam aber nicht umhin, dem Pferd Schonung zu gewähren. Dieses wurde trotzdem immer langsamer, weil es nichts Ordentliches zu fressen bekam, nur Gräser und Laub und dann und wann ein paar Früchte.

Gisla und Runa erging es ähnlich. Ständig peinigte sie der Hunger, und sie wurden immer schwächer. Nach der vierten Nacht schlug Runa vor, das Tier zu töten und das Fleisch zu essen. Sie glaubte, sie würden schneller vorankommen, wenn sie gekräftigt und gesättigt zu Fuß liefen, als wenn sie Hunger litten. Da Runa noch nicht viele Worte der fränkischen Sprache gelernt hatte, dachte Gisla erst, sie habe ihr Ansinnen falsch verstanden, als aber Runa die Geste wiederholte, wonach sie den Hals des Tieres durchschneiden wollte, schüttelte sie entsetzt den Kopf. Mit Grauen dachte sie an neues Blutvergießen. Was Runa letztlich von ihrem Vorhaben abbrachte, war nicht Gislas Empörung, sondern die Überlegung, dass sie nicht so viel Fleisch auf einmal verzehren, zugleich aber auch nicht tragen könnten. Es zurückzulassen bedeutete jedoch eine Verschwendung, die undenkbar war.

So ritten sie weiter, bis sie auf ein Hindernis stießen. Schon von ferne hörten sie das Rauschen des breiten Flusses, der fast über sein Bett schwappte und nicht nur Treibholz, sondern auch welke Blätter mit sich trug. Das Pferd wieherte ängstlich und wich zurück.

Gislas Scheu vor dem reißenden Strom war nicht minder groß, aber es gesellte sich auch Erleichterung hinzu: Wenn sie in die richtige Richtung geritten waren, dann war dies die Epte und folglich die Grenze zum Frankenreich. Und wenn sie diese irgendwie überwinden konnten, dann waren sie Laon ein bedeutendes Stück näher gekommen. Sie wusste jedoch: Den Fluss zu passieren barg mehr als nur eine Gefahr – die von einem Strudel mitgerissen zu werden und zu ertrinken ebenso, wie im kalten Wasser zu erfrieren.

Runa sprang vom Pferd, Gisla tat es ihr gleich. Die Bewegung fiel wendiger aus als noch an den Tagen zuvor, da sie auf den Boden geplumpst war wie ein Stein – ein Zeichen dafür, dass sie sich an das harte Leben angepasst hatte. Doch die Wendigkeit allein würde die Überquerung des Flusses nicht leichter machen. Das Pferd blähte seine Nüstern, Runa hingegen wirkte ratlos. Ähnlich wie ihre Angst vor dem großen Tier ließ auch die vor dem Fluss sie menschlich wirken, aber wenn Gisla die Wahl gehabt hätte, hätte sich Runa in diesem Moment gerne als Teufelsweib erweisen können, das breitbeinig an den Fluss herantrat, sich durch die Fluten kämpfte und mit rauer Stimme den Stromschnellen befahl, für eine Weile nachzulassen.

Natürlich konnte sie das nicht. Natürlich waren Flüsse für

Menschen des Nordens eine so große Gefahr wie für die Franken.

Während sie auf das rauschende Wasser starrten, dachte Gisla an die Ängste, die Bruder Hilarius auf ihrer Reise nach Saint-Clair-sur-Epte ausgestanden hatte. Auch damals waren sie über einen Fluss gekommen – die Epte. Das Wasser hatte feindselig angemutet, grau und wild, und Bruder Hilarius war sich sicher gewesen, erbärmlich darin ertrinken zu müssen, nun, da es kaum mehr Brücken gab: Entweder waren sie von den Nordmännern zerstört worden, weil die Franken von dort aus ihre Schiffe angriffen, oder von Franken selbst, damit die Nordmänner nicht über den Fluss kamen.

Wo es keine Brücken gab, konnte man eine Furt benutzen – vorausgesetzt, man wusste, wo das Wasser nicht sonderlich tief stand. Die Männer, die den Brautzug begleitet hatten, hatten es gewusst und alle, auch Bruder Hilarius, heil über den Fluss geschafft. Doch sie und Runa hatten keine Ahnung, was zu tun war.

Runa entschied schließlich, nicht länger zu zögern. Sie packte das Pferd bei der Mähne, zog es zum Fluss und deutete Gisla an, ihr zu folgen. Offenbar wollte Runa nicht auf dem Rücken des Pferdes den Fluss überqueren – falls das Tier strauchelte, würden sie fallen und ertrinken –, sondern sich an seine Mähne klammern und darauf setzen, dass das Tier den besten Weg finden würde.

Dieses dachte gar nicht daran, ins Wasser zu steigen. Es stand steif da, schnaubte, blähte wieder seine Nüstern, obwohl Runa immer wütender an seiner Mähne zerrte. Plötzlich bäumte sich das Pferd hoch auf, und Runa und Gisla wichen erschrocken zurück. Im gleichen Augenblick spürten sie, wie die Erde erbebte. Hufgetrappel drang an ihre Ohren.

Gisla hoffte kurz, dass ihre Sinne sie täuschten, aber diese Hoffnung starb bald.

Sie öffnete den Mund, brachte vor Entsetzen erst keinen Ton hervor und schrie dann verzweifelt: »Sie kommen!«

Keinen Augenblick lang hegte sie einen Zweifel daran, wer es war, und auch Runa, bis jetzt damit beschäftigt, das Pferd zu zähmen, hielt inne, hörte den gleichen Laut und duckte sich. Eine Weile starrten sie sich nur an, aneinandergepresst, geeint vom Wissen um ihre ausweglose Lage. Hinter ihnen kamen die Feinde, und vor ihnen war der Fluss, und das Einzige, was zwischen den Feinden und dem Fluss stand, war ein Pferd, das sich als störrisch erwies.

Obwohl von den Reitern noch nichts zu sehen war – die Bäume standen am sumpfigen Ufer dicht genug, um sie zu verbergen –, löste sich Runa aus der Starre. Ein Schwarm schwarzer Vögel stob kreischend auf. Sie ließ das Pferd los, bekundend, dass es ihnen, so störrisch es sich gab, nicht länger nützlich sein würde, packte stattdessen nun Gisla und zog sie in Richtung des reißenden Wassers. Kurz verharrte sie vor den grauen Fluten, um danach umso entschlossener hineinzustapfen und Gisla zu zwingen, ihr zu folgen. Schon nach zwei Schritten reichte ihnen das Wasser bis zu den Knien.

Gisla versuchte sich zu wehren, doch sie gab schnell auf. Als sie das kalte Wasser traf, glaubte sie erst, tausend kleine Nadeln stächen ihr ins Fleisch, und während sie bis zur Hüfte darin versank, wurden aus den Nadelstichen Peitschenhiebe, so schmerzhaft, dass ihr die Luft wegblieb. Das Wasser stieg noch höher, irgendwann erstarb der Schmerz. Gisla fühlte gar nichts mehr, war sich nicht einmal sicher, ob sie überhaupt noch auf schlammigem, steinigem Grund stand. Kopf und Beine schienen nicht mehr zum gleichen Körper zu gehören, doch sie beherrschte ihre Regungen ausreichend, um sich umzudrehen und zum Ufer zu schauen. Dort stoben zwischen den Bäumen nicht länger nur jene dunklen Vögel hervor, die sie angekündigt hatten, sondern die Reiter selbst – von Taurin angeführt, der gekommen war, sie zu töten, und in dessen Augen sie ein Funkeln zu sehen glaubte.

Runa zerrte Gisla noch tiefer in den Fluss, und diesmal folgte sie ihr willig. Die Hoffnung, dass sie das gegenüberliegende Ufer erreichen könnten, war längst geschwunden, zurückgeblieben aber zumindest der Wunsch, die Art des Todes selbst bestimmen zu können: Lieber war es ihr zu ertrinken, als von einem Schwert getroffen und abgeschlachtet zu werden.

Noch hatte Taurin das Schwert nicht gezogen. Noch saß er reglos auf dem Pferd, offenbar willens, den Fluss sein Werk verrichten zu lassen. Doch dann – sie hatten schon die Hälfte überwunden und drehten sich eben erneut nach dem Feind um – hob er die Hand und gab seinen Männern einen Befehl.

Gisla sah fassungslos zu, wie die Männer von ihren Pferden sprangen und nach ihren Bogen griffen, während Runas Griff noch fester wurde und ihr Kampf gegen die Fluten noch energischer. Sie kamen nicht schnell genug voran, weil sie jetzt auch noch knöcheltief im zähen Schlamm steckten. Unmenschliche Kraft hatte es bereits gekostet, bis hierher zu kommen – unmöglich schien es, nun die Füße aus dem klebrigen Braun zu ziehen, während die Strömung an ihnen zerrte.

Als der Pfeilregen auf sie niederging und sein Zischen sich mit dem Rauschen des Flusses verwob, war Gisla endgültig gewiss, diese Kraft nicht länger aufbringen zu können. Am liebsten hätte sie sich fallen lassen. Runa zerrte sie zwar unerbittlich weiter, und sie kamen dem anderen Flussufer Schritt für Schritt näher, aber sie glaubte nicht, dass sie es erreichen könnten. Schon folgten auf die ersten Pfeile weitere, schon hörte Gisla ein neuerliches Zischen und spürte schließlich einen Schmerz, so brennend, so gewaltig, dass sie nicht wusste, wo sie getroffen worden war – ob am Arm, an der Brust oder am Bein.

Der Schmerz fraß sie auf, nein, zerfleischte sie wie ein hungriges Tier. Das Tier knurrte, und der Fluss brüllte, ehe er sie noch gieriger als der Schmerz verschlang. Plötzlich war da kein Schmerz mehr, nur Eiseskälte, war da weder Runas zupackende Hand noch Boden unter ihren Füßen, nicht einmal schlammiger – da war gar nichts mehr außer Wasser, kein Oben und kein Unten. Ihre Brust schien zu zerbersten und brachte den sengenden Schmerz zurück. Er war nicht mehr grell wie ein Blitz, sondern schwarz wie die Hölle.

Und während Gisla mehr und mehr in Schwärze und Eiseskälte versank, fragte sie sich, woran sie starb: Verblutete sie, oder ertrank sie?

Kloster Saint-Ambrose in der Normandie
Herbst 936

Ja, Arvid kannte einen Teil der Wahrheit, aber nicht die ganze. Er wusste, dass in seinen Adern das Blut der Nordmänner floss, und haderte damit, weil er Mönch war oder zumindest einer sein wollte, aber er wusste nicht, wer seine Eltern wirklich gewesen waren.

Die Äbtissin rang nach Worten. Sie hatte ihr Geheimnis all die Jahre gehütet, aber war nie gut im Lügen gewesen, hatte sich vielmehr im rechten Augenblick aufs Schweigen verlegt, um nichts Falsches zu sagen.

Nun aber sollte sie nicht schweigen. Sie sollte das Entsetzen in seinem Gesicht mindern, ihn irgendwie trösten, verhindern, dass seine Welt zerbarst. Gewiss hatte diese schon Sprünge bekommen, als plötzlich ein Feind in seinem Leben auftauchte und ihm nach diesem trachtete, als er schwer verletzt worden war und sich mit letzter Not hierher retten konnte. Aber noch hatte etwas seine Welt zusammengehalten, noch hatte es eine Ordnung gegeben, an die er sich halten konnte.

Sie konnte sie ihm weder bewahren noch ihm eine Stütze sein, sah stattdessen in seinen Augen, wie etwas zerbrach. Die Splitter trafen auch ihr Leben, wenngleich es nicht so verwüstet wurde wie seines. Sie wusste es längst und hatte sich seit

Ewigkeiten damit abgefunden, dass sie nie wieder geheilt werden würde. Sie wusste es seit... damals: als ihr das Falsche geschehen war und sie das Richtige getan hatte.

Das zumindest hatte sie bis eben geglaubt. Nun war sie sich nicht mehr sicher, was falsch und richtig war, und vor allem, ob es überhaupt zählte, so erschüttert wie er war.

»Ich dachte, du wüsstest auch, dass... dass nicht sie... sondern ich...«

Die Äbtissin brach ab. Ihre Stimme klang wie die eines Vogels, der aus dem Nest gefallen ist.

Seine Hand fuhr hoch, umklammerte das Amulett. Auch seine Stimme klang irgendwie hoch, als er nur ein einziges Wort hervorpresste: »Lügen.«

Die Äbtissin atmete tief durch. »Es war gewiss das Beste für dich«, murmelte sie, noch nicht mit voller Herrschaft über ihre Stimme, aber nicht mehr ganz so kläglich, »vergiss einfach, was ich gesagt habe, denk nicht mehr daran...«

Wie lächerlich es war, was sie da sagte! Als wären Worte Unrat, den man beiseitefegen konnte, wenn sie einem nicht gefielen!

Anstatt noch mehr zu sagen, streckte sie ihre Hand aus und berührte ihn. Sein Entsetzen erschütterte sie, und noch etwas anderes: seine Abscheu.

Sie kannte diese Abscheu, hatte sie sich selbst oder auch ganz anderen gegenüber erfahren. Doch so vertraut dieses Gefühl auch war – es traf sie unerwartet tief. Und schürte Trotz.

Sie zog die Hand zurück und dachte jäh: Das verdiene ich nicht.

Unverständnis, Wut, Verwirrung – ja, das verdiente sie. Auch gerechten Zorn, aufgeregte Fragen, vielleicht den einen oder anderen Vorwurf. Aber nicht Verachtung.

»Was immer wir taten – wir haben es für dich getan.«

Kein Zittern war da mehr in ihrer Stimme. Sie sprach mit jenem tiefen, beruhigenden Ton, mit dem es ihr stets gelang, erregte Nonnen zu besänftigen.

Ihn aber erreichte diese Stimme nicht. Er riss sich von ihr los, drehte sich um und lief auf die Pforte zu.

»Arvid!«, rief sie, so laut wie sie seit langem niemanden mehr gerufen hatte.

Und seinen Namen hatte sie seit damals kaum ausgesprochen.

Er hielt nicht inne. Schon hatte er die Pforte erreicht, schob den Riegel beiseite und öffnete das schwere Tor, um entschlossen hindurchzuschreiten.

Die Äbtissin ging ihm nach, zunächst so hastig wie er, dann langsamer, als würde sie von einer unsichtbaren Macht gelähmt.

Die wenigen Male, die sie das vertraute Gemäuer des Klosters verlassen hatte, war sie in Begleitung eines Abts gewesen, und auch nur, um das Nachbarkloster zu besuchen.

Nach langem Zögern überwand sie das Tor und gleichsam den unsichtbaren Bannkreis zum ersten Mal allein, voller Scheu, voller Angst auch, als ob gleich eine Hand nach ihr griffe und sie aufhielte. Aber niemand stellte sich ihr entgegen, niemand rief ihr mahnende Worte nach, und kaum hatte sie das Kloster verlassen, lief sie leichtfüßig wie ein junges Mädchen. Alsbald keuchte sie ob des ungewohnten Tempos – und er auch. Für gewöhnlich wäre er ihr längst entwischt, aber seine kaum verheilte Wunde setzte ihm zu und zwang ihn endlich, stehen zu bleiben.

»Ich bitte dich, lass uns reden ...«

Sie hatte ihn erreicht, wollte erneut nach ihm greifen, zuckte jedoch zurück, als er abwehrend die Hand erhob.

»Ich bitte dich, lass...«

Sie brach ab, sah erst jetzt, dass er den Kopf schief legte und argwöhnisch lauschte. Sie tat es ihm nicht gleich. Die fremde Welt und ihre Geräusche, die vielleicht die eine oder andere Gefahr verkündeten, machten ihr keine Angst – seine Abscheu umso mehr.

»Nach allem, was du erfahren hast, wirst du mich hassen«, sprach sie eindringlich, »aber bitte, lauf nicht weg! Nur hinter den Klostermauern bist du sicher. Und nur dort kann ich dir erzählen, was damals geschehen ist und was...«

»Seid still!«

Da erst sah sie es – dass in seinem Gesicht nicht länger Abscheu stand, sondern Angst. Tiefe, nackte Todesangst.

»Er ist in der Nähe...«, brachte er hervor.

Nun lauschte sie auch. Nun hörte sie es auch.

Pferde, die langsam näher kamen.

VI.

Westfrankenreich
Herbst 911

Taurin war bis zu den Knien ins Wasser gewatet und dort stehen geblieben. Er spürte die Kälte nicht sofort, dann aber umso schmerzhafter – die gleiche Kälte, die auch die Frauen hatte erzittern lassen. Wenn sie vom Strom mitgerissen worden waren, waren sie längst erfroren, und wenn nicht erfroren, so ertrunken. Vielleicht hatte sie auch einer der Pfeile getroffen.

Er erkannte nichts, als er in die graue Wand starrte. Zum sprühenden Dunst, der über dem Fluss hing, gesellten sich Nebelschwaden, die die Welt konturenlos machten. Trotz allem war es möglich, dass sie doch das andere Ufer erreicht hatten.

»Verdammt!«, schrie Taurin.

Immer noch schossen Pfeile durch die Luft, einer von ihnen ging haarscharf an seinem Kopf vorbei. Erst jetzt drehte er sich um, hob die Hand, um den Schützen Einhalt zu gebieten, und watete zurück ans Land.

»Es ist zu spät!«, murrte er. »Selbst wenn ihr sie sehen könntet – von dieser Entfernung trefft ihr sie nie und nimmer!«

»Ich glaube, sie haben schon genügend abbekommen«, meinte einer der Männer grinsend.

Er schien zufrieden – Taurin war es ganz und gar nicht.

Es nur zu glauben war ihm zu wenig – und selbst wenn er sich hätte sicher sein können, dass die Frauen getroffen worden waren, hatte das keinerlei Nutzen für ihn. Ob tot oder lebendig – um der Welt zu beweisen, dass Prinzessin Gisla nicht behütet in Rouen hockte, sondern durch das Nordmännerland irrte, musste er ihrer habhaft werden. Doch wenn sie tot war, dann hatte der Strom sie mitgerissen. Und wenn sie noch lebte, dann befand sie sich jenseits der Epte, folglich jenseits der Grenze vom Nordmännerland, die er nicht überschreiten durfte.

Seine Männer ließen die Bogen sinken, verstauten ihre restlichen Pfeile. Am liebsten hätte er sie bestraft, weil sie vorschnell geschossen hatten. Er hatte es noch nicht befohlen, wollte die Frauen mit dem Anblick der gespannten Bogen lediglich einschüchtern. Doch statt seine Männer zu beschimpfen, wandte er sich ab.

Er presste seine Hände auf die Schläfen, atmete keuchend.

Obwohl das Zischen der Pfeile längst verhallt war, hörte er es immer und immer wieder. Er hasste Pfeile. Er hasste es, sich unter ihnen ducken zu müssen. Auch damals, bei dem großen Angriff, der sein Leben für immer verändert hatte, waren so viele Pfeile auf sie herabgegangen, und diesen tödlichen Waffen gleich schossen Erinnerungen auf ihn zu, trafen ihn mitten ins Herz.

Die Feinde... sie hatten Plattformen gebaut, und die Pfeile, die sie von dort abgeschossen hatten, waren Pfeile aus Feuer gewesen. Und Katapulte... mit Katapulten hatten sie Steine auf jene Mauer geworfen, der Flammen allein nichts anhaben konnten... Sie standen in einem steten Regen, nein, einem Hagel aus Wurfspießen, Pfeilen, Steinkugeln und Pechfackeln.

Er schüttelte den Kopf, doch die Bilder waren übermächtig und das Echo der einstigen Laute durchdringend.

Die Pfeile, wie sie zischten – die Wurfgeschosse, wie sie donnerten! Lauter beides als die Sturmglocken, die die Krieger zu den Waffen riefen!

Jene Krieger versuchten sich mit aller Macht zu wehren, schütteten kochendes Öl auf die Angreifer und lauschten, als sich das Zischen und Donnern mit Schreien vermengte. Es war nur das Schreien der Feinde, und die hatten den grässlichen Tod verdient. Doch ob verdient oder nicht, die Schreie der Sterbenden blieben unerträglich.

Wieder schüttelte er den Kopf. Ob die Frau mit den schwarzen Augen, die stark war wie er, nicht minder verbissen und nicht minder zäh, deren Körper er berührt hatte wie seit Jahren keinen zweiten, deren Herzschlag er gespürt und deren warmer Atem sein Gesicht getroffen hatte, ob diese Frau also auch geschrien hatte, als ein Pfeil sie traf oder die Fluten sie mitrissen? Oder ob sie nun jenseits des Flusses und jenseits des Nebels stand und über ihn triumphierte?

Taurin schloss die Augen, wollte nicht an sie denken, wollte nur an seine Geliebte denken ... und sah doch nur wieder Schlachtenbilder.

Rammböcke stießen gegen das Gemäuer – Eichenstämme von riesigem Ausmaß. Bei ihrem Anblick hatte er jemanden sagen hören, die Bäume wüchsen im Land der Heiden höher und würden dicker als sonstwo. Wie kann das sein?, hatte er gedacht. Gott muss in solchem Land doch alles von der Wurzel an verdorren lassen.

Aber Gott griff nicht ein, und die Heiden waren zwar grausam, aber nicht dumm.

Er riss die Augen auf, ballte seine Hände zu Fäusten. Grau rauschte der Fluss an ihm vorbei, doch er sah ihn nicht, er sah nur seine Schöne. So schwer verletzt, so tief getroffen, niemals wieder heil. Er lebte für die Erinnerung an sie und für die Rache. Doch die Erinnerung schien vom schmutzigen Fluss davongerissen zu werden, und seine Rache hatte er auch nicht bekommen.

Rache, die so nahe war. Er hätte Gisla nicht einmal töten müssen, sondern sie lediglich nach Rouen bringen, den Betrug aufdecken und Rollo solcherart beweisen müssen, dass man einem fränkischen König nicht trauen und nicht mit ihm in Frieden leben könnte, sondern besser in dessen Land einfiel, um Klöster und Städte zu verwüsten. Brach Rollo wiederum den Waffenstillstand, würden die Franken begreifen, dass man nicht Seite an Seite mit den Nordmännern leben konnte, dass es nur eine Möglichkeit gab, ihrer Herr zu werden: nicht, indem man ihnen Land abtrat, sondern indem man sie aus diesem Land jagte. Für immer. Gerne hätten sie ihn selbst in den fremden Norden verschleppen können, wenn er nur gewusst hätte, dass das Frankenreich von dieser Heimsuchung befreit wäre.

Aber Gisla war verschwunden, und niemand würde ihm glauben, wer die Frau, die im Palast des Bischofs schlief, in Wahrheit war.

»Verdammt!«, knurrte er noch einmal.

Einer der Männer trat auf ihn zu. »Was sollen wir nun mit ihm machen?«, fragte er.

Taurin starrte ihn verständnislos an. »Mit wem?«

»Nun, mit ihm ...«

Taurin folgte seinem Blick. Einige Tage zuvor hatten sie fast alle dieser vagabundierenden Räuber abgeschlachtet – den Anführer hatten sie jedoch am Leben gelassen. Zumindest hatte er aus dessen edler Kleidung geschlossen, dass er der Anführer war.

»Sollen wir ihn töten?«

Eigentlich war die Kleidung nicht edel, sondern hing ihm in Fetzen vom Leib – selbst wenn man sie nähte, würde sie hässliches Flickwerk bleiben. Auch sein Gesicht glich Flickwerk. Da schien nichts zusammenzupassen – der nachdenkliche Blick nicht zum hysterischen Lachen, die bleiche Haut nicht zu den roten verzerrten Lippen, die vielen Narben nicht zum trotzigen Kinn.

»Nein«, erklärte Taurin, »wir töten ihn nicht ... noch nicht.«

Widerwillig schritt Taurin auf den Mann zu. Bis jetzt hatte er sich nicht weiter mit ihm abgegeben, aber vielleicht konnte diese Kreatur ihm sagen, wer die Frau mit den schwarzen Augen war und warum sie wie ein Mann kämpfen konnte.

Ehe Taurin eine Frage stellten konnte, begann der Mann von sich aus zu sprechen.

»Du hättest früher meinen Rat erbitten sollen, dann hätte ich dir sagen können, dass es nicht genügt, sie nur zu verfolgen. Sie ist geschickt, sie ist mutig, vor allem ist sie stark.«

Er sprach voller Verachtung, als wäre nichts davon etwas, was Respekt verdiente.

»Wer ist sie? Und wer bist du?«

»Ich bin wer? Sie ist wer?«, gab er zurück, seine Worte grotesk verdrehend. Dann schüttelte er den Kopf. »Ich glaube nicht, dass wir wer sind. In diesem Land sind wir in Wahrheit allesamt nichts und niemand.«

In Taurin stieg Zorn hoch, gleißend, aber nicht heiß. »Sag mir ihren Namen und deinen auch!«

»Und wenn ich es nicht will?«, fragte der Mann und versiegelte die roten Lippen.

»Dann hole ich es mit Gewalt aus dir heraus.«

Die einzige Antwort, die Taurin erhielt, war ein spöttisches Grinsen.

Es war gut, dass die Königstochter so leicht war – nur darum gelang es Runa, sie trotz der reißenden Strömung zum Ufer zu bringen und sie die Böschung hochzuschleppen. Trotzdem versagten kurz Runas Kräfte, als sie endlich festen Boden unter den Füßen fühlte. Ihre Knie gaben nach, sie sank auf die Erde. Gisla rollte von ihren Schultern, dann rutschten sie beide die andere Seite der Böschung hinab. Sie fanden sich auf einem Moosbett unter einem Dach aus Blättern wieder: Hinter dem Fluss stand dicht und grün der Wald.

Gisla war auf dem Bauch zu liegen gekommen, und Runa wälzte sie rasch auf den Rücken, um ihre Verletzungen in Augenschein zu nehmen. Es hatte nicht nur Gutes, dass die Königstochter so leicht war: Ihr Körper verfügte über zu wenig, was er Kälte und Blutverlust entgegensetzen konnte, der Lebenswille schien verbraucht zu sein. Gisla lag reglos da wie eine Tote. Die Haut schien durchsichtig zu werden, die Adern dahinter traten dunkel wie Gewürm hervor.

Runa beugte sich über sie und rüttelte sie sanft. Gisla wirkte noch kleiner und dünner als sonst, gleichsam so, als wäre sie geschrumpft. Immerhin hob und senkte sich die Brust – ein Zeichen dafür, dass sie nicht ertrunken war. Allerdings würde sie verbluten, wenn es Runa nicht schaffte, die Wunde zu versorgen.

Der Pfeil hatte Gislas Oberschenkel getroffen – Runa sah nur rohes Fleisch und Blut, viel Blut. Die blauen Würmer spien es unermüdlich aus. Das Geschoss war zwar nicht stecken geblieben, hatte jedoch eine große, klaffende Wunde hinterlassen.

»Gisla!«, rief Runa, erst leiser, dann lauter. Wieder schüttelte sie sie leicht, presste dann beide Hände auf die Wunde und spürte die Wärme des schwindenden Lebens. »Gisla!«

Sie hoffte noch, aber sie glaubte nicht mehr, dass sie es schaffen würde.

Als Kind hatte sie einmal gesehen, wie ein Sklave von einem Stier aufgespießt worden war. Dem Unglückseligen wurde nicht die Gnade eines schnellen Todes zuteil; ganze drei Tage hatte er noch leben – und leiden – müssen. Am zweiten Tag hatte ein Arzt ihn untersucht, Löknir genannt, der wie viele seiner Zunft von jenseits der Berge kam, wo das Volk der Samen lebte. Man trieb mit ihnen Handel, denn sie besaßen prächtige Pelze, Daunenfedern oder Schiffstaue aus Seehund- und Walrosshäuten, und man fragte sie um Rat bei Krankheit, denn sie wussten viel über den menschlichen Körper und wie man ihn heilen konnte. Für den Sklaven kam die Hilfe zu spät.

Der Löknir befahl, dem Verletzten einen Brei aus Zwiebeln und Kräutern zu bereiten und ihm langsam einzuflößen. Das meiste erbrach er, ein paar Bissen jedoch schluckte er, und einige Zeit später roch der Same an seiner Bauchwunde. Er roch Blut, aber er roch auch Zwiebeln – und damit war erwiesen, dass seine Gedärme durchbohrt waren und der Verletzte bald sterben würde.

Nun, Runa hatte keine Zwiebel, um sie Gisla zu essen zu geben, und selbst wenn sie solche gehabt hätte, würde die Wunde am Bein nicht danach riechen – und sie wohl trotzdem daran sterben. Runa gab sich geschlagen. Sie lud den Tod ein, wenn, dann schnell zu kommen, doch als sie ihre Hände von der Wunde nahm, stellte sie fest, dass der Blutfluss fast zum Erliegen gekommen war. Auch wenn sie nicht so viel wusste wie der Löknir der Samen, hatte sie instinktiv das Richtige getan. Jetzt musste sie Gisla schnell an einen Ort schaffen, an dem es warm war – wenn es denn in dieser grauen Welt überhaupt einen warmen Ort gab. Nebel war aufgezogen, es begann zu regnen, und jenseits des Wassers lauerten die Angreifer und suchten sicher eine Möglichkeit, ihnen zu folgen.

Runa überlegte eine Weile, dann schnitt sie ein Stück von ihrem Wolfspelz ab und band es mit einem Fetzen Leder um das verletzte Bein. Gisla stöhnte – das erste Zeichen, dass ihr Leib, so geschunden und kraftlos er auch war, um das Leben kämpfte.

»Du wirst es schaffen ...«, murmelte Runa.

Sie war erstaunt, dass Gislas Herz so stark schlug, und noch erstaunter, dass sie so sehr hoffte, es würde weiterschlagen. Am meisten erstaunte sie jedoch, warum sie es hoffte: nicht nur, weil ihre Zukunft von Gisla abhing, sondern weil sie diesem Taurin trotzen wollte. Seine Pfeile würden sie nicht töten. Er würde sie nicht kriegen. Was immer seine leeren, traurigen Augen bekundeten – das Leben war manchmal stärker als der Tod.

Begga vermisste es, an Gislas Bettende zu schlafen. Noch mehr vermisste sie das Gleichmaß der Tage, an denen zu jeder Stunde festgestanden hatte, was in der nächsten geschehen würde. Nun geschah so viel, nichts davon konnte man kommen sehen, und es ging einher mit Tränen und Geschrei.

Ja, Fredegard hatte geschrien und geweint, als sie Aegidias Brief bekommen hatte, und auch wenn die Schreie unterdessen verstummt und ihre Tränen versiegt waren, blieb Begga voller Sorge. Sorge um Gisla. Sorge um sich selbst. Sorge, dass Fredegard den Verstand verlor, nun, da sie anstelle des ersehnten Lebenszeichens ihrer Tochter dieses Schreiben erhielt.

»Was ... was steht darin?«, fragte Begga angstvoll.

Und sie dachte zugleich: Werde ich jemals wieder an Gislas Bettende schlafen? Wenn Gisla künftig in einem Kloster lebte, wie Fredegards Plan vorsah, war darauf kaum zu hoffen. Wenn Gisla weiterhin in Rouen blieb, noch weniger.

Fredegard begann stockend zu berichten: »Aegidia ... sie schreibt, dass sie es dem Bischof nicht erklären kann, warum sie Gisla in die Heimat zurückschicken will. Dass es im Moment einfach keine Möglichkeit dazu gibt. Ich soll bis zum Frühling warten ... bis nach Rollos Taufe ... und der Hochzeit. Vielleicht findet sie dann einen Weg, damit Gisla nach Laon heimkehren kann.«

Fredegard ließ das Schreiben sinken und starrte Begga an. »Warum sollte es im Frühling leichter sein?«, fragte sie verzweifelt. »Und wie soll ich es ertragen, so lange zu warten ... hier in Laon ... in der Nähe des Königs ... und der Königin?«

In der Nähe der rechtmäßigen Gattin, dachte sie wohl. In der Nähe von deren Töchtern, die nicht der Politik geopfert worden waren.

Begga unterdrückte ein Seufzen. »Aber Gisla ergeht es in Rouen doch gut. Die Täuschung ist nicht missglückt – auch das besagt dieser Brief! Und somit bringt er trotz allem gute Nachrichten.«

Begga fiel es schwer, sich selbst zu glauben, und Fredegard schien ihr gar nicht erst zuzuhören. »Nein, ich ertrage es nicht«, beharrte sie. »Nie wieder will ich erleben, dass der König seinen Blick vor mir senkt, weil er es nicht wagt, mir in die Augen zu sehen! Und keine Nacht schlafe ich mehr dort, wo man mein Kind verraten hat!«

»Aber was wollt Ihr tun?«, fragte Begga.

Sie bekam Angst. Schlimm genug, aus Gislas Bett verbannt zu sein. Schlimm genug, den Schützling in der Fremde unter Feinden zu wissen. Doch was blieb vom gewohnten Leben, wenn keine der beiden Frauen mehr ihrer Dienste bedurfte?

Fredegard wischte sich die Tränen ab. »Ich werde fortgehen, ich bleibe keine Nacht mehr. Wenn Gisla im Frühling kommt, musst du sie an meiner statt empfangen und zu mir schicken!«
»Doch wohin?«
Fredegard verriet ihr ihre Pläne. Dass keine neuen Tränen ihre Worte begleiteten, sondern diese so entschlossen klangen, vergrößerte Beggas Angst. Die Angst vor der Einsamkeit, die Angst vor dem Winter und die Angst, nie wieder in einem weichen Bett schlafen zu können.

Die Zeit verrann, der Kampf, den Runa um Gislas Leben ausfocht, blieb lange unentschieden. Auf jeden Schritt nach vorn schien einer zurück zu folgen.
Ja, Gisla stöhnte, und ja, der Blutfluss kam zum Erliegen, aber wenig später verlor sie das Bewusstsein wieder, und wenn aus der Wunde auch kein neues Blut kam, dachte Runa daran, wie entsetzlich sie aussah: wie ein schwarzer Krater, dessen Ränder unmöglich wieder zusammenwachsen konnten.
Runa schnürte den Wolfspelzstreifen noch enger um Gislas Oberschenkel, hob sie schließlich auf ihre Schultern und trug sie tiefer in den Wald hinein. Das Gewicht machte ihr nicht so viel aus, aber mit jedem Schritt wuchs die Angst, eine Tote zu schleppen und es nicht einmal zu bemerken.
Wenn der Fluss tatsächlich die Epte gewesen war, dann befanden sie sich nun im Frankenland, aber der Wald sah genauso aus wie die Wälder im Gebiet der Nordmänner: Die Böden waren sumpfig, die Äste kahl, das Herbstlaub unter ihren Füßen vermodert. Dann stieß Runa auf etwas, was sie im Nordmännerland seit langem nicht gesehen hatte – eine Höhle, nicht sonderlich tief und hoch, aber dennoch ein Ort,

um sich darin verkriechen zu können. Vorsichtig legte sie Gisla auf den halb erdigen, halb steinigen Boden.

Runa nahm erleichtert Gislas erneutes Stöhnen wahr. Sie überlegte, ob sie die Wunde nähen sollte, aber mit der Nadel, die sie besaß, hatte sie bis jetzt immer nur in Fell und Leder gestochen, nie in menschliche Haut. Sie wagte es nicht, um nichts Falsches zu tun – sicherlich war es auch besser, den notdürftigen Verband noch nicht so schnell wieder zu entfernen. So beschränkte sie sich lieber auf das, was sie konnte: ein Feuer entfachen und ein Tier erjagen.

Als Runa mit ihrer Beute zurück in die Höhle kam, war Gislas Haut nicht mehr durchsichtig und kalt, sondern glühend rot. Sie schwitzte. Lag es am Feuer oder aber am Fieber?

Runa blickte seufzend auf sie herab. Einmal hatte sie selbst Fieber gehabt, nachdem sie zu lange im kalten Fjord geschwommen war, und damals hatte ihr die Großmutter einen Kräutersud gebraut. Aber sie wusste nicht, aus welchen Kräutern er bestanden hatte, um es ihr gleichzutun, und selbst wenn sie es gewusst hätte, hätte sie diese Kräuter im Wald nicht gefunden. So konnte sie nichts anderes tun, als sich zu ihr zu hocken und ihren Leib an Gislas zu pressen. Sie konnte das Fieber nicht senken, ihr aber das Gefühl geben, nicht allein zu sein.

Angst packte sie, die gleiche Angst wie zuvor – die Angst, später neben einer Toten zu erwachen.

Zuletzt war die Erschöpfung größer als die Angst, Runa nickte ein, versank in Schwärze, und als sie die Augen aufschlug, lebte Gisla immer noch. Nicht nur Stöhnen kam aus ihrem Mund, sondern die ersten klaren Silben. Ihre Augen blickten glasig, während sie fragte, was geschehen war.

Runa antwortete nicht. Viel dringlicher erschien es ihr, ihr etwas zu trinken zu geben. Da sie kein Gefäß hatte, um Wasser zu holen, überlegte sie, Gisla zurück zum Fluss zu schleppen. Schließlich entschied sie sich dagegen und und trat alleine ins Freie. Der Regen hatte nachgelassen, der Waldboden war von tiefen Pfützen übersät. Runa beugte sich über eine von ihnen, ließ ihren Wolfspelz mit diesem bräunlichen schlammigen Wasser vollsaugen und presste ihn später an Gislas Lippen. Das meiste Wasser troff über Kinn und Brust, aber das wenige, was sie schluckte, schien sie zu beleben: Die Würmer wirkten unter der nun geröteten Haut nicht mehr ganz so bedrohlich. Behutsam entfernte Runa die Lederstreifen und nahm das Stück Pelz von der Wunde. Sie war noch dunkel, eiterte jedoch nicht. Von der sämigen gelben Flüssigkeit hatte der Löknir der Samen behauptet, dass sie den Körper vergifte.

Zwei weitere Tage und Nächte fieberte Gisla immer wieder, sprach wirr und konnte nicht aufstehen. Am dritten Tag schien die Wunde endlich rosiger zu werden. Gisla sagte nichts mehr, sondern starrte stumpf vor sich hin. Sie zitterte – was bedeutete, dass sie fror und kein Fieber mehr hatte.

Runa jagte einen Marder, briet ihn über dem Feuer und riss das Fleisch in kleinen Stücken ab. Gisla war kräftig genug, zu kauen und zu schlucken, jedoch nicht kräftig genug, das Fleisch selbst an ihren Mund zu führen – das musste Runa für sie tun.

Als Runa schließlich aufhörte zu zählen, wie viele Tage und Nächte vergangen waren, konnte Gisla wieder aufstehen und zum ersten Mal die Höhle verlassen. Sie war noch leichter als zuvor; ihre Gestalt glich der eines Kindes, ihre Schritte gerieten so wankend wie die einer uralten Frau.

Runa war sich nun sicher, dass sie überleben würde – Gislas Blick jedoch blieb leer. Dass sie dem Tod so knapp entronnen war, schien sie nicht annähernd so zu freuen wie Runa.

Sie waren noch am Leben, sie hatten den Fluss überwunden, und sie hatten ihre Feinde abgeschüttelt. Runa jagte genug, dass sie nicht verhungerten, und sie hatten noch den Feuerstein, um nicht zu erfrieren. All das waren gute Zeichen – aber Erschöpfung und Verzagtheit nagten nach der Verletzung noch hungriger an Gisla als zuvor. Am liebsten hätte sie sich weiter in der Höhle verkrochen und ertragen, bis zum Lebensende wie ein Tier zu leben, wenn sie nur nicht wieder ins Freie gehen musste. Doch Runa trieb sie hinaus, und Gisla widersetzte sich nicht. Sie konnte aber stets nur ein kleines Stückchen gehen, ehe sie eine Rast einlegen musste. Gisla sah Runa die Ungeduld an, aber auch, dass diese sie unterdrückte, und versuchte, nach ihrem Beispiel die eigene Mutlosigkeit abzuschütteln, sich immer wieder zu sagen, dass sie es bereits so weit geschafft hatten und nun auch noch bis nach Laon kommen würden. Aber sie wusste nicht, wo Laon lag.

Eines Tages stießen sie auf das Ende des Waldes. Das Gras, eigentlich kniehoch, war vom stetigen Regen platt gedrückt und vom Nachtfrost mit einer Eisschicht überzogen worden. Immer wieder rutschten sie aus, im Laufe des Tages schmolz das Eis jedoch, und sie kamen an eine Stelle, an der das Gras nicht nur vom Regen, sondern von Schritten platt gedrückt war – menschlichen Schritten. Es war das erste Zeichen, dass es tatsächlich das Frankenland war und kein Niemandsland.

Und dann begegneten sie einem Händler, der auf dem schmalen Weg unterwegs war.

Hinter ihm trabte ein schwer beladenes Zugpferd, kleiner

und breiter als jenes Tier, das sie auf der anderen Seite des Flusses zurückgelassen hatten, und offenbar auch duldsamer und kräftiger. Die zwei großen Körbe, die es trug, bargen wahrscheinlich Nahrung, warme Kleidung und Handelswaren. Obendrein zog das Tier einen Karren mit vier Rädern, die jedes Mal, wenn sie auf Widerstand stießen, quietschten. In Gislas Ohren klang das wie ein menschlicher Laut, nachdem sie so lange Zeit nur das Pfeifen des Windes, das Rascheln der Blätter und das Prasseln des Regens gehört hatten.

Runa war stehen geblieben und starrte in die Richtung des Mannes, sichtlich verwundert, dass sie auf einen Menschen trafen und dass dieser Mensch zwar misstrauisch, aber nicht offen feindselig ihren Blick erwiderte. Nicht minder erstaunt war sie über seinen Wagen, wie sie bekundete. Die Wagen in ihrer Heimat besaßen meist nur zwei Räder und im Winter eigentlich gar keins – dann zog man Schlitten auf Kufen. Als Kind hatte sie sich immer gefreut, wenn Handwerker, die im Winter mit ihren Werkzeugkisten auf den Schlitten von Dorf zu Dorf wanderten, zu ihrer Siedlung kamen und ihre Dienste anboten.

So viele Worte waren selten aus Runas Mund gekommen – und selten hatte Gisla so viel verstanden. Nicht nur, dass Runa in den letzten Tagen immer mehr fränkische Begriffe gelernt hatte – dass sie sie aus den Fluten gerettet, ihre Wunde versorgt und ihren frierenden Körper gewärmt hatte, schien überdies eine Nähe zu schaffen, die es leichter machte, sie zu verstehen. Gisla hatte zwar nicht vergessen, dass Runa vor ihren Augen einen Menschen getötet hatte – aber eine Fremde war sie nun nicht mehr.

Der Händler sah sie indessen ängstlich an. Als sie näher kamen, hob er eine Hacke – Runa griff gleich nach ihrem Messer.

»Nicht!«, rief Gisla und stellte sich hastig vor Runa.

Ihre Stimme überschlug sich fast, als sie ihm erklärte, wohin sie wollten, und anscheinend beruhigte ihn das, denn er ließ die Hacke sinken und antwortete.

Er selbst sei von Senlis nach Köln unterwegs, nicht auf der großen Straße – dort lauere zu viel Diebespack –, sondern auf Seitenwegen. So oder so würde er an Laon vorbeikommen. Sie sollten Abstand wahren und nicht wagen, ihm etwas zu stehlen, aber seinetwegen könnten sie ihm folgen.

Der Händler ging langsam, das Pferd ob der Last, die es zu tragen und zu ziehen hatte, ebenso. Auch Runa hatte alsbald eine Last zu tragen. Trotz des geringen Tempos war Gisla nach wenigen Schritten müde, und da sie diesmal keine Pause einlegen konnte, schleppte Runa sie kurzerhand auf ihrem Rücken. Der Händler drehte sich verwundert um und wirkte nicht länger ängstlich, sondern mitleidig.

Gegen Abend legten sie eine Rast ein, entfachten mit dem Feuerstein ein Lagerfeuer, und der Händler erhitzte in einem Krug ein rotes Gesöff, das bitter schmeckte. Wenn es tatsächlich Wein war, wie Gisla vermutete, dann musste er mit verdorbenen Reben gekeltert worden sein, aber wenn er auch nicht schmeckte, so wärmte er doch, und Gisla war dankbar, dass er ihnen nicht nur davon gab, sondern ihnen außerdem erlaubte, sich ihm zu nähern. Er fragte nicht, was sie nach Laon trieb, aber erzählte, was er von der Stadt wusste, und Gisla fügte das eine oder andere hinzu.

Runa lauschte aufmerksam, schien zwar viel, aber nicht alles zu verstehen. Als die Sprache darauf kam, dass Laon eine uneinnehmbare Stadt war, weil eine alte, riesige Römermauer sie schützte, wunderte sie sich sichtlich.

»Warum Römer? Leben nicht Franken in diesem Land?«, fragte sie.

Gisla wusste die Antwort selbst nicht genau, dachte sich jedoch, dass wohl, so wie im Nordmännerland früher Franken gelebt hatten, im Frankenland früher Römer gesiedelt hatten – beides Zeichen dafür, dass die Welt ein unsteter Ort war, in dem nichts Bestand hatte.

Sie versuchte, die riesige Stadtmauer zu beschreiben, aber es gab keine Worte, mit denen sie Runa auf deren erhebenden Anblick vorbereiten konnte. Schon von weitem war sie sichtbar, als sie drei Tage später die Stadt erreichten, und Runa rief fasziniert, dass sie noch nie dergleichen gesehen habe. Zwar gab es auch in Rouen Mauern, aber dort waren sie bei Nacht angekommen und im Morgengrauen geflohen – nach Laon hingegen kamen sie am helllichten Tag.

Tränen verschleierten Gislas Blick, als Runa sie von ihren Schultern gleiten ließ. Die letzten Schritte bis zur Stadtmauer machte sie allein.

»Wir sind da!«, schluchzte sie. »Wir sind da!«

Der Händler blickte sich nach den beiden jungen Frauen um. Eigentlich sprach er nur mit ihnen, wenn sie gerade rasteten, aber Gislas Schluchzen rührte ihn wohl. Er lächelte zum ersten Mal.

»Ja«, sagte er. »Dies ist Laon.«

Am liebsten hätte Gisla schon auf der Schwelle des Klosters Halt gemacht, das sich unterhalb der Römermauern befand, der Jungfrau Maria geweiht und von der heiligen Sadalberga gegründet. Sie war schon früher ein oder zwei Mal dort gewesen, um zu beten, doch selbst wenn sie nie zuvor die Pforte durchschritten hätte, war es doch ein vertrauter Ort gewesen: Schließlich war es ein Haus aus Stein, überdies ein sauberes Haus, und vor allem eines, in dem fromme Frauen lebten, die Gott verherrlichen. Obwohl das Tor nicht einladend offen stand, wurde der Drang übermächtig, zu klopfen und um Hilfe zu betteln, und Gisla nahm davon nur Abstand, weil sie ahnte, dass man die beiden verwahrlosten Frauen für Bettler gehalten, mit Almosen abgespeist und ihnen niemals Einlass gewährt hätte. So folgte sie Runa, die beherzt auf die Stadtmauern zuschritt, und auch der Händler nahm wie sie diesen Weg, um in Laon eine Rast einzulegen.

Als sie das Stadttor durchschritten, kamen sie am nächsten Kloster vorbei, das nicht weit von der Marienkathedrale und der bischöflichen Pfalz errichtet war.

»Diese Abtei ist dem heiligen Vincent geweiht«, rief sie aufgeregt, ungeachtet dessen, ob Runa sie verstand oder nicht.

Das Kloster selbst kannte Gisla nicht, aber in der Kathedrale hatte sie manchmal gebetet und an den Todestagen der Bischöfe, die dort begraben lagen, den Gottesdienst besucht. Der Gedanke, von so vielen Toten umgeben zu sein, die längst zerfallen und ein Zeichen dafür waren, dass zu Staub wird, was aus Staub ist, hatte ihr seinerzeit Angst gemacht. Jetzt dachte sie, dass manche der Lebenden viel gefährlicher waren als die Toten.

Anders als beim Marienkloster war die Pforte nicht verschlossen: Männer mit Kutten gingen ein und aus, denn die Mönche lebten nicht streng klausuriert wie die Nonnen, sondern nahmen wichtige Hofämter ein. Gisla wäre am liebsten auf einen der Mönche zugestürzt, hätte sich an ihn geklammert und ihn gebeten, sie zur königlichen Pfalz zu bringen. Doch als einer der Blicke sie traf, erhielt sie einen Vorgeschmack dessen, was sie von den meisten seinesgleichen zu erwarten hatte: eine Spur Verachtung, als ob sie Gesindel wäre, zugleich Gleichgültigkeit, als wäre er für diese Art von Menschen blind.

So ließ Gisla sich von Runa weiterziehen. Nach dem Händler hielten sie vergebens Ausschau. Er war einfach fortgegangen, ohne sich zu verabschieden, und obwohl sich dieser Mann oft schlechtlaunig und wortkarg erwiesen hatte und sie nicht einmal seinen Namen kannten, fühlte sich Gisla plötzlich verzagt. Sein Gesicht war ihr vertraut gewesen – im Gegensatz zu den vielen Menschen, die durch die engen Straßen und Gassen von Laon strömten, Mönche, Händler mit unterschiedlichen Waren und auch Handwerker – ortsansässige wie fahrende. So laut wie sie schrien, ja, brüllten, schienen sie im heftigen Streit miteinander zu liegen, und erst nach einer Weile erkannte Gisla, dass sie nicht stritten, sondern um Kunden warben und ihre Waren anpriesen.

Gisla glaubte, vor Angst zu vergehen, dann jedoch begann sie, die vielen Menschen als Schutz zu empfinden. In ihrer Mitte konnte man sich ganz kleinmachen und einer von so vielen sein, ein ungewohntes Gefühl nach den Tagen der Einsamkeit, aber auch ein angenehmes. Die vielen Leiber stanken und rempelten aneinander, aber sie wärmten auch.

»Wohin?«, fragte Runa ungeduldig.

Zum ersten Mal, seit sie durch das Stadttor gekommen war, überließ sie Gisla die Führung. Diese wollte nicht eingestehen, dass sie ihre Heimatstadt nicht kannte und nicht wusste, wohin sie sich wenden sollten. So ließ sie sich einfach von der Menschentraube mittreiben, und dass sich diese schließlich auflöste, deutete sie als Zeichen dafür, dass sie sich der königlichen Pfalz näherten. Anstelle von kleinen, schiefen und aus Holz gebauten Hütten standen dort mächtige Häuser aus Stein, und die Männer, die sie sahen, waren keine Mönche, Händler und Handwerker, sondern bewaffnet. Auf das große Stadttor folgte ein kleineres, und sie konnten es wie das erste schon ungefragt passieren. Erst als Gisla mit Runa im Hof stand, umgeben von Haupt- und Wirtschaftsgebäuden, den Thermen und der kleinen Kapelle, traf sie eine Stimme, doch diese Stimme machte das Gefühl, endlich zuhause zu sein, alsbald zunichte.

Ein Mann trat auf sie zu und bellte undeutlich etwas, was Gisla nicht richtig verstand. Hatte er »Haut ab von hier!« oder »Was wollt ihr?« gerufen?

Der Mann war ein Hüne. Gisla musste ihren Kopf in den Nacken legen, um ihn zu mustern. Runa war im Vergleich zu ihm nicht ganz so klein, doch einzuschüchtern schien er sie auch, denn ihre Hand fuhr instinktiv zu ihrem Messer. Gisla lag auf den Lippen, ihn zu bitten, sie sofort zum König zu bringen, aber sie beherrschte sich im letzten Augenblick und verlangte stattdessen, den Mansionarius zu sprechen.

Der Hüne machte einen Schritt auf sie zu, und deutete auf die Kapelle. »Almosen gibt es dort, aber nur am Mittwoch und am Freitag.«

Erst jetzt ging Gisla auf, dass sie nicht wusste, welcher Wochentag war und wie viele Tage seit dem Treffen von ihrem Vater und Rollo in Saint-Clair-sur-Epte überhaupt vergangen waren.

Sie überlegte zu lange, wie sie der Annahme widersprechen könnte, sie wären Bettlerinnen, und erweckte dadurch die Ungeduld des Hünen. Noch einen weiteren Schritt machte er auf sie zu, dann hatte er sie schon am Arm gepackt. Gisla schrie auf, und wenngleich sie rasch die Selbstbeherrschung wiederfand, bewog Runa die Panik in ihrer Stimme, ihr nicht länger die Führung zu überlassen. Offenbar befand sie auch, dass man mit Waffen mehr sagen konnte als mit Worten. Sie zog das Messer aus ihrem Gürtel, erhob es drohend und durchschnitt die Luft. Prompt ließ der Hüne Gisla los – oder stieß sie vielmehr zu Boden. Sie fiel auf den kalten Stein, und einen Moment später war sie umringt von weiteren Männern. Furcht erregend waren sie – und bewaffnet auch.

Gisla konnte nicht erkennen, ob Runa überhaupt versucht hatte, ihr Messer auf einen von ihnen zu werfen. Sie sah nur, wie sie am Arm gepackt, ihr dieser auf den Rücken gedreht wurde und sie, obwohl sie sich verbissen wehrte, von Gisla weggezerrt wurde.

Wieder schrie Gisla auf. »Nichts! Tut ihr nichts! Ich bin...«

Sie brach ab – gerade noch rechtzeitig, ehe sie sich verriet. Der Hüne ragte vor ihr auf und packte auch sie, wenngleich er sie nicht in die gleiche Richtung zerrte wie Runa. Die, die ihre Waffe erhoben, wurden wohl mit dem Kerker bestraft – sie selbst einfach nur vors Tor gesetzt.

»Nein!«, rief sie wieder. »Ihr müsst mir zuhören! Ich bin...«

Gisla sah Runa nicht mehr, hörte sie auch nicht schreien, und ihr kam ein schrecklicher Gedanke. Wenn die Männer sie nun nicht einfach nur in den Kerker warfen, sondern sie töteten?

Tränen ließen das Bild vor ihren Augen verschwimmen. Nur vage erkannte sie, dass sie das Tor erreicht hatten, und wappnete sich dagegen, wieder einen schmerzhaften Stoß zu erhalten und zu Boden zu fallen. Doch plötzlich hielt der Hüne inne.

Der Tumult im Hof war nicht unbemerkt geblieben – nicht nur Männer bevölkerten ihn, sondern auch eine Frau stand auf einmal dort. Gisla sah, dass sie etwas sagte. In ihren Ohren rauschte es zu laut, um es zu verstehen – sie fühlte nur, wie der Hüne sie losließ, diesmal nicht brutal, sondern überaus sanft. Im nächsten Augenblick ruhte ihr Kopf auf der Brust der Frau, und ihr Leib, der so viele Torturen erduldet und so viele

Schmerzen durchlitten hatte, fühlte sich weich und wohlig an, als würde er zerfließen. Da gab es nichts Hartes mehr, nichts Kaltes, nichts Raues, nur Schutz und Geborgenheit.

»Gütiger Gott!«, stieß die Frau aus.

Gisla brachte nichts über ihre Lippen, wusste nur, dass sie zuhause war, endlich zuhause. Die Frau, die sie vor dem Hünen errettet hatte, war Begga, ihre einstige Amme.

Ewig hätte sie so stehen bleiben können, ewig sich ausruhen und sich der Gewissheit hingeben, dass alles gut und sie von sämtlicher Last befreit war, dass Begga sich nun um sie kümmern und wissen würde, was zu tun war.

Sie klammerte sich an Begga, und Begga hielt sie fest – eine Weile lang, dann schob sie sie von sich. Der Hüne war verschwunden, Beggas Blick jedoch schien argwöhnisch, gar ängstlich. Rasch zog sie Gisla mit sich, ging schnellen Schrittes mit gesenktem Haupt, und vermied es, ihr in die Augen zu sehen. Anstatt das Hauptgebäude mit der großen Halle zu betreten, zog sie sie in eines der Häuser, in denen die Unfreien lebten.

Gisla lag die Frage, was das zu bedeuten hatte, auf den Lippen – doch noch wollte sie nicht fragen, noch wollte sie nicht verwirrt sein, wollte sich nur der Erleichterung hingeben, wieder zuhause zu sein.

Im Inneren des Gebäudes war es finster, nur wenige Fackeln aus Birkenrinde spuckten starken Rauch, doch Gisla machte es nichts aus, dass ihr alsbald Kehle und Augen brannten – alles war erträglich, solange sie nicht länger im Freien leben musste, sondern endlich wieder unter einem schützenden Dach Zuflucht nehmen konnte.

Begga zog sie weiter mit sich. Schließlich widersetzte sich

Gisla, nicht heftig, aber deutlich genug, dass Begga sie losließ.

»Mutter... wo ist Mutter? Du bringst mich doch zu ihr?«, fragte sie.

Begga ließ ihren Kopf noch tiefer sinken; das Kinn schien in ihrer Brust zu versinken.

»Deine Mutter hat Laon verlassen«, murmelte sie. »Sie... sie konnte nicht länger warten und ist ins Kloster nach Chelles aufgebrochen.«

Gisla war verwirrt. Gewiss, Fredegard hatte beschlossen, dass sie sich gleich nach ihrer Rückkehr in ein Kloster zurückziehen würden – nie war jedoch die Rede davon gewesen, dass Fredegard ohne sie aufbrach.

»Aber was sollen wir jetzt tun? Begga ... ach, Begga ...« So viele Worte drängten über ihre Lippen. Endlich wollte sie sich alles von der Seele reden, von ihren Leiden berichten, von der aufreibenden Flucht, von ihrer Verletzung, aber Begga machte es ihr schwer, so gekrümmt wie sie dastand, so verlegen wie ihr Blick wirkte, und schließlich begnügte sich Gisla damit, das Wichtigste zu sagen: »Die Frau, mit der ich gekommen bin ... sie ... sie wurde von den Männer fortgebracht, ich weiß nicht, wohin, vielleicht in den Kerker. Du musst dafür sorgen, dass sie befreit wird. Sie hat mir so oft geholfen, ohne sie wäre ich längst tot. Ich habe ihr versprochen, dass sie ...«

Begga hob endlich ihren Kopf, doch nicht, um Gisla zu antworten, sondern um sie weiterzuziehen. Die Fackeln, die an den Wänden brannten, wurden spärlicher, die Räume niedriger. Nichts hatten sie mit dem großen Saal im Wohnhaus des Königs gemein, nichts mit der heimeligen Kemenate, in der sie ihre Kindheit verbracht hatte.

»Wo ... wo sind wir?«

»Wir sorgen jetzt fürs Erste dafür, dass du etwas zu essen bekommst«, erklärte Begga, ohne auf ihre Frage einzugehen.

Die Aussicht, ihren Hunger zu stillen, war verlockend. Essen, schlafen, sich waschen, frisch gekleidet zu werden ... das vertrieb alles andere ... vertrieb zumindest den Gedanken an ihre Mutter, den an Runa konnte es nicht ganz ausmerzen.

»Aber die Frau im Kerker...«, setzte Gisla an.

»Darum kümmern wir uns später.«

»Sollte ... sollte ich nicht mit Vater sprechen?«

Ihre Mutter hatte sie zwar eindringlich gemahnt, dass er am allerwenigsten von ihrem Betrug erfahren dürfte, aber ihre Mutter war nicht hier, und die Lage hatte sich geändert: Aegidia war vom Tod bedroht, sie selbst von Taurin verfolgt, der offenbar den Betrug durchschaut hatte, und darum war das Bündnis zwischen Franken und Nordmännern in Gefahr. Das musste der König doch wissen!

Begga schüttelte heftig den Kopf.

»Das geht nicht«, erklärte sie entschlossen.

»Du meinst, wir sollten weiterhin...«

»Dein Vater ist auch nicht hier«, unterbrach sie sie.

Gisla riss die Augen auf. Sie wusste, der Vater war häufig in seinem Reich unterwegs, aber sie hatte gedacht, dass er nach dem Vertrag zu Saint-Clair-sur-Epte eine Zeitlang am Hof residieren würde, um seine Ruhe zu finden. Eben noch war ihr warm gewesen, jetzt kroch Kälte ihr den Rücken hoch, und aus dem ersehnten Zuhause wurde ein fremder Ort ohne Vater und Mutter, mit einer Amme, die ihr nicht in die Augen sehen konnte.

Zumindest mit ihr sprechen konnte Begga, sehr schnell nun und sehr viel, fast erleichtert, etwas sagen zu können, das nichts mit Gislas Geschick zu tun hatte.

Der Vater sei in Lothringen, erklärte sie, wo der dortige Erbe Ludwig, »das Kind« genannt, weil er nicht nur jung, sondern schwach wie ein solches war, gestorben sei. Eine gute Gelegenheit sei dies, sich das Gebiet einzuverleiben, doch auch Konrad, der König des Ostfrankenreichs, bekunde sein Interesse daran, habe offenbar den Rhein überschritten und sich in Aix-la-Chapelle niedergelassen. Karl wolle ihn zwingen, Lothringen aufzugeben, und habe, um ihn nicht nur mit Worten, sondern auch mit Waffengewalt zu überzeugen, zu diesem Zweck sein eigenes Königreich verlassen.

In Lothringen gab es viele, die den König des Westfrankenreichs lieber als neuen Herrscher sahen als dessen östlichen Nachbarn.

Gisla musste an das Gespräch denken, in dem sie von den Heiratsplänen erfahren hatte, auch damals war schon der Name Lothringens gefallen, und Hagano hatte den notwendigen Friedensschluss mit den Nordmännern nicht zuletzt mit der Aussicht begründet, das Gebiet dem Westfrankenreich einzuverleiben. Damals hatte sie nicht darüber nachgedacht, erst jetzt begriff sie, dass König Karl sie, die älteste Tochter, nicht nur dem Frieden opferte, sondern neuem Land. Sie erinnerte sich an das Land, durch das sie die letzten Tage geirrt war – kaltes Land mit grauen Flüssen, eisigen Höhlen und wortkargen Händlern. War es wirklich so erstrebenswert, noch mehr solches Land zu bekommen? Oder war Lothringen ein ganz anderes Land, blühend und warm und licht?

»Du blutest ja!«, rief Begga plötzlich.

Tatsächlich sickerte neues Blut unter dem Streifen aus Wolfspelz hervor, mit dem Runa ihre Beinwunde verbunden hatte. Erstmals trafen sich ihre Blicke, und erstmals sah Gisla in Beggas Blick wieder die altvertraute Sorge um den Schützling aufflackern.

»Es ist nicht weiter schlimm«, erklärte sie rasch. »Aber was sollen wir denn nun tun?«

Begga zuckte hilflos die Schultern. »Hagano hat deinen Vater nicht nach Lothringen begleitet, obwohl er von dort stammt. Er ist hiergeblieben.«

Sie sprach den Namen voller Verachtung aus. Hagano, des Königs Günstling, wurde von vielen verachtet, aber von ihrer Mutter und Begga glühend gehasst. Schließlich war er es, der sich für ihre Heirat mit Rollo eingesetzt hatte.

»Er darf nicht wissen, dass ich in Laon bin«, rief Gisla entsetzt.

Begga senkte ihre Augen. »Das sehe ich auch so. Am besten wäre es wohl«, schlug sie vor, »du würdest an seiner statt mit dem Bischof von Reims reden.«

Der Bischof von Reims war ein mächtiger Mann, und Reims lag nicht weit von Laon entfernt. Allerdings hatte auch er die Hochzeit Gislas mit Rollo befürwortet.

»Ich ... ich kann ihm einen Boten schicken«, schlug Begga vor, als Gisla noch fieberhaft nachdachte.

Gisla nickte. »Aber zuvor ... du musst die Frau befreien lassen. Sie heißt Runa. Sie hat mich gerettet und ...«

Begga zog Gisla an sich. Die Umarmung fiel nicht ganz so inniglich aus wie zuvor, der Griff erschien Gisla nicht zärtlich, sondern hart, und jener fleischige, weiche Leib verhieß keinen Trost, sondern nur das Verbot, noch mehr zu sagen.

»Hab Geduld, dann fügt sich alles«, murmelte Begga, ohne auf Runas Bitte einzugehen. »Fürs Erste müssen wir deine Wunde versorgen. Und dann bekommst du Kleider und etwas zu essen.«

In den nächsten Stunden verloren Gislas Sorgen an Gewicht. Ungleich größer als diese war das Labsal, nicht mehr frieren und hungern zu müssen.

Begga hatte sie zwar nicht in die Thermen gebracht, um sie im Zuber zu waschen, aber ihren Körper mit einem feuchten Tuch abgewischt, die Wunde mit einem streng riechenden Kräutersud betupft und frisch verbunden. Es hatte wie Feuer gebrannt, aber nach der Kälte der letzten Tage dünkte Gisla dieses Feuer erträglich. Begga hatte ihr mit einem Hornkamm die Haare gekämmt, die hinterher zwar immer noch strähnig und eher schmutzig grau als blond waren, aber in denen nicht länger Ästchen und Moos hingen. Von allen Wohltaten die größte war es schließlich, neu eingekleidet zu werden: Gisla legte mehrere Unterkleider übereinander an, allesamt schlicht, aber sauber und ohne Flicken. Als Kopfbedeckung wählte Begga eine Vitta, auch diese nicht sonderlich vornehm, weil nicht aus Seide, sondern gleichfalls aus Leinen, aber weich und glatt.

Zuletzt ließ Begga sie zurück, um etwas zu essen zu holen – und erst jetzt hatte Gisla die Muße, sich in dem Raum, in dem sie sich befand, umzublicken und die Einrichtung zu studieren. Sie war sehr schlicht, gemessen an ihrem einstigen Gemach, fehlten doch weiche Daunenkissen auf dem Bett und ein steinerner Kamin, aber doch behaglicher als die verschmutzten Häuser der Unfreien. Die Fenster waren mit dicken Stoffstücken verschlossen; anstelle von Tageslicht wurde der Raum von Öllampen erhellt, die von der Decke hingen. Neben dem Bett gab es ein kleines Tischchen, drei Holzschemel darum herum und eine Truhe aus Eichenholz. Es musste der Raum sein, kam Gisla zu dem Schluss, in dem Begga lebte, seit sie nicht mehr am Fußende ihres Bettes schlief.

Als Begga mit dem Essen wiederkam, gelang es Gisla nicht, ihre Gier zu zügeln. Sie schüttete den warmen Birnenmost in sich hinein und verbrannte sich danach die Zunge an der Suppe, die mit Wein vermischt war und in der Brotwürfel schwammen. Der Schmerz war nichtig, gemessen an dem Gefühl, wieder satt zu werden. Lange hatte sie nichts mehr gegessen, was so stark gewürzt war, und nicht nur die Hitze drohte ihre Zunge zu versengen – auch der überwältigende Geschmack nach Pfeffer, Kümmel und Koriander. Nach einigen Bissen drohte ihr entwöhnter Magen zu rebellieren. Doch trotz der Übelkeit konnte Gisla nicht aufhören zu essen. Auf die Suppe folgte eine Gänsekeule, schon kalt und etwas zäh, aber in jedem Fall gebraten und nicht roh.

Erst als sie satt war, konnte Gisla wieder reden.

»Runa«, brachte sie nach dem letzten Bissen hervor. »Weißt du schon, was sie mit Runa gemacht haben? Sie muss auch neue Kleidung bekommen und etwas zu essen!«

Begga strich ihr über die Wange. Es war beschwichtigend, gar zärtlich gemeint, wirkte aber fahrig, und die Hand zitterte wie die Stimme, als sie erklärte: »Ich kümmere mich darum, du hingegen solltest schlafen.«

»Aber diese Männer, die sie mit sich gezerrt haben, haben ihr womöglich Gewalt angetan!«, rief Gisla entsetzt. »Begga, du musst dafür sorgen...«

»Aber ich sorge doch dafür!« Begga streichelte sie nicht länger, sondern trat von ihr zurück, den Kopf nunmehr wieder geduckt. »Ich werde nach ihr sehen, und ich werde dem Bischof von Reims die Botschaft übermitteln lassen, dass du in Laon bist. Du ruhst dich aus, Gisla, und wenn du erwachst, ist alles gut.«

Ohne ein weiteres Wort ließ sie Gisla allein. Anders als früher geleitete sie sie nicht zum Bett und deckte sie zu, und ob dieses Mangels an Fürsorge lag das eben noch so köstliche Essen wie ein Stein in Gislas Magen. Sie trat zur Schlafstatt, ließ sich niedersinken und strich über das weiche, saubere Leinen, doch trotz der Wohltat, die sie dabei empfand, wuchs die Übelkeit, und ihr Kopf fühlte sich an, als müsste er zerspringen. Sie fror und zog die Decke über sich, strich über ihre Stirn, nass und kalt vom Schweiß, von dem sie nicht wusste, woher er rührte, von der Entkräftung oder der Verletzung. Die Müdigkeit schwand, die Unruhe jedoch wuchs – die gleiche Unruhe, die sie in Rouen, im Wald, im Fluss und auf dem Weg nach Laon gefühlt hatte.

Irgendetwas war anders – und das lag nicht nur daran, dass ihre Eltern nicht da waren, dass sie in einem fremden Gebäude schlief und dass Begga ihr nicht in die Augen sehen konnte. Es lag daran, dass sie sich selbst verändert hatte seit jener Nacht in Rouen, als sie ihre Schlafstatt verlassen, den Abort gesucht, Popa und Taurin belauscht und Aegidia zu warnen versucht hatte. Gewiss, sie hatte kopflos gehandelt, war im Kerker gelandet und wäre ohne Runa noch immer dort – aber zumindest hatte sie etwas getan und nicht einfach nur gewartet.

Auch jetzt konnte sie nicht warten. Gisla schlug die Decke zurück, stand auf, schlüpfte in die Schuhe, die Begga ihr gegeben hatte, und warf sich den Umhang über, der für den kommenden Morgen für sie bereitlag, dann lugte sie in den Gang. Er war menschenleer. Langsam, aber entschlossen, ging sie ihn entlang und stieß schließlich auf eine Tür. Sie hatte keine Ahnung, was sie dahinter erwartete und wonach genau sie suchte. Vor allem wusste sie nicht, woher das wachsende Unbehagen rührte, das sie empfand – noch nicht.

Dann hörte sie auf einmal Beggas Stimme, laut und klar. »Sie schläft jetzt. Und sie vertraut mir.«

Und eine andere Stimme antwortete: »Gut so. Wiege sie weiterhin in Sicherheit. Und sag keiner Menschenseele, dass sie hier ist.«

Gisla erkannte die Stimme sofort. Sie hatte sie nicht oft gehört, aber dieser leicht näselnde Tonfall war ihr gut in Erinnerung geblieben. Begga sprach mit Hagano, ihres Vaters Günstling – daran bestand kein Zweifel –, und sie sprachen über sie, Gisla, obwohl Begga eben noch bekräftigt hatte, dass Hagano nichts von ihrer Anwesenheit erfahren dürfte.

Endlich begriff Gisla, warum Begga ihrem Blick ausgewichen war und sie im Nebengebäude versteckt hatte, und presste ihre Hand auf den Mund, um nicht aufzuschreien. Beggas Verrat traf sie ähnlich schmerzhaft wie der Pfeil von Taurins Männern sie getroffen hatte, nein, schmerzhafter noch – nicht nur ins Bein, sondern mitten ins Herz.

»Du hast alles richtig gemacht«, erklärte Hagano eben. »Es war gut, dass du zu mir gekommen bist.«

»Ich habe ihr gesagt, dass wir uns an den Bischof von Reims wenden sollten.« Beggas Stimme hatte etwas Flehentliches. Was immer sie dazu veranlasst hatte – der Verrat an Gisla schien auch ihr das Herz zu brechen. Doch das machte das Brennen in Gislas Brust nicht erträglicher.

»Der Bischof von Reims ist ein guter Mann«, meinte Hagano, »wir wollen ihm doch keine unnötigen Sorgen machen, nicht wahr? Es gibt genügend andere Dinge, um die er sich kümmern muss.«

»Aber...«

»Wie viele Menschen wissen, dass Gisla hier ist?«

»Einige der Wachmänner haben sie gesehen, aber ich denke nicht, dass sie sie erkannt haben. In ihrer Gegenwart habe ich sie nicht beim Namen gerufen. Und da ist diese Frau, mit der sie hergekommen ist...«

Gisla schlug das Herz bis zum Hals. Die frische, saubere Kleidung, die sie angelegt hatte und die eben noch größte Wohltat gewesen war, lastete drückend schwer auf ihrem Leib, als wäre sie nicht aus Leinen, sondern aus Stein.

»Diese Frau scheint keine Fränkin zu sein«, fuhr Begga fort, »sie hat sich offenbar mit den Wachen angelegt und ist im Kerker gelandet.«

»Wo sie verrotten soll. Wobei mir eigentlich noch lieber wäre, sie würde ganz aus dieser Welt verschwinden.«

Ein entsetzter Aufschrei ertönte – und kurz hatte Gisla Angst, sie hätte selbst die Beherrschung verloren. Doch dann erkannte sie, dass es Begga gewesen war.

Schockiert rief die Amme aus: »Aber ihr könnt doch nicht...«

»Es geht hier um so viel mehr als um ein Menschenleben, gute Begga«, schmeichelte Hagano jetzt so leise, dass Gisla ihn kaum verstehen konnte. »Es geht hier um den Frieden mit den Nordmännern – der wiederum die Voraussetzung dafür ist, dass der König Lothringen bekommt. Du willst doch deinem König nicht schaden, nicht wahr?«

»Aber diese Frau...«

»Wie du eben selbst sagtest – sie ist keine Fränkin. Wahrscheinlich ist sie eine Heidin, und eine solche zählt nicht. Und außerdem...«, Haganos Stimme wurde noch leiser, »... und außerdem, liebe Begga – du und ich, wir wissen sie doch beide zu schätzen: all die Annehmlichkeiten, die das Leben zu bieten hat. Ich denke, ich sollte den Mansionarius bitten, dir ein neues Gelass zuzuweisen, natürlich mit einem Kamin aus Stein. Du sollst so viel Brennholz bekommen, wie du willst, damit stets ein behagliches Feuer darin brennt.

Und ich denke, neue Federkissen wären dir auch lieb, nicht wahr? Du bist nicht mehr die Jüngste, manchmal schmerzen die alternden Knochen doch ein wenig von der Last der Jahre. Und wenn ich auf dein Kleid blicke, dann denke ich mir, dass ein neues nicht schaden kann.«

Schweigen folgte, das in Gislas Ohren nicht minder schmerzte als all die lockenden Worte Haganos. Sie ahnte, dass Begga der Versuchung nicht widerstehen konnte – und bekam Recht.

»Was ihr mit diesem anderen ... Weib tut, ist nicht meine Sache«, sagte sie hastig, um dann schnell flehentlich hinzuzufügen: »Aber ihr werdet Gisla doch nichts tun?«

»Natürlich nicht!«, rief Hagano voller Inbrunst. »Sie muss nur ... irgendwie von hier verschwinden. Niemand darf von der Täuschung wissen, schon gar nicht ihr Vater.«

»Du schickst sie doch nach Chelles, ins Kloster zu ihrer Mutter?«, fragte Begga hoffnungsvoll.

Er antwortete nicht darauf. »Sei ganz beruhigt, liebe Begga. Ich werde nicht zulassen, dass ihr ein Leid widerfährt.«

Gisla wurde plötzlich übel. Der Geschmack der Gänsekeule kam ihr hoch, doch das Fleisch erschien ihr nicht länger als das Köstlichste, was sie je gegessen hatte, sondern wie verwest. Sie unterdrückte ein Würgen, als ihr aufging, dass Hagano Begga belog. Sie war sich sicher, dass er nicht nur Runa heimlich töten lassen würde, sondern auch sie selbst.

Das Leben bei den Franken und den Nordmännern unterschied sich in vielem. Sie trugen andere Kleider und andere Waffen, bauten andere Häuser und kochten andere Gerichte. Doch der Kerker, in den Runa geworfen worden war, schien derselbe zu sein wie der in Rouen: Ganz gleich, ob Nordmänner oder Franken Menschen einsperrten – das Loch, in das diese geworfen wurden, war immer finster, feucht und stank. Und die Heimat, nach der sie sich verzehrten, war stets fern und unerreichbar.

Rastlos ging Runa auf und ab. Sie kämpfte gegen die Müdigkeit, die wie so oft ihr größter Feind war. Müdigkeit machte achtlos und gleichgültig und minderte den Willen, zu überleben und heimzukehren. Doch je länger sie auf und ab schritt, desto augenscheinlicher wurde, dass die Einsamkeit ein noch schlimmerer Feind war. Es war das eine, auf sich allein gestellt Wälder zu durchstreifen, aber etwas anderes, von der Welt weggesperrt zu sein, in der Menschen lachten, tanzten und sich freuten, und auf die Gnade des Wärters hoffen zu müssen, damit der einem etwas zu essen brachte. So entschlossen sie auch auf und ab ging und so grimmig sie die Hände zu Fäusten ballte – die Verzagtheit hockte schwer auf ihren Schultern, und die einzige Möglichkeit, kurz vor ihr zu fliehen, war der Schlaf.

So hockte sie sich auf das faulige Stroh, ringelte sich wie eine Katze zusammen und schloss die Augen. Sie schlief tiefer als sonst, denn in das Gefängnis drangen kaum Laute, und als sie erwachte, hatte sie kurz vergessen, wo sie war. Wie gut es sich anfühlte, genug geschlafen und die vom langen Gehen und Jagen schmerzenden Glieder ausgeruht zu haben! Wie befreiend, jenen bleiernen Druck auf ihren Schläfen nicht mehr zu fühlen!

Nicht lange zehrte Runa von dem Wohlgefühl – viel zu früh fiel ihr wieder ein, wie hoffnungslos ihre Lage war. Sie sprang auf, blickte sich genauer um. Am Tag zuvor hatte sie nur gesehen, dass die Wände aus Stein gehauen und feucht waren, dass der Boden voller Unrat war, nun nahm sie auch die hölzerne Decke wahr, von der Spinnweben hingen, vor allem aber den Schlitz unter der Tür. Ja, etwas mehr Licht als zuvor schien hindurchzudringen – was entweder bedeutete, dass ein neuer Tag begonnen oder dass es vielmehr Nacht war und der Wächter Fackeln entzündet hatte.

Runa verfluchte sich dafür, geschlafen zu haben und nicht zu wissen, wie lange. Es war schlimm genug, nicht über das eigene Leben verfügen zu können – zumindest Herrin der Zeit wollte sie bleiben!

Plötzlich wurde der Lichtstreifen breiter, und sie hörte eine Stimme.

Runa erstarrte, schlich lautlos zur Tür und presste ihr Ohr an das raue Holz. Es war nicht nur eine Stimme, sondern derer zwei, die eine dröhnend tief – wohl die des Wärters –, die andere leise und zart, offenbar die eines Knaben. Die meisten Worte, die sie wechselten, verstand sie kaum. Nicht nur, dass sie von der schweren Tür gedämpft wurden – obendrein reichte ihr Fränkisch nicht aus.

Ein Wort jedoch fiel mehrmals und verhieß offenbar einen Namen.

Hagano.

Runa hatte den Namen noch nie gehört, glaubte aber zu verstehen, dass dieser Hagano den Knaben in den Kerker geschickt hatte. Vielleicht, überlegte sie, um sie zu befreien? Hatte Gisla alles zum Guten wenden können?

Deren Name fiel allerdings nicht.

Die Stimmen kamen näher, verstummten dann.

Runa wich zurück in eine Ecke. Nicht dass nicht alles in ihr darauf drängte, den Kampf mit diesen beiden Männern aufzunehmen. Aber wenn sie auf zwei gleichzeitig losgehen musste, sollte sie sie vorher genau beobachten. Das Licht der Fackel, das plötzlich auf ihr Gesicht fiel, nachdem die Tür aufgestoßen wurde, war jedoch zu grell, als dass sie die Augen offen lassen konnte. Sie presste sie zusammen, und ehe sie mehr erkannte, war die Tür wieder zugefallen. Das Licht war nunmehr wieder diffus, und nichts war mehr zu sehen. Oder doch? Runa erkannte die Konturen eines Knaben. Er war nicht groß, nicht breit, aber er trug ein Messer und richtete es drohend auf sie.

Unwillkürlich duckte sich Runa, um Schwäche vorzutäuschen und im rechten Augenblick loszuspringen, als der Knabe sie ansprach: »Ich habe dem Wärter gesagt, dass ich dich töten werde.«

Runa richtete sich auf. Sie war nicht sicher, ob sie die Worte richtig verstanden hatte – aber sie war sich sicher, dass sie die Stimme kannte.

Der Knabe hob die Hand, um die Kapuze seines Umhangs zurückzuschlagen. Blondes Haar fiel über seine Schultern, und eine Flut von Worten ergoss sich aus seinem Mund. Wieder war von diesem Hagano die Rede, ein enger Berater des Königs offenbar. Er wollte nicht nur sie, Runa, töten lassen, sondern Gisla auch. Und die hatte sich den finsteren Plan zunutze gemacht, um sich in den Kerker zu schleichen und selbst den Meuchelmörder zu spielen.

Runa wusste nicht recht, worüber sie mehr verwundert war – dass sie so mutig war ... oder so listig. In jedem Fall war der vermeintliche Knabe, der da vor ihr stand, niemand anderes als Gisla.

Gisla reichte Runa das Messer, ehe es ihren zitternden Händen entglitt.

»Wie bist du hierher gelangt?«, fragte Runa aufgeregt. »Wie ist es dir gelungen, bewaffnet in den Kerker zu gelangen?«

Gisla starrte sie nur mit großen Augen an. Jene Großtat, die Runa pries, schien nicht länger die ihre zu sein. Sie hatte gewusst, dass nur sie allein sie beide retten konnte, und die Angst vor dem Tod war für einen kurzen Moment größer gewesen als sämtliche anderen Ängste – die, sich zu verhüllen, ein Messer aus der Küche zu entwenden und zu lügen –, doch jetzt war sie wieder mit Runa vereint; jetzt musste Runa, geübter in der Kunst zu überleben, wieder entscheiden, was zu tun war.

Die wusste es jedoch offenbar auch nicht. »Und nun?«, fragte sie.

Gisla zuckte hilflos die Schultern. Sie hatte sich überlegt, wie sie in den Kerker zu Runa gelangen konnte – darüber, wie sie zusammen hinauskämen, hatte sie sich nicht den Kopf zerbrochen.

Runa umklammerte entschlossen das Messer und murmelte: »Wir machen es wie beim letzten Mal.«

Gisla hatte es gerade erst geschafft, die Erinnerungen an Rouen irgendwie zu bannen, desgleichen den Verdacht, dass ihr Leben sich im Kreis drehte und dass sie – ob nun in der Heimat oder nicht – am Ende immer wieder in die gleiche missliche Lage geriet. Nun überwältigte sie das Entsetzen, ein zweites Mal gefangen zu sein und niemanden zu haben, auf den sie zählen konnte, nicht ihre Eltern, nicht ihre einstige Amme Begga. Nur Runa hatte sie noch – und als Runa ihr aufmunternd zunickte, blieb ihr darum gar nichts anderes übrig, als zuzustimmen.

Runa versteckte sich im Halbschatten, und Gisla legte sich auf den Boden. Sie schrie aus Leibeskräften wie in Rouen. Damals hatte sie aus Angst vor Runa geschrien, nun tat sie es aus purer Verzweiflung. Und wieder lockten ihre Schreie den Wärter an.

Bald wurde die Tür aufgestoßen. Der Wärter sah, dass der vermeintliche Meuchelmörder angegriffen worden war und auf dem Boden lag und dass dieser Mörder in Wahrheit eine Frau war. Sofort eilte er zu Gisla und beugte sich über sie. Kaum war er auf die Knie gesunken, sprang Runa auf ihn los.

Gisla schrie wieder, diesmal vor Entsetzen. Ihre Hoffnung schwand, dass Runa die Waffe nur als Drohung nutzen würde. Die Klinge durchschnitt erst die Luft, dann die Kehle des Mannes, und noch ehe der wusste, wie ihm geschah, sackte er in sich zusammen. Dunkles Blut spritzte auf, und Gisla erstarrte vor Ekel. Sie vernahm jenen gequälten letzten Atemzug, der immer gleich klang, gurgelnd, röchelnd, zerrissen.

»Warum musstest du ihn gleich töten?«, stieß sie aus.

Runa sagte nichts, um sich zu verteidigen – doch gerade ihr Schweigen war es, das Gisla beschwichtigte.

Wir oder die anderen, gingen ihr Runas einstige Worte plötzlich durch den Sinn – und diesmal setzte sie ihnen kein *Deus caritas est* entgegen. Es blieb entsetzlich, auf den Leichnam zu starren, aber sie wusste – dieser Mann wäre sonst jener gewesen, der erst Runa und dann sie in Haganos Auftrag getötet hätte.

Runa stieg über ihn hinweg und zog Gisla mit sich. »Wie ... kommen ... hinaus?«, fragte sie.

Gisla biss sich auf die Lippen. Den Weg in den Kerker gefunden zu haben war eines – zu zweit zurückzufinden etwas anderes.

»Wie viele?«, fragte Runa.

Kurz wusste Gisla nicht, was sie meinte – dann ging ihr auf, dass sie wohl wissen wollte, wie viele Krieger hier herumlungerten, allesamt solche, die zu arm waren, um sich die teure Ausrüstung zu leisten und den König auf seinem Feldzug nach Lothringen zu begleiten.

»D-d-d-d-rei oder vi-vi-vi-er.«

Nicht länger zitterten nur Gislas Hände, sondern auch ihre Stimme. Runa strich ihr das blonde Haar aus dem Gesicht und zog ihr die Kapuze über den Kopf. Dann machte sie sich am Toten zu schaffen – wohl, um dessen Kleidung und Schuhe anzuziehen. Anders als Gisla schien ihr das Blut, das daran haftete, nichts auszumachen. Die Schuhe waren viel zu groß und die Kleidung zu weit, aber zumindest die Länge passte.

Zuletzt band sie sich den Gürtel um, um das blutbesudelte Messer darunter zu verbergen.

Gisla graute beim Gedanken, dass Runa es noch einmal würde nutzen müssen, um zu töten. Und zugleich gab ihr gerade dieser Gedanke Kraft und Mut, den Kerker rasch zu verlassen.

Runa musste keinen weiteren Menschen töten, weil sie auf niemanden trafen. Sie stiegen eine Treppe hoch und gelangten so in den Hof. Dort wurde auf einem Spieß ein Schwein gebraten, und jeder eilte herbei, um zu essen – blind für die beiden Gestalten, die sich an ihnen vorbeischlichen.

Gislas Blick blieb starr auf Runas Rücken gesenkt, und diese barg ihren Kopf unter dem Mantel und ging energischen Schritts. Schon hatten sie den Hof überquert, schon hatten sie das Tor passiert.

»Und nun?«, fragte Runa noch einmal.

Gisla hob zaghaft den Kopf. Sie hatte Angst, auf Runas Kleidung das viele Blut sehen zu müssen, doch es war schon düster. Das bedeutete, dass es bald Nacht und das Stadttor geschlossen werden würde.

»Wir müssen uns beeilen!«, rief sie.

Trotz der Panik gerieten ihre Schritte zögerlich. Bis jetzt war all ihr Trachten darauf ausgerichtet gewesen, Runa zu befreien. Erst jetzt gestand sie sich ein, dass sie Laon endgültig verlassen musste. Am liebsten hätte sie sich wieder verkrochen, notfalls im schmutzigen Kerker, solange er nur in der Nähe ihres Zuhauses lag. Runa jedoch zog sie energisch mit sich, und unter ihrem Griff wich der Drang, sich zu verstecken, dem Trachten, das Stadttor gerade noch rechtzeitig zu erreichen.

Ihre Hektik blieb nicht verborgen. Nicht nur im Hof der Pfalz waren viele Krieger, auch hier auf den Straßen sah man welche – und diese waren nicht damit beschäftigt, ein Schwein zu braten. Erst fielen nur ihre Blicke auf sie, dann deutete man auf die beiden Frauen. Zumindest Gisla war als solche zu erkennen, blähte doch der Wind ihre Kapuze und zerrte blondes Haar darunter hervor. Ehe die Männer sie eingekreist hatten und fragen konnten, wohin es sie so eilig trieb, stießen sie auf eine Gruppe Mönche, die in einer fremden Sprache miteinander redeten.

Gisla hörte sie nicht zum ersten Mal und ahnte, dass es Irisch war und die Mönche folglich Landsleute des großen Johannes Scottus Eriugena, der – von Karl dem Kahlen, Gislas Urgroßvater, protegiert – in Laon ein Studienzentrum für Griechisch und Philosophie ins Leben gerufen hatte.

Kurz entschlossen zog sie ihre Kapuze tiefer ins Gesicht und zerrte Runa in den Kreis der Ordensbrüder. Diese blickten irritiert, aber keiner blieb stehen, und als die beiden Frauen sich nach einer Weile umdrehten, starrten die Krieger ihnen zwar immer noch nach, aber folgten ihnen nicht.

Die Mönche gingen nun ihres Weges, und sie standen endlich vor dem Stadttor, keinen Augenblick zu früh, denn eben wurde es geschlossen.

»Wartet!«, schrie Gisla.

Der Torhüter musterte sie misstrauisch; zu ungewöhnlich war es, dass jemand zu dieser Tageszeit noch hinauswollte. Aber Runa erwiderte seinen Blick so finster, dass er schließlich widerwillig nickte. Wahrscheinlich, so dachte er wohl, war es besser, solches Gesindel nicht bei Dunkelheit in der Stadt zu wissen.

Gisla schritt aufrecht durch das Tor – dahinter aber wurde sie von Angst und Grauen überwältigt. Die vielen bewaffneten Männer, denen sie gerade noch entkommen waren, kamen ihr in den Sinn, der grausige Anblick des toten Wärters, der Geruch von gebratenem Schwein – und plötzlich wusste sie, dass sie ihr Leben lang nie wieder Schweinefleisch essen könnte, ohne an den Mann mit der aufgeschlitzten Kehle zu denken.

Sie würgte – und lief los, lief den Hügel hinunter, lief immer weiter von der Stadt weg. Sie kamen wieder am Kloster, das Sadalberga gegründet hatte, vorbei, an Feldern, Wiesen und Weinbergen, verließen die Straße und erreichten den Wald. Mittlerweile war es gänzlich dunkel geworden, die Bäume glichen einer schwarzen Wand.

Gisla schmerzte die Brust, als sie stehen blieb, und sie begann, herzerweichend zu schluchzen.

»Wohin?«, rief sie. »Wohin nur sollen wir jetzt gehen?«

Sie konnte nicht mehr zurück nach Laon, und sie konnte nicht nach Rouen. Sie konnte ihrem Vater nicht nach Lothringen folgen, weil sie weder wusste, wo dieses Land lag, noch wo genau in diesem Land er sich aufhielt, und sie würde auch den Weg zum Kloster ihrer Mutter nach Chelles nicht finden. Bis jetzt war sie auf der Flucht gewesen – nun war sie eine Heimatlose. Die Kehle schmerzte vom Weinen alsbald noch mehr als vom schnellen Laufen, und um nicht noch mehr Tränen zu vergießen, begann Gisla, über Hagano zu fluchen. Ihr fielen nicht viele Schimpfwörter ein, aber sie beschwor wortgewaltig Gottes Strafe, die ihn ob seines schändlichen Verhaltens gewiss treffen würde. Vage erinnerte sie sich an eine Geschichte, die sie als Kind gehört hatte, die vom gemeinen Mord an Bischof Fulco Kunde gab, und auch davon, wie der Übeltäter von Gott bestraft würde: Ein stetes Feuer brannte ab nun in ihm, Tumore wuchsen an seinen Füßen, niemals zu löschender Durst quälte ihn.

All dies wünschte Gisla nun lauthals auch Hagano, doch mit der Stimmkraft schwand die Gewissheit, dass Gott diesen ähnlich bestrafen würde: Er hatte ihr zwar nach dem Leben getrachtet, aber sie selbst war nur die Tochter eines Königs und obendrein eine ungehorsame – sie hatte sich dem Willen ihres Vaters widersetzt. Vielleicht war also vielmehr sie es, die von Gott bestraft wurde, und Hagano wurde nicht vom Teufel geritten, sondern vom Allmächtigen als Werkzeug benutzt.

Ob es nun gerechte Strafe oder grausames Schicksal war und ob Hagano in Gottes Sinne handelte oder nicht: Gisla wusste nicht, wie es weitergehen sollte.

Sie hatte Runa – sonst niemanden mehr.

Kloster Saint-Ambrose in der Normandie
Herbst 936

Die Reiter kamen näher. Arvid lauschte reglos, und die Äbtissin befürchtete kurz, dass er aus purem Trotz nicht fliehen würde, dass er lieber seinen Feinden ins Gesicht sah, als ihr zurück ins Kloster zu folgen. Sie zweifelte keinen Augenblick daran, dass es Feinde waren, die sich dem Kloster näherten – und war umso erleichterter, dass Arvid sich schließlich aus seiner Starre löste und ihr zur Pforte nachhastete.

Sie erreichten sie keinen Augenblick zu früh. Die Äbtissin schloss das Tor und schob den Riegel davor. Das Quietschen war kaum verklungen, als das Pferdegetrappel anschwoll, erst von Rufen begleitet, dann von Schritten, schließlich von Schlägen auf das Holz. Obwohl das Tor stabil war, wich die Äbtissin instinktiv zurück. Dem Lärm nach standen da draußen mindestens ein halbes Dutzend Männer, und diese forderten mit zunehmend wütender Stimme Einlass.

»Mein Gott!«, stieß Arvid aus.

Zum ersten Mal, seit er die Wahrheit wusste, stand keine Verachtung in seinen Zügen, nur blankes Entsetzen.

Mit ihrem Kinn wies die Äbtissin schließlich auf das Refektorium – ein Zeichen, dass sie sich um die Nonnen kümmern müsse, während er hier warten möge. Die Schwestern, vom grässlichen Lärm nicht minder erschrocken als sie, blickten ihr bereits angstvoll entgegen. Vermutungen, wer die Männer wären, die das Kloster heimsuchten, wurden wild durcheinandergerufen. Die Subpriorin versuchte sie zu beruhigen, doch kam mit ihren mahnenden Worten kaum gegen das aufgeregte Geschrei an. Erst als die Äbtissin den Raum betrat, verstummte es kurz.

Angst- und hoffnungsvoll zugleich richteten sich die Blicke auf sie. Ganz gleich, ob sie ihr Amt eben noch niederlegen wollte oder nicht – in der Stunde der höchsten Not war sie ihrer aller Mutter.

Die Subpriorin richtete als Erste das Wort an sie. »Wer ... wer ist da draußen?«, fragte sie.

Die Äbtissin fühlte, wie ihre Lippen zitterten. Sie hatte so viele Feinde gehabt – und all diese wären fähig und willens, auch Arvids Leben zu bedrohen. Der ersten Regung folgend zuckte sie mit den Schultern – ein Fehler, wie sich zeigte, denn dass sie keine Antwort auf die Frage wusste, ließ alle Dämme brechen.

»Sind es Heiden aus dem Norden?«, schrie Mathilda und sprang auf.

Das Geschrei der Nonnen übertönte fast die Schläge ans Tor. Laut zitierte die Magistra den Propheten Jeremia: Unheil und Zerstörung kündigte jener an – von einem Volk gebracht, das aus dem Norden käme.

Eine andere erging sich in Schimpfworten. »Verfluchte Seeräuberbande!«, tobte sie. »Schlangenbrut!«

Wieder eine andere behauptete, dass sie vom Unheil geahnt habe, das ihnen allen bevorstehe. Ihre finsteren Träume hätten es angekündigt – Träume von Flammen, die nicht nur über dem Land, sondern auch über dem Meer wüteten und die die Form eines Drachen annähmen, von einem Kometen und von Wirbelstürmen – alles Zeichen, die auf die Heiden aus dem Norden hinwiesen.

Die Schwester Cellerarin dachte nüchtern wie stets. »Wenn es tatsächlich Heiden aus dem Norden sind, müssen wir unser Vermögen verstecken. Die Heiden haben es doch darauf abgesehen – auf die Edelsteine, die die Tabernakel zieren, auf die kostbaren Einbände unserer Bücher, auf die Gewänder.«

Sie blickte bestürzt auf ihren Habit herab, als drohte man ihn ihr schon vom Leib zu reißen, obwohl er vom Kochen befleckt und aus einfachstem Stoff war.

Die Subpriorin schüttelte den Kopf. »Das Kloster ist ein heiliger Ort«, versuchte sie zu beruhigen, »ich habe schon oft gehört, dass sich der Boden auftat und die Heiden verschluckte, wenn sie geweihte Erde betraten.«

Jetzt meldete sich Mathilda zu Wort. »Das mag sein. Aber ich habe auch gehört, dass einmal die Heiden während einer Messfeier in eine Kirche einfielen. Der Geistliche war gerade dabei, die Worte sursum corda, *Erhebet die Herzen, zu sprechen, als die Türen aufgebrochen wurden. Man hat ihn mit einem Rinderknochen erschlagen – und die Gläubigen mit Schwertern.«*

Wieder ging Geschrei los, diesmal wild durcheinander. Dann plötzlich ertönte ein lautes Klatschen und ließ sie alle zusammenzucken.

Die Äbtissin schlug die Hände zusammen und rief nun laut: »Ruhe!«

Es war so selbstverständlich, das Amt wieder an sich zu reißen. Und so selbstverständlich, dass die Nonnen ihr gehorchten.

Doch nun, da wieder alle schwiegen, waren die Schläge an das Tor umso lauter zu hören. Noch zerbarst das Holz nicht, aber die Äbtissin war sich nicht sicher, wie lange es den wütenden Fausthieben standhalten würde.

»Ruhe!«, wiederholte sie, ohne sich die Ängste anmerken zu lassen. »Hier sind wir in Sicherheit! Gewiss, manchmal kommen noch Heiden aus dem Norden, aber wir dürfen nicht vergessen: Wir leben in einem Land, in dem die meisten dieser Heiden längst christlich geworden sind. Falls neue Banden aus dem Norden kommen, wird jemand zu unserer Hilfe herbeieilen. Graf Wilhelm, Rollos Sohn, wird uns schützen, so wie er und sein Vater allen Klöstern Schutz versprochen haben.«

Die Schwestern blieben misstrauisch – zu widersprechen aber wagte keine von ihnen.

»Geht in die Kirche!«, befahl die Äbtissin. »Dort wollen wir beten – um die Hilfe des Grafen und um die Hilfe Gottes.«

Die Ordensfrauen gehorchten, ein anderer ließ sich jedoch nicht so leicht beschwichtigen. Als sie vom Refektorium ins Freie trat, traf die Äbtissin auf Arvid, kreidebleich im Gesicht und mit schmerzverzerrten Zügen. Er hielt sich die Brust. Seine Wunde schien zu nässen.

Sie wartete, bis die Nonnen an ihr vorbei zur Kapelle gegangen waren, dann legte sie ihre Hand auf seine Schultern, hoffend, dass er in der Stunde der Not nicht von ihr zurückweichen möge. Er tat es trotzdem, und sie seufzte kummervoll.

»Auch wenn du die Wahrheit kennst... macht es... macht es wirklich so einen großen Unterschied?«

»Das Blut eines Mannes ist anders als das einer Frau«, murmelte er und wandte sich ab.

Nicht alle Nonnen hatten den Weg zur Kapelle eingeschlagen, wie die Äbtissin jetzt, da sie sich umdrehte, sah – Mathilda hatte an ihrer Seite verharrt.

»*Was meint er damit?«, fragte sie verwirrt.*

Irrte sie sich, oder fielen die Faustschläge gegen das Tor nicht mehr ganz so heftig aus? Hatten die Männer ein Einsehen, dass sie unmöglich diesen Bau aus Stein und massivem Holz stürmen konnten?

Die Äbtissin fühlte sich mit einem Mal erschöpft – und trotz des Schutzes, das Tor und Mauern boten, heimatlos. Als sie zur Kapelle blickte, wusste sie, dass sie dort weder Frieden noch Zuversicht finden würde.

»Er weiß nicht mehr, wer er ist und zu wem er gehört«, vertraute sie Mathilda unwillkürlich an. »Und wenn ich ehrlich bin – ich weiß es auch nicht mehr.«

VII.

Nordmännerland
Herbst 911

Nichts war Taurin so zuwider wie der Geruch nach verbranntem Menschenfleisch. Und nichts so widerwärtig, wie jemandem Gewalt anzutun. Noch schlimmer, als zu töten, war es für ihn stets gewesen, einen Mann zu foltern.

Doch dieser hier ließ ihm keine andere Wahl, ja, schien es sogar darauf anzulegen. Zuerst hatte er nicht gezögert, Taurins Fragen zu beantworten: Sein Name sei Thure. Die Männer in seinem Gefolge seien großteils aus dem Norden mit ihm gekommen – keine Dänen, sondern aus Norvegur stammend – der Rest Kelten, die sich ihm erst hier im Nordmännerland angeschlossen hätten, einstige Sklaven allesamt, die mit Freiheit nicht viel anfangen könnten und gewohnt seien zu gehorchen. Der narbige Mann hatte gegrinst, als er das sagte. Es schien ihm zu gefallen, dass manche Menschen so verroht waren, dass sie einem wie ihm folgten, obwohl sie dabei den Tod finden konnten.

Danach grinste er nicht mehr, und sein Wortfluss kam zum Erliegen. Er weigerte sich, über die zwei Frauen zu sprechen, vor allem darüber, dass eine von ihnen die Königstochter Gisla war.

Taurins Ärger wuchs – über Thures Verstocktheit und über

die Tatsache, dass ausgerechnet diese jämmerliche Kreatur seine letzte Hoffnung war. Die Frauen waren geflohen, vielleicht sogar tot – und Thure war ein Zeuge, der das Ungeheuerliche bestätigen konnte: dass die Frau im Bischofspalast von Rouen nicht die fränkische Prinzessin, sondern nur deren Dienerin war. Auch wenn man einem wie ihm kaum trauen konnte, war es einen Versuch wert, in Rollo Zweifel zu säen.

Thure jedoch schwieg ausdauernd, und sein neuerliches Grinsen verriet, dass er es weiterhin tun würde: während des langen Wegs nach Rouen und vor allem auch dort. Anstatt aufzubrechen, drohte Taurin, ihn notfalls mit Gewalt zum Reden zu bringen, und als die Drohung nichts fruchtete, entschied er, sie wahr zu machen.

Er erteilte den Befehl, eine Streitaxt ins Feuer zu halten, bis ihre Klinge glühte, und während ihm selbst vor dem graute, was danach folgen würde, lauschte Thure dem Befehl gleichgültig. Die Männer in Taurins Gefolge wiederum waren einzig an der Qualität des Eisens interessiert – zumindest sprachen sie ausführlich darüber, während es sich erhitzte, und sie betrachteten nicht nur die Streitaxt, sondern alle anderen Waffen, die sie erbeutet hatten, als sie Thures Männer töteten. Die wenigen Schwerter waren zwar insgesamt kürzer, aber – im Gegensatz zu ihren eigenen – zweischneidig, und obwohl ansonsten maulfaul, diskutierten sie ausgiebig, welchen Nutzen dies hätte.

Taurin fasste es nicht, woher sie die Ruhe nahmen, starrte missmutig in die Flammen, um nicht in Thures Gesicht und das seiner Männer sehen zu müssen. Und wieder einmal holten ihn die Erinnerungen ein.

Feuer ... überall Feuer ... der Turm auf der Brücke, aus Holz gebaut, stand in Flammen und stürzte krachend in den

Fluss. Die Brücke selbst war aus Stein, sie hielt dem Angriff stand ... Aber wie lange noch?, fragten sich alle. Wie lange noch?

Genau das fragte auch die Stimme, die ihn aus den Erinnerungen riss. »Wie lange noch?«, rief Thure. »Wie lange soll ich noch warten?«

Taurin antwortete nicht, sondern warf einen Blick auf das Eisen, das sich rötlich färbte. Wieder stiegen Erinnerungen hoch, nicht an die Belagerung, sondern an ein Gottesurteil, dessen er einst Zeuge geworden war und das zu erlangen vorsah, dass der Beschuldigte ein rotglühendes Eisen aus einem Feuer nahm. Wenn sich nach wenigen Tagen seine Verbrennungen nicht entzündet hatten, war er unschuldig – eiterte und blutete die Wunde hingegen, war er der Straftat überführt. Er war damals noch ein Kind gewesen, und jenes grausame Verfahren war ihm gerecht erschienen. Nun sah er das glühende Eisen und dachte nur: Wie kann es einer anfassen, schuldig oder nicht, ohne sich zu verbrennen? Und wer erträgt es, diesen Unglücklichen vor Schmerzen schreien zu hören, und hat kein Mitleid mit ihm?

»Wie lange willst du noch zögern?«, höhnte Thure. »Bist du ein Schwächling? Oder ein Feigling? Oder beides?«

Taurin konnte seinem Blick nicht länger ausweichen und hob den Kopf. Die narbige Kreatur erstickte sein Mitleid im Keim – und säte zugleich Respekt, weil der Mann keine Furcht zeigte, desgleichen Neid auf diese Willensstärke und Härte. Taurin ballte seine Hand zur Faust, sprang auf Thure zu und schlug ihm ins Gesicht, noch ehe er recht begriff, was er überhaupt tat. Thure wich dem Angreifer nicht aus, Taurin selbst war es vielmehr, der voller Ekel, die vernarbte Haut berührt zu haben, zurückzuckte.

»Das soll alles sein?«, höhnte Thure.

Taurin wandte sich ab. Noch größer als der Ekel vor dem Scheusal war der vor sich selbst.

»Nicht gekränkt sein«, rief Thure da plötzlich schmeichelnd, »ich mag dich doch. Ich beobachte dich nun schon eine ganze Weile, und ich beobachte dich gern. Im Grunde sind sie allesamt langweilig – die Menschen, die immer wissen, was sie wollen, und wollen, was sie tun. Weit lieber sind mir solche wie du. Menschen, die nicht wissen, was sie tun, und nicht mögen, was sie wissen.«

»Halt's Maul!«, rief Taurin.

Die Wut, der Widerwille, die Verachtung brannten immer heißer in ihm. Er machte sich die Gefühle zunutze, griff nach der glühenden Streitaxt und hielt die Klinge nah an Thures Gesicht. Es befriedigte ihn, dass Thure nicht sämtliche seiner Instinkte beherrschte und nun doch zusammenzuckte. Die Männer – am Quälen noch mehr interessiert als an fremden Waffen – hielten ihn fest. Noch einmal führte Taurin die glühende Klinge an die narbige Haut heran und versengte die spärlichen Barthaare.

»Ich lasse dir die Wahl«, brüllte er. »Erzähl mir alles über die Frauen. Dann verschone ich dich.«

Ein Zischen ertönte, als die Barthaare unter der Glut verbrannten. Noch aber verschonte Taurin die Haut und zog die Streitaxt alsbald wieder zurück.

Thure leckte sich über die trockenen Lippen. »Du willst also, dass ich rede?«, rief er mit freudiger Stimme. »Oh, ich rede doch gerne, vor allem mit dir! Was macht es für einen Unterschied, dass ich nicht dein Freund bin, sondern dein Gefangener? Loki war auch ein Gefangener, wusstest du das?«

»Was weißt du über die Frauen?«

Thure grinste nicht nur, er lachte. »Ja, Loki war in einer unterirdischen Höhle gefangen«, rief er, »und diese Höhle war schmutzig. Ganz anders als der Palast, in dem Baldur lebte. Breidablik hieß der, und dort gab es nichts, was schmutzig war. Dort war alles sauber. Und Baldur war der schönste aller Götter, tapfer und von allen geliebt.«

»Die Frauen!«, schrie Taurin.

Die glühende Streitaxt zitterte in seiner Hand, berührte darum zwar nicht Thures Gesicht, aber seine Brust. Ein Zischen erklang, als der seidige Stoff von Thures Kleidung zerschmolz, jedoch kein Schmerzenslaut erklang.

»Warum so eilig?«, fragte Thure ohne Furcht, ja, fast vergnügt. »Die beiden Frauen sind über den Fluss entkommen und folglich nun im Frankenreich. Von dort kannst du sie nicht zurückholen, du kannst bestenfalls darauf warten, dass sie auch von da drüben verjagt werden und wiederkehren – vorausgesetzt, dass sie nicht ersoffen sind. So oder so haben wir Zeit, viel Zeit. Lass uns die Zeit nutzen, ein bisschen zu plaudern. Darüber, dass die Welt nicht sauber ist und die Helden nicht unsterblich sind, auch wenn Baldur, Odins Lieblingssohn, es zu sein schien.« Er wurde ernster. »Eines Tages bekam seine Mutter, die streitsüchtige Frigg, plötzlich Albträume, die seinen nahen Tod verkündeten. Und was tat Frigg? Sie rief alle Wesen dieser Welt zu sich, auf dass sie ihr schworen, dem schönen, tapferen Baldur niemals etwas zuleide zu tun. Nur leider vergaß sie, auch den Mistelzweig dies schwören zu lassen. Mickrig schien der, hässlich und unbedeutend. Doch das hätte ich Frigg geraten, und ich rate es nun auch dir: Unterschätze dergleichen nie! Unterschätze nicht die Macht des Mickrigen und Hässlichen! Loki nämlich, listig und böse, brachte Baldurs blinden Bruder dazu, den Mistelzweig auf Baldur zu werfen, und aus dem schönen Gott wurde ein vernichteter.«

Thure röchelte. Taurin war nicht sicher, ob er sich an seinen schnellen Worten verschluckt hatte, auf abartige Weise lachte oder einfach nur Baldurs Tod nachäffen wollte. Nur eines war sicher: dass all das Gerede noch schwerer zu ertragen war als der Geruch von verbranntem Fleisch.

Seine Hand zitterte nicht länger, als er die glühende Streitaxt hob und die Klinge an Thures Gesicht presste. Kein röchelnder Laut erklang nunmehr – nur Furcht erregendes Geschrei.

Taurin presste die Augen zusammen, um nicht zu sehen, wie sich der Grässliche wand, als er die Axt endlich sinken ließ, aber die Ohren konnte er sich nicht zuhalten. Er wusste, dass das Geschrei ihn fortan verfolgen würde. Und das Geschrei wurde nicht leiser, der Geruch nach verbranntem Fleisch nicht erträglicher.

Was tue ich?, dachte er.

Er drehte sich von Thure fort, ihm dann wieder zu. Endlich wurde aus dem Schreien ein Wimmern. Taurin öffnete die Augen. Thures Gesicht war nicht länger von Haut geschützt, nicht mal von narbiger. Was Taurin sah, war nacktes, blutendes Fleisch.

Erst wand der Gefangene sich heftig, dann lachte er hysterisch und brüllte wie von Sinnen. »Mehr Gift! Mehr Gift!«

Nicht nur Taurin zweifelte an seinem Verstand. Auch seine gleichgültigen Männer warfen sich unbehagliche Blicke zu.

»Er ist verrückt«, stellte einer fest.

Taurin nickte, und zugleich dachte er: Wer ist das nicht?

»Mehr Gift!«, kreischte Thure indessen wieder.

Taurin hob drohend die Axt. »Sag endlich, was du über diese Frauen weißt!«

Schmerz und Wahnsinn schienen Thure nicht das Vermögen geraubt zu haben, zu reden. Er fuhr mit schnellen Worten fort: »Baldur war also tot! Der saubere, tapfere, starke Gott fuhr in die Unterwelt! Doch noch war nicht alles verloren. Hel, die Göttin des Todes, ließ sich von Friggs Flehen erweichen und war bereit, Baldur aus ihren Fängen zu lassen, vorausgesetzt, dass jedes Wesen um Baldur weinte. Ließ ein Einziger nur ehrliche Trauer vermissen, sollte er bei ihr bleiben. Und sie weinten, schluchzten und heulten vermeintlich alle, ein Wesen jedoch nicht. Eine alte Frau war dieses Wesen; sie hockte in einer Höhle, und sie behauptete, Baldurs Tod sei ihr gleichgültig. Errätst du, wer die alte Frau war?«

Wie konnte er mit diesen Verletzungen reden? Taurin umklammerte die Streitaxt fester.

»Die alte Frau war niemand anderes als Loki!«, rief Thure triumphierend. »Er verbarg sich in ihrer Gestalt, und er weinte nicht um Baldur, denn Baldurs Tod war ihm gleichgültig. Ja, er weinte nicht, er lachte.«

Thure begann selbst zu lachen. Und heulte zugleich vor Schmerz.

Die Klinge der Streitaxt glühte nicht mehr rot, sondern hatte sich verdunkelt. Taurin hielt sie erneut in die Flammen, sah, wie sie lustlos daran züngelten.

»Was weißt du über die Frauen?«, bellte er.

Thure wurde still, dann sprach er erneut. »Loki also weinte nicht, und Hel gab Baldur nicht frei. Die anderen Götter, zutiefst empört, rächten sich an Loki. So wie Hel Baldur gefangen hielt, nahmen sie ihn gefangen und sperrten ihn in besagte Höhle. An drei spitzen Felsen banden sie ihn fest, und über seinen Kopf hängten sie eine giftige Schlange. Das Gift tropfte auf sein Gesicht; es verbrannte seine Haut, was ihm unerträgliche Schmerzen bereitete.« Er keuchte, stöhnte, ächzte, dann fuhr er fort. »Sigyn, Lokis Frau, wollte ihm helfen. Sie eilte herbei, hob eine Schüssel über sein Gesicht, um das Gift rechtzeitig aufzufangen. Aber immer wenn das

Gefäß voll war und sie sich zur Seite wandte, um es zu entleeren, tropfte neues Gift in Lokis Gesicht. Er fing zu zittern an, ja, er krümmte sich in so qualvollen Zuckungen, dass die Erde erbebte und die Vulkane begannen, Feuer zu spucken.«

Jede Regung Lokis, von der er sprach, ahmte Thure nach. Er zitterte, er krümmte sich, er bebte, er spuckte. Er trat mit den Füßen auf den Boden. Er hatte Schmerzen, aber er hatte keine Angst vor neuen. Wieder lachte er hysterisch auf.

Taurin ließ die Streitaxt fallen. Er würde kein zweites Mal Thures Gesicht verbrennen können, ohne sich zu übergeben. Ohne zu lachen zu beginnen, wahnsinnig wie jener. Ohne verrückt zu werden.

»Mehr Gift!«, kreischte Thure.

Durchdringend war seine Stimme, laut das Gebrüll der Männer – allerdings wurden sie alle von den Rufen des Boten übertönt, der plötzlich auf sie zugeritten kam und Taurin von der Pflicht befreite, vor seinen Männern Stärke zu beweisen. Er hatte ihn ausgesandt, um die Epte entlangzureiten, um vielleicht einen Blick auf die Frauen zu erhaschen. Nun kehrte er wieder.

Thure zerrte an den Armen der Männer, die ihn hielten, trat mit den Beinen und bog sich, dass Taurin meinte, sein Körper würde bersten wie ein morscher Ast.

»Die Frauen«, verkündete der Bote inmitten des Gebrülls, »ich glaube, sie leben noch. Sie haben die Epte wieder überschritten ... nicht weit von hier.«

Taurin wollte Fragen stellen, aber sein Mund war ganz trocken. Ehe er etwas hervorbrachte, kreischte Thure wieder: »Es gibt keinen sauberen Ort auf dieser Welt, es gibt keinen sicheren Ort auf der Welt – nicht für Baldur und nicht für unsere Frankenprinzessin!«

Es war das erste Mal, dass Thure verriet, von Gislas wahrer Existenz zu wissen.

»Was sollen wir nun mit ihm tun?«, fragte einer der Männer, der Thure hielt. »Ihn töten?«

Taurin starrte auf die Streitaxt, die er hatte fallen lassen. Er schüttelte den Kopf. »Vielleicht brauche ich ihn noch. Wir nehmen ihn mit.«

Plötzlich verstummten Gelächter und Gekreisch. Ganz ruhig und nüchtern, als hätte er keine Schmerzen, aber viel Verstand, bekundete Thure: »Die Frau, die die Frankenprinzessin Gisla begleitet, heißt Runa. Ich kenne sie gut, ich kenne auch ihre Gewohnheiten. Wenn die beiden das Frankenreich tatsächlich verlassen haben, werde ich sie für dich aufspüren.«

»Warum solltest du etwas tun, was mir nützt?«, fragte Taurin.

»Die Welt ist nicht sicher ... sie ist ein giftiger Ort. Wir tanzen zwischen Schlangen und Vulkanen, und ich tanze meisterhaft.«

Erdbröckchen stoben durch die Luft, als Thure erneut zu toben begann.

»Lasst ihn los!«, befahl Taurin und wandte sich ab.

Er war sich sicher, dass Thure nicht zu fliehen versuchen würde.

Die Tage nach Laon glichen jenen, die auf die Flucht aus Rouen gefolgt waren: Es war kalt, wenn sie nicht gerade ein Feuer gemacht hatten, sie waren hungrig, wenn Runa nicht gerade ein Tier erlegt hatte, und sie schwiegen, wenn Runa nicht gerade versuchte, die Sprache der Franken zu erlernen.

Manches hatte sich aber auch verändert. Nach Rouen hatte

Gisla noch Hoffnung gehegt. Nach Laon war da keine Hoffnung mehr. Immer wieder ging ihr das Erlebte durch den Kopf, und immer wieder führte es sie zur Frage: Warum nur?

Warum erwies sich Hagano als so böse, obwohl er doch der engste Vertraute ihres Vaters war? Warum war er so herzlos, sie töten zu wollen?

Wahrscheinlich, schränkte sie ein, hielt er sich selbst weder für böse noch für herzlos, sondern glaubte zum Vorteil des Königs zu handeln, und womöglich war König Karl der Frieden mit den Nordmännern tatsächlich mehr wert als das Leben seiner Tochter. Zu schmerzlich wurde es nun, in der Tiefe des Warums zu wühlen – ihr Denken kreiste nunmehr um die schlichte Frage: Wohin jetzt?

Der einzige Ort, wohin sie sich flüchten konnten, war das Kloster in Chelles, in das sich ihre Mutter zurückgezogen hatte – aber sie kannte den Weg dorthin nicht, und selbst wenn sie den Weg gekannt hätte, wäre sie die Angst nicht losgeworden, dass Hagano sie verfolgen ließ. Sie war sich sicher, dass er es tat, und fragte sich überdies ängstlich, welche Strafe Begga erdulden musste, weil sie nicht ausreichend auf sie achtgegeben hatte, die treulose Begga ... die hilflose Begga ... die verwöhnte Begga, die Behaglichkeit so schätzte ...

Die Furcht vor Hagano war schließlich größer als die Angst vor Taurin und Thure. Hagano wusste, dass sie lebten – die anderen beiden hielten sie hingegen für tot. Deswegen leistete Gisla keinen Widerstand, als ihr aufging, dass Runa den Weg Richtung Epte einschlug und sie bald wieder an dem reißenden Fluss standen, in dem sie fast ertrunken war.

Obwohl sie gut verheilt war, brannte die Wunde, als sie auf das rauschende Wasser starrte. »Sollen wir das wirklich tun?«, fragte Gisla ängstlich.

Runa blickte an ihr vorbei. »Was du tust, ist deins. Was ich tue, ist meins.«

Die Stimme war rauer als sonst, die Worte undeutlich, aber Gisla verstand, was sie meinte: Runa würde in jedem Fall die Grenze überschreiten, nun, da im Frankenreich keine Hilfe zu erwarten stand, und sie überließ es Gislas Entscheidung, ihr zu folgen oder nicht.

Diese hatte keine Wahl. Nur eins war noch schlimmer, als ohne Besitz durch die Fremde zu eilen, zu hungern und zu frieren, von Feinden verfolgt, die ihr nach dem Leben trachteten – dies alles allein durchzustehen.

Sie hatten mehr Zeit als beim letzten Mal, eine gangbare Furt zu suchen: Weder lag ihnen ein wieherndes Pferd im Ohr noch das Zischen von Pfeilen. Das Wasser war dennoch genauso kalt und genauso reißend; selbst an der seichtesten Stelle versanken sie bis zur Hüfte darin. Obwohl Runa zuvor hart zwischen Mein und Dein unterschieden hatte, war sie bereit, Gisla zu helfen, reichte ihr nicht nur die Hand, sondern zog ihren Körper ganz fest an ihren. Und trotz der glitschigen Steine und des weichen Schlamms unter ihren Füßen fand Gisla genug Halt, um nicht auszurutschen und von den Fluten mitgerissen zu werden. Schritt um Schritt kamen sie weiter, und als sie das andere Ufer erreicht hatten und Runa sie losließ, ging Gisla auf, dass sie in all den Wochen stärker geworden sein musste und widerstandsfähiger gegenüber der Kälte. Sonderlich dankbar war sie für dieses Vermögen nicht. Als sie auf das Frankenland zurückblickte, überkam sie Wehmut.

Sie würde nie wieder heimkehren können. Und sie würde nie wieder dieselbe sein könnten – die umsorgte Gisla, die Gisla, die die Menschen mit ihrem hellen Gesang erfreute, die zurückgezogen lebte und die zu den wenigen, die ihr Gesellschaft leisteten, gut sein wollte.

Sie gingen weiter, obwohl die nasse Kleidung an ihren Körpern klebte. Der Kleidung konnte sich Gisla nicht entledigen – aber der Gedanken, die in ihrem Kopf kreisten. Sie sprach sie aus und hoffte, sie dadurch zu vertreiben.

»Wohin soll ich jetzt?«, stammelte sie. »Wir können doch nicht ewig so weiterziehen. Es gibt doch auch im Nordmännerland Klöster; Rollo hat meinem Vater zugesagt, sie wiederaufzubauen. Vielleicht kann ich in einem leben. Oder vielleicht sollten wir zurück nach Rouen gehen. Ich muss doch Aegidia warnen. Ich könnte auch wieder ihre Dienerin sein...«

Sie brach ab, denn sie wusste, dass sie das nicht konnte. Selbst wenn Aegidia noch lebte, würde sie nicht zu ihr vorgelassen werden. Und selbst wenn es im Nordmännerland Klöster gab, die nicht in Trümmern lagen, würde Runa nicht bereit sein, ein solches zu suchen. Sie schwieg zwar zu Gislas verworrener Rede, aber erklärte schließlich erneut, dass jede von ihnen selbst über ihre Zukunft entscheiden müsste.

»Aber du?«, fragte Gisla. »Was willst du denn jetzt machen? Wohin willst du gehen?«

Runa antwortete mit einem schlichten Wort: »Norvegur.«

Gislas Mut sank. Offenbar wollte Runa immer noch heimkehren, notfalls auch ohne ihre Unterstützung.

»Und ich?«, fragte sie.

»Du... mitkommen... oder bleiben«, erwiderte Runa.

Gisla blieb stehen; die Kleidung war vom Wind getrocknet, aber ihr war immer noch kalt. »Was soll ich denn in einem fremden Land?«, rief sie klagend.

Erst als sie die Frage gestellt hatte, ging ihr auf, dass jedes Land nun für sie ein fremdes war und sie in jedem Land eine Fremde.

Runa blieb stehen, trat auf sie zu und nahm ihre Hände.

»In Norvegur ... niemand kennt dich ... niemand ahnt, dass du Rollos Frau ...«

Gisla wich Runas Blick aus, aber sie entzog ihr die Hände nicht, sondern nickte.

In den nächsten Tagen gab Gisla vor, dass sie sich noch nicht entschieden hatte, was sie tun würde. Aber fortan beherrschte nicht nur Runa ihre Sprache immer flüssiger, sondern auch Gisla die des Nordens.

Jeden Morgen war es ein wenig kälter als am Tag zuvor, und jedes Mal, wenn sie erwachten, lagen sie unter einem Berg Blätter, die in der Nacht auf sie herabgeregnet waren. Die Äste der Bäume, unter deren Dach sie sich betteten, ragten trostlos wie schwarze verdorrte Arme in den Wind. Über den Blättern, die im matten Morgenlicht nicht golden, sondern von einem laschen, faulig anmutenden Braun waren, lag meist eine Schicht Raureif. Sie glitzerte silbrig, wenn sich Sonnenstrahlen durch den Dunst stahlen, oder blieb schmutzig grau, wenn eine Wolkendecke die Sonne verdeckte. Ganz gleich nun aber, ob er hässlich oder schön anzusehen war – in jedem Fall verhieß der Raureif Winter. Im Winter würde sie, Runa, nicht nach Norvegur zurückkehren können. Und im Winter würde Gisla kaum das harte Leben im Wald überstehen.

Bis jetzt aber, das musste Runa anerkennen, hielt sie sich beachtlich. Wehklagen oder stumpfsinniges Geschluchze blieben aus. Gisla öffnete nur den Mund, um die fränkische oder nordische Sprache zu lehren oder zu lernen, und sie stellte sich – auch das musste Runa ihr zugutehalten – ungleich begabter an.

Natürlich nutzte es wenig, eine Sprache zu beherrschen, wenn man auf keine Menschen stieß, mit denen man sich austauschen konnte, und zu Beginn ihrer Flucht war Runa darüber erleichtert gewesen. Niemandem zu begegnen hieß, von niemandem verfolgt zu werden. Doch mit der Zeit begann sie immer sehnsüchtiger nach menschlichen Spuren Ausschau zu halten – nach einem leeren Gehöft, in dem sie überwintern könnten, oder nach einem bewohnten, in dem sie um Essen betteln konnten, aber sie begegneten niemandem, weder auf den ausgetretenen Wegen noch auf den Feldern, noch fanden sie eine Siedlung.

Trotzdem fühlte sich Runa ständig belauert. Unsichtbare Geschöpfe schienen den Wald zu bevölkern und ihre Augen auf sie zu richten. In ihrem Nacken kribbelte es, jedes ungewohnte Geräusch ließ sie zusammenzucken, und das Unbehagen wuchs, obwohl sie sich einredete, dass ihren überreizten Sinnen nicht immer zu trauen war. Das Gefühl der Bedrohung wuchs einer Schlinge gleich, die sich immer fester um ihren Hals zusammenzog.

Runa vertraute Gisla ihre Ängste nicht an und sprach weder Thures noch Taurins Namen jemals aus, aber sie ließ sie nur selten allein, um zu jagen – obwohl sie gerade in diesen Tagen, da die Früchte des Waldes unter dem Herbstlaub verrotteten, das Fleisch bitter nötig gehabt hätten. Der Hunger tat weh – und stimmte sie ärgerlich. Manchmal ärgerte sie sich auch über Gisla, weil diese sich weigerte, mit dem Messer werfen zu üben. Manchmal ärgerte sie sich über sich selbst, weil sie nicht versuchte, sie einfach loszuwerden. Gesetzt, sie wurden tatsächlich von Feinden beobachtet, und gesetzt, diese schlügen zu, so würde sie viel leichter fliehen können, wenn sie nicht auf das zarte Mädchen Rücksicht zu nehmen hatte.

Dann wiederum sagte Runa sich, dass es zwar lästig war, sich um Gisla sorgen und das eigene Tempo zügeln zu müssen, aber zugleich eine Wohltat. Mit ihr zu reden, mit ihr zu schlafen, ja selbst das karge Essen mit ihr zu teilen, das alles war ein Beweis dafür, dass sie – wenn die Welt auch kalt und farblos geworden war – noch im Reich der Lebenden weilte, nicht in dem der Toten, in dem man nur Geister traf. Und in einer Sache war Gisla sogar sehr nützlich: Ihr Gehör war besser als ihres. Nicht nur, dass sie schneller ihre Sprache lernte – obendrein vernahm sie früher als sie ungewöhnliche Geräusche, machte noch auf das leiseste Rascheln aufmerksam und konnte darob rechtzeitig vor Schritten und Pferdegetrappel warnen. Dies milderte das Gefühl der stetigen Bedrohung und gab Runa genügend Sicherheit, um jeden Abend Schlaf zu finden.

Eines Tages erwies sich nicht nur Gislas Gehör als das bessere – sie sah auch den aufsteigenden Rauch als Erste. Dicht standen Gebüsch und Farn, dahinter erstreckten sich eine Wiese und ein Feld. Und hinter dem Feld ragte ein einsames Gehöft vor ihnen auf.

Es hatte wohl noch einen Vorteil, mit Gisla unterwegs zu sein: Eine zarte junge Frau mit blonden, wenn auch verfilzten und verschmutzten Haaren war vertrauenswürdiger als ein sehniges, knöchernes Weib mit raspelkurzen schwarzen. Die Bäuerin, die auf ihr Klopfen hin die Tür öffnete, starrte nur Gisla an, nicht Runa, und obwohl ihre Augen weit aufgerissen waren, der Blick gehetzt, der Körper ausgemergelt und die Lippen so trocken, dass sich kleine farblose Hautfetzen davon lösten, schien sie erleichtert, dass nur diese beiden Frauen vor dem Haus standen, kein Mann, und dass eine von ihnen Fränkisch sprach.

Als Gisla um Essen bat und darum, eine Nacht in der warmen Stube verbringen zu dürfen, trat sie zurück und ließ sie, ohne zu zaudern, eintreten.

Gisla fiel fast über die Schwelle, so hastig drängte es sie ins warme Haus. Runa hingegen zögerte. Sie hatte schon viel erlebt in all der Zeit, die sie in diesem fremden Land zubrachte, aber noch nie, dass irgendjemand freiwillig Essen abtrat. Wieder spürte sie jenes Kribbeln in ihrem Nacken und rechnete damit, dass hinter der vermeintlichen Freundlichkeit womöglich eine List steckte. Dann aber stieg ihr ein köstlicher Geruch in die Nase, und der Hunger vertrieb das Unbehagen; er machte sie blind für alle Gefahren.

Runa musste sich beherrschen, um nicht auf den Kessel loszustürzen, der über der Feuerstelle hing, ihn nicht von der Kette zu reißen und seinen Inhalt in sich hineinzuschütten, ganz gleich, wie brühend heiß er war und ob es schmeckte oder nicht.

Die Bäuerin las die nackte Gier in diesem Blick. Immer noch schweigend füllte sie zwei Holzschalen, reichte eine Runa, eine Gisla, und löffelte den Rest selbst aus dem Kessel. Sie aß hastig wie die beiden jungen Frauen – der gemeinsame Hunger und das gemeinsame Essen einten sie mehr als jedes weitere Wort. Als Runa später ihren Blick von der leeren Holzschüssel hob – es war ein Eintopf aus Saubohnen und Erbsen gewesen – und die Frau musterte, wirkte sie so vertraut, als hätten sie schon viele Tage mit ihr verbracht und viele Nächte nebeneinander geschlafen.

»Lebst du allein hier?«, fragte sie.

Zum ersten Mal benutzte sie die fränkische Sprache gegenüber einem anderen Menschen als Gisla. Die Worte kamen ihr unerwartet leicht von den Lippen, und die Bäuerin schien sie zu verstehen.

Kurz zögerte die Frau zu antworten, sie schien des Sprechens entwöhnt zu sein, aber schließlich murmelte sie: »Nein, ich habe einen Mann. Aber der ist unterwegs. Ist ins nächste Dorf gegangen, um Salz und einen Balken Hartholz zu holen.«

Sie senkte rasch wieder ihren Kopf, und Runa fragte nicht weiter. Jetzt, da der ärgste Hunger gestillt war, konnte sie sich in Ruhe umsehen: Das Haus war finster und raucherfüllt, aber die Wände so dick, dass kein Wind hindurchpfeifen konnte. Es gab einen Tisch und zwei Bänke, und an kleinen Haken hingen Gerätschaften zum Kochen, Säen und Ernten. Nicht weit vom Feuer befand sich eine Lagerstätte, gleich gegenüber stand ein würfelförmiges Gebilde aus Stein errichtet. Noch war die winzige Luke verschlossen, aber die Bäuerin stand auf, öffnete sie und holte einen Laib Brot heraus.

Runa unterdrückte ein Juchzen. Sie hätte es nicht für möglich gehalten, dass sie noch mehr zu essen bekamen und obendrein ein Stück Brot. Wieder fiel es schwer, die Gier zu bezwingen, der Bäuerin den Laib nicht augenblicklich aus der Hand zu reißen, um ihn allein zu verschlingen, sondern zu warten, bis diese das Brot – eigentlich mehr ein Fladen als ein Laib – in Stücke brach. Sie schlang ihres ebenso rasch hinunter wie den Eintopf. Die Körner waren grob gemahlen, und jeder Bissen schmeckte nach Asche, die man unter Kleie, Gerste oder Hafer mischte, aber Runa konnte sich nicht erinnern, wann sie je Köstlicheres gegessen hatte.

»Als die Nordmänner ins Land kamen, sind alle anderen geflohen – nur wir nicht«, berichtete die Frau jetzt. »Natürlich hatten wir Angst, dass die Nordmänner unser Haus niederbrennen und das Feld verwüsten könnten, aber selbst wenn das geschehen wäre – ein Haus kann man wieder aufbauen und ein Feld wieder neu beackern. Also sind wir geblieben, und unser Gehöft wurde nie niedergebrannt. Den

Grafen, dem wir Abgaben zahlten, gibt es nicht mehr; sein Besitz ist nun in der Hand eines Nordmannes. Der nimmt nicht mehr Abgaben als christliche Herren, und die Ernte ist zwar nicht überreichlich ausgefallen, aber mit viel Glück werden wir es über den Winter schaffen.« Sie sprach bestimmt, doch ihr Blick blieb ängstlich, und ihre Hände zitterten, und ehe Runa oder Gisla etwas einwerfen konnten, fuhr die Frau fort: »Ich glaube, unsereins hat es gut mit einem wie Rollo getroffen. Es gibt so viele Räuberbanden, die sich hier herumtreiben, er aber lässt sie alle verfolgen und ihnen den Garaus machen.« Genugtuung blitzte in ihrem Blick auf, dann wurde sie wieder ernst. »Er gibt seinen Männern das Land als Lehen, doch nur zu der Bedingung, dass sie dort für Gerechtigkeit sorgen. Die Gesetze, die er verkündet, gelten für alle gleichermaßen, für Franken und Nordmänner. Und mein Mann hat erzählt, dass er auch Brücken bauen und Wälder roden lässt.«

Obwohl ihre Worte großen Respekt verhießen, zog Runa den Kopf ein, und obwohl sie zum ersten Mal seit langem satt war und es warm hatte, verspürte sie wieder dieses unangenehme Kribbeln. Diesmal saß es nicht im Nacken, sondern im Magen und schien dort Knoten zu schlingen. Von Unruhe gepackt sprang sie auf. So dankbar Runa war, ihren Hunger gestillt zu haben, wollte sie auf die Wärme gern verzichten, wollte lieber den beißenden Wind fühlen als das Kribbeln.

Sie hatte die Tür noch nicht erreicht, als sich auch die Bäuerin erhob und auf die Schlafstätte deutete, auf der Strohsäcke und Felle lagen.

»Ihr könnt gerne bei mir schlafen... dann bin ich nicht so einsam«, sagte sie.

Runa blieb zögernd stehen, doch Gisla ließ sich das nicht zweimal sagen. Sie lief zur Schlafstatt, ließ sich schwer auf einen der Strohsäcke fallen und streckte ihre Glieder aus. Ein wohliges Seufzen tönte aus ihrem Mund, und ob dieses Lautes wuchs auch in Runa die Sehnsucht, einmal wieder unter einem Dach und auf weichem Grund zu schlafen. Ihre Erschöpfung wurde so groß – und das unangenehme Kribbeln so schwach.

Runa sank neben Gisla auf einen Strohsack. Fast augenblicklich schlief sie ein, noch bevor sie sich ausgiebig strecken und die Wohltat, nicht auf kalter Erde zu liegen, richtig genießen konnte. Der Schlaf war so tief wie eine Ohnmacht; kein Geräusch drang zu ihr, keine Sorge verfolgte sie bis in ihre Träume. Nur das Kribbeln kehrte zurück, sanft erst, dann immer lästiger. Schließlich vertrieb es die Schwärze und weckte sie auf.

Als Runa die Augen aufschlug, war es taghell. Ihr Körper war noch schwer, ihr Geist jedoch hellwach, und er erfasste sofort, dass das Licht nicht vom Morgengrauen stammte.

An der Decke ringelten sich dunkle Schlangen aus ätzendem Rauch. Auf den Wänden der Hütte zuckten Flammen. Das Haus, in dem sie Zuflucht gefunden hatten und satt geworden waren, brannte lichterloh.

Runa sprang auf und schüttelte Gisla, bis sie aufwachte. Einen Augenblick sah sie sich schlaftrunken um, hustete und fuchtelte mit den Händen vor dem Gesicht, als ließe sich die Gefahr so vertreiben. Dann begann sie zu schreien.

Das Feuer hatte nicht länger nur die Wände, sondern auch das Dach erfasst, doch das Holz war feucht vom Herbstregen, und die Flammen loderten nicht kräftig rot auf, sondern blieben kränklich blau. Der Rauch hing umso beißender im Raum, und wenn sie auch nicht zu verbrennen drohten, so würden sie ersticken, falls sie es nicht rechtzeitig ins Freie schafften.

Runa ahnte, dass der Weg hinaus verschlossen war. Sie ahnte auch, dass das Feuer nicht aus Achtlosigkeit ausgebrochen war, dass jemand vielmehr mit Absicht das Haus angezündet hatte und die Bäuerin gewarnt gewesen war. Das war es, was sie die ganze Zeit, seit sie das Haus betreten hatten, gespürt hatte. Sie stand da, wie erstarrt, unfähig, sich zu bewegen, und rang nach Luft. Gislas Schreie verstummten unvermittelt, als ein brennendes Torfstück vom Dach fiel.

Und dann plötzlich nahm Runa einen Schatten wahr. Die Bäuerin stand reglos dort mitten im Raum im beißenden Rauch mit wirrem Haar und bleichem Gesicht – einem Gespenst gleich.

»Es tut mir leid«, murmelte sie, dann wandte sie sich jäh ab und hetzte zur Tür.

Als sie sie öffnete, ließ die kalte Nachtluft die Flammen erstmals zornig aufflackern: Sie ergriffen vom Tisch Besitz, und anders als die Wände war der aus trockenem Holz und fachte den Appetit des Feuers an.

Runa starrte darauf. Sie wusste, dass sie etwas tun musste, die Flammen austreten, Gisla helfen. Sie konnte es nicht. Sie konnte nur an die Bäuerin denken, die Bäuerin, deren Namen sie nicht einmal kannte, die Bäuerin, die sie verraten hatte – und dieser Verrat war schon geplant gewesen, ehe sie vor der Hütte aufgetaucht waren. Jemand hatte ihr heimtückisch befohlen, den beiden Frauen Unterschlupf zu gewähren und sie in Sicherheit zu wiegen – und sie hatte dem Befehl Folge geleistet, weil sie schreckliche Angst hatte.

Wie vom Blitz getroffen wurde Runa nun selbst von Angst gepackt, Angst vor den Flammen und vor dem Tod, Angst, die so groß war, dass sie nicht an Gisla dachte, allein zur Tür stürzte, sie aufriss wie eben noch die Bäuerin. Obwohl sie sich gegen alles wappnete – auf das, was sie draußen sah, war sie nicht vorbereitet: Unzählige Männer hatten das Haus umstellt und verhinderten so jede Fluchtmöglichkeit. Und als ob das noch nicht schlimm genug gewesen wäre, sah sie inmitten der Männer ihre schlimmsten Feinde vereint – Taurin und Thure.

Runa wich zurück und schlug die Tür wieder zu. In diesem Augenblick barst das Holz des Tisches mit einem ohrenbetäubenden Knall, und er brach in sich zusammen. Die Flammen loderten immer höher, brennender Torf rieselte vom Dach, der ätzende Gestank wurde unerträglich: Jede Furche, jeder Winkel war davon erfüllt. Der wabernde graue Qualm drang durch Runas Nase und Mund. Vergeblich drückte sie ihren Wolfspelz vors Gesicht.

Ihre Gedanken überschlugen sich. Wir werden ersticken, dachte sie, oder bei lebendigem Leib verbrennen. Aber nichts konnte schlimmer sein, als noch einmal in die Fänge Thures oder Taurins zu geraten.

»Runa!«, drang eine Stimme an ihr Ohr, »Runa!«

Gisla stand plötzlich neben ihr, versuchte wie sie, das Gesicht vor Gestank und Hitze zu schützen. Wie blind wankte sie zur Tür.

»Nicht!«, schrie Runa und zerrte sie zurück.

Für gewöhnlich fügte sich Gisla ihrem festen Griff, doch diesmal wehrte sie sich und legte ungewohnte Kräfte an den Tag. Sie versuchte, ihr den Arm zu entreißen, strampelte mit den Beinen. Runa verzog das Gesicht, als sie ihr Schienbein traf. Doch jede Regung erschlaffte, als Runa zwei Namen raunte: Thure und Taurin.

»Was ... was ... ?«

Runa hustete. »Sie sind da draußen ...«

Und auf einmal wich die Panik blanker Wut. Sie stürmte auf den brennenden Tisch zu, griff nach einem halb verkohlten Bein und anderen glosenden Holzstücken, merkte kaum, wie sie sich die Hände verbrannte.

»Was tust du da?«, schrie Gisla über das Zischen der Flammen hinweg.

Runa gab keine Antwort. Sie waren ihren Feinden ausgeliefert, und daran konnte sie nichts ändern. Aber sie konnte es ihnen schwer machen, so schwer wie möglich; sie konnte ihre Angst mit Hass vertreiben.

Runa öffnete die Tür, warf die brennenden Scheite nach draußen. Schmerzenslaute ertönten und verrieten, dass sie jemanden getroffen hatte. Wie von Sinnen warf sie einen Scheit nach dem anderen hinaus, während die Flammen höher und höher schlugen, während die Luft immer dicker wurde und ihr die Kehle verätzte. Aber ihr Triumph währte nicht lange. Wie aus weiter Ferne vernahm sie Thures hämisches Lachen, und ihr ging auf, dass sie in dieser Nacht sterben würde.

Bis zuletzt hatte Taurin daran gezweifelt, ob er Thures Rat folgen sollte. Dass jener nun wie von Sinnen lachte, mehrte diesen Zweifel. Und noch mehr ließ der Anblick des Feuers sein Unbehagen auflodern, gleich dem Wind die Flammen. Rauch stieg ihm in die Kehle, und er wandte sich von der brennenden Hütte ab. In den letzten Tagen hatte er sich oft abgewandt, um Thure nicht ansehen zu müssen, der immer wieder das Wort ergriff – mal plappernd wie ein Kind, mal höhnisch und spottend, mal raunend verführerisch.

Ich kenne Runa ... ich spüre sie für dich auf ... ich weiß, wie man sie in die Enge treibt, hatte er immer und immer wieder beteuert.

All das war nicht gelogen – er hatte die Frauen gefunden und sie in diese hoffnungslose Lage gebracht, doch es war kein ausreichender Beweis dafür, dass man dem Verrückten trauen durfte. Taurin tat es nicht – und geriet zugleich doch in einen eigentümlichen Sog, der Trägheit und Überdruss bei ihm auslöste, das Bedürfnis, den anderen nicht nur reden, sondern auch entscheiden zu lassen. Und überdies überwältigten ihn neue Erinnerungen.

Bei Tageslicht waren es oft schöne Erinnerungen gewesen, bunter als die Welt und willkommene Fluchtpunkte. Er dachte an seine Geliebte ... beschwor ihren Anblick herauf ... weidete sich an jedem Detail ihrer Schönheit.

Doch nun, bei Nacht und im Angesicht der Flammen, sprangen die Erinnerungen ihn an wie eine Raubkatze, bereit, ihm das Gesicht zu zerkratzen. Sie waren weder schön noch willkommen, verhießen keine Flucht von der grässlichen Welt, sondern den Blick in deren dunkelste Abgründe. Und er konnte sich nicht dagegen wehren.

Rauch ... so viel Rauch ... nicht zum ersten Mal wurde seine Kehle verätzt ... auch damals hatte er so viel Rauch geschluckt. Siegfried opferte einige kostbare Seedrachen, trieb sie brennend auf die große Brücke zu, hoffte, sie möge in Flammen aufgehen. Doch die steinernen Wellenbrecher hielten sie auf ...

Die Geräusche der Vergangenheit schienen die der Gegenwart zu übertönen. Das brennende Schiff war mit lautem Getöse auseinandergebrochen, das brennende Haus hingegen stand noch. Die Flammen fraßen begierig, aber leise.

Thures Lachen drang wieder an sein Ohr und riss ihn aus den Erinnerungen, verlockte überdies seine Männer, darin einzustimmen. Taurin fuhr herum. Ja, sie lachten – lachten über die vergeblichen Versuche der Frauen, sie einzuschüchtern, lachten über deren Angst und Wut, lachten über die brennenden Scheite, die die eine der beiden, Runa, die Frau mit dem Wolfspelz, aus dem Haus warf. Thures Wahnsinn schien auf sie übergesprungen zu sein wie die Funken auf das Holz. Der Kampf ums Überleben, den die beiden Frauen ausfochten, schien für sie alle nur ein Spiel zu sein und keinen anderen Zweck zu haben, als den, sie zu unterhalten.

Genau betrachtet fochten nicht die beiden Frauen diesen Kampf aus ... eigentlich tat es nur die eine ... Runa. Die mit den kurzen schwarzen Haaren, dem Messer und dem Amulett, dem Wolfspelz und dem zähen Leib, der sich ein paar Tage zuvor erst eng an seinen gepresst hatte. Runa, die seinetwegen gerne hätte weiterleben können, wenn sie doch nur bereit wäre, die Prinzessin nicht länger zu schützen. Runa, der er am liebsten zugerufen hätte: Gib auf, dann lass ich dich am Leben!

Aber sie gab nicht auf, obwohl es sinnlos war, obwohl sie bald ersticken und verbrennen würde. Ihr Gebaren verhieß zwar Mut, aber nicht sonderlich viel Klugheit.

Er selbst hatte immer der Klugheit den Vorzug gegeben, hatte – wenn es nicht anders ging – immer aufgegeben, um sein Leben zu schützen. In diesem Augenblick fühlte er sich schäbig darob – und zweifelte zugleich an dieser Klugheit, nachdem er in den letzten Tagen doch auf Thure gesetzt hatte, ihm erlaubt hatte, sich einzumischen und die Spur der Frauen aufzunehmen.

Dass ihm das tatsächlich gelungen war, hatte in Taurin weniger Respekt gesät als den Verdacht, dass er mit dunklen Mächten im Bunde stehen müsse: Nicht nur, dass er alle Spuren des Waldes deuten und die menschlichen von denen der Tiere unterscheiden konnte, überdies schien es, als beherrsche er neben der Sprache der Menschen auch die der Vögel und des Windes. Sie hatten ihm zugetragen, wo die Frauen waren, sie hatten den Weg zu diesem einsamen Gehöft gewiesen, das jetzt als Falle diente.

Taurin gestand sich ein, dass es beschämend war, die Frauen auf diese Weise festzusetzen, ganz so, als wäre ein Dutzend Männer nicht fähig, es auf bewährte Weise zu tun. Was zählte es, dass Runa den einen oder anderen getötet hätte? Welchen Wert hatten diese Männer schon, wenn sie doch jetzt so schäbig lachten? Immer lauter, immer abfälliger. Nicht länger nur über Runa und die fränkische Prinzessin, wie ihm schien, sondern auch über ihn selbst.

Er schrie, dass sie aufhören sollten, aber sie gehorchten nicht. Er wiederholte den Befehl, geifernder, zorniger nun, doch nur einer hörte zu lachen auf: Thure. Sein verzerrtes Gesicht glättete sich, die funkelnden Augen, in denen sich eben noch das Feuer gespiegelt hatte, wurden kalt. Erst musterte er Taurin ausgiebig, dann schweifte sein Blick über die Männer. Und dann gab er ihnen klar und mit fester Stimme einen Befehl.

»Broddr, Floki, Hroi, Ulfar – hört auf zu lachen!«

Der Rauch ließ das Bild vor Taurins Augen verschwimmen. Kurz fühlte er sich wie in einem dunklen Traum gefangen: Zu verwirrend, zu empörend war, was geschah – dass Thure seinen Männern Befehle erteilte und diese tatsächlich gehorchten, und noch mehr, dass er ihre Namen kannte. Ihm selbst waren all ihre Gesichter vertraut, aber er wusste nicht, wie die Männer hießen. Er hatte diese Truppe nicht ausgewählt, sie war ihm zugeteilt worden. Und die Männer gehorchten ihm nicht, weil sie es wollten, sondern weil er in all den Jahren so gut zu kämpfen gelernt, Rollos Respekt gewonnen hatte und sie es darum mussten. Sie mochten ihn nicht. Er sie auch nicht. Und es hatte ihn nie interessiert, wer sie waren und woher sie kamen.

Wie, zum Teufel, hatte Thure ihre Namen herausgefunden?

In jenem kurzen Augenblick, da sich die Welt im Rauch auflöste, erschien es ihm wie Hexerei. Erst als eine Windböe den Rauch vertrieb, erkannte er, dass Thure seine Männer nicht verhext, sondern schlichtweg gefragt hatte, und dass Taurin Gleiches hätte tun können. Doch sie zu fragen hieß, mit ihnen zu reden, und er hatte keine Lust zu reden, nicht so wie Thure, der nie den Mund hielt, der sich nicht nur die Zeit genommen hatte, die Namen der Männer zu erfahren, sondern auch die Zeit, ihnen seinen eigenen Namen einzubläuen. Thure war ein Name des Nordens. Und der Name des Nordens machte aus Thure einen der Ihren.

Ein Grinsen erschien wieder auf Thures Gesicht, und obwohl er stumm blieb, glaubte Taurin sein Hohngelächter zu hören. Thure verstand, dass er es begriffen hatte.

»Du verfluchter...«, stieß Taurin aus und hob die Fäuste, um auf ihn loszugehen.

In diesem Moment wurde die Tür aufgestoßen, und die blonde Prinzessin und die Frau mit dem Wolfspelz stürzten heraus. Gaben sie auf? Waren der Drang nach frischer Luft und das Bedürfnis, der Gluthitze des Feuers zu entkommen, größer als die Angst vor ihnen – Thure und Taurin?

Taurin starrte die beiden Frauen an, nahm kurz weder Thure wahr noch seine Männer. Gisla und Runa rangen nach Luft, husteten und keuchten, krümmten sich. Er wollte einen Schritt auf sie zu machen, da stellte Thure ihm ein Bein und stieß ihm die Faust in den Magen – ein heftiger, weil unerwarteter Schmerz. Taurin fiel, rappelte sich wieder auf, keuchte gegen den Schmerz. Es dauerte, bis der Schmerz nachließ, und noch länger, bis er den Kopf heben, seine Männer ansehen konnte. Keiner hatte Thure aufgehalten. Keiner bestrafte ihn für seinen Angriff auf ihren Anführer. Sie lachten auch nicht mehr.

»Du Verfluchter!«, schrie Taurin.

Er griff nach seinem Schwert, erhob es gegen Thure. Doch jener, der eben noch nahezu entschuldigend seine Hände gehoben hatte, hielt plötzlich in einer dieser Hände eine Streitaxt, und er war bereit, sie zu benutzen. Jemand musste sie ihm gereicht haben.

Taurin ließ das Schwert sinken.

»Du Verfluchter!«, sagte er zum nunmehr dritten Mal, hadernd, dass seine Sprache nicht aus mehr Wörtern zu bestehen schien – ganz anders als die Thures.

Der antwortete gemächlich und mit vermeintlichem Mitleid in der Stimme: »Du hast den gleichen Fehler gemacht wie Runa: Du hast dich nur auf dich allein verlassen. Und du hast deinen Männern lediglich befohlen. Um sie geworben hast du nie ... nicht so, wie ich es tue.«

Taurin starrte ihn an, fassungslos, dass es der teuflischen Kreatur gelungen war, Vertrauen und Macht zu gewinnen und dass er es nicht bemerkt und ihn nicht gleich hatte töten lassen. Dann war da nichts mehr in seinem Kopf, nur das Echo von Kampfgeräuschen. Die Streitaxt sauste auf ihn nieder, er hielt sie mit seinem Schwert auf – mit Mühen nur, denn Thure besaß ungeheuerliche Kraft. Erneut erhoben sie ihre Waffen, erneut schlugen diese aufeinander, und Thure grinste nicht mehr. Da war nichts Spielerisches in ihrem Kampf, nur Verbissenheit, nichts Vergnügliches, nur bitterer Ernst.

Aus den Augenwinkeln nahm er wahr, dass Runa nach ihrem Messer griff, aber ehe diese entschieden hatte, auf wen sie das Messer schleudern sollte, wurde sie von zwei Männern ergriffen. Runa schlug wild um sich, trat dem einen ans Schienbein und biss dem anderen in die Schultern.

Taurin wusste, was in ihrem Körper wütete: die Kräfte des Hasses, der Ohnmacht, der Enttäuschung, der Lebensgier. Doch ihre Kräfte schwanden und seine auch. Sie unterlagen beide ihren Gegnern.

Taurin hörte Runa wütend knurren. Sie war wütend auf ihre Widersacher, er war wütend auf sich. Zum wiederholten Mal sauste die Streitaxt knapp an seinem Gesicht vorbei, er wich ihr aus, hob das Schwert, und das Schwert spiegelte das Feuer, spiegelte die kämpfende Runa, spiegelte die Männer wider, die ihn verraten hatten. Mit einem Aufschrei sprang er auf Thure zu. Ehe er seinen Kopf mit dem Schwert spalten konnte, erhielt er einen wuchtigen Schlag. Er sackte auf die Knie, fühlte, wie das Schwert aus seiner Hand glitt, fiel auf die Erde, schmeckte Schlamm und Staub. Sein Kopf schien zu zerplatzen, doch noch verschluckte keine gnädige Ohnmacht seinen Schmerz.

Zwei Gedanken hielten dem Schmerz stand. Der Gedanke an seine Geliebte, die so schmählich im Stich gelassen worden war wie er, und der Gedanke an Runa, die – so mutig, so verbissen wie sie war – es nicht verdiente, von einem wie Thure unterworfen zu werden.

Dann schien das Feuer plötzlich noch greller zu leuchten und schlug einem Blitz gleich in seinem Kopf ein. Ihm wurde heiß und kalt zugleich, er schmeckte nichts mehr, roch nichts mehr, sah nichts mehr, weder seine Geliebte noch Runa, nur Schwärze.

Ja, sie würde an diesem Tag sterben – davon blieb Runa überzeugt. Auf so vieles andere hingegen war kein Verlass – auf ihren Trotz zum Beispiel, es den Feinden zu zeigen. Aber was hilft es, als Tapfere in Erinnerung zu bleiben, dachte sie, als die kalte Nachtluft sie traf, wenn es niemanden gibt, der sich an mich erinnert?

Vielleicht würde sich Thure an sie erinnern – aber die Tatsache, dass sie elend umkam, würde er als großen Spaß betrachten, nicht als Beweis für ihren Mut. Taurin mit den leeren Augen wiederum würde sich nicht erinnern, weil er tot war. Er war reglos zu Boden gesunken, von Thure bezwungen und seinen Männern verraten, ein Anblick, der ihr zusetzte, als wäre sie selbst es, die wehrlos gefallen war. Ehe die Bestürzung zu Verzweiflung, gar Empörung wachsen konnte, hatte Runa nicht länger Augen für Taurin. Sie sah, wie Thure die Streitaxt, die er eben noch durch die Luft hatte kreisen lassen, fallen ließ, die Arme über der Brust verschränkte und beseelt auf die Flammen und auf sie blickte.

Ja, sie kämpfte immer noch oder vielmehr schon wieder – kämpfte, obwohl es sinnlos war, obwohl sie zu schwach und die Männer zu zahlreich waren und obwohl sie weiterhin glaubte, in dieser Nacht sterben zu müssen. Als die Männer sie zum ersten Mal gepackt hatten, konnte sie sich ihnen entwinden. Beim zweiten Mal unterlag sie ihnen – doch sie ließen sie am Leben – noch. Jemand entriss ihr das Messer, warf sie sich über die Schultern und trug sie davon. Sie hob den Kopf und sah, dass Gisla gleiches Los ereilt hatte. Während Runa mit Händen und Füßen um sich schlug, war Gisla wie ohnmächtig – doch obwohl sie sich nicht wehrte, fesselte man auch ihr die Hände, ehe man sie über einen Pferderücken warf.

Runa blieb die Luft weg. Ihr Respekt vor diesen Tieren war unvermindert groß, und es war noch schrecklicher zu reiten, wenn die Hände gebunden waren, man nicht aufrecht sitzen konnte und die Tiere, das Feuer scheuend, rasend schnell durch den Wald stoben. Sie glaubte ob des Drucks auf ihrer Brust zu ersticken, der vom Feuer, vom Ritt oder von der kalten Nachtluft rührte, aber irgendwie atmete sie doch weiter, verlor das Bewusstsein nicht, nahm vielmehr wahr, wie das Prasseln des Feuers verstummte und stattdessen das Rauschen des Meeres erklang.

In den letzten Tagen hatte Runa gehofft, die Küste zu erreichen und sich am vertrauten Anblick der blauen Fluten laben zu können. Nun war sie ihr so nah, aber sie hörte das Meer nur, sah es nicht.

Ich werde es nie wiedersehen, dachte sie, ich werde sterben.

Der Himmel graute, sie wurde vom Pferd gezogen, erhaschte doch noch einen Blick auf das Meer, nicht blau dieses Mal, sondern schwarz. Dann erhielt sie einen Stoß, der sie auf den Boden gehen ließ, spürte, wie Gisla dicht neben ihr zu liegen kam.

Sie würde sterben – wenn auch nicht in der Nacht. Sie glaubte nicht mehr, dass es schnell und schmerzlos geschehen würde.

Der Morgen verging, ohne dass Thure sie auch nur ansah. Der graue Himmel ließ keinen Sonnenstrahl hindurch, lediglich das Meer wandelte sich in dunkles Grün. Sie hockten im Schilfgras, am Rand des Strandes.

»Was wird er mit uns tun?«, brachte Gisla schluchzend hervor.

Runa war sich nicht sicher. Dass er sie bis jetzt ignoriert hatte, deutete sie erst als Zeichen, dass er sie quälen wollte. Später erkannte sie, dass nicht Bösartigkeit ihn dazu trieb, sondern Berechnung. Noch konnte er sich nicht dem Genuss hingeben, sich mit seinen Gefangenen abzugeben, noch galt es, die Männer weiter auf sich einzuschwören. Dass sie Taurin die Treue gebrochen hatten, war Beweis genug, dass sie jenen verachteten, aber nicht, dass sie nunmehr Thure mochten.

Um dies zu erreichen, nahm er sich Zeit. Der Vormittag verging und der Mittag; die Sonne erschien am Himmel, aber so milchig weiß wie der Mond und so kalt wie dieser. Die Wellen, die auf Strand und Felsen schlugen, wuchsen höher, und ihr Rauschen übertönte immer wieder Thures Stimme. Er war einer, der laut lachte, aber leise sprach – Runa hatte ihn nur einmal laut schreien gehört, damals, als er ihren Vater getötet und sie hinterher des Mordes angeklagt hatte.

Er erklärte, wer Gisla war und dass sie sie zu Rollo bringen sollten: Taurin hätte als Lohn seine Freiheit bekommen. Sie indes könnten, wenn sie es recht anstellten, weit mehr aus diesem Handel ziehen, nicht nur Freiheit nämlich, sondern auch Land. Waren sie, was das betraf, nicht bislang leer ausgegangen?

Bis jetzt hatte Runa den Kopf beharrlich gesenkt gehalten. Nun hob sie ihn.

»Du versprichst Land, Thure?«, fragte sie laut. »Hast du nicht gesagt, dass Männer nicht zum Pflügen gemacht sind, sondern zum Kämpfen?«

Er trat auf sie zu, und erst jetzt erkannte sie, dass sein Gesicht von weiteren Wunden entstellt war, klaffend, schwarz und kaum verheilt. Sie zuckte zusammen. Zwar hatte sie zu oft getötet, um nicht zu wissen, dass der Mensch vergänglich war und hinter jedem noch so schönen Antlitz Fleisch verborgen lag, das verwesen konnte – aber keiner erinnerte so deutlich daran wie Thure. Sie senkte den Blick, um ihm nicht in die Augen sehen zu müssen, und umklammerte das Amulett, das sie um ihren Hals trug. Dennoch entging ihr nicht, dass er lächelte. Er tat es eine Weile reglos, dann trat er ihr in den Bauch.

Runa glaubte, ihre Eingeweide müssten zerplatzen. Der Schmerz war so stark, so absolut, dass es sich nicht schlimmer hätte anfühlen können, wenn er ein Schwert in ihren Leib gerammt hätte. Solches hätte sie freilich getötet – der Schmerz hingegen ebbte langsam ab. Verkrampft blieb sie liegen und spürte kalten Schweiß über ihr Gesicht laufen.

Thure hatte sich wieder abgewandt, trachtete erneut, die Männer für sich einzunehmen, und diesmal lauschte sie seinen Worten nicht. Irgendwann war er sich ihrer Treue offenbar sicher, denn nun kam er wieder gemächlich näher.

Die Dämmerung hatte sich über das Land gesenkt, doch noch glitzerte die Wasseroberfläche im letzten Licht, noch klammerte sich die Sonne an die Welt, obwohl sie schon begann, vom Himmel ins Meer zu sinken.

Runa wappnete sich gegen einen neuerlichen Fußtritt, doch Thure schien entschlossen, ihr nur mit Worten zuzusetzen.

Einschmeichelnd wie er eben noch zu den Männern gesprochen hatte, rühmte er sich der Tat, Taurin überlistet zu haben.

»Beinahe war es zu leicht«, schloss er.

Das Ledersäckchen hüpfte auf seiner Brust. Runas Hand tastete wieder nach ihrem Amulett.

»Hat es je einen Menschen gegeben, den du nicht verraten hast?«, presste sie hervor.

»Verrat ist ein so hässliches Wort«, gab er zurück. Seine Kleidung, zerrissen und dreckig, flatterte im Wind.

»Ist es dir lieber, ich heiße dich Mörder statt Verräter? Ob du es hören willst oder nicht – du bist beides.«

»In jedem Fall bin ich listig.« Er begann auf und ab zu

gehen, wie es ihm eigen war, wenn er sprach. Ruhig stehen und reden war offenbar nichts, was er gleichzeitig tun konnte. Auf jeden Satz folgte ein Krümmen, Ducken und Wippen. »List ist alles auf dieser Welt«, fuhr er fort. »Gewalt allein führt selten zum Ziel, doch mit List kann der Schwächste den Stärksten besiegen. Und dass dergleichen glückt, dass manchmal der Schwache der Starke ist, ist wiederum ein Zeichen dafür, dass es auf dieser Welt nur Chaos gibt, keine Gerechtigkeit.«

Sie wollte nicht hören, was er zu sagen hatte. Doch ihre Hände waren gefesselt, und so konnte sie sich ihre Ohren nicht zuhalten.

»Was willst du noch?«, keuchte sie.

Er schloss kurz die Augen, und als er sie wieder öffnete, trat er auf Gisla zu. Das Schilfgras stand hoch, doch nicht hoch genug, um sich vor ihm zu schützen. Gisla konnte nichts tun, als aufzuschreien, als seine schwieligen Hände ihr blondes Haar befühlten.

»Die schönste Göttin war Sif«, erklärte Thure lächelnd, »die Gattin Thors. Sie hatte goldenes Haar, und dieses Haar war ihr größter Stolz. Loki jedoch gelang es, es heimlich abzuschneiden. Weil er Thor, den Gott des Donners, hasste, oder weil es ihn belustigte, Sif um das Haar weinen zu sehen.«

Runa nahm mit tiefer Befriedigung wahr, dass es Gisla gelang, einen weiteren Klagelaut zu unterdrücken, was Thures Lust, sie zu ängstigen, sicher schmälerte.

»Thor hat Loki gedroht, ihm jeden Knochen im Körper zu brechen«, zischte Runa, »wenn er nicht die Zwerge dazu brächte, neues Goldhaar für Sif herzustellen.«

Seine Augen gingen zu ihr, nicht länger flackernd, sondern gleichmütig. »Ich fürchte, für euch setzt Thor sich nicht ein. Niemand tut das.«

»Dann töte uns doch! Bring es hinter dich!«

»Aber warum sollte ich, wenn wir es doch gerade so nett haben?«, lachte er. Dann verstummte das Lachen, er kaute auf den Lippen, als falle es ihm schwer zu entscheiden, womit er fortfahren sollte. Als er es wusste, leuchteten seine Augen. »Lasst mich noch eine Geschichte erzählen!«, rief er vergnügt. »Die Geschichte von der Reise, die Loki und Thor einst miteinander machten. Oft waren sie verfeindet, zu dieser Zeit jedoch nicht, und wenn ich es recht bedenke, waren nicht nur Loki und Thor auf Reisen, sondern auch Odin war es. Drei mächtige Götter also, und starke obendrein. Damit sie stark bleiben konnten, brauchten sie etwas zu essen, und weil sie auch faul waren, wollten sie das Essen nicht selbst erjagen. Sie schlossen also einen Handel mit einem Adler, der für sie ein Tier erlegen und hernach Anteil an der Beute bekommen sollte.« Thure hob beide Arme und bewegte sie, als wollte er andeuten, wie majestätisch der Adler durch die Lüfte schoss. Alsbald ließ er sie wieder sinken. »Doch denkt euch, der vermeintliche Adler war in Wahrheit ein Riese, und als Loki ihm die Beute, die er erlegte, gewaltsam rauben wollte, zeigte er sein wahres Gesicht und nahm ihn gefangen. Mit seiner List jedoch hat Loki so viel erreicht...«

Eben hatte ihr der Magen wehgetan, nun krochen Runa die Schmerzen in die Schläfen. »Halt endlich dein Maul, Thure«, rief sie und konnte nicht recht entscheiden, was schlimmer war: von ihm geschlagen zu werden oder seine Geschichten zu hören.

»Jetzt wird es doch erst interessant!«, rief Thure begeistert. »Der Riese war bereit, Loki wieder freizulassen – jedoch zu dem Preis, dass dieser ihm Idun brachte. Idun wiederum war eine Tochter Odins, auf die der Adler, oder nein, der Riese, der die Gestalt des Adlers annahm, schon lange ein Auge geworfen hatte. Idun war ein hübsches junges Mädchen, hockte stets unter einem Apfelbaum und hütete die Früchte der ewigen Jugend. Doch so hübsch wie sie war – klug war sie nicht. Loki musste sich nicht sonderlich anstrengen, um sie mit List und Lüge aus der Götterwelt zu locken, hinter deren Mauern bereits der Adler ... der Riese in Gestalt des Adlers ... wartete, um sie mit sich zu nehmen.«

»Halt's Maul!«, schrie Runa.

»Aber warum denn? Die Geschichte passt zu unser aller Geschick! Der Adler ist wie Rollo ein Mann, der mir, wenn er es darauf anlegt, das Leben denkbar schwer machen kann. Um selbst Macht zu erlangen, muss ich Rollo wohl die schöne Idun ... äh ... Gisla bringen.« Er machte eine kurze Pause. »Was wiederum bedeutet, dass ich die Prinzessin brauchen kann, dich aber nicht.«

Thure trat zu Runa, hockte sich neben sie und hielt erstmals seit langem still. Runa schaffte es kaum, ihm nicht zu zeigen, wie sehr sie den Anblick seiner Wunden scheute.

»Aber wenn du mich tötest, dann entgeht dir die Freude, mich weiter zu quälen«, stieß sie aus.

Er nickte bedächtig. »Das wäre in der Tat bedauerlich. Was also soll ich tun? Das, was vernünftig ist? Oder das, was Spaß macht? Warum andererseits soll ich diese schwierige Entscheidung überhaupt treffen? Auf dieser Welt gibt es keine Gerechtigkeit, nur das Chaos. Und das einzige Gesetz, dem das Chaos folgt, ist das des Zufalls. Dem Zufall wollen wir es also überlassen, was ich mit dir tun soll.«

Während er sprach, öffnete er den Lederbeutel, der um seinen Hals baumelte. Runa erwartete, dass er einige jener dunklen Körner herausholen würde, die den Geist benebelten und die Welt bunter machten, aber stattdessen sah sie eine Münze zwischen seinen Fingern glitzern. Es war ein ungewohnter Anblick, denn dort, woher sie stammte, handelten die Menschen mit Waren, nicht mit Geld. Ein einziges Mal nur hatte ihr Vater ihr eine Münze gezeigt und erklärt, sie sei aus Silber gemacht. Auf der einen Seite war das Gesicht von Odin abgebildet gewesen und auf der anderen ein Monster.

»Ja«, wiederholte Thure, »der Zufall soll entscheiden.« Er warf die Münze und grinste. »Was immer ich tue, wird sich danach richten, auf welche Seite sie fällt. Odin verheißt das Leben, das Monster den Tod.«

Runa unterdrückte ein Schaudern, als die Münze über den Boden rollte und schließlich ein Stück entfernt liegen blieb. Thure starrte prüfend in ihr Gesicht. Sie erwiderte den Blick ausdruckslos und beschwor im Inneren die Erinnerung an Asrun herauf. Ach, Großmutter, seufzte sie im Stillen, Großmutter...

Nun endlich hob Thure die Münze auf. Er zeigte ihr nicht, auf welche Seite sie gefallen war, tätschelte nur ihre Wangen, als wäre sie ein Kind, das man trösten müsste. Nichts war ihr je so widerwärtig gewesen wie diese Berührung. Sie öffnete den Mund und spuckte ihm ins entstellte Gesicht.

Seine Hand zuckte zurück. »Das ist nicht schön!«, rief er vermeintlich gekränkt.

Dann hob er die Hand bedrohlich nah an ihr Gesicht heran, und in der Hand hielt er ein Messer.

Kloster Saint-Ambrose in der Normandie
Herbst 936

Ein Teil der Schwestern blieb in der Kirche, um dort zu beten. Ein Teil ließ sich vom vermeintlichen Frieden im Angesicht des Allerheiligsten nicht beschwichtigen und kehrte zurück ins Refektorium, um sich zur Äbtissin und zu Arvid zu gesellen.

Angeführt wurden sie von der Subpriorin und der Schwester Cellerarin, die einmal mehr fragen wollte, wer dort draußen sei und warum. Auch Mathilda, das sah die Äbtissin ihr an, hätte am liebsten viele Fragen gestellt – weniger nach den gesichtslosen Feinden als vielmehr, was es bedeute, dass weder Arvid wisse, wer er sei, noch die Äbtissin selbst. Sie sprach sie jedoch nicht aus – aus Scheu vor ihr und Arvid, und aus Angst vor jenen, die dort draußen vor dem Tor zwar nicht mehr ganz so heftig, aber doch weiter tobten.

Mathilda zuckte zusammen, als das Holz laut knackte, die Äbtissin nicht. Trotz allem hatten jene Angreifer auch etwas Gutes bewirkt: dass Schuldgefühl und Schwermut von ihr abfielen und stattdessen fiebrige Aufregung wuchs; dass die Zukunft im Augenblick der Bedrohung mehr zählte als die Vergangenheit und dass Arvid ihr zwar zu Recht vorwerfen konnte, dass sie damals feige gewesen war – aber gewiss nicht, dass Gleiches auch jetzt galt.

Noch ehe dieser Anflug von Trotz endgültig über ihr schlechtes Gewissen siegte, verstummten die Schläge. Die Stille, die einsetzte, glich einer dunklen Wolke, aus der alsbald Blitze zu brechen schienen, bedrohlicher noch als die Schläge.

Die Subpriorin trat zu ihr. »Denkt Ihr... Denkt Ihr...«

Keinen Augenblick glaubte die Äbtissin, dass die Stille ein gutes Zeichen war. »Ich habe doch gesagt, ihr sollt in die Kirche gehen und dortbleiben«, sagte sie streng, »ihr alle...«

Sie fixierte erst die schreckensbleiche Mathilda, dann die Schwester Cellerarin, zuletzt die Subpriorin.

Mathilda stolperte über die eigenen Füße, als sie sich abwandte, aber sie gehorchte, und auch die Schwester Cellerarin tat es ihr gleich. Die Subpriorin verharrte jedoch an ihrer Seite.

»Ich weiß, Ihr habt mir Euer Amt übertragen – aber niemand sonst kann die Schwestern trösten und beruhigen außer Euch. Sie malen sich in dunkelsten Farben aus, wie es wäre, den Heiden in die Hände zu fallen.«

»Wir wissen nicht, ob es Heiden sind«, entgegnete die Äbtissin, um danach zu bekräftigen, was sie zuvor schon gesagt hatte: »Die Nordmänner, die sich einst hier niedergelassen, den Glauben angenommen haben und längst wie Franken leben, schützen uns vor Scharen ihres einstigen Volkes, die dann und wann noch einfallen.«

Die Subpriorin schüttelte den Kopf. »Sie versuchen es, zweifellos. Aber Ihr wisst so gut, wie es alle wissen, dass es ihnen nicht immer gelingt, sie zurückzuschlagen. Die Völker des Nordens sind wild. Man sagt ihnen nach, sie seien so unbesiegbar wie das Heer von Nebukadnezar und die Perser unter Cyrus und die Makedonier unter Alexander, falls sie nach dem Gesetz Gottes lebten und unter einem Prinzen vereinigt wären.«

Arvid lauschte alldem zunächst ungerührt und hielt den Kopf leicht gesenkt. Doch plötzlich ballte er die Hand zur Faust, und es brach aus ihm heraus.

»Grausame Mörder gibt es auch unter den Franken.«

Es war das erste Mal, dass sich ihre Blicke wieder flüchtig streiften.

Die Subpriorin indes reckte die Hände in die Luft, tat, als hätte sie den Einwand überhört, und beschwor erneut die Gewalt der Heiden herauf. Ihre Klagen waren gewiss aus echter Angst und Verzweiflung geboren – zugleich jedoch, wie die Äbtissin vermutete, von dem Wunsch, sich die Welt zu erklären und sich auf Grenzen zu berufen, die andere gezogen hatten. Dass dort draußen womöglich Nordmänner standen, war fürchterlich – aber die Angst vor ihnen eine vertraute, mit der sie groß geworden war. Sie war nicht befremdend und verwirrend.

»Rollo war ein guter Herrscher«, beharrte die Äbtissin, nicht sicher, was sie zu diesem Wortwechsel bewog. »Sein Sohn Wilhelm ist das auch. Er wird uns schützen.«

Die Subpriorin schüttelte den Kopf. »Wilhelm mag gut sein, aber er ist schwach. Und Rollo wiederum mochte getauft sein, aber...«

»Er war ein gerechter Herrscher! Jedes Kind erfährt, dass er einst einen Goldreif an einen Baum gehängt und ihn ein Jahr später wieder abgenommen hat, weil niemand ihn zu stehlen wagte, sondern jedermann seine Gesetze respektierte.«

»Das beweist nicht, dass er gerecht war, sondern grausam zu all jenen, die sich ihm nicht mit Haut und Haar unterwarfen. Er setzte auf Gewalt, nicht auf Vertrauen.«

Die Äbtissin presste ihre Lippen zusammen. »Kein Lehnsherr war König Karl treuer ergeben als Rollo. Als sich dessen *größte Widersacher gegen ihn erhoben, Robert von Paris und Rudolf von Burgund, stand er allein auf des Königs Seite.«*

»*Aber Rollo hat zugelassen, dass eine Armee aus Dänemark unter dem Heiden Thorketill durchs Bessin zog und es verwüstete.«*

»*Das ist beinahe zwei Jahrzehnte her. Mittlerweile gehört das Bessin längst zu Rollos Herrschaftsgebiet oder nunmehr dem seines Sohnes. Und in diesem Gebiet herrscht Frieden!«*

Bitter lachte die Subpriorin auf. »Vielleicht straft Gott uns gerade dafür, dass wir Christenmenschen uns auf diesen Frieden mit den Nordmännern eingelassen haben. Trotz seiner Taufe hat Rollo noch auf seinem Totenbett Menschenopfer befohlen.«

»*Das ist nur ein Gerücht, denn dafür war er längst zu schwach. In den letzten Jahren hatte er keine Kraft mehr in seinem Körper.«*

»*Ja, weil Gott auch ihn strafte! Und ich habe nicht gesagt, dass er die Menschen selbst tötete, jedoch ihre Opferung befahl. Dazu ist er trotz Krankheit fähig gewesen, selbst wenn er nur mehr die Lippen hat bewegen können.«*

»*Rollo mag in vielem ein Heide geblieben sein«*, *meinte die Äbtissin, »doch sein Sohn Wilhelm ist fromm. Die Grafen der Nachbarländer sehen ihn als ihresgleichen an. Und außerdem...«*

»*Hört auf!«*

Arvid war unbemerkt zu ihnen getreten. Noch nie hatte er seine Stimme so laut erhoben, seit er sich im Kloster aufhielt. Dennoch sprach er leise, gemessen an dem Lärm, der plötzlich losbrach.

Die Stille war in der Tat kein gutes Zeichen gewesen, sondern ließ umso schrecklicher klingen, was nun folgte: Wieder das Geräusch von Pferdehufen und obendrein das Klirren von Schwertern, wieder das Brüllen von Männern und obendrein das Zischen von Pfeilen.

Sämtliche Nonnen kamen aus der Kirche gelaufen – und die Äbtissin sah an den geöffneten Mündern, dass sie schrien. Sie hörte es nicht, hörte nur den Schlachtlärm, und jener Lärm – so ging ihr plötzlich auf – rührte nicht davon, dass die Feinde erneut das Kloster zu stürmen versuchten, sondern dass andere hinzugekommen waren, um sie davon abzuhalten.

Wer die feindlichen Parteien waren, wusste sie noch nicht. Sie wusste jedoch, dass es um Leben und Tod ging.

VIII.

Nordmännerland
Herbst/Winter 911

Langsam, ganz langsam bewegte sich das Messer auf Runas Gesicht zu. Aus der Entfernung konnte Gisla nicht erkennen, was Thure plante – ob er ihr die Kehle durchschneiden oder ihr grässliche Wunden zufügen wollte, wie beim letzten Mal, als sie in seine Gewalt geraten waren. Sie wusste nur: Runa war vollkommen wehrlos, genauso wie sie, aber sie wusste auch, dass Runa das alles irgendwie ertrug, sie nicht. Sie konnte nicht aufhören zu schreien – übertönte damit zwar Thures Stimme, aber nicht diesen anderen Laut. Eigentlich war es seltsam, dass ausgerechnet dieser zu ihr drang, obwohl er noch leiser war als der ihres Peinigers. Jetzt erkannte sie, dass es die Stimme einer Frau war.

Nicht nur Gisla fuhr herum, auch Thure. Auf Thures Gesicht breitete sich erst Überraschung aus, dann Ratlosigkeit, indes Gisla sofort wusste, dass die Frau, die schmal und bleich nicht weit von ihnen stand, jene Bäuerin war, die sie aufgenommen und die ihnen zu essen gegeben hatte. Jene Bäuerin auch, die von Taurin gezwungen worden war, sie in die Falle zu locken, und die sich dafür geschämt hatte – warum sonst hätte sie ihnen ihren Namen verschwiegen.

»Ja«, erklärte sie eben leise, »das sind sie.«

Gisla starrte sie fassungslos an. Sie konnte sich nicht erklären, warum dieses scheue Wesen plötzlich so furchtlos wirkte, Thures Männer hingegen in Panik gerieten und zurückwichen. Verspätet erst erkannte Gisla, dass die Frau nicht allein war und die Männer nicht vor *ihr* flohen.

»Es tut mir so leid«, murmelte sie. Sie blickte erst Runa an, dann Gisla, um schließlich hinzuzufügen: »Mein Name ... ist Bertrada ...«

Thure stieß ein Keuchen aus, von dem sich nicht sagen ließ, ob es überrascht oder entsetzt klang. Er, der Listige, war überrumpelt worden, und er schien es nicht glauben zu können. Gisla sah die Frau ... nein, Bertrada, näher kommen und mit ihr fremde Männer ... nein, Krieger, zu Fuß und auf Pferden, und sie begriff: Bertrada war bereit, sich den Nordmännern zu unterwerfen, vorausgesetzt, ihr blieb keine Wahl. Hatte sie jedoch eine Wahl, dann brachte sie fränkischen Kriegern größeres Vertrauen entgegen. Gisla glaubte jedoch keinen Augenblick, dass von jenen fränkischen Kriegern, die einen immer engeren Kreis um Thures Männer zogen und ihnen den Fluchtweg abschnitten, Gutes kommen würde.

Jene Krieger waren keine Verbündeten.

Und dann, wie auf ein Zeichen, griffen die Krieger Thures Männer an. Diese richteten wacker ihre Lanzen auf die Franken, aber sie zersplitterten unter den Schwerthieben der Angreifer; sie schleuderten ihre Streitäxte, aber im dämmrigen Licht verfehlten diese ihr Ziel; sie hoben ihre Schilde, die gleich barsten. Nichts Menschliches verhießen die Laute des erbitterten Kampfes – ein Rudel wilder Tiere musste ähnlich stöhnen, fauchen, knurren, heulen.

Bertrada war nicht mehr zu sehen. Hatte sie sich irgendwo versteckt? Gisla hockte ganz steif da, nicht in der Lage, sich zu rühren, bis sie plötzlich jemand nach hinten riss – zwei kräftige Hände, Runas Hände, denen es irgendwie gelungen war, die Fesseln abzustreifen. Gisla kam unter ihr zu liegen, spürte die Last des sehnigen Körpers und spürte die Schilfgrashalme, die ihr in den Rücken stachen.

Runa rollte sich von ihr herunter, blieb aber neben ihr liegen und deutete ihr an, sich zu ducken. Nur den Kopf hob sie, und Gisla sah jene Hoffnung in ihren Zügen aufblitzen, die ihr selbst abhandengekommen war.

»Wer... wer sind diese Männer?«, fragte Runa.

»Ich weiß es nicht.«

Gisla sagte nicht, dass sie es zumindest ahnte: Die edle Kleidung der Krieger und ihre Waffen verrieten nicht nur, dass sie Franken waren, sondern auch besonders vornehme. Dass sie verbotenerweise die Grenze zum Nordmännerland überschritten hatten, offenbarte, wie wichtig ihnen ihre Aufgabe war, die sie jenseits der Grenze zu erfüllen hatten. Und beides war ein Zeichen dafür, dass es niemand anderes als sie, die getarnte Königstochter war, die sie jagten. Gisla labte sich kurz an der Erleichterung in Runas Gesicht, an deren Schadenfreude auch, als sie sahen, was Thure erlitt.

Er war überrumpelt worden. Sein Mund, eben noch höhnisch lächelnd, war jetzt schmerzverzerrt. Ein Mann hatte seine Waffe auf ihn gerichtet, und ehe er sich wehren konnte, sank er nieder. Blut spritzte auf – ausreichend Blut, dass ein gewöhnlicher Mensch an dessen Verlust sterben müsste. Gisla war sich allerdings nicht sicher, ob Thure ein gewöhnlicher Mensch war; sein vernarbtes Gesicht glich dem eines Dämons, und Dämonen kehrten immer wieder, es sei denn, man vertrieb sie – mit Weihwasser, nicht mit Schwertern. Thure war einer der Letzten, die niedergemetzelt wurden, ehe der Schlachtenlärm plötzlich erstarb

Runa hob ihren Kopf noch höher, Gisla tat es ihr nach. So

viele lagen reglos am Boden – weit mehr als die fränkische Truppe zählte. Sie musste gut ausgebildet, stark und blitzschnell sein, um so rasch Thures Männer überwältigt zu haben ... nein, eigentlich waren es ja Taurins Männer.

Einer von ihnen trat nun gemächlich auf die beiden Frauen zu. Runa sprang auf, packte Gisla, wollte sie mit sich zerren. Sie war noch nicht auf ihre Beine gekommen, als die Krieger sie schon umkreist hatten wie zuvor Thures ... Taurins Männer. Sie wurden zurückgestoßen und fielen erneut ins Schilfgras, das, da die Nacht die letzten grauen Fäden der Dämmerung verschluckt hatte, schwarz anmutete.

Schwarz schien auch das Gesicht des Mannes zu sein, der sich nun über sie beugte – zumindest sah Gisla kaum mehr als einen Schatten. Runa beachtete er nicht.

»Gisla«, sagte er schlicht.

Sonst nichts.

Seine Stimme verriet, dass er lächelte, dass er sich freute, Gisla zu sehen, er musste sie kennen. Doch es war ein böses Lächeln, schadenfroh wie ihres, als sie Thure hatte fallen sehen. Und noch etwas anderes entnahm sie seiner Stimme: Befriedigung. Dergleichen hatte sie einmal im Gesicht des Vaters gesehen, als er von der Wildschweinjagd wiedergekehrt war und stolz verkündet hatte, der Keiler sei tot.

Nun war sie das gejagte Tier. Und dieser Mann würde sich rühmen, es erlegt zu haben.

»Wer ... wer bist du?«, stammelte sie.

»Adarik.«

Er beugte sich noch tiefer über sie. Der Mond schob sich hinter den Wolken hervor, und sie meinte zu erkennen, dass sein Backenbart rötlich war, der Helm auf dem Kopf aus Bronze. Seine Hände glichen Bärenpranken.

»Ich ... ich kenne diesen Namen nicht ...«, stammelte

Gisla – als böte es Schutz vor einem Mörder, seinen Namen nicht zu wissen.

»Nun«, er lächelte, »den meines Vetters kennst du besser.«

Der Name hallte in Gislas Ohren, ehe Adarik ihn aussprach. Sie hatte die ganze Zeit über geahnt, dass die Männer von ihm geschickt worden waren, dennoch erschauderte sie nun. Der Name verhieß ein Todesurteil.

»Hagano.«

Jenen Mann, der Adarik hieß und Haganos Vetter war, drängte nichts zur Eile. Eine Weile blieb er über Gisla gebeugt stehen, dann richtete er sich wieder zu ganzer Größe auf. Zugleich wurde sie von zwei Männern gepackt und hochgezogen. Gisla konnte sich nun kein bisschen mehr bewegen, lediglich den Kopf wenden, um nach Runa Ausschau zu halten. Sie sah sie nicht, nur die Leichname. In der Dunkelheit sahen sie aus wie Steine.

»Warum...«, setzte Gisla an.

»Hagano konnte keine eigene Truppe über die Epte schicken«, erklärte Adarik, »mich hingegen schon.«

»Aber wenn Rollo...«

Auch den zweiten Satz konnte sie nicht zu Ende bringen, so stark geriet sie ins Stammeln. Die wenigen Wortbrocken genügten Adarik jedoch, um sie zu verstehen.

»Wenn Rollo wüsste, was ich hier tue, so wäre er gewiss zutiefst erzürnt«, erwiderte er. »Aber ich denke, doch mehr über dich und deine Mutter als über mich.«

Er hob die Hand und strich ihr das Haar zurück, das der Wind ihr ins Gesicht peitschte – ähnlich wie Thure über ihr Haar gestreichelt hatte, nur dass seine Fingerspitzen auch ihre Stirn berührten. Es traf sie wie ein Schlag, und als er die

Hand zurückzog, war sie sich sicher, dass rotglühende Male ihre Haut zeichneten.

»Also wollen wir nicht, dass Rollo es weiß, nicht wahr?«, fuhr Adarik fort. »Ja, er wäre erzürnt, und wenn Rollo erzürnt wäre, würde er deinem Vater den Frieden aufkündigen, würde er wieder Klöster überfallen und gute Franken töten. Dass ich hier bin, obwohl ich ein Franke und obendrein ein Krieger bin, würde ihn demgegenüber nicht erzürnen. Einige der vagabundierenden Banden, ähnlich dieser hier, haben nämlich die Epte überschritten, um nicht länger nur das Nordmännerland, sondern auch das Frankenreich heimzusuchen.« Er hob erneut die Hand, diesmal nicht, um ihr Gesicht zu berühren, sondern um auf die toten Männer zu deuten. »In Saint-Clair-sur-Epte wurde beschlossen, dass wir sie nicht nur zurückschlagen, sondern sie notfalls verfolgen dürfen, und das über die Grenze hinweg.«

Er trat zurück, und ihr blondes Haar flatterte nun ungezähmt im Wind. Erstmals verstand sie, warum Runa ihre Haare so kurz geschnitten trug. Wenn ihre nicht so blond und lang wären, hätte Adarik sie vielleicht nicht so schnell erkannt.

»Es hat also seine Richtigkeit, dass wir hier sind«, sprach Adarik. »Nicht richtig hingegen ist, dass du noch lebst.«

Er war noch einen weiteren Schritt zurückgetreten, um genügend Platz zu finden und sein Schwert ziehen zu können. Er tat es zum ersten Mal an diesem Abend, denn er hatte nicht wie die anderen gegen Thures ... Taurins Männer gekämpft. Im fahlen Mondlicht glitzerte das Metall silbern. Noch war es nicht blutbefleckt.

»Nein ... bitte ...«, stammelte Gisla.

Stolz war zu teuer, wenn man um sein Leben flehte. Sie legte diesen Stolz ab und legte sich vor ihm nieder, kaum dass die Männer, die sie eben noch festgehalten hatten, losließen, um nicht selbst vom Schwert getroffen zu werden. Sie begnügte sich nicht damit, auf die Knie zu fallen, sondern presste ihren Körper auf den Boden, hob nur den Kopf, um zu sehen, ob seine Miene hart blieb. Aus den Augenwinkeln nahm sie wahr, dass Runa nicht weit von ihr mit zwei Männern rang. Sie war nicht erbärmlich feige wie sie, sondern gewillt, sich bis zum Schluss zu wehren, ganz gleich ob es sinnlos schien oder nicht.

»Nein ... bitte ... ich bin des Königs Tochter«, flehte sie.

»Ein Bastard bist du.«

»Und dennoch seines Blutes!«

Adarik runzelte die Stirn, die erste menschliche Regung, wie ihr schien. »Teurer als du ihm bist, ist meinem Vetter Hagano der Frieden mit den Nordmännern. Der wiederum ist brüchig genug, auch wenn niemand je von deiner Täuschung erfährt.«

»Ich könnte in einem Kloster ...«

»Auch von dort werden Gerüchte in die Welt getragen.«

Er hob sein Schwert. In der Ferne erklang ein Stöhnen – ihr eigenes oder Runas oder vielleicht das von Thure, weil er oder der Dämon, der in ihm hauste, noch lebte?

Das schwarze Tuch der Nacht wurde nicht nur vom Mond, sondern auch von unzähligen Sternen verdrängt, und in ihrem silbrigen Licht blitzte das Schwert Adariks erneut auf, nunmehr dicht über ihrem Kopf. Gisla dachte, dass es ein rascher und darum schöner Tod wäre, unter seiner Klinge zu fallen. Nur fühlen tat sie etwas anderes: Angst vor dem Ende, Angst vor dem Nichts, Angst davor, nicht mehr zu leben, und sei es hungrig und frierend wie in den letzten Tagen.

»Nein, tu es nicht!«, rief sie gellend.

Er ließ sein Schwert sinken, gelangweilt, wie es ihr schien, seiner Taten überdrüssig. »Ich bin vierzig Jahre alt. Denkst du, in mir gäbe es noch so etwas wie Mitleid?«, fragte er.

»Mitleid nicht – nur Verstand«, erklärte sie hastig. »Und diesen Verstand solltest du gebrauchen. Ich bin eines Königs Tochter. Ob Bastard oder nicht – in meinen Adern fließt sein Blut. Du weißt doch, was das bedeutet?« Sie sprach zitternd, aber schnell, und er zögerte, das Schwert erneut zu heben. »Der König ist mit dem heiligen Öl des Remigius gesalbt worden«, fuhr sie hastig fort. »Und die Ampulle mit diesem heiligen Öl wurde von einer Taube geradewegs vom Himmel gebracht. Wer sich an ihm, dem gesalbten König, jemals vergreift, wird von Remigius verflucht – und nicht nur er selbst, sondern all seine Nachfahren. Remigius, das solltest du wissen, ist ein mächtiger Heiliger: Zu seinen Lebzeiten hat er allein kraft eines Kreuzzeichens eine Feuersbrunst gelöscht. Er hat ein Mädchen von den Toten erweckt, er hat Blinde sehend gemacht, und den Sündern, die nicht auf ihn hören wollten, wurde der Rücken krumm geschlagen. Wenn du seinen Zorn erregst – wird er auch deinen Rücken krümmen, dich mit Blindheit schlagen und langsam verbrennen lassen.«

Die Worte sprudelten aus ihr hervor, sie hatte keine Scheu zu lügen. Und eine Lüge war es – zwar nicht, dass Remigius diese Wunder gewirkt hatte, aber die Behauptung, dass er Königsmörder heimsuchte. In einem Land, wo erst die Merowinger herrschten und dann die Karolinger – beides Geschlechter, die nicht selten bereit waren, den aufrührerischen Sohn, Bruder oder Vetter zu meucheln – wäre Remigius nie zur Ruhe gekommen. Aber Worte waren ihre einzige Waffe. Gisla nutzte sie wie Thure, der, als er Taurins Männer zum Verrat anstiftete, auch nichts anderes getan hatte, als Worte wie eine Waffe zu nutzen. Ihre Todesangst war größer als die Verwirrung, dass sie nach seinem Vorbild handelte, dass sie mit dem grässlichen, entstellten Mann etwas gemein hatte: den Drang, den Bedrohungen des Lebens zu trotzen, und die Hoffnung, dass manchmal der Schwächere der Stärkere war.

»Was redest du da?«, rief Adarik erzürnt.

Gisla dachte an den ermordeten Bischof Fulco, dessen Geschichte ihr erst vor wenigen Tagen durch den Kopf gegangen war. Damals hatte sie damit gehadert, warum Hagano so schändlich an ihr handeln konnte und nicht von Gott dafür bestraft wurde wie Fulcos Mörder. Nun gab sie sich überzeugt, dass solche Strafe unausweichlich war.

»Wenn du das Blut einer Königstochter vergießt«, rief sie in die kalte Nacht, »wird ein stetes Feuer in dir brennen, das kein Wasser löschen kann. Geschwülste werden an deinen Füßen wachsen, auf dass du nicht wieder auftreten kannst, dein Geschlecht wird verkümmern, und du wirst keine Nachfahren zeugen, steter Durst und Hunger werden dich plagen, unstillbar. Du wirst dir den Tod wünschen, aber der Tod wird dich scheuen, so elend, geplagt und missgestaltet wie du sein wirst. Ja, das alles droht dir, wenn du dich an einer Königstochter vergreifst.«

Gisla atmete tief durch.

»Das Blut von welcher Königstochter denn?«, fragte Adarik. »Alle Welt glaubt, dass die wahre Königstochter an Rollos Seite in Rouen lebt!«

Seine Männer zählten für ihn offenbar nicht. So wenig wie für Taurin die seinen. Oder für Thure.

»Aber Gott weiß, dass sie nicht die wahre ist«, rief Gisla mit brechender Stimme. »Und der heilige Remigius weiß es auch. Er lässt sich nicht täuschen. Und solltest du es dennoch versuchen – so wird er nur umso mehr angestachelt sein, den

Beweis dafür anzutreten, dass die himmlische Macht der irdischen überlegen ist.«

Adarik hob sein Schwert kein weiteres Mal, er steckte es in die Scheide. Kurz keimte Hoffnung in ihr auf – dass Furcht oder Mitleid oder Überdruss zu groß wären, sie zu meucheln. Doch dann lachte er, und Gisla erkannte, dass sie mit all ihren Worten ihren Tod nicht abgewendet, sondern nur verhindert hatte, dass der Tod schnell und gnädig kam.

Der Wind peitschte ihr ins Gesicht. Trotz der Kälte rann ihr Blut wie Feuer durch den Leib, als er hinter sich deutete. Sie hörte es rauschen – das Blut in ihren Adern und das Meer.

»Dann werde ich dein Blut eben nicht vergießen«, murmelte er.

Eine schwarze Wolke schob sich vor den Mond. Und mit ihr schien alle Hoffnung zu schwinden.

Adariks Stimme klang ausdruckslos, als er befahl: »Werft sie über die Klippen!«

Das Blut, das eben noch heiß durch ihre Glieder geflossen war, schien mit einem Mal zu erkalten, als lohnte es sich nicht mehr, einen Körper zu wärmen und zu beleben, der dem Tod geweiht war. Ihr Körper schien nicht einmal mehr zu ihr zu gehören. Einer von Adariks Männern warf sie sich achtlos wie einen Sack Getreide über die Schulter und trug sie auf die Klippen zu. Gislas letzter Blick fiel auf Runa – und dieser Blick war so kalt wie das Blut, das in ihr floss. Da war kein Platz für den tröstlichen Gedanken, dass sie nicht allein diesem Schicksal ausgeliefert war und dass sie als Letztes in das Gesicht ihrer Gefährtin sehen würde. Da war nur Empörung, dass man sie wegwarf wie Unrat, aber zu wenig Kraft, um sich dagegen zu wehren.

Plötzlich verstummte das Rauschen. Ihr Herzschlag stockte, und das Meer schien den Atem anzuhalten, ehe es ansetzte, sie gierig zu verschlingen. Sie wurde in die Arme des Windes geschleudert, und es waren nachlässige Arme. Sie schlugen sie, sie rissen an ihrem Haar und an ihrer Kleidung, aber sie weigerten sich, sie festzuhalten, ließen sie stattdessen in die Tiefe fallen. Als sie auf dem eisigen Wasser aufschlug, jagte der Wind gleichgültig zurück ans Himmelszelt.

Das nachtschwarze Wasser schnitt schärfer in ihre Haut als jedes Schwert, wenn seine Klinge auch nicht aus blitzendem Silberstahl war. Es schien ihr alle Glieder gleichzeitig abzuschlagen: Zehen, Füße, Beine, Finger, Hände, Arme. Zurück blieb der nutzlose Rumpf, der wie ein Stein in die Tiefe sank.

Warum bin ich immer noch nicht tot?, dachte Gisla, als plötzlich Hände nach ihr griffen. Jene Hände waren nicht zaudernd und neckisch wie die des Windes an einem schönen Sommertag und nicht hart wie die des Meeres bei Sturm, es waren die Hände einer starken Frau. Sie zogen Gisla an die Wasseroberfläche und hielten sie fest. Spuckend und hustend rang sie nach Luft, strampelte mit den Beinen, schlug mit den Armen um sich. Eine Welle spülte über sie hinweg und nahm ihr erneut den Atem, eine zweite riss sie beide mit sich. Bedrohlich nah ragte die Klippe vor ihnen auf. Gisla glaubte zu spüren, wie ihre Knochen brachen, ihr Kopf zerplatzte, doch dann erwies sich der Sog als wankelmütig, schmetterte sie nicht gegen den Fels, sondern spülte sie zurück ins offene Meer. Alsbald erfasste sie eine dritte Welle, diese entschlossener, sie auszuspucken.

Inmitten der Finsternis drang plötzlich Runas Stimme zu ihr: »Halt dich fest!«

Und da erst begriff Gisla, dass der Fels, der aus dem Wasser ragte, nicht nur größte Gefahr verhieß, sondern auch die einzige Aussicht auf Rettung. Wenn es ihnen gelang, sich festzuhalten und hochzuklettern, konnten sie den tosenden Fluten entkommen.

Sie strampelte mit den Beinen, ungeachtet, dass ihr Kopf unter Wasser getaucht wurde, fühlte, wie ihr Körper gegen den schroffen Felsen stieß. Blind griff sie danach, klammerte sich daran, spürte, wie etwas Spitzes, Scharfes sich in ihre Haut bohrte, das weniger einem Stein als einem Messer glich, aber sie ließ nicht los. Schon hatte sich Runa hochgezogen und streckte ihr die Hand entgegen.

»Schnell!«

Gislas Hände wurden taub. Sie fühlte, wie sie abrutschte, aber schon nahte die nächste Welle, um an ihr zu zerren, und sie wusste: Wenn sie zurück ins Wasser gerissen wurde, konnte Runa ihr nicht länger helfen. Sie würde ihr die Hand entgegenstrecken, aber ins Wasser nachspringen würde sie ihr nicht. Sie musste sich selbst retten – und leben wollen musste sie auch selbst.

Gisla griff nach Runas Hand, und nicht länger waren ihre Finger gefühllos, sondern brannten wie Feuer. Mit einem Ruck wurde sie hochgezerrt, spürte den Stein, der an ihrem Schienbein entlangschrammte. Dann ließ die Welle sie los, gab sie frei, einem scheuen Raubtier gleich, das zurückwich, sobald es die Unterlegenheit spürte.

Sie hatten es auf den Felsvorsprung geschafft und waren dort von den reißenden Fluten geschützt. Zitternd vor Kälte klammerte Gisla sich an Runa und legte ihre Arme um sie.

Eine Weile hockten sie starr da, dann löste sich Gisla aus der Umarmung. Im Mondlicht glaubte sie nicht weit von ihnen entfernt einen schmalen Streifen Sand zu erkennen.

»Nicht!«, rief Runa, als sie dorthin klettern wollte. »Sie könnten uns sehen! Wir müssen warten, bis sie weg sind.«

Gisla hielt inne und ließ sich zurück auf den Stein fallen.

Dass Adariks Männer sie auch hören konnten, hielt Runa nicht vom Reden ab. »Kaltes Wasser ... und wieder kaltes Wasser«, sagte sie. »Njörd scheint mich zu lieben.«

Gisla klapperten die Zähne zu stark, um nach Njörd zu fragen. Eigentlich wollte sie auch so wenig wie möglich von heidnischen Göttern erfahren. Sie sah auf das Meer, das kalt und schwarz und tief war, und sehnte sich nach dem Morgengrauen, in dem es mit dem farblosen Horizont verschmolz und nicht mehr ganz so bedrohlich wirkte.

Eine Weile saß sie mit Runa da, zitternd und immer noch auf der Hut. Wie lange Zeit vergangen war, vermochte keine von ihnen zu sagen, aber die Stimmen der Männer waren verklungen.

»Sie konnten sich nicht vorstellen, dass wir schwimmen können.«

Gisla blickte sich um. Im Morgenlicht wirkten die Klippen steiler und schroffer als in der Finsternis. Der Gedanke, wie leicht sie hätten umkommen können, erschreckte sie jetzt noch mehr als in der Nacht, als sie erbittert um das Leben gekämpft hatte. Vielleicht, ging ihr durch den Sinn, wäre es besser gewesen zu sterben. Dann müsste sie nicht diesen Hunger ertragen. Nicht diesen trostlosen Morgen. Nicht diese Kälte.

Die Sonne ging auf, hatte sich jedoch hinter den Wolken versteckt, und ein Feuer konnten sie nicht machen, ehe sie sich nicht ausreichend von den Klippen entfernt hatten.

So mutlos sie sich zeigte, so energisch gab sich Runa. Sie entschied, dass sie sich lange genug versteckt hatten, und zog Gisla mit sich.

»Und was jetzt?«, fragte Gisla nach einer Weile.
»Wir müssen weg«, erwiderte Runa, »weit weg.«
»Und dann?«
»Wenn die Sonne höher steht, werden unsere Kleider trocknen.«
»Und dann?«, fragte Gisla wieder.
Runa zuckte ratlos die Schultern. »Dann laufen wir nicht mehr in nasser Kleidung umher.«
Aber Heimatlose werden wir immer noch sein, dachte Gisla.

Auch wenn endlich die Sonne am Himmel hochkroch – die Luft blieb feucht und kalt, und der Frost der Nacht hockte Adarik in sämtlichen Knochen. Es war ihm nie angenehm gewesen zu frieren, aber mit jedem Jahr, da er älter, der Rücken krummer und die Haut ledriger wurde, geriet es zur größeren Qual.

Er unterdrückte das Beben und verbarg vor seinen Männern auch seine Müdigkeit – desgleichen jenen Anflug von schlechtem Gewissen, als er nun bei Tageslicht auf die reißenden Fluten starrte, die die Frauen verschluckt hatten.

Er hatte nicht gelogen, als er zu Gisla sagte, dass ihm die vielen Lebensjahre das Mitleid abgewöhnt hätten – aber tief drinnen nagte das Unbehagen, dass es, wie so oft, die Falschen getroffen hatte. Der Krieg – jener lächerliche Waffenstillstand, der in Saint-Clair-sur-Epte geschlossen worden war, täuschte nicht darüber hinweg, dass auf dieser Welt stetig ein solcher herrschte – war nicht nur eine hungrige Bestie, sondern eine wenig wählerische und eine ungerechte: Gern riss sie die besonders Jungen, die Zarten, die Unschuldigen, all jene also, die es nicht verdienten.

Gewiss, er selbst schob dieser Bestie immer wieder neues Futter ins Maul, aber manchmal, wie jetzt, graute es ihm vor sich selbst, weil ihm die Kälte mit der Zeit immer mehr zusetzte, das Töten hingegen immer weniger.

Er schluckte das Unbehagen und wollte die Hand heben, um das Zeichen zum Aufbruch zu geben. Noch rotteten sich seine Männer um die Toten, durchwühlten die Kleider der Leichen nach Brauchbarem, fluchten, weil sie kein Geld oder Schmuck fanden, aber nahmen die Waffen, so sie denn taugten, mit sich.

»Das waren Nordmänner, ohne Zweifel...«, sagte einer der Männer, als er zu Adarik trat »Vielleicht von Rollos Hof. Wäre es nicht ratsam, sie zu vergraben – auf dass niemand sie finden und für sie Rache nehmen kann?«

Adarik überlegte kurz. Sie hatten sich weit in das Gebiet des Nordmännerlandes vorgewagt, vielleicht zu weit. Gerade darum war es besser, so schnell wie möglich wieder Richtung Epte aufzubrechen, anstatt kostbare Zeit zu verschwenden.

»Nein«, entschied er. »Lasst sie liegen. Wer soll sie in dieser Einöde finden, ehe sie verwest sind? Und wenn man sie findet, warum sollte man uns Franken die Schuld an ihrem Tod geben? Es ist besser, wir...«

Lautes Rufen unterbrach ihn. Um einen der Leichname versammelten sich gleich mehrere Männer, doch anstatt auch ihn seiner Habseligkeiten zu berauben, wichen sie zurück.

»Was ist da los?«, brüllte Adarik über das Rauschen des Meeres hinweg.

Die Blicke der Männer, die sich auf ihn richteten, waren ungläubig. »Wie es aussieht, lebt der hier noch...«

Adarik unterdrückte ein überdrüssiges Seufzen. Nie hatte er begriffen, warum sich das sonst so grausame Leben manchmal als gnadenvoll erwies.

Der Kreis lichtete sich, als er zu dem Mann trat, der vermeintlich reglos dalag. Er stieß ihn hart mit seinem Fuß an, sodass er von der Seite auf den Rücken fiel, sah nun, dass sich die Brust hob und senkte. Auf dem vernarbten Gesicht klebten Erde und Blut.

Eigentlich, dachte er sich, ist es keine Gnade des Lebens, dass dieser lebt, vielmehr ein übler Scherz und blanker Hohn, weil es sich ausgerechnet den Hässlichsten erkoren hat.

»Sollen wir ihn töten?«, fragte man ihn, und schon hoben zwei eifrig ihr Schwert.

Adarik zögerte kurz, schüttelte dann aber den Kopf. »Ich will wissen, wer diese Männer waren – und der hier wird's uns erzählen, wenn er erwacht. Desgleichen, was er über Rouen und über Rollo weiß. Ob nun die Waffen klirren oder schweigen – es ist immer nützlich, seinen Feind zu kennen.«

Gegen Mittag spähte die Sonne endlich zwischen den Wolken hervor. Bunt machte sie die Welt nicht, aber sie half dem Wind, Runas und Gislas Kleidung zu trocknen. Der Stoff wurde vom Salz steif, riss bei jeder unachtsamen Bewegung und fühlte sich alsbald wie die Rinde eines knorrigen alten Baumes an. Sie liefen jedoch unbeirrt die Küste entlang, immer weiter und weiter, den ganzen Tag und auch den nächsten. Niemand verfolgte sie.

Die Landschaft änderte sich – mal war sie schroffer, mal hügelig, mal karg, mal bewaldet – nur eines änderte sich nicht: Auf der einen Seite war das Meer, auf der anderen Seite das Land, und das Leben war ein steter Kampf um Wärme und um Essen.

Runa hatte bei dem Sturz über die Klippen ihren Feuerstein verloren, und um sich zu wärmen, waren sie fortan auf die kargen Sonnenstrahlen angewiesen. Den Fisch, den sie fing, mussten sie roh essen.

Gisla klagte nicht. Ihr Kopf wurde immer leerer. So wie sie keinen Funken erzeugen konnten, um Holz anzuzünden, so war da kein Gefühl, das Sehnsucht entfachte oder Heimweh. Wenn sie an Laon dachte, stieg Haganos Gesicht vor ihr auf, nicht mehr das ihrer Mutter oder das Beggas, und auch nicht köstliche Speisen, die Wärme eines Kamins oder ihr weiches Bett. Mit jedem Schritt wurde ihr bewusster, dass das Leben, das sie jetzt führen musste, nur erträglich war, wenn sie so wenig wie möglich darüber nachsann.

Als die Steine unter ihren Füßen spitzer wurden, wichen sie ins Landesinnere aus und gingen eine Weile auf weicherem Waldboden.

Runa hatte einen neuen Feuerstein gefunden und fing nun einen Hasen. Als sie ihn brachte, nahm Gisla ihn entgegen und häutete ihn ganz selbstverständlich, fast ohne Ekel. Sie sammelte ein paar verkümmerte Beeren, Runa mühte sich darum, mithilfe von Reisig ein Feuer zu entfachen. Es war trockener als Tang, von dem es am Meer mehr als genug gegeben hatte, und am Ende gelang es ihr. Endlich gab es wieder gebratenes Fleisch.

Runa jagte Kleintiere, doch Beeren gab es alsbald keine mehr zu sammeln. Tag für Tag wurde es kälter. Der erste Schnee in diesem Jahr ließ nicht länger auf sich warten und deckte die Landschaft mit einer weißen Decke zu.

Gisla starrte gleichgültig darauf. Im dunklen Meer hatte sie gedacht, der Tod wäre schwarz. Nun kam sie zum Schluss, dass er weiß war. Und kalt. Und dass sie unmöglich den Winter im Freien überleben konnten.

»Wir müssen ein Plätzchen finden, wo wir unterschlüpfen können«, erklärte Runa.

Aber es gab nur Kälte und Weiß, und Gisla fühlte sich alsbald wie innerlich erfroren. Runa hingegen war noch lebendig genug, um zu hadern.

»Warum kommt der Winter nur so früh in diesem Jahr!«, klagte sie.

Trotz der Kälte zogen sie Tag für Tag weiter, und sie begegneten niemandem.

»Eigentlich ist es seltsam, dass hier keine Menschen sind«, sagte Runa. »Es heißt doch, dass die Nordmänner an der Küste siedeln.«

»Vielleicht«, gab Gisla zu bedenken, »haben wir das Nordmännerland längst hinter uns gelassen und sind in eine wilde Ödnis geraten.«

Auf dass das lange Gehen und stete Frieren erträglich wurden, redeten sie viel miteinander. Runa beherrschte das Fränkische immer besser, und auch für Gisla wurde es selbstverständlicher, die nordischen Silben zu gebrauchen. Eines Tages fiel ein Wort, das Gisla nicht verstand.

»Ymir muss missgestaltet sein«, murmelte Runa.

»Wer ist Ymir?«, fragte Gisla verwundert.

Die Geschichte, die Runa jetzt erzählte, war verworren. Da sie zwischen der nordischen und fränkischen Sprache wechselte, konnte Gisla nur verstehen, dass Ymir der Name eines der ersten Wesen war, die je gelebt hatten.

»Die Götter haben ihn getötet und aus seinem Leichnam die Welt geschaffen«, erklärte Runa. »Aus seinem Fleisch machten sie das Land, aus seinen Knochen die Gebirge und aus seinem Blut die Seen und das Meer. Aus seinen Zehen und Zähnen formten sie Felsen und Geröll, sein Haar bildete die Bepflanzung, die Schale seines Hirns wurde zum Himmel, und die Augenbrauen wurden in den Wind geworfen, auf dass der Himmel fortan Wolken hatte.

Ja, die Welt ist aus Ymir gemacht worden. Doch so farblos das Land hier ist«, schloss Runa, »so karg und so arm an kräftigen Bäumen, muss Ymir wohl missgestaltet gewesen sein.«

Gisla schüttelte den Kopf. Sie kam nicht umhin, Runa zuzustimmen, dass die Ödnis keine heimatlichen Gefühle weckte, aber im Stillen sagte sie sich, dass die Geschichte von Ymir heidnisches Geschwätz war, dass nicht die Götter, sondern der eine wahre Gott die Welt erschaffen hatte, und dass dieser eine wahre Gott gesehen hatte, dass sie gut war. Für sie war in diesem Augenblick nichts gut, aber sie kam sich auf einmal kleingläubig vor, nicht darauf zu hoffen, dass es besser werden könnte.

Eines Tages stießen sie plötzlich auf eine Gruppe Häuser. Nichts kündigte sie an – keine Rauchsäule, die gen Himmel stieg, kein Laut, keine Wagen- oder Fußspur. Der Weg, den sie genommen hatten, machte einen Bogen, und dann sahen sie das kleine Dorf. Der Palisadenzaun, der das kleine Dorf einmal vom Umland abgegrenzt hatte, war zerstört, die Dächer der Häuser wiesen große Löcher auf, aber dennoch war dies ein Ort, an dem Menschen gelebt hatten.

Runa und Gisla hielten den Atem an, dann gingen sie vorsichtig auf das Dorf zu. Immer noch sahen und hörten sie nichts. Kein Geräusch – weder gackernde Hühner noch grunzende Schweine, noch das Stöhnen der Alten oder das Lachen der Kinder. Wer immer an diesem Ort gelebt hatte, war entweder gestorben oder hatte das Dorf verlassen.

Gisla zögerte, doch als Runa beherzt über die verwitterten Palisaden stieg, folgte sie ihr. Zwischen einem der Häuser und dem Zaun lag ein Garten, in den einst Bäume und Sträucher gepflanzt worden waren, doch deren Früchte – Äpfel,

Haselnüsse, Himbeeren, Pflaumen, Schlehen und Kirschen – waren längst verrottet. Der Wind fuhr stöhnend durchs karge Geäst.

»Wie merkwürdig«, murmelte Runa, ohne hinzuzufügen, was sie mehr erstaunte: dass sie auf dieses Dorf gestoßen waren oder dass es leer stand.

Die Häuser waren aus Holz und Lehm errichtet worden. Die Wände hatte man mithilfe eines Gitterwerks aus Holzplanken gefertigt und ihnen mit senkrechten Balken an den Ecken, die mit Ruten umflochten waren, Stabilität verliehen. Die Ritzen zwischen den Holzplanken waren mit Reisig oder Lehm zugestopft. Einige Häuser waren von Wind, Wetter oder vielleicht von Angreifern zerstört, andere sahen erstaunlich robust aus.

Tief in den Boden versenkt waren die Vorratskammern. Ihr erster Gang führte die beiden jungen Frauen in eine von diesen, um nach Essen zu suchen. Im trüben Licht konnten sie zunächst kaum etwas erkennen, und Gisla hielt den modrig riechenden Raum schon für leer, als sie plötzlich mit den Füßen gegen ein Fass aus Birkenrinde stieß. Äpfel und Pflaumen befanden sich darin, und diese waren nicht verrottet, sondern getrocknet.

Gierig schlangen die Frauen sie herunter, durchsuchten nach der ersten Vorratskammer eine zweite. Sie fanden zwar nichts, um den immer noch knurrenden Magen zu beruhigen, gleich daneben allerdings, in der Mitte der Gehöfte, stand ein Brunnen, aus dem sie mit einem Eimer eiskaltes, klares Wasser schöpften und durstig tranken.

Die Wasserleitungen aus Holz, die einst vom Brunnen weg zu den Häusern geführt hatten, waren völlig zerstört – erst vor nicht langer Zeit instand gesetzt worden waren aber die Pfade, die die Häuser miteinander verbanden: Man hatte

Holzbohlen dicht aneinandergelegt und unter das Holz große Steine gelegt, damit es nicht faulig wurde.

Bis jetzt hatten Gisla und Runa kaum ein Wort gewechselt, nun wurde die Stille unerträglich. Es war ein anderes, irgendwie verbotenes Gefühl, inmitten einst bewohnter Häuser zu schweigen als im Wald oder am Meer.

»Wer hier wohl gelebt hat?«, sinnierte Gisla laut.

»Bauern«, murmelte Runa, »vielleicht auch Fischer.«

Ob diese geflohen oder ermordet worden waren, sprachen sie nicht aus.

Schließlich betraten sie eines der Häuser, das ihnen am besten erhalten schien, und als Runa das Innere gründlicher musterte, stellte sie erstaunt fest, dass es den Wohnstätten ihrer Heimat glich: Vielleicht, weil Nordmänner und nicht Franken hier gelebt hatten, vielleicht aber auch, weil die beiden Völker mehr gemeinsam hatten, als gedacht.

Der Boden bestand aus gestampfter Erde; das Stroh und die Speisereste, die achtlos darauf fallen gelassen worden waren, waren verfault. Nicht weit von der längst erkalteten Feuerstätte befanden sich ein paar Bänke und ein Erdpodest – offenbar die Schlafstatt. Strohsäcke oder Matratzen, wie die reicheren Bauern sie besaßen, gab es jedoch keine.

In einer Ecke des Raums lagen Holzdielen auf dem Boden, die knarrten, als Runa darauftrat. Sie bückte sich, klopfte gegen die Dielen und öffnete eine hölzerne Klapptür, unter der sich ein Loch auftat. Runa lächelte. Genau das hatte sie vermutet.

»Was ist das?«, fragte Gisla erstaunt.

»So etwas Ähnliches hat es in unserem Haus in Norvegur auch gegeben«, erklärte Runa. »Wir nannten es Schatzkammer, meine Großmutter hat dort den Bernsteinschmuck versteckt.« Ein wehmütiger Ausdruck vertrieb ihr Lächeln, dann wurde ihr Gesicht ausdruckslos. »Es ist nichts darin«, murmelte sie, nachdem sie den Hohlraum abgetastet hatte, und schloss die Klapptür wieder. »Wahrscheinlich sind die Bewohner geflohen und haben all ihre Güter mitgenommen.«

Sie durchsuchte schließlich zwei kleine Wandschränke, wohl in der Hoffnung, dass dort getrockneter Fisch aufbewahrt war. Fisch fand sie nicht, jedoch jede Menge Werkzeug: Angelhaken und Schöpfkellen aus verzinntem Eisen, Fingerhüte und sogar ein metallenes Klappmesser.

Während Runa all das prüfend in den Händen hielt, entdeckte Gisla eine geschnitzte Truhe und öffnete sie: Sie fand Wollkämme und ein Webbrettchen, ein Bronzebecken, ein weiteres Messer und obendrein eine Schere. In einer zweiten Truhe befanden sich Wetzsteine, Spinnwirteln und Webgewichte.

»Wenn wir Wolle hätten, könnten wir Kleider weben!«, rief Gisla begeistert.

»Und damit können wir Fische fangen und Tiere jagen!«, rief Runa und deutete auf das Handwerkszeug, das an der hinteren Wand des Hauses hing: Äxte, Feilen, Sägen, Zangen. »Endlich müssen wir nicht mehr hungern!« Ihre Stimme klang aufgeregt wie nie zuvor.

Gisla hörte ihr kaum zu. Noch mehr Kostbarkeiten hatte sie in der zweiten Truhe entdeckt: Krüge und Schalen aus Ton. Gislas Hände strichen darüber, dann über eine Kette aus Glasperlen, die in eine Ritze gerutscht war. Sie hob sie hoch, ließ sie durch ihre Finger gleiten und betrachtete sie mit einem Ausdruck tiefer Ehrfurcht. Das erste Mal seit langem hielt sie etwas in der Hand, das man nicht zum Überleben brauchte, das einfach nur schön war. Aber das Schönste war, zu wissen, dass sie den Winter überleben würden!

Runa stieß einen Jubelschrei aus und strich dann erneut

über die Werkzeuge. »Wir haben den Kerker von Rouen überlebt und den von Laon«, murmelte sie. »Wir sind Taurin entkommen, Thure und Adarik. Wir werden weiterleben, und ich werde uns nach Norvegur bringen.«

Sie wussten nicht, warum dieses Dorf leer stand. Aber dass nirgendwo Tote und nirgendwo Blutspuren zu sehen waren, genügte, um es zu einem Ort zu machen, an dem sie vorerst bleiben konnten.

Als Taurin erwacht war, wusste er kurz nicht, wo er sich befand. Vielleicht war er gar nicht erwacht, vielleicht träumte er noch.

Er war bei seiner Geliebten, und alles war gut ... Die letzten Jahre ... Jahrzehnte schmolzen zu einem nichtigen Augenblick dahin, die Qualen, die er durchlitten hatte, zu einem flüchtigen Schmerz. Die Welt war heil, und das Leben war schön. Doch dann vernahm er Gemurmel, und das Bild von seiner Geliebten schwand.

Er wusste nicht, woher das Gemurmel kam, öffnete die Augen, blickte sich um. Seine Hände waren blutverschmiert, der Wald, in dem er lag, war dunkel, das Haus der Bäuerin am Rande dieses Waldes verbrannt.

Das Gemurmel verstummte, ertönte erneut. Er schloss die Augen wieder und brauchte eine Weile, um zu begreifen, dass das Gemurmel aus seiner Erinnerung herrührte und diese Erinnerung nicht länger schön war.

Priester murmelten ... Priester, die die Reliquie des heiligen Germanus über den Mauerumgang der Insel trugen und Bittgebete vorbrachten. Die Angriffe waren immer schlimmer geworden. Die Feinde schoben fahrbare Schutzdächer an den Fuß des Turms und bildeten einen Schildwall, um Öl,

Pech und Pfeile abzufangen. Noch besetzten sie den Turm nicht. Noch hinderte sie ein Wassergraben daran. Aber schon begannen sie, Reisig, Stroh, geschlachtete Tiere und Leichname in den Graben zu werfen.

Wieder riss er die Augen auf, das Bild barst. Als er aufsprang, schien auch sein Kopf zu zerbersten. Die Streitaxt musste ihn getroffen, ja, gespalten haben, so höllisch weh wie es tat. Doch die Schmerzen hielten ihn nicht davon ab zu laufen, und der Kopf war heil genug, um zu denken und sich an alles zu erinnern. Er hatte kein Pferd mehr, er hatte keine Waffen mehr, aber er hatte noch sein Leben ... und den Willen, sich zu rächen. Für das, was man ihm angetan hatte. Was man seiner Geliebten angetan hatte.

Der Hass gab ihm die Kraft, nicht am Kopfschmerz zu vergehen, Schritt um Schritt zu setzen und Thure und seine Männer zu verfluchen. Weder von ihnen noch von den beiden Frauen war etwas zu sehen. Er lief durch den Wald, kam schließlich zu einem kleinen Fluss, wanderte an ihm entlang, bis die Bäume lichter wurden und der Weg, der den Fluss säumte, breit wie eine Straße.

Nach einigen Tagen traf Taurin auf einen Händler, der ihn voller Entsetzen musterte. Vielleicht war es auch ein Räuber, der sah, dass von ihm nichts zu holen war und so viel Hass in seinen Augen stand, dass er erschrocken floh.

Der Hass wütete weiter. Betrogen. Im Stich gelassen. Vollkommen allein.

Nicht zum ersten Mal war ihm das angetan worden. Doch diesmal galt ein Teil seines Ärgers sich selbst. Weil er leichtsinnig gewesen war, unaufmerksam, vertrauensselig.

Taurin berichtigte sich rasch. Nein, er hatte seinen Männern nicht vertraut, er vertraute seit Jahren niemandem mehr, nur sich selbst und dem Wissen, dass die Nordmänner des Bösen waren und ein Friede mit ihnen eine Sünde war.

Viel Frieden sah er allerdings nicht. Das Land schien verwaist, und als er schließlich doch auf bewohnte Orte stieß, senkten die Menschen ihren Schädel, sobald sie ihn erblickten. Nicht alle fürchteten seinen Hass, in manchen Augen glomm Mitleid auf, das verriet, dass er so erbärmlich aussah, wie er sich fühlte. Doch das Mitleid reichte nie so weit, dass sie ihm Hilfe anboten.

Er wollte sie ohnehin nicht. Er wollte allein sein mit seinem Hass.

Dieser Verräter ... dieser Schlangensohn ... dieser narbige Dämon Thure!, pochte die Wut in seinem Kopf wie der Schmerz. Ohne ihn hätte er nun die fränkische Prinzessin in seiner Gewalt, und mit der fränkischen Prinzessin hätte er seine Rache bekommen. Thure hatte ihm beides geraubt.

Was er ihm nicht geraubt hatte, war der Beutel mit Münzen, den er immer noch am Gürtel trug. Es waren nicht viele, aber genug, um sich etwas zu essen zu kaufen, dann und wann ein Dach über dem Kopf zu haben und die Bereitschaft der Menschen zu erlangen, ihm den Weg Richtung Rouen zu weisen.

Als die Mauern der Stadt aus der Ferne sichtbar wurden, wusch er sich in einem Teich das Blut vom Kopf. Es war längst verkrustet, desgleichen der Dreck, den er sich von Händen und Beinen rieb. Sein Anblick verstörte dennoch, denn die Wachen am Tor erhoben ihre Schwerter gegen ihn. Er zeigte keine Furcht.

»Ich bin Taurin, ich diene Popa, und ich kann auch mit Fäusten töten.«

Er wusste, dass das Unsinn war. Kein Knochen war so hart wie eine Klinge, keine Haut so reißfest wie ein Schild, kein Fingernagel so spitz wie eine Lanze. Aber die Wachen wichen zurück und ließen ihn hinein.

Er hatte lange überlegt, wie er vor Popa sein Versagen rechtfertigen könnte, in welche Worte er die Bitte kleiden sollte, ihn nicht sofort in den Kerker zu werfen, sondern ihm neue Männer zu geben, damit er sich wieder auf die Suche nach den Frauen machen konnte.

Doch Popa war nicht wütend und hasserfüllt wie er, sondern lachte, als er sie in ihren Räumen aufsuchte. Das verwirrte ihn. Zunächst dachte er, sein erbärmlicher Anblick amüsiere sie; dann verstand er jedoch, dass sie über etwas lachte, worüber in Rouen schon seit Tagen getuschelt wurde. Obwohl Rollos Taufe erst nach dem Winter angesetzt worden war, wurde schon jetzt darüber gestritten, ob er die lange weiße Kleidung eines Katechumenen tragen sollte oder nicht. Der Bischof bestand darauf, Rollo hingegen lehnte es schlichtweg ab. Er hatte schon viel getragen in seinem Leben, Lumpen und Seide, Leder und Pelz, aber noch niemals Weiß. Und noch eine andere Frage erregte die Gemüter: Nach der Taufe würde er von Kopf bis Fuß gesalbt werden, und die Priester waren sich nicht sicher, ob er sich zu diesem Zweck nackt ausziehen sollte oder es genügte, nur Stirn, Ohren und Nase zu salben. Doch Popa gab sich gewiss, dass Rollo sich trotz allen Grummelns am Ende dem Wunsch des Bischofs fügen würde.

Vielleicht lachte sie nicht, weil sein Widerwille gegen Weiß amüsierte, sondern weil sich der Heide, der sie, die Christin, geraubt und sich als der Stärkere erwiesen hatte, am

Ende doch den Christen beugen musste. Irgendwie klang das Lachen traurig.

»Sie ist mir entkommen«, erklärte er in ihr Lachen hinein.

Er zögerte kurz, dann gestand er sein ganzes Versagen ein, schonungslos, ohne Rechtfertigung, ohne Ausflucht.

Popa beugte sich zu ihm. Die üppigen Brüste erschienen ihm größer als je zuvor und bestätigten, was er bis jetzt nur vermutet hatte: Sie trug nach dem kleinen Wilhelm ein neues Kind unter ihrem Herzen. Dass dieses nur ein Bastard sein und sie nur die Konkubine bleiben würde, schien ihr aber nicht länger Sorgen zu bereiten.

»Es ist nicht mehr wichtig«, sagte sie.

»Wie meinst du das?«

»Ganz ohne mein Zutun schwächelt die Frankenprinzessin. Seit ihrer Ankunft in Rouen ist sie andauernd krank. Der Bischof macht sich ernsthafte Sorgen und rechnet täglich mit ihrem Tod.« Popa lächelte. »Den Winter übersteht sie nie und nimmer!«, schloss sie triumphierend.

»Sie ist nicht die Frankenprinzessin! Sie ist eine Betrügerin!«, rief Taurin.

»Aber die ganze Welt hält sie für Gisla«, gab Popa zurück.

»Ich werde die Wahrheit aufdecken, ich werde...«

Das Lächeln schwand von ihren Lippen. »Nichts wirst du!«, erklärte sie hart. »Wenn diese Prinzessin«, sie spie das Wort förmlich aus, »stirbt, bin ich zufrieden. Ich kann keine gebrauchen, die noch lebt, verstehst du? Warum für Unruhe sorgen?«

»Ich soll nicht länger nach ihr suchen?«, rief Taurin entsetzt.

Popa ließ sich auf ihren Stuhl sinken. »Ich lasse dich frei, so wie ich es dir versprochen habe. Das ist es doch, was du immer wolltest.«

Der Mund wurde ihm trocken. Nein, das war es nicht, was er wollte, das war es nie gewesen. Er wollte etwas sagen, aber brachte keinen Ton hervor, und sie hielt seinen Hass für Reue und seine Ohnmacht für Dankbarkeit, weil sie sein Versagen belohnte, anstatt zu strafen.

»Du kannst gehen«, sagte Popa.

Sie entschieden, das erste Haus, das sie betreten hatten, als ihre Wohnstatt einzurichten. Es war in einem einigermaßen guten Zustand, und es bereitete Runa große Lust, es für sie herzurichten. Bis jetzt hatte sie sämtliche Körperkräfte einzig fürs Überleben eingesetzt – nun galt es, Ordnung und Behaglichkeit zu schaffen. Gewiss, dieses Zuhause war nur ein vorübergehendes, sie wollte das Herz nicht an einen Ort hängen, der nie ihre Heimat sein würde, doch für die Zeit, da sie bleiben würden, wollte sie ihn so wohnlich wie möglich machen.

Schon am ersten Tag kletterte sie aufs Dach, das mit Torf, Grassoden und Birkenrinde bedeckt war. An manchen Stellen klafften Löcher, und sie ging in den Wald, um neuen Torf und Reisig zu holen und das Dach abzudichten. Dann widmete sie sich den Wänden – sie band um schon etwas morsch gewordenes Flechtwerk neues aus Haselnusszweigen und steckte Moos, Schilf und kleine Zweiglein in die Ritzen. Zuletzt kümmerte sie sich um das Innere des Hauses: Zur Abstützung des Dachs verliefen parallel zu den Längswänden gesetzte Pfostenreihen, die morsch wie das Flechtwerk geworden waren. Mit der Axt, die Runa unter den Werkzeugen gefunden hatte, fällte sie Bäume, entrindete sie, schlug Scheite aus dem Stamm und hämmerte sie an die Pfosten, sodass sie dicker wurden und stabiler standen. Die Holzscheite, die übrig geblieben waren, schlug sie vor die Luke gegenüber der Tür, die früher wahrscheinlich mit einer Schweineblase geschlossen war und durch die nun der kalte Wind pfiff. Der Wind blieb seitdem draußen – das Licht aber auch. Die Hütte wurde nur vom Herdfeuer matt erhellt. Sie hatten keinen Tran für Lampen, aber genügend Torfstäbe gab es, und diese sammelten sie so blindwütig, als müssten sie nicht nur Wochen, sondern Jahre damit auskommen.

Mit jeder Stunde fühlte Runa sich heimischer. Und mit jeder Stunde wuchs der Triumph, dass sie der Zerstörung einen Neuanfang entgegensetzen konnte. Rastlosigkeit erwachte in ihr. Sie konnte nicht still sitzen, musste immer etwas tun, ließ kein Werkzeug unbenutzt, ganz gleich, ob sie es nun wirklich brauchte oder nicht. Sie schnitzte, sie hämmerte, sie sägte, sie nagelte.

Als es am Haus nichts mehr zu reparieren gab und sie genügend Brennholz gesammelt hatte, legte sie Vorräte an. Dank eines Angelhakens, einiger Netze und eines kleinen Bootes, das sich in einer Bucht am Meer fand, fing Runa mehr Fische, als sie je mit der bloßen Hand hatte fangen können. Sie ließ Meerwasser über dem Herdfeuer verkochen, und mit dem gewonnenen Salz rieb sie die Fische und auch getrocknete Algen ein, um sie haltbar zu machen. Was sie nicht als Vorrat anlegte, aßen sie frisch – und als der Hunger nicht mehr ganz so groß, die Gier nach jedem Bissen nicht mehr ganz so schmerzhaft war, verwendete sie mehr Zeit und Sorgfalt auf die Zubereitung der Speisen. Bis jetzt hatte es nur gezählt, möglichst viel zu essen, egal ob roh oder halb verbrannt, nun erinnerte Runa sich daran, wie köstlich Asruns Fische geschmeckt hatten, die diese in Blätter und Kräuter eingewickelt und zwischen heißen Steinen langsam gegart hatte.

Sie fing Marder, Otter oder Biber; einmal sah sie in der

Ferne einen Rothirsch, doch der war zu groß, um ihn zu erlegen. Ein anderes Mal stieß sie auf ein paar verendete Frischlinge einer Wildsau. Sie war nicht sicher, ob das Fleisch nicht schon verdorben war, aber nahm sie dennoch mit.

Runa steckte Gisla mit ihrer Lust am Experimentieren an. Gemeinsam kochten sie das Fleisch in Wasser, später erprobten sie weitere Zubereitungsarten, die Runa von der Großmutter kannte, brieten das Fleisch entweder auf der Feuerstelle zwischen glühenden Holzscheiten oder garten es in Schüsseln aus Speckstein, die direkt in die Glut gebettet wurden. Vor allem nahmen sie sich die Zeit, das Fleisch vorher weich zu klopfen.

Nicht weit von der Siedlung entdeckte Runa eines Tages einige Felder. Die Bewohner hatten ihr Dorf vor der Ernte verlassen, die meisten Ähren waren vom Wind oder erstem Schnee geknickt worden und die Körner im sumpfigen Boden verfault. Dennoch suchte sie gemeinsam mit Gisla Ähre für Ähre nach noch nicht verdorbenem Korn ab, zerstampfte die wenigen, die sie sammelten, mit einem Mörser, verrührte sie mit Wasser und buk sie auf einem heißen Stein zu einem dünnen Fladen. Die Fladen schmeckten wie Leder, aber wenn sie die Augen schlossen und den Geschmack von Brot heraufbeschworen, konnten sie sich kurz vorgaukeln, sie bissen in eben solches: außen kross und innen saftig.

Ja, sie waren satt, und sie würden satt bleiben, und Runa ließ keinen Augenblick ungenutzt, um der Welt und Gisla und sich selbst ihre Tatkraft und Entschlossenheit zu beweisen.

Neuer Schnee fiel, und diesmal so viel, dass aus der weißen Decke kein Grasbüschel mehr herausragte. Trotz des gefrorenen Bodens schaufelte Runa eine Grube, legte gesalzenes Fleisch und Fisch hinein und bedeckte alles erst mit frischem

Schnee, dann mit Holz. Der Schnee, so erklärte sie Gisla, würde sich zu Eis wandeln und das Eis verhindern, dass das Fleisch schlecht wurde.

Das Meer war so stürmisch, dass sie nicht mehr wagte, mit dem Boot hinauszufahren, aber sie hatte in der Nähe einen kleinen See entdeckte, und dass er gefroren war, war für sie kein Hindernis, Fische zu fangen: Mit der Hacke schlug sie Löcher in das Eis, ließ eine Schnur mit dem Angelhaken hindurch und zog – flach auf dem Boden liegend, auf dass das Eis nicht unter ihr brach – die Fische heraus.

Tag für Tag wurde es kälter. Gisla verbrachte die Zeit jetzt am liebsten vor dem Feuer, doch während die Welt immer tiefer schlief, konnte Runa ihre Unrast nicht abschütteln. Noch mehr wollte sie tun, noch mehr Entschlossenheit beweisen! Erneut erwachte der Gedanke, nach Norvegur heimzukehren, und mündete in dem Entschluss, ein Schiff zu bauen.

Darüber hatte Runa einst, in jenem Winter ehe sich ihr Weg mit dem Gislas kreuzte, schon einmal nachgedacht, und was ihr damals noch unmöglich erschienen war, wurde jetzt greifbarer. Gewiss, es zu wollen hieß nicht auch, es zu können. Doch kraft besagten Wollens war sie aus der Hand so vieler Feinde entwischt und nun gestählt, tatkräftig und erfindungsreich genug, die ferne Heimat ohne fremde Hilfe zu erreichen.

Noch entstand dieses Schiff nur in Gedanken, nicht unter ihren Händen. Noch machte sie nur Pläne, aber setzte sie nicht um. Während sie jedoch Nadelbäume schlug und mit diesem Holz und den Metallbeschlägen alter Bottiche neue fertigte, während sie Becher und Teller schnitzte, Nadeln, einen neuen Messergriff und sogar einen Kamm aus den Knochen eines erjagten Tieres, reifte die Zuversicht, dass sie auch aus dem Nichts ein Schiff bauen konnte.

Mit Gisla sprach Runa nicht darüber. Sie sah, dass ihr das neue Leben gut bekam. Sie kämmte sich mit dem geschnitzten Kamm und konnte ungemein geschickt mit der Nadel umgehen. Sie nähte die Felle der erlegten Tiere aneinander, sodass sie warme Umhänge hatten, um sich vor der Kälte zu schützen. Sie flickte ihre Kleidung und Runas und half dieser, wo sie eben konnte, aber Runa merkte, dass sie Gisla immer noch nicht sonderlich viel zumuten durfte.

Eines Tages folgte Gisla Runa zum nahen See, um ihre Kleidung und sich selbst zu waschen, doch als sie die Hände in ein Eisloch steckte, fuhr sie mit einem Aufschrei zurück. Ihre Hände wurden erst rot, dann blau. Ihr war lieber, schmutzig zu bleiben, als zu frieren, doch da kam Runa eine Idee.

»Ich weiß, wie wir uns waschen können!«, rief sie.

Sie sammelte Steine, legte sie in eine der früheren Vorratskammern, bedeckte sie mit Torf und zündete ihn an. Als die Steine heiß waren, goss sie Wasser darüber – das erst zischte und sich dann in Dampf wandelte. In diesem Dampf hockten sie, bis Schweiß von ihrer Haut perlte und sie den Schmutz der vergangenen Wochen abreiben konnten.

Gisla, zunächst befremdet, genoss die Prozedur.

»Das ist wie in den Thermen von Laon! Zweimal in der Woche bin ich dort gewesen, und Begga hat meine Haut geschrubbt, bis sie brannte!« Gislas Augen glänzten; ihre Erinnerung an die Amme war frei von Verbitterung über deren späteren Verrat.

»Mit meiner Großmutter habe ich oft genau so ein Dampfbad bereitet«, erzählte Runa hingegen wehmütig. »Im Winter war es eine Wohltat, vor allem für sie und ihre steifen Knochen. Und immer, wenn wir im heißen Dampf saßen, hat meine Großmutter Lieder gesungen.«

Eine Weile hingen sie beide schweigend und schwitzend den Erinnerungen nach.

Ich werde nach Hause zurückkehren, schwor sich Runa einmal mehr. Ich werde ein Schiff bauen.

Ein Schiff zu bauen war eigentlich Männersache, aber das waren Jagd und Fischfang auch. Überleben und sich nach der Heimat sehnen konnte auch eine Frau. Also schüttelte Runa das Gefühl, Verpöntes tun zu wollen, alsbald ab, begann mit der Arbeit und versuchte, ihre Ungeduld zu bezähmen. Der Winter war lang, sie hatte genügend Zeit, sie würde alles gemächlich planen, prüfen und dann umsetzen.

Die erste Aufgabe war nicht, etwas zu tun, sondern zu denken. Oder vielmehr sich an alles zu erinnern, was der Vater ihr jemals über den Schiffbau erzählt hatte. Vieles war vage, manches wusste sie noch ganz genau. Ihr Glück war, dass das Schiff der ganze Stolz eines Wikingers war und ein jeder ständig mit ihm prahlte.

Ein gutes Schiff nun also brauchte einen guten Kiel – der war sein Rückgrat, verlieh ihm Stabilität. Er wurde aus einem einzigen Stück Holz gefertigt, das an Bug und Heck in den hochgezogenen Vorder- bzw. Achtersteven überging. Runa wusste: Das Schiffsrückgrat würde nicht die einzige, aber die größte Herausforderung für sie sein. Zu diesem Zweck musste sie einen entsprechend großen Baum erst finden, dann fällen. Überhaupt galt es, viel Holz zu schlagen, und dies war darum die erste Arbeit nach dem Denken: Sie zog durch die dick verschneiten Wälder und hielt nach geeigneten Bäumen Ausschau, die groß genug für das Schiff, aber nicht zu groß für sie waren, um sie zu fällen und zu schleppen. Nach dem Fällen mussten die Stämme gespalten werden. Sie folgte der Maserung des Holzes, auf dass die Planken beim Trocknen nicht schrumpften und sich verzogen, und bemaß die Zeit, die sie dafür hatte, als sehr knapp, denn frisch gefällte Stämme ließen sich leichter verarbeiten als abgelagertes Holz.

Ehe Runa damit fertig war, stand sie vor neuen Problemen. Sie rutschte ständig auf dem eisigen Boden aus; das lederne Schuhwerk, das sie sich aus Tierhäuten angefertigt hatten, war schon nach wenigen Tagen durchgetreten. Anstatt Holz zu schlagen, jagte sie darum erneut, diesmal nicht, um das Fleisch der Tiere zu bekommen, sondern ihre Knochen. Am dienlichsten waren die Rippen, die sie zurechtschliff und mit einer Kordel unter ihre Füße band. Runa schnitzte auch einen Stock, dessen Spitze ebenfalls mit Knochen beschlagen war, und stützte sich darauf, wenn sie über Eis ging.

Und weiter ging es mit den Holzarbeiten.

Bald hatte sie Blasen an den Händen, die zu bluten oder zu eitern begannen. Gisla schrie jedes Mal auf, wenn sie abends heimkehrte und sie die Blessuren sah, und Runa verschwieg ihr nicht länger, dass sie ein Schiff baute. Ehe Gisla etwas dazu sagen konnte, fuhr sie sie barsch an: »Wenn du schreist oder heulst, musst du mir helfen.«

Fortan hielt Gisla sich zurück. Zu helfen versuchte sie trotzdem – zwar nicht beim Schiffbau, aber im Haus. Sie hielt es sauber und bereitete das Essen zu. So kärglich ihre Mahlzeiten auch ausfielen – sie gab sich alle Mühe, und sie versuchte, stets zu dem Zeitpunkt fertig zu sein, wenn Runa zurückkehrte. Stolz lächelten sie dann beide, weil sie solch ungewohnte Rollen innehatten: Runa die des Schiffbauers, Gisla die der Hausfrau.

Der Winter blieb kalt, und obwohl Runa unter dem beißenden Wind litt, mochte sie es, draußen zu sein, mochte, wenn ihre Schritte auf dem Schnee knirschten, wenn ihr

Atemhauch ihr Gesicht wie eine Wolke umnebelte und wenn die stocksteifen Glieder ob des angestrengten Werkens geschmeidiger wurden. Sie mochte es vor allem ob des Wissens, dass sie in diesem Winter der Kälte nur tagsüber ausgeliefert war, sie abends aber ins Warme zurückkehren konnte.

Von allen Werkzeugen, die sie besaß, arbeitete Runa in diesen Tagen mit zweien am meisten und am liebsten: mit einer langstieligen Axt und einem kurzen T-förmigen Beil. Mit Ersterer trieb sie Keile in die Stämme, um sie zu spalten, mit dem Beil entrindete sie das Holz. Schließlich hatte sie genug davon, aber immer noch zu wenig Ahnung, wie sie es zu einem Schiff zusammenfügen sollte. Fürs Erste begnügte Runa sich mit der Feinarbeit, nahm einen Hobel, um die Kanten des Holzes zu glätten, bohrte schließlich Löcher hinein, indem sie sämtliches Körpergewicht auf einen Bohrer legte und diesen drehte, verband mehrere Holzstücke mit kleinen Stäben und stopfte in die Ritzen Holzfasern. Eigentlich wäre wollenes Garn für diesen Zweck besser geeignet gewesen, aber ein solches hatte sie nicht. Und eigentlich sollte sie die Planken, die sich später unter Wasser befinden würden, mit Tannenwurzelfasern bedecken, damit der Schiffsboden bei schwerer See nachgeben konnte, aber sie wusste nicht, wo sie diese im Winter finden sollte. So begnügte sie sich damit, Holz an Holz zu hämmern, und daraus wurde ein immer größeres Stück, wenn es auch bei weitem nicht die Form eines Schiffes hatte.

Die Begeisterung, mit der sie sich in den ersten Tagen auf die Arbeit gestürzt hatte, begann zu schwinden. Für alles, was gelang, waren so viele Versuche nötig, die missglückten. Und bei allem, was sie tat, begleiteten sie Zweifel: Würde sie tatsächlich etwas bauen können, das sich auf dem Wasser halten konnte? Und wenn es ihr gelänge – war das Schiff womöglich zu klein, um Sturm und Fluten zu trotzen? Oder gar zu groß, sodass sie es nie und nimmer ins Meer würde ziehen können?

Als die Zweifel übermächtig wurden, hielt sie inne. Sie musterte, was sie bisher geschaffen hatte, und sagte sich, dass es müßig war, an das Ganze zu denken. Überleben bedeutete, Schritt vor Schritt zu setzen und damit einfach nicht aufzuhören. Und auch beim Schiffbau galt es, eins nach dem anderen zu tun, den Mut nicht zu verlieren und jeden Tag aufs Neue sämtliche Kräfte heraufzubeschwören.

Zumindest Letztere gingen Runa nie aus. Selbst am Abend wütete die Unrast noch in ihr, die sie des Tags frisch und tatenhungrig hielt. Anstatt ruhig vorm Feuer zu sitzen und sich auszuruhen, begann sie, das große Ruder zu schnitzen, mit dem sie das Schiff würde steuern können, und nachdem das Ruder fertig war, fertigte sie einen Drachenkopf, der die bösen Meeresgeister erschrecken sollte. Es war sehr mühsam, dem Drachen ein Gesicht zu geben. Das Holz war zu frisch dafür, obendrein Nadel- statt Laubholz, und neigte zu Rissen. Am Ende sah der Drache nach einem solchen aus, aber sonderlich Furcht erregend leider nicht.

Da Runa nichts mehr zu schnitzen einfiel, half sie an den kommenden Abenden Gisla, einen alten Webstuhl zu reparieren, den sie unter anderen brauchbaren Dingen in einem der angrenzenden Häuser gefunden hatten. Stuhl, Kettfäden und Webgewichte waren schon vorhanden, das Schiffchen, mit dem der Faden durch die Kettfäden glitt, und das Webblatt, mit dem man den Faden festschlug, fertige sie nun selbst an. Was weiter fehlte, war Wolle, doch Gisla trennte eines ihrer Unterkleider auf und webte die Fäden danach neu aneinander, und mit viel Wohlwollen ließ sich hinterher behaupten, der Stoff sei nun fester und schöner.

Als Runa Gisla beim Weben beobachtete, fragte sie sich, woraus sie ein Segel würde fertigen können. Ob Felle sich dafür eigneten? Sie wusste auch nicht, wie sie Mast und Rahe, die ein solches Segel hielten, bauen sollte.

Aber wieder schluckte sie ihre Zweifel. Schritt für Schritt, sagte sie sich, ich muss einfach nur Schritt vor Schritt setzen.

Um nicht darüber nachzudenken, was ihren Schiffbau scheitern lassen könnte, sprach sie viel mit Gisla. Nun, da sie beide ihre Sprachen so gut beherrschten, mussten sie sich nicht damit begnügen, über Essen und Schlafen und Kleidung zu reden. Runa begann, am Abend vor dem Feuer Geschichten zu erzählen – von Göttern und Riesen, von Feen und Trollen. Und Gisla hörte zu, um ihrerseits von heiligen Frauen und frommen Eremiten, von Päpsten und Wüstenvätern zu berichten. Runa verstand nicht, was es hieß, heilig zu sein, und wahrscheinlich verstand auch Gisla nicht, was es mit ihren Göttern auf sich hatte. Aber was zählte das schon, solange das Zusammensein am Feuer, dessen Holz anheimelnd prasselte, ihnen Behaglichkeit schenkte.

Ja, das Leben wurde behaglicher, es wurde einfacher, es glich in Runas Augen sogar ein wenig den Wintern mit Asrun. Gisla wurde trotzdem manchmal von Wehmut ergriffen. Sie sprach dann von ihrer Mutter, nach der sie sich so sehnte, von ihrem Leben am Königshof, dem guten Essen, mit dem Begga sie dort stets versorgt hatte. Nie hatte sie dafür arbeiten müssen, nie danach fragen, wer dafür den Rücken krümmte.

Runas Sehnsucht wiederum galt dem Frühling, und diesem Gedanken konnte auch die immer dicker werdende Schneedecke nichts anhaben. Angst vor dem Tod, so wie früher, überkam sie nicht mehr.

Einmal schnitzte sie Runenzeichen in ein Stück Holz.

»Was ist das?«, fragte Gisla, als sie sich neugierig darüberbeugte.

»Sechzehn Zeichen gibt es«, erklärte Runa. »Ich kenne nicht alle, aber die Rune des Gottes Tyr zum Beispiel. Krieger ritzen sie oft in ihren Schwertgriff, damit ihnen der Gott, der die Mächte des Chaos bannt, zum Sieg verhelfe. Ich ritze sie nun in den Stiel der Axt. Das ist zwar keine Waffe, mit der man in einer Schlacht tötet, aber mit der sich doch ein Sieg erringen lässt.«

Gisla hörte ihr gebannt zu.

Als Runa am nächsten Tag mit der Axt auf das Holz einschlug, rief sie: »Du hast nicht gewonnen, Vater; du hast nicht gewonnen, Thure. Und du auch nicht, Taurin. Ich aber lebe. Und ich werde heimkehren.«

Aegidia konnte schlafen, solange sie wollte, sie wurde mit gutem Essen verwöhnt und auf weiches Fell gebettet. Genießen aber konnte sie nichts mehr von alldem. Zu liegen war keine Wohltat, sondern eine Notwendigkeit, denn sie war zu schwach, aufrecht zu sitzen. Zu schlafen verhieß keine neuen Kräfte, sondern nur noch größere Müdigkeit. Und zu essen wagte sie nicht, weil sie Angst hatte, von Popa vergiftet zu werden. Rollos Konkubine kam oft, um scheinheilig nach ihrem Wohlergehen zu fragen. Ihre Augen blitzten stets freudig, wenn sie sah, wie schlecht es ihr ging.

Aegidia erachtete jedoch nicht nur Popa für schuldig an ihrem Elend. Manchmal glaubte sie, dass das Fieber, das seit Winterbeginn in ihrem Körper wütete, nicht Folge von Popas Gift, sondern ihre gerechte Strafe war. Ob dafür, dass sie einst das Leben im Kloster so verabscheut hatte, dass sie vorgegeben hatte, Gisla zu sein oder dass sie Fredegard in ihrem Brief belogen hatte, wusste sie nicht. Was zählte es auch, welche Sünde am schwersten wog? Um sie von ganzem Herzen zu bereuen, war sie zu schwach, noch undenkbarer war es, sie durch Bußübungen zu sühnen. Und wiedergutmachen konnte sie, wenn überhaupt, nur eine.

Bischof Witto von Rouen war an diesem Tag bei ihr, und sie entschied, das wenige zu tun, was ihr zu tun verblieb, nicht länger in der Hoffnung, damit den Tod abzuwenden, aber ihn so gnädig zu stimmen, dass seine Umarmung zärtlich und warm ausfiel.

»Meine Mutter ...«, stammelte sie heiser.

Witto beugte sich etwas zu ihr, sein Gesicht aber blieb ausdruckslos. Als die Krankheit sie zum ersten Mal geschlagen hatte, hatte er sich besorgt gezeigt. Davon übrig geblieben waren nur Ungeduld und Überdruss. Wäre sie endlich tot, könnte er neue Pläne spinnen, nach einer neuen Frau für den bald schon getauften Rollo suchen, ein anderes Mittel ersinnen, das Bündnis zu stärken. Solange sie atmete, war er zum Warten – und Nichtstun – verdammt.

»Bitte ...«, stammelte sie wieder. »Meine Mutter ... ich will meiner Mutter schreiben ... ein letztes Mal.«

Sie war sicher, dass er ihren Wunsch erfüllen würde. Sie war nicht sicher, ob sie stark genug war, selbst die Feder zu führen. Aber wenn Gott, ob er nun ein strafender oder ein gleichgültiger war, nur ein wenig an Wahrheit und Gerechtigkeit gelegen war, würde er ihr helfen, zumindest die Lüge, wonach Gisla noch bei ihr in Rouen war, aus der Welt zu schaffen.

Kloster Saint-Ambrose in der Normandie
Herbst 936

Stille.

Und plötzlich war da wieder Stille, diesmal keine bedrohliche, sondern eine endgültige.

Die Hölle hatte die Krieger ausgespuckt, die jene Schlacht vor dem Kloster ausfochten. Und die gleiche Hölle hatte sie jäh wieder geschluckt. Anstelle des Klirrens von Schwertern hörte man das Rauschen von Bäumen, anstelle des Zischens von Pfeilen das Kreischen der Vögel. Diese waren für die Äbtissin normalerweise ein Zeichen, dass es eine Welt außerhalb der Mauern gab. An diesem Tag kündeten sie jedoch nicht vom Leben – sie wurden vom Geruch der Toten angelockt.

Die Subpriorin starrte gebannt auf das Tor. »Gott hat uns gerettet!«, rief sie erleichtert. »Er selbst hat uns von der Geißel befreit!«

Die Äbtissin nickte, aber zweifelte daran. Sie hatte oft erlebt, dass andere sie retteten, und auch, dass sie sich selbst rettete – dass hingegen Gott der Allmächtige eingriff, hatte sie nie erfahren. Wenn sie in der Kirche betete, stellte sie sich ihn manchmal erhaben auf dem Thron sitzend vor. Und wenn sie an diesen Thron dachte, dann zugleich an Baldurs Palast Breidablik, wo es immer sauber war. Gewiss war es Lästerung, an beide in einem Atemzug zu denken und den einen mit dem anderen zu vergleichen, zumal der Christengott ein alter grauer Mann war, Baldur hingegen jung und stark. Aber sie hatten – ob Ausgeburt heidnischer oder christlicher Fantasien – eins gemeinsam: Sie saßen an einem reinlichen Ort.

Die Äbtissin beneidete sie darum. Und dachte jetzt, dass kein Gott, ob der der Christen oder der der Heiden, seine saubere Welt verlassen und auf der hiesigen eingreifen würde.

»Vielleicht ist es nur eine List«, murmelte Arvid und starrte wie die Subpriorin auf das Tor. »Vielleicht haben sie entschieden, das Kloster nicht wochenlang zu belagern, sondern setzen auf die Neugier der Nonnen.«

Auf diese war tatsächlich Verlass. Die Stille lockte sie aus der Kirche, und während die einen ratlos dastanden und sich ängstlich umklammerten, eilten die anderen schon zum Tor – allen voran die Schwester Pförtnerin, deren Angst vor Ungewissheit größer schien als die vor dem Anblick Toter. Schon griff sie nach dem Riegel, der das Tor verschlossen hielt.

Mathilda trat indessen zur Äbtissin: »Wollt Ihr wirklich das Tor öffnen lassen?«

Sie wollte es nicht, aber sie befahl auch nicht, es sein zu lassen. Wenn dort draußen Unheil lauerte, dann hatte sie allein es verdient und konnte es nur abwenden, wenn sie ihm mutig entgegentrat und sich nicht feige verkroch.

»Versteck dich!«, befahl sie Arvid – um ihn besorgter als um sich selbst. »Ich flehe dich an, versteck dich irgendwo! Ich werde sehen, was ich machen kann.«

Er gehorchte nicht, wirkte vielmehr wie erstarrt und rührte sich auch dann nicht, als sie zu ihm trat, seinen Arm ergriff und ihn schüttelte.

»Mach, dass du von hier fortkommst! Geh in den Getreidespeicher oder in die Kirche oder in...«

Die Worte erstarben in ihrem Mund. Als die Nonnen das Tor öffneten, erklang ein Quietschen, danach wieder nur Stille, schließlich das Kreischen der Vögel und plötzlich Arvids Ruf.

»O Gott!«

Sein Blick richtete sich starr nach draußen. Langsam, ganz langsam drehte sich die Äbtissin um, erkannte, dass die Angreifer zu keiner List gegriffen hatten, dass sie ihnen nichts zuleide tun konnten, dass sie alle tot waren.

Arvid nahm ihre Hände. So wie die Schwestern sich aneinanderklammerten und körperliche Nähe nicht scheuten wie sonst, ließ er sie auch dann nicht los, als er schließlich auf die Toten zuging.

Die Äbtissin ertrug den schauderhaften Anblick, schlug nicht, wie die Nonnen jetzt, die Hände vors Gesicht. Dies war ihre Strafe, dies ihr Opfer – diese Toten zu sehen, voller Blut, mit leeren Blicken und abgeschlagenen Gliedmaßen, mit wirrem Haar und dreckigen Hosen, weil im Augenblick des Todes Darm und Blase sich entleert hatten.

Noch war der Gestank nur schwach. Noch ging nicht der süßlich klebrige Geruch der Verwesung von ihnen aus. Der Tod war hastig, wenn es darum ging, Beute zu erlegen, genüsslich langsam, wenn er dazu schritt, sie zu verzehren.

Die Äbtissin seufzte, trat näher, musterte jeden Einzelnen. Es waren mehr, als sie erwartet hatte. Hatte Arvid nicht immer nur von einem Feind gesprochen?

Sie wollte ihn fragen, doch da war ihr die Subpriorin schon gefolgt. Und sie erkannte entsetzt, was nun auch die Äbtissin erkannte.

»Das sind keine Heiden!«, schrie sie. »Das sind Franken!«

IX.

Nordmännerland
Frühjahr 912

An den kältesten Tagen gefror selbst das Meer, Schnee fiel auf die riesigen Eisschollen, und das hügelige Land verschmolz fast nahtlos mit der flachen weißen Fläche. Sie gaukelte vor, man könnte darauf laufen – geradewegs auf die Heimat zu, aber das Rumoren und Knacken unter ihr, schon bei den ersten Schritten, hielt Runa davon ab: Es klang, als hocke in den unsichtbaren Tiefen ein Wesen, das bereit war, sie zu verschlingen.

Und dann eines Tages wurde es wärmer, das Eis brach, kleinere Schollen trieben auf dem Wasser, die in den Wellen lustlos schaukelten. Erst wurde das Eis so schmutzig grau wie das Wasser, dann schmolz es. Etwas bunter wurde die Welt, wenn am Abend die untergehende Sonne ein wenig Rosa an den Himmel hauchte und die Wolken hauchzarte Fäden spannen, von dunklem, aber reinem Blau. Der Winter hatte also doch Farben, und er hatte doch Leben, wenn es auch noch unter der schweren Schneedecke, die nur langsam dünner wurde, warten musste.

Der Frühling kam langsam, aber stetig. Irgendwann waren die Nächte nicht mehr ganz so lang, und der Wind nicht mehr ganz so bissig. Der Himmel wurde von Vögeln durchpflügt, die laut und hungrig kreischten, Nester bauten und darin ihre Eier legten.

Runa dachte daran, wie sie einst mit ihrer Großmutter an den Stränden des Fjords Eier gesucht und erbeutet hatte. Hier war das um vieles schwieriger – die Küste war steiler, die meisten Nester auf halber Höhe zwischen Klippe und Meer erbaut, und sie leer zu räumen erwies sich zwar als ertragreich, aber ungleich gefährlicher. Doch die Angst, in die Tiefe zu stürzen und dort zu zerschellen wich ihrer Abenteuerlust.

So entschied Runa, sich an einem Seil, gewunden aus Fell und Leder, von der Klippe herunterzulassen und auf halber Höhe so lange hin- und herzupendeln, bis sie nach den Nestern greifen konnte. Sie war stark, sie wusste, sie konnte es schaffen.

Gisla sah das anders. Sie verging vor Angst, als Runa den Strick um einen mageren Baum band, der nach dem Winter nur morsche Äste gegen den Himmel reckte.

»Vielleicht bist du stark«, jammerte sie, »aber der Baum ist es nicht. Nie und nimmer hält er dein Gewicht.«

»Dann halte mich eben du!«, gab Runa knapp zurück.

Also wurde der Strick nicht nur um den Baum gewickelt, sondern auch um Gisla, die trotz des Widerstrebens stets befolgte, was Runa ihr befahl, und die, an den Baum geknotet, wie eine Gefangene aussah, nicht wie eine tatkräftige Helferin beim Eierjagen.

Stramm spannte sich der Strick, als Runa sich daran langsam über die Klippe ließ. Zunächst sah sie nur grauen Stein, dann erst die Nester. Mit beiden Beinen, aber nur mit einer Hand, damit die andere frei war, umklammerte sie das Seil, und indes das Meer unter ihr rauschte und die Vögel über ihr kreischten, begann sie, hin- und herzuschwingen. Nur zu bald hatten die Tiere erkannt, worauf es Runa abgesehen hatte. Beim ersten Mal sahen sie ihr noch tatenlos zu, wie sie vergebens nach einem Ei griff und mit leeren Händen am Nest vorbeischwang. Beim zweiten Mal schossen sie auf sie herab und hackten mit ihren spitzen Schnäbeln nach ihrer Hand. Sie musste um sich schlagen, um sie zu vertreiben. Gisla hörte sie wütend schimpfen.

Nach einer Weile wurden Runas Füße gefühllos, ihre Hände auch, aber die Wut auf die wilden Vögel und der Hunger auf die Eier gaben ihr Kraft. Beim dritten Mal griff sie sich ein Ei und achtete nicht auf den Vogel, der unmittelbar an ihrem Kopf vorbeisauste, aber es letztlich nicht wagte, sich mit so einem großen Feind anzulegen. Ihr Triumph währte nicht lange. Runa stellte fest, dass sie nicht gleichzeitig das Ei halten und nach oben klettern konnte, und die Wut auf den Vogel richtete sich auf sich selbst. Der Vogel hatte ihren Zorn nicht verdient, da er nur dem Instinkt folgte, seine Brut zu retten – sie jedoch ungleich mehr, weil sie nicht daran gedacht hatte, sich ein Ledersäckchen um den Hals zu hängen und darin die Eier zu sammeln. Sie zerbrach das Ei, schlürfte seinen Inhalt aus und kletterte mit gelb verschmierten Lippen hoch.

Gisla war kalkweiß im Gesicht vor Angst um Runa. Als Runa sich aufseufzend neben ihr fallen ließ, um den Strick zu lösen, kehrte etwas Farbe in Gislas Gesicht zurück, und Runa musste plötzlich lachen. Welch irrwitzigen Anblick sie wohl geboten hatten – die eine an den Baum gebunden, die andere mit einem Ei in der Hand, das ihr sämtliche Bewegungsfreiheit nahm, an einem Seil baumelnd! Der Laut, der aus ihrem Mund tönte, war hell und klar, hatte nichts mit dem üblichen heiseren Murmeln gemein und hätte in seiner Reinheit eigentlich nur über Gislas Lippen kommen können. Die starrte ihre Gefährtin verwundert an.

Die Sonne blendete Runa, und das Licht war nicht nur grell, sondern warm.

Es ist Frühling, dachte sie. Es ist endlich Frühling. Voll von neuem Lebensmut sprang sie auf.

»Komm, lass es uns noch einmal versuchen!«, rief sie begeistert und ließ sich erneut mit dem Seil über die Klippen herunter.

Der Schiffbau ruhte in den nächsten Tagen. Mit ähnlicher Besessenheit, mit der sie Holz geschlagen und aneinandergenagelt hatte, ging Runa als Eierdiebin ans Werk. Nie wieder machte sie den Fehler, sich ohne Ledersäckchen in die Tiefe zu lassen, und dort konnte sie nach einiger Gewöhnung länger hängen, ohne dass ihr die Hände taub wurden. Sie lernte überdies, die Richtung besser zu bestimmen, wenn sie hin- und herschwang, und griff immer seltener daneben.

Alsbald schmeckten die Eier nicht mehr ganz so gut wie am ersten Tag, so wie alles an Geschmack verliert, wenn man es zu oft und zu leicht bekommt. Aber das Triumphgefühl, dass es Frühling war und sie den Winter überstanden hatten, und das Triumphgefühl darüber, dass die Möwen sie mit ihrem Kreischen genauso wenig einschüchtern konnten wie alle anderen Feinde, hielt an.

Eines Tages, als Runa wieder einmal an der Klippe hin- und herbaumelte, konnte sie sich des Gefühls nicht erwehren, dass die Augen eines unsichtbaren Beobachters auf sie gerichtet waren. Nach dem einsamen Winter war dieses Gefühl ungewohnt – und gerade darum so untrüglich. Sie blickte in die Weite, sah Meer, Himmel und Fels, Treibholz, Schlick und Algen. Sie kletterte etwas tiefer, sah nun nicht länger nur Blaues und Graues und Braunes, sondern etwas Buntes. Es lag dort unten auf jenem schmalen Streifen zwischen Wasser und Fels.

Vielleicht waren es Blumen, die trotz des salzigen Bodens blühten, vielleicht ein Mensch oder Handelsgut, das von einem an den Klippen zerborstenen Schiff ans Ufer gespült worden war. Runa zog sich am Seil nach oben. Das Holz des Baumes knarrte bedrohlich, als sie die Klippe erreichte, und Gisla war ob der Anstrengung, ihre Beine in den Boden zu stemmen und sich an den Baum zu klammern, einmal mehr leichenblass und schweißnass.

»Was ist geschehen?«, fragte sie.

Runas Irritation schien ihr nicht entgangen zu sein.

»Wir müssen zum Strand«, erklärte Runa knapp und ohne ihre Ängste auszusprechen.

Zum Strand zu gehen hieß, ein ganzes Stück zu laufen, bis die Klippen nicht mehr so hoch und steil standen, und über spitzen Stein nach unten zu klettern.

Als sie endlich im weichen Sand standen, war nichts Buntes mehr zu sehen, aber wieder beschlich Runa das Gefühl, dass sie nicht länger allein waren. Und so gingen sie weiter, Runa zügig voran, Gisla langsamer hinterher. Beide blieben sie gleichzeitig stehen, als sie die Gestalt erblickten. Aus der Ferne hatte sie ausgesehen wie ein Baumstamm, morsch und faulig und von den Fluten an den Strand gespült. Aus der Nähe betrachtet wurde aus dem Baumstamm ein Mann.

Er lag reglos, wie tot im Sand. Erst als sie sich über ihn beugten, sah Runa, dass sich seine Brust hob und senkte. Die Kleidung war zerrissen und an manchen Stellen dunkel von gestocktem Blut. Und dann sah sie die Narben in seinem Gesicht.

Der Mann, der hier lag und atmete, war Thure.

Runa war wie so oft die Schnellere – und die Vorsichtigere. Kaum hatte sie Thure erkannt, wich sie zurück und zückte ihr Messer. Gisla hingegen blieb über ihn gebeugt und betrachtete ihn eingehender. Die Haut war so blut- und schmutzverkrustet, dass sie nicht recht entscheiden konnte, ob es überhaupt noch etwas an ihm gab, was nicht vertrocknet war. Dieser Mensch, einstmals aus Fleisch und Blut, schien ob der Qualen, von denen nicht nur alte, sondern auch neue Wunden kündeten, sogleich zu Staub zu zerfallen, aber er lebte noch.

Wenn es nach Runas Willen ging, sollte das nicht mehr lange so sein: In ihrem Blick stand Mordlust. Zu viel hatte er ihnen angetan. Einzig die Tatsache, dass dieser Feind, so er denn noch einer war, keine Kräfte mehr hatte und sein Leib einer einzigen großen Wunde glich, hielt sie davon ab, ihr Messer sofort zu gebrauchen.

»Er ist verletzt!«, rief Gisla.

Runas starre Haltung löste sich ein wenig. Der Griff um das Messer blieb unbeirrt fest.

»Gut«, murmelte sie. »Dann ist er hoffentlich bald tot! Und ist er's nicht, helfe ich nach.«

Ihre Stimme klang heiser und gepresst und atmete nicht mehr das Juchzen und Lachen der letzten Tage. Sie begann, Thure zu umschleichen, als wollte sie die Stelle suchen, wo sie ihn am schnellsten, leichtesten und tödlichsten verwunden konnte. Dieser lag immer noch reglos da, nur die Brust hob und senkte sich leicht. Die Augen waren in tiefen Höhlen versunken. Auf seiner Brust regte sich ein Käfer, der zwischen der zerfetzten Kleidung hervorgekrabbelt kam.

Runa hob langsam ihr Messer.

»Tu es nicht!«, rief Gisla und fiel ihr in den Arm.

Runa starrte sie an. Eben noch hatte grollender Hass in

ihrem Gesicht gestanden, nun wich er Verwirrung – der gleichen Verwirrung, die auch Gisla überkam. Sie konnte es sich nicht erklären, warum sie ausgerechnet den grauenhaftesten Mann, dem sie je begegnet war, schützte, und warum sie keine Angst vor ihm fühlte, sondern nur Überdruss. Überdruss vor Gewalt und Tod. Vor noch mehr Blutvergießen und Grausamkeit.

Gisla erhob sich, ohne Runas Arm loszulassen. »Du hast stets gesagt, wir oder die anderen. Nur diesmal gibt es kein Oder. Er ist gänzlich wehrlos und kann uns nicht töten. Also tun wir's auch nicht.«

»Wenn, dann töten nicht *wir* ihn ... sondern *ich*.«

Gislas Griff löste sich jetzt. Sie glaubte ein Stöhnen zu vernehmen.

»Sieh ihn dir doch an!«

»Das tue ich! Und ich sehe die bösartigste Kreatur, die je auf dieser Welt lebte«, stieß Runa bitter aus.

Gisla widersprach nicht, obwohl sie nicht ganz sicher war, ob jener Taurin nicht genauso bösartig war.

»Mag sein«, sagte sie. »Und dennoch ...«

Ihr fiel nichts ein, was sie Runa entgegenhalten konnte. Ihr fiel auch nichts ein, um den eigenen Drang zu bekämpfen, der plötzlich in ihr hochstieg und stärker war als ihr Widerwille vor Gewalt: den Fuß zu heben, auf ihn einzutreten, ihn zu strafen, ihm seine Untaten zu vergelten.

Doch sie tat es nicht. »*Diligite inimicos vestros*«, betete sie, »*bene facite his, qui vos oderunt; benedicite male dicentibus vobis, orate pro calumniantibus vos.*«

Liebet eure Feinde. Tut denen Gutes, die euch hassen. Segnet, die euch verfluchen. Betet für die, die euch beleidigen.

Hätte sie die Worte in vertrauter Sprache ausgesprochen, hätte sie sie nicht geglaubt. Auf Latein verkündet verhießen sie jedoch ein Gebot, das mehr Gewicht hatte als Hass und Rachsucht.

»Was sagst du da?«, fuhr Runa sie an.

»Ich spreche von Gottes Gnade, von Gottes Barmherzigkeit. Ja, Gott ist gut! Gott ist gnädig!«

Sie hatte sich von Thure abgewandt, vielleicht, weil sein Anblick ihren Worten das Gewicht genommen hätte, vielleicht, weil das, was sie sagte, nichts mit ihm zu tun hatte, sie nicht ihn schützte, sondern sich selbst. Oder vielmehr die, die sie gewesen war.

Im Winter hatte sie vermeint, dass nicht viel davon übrig geblieben wäre. Sie war ständig auf den Beinen gewesen, anstatt zu ruhen und müßigzugehen, hatte ihre Kleider genäht und ihr Essen gekocht, anstatt versorgt zu werden. Vor allem aber: Sie hatte nicht gesungen, nicht gebetet, war nicht im Streben aufgegangen, anderen Menschen zum Wohlgefallen zu gereichen, der verbitterten Mutter und dem gequälten Vater eine Freude zu bereiten. Diese Gisla schien es nicht mehr zu geben. Es gab nur jene, die Runa oder dem eigenen Trieb zu leben gehorchte, deren Tun einzig der Nützlichkeit folgte und deren Leben einem Kleid aus festem Leinen glich, zwar brauchbar, aber ohne Farbe und ohne Schmuck.

Doch nun war Frühling – und der Frühling hatte Runa dazu gebracht zu lachen und in ihr die Sehnsucht erweckt, das zu tun, was mehr als nützlich war, was schön war, wahrhaftig und gut, liebevoll und freundlich.

»Gott ist gut«, wiederholte sie, etwas bekundend, das sie in der Zeit der langen Nächte und kargen Mahlzeiten nicht mehr hatte glauben können.

Nun konnte sie es glauben, und sie konnte es sagen – vor dem sonnigen Himmel, vor dem türkisfarben funkelnden Meer, selbst vor dem ärgsten Feind, weil der nicht mehr drohend die Hände gegen sie erhob, sondern schwer verletzt vor ihnen lag.

Runa schüttelte den Kopf. Sie hatte ihr Messer sinken lassen, aber ihre Feindseligkeit gegenüber Thure hielt unvermindert an.

»Unsere Götter sind nicht gut, sondern hässlich«, stieß sie aus.

Gisla starrte sie fragend an.

Runa deutete auf Thure. »Meine Großmutter hat mir einst über Odin erzählt, dass er einäugig, hässlich und in einen schmutzigen blauen Mantel gehüllt ist. Wahrscheinlich gleicht er Thure aufs Haar. Aber Odins Ziel ist es, die Welt vor dem Chaos zu bewahren. Thure hingegen ist auf Zerstörung aus.«

Sie hatte kaum geendet, als Gisla wieder ein Stöhnen vernahm, und diesmal kam es untrüglich aus seinem Mund, nicht vom Meer oder vom Wind. Die Möwen erwiderten es mit einem Kreischen – ein durchdringender Laut, der den Ohnmächtigen endgültig weckte.

Sein Atem ging mit einem Mal rasselnd, seine Hände verkrampften sich, sein Kopf kippte zur Seite. Er schlug die Augen auf, schloss sie sogleich wieder, das Licht war ihm zu grell.

Der kurze Blick in diese Augen ließ Gisla einen Augenblick im Glauben schwanken, dass Gott gut war, dass sie jetzt im Frühling wieder die Alte sein könnte und dass dieser geschwächte, geschundene Mann nicht länger ihr Feind war. Und als Runa erneut drohend ihr Messer hob, fiel sie ihr nicht in den Arm.

Aber dann öffnete Thure wieder die Augen, und in diesen Augen stand kein verrücktes Funkeln, kein kalter Spott, keine unmenschliche Grausamkeit, sondern nur Leere.

»Eine falsche Bewegung, und du bist tot«, zischte Runa.

Er glotzte sie an. Seine Augen waren nicht schwarz, wie Gisla sie in Erinnerung hatte, sondern grau wie das Wintermeer, dessen Wellen alles mitrissen, was ihm zu nahe kam.

»Wer bist du?«, fragte er verwirrt.

»Ich bin die Frau, die ihren Vater rächen will«, knurrte Runa und bleckte ihre Zähne wie ein Raubtier.

Er ging nicht auf ihre Worte ein. »Und wer bin ich?«, fragte er.

Gisla sah, wie Runa der Atem stockte. Thure indes richtete sich stöhnend auf. Es bereitete ihm große Mühe, und er konnte seinen Kopf kaum mehr als eine Handbreit heben. Seine Haut, eben noch gelblich wie Pergament, schien nun grau.

»Wer bin ich?«, fragte er wieder.

Runa blickte ungläubig auf ihn herab: »Du hast es vergessen?«, fragte sie. »Du kennst deinen Namen nicht mehr?«

Thure schüttelte den Kopf.

Schwarze Vögel flogen kreischend über ihnen, nicht länger nur Seeschwalben oder Krähen, auch Raben.

»Hugin und Munin...«, murmelte Runa.

»Hugin und Munin?«, wiederholte Gisla verwirrt und glaubte kurz, sie hätte Thure gleich den Verstand verloren.

»Die Raben Odins hießen Hugin und Munin«, erklärte Runa. »Und das bedeutet: Gedanke und Erinnerung. Mir scheint, dass der, der Erinnerung hieß, eben ein Spottlied auf Thure singt.«

Dies ist ein Zeichen Gottes, dachte Gisla.

Thure wusste nicht mehr, wer er war. Aber sie wusste wieder, wer sie sein wollte.

Solange er sie aus seinen verwirrten Augen anstarrte, war Runa nicht fähig, erneut ihr Messer zu heben. Erst nachdem sie sich von ihm abgewandt und ihn am Strand liegen gelassen hatten, überkam sie bittere Reue, dass sie ihn nicht getötet hatte. Von nun an würde sie keinen Augenblick der Ruhe finden, sondern immer daran denken müssen, was er wohl gerade tat. Erleichtert stimmte sie nur, dass er nicht aussah, als könnte er in seinem jämmerlichen Zustand sonderlich viel tun.

Was sie beschwichtigte, schien Gisla Sorgen zu bereiten: »Wenn er hier am Strand liegen bleibt, stirbt er«, murmelte sie. »Er wird erfrieren. Oder verhungern.«

»Na und?«, fuhr Runa auf. »Was immer ihm zugestoßen ist – es ist nicht unsere Schuld, dass er so erbärmlich endet. Nur weil er sich nicht an sie erinnern kann, heißt das nicht, dass er nicht all diese grausamen Taten vollbracht hat.«

Gisla sah Runa zweifelnd an.

Runa zuckte die Schultern. »Vielleicht belügt er uns und weiß nur allzu gut, wer er ist und wer wir sind«, gab sie zu bedenken. »Lug und Trug – das ist sein Elixier.«

»Aber seine Schmerzen sind gewiss echt! Hast du seine vielen Blessuren gesehen?«

»Ja, ich gönne ihm jede einzelne. Und jetzt komm.«

Sie packte Gisla am Arm und ließ sie nicht wieder los, bis sie das Haus erreicht hatten. Den ganzen Weg am Strand entlang fühlte sie sich von Thures leerem, verständnislosem Blick verfolgt und wusste nicht, was größer war – ihre Angst und ihr Unbehagen oder ihre Rachsucht und Genugtuung. Ihre Gefühle waren ebenso zahlreich wie wirr – das Einzige, was ganz gewiss nicht dabei war, war Mitleid.

Bei Gisla schien jenes hingegen überreich vorhanden. Zwar folgte sie Runa ohne Widerstand ins Haus, um sich hier, wie so oft, dem Kochen zu widmen, doch sobald es verführerisch aus dem Kessel über dem Feuer duftete, füllte sie eine Schüssel mit Essen und wandte sich zum Gehen.

Runa brauchte eine Weile, um zu begreifen, was sie vorhatte, so ungeheuerlich war der Gedanke, dass sie Thure tatsächlich etwas zu essen bringen wollte. Sie sprang auf und stellte sich ihr in den Weg.

»Bist du närrisch? Du gehst nicht zu ihm!«

Gisla blickte sie schweigend an. In ihrer Miene lag etwas, was Runa nicht deuten konnte und was weniger Mitleid glich, sondern Stolz. Sie wusste, dass Gisla eine Königstochter war, aber bis jetzt hatte sie nie eine Eigenschaft an den Tag gelegt, die Runa als königlich erschien, hatte weder ein außergewöhnliches Talent bewiesen noch besonderen Mut oder Stärke. Doch in diesem Augenblick bekundete sie die Würde eines Menschen, der mit Zähigkeit und Entschlossenheit wettmacht, was ein anderer ihm an Kraft voraushat.

»Wir sind keine Tiere«, sagte sie leise. Als sie es wiederholte, klang sie nicht nur entschlossen, sondern auch flehentlich: »Wir sind keine Tiere!«

Da erst ging es Runa auf, dass sie nicht Thure retten wollte, sondern sich selbst.

Keine Tiere..., echote es in ihrem Kopf.

Sie dachte an die kreischenden Möwen, die stets bereit waren, ihresgleichen das Futter wegzupicken und ihr Nest zu verteidigen – beides ein Trachten, das ihr wohl vertraut war und das auch sie selbst antrieb. Doch anders als die Möwen hatte sie ein Schiff gebaut, um heimzureisen, und hatte damit den hinlänglichen Beweis erbracht, dass sie weiterdenken und mehr vom Leben fordern konnte als ein Raubvogel.

Gisla hingegen hatte kein Schiff gebaut, und Runa ging

auf, dass sie, wenn sie Thure zu essen brachte, auf ihre Art den Wunsch nach einem besseren Leben und die Hoffnung auf eine Heimat lebendig zu halten versuchte – eine Heimat, die weit mehr war als bloß ein Land.

Runa gab ihr widerwillig den Weg frei, aber sie folgte ihr. Wenn sie sie schon nicht davon abhalten konnte, erneut zu Thure zu gehen, würde sie sie keinesfalls allein in dessen Nähe lassen.

Das Licht des Tages war geschwunden, der Wellengang schwach, die Vögel kreischten nur mehr lustlos, und Thure lag immer noch auf demselben Fleck. Er schien sich kein bisschen bewegt zu haben, seit sie ihn zurückgelassen hatten. Seine Augen waren wieder geschlossen.

Gisla stellte hastig die Schüssel vor ihm ab. Das Mahl war mehr als bescheiden – sie hatte Algen mit Eiern verrührt und ein paar Brotkrumen, nicht aus Mehl, sondern aus Birkenrinde gebacken, daraufgestreut. Fleisch war keines dabei.

»Hier, nimm«, murmelte sie schlicht.

Thure rührte sich nicht.

»Du hast getan, was du tun musstest«, rief Runa. »Nun lass uns wieder gehen.«

Ob ihrer herrischen Worte erwachte Thure. Erst zuckte sein Leib nur, dann richtete er sich ächzend auf, ein wenig höher als vorher. Eine Weile starrte er die beiden Frauen an, dann das Essen. Er mochte alles vergessen haben – nur nicht, wie schmerzlich Hunger sein kann und welche Wohltat, wenn man ihn stillt. Er griff nach der Schüssel, schlürfte den Inhalt schmatzend und gierig in sich hinein, nahm den nächsten Bissen, noch bevor er den vorangegangenen geschluckt hatte.

Wir sind keine Tiere, dachte Runa trotzig, aber er gleicht einem...

Anstatt zu gehen und Gisla mit sich zu ziehen, sah sie ihm schweigend zu. So karg das Essen auch ausgefallen war, es schien Thure ein wenig Kraft zu verleihen, und die genügte, zum Felsen zu robben und sich daranzulehnen. Sand rieselte von seinem Gesicht. Der Anblick seiner Wunden war grässlich – in seine Augen zu blicken hingegen erträglicher als früher. Da glommen weder Wahnsinn noch Bosheit auf. Nur Verlorenheit, unendliche Verlorenheit.

Er blickte erst Runa an, dann Gisla.

»Wie heißt du?«, fragte er.

Zögerlich nannte Gisla ihren Namen. »Und du weißt wirklich nicht, wer du bist?«, fragte sie dann.

Runa fand, dass das ein Fehler war. Der Name erschien ihr plötzlich als ein kostbarer Schatz, den man nicht leichtsinnig verraten durfte.

»Gisla«, wiederholte Thure, um dann kopfschüttelnd zu bekunden: »Nein, ich weiß wirklich nicht, wer ich bin.«

»Oh«, schaltete sich Runa grollend ein, »ich weiß es hingegen gut! Thure heißt du, und du bist kein Mensch, sondern das Kind von Riesen, bösartig und auf Zerstörung aus.«

Er blickte sie fast treuherzig an – und die Worte, die sie gesagt hatte, kamen ihr jäh widersinnig vor. So wie er aussah, war er nicht das Kind von Riesen, sondern von Hel, der hässlichsten aller Göttinnen. Man sagte ihr nach, dass sie – halb schwarz und halb fleischfarbig – einem verwesenden Leichnam glich. Sie lebte in einem mächtigen Palast mit riesenhohen Mauern und großen Toren, und jener Palast hieß Eisregen, ihr Schlüssel hieß Hunger, ihr Messer Hungersnot, ihr Diener wurde Greisenhaftigkeit gerufen, ihre Dienerin die Kindische, und ihre Spindel Bettlägrigkeit.

Hastig schüttelte sie den Kopf, um die Gedanken zu vertreiben, griff schließlich nach der leeren Schüssel und ging hastig fort. Gisla folgte ihr bereitwillig. Schweigend starrte Thure ihnen nach, wie sie den Strand entlanggingen und die Felsen hochkletterten.

So wie er ihnen an diesem Tag nachstarrte, blickte er ihnen am nächsten Morgen entgegen: verwirrt, ein wenig traurig, zugleich erleichtert, nicht allein zu sein. Nach drei Tagen lächelte er erstmals zaghaft.

Anfangs brachte Gisla ihm nur zu essen, später ein paar Felle und einen der Hornkämme. Seine Haare blieben zerzaust – vielleicht, weil er gar nicht erst versuchte, sich zu kämmen, vielleicht, weil der Wind die eben noch entwirrten Strähnen erneut verknotete. Das andere war ihm nützlicher: Mit den Fellen bedeckte er sein zerrissenes Gewand, und das Essen stopfte er gierig in sich hinein. Seine Haut blieb zwar narbig, aber sie war nicht länger grau, sondern färbte sich rosig.

Es ging ihm von Tag zu Tag besser, und Runa ärgerte sich von Tag zu Tag mehr darüber. Jedes Mal, wenn sie zum Strand aufbrachen, bekundete sie ihre Hoffnung, ihn tot vorzufinden, mit vergiftetem Leib oder vom Meer verschlungen – zu schwach, sich gegen die eisige Umarmung der Fluten zu wehren. Jedes Mal wurde sie aufs Neue enttäuscht. Seine Wunden verheilten, seine Kräfte nahmen zu – nur wer er war und woher er kam, das wusste er weiterhin nicht.

Am vierten Tag konnte er aufstehen. Als er ihnen diesmal entgegenblickte, stand er neben seinem Stein, anstatt dort nur zu lehnen.

Runa umklammerte argwöhnisch ihr Messer.

Gisla hingegen sah Thure erwartungsvoll an. »Sein Körper gleicht wieder dem eines Menschen«, murmelte sie »Er wird seine Erinnerungen nun vielleicht zurückerhalten.« An ihn gewandt fragte sie treuherzig: »Was ist das Letzte, woran du dich erinnern kannst?«

Er blickte verwirrt. »Schmerzen«, stieß er schließlich aus.

Bis jetzt hatten Gisla und Runa nicht darüber geredet, was ihm wohl zugestoßen war. Eigentlich hatten sie überhaupt nicht über ihn geredet.

Nun nahm Gisla Runa zur Seite. »Es wundert mich immer noch, wie er den Kampf gegen Adariks Männer überleben konnte«, sagte sie leise. »Vielleicht haben die ihn gefangen genommen, ihn weiter gequält. Doch irgendwie muss er ihnen entkommen sein, den Winter überlebt haben und wie wir die Küste entlanggezogen sein, bis er nicht mehr konnte.«

Sie sprach es aus, als wäre es ein Wunder. Runa knirschte mit den Zähnen. Ein Fluch, dachte sie, das ist ein Fluch.

»Doch wenn Thure zufällig auf uns gestoßen ist«, sprach Gisla eine Furcht aus, die sie bis jetzt für sich behalten hatte, »dann könnten Adariks Männer uns auch finden!«

»Wären sie tatsächlich in der Nähe, wäre das schon geschehen«, entgegnete Runa knapp, um wütend fortzufahren: »Ab heute soll er selbst für sich sorgen. Er kann nun wieder gehen – also braucht er unsere Hilfe nicht mehr.«

»Aber wir vielleicht die seine«, gab Gisla zu bedenken. »Auch wenn er nicht bei Sinnen ist, er ist ein Mann und stark. Er kann dir beim Bau des Schiffes helfen. Und später auf See.«

Runa lachte bitter auf. »Ich soll mit Thure gemeinsame Sache machen? Mit dem Mörder meines Vaters? Da könnte ich das Schiff gleich aus morschem Holz bauen.«

Gisla widersprach nicht, und auch Thure sagte an diesem Morgen nichts, doch als sie zurück zum Haus gingen, gestand sich Runa im Stillen ein, dass Thure ganz allein auf dieser Welt war wie sie, alles verloren hatte und sich vielleicht auch nach seiner Heimat sehnte. Gewiss, es war ihm nicht zu trauen, und das Fehlen von Erinnerung vielleicht nur ein weiteres seiner bösartigen Spiele. Doch ob er nun krank oder böse war – seine Hände schienen so kräftig wie früher. Er verstand mehr vom Schiffbau als sie. Und er wusste besser als sie, wie man mit einem Schiff Norvegur ansteuerte.

Obwohl Runa es ihr verboten hatte, brachte Gisla Thure weiter zu essen. Und obwohl Runa verkündet hatte, sie wolle keine Zeit mehr an Thure verschwenden, begleitete sie sie auch in den nächsten Tagen an den Strand. Allerdings blieb sie in immer größerem Abstand zu ihnen stehen und hörte darum auch nicht, was Thure eines Morgens zu Gisla sagte.

Diesmal hatte er noch neben seinem Stein geschlafen, als wäre er schwer und starr, unverrückbar und reglos wie ein solcher. Gisla bückte sich und stellte das Essen auf das Tangbett. Als sie sich abwandte, ertönte ein Krächzen, ähnlich dem der Raben.

»Hab Dank!«

Sie blieb stehen, nicht vom Mitleid geleitet, sondern von Neugier – Neugier darauf, wie es sich anfühlte, sich an nichts erinnern zu können und sein Leben abzulegen wie alten, fleckigen Stoff, um wieder nackt wie ein Neugeborenes zu sein. Neugier auch, ob man solcherart nicht nur all sein Elend abschütteln konnte, sondern auch seine Bosheit. Gislas Gedanken wanderten erneut zu Gott.

Die Seele war zwar unsterblich, alles, was der Mensch je getan hatte, in Gottes Buch verzeichnet, und der Allmächtige konnte sich sicher an alles und jeden erinnern – ganz gleich, ob der Mensch sein Gedächtnis verlor oder nicht, aber vielleicht konnte Gott noch ein Wunder wirken, das Wunder, dass ein Böser gut wurde. Der Mensch wiederum konnte, selbst wenn er böse war, für seine Sünden Buße tun, eine längere und härtere zwar für die besonders schweren, in jedem Fall aber eine, die das Schlechte irgendwann ausmerzte, gleich so, als wäre die Seele ein Stück Pergament, von dem man einzelne Worte schabte, um neue draufzuschreiben.

So leer wie Thures Blick war, stand jedoch kein einziges Wort auf seinem Pergament. Sauber war es allerdings auch nicht.

»Kannst du dich immer noch an gar nichts erinnern?«, fragte sie – und ihre Neugier, wie sich dergleichen anfühlte, wuchs.

Wenn man Erinnerungen wegwerfen konnte wie Unrat – vielleicht würde sie eines Tages nicht mehr wissen, wie aus ihr, der Königstochter, eine Frau geworden war, die alles verloren hatte, nur das Leben nicht, und die um dieses Leben stetig kämpfen musste.

Doch Thure verneinte nicht. »Ich glaube, ich habe geträumt«, sagte er. »Von meiner Mutter.«

Gisla erschauderte. Undenkbar erschien ihr, dass ein Mensch, so vernarbt, dreckig und elend jemals frisch und rein und unschuldig aus einem warmen Leib gekrochen gekommen war. Er glich eher einem Wesen, das vom dreckigen Meer angeschwemmt worden war wie Algen und Treibholz.

Sie trat dennoch näher. »Wie war sie ... deine Mutter?«

»Oh, sie war eine böse Frau!«, stieß er aus. »Sie mochte es, wenn Menschen litten! Eines Tages hat sie eine Nachbarin verflucht, und die bekam darob einen missgestalteten Sohn ...«

»So viel ist dir eingefallen?«

»Es ist nicht sonderlich viel, wie mir scheint. Und ich weiß nicht, ob es wahr ist. Am Ende ist meine Mutter in Flammen aufgegangen.«

Gisla zuckte die Schultern, wusste nichts zu sagen und beeilte sich, rasch zu Runa zurückzukehren. Sie wollte ihr von Thures Traum erzählen, doch diese brachte sie schroff zum Schweigen.

»Erzähl mir nichts über ihn! Bring ihm meinetwegen zu essen, aber ich will nichts von ihm hören.«

»Das Gute, das ich ... das wir an ihm tun, werden andere vielleicht dereinst an uns vollbringen«, sagte Gisla leise.

»Du denkst, gute Taten wiegen wie Silber, und man kann mit ihnen wie mit solchem Handel treiben?«

Gisla überlegte. Was Runa sagte, klang nicht sonderlich schön, aber wahr. Wenn sie der Welt zeigte ... wenn sie Gott zeigte, dass sie zwar in diesem ärmlichen Bauernhaus lebte, aber in ihrem Herzen immer noch dieselbe war wie in Laon, nicht verdorben von der Schlechtigkeit der Welt, nicht zerbrochen an den vielen Prüfungen ... dann hatte er vielleicht ein Einsehen und würde sie dorthin zurückbringen.

Runa starrte sie nachdenklich an und wartete auf eine Antwort. Gisla blieb sie ihr jedoch schuldig und nutzte das Schweigen, um Runa gegen ihren Willen doch zu erzählen, was Thure geträumt hatte.

»Was er dir erzählt hat, ist nicht die Geschichte seiner Mutter, sondern die der bösen Hexe Odine«, meinte Runa ärgerlich, nachdem sie geendet hatte.

»Der Hexe Odine?«

»Es ist eine Geschichte, die allen Kindern meiner Heimat erzählt wird. Meine Großmutter hat auch mir von ihr berichtet. Odine erfreute sich daran, wenn Menschen litten. Sie ließ Menschen nur glücklich werden, wenn sie ein Opfer brachten: die Liebenden Aril und Astrid zum Beispiel, die ihr gemeinsames Glück damit zu bezahlen hatten, dass ihr Sohn missgestaltet war. Und desgleichen dessen Sohn, der später seine Liebe opfern musste, um schön zu werden. Doch am Ende erhielt Odine die gerecht Strafe und verbrannte.«

»Wie merkwürdig, dass er sich ausgerechnet daran erinnern kann!«, murmelte Gisla.

»Das ist nicht merkwürdig – das klingt ganz nach dem Thure, den ich kenne«, rief Runa. »Er erzählt ständig Geschichten von Göttern und Riesen, und es wundert mich nicht, dass ihm die einer bösartigen Hexe besonders gut gefällt. Er hört sich gerne reden. Und noch lieber sieht er sich Menschen morden und quälen.«

Runa wandte sich abrupt ab und ging davon.

Am nächsten Tag zögerte Gisla, Thure zu essen zu bringen, aber schließlich tat sie es doch. Diesmal fand sie ihn nicht schlafend vor, sondern mit dem Ellbogen auf den Stein gestützt. Sein Kopf ruhte nachdenklich auf den Händen. Noch ehe sie ihn fragte, ob er sich wieder an etwas erinnern konnte, erzählte er unwillkürlich, er habe einen Bruder, der ein überaus starker Krieger sei, vor allem aber ein unverwundbarer. Nur auf einer winzigen Stelle auf der Brust könne ein Schwert in sein Fleisch dringen und ihn tödlich verletzen.

Gisla lauschte zunehmend verwirrt, doch als sie zu Runa zurückkehrte, erklärte diese, dass jener Krieger nicht Thures Bruder sei, genauso wenig wie Odine seine Mutter. Er habe vielmehr von Björn gesprochen, einer Gestalt aus den Märchen wie die Hexe, das Kind einer Fee und der Geliebte von Alfhilde, einer legendären Prinzessin und Anführerin einer Wikingerbande.

Dass Thure sich, wenn auch nicht an sein Leben, so doch an diese Geschichten erinnerte, schien Runa allerdings neugierig zu machen: Am dritten Tag begleitete sie Gisla an den

Strand und hörte diesmal mit eigenen Ohren, wie er die Geschichte von einem Hund erzählte, der ihn als Kind angefallen hätte. Wild und ungebärdig sei dieser gewesen, nur mit Gewalt zu bezwingen und sehr gefährlich, wenn die Gewalt nicht gereicht habe.

Er tastete über sein Gesicht. »Vielleicht habe ich von seinem Angriff die Narben...«

Gisla blickte Runa fragend an – die schüttelte den Kopf. »Ich denke nicht, dass er von einem Hund spricht, sondern vom Wolf Fenrir«, erklärte sie. »Fenrir wiederum war ein Kind Odins und so wild, dass man ihn zunächst nicht an die Kette legen konnte, ohne dass diese sogleich wieder zerriss. Einzig die Zwerge vermochten ein besonderes Band zu weben, das ihn im Zaum hielt. Als sie versuchten, ihn einzufangen, blickte Fenrir sie scheinbar treuherzig an, schwante ihm doch Böses und hoffte er, die Zwerge mit vermeintlicher Willfährigkeit milde stimmen zu können. Aber die Zwerge ließen sich nicht täuschen und banden Fenrir fest.« Runa blickte voller Argwohn auf Thure. »Vielleicht sollten wir ihn auch festbinden.«

Sie taten es nicht, und am Abend, als sie zurück ins Haus gekehrt waren, war Runa nicht länger misstrauisch, sondern nachdenklich.

»Ich frage mich, an welche Geschichte ich mich erinnern würde, wenn ich nicht mehr wüsste, wer ich bin«, murmelte sie.

Sie schien lange darüber nachzusinnen – und Gisla tat es auch. Sie fragte sich nicht nur, welche der Erzählungen ihrer Kindheit Bestand haben würde, sondern auch, ob zu wissen, wer man war, das Leben leichter oder schwerer machte.

»Die Zwerge stellten nicht nur die Kette von Fenrir her, sondern auch alle Waffen der Götter«, fuhr Runa fort, »doch das Zauberband war etwas ganz Besonderes. Es bestand aus dem Miauen einer Katze, dem Haar einer Frau, den Wurzeln eines Berges, den Muskeln eines Bären, dem Atem eines Fisches, dem Speichel eines Vogels.«

Ihre Züge wurden plötzlich ganz weich, ihre Augen glänzten, ein Lächeln erschien auf ihrem Gesicht, und Gisla erwiderte es. Vielleicht dachte Runa an ihre Großmutter, von der sie manchmal sprach, vielleicht war die Wärme, die sie ausstrahlte, aber auch ein Zeichen dafür, dass es richtig war, Thure nicht sterben zu lassen.

Am nächsten Tag setzte heftiger Regen ein. Er ließ die restlichen Eisschollen auf dem Wasser schmelzen, aber fühlte sich eisig an, als er gegen ihre Gesichter peitschte.

»Lass ihn doch in einer der Vorratskammern unterschlüpfen«, schlug Gisla zögerlich vor.

Runa blickte sie skeptisch an. Wegen des Regens ließ sie den Schiffbau ruhen. »Das ist zu gefährlich«, erklärte sie. »Morgen fällt ihm vielleicht mehr ein als nur eine Geschichte aus der Kindheit. Bleib nie mit ihm allein!«

»Ich will nicht mit ihm allein sein. Ich will ihn nur in die Vorratskammer lassen.«

Der Regen trommelte laut auf das Dach. Runa zögerte lange, aber schließlich nickte sie widerstrebend. »Meinetwegen. Aber er schläft nur des Nachts in der Kammer – tagsüber bleibt er am Strand.«

Und so geschah es.

Gisla sah Runa an, dass sie sich vor Thure fürchtete, und tat es auch selbst. Aber diese Angst höhlte nie ihren Willen aus, gütig zu sein, und brachte sie auch nicht vom steten Gedanken ab, was von ihr bliebe, wenn sie sich an nichts erinnern könnte.

Eines Tages glaubte Gisla die Antwort zu finden. Nun, da der Frühling immer heftiger mit dem Winter stritt, da in Thure weiter keine Bosheit erwachte und Runa eifrig am Schiff baute, begann sie wieder zu singen und wusste plötzlich, dass sie selbst dann noch singen würde, wenn sämtliche Erinnerungen ausgelöscht wären. Sie sang abends, wenn sie nähte, und tagsüber, wenn sie am Strand entlangging und die Sonnenstrahlen auf dem Meer glitzerten. Für gewöhnlich brach Gisla ab, wenn sie Thure zu nahe kam, eines Tages jedoch nicht.

»Warum tust du das?«, fragte er.

Sie errötete verlegen. »Warum ich singe?«

»Warum gibst du mir Essen und Kleidung?«, gab er zurück. »Deine Gefährtin ... verabscheut mich. Du tust es nicht.«

Gisla war sich nicht sicher, ob tief in ihr nicht auch noch Hass rumorte. Aber ob des Singens und des Frühlings schwand er stetig, und alles Elend, das Thure über sie gebracht hatte, schien nur mehr ein böses Märchen aus seinen wirren Träumen zu sein.

»Man muss so sein«, erwiderte sie ernsthaft. »Langmütig und gütig ist die Liebe; sie erträgt alles, sie glaubt alles, sie hofft alles. Und so müssen wir gegeneinander gütig sein, mitleidig und vergebend.«

Thure sagte eine Weile nichts, forderte sie lediglich auf, weiterzusingen. Sie konnte es nicht länger, verneinte seine Bitte und ging hastig von ihm fort.

Trotz allen Glaubens, Hoffens und Liebens war sie fest entschlossen, Runas Ratschlag zu beherzigen, nicht allein mit ihm zu bleiben.

Das Schiff sah nicht aus wie ein solches, aber es wirkte stabil. Es war Runa nicht gelungen, ihm eine Form zu geben, aber sie hatte die Spalten zwischen den Holzstücken ausreichend abgedichtet, sodass kein Wasser hindurchdringen würde. Der Mast, den sie errichtet hatte, war nicht sonderlich hoch, aber hoch genug, um ein Fell anstelle eines Segels daranzuhängen.

Ohne Zweifel, das Schiff war kein Kunstwerk – aber zum Überleben war Schönheit nicht unabdingbar, und Runa war stolz darauf, zumindest stolz genug, um ihr Werk eines Tages herzuzeigen.

Gisla sollte es sehen – Thure natürlich nicht. Je mehr Zeit verrann, desto leichter fiel es ihr zu glauben, dass er sich tatsächlich an nichts erinnern konnte, aber das änderte nichts daran, dass das Schiff ihr gehörte, ein wenig auch Gisla, aber keinesfalls ihm.

Wie es aussah, konnte Gisla allerdings gern auf ihren Anteil verzichten. Sie ging um das Ungetüm aus Holz, nein, sie schlich vielmehr herum, so vorsichtig, als würde ein zu energischer Schritt genügen, es augenblicklich bersten zu lassen. Offenbar wagte sie auch nicht zu reden, denn bis jetzt war kein einziges Wort der Anerkennung über ihre Lippen gekommen, und auch das stolze Lächeln, das auf Runas Gesicht stand, erwiderte sie nicht.

»Wie sollen wir damit die lange Fahrt überstehen?«, fragte Gisla so zögerlich, wie sie geschlichen war, endgültig bekundend, dass Runas Traum nie ihrer gewesen war und deren Kampf um Schiff und Heimat in ihr nicht den gleichen Willen weckte, ihn zu bestehen.

Runa reckte stolz den Nacken: »Lass das nur meine Sorge sein.«

Gisla presste ihre Lippen aufeinander und senkte den

Blick. Als sie ihn endlich hob, stand immer noch nicht die erwartete Anerkennung darin, nur Angst – und ein wenig Trotz, wie Runa schien.

»Aber wir haben es doch gut hier...«, brachte sie hervor.

Eben noch hatte Runa ihren Ärger ob der fehlenden Begeisterung verbergen können. Diese zweifelnden Worte jedoch ließen jede Nachsicht schwinden.

»Was meinst du?«, fuhr sie sie an.

Gisla senkte ihren Kopf wieder – doch so weit, auch zu schweigen, reichte ihre Scheu nicht. »Wir frieren nicht«, sagte sie leise, aber entschlossen, »wir hungern nicht, wir haben ein Dach über dem Kopf, und seit... Thure da ist, sind wir nicht mehr ganz allein. Warum sollen wir riskieren, im Meer zu ertrinken?«

Obwohl sie nicht in die blauen Augen sehen musste, ertrug Runa ihren Anblick nicht. Mit einem wütenden Keuchen fuhr sie herum, starrte aufs Schiff und suchte daraus den Mut zu ziehen, den Gislas Worte ihr raubten. Eben noch hatte sie sich nicht daran gestört, wie hässlich und unförmig dieses Gebilde aus Holz war, nun sah sie es mit Gislas Augen und sah wie Gisla die Wahrheit.

Dein Schiff taugt nichts...

Es zu denken war jedoch etwas anderes, als es auch zu sagen.

»Bei uns gibt es eine alte Redensweise«, schrie sie. »Wer vorhat, einen Raubzug zu unternehmen, muss sich für einige Zeit auf eine Reise begeben. Denn der Wolf, der sich nahe der Höhle aufhält, wird nie Fleisch haben, und so auch nicht der Mensch, der von seinem Sieg nur träumt.«

Endlich hob Gisla den Kopf. Runa zu widersprechen fiel ihr immer noch sichtlich schwer, aber seit sie sich durchgesetzt hatte, Thure Essen zu bringen und ihn in der Vorratskammer schlafen zu lassen, war sie nicht mehr so kleinlaut und willfährig wie einst.

»Von welchem Sieg redest du?«, fragte sie.

Nun begann Runa das Schiff zu umkreisen, und anders als Gisla hieb sie die Füße in die Erde. Bröckchen stoben in die Luft, regneten auf sie herab. Der Ärger schmeckte gallig in ihrem Mund, aber noch bitterer war die Verzagtheit, die jäh in ihr aufstieg und die bis jetzt immer nur Gisla an den Tag gelegt hatte. Nun schwappte sie wie eine Woge sumpfigen Wassers auf sie über.

»Mein Vater hat mich gewaltsam verschleppt.« Runas Stimme brach, nur mehr heiser fügte sie hinzu: »Aber er soll nicht das letzte Wort haben.«

Sie schluchzte auf und schlug sich zu spät auf den Mund, um den Laut zu unterdrücken. Gemessen an ihrer rauen Stimme war die von Gisla ganz sanft. Auch ihre Hand war sanft, als sie zu ihr trat und ihr über den Arm strich.

»Dein Vater hat dich verschleppt – und mein Vater mich seinem einstmals schlimmsten Feind geben wollen. Und sein engster Vertrauter wollte mich ermorden lassen.«

Runas Augen brannten, aber sie schluckte ihre Tränen. »Und das bedeutet, dass wir von hier fliehen müssen!«, rief sie.

Gisla schüttelte den Kopf. »Das bedeutet nur, dass man nicht immer gewinnen und nicht immer das letzte Wort haben kann.«

Runa schüttelte rüde ihren Arm ab. »Heimskr nennen wir in unserer Sprache die Dummen. Und in *heimskr* steckt das Wort Heim. Weil die Daheimgebliebenen dumm sind! Ja, du bist dumm, wenn du hierbleiben willst.«

»So ist es also klug, mit einem Schiff zu reisen, das sicherlich kentern wird?«, fragte Gisla leise.

Noch heftiger rammte Runa ihre Fersen in die Erde, noch höher stoben die Bröckchen. Zaghaft hatte das erste Gras zu wachsen begonnen, doch sie zertrat es achtlos und hätte es am liebsten mit ihren schwieligen Händen, die von so viel harter Arbeit kündeten, ausgerissen.

»Ich habe mich den ganzen Winter über geplagt! Ich habe geschuftet wie noch nie, während du es im Haus warm hattest! Und jetzt willst du meine Arbeit schlechtmachen?«

Ihre Stimme kippte, bekam einen hohen, kreischenden Ton, den sie kaum ertrug. Noch weniger jedoch ertrug sie Gislas Beben, das diese nun überkam.

»Ich will sie nicht schlechtreden«, rief ihre Gefährtin flehentlich. »Aber ich habe Angst.«

Gislas Augen füllten sich mit Tränen, die nun unablässig über ihre Wangen perlten – kein Anblick, der Runa beschwichtigte, der sie eher noch mehr aufwühlte. Gisla stahl ihr einen Kummer, der ihr nicht zustand, und stahl die Gewissheit, das Richtige getan zu haben, als sie sich am Schiff abrackerte.

»Du hast doch immer Angst«, rief Runa. »Vor allem und vor jedem! Meinetwegen – dann bleib hier! Ich brauche dich nicht, um heimzukehren! Ich habe dich nie gebraucht. Wärst du auf dich allein gestellt gewesen, wärst du längst tot. Wäre ich hingegen von deiner Last befreit, wäre ich viel besser dran.«

»Ich habe dich in Laon aus dem Kerker befreit!«, hielt Gisla schluchzend dagegen.

»In den ich nur deinetwegen gesperrt wurde!«

»Runa, bitte!«

Gisla trat ganz dicht an sie heran. »Sei nicht böse zu mir. Du stehst mir so nah ... du bist wie eine Schwester für mich ...«

In all den Monaten, die sie miteinander verbracht hatten, hatten sie nie ausgesprochen, was sie einander bedeuteten. Sie hatten auch nie gestritten. Dass beides jetzt zusammenfiel, machte es für Runa unerträglich.

»Ja«, wiederholte Gisla, »du bist wie meine Schwester.«

»Ich habe keine Schwester!«, schrie Runa. »Ich werde nie eine haben! Aber ich habe eine Großmutter, und sie ...«

»Und sie ist tot, und du hast keine Heimat mehr«, brachte Gisla den Satz zu Ende.

Dann weinte sie wieder, indessen Runa vermeinte, ihre Kehle würde zerreißen, weil sie das Schluchzen so heftig unterdrückte.

Deine Heimat ist verloren.
Dein Schiff taugt nichts.
Deine Großmutter ist tot.

Sie öffnete den Mund, aber es fiel ihr nichts ein, um all dem zu widersprechen. Das Einzige, was ihr einfiel, war, die Hand zu heben, ihre schwielige, vernarbte Hand, die Hand, die gewiss so hässlich war wie Thures Gesicht, und mit jener Hand schlug sie Gisla ins Gesicht. Das Klatschen klang schmerzhaft in ihren Ohren – aber noch schmerzhafter musste es sein, diesen Schlag zu fühlen.

Gisla blieb stumm. Sie taumelte, prallte gegen das Schiff, das hässliche Schiff.

Dein Schiff taugt nichts.
Deine Großmutter ist tot.
Deine Heimat ist verloren.

Runa musste nicht länger gegen Tränen ankämpfen, auch die von Gisla versiegten.

»Es tut mir leid«, presste Runa hervor und starrte fassungslos auf ihre Hand, die nicht zu ihrem Körper zu gehören schien.

Gisla drehte sich um und lief davon.

Nichts hatte je so wehgetan, nicht die Kälte, nicht der Hunger, nicht Adariks Griff. Beggas Verrat hatte zwar auch geschmerzt, aber Begga hatte aus Schwäche gehandelt. An Runa schien nichts schwach – im Gegenteil: Ihr Schlag war so heftig gewesen, Gislas Wange brannte wie Feuer. Es war das Einzige, was brannte, ansonsten war alles kalt in ihr. Es war zu kalt zu weinen und zu klagen, zu kalt auch, um weiterzulaufen. Sie hatte den Strand erreicht, ließ sich auf den Boden fallen, versenkte ihren Kopf im Sand. Sie schluckte die rauen Körner, hustete, richtete sich wieder auf. Dann fiel ein Schatten auf sie.

Wie von Runa gefordert schlief Thure des Nachts in der Vorratskammer, am Tag kehrte er an den Strand zurück und starrte aufs Meer. Vielleicht hoffte er, dass die Wellen seine Erinnerungen zurückspülten. Jetzt stand er plötzlich vor ihr. Zum ersten Mal war sie ganz allein mit ihm.

Thure ließ sich neben sie fallen und rückte nah an sie heran. Nie hatte sie seinen Körper gefühlt, nun war dieser Körper – ob er nun einem bösen Menschen oder einem guten gehörte, einem, der Erinnerungen hatte oder keine, das Einzige auf der Welt, was wärmte.

»Warum weinst du, kleine Gisla?«

Sie spürte Wärme, aber sie spürte auch ... Gefahr. Furcht rieselte über ihre Haut wie spitze Nadeln – erträglicher jedoch als der Schmerz.

Sie gab keine Antwort.

»Was machst du hier?«, fragte er nun.

Sie schüttelte heftig den Kopf. »Ich will Runa nicht sehen.«

»Du zitterst ja«, stellte er fest. »Dann muss ich wohl ein Feuer machen.«

Sie zitterte tatsächlich. Weil die Gefahr wuchs, oder weil

Leben in ihren Körper, der sich eben noch wie tot angefühlt hatte, zurückkehrte? Gisla wusste es nicht.

Mit dem Leben kamen neue Tränen und verschleierten ihren Blick. Sie sah verschwommen – nun nicht nur ob der Tränen, sondern ob des Rauchs, der in die Luft stieg.

Sie hatte keine Ahnung, wie es Thure gelungen war, ein Feuer zu entfachen; das Treibholz war eigentlich zu feucht. Aber unter dem dunklen Rauch gloste es, aus dem Glosen wurde ein zuckendes Flämmchen, und aus dem Flämmchen ein rotes kräftiges Feuermeer.

Gisla rückte ganz dicht an das Feuer heran, während Thure Steine darum herumstapelte, damit der Wind nicht zu sehr an ihm zerrte. Sie hustete wegen des Rauchs – aber sie zitterte nicht mehr, und sie weinte auch nicht länger.

Runa kämpfte mit sich, ob sie Gisla folgen sollte. Zorn und Enttäuschung hatten sich gelegt, auch das schlechte Gewissen und die Scham. Nur das Unbehagen war geblieben. Es war nicht gut, wenn Gisla ganz allein am Strand war, oder vielmehr: wenn Gisla zusammen mit Thure, der irgendwo da draußen war, allein blieb.

Aber dann sagte sie sich, dass Gisla kein Kind war und sie nicht ihre Mutter, und wenn sie sich doch wie ein Kind verhielt, dann musste sie allein mit ihrem Eigensinn fertig werden.

Gegen Abend hin wuchs Runas Unruhe – vor allem aber der Hunger. Sie war zurück ins Haus gegangen, trat nun vors erloschene Herdfeuer und sagte sich trotzig, dass sie Gisla nicht brauchte, um sich etwas zu essen zu bereiten. In der Vorratskammer fand sie kein Fleisch mehr, aber Fisch, der zuerst gründlich geputzt, dann ausgenommen, schließlich flach geklopft und an einem Holzgestell aufgehängt worden war. So wurde er getrocknet – wie die Hagebutten, die in einem Krug danebenstanden. Runa starrte auf den Fisch und auf die Hagebutten, und der Hunger verging ihr. Auf keins von beidem hatte sie Lust, und einmal mehr dachte sie, dass sie eine Kuh bräuchten oder zumindest eine Ziege – in jedem Fall ein Tier, das Milch gab. Dann könnten sie Käse machen, vor allem aber Skyr – jene Dickmilch, die auch ihre Großmutter häufig zubereitet hatte.

Sie leckte sich über die rauen Lippen.

Deine Großmutter ist tot.
Dein Schiff taugt nichts.
Deine Heimat ist verloren.

Runa schüttelte den Kopf. Ja, sie brauchten ein Tier, sie brauchten Milch. Sie musste am kommenden Morgen aufbrechen und nach Menschen suchen, um Pelze und getrockneten Fisch gegen eine Ziege einzutauschen. Undenkbar schien ihr plötzlich ein Weiterleben ohne Skyr.

Allerdings: Sie wollte an diesem Ort ja nicht weiterleben, wollte ihr Schiff fertig bauen und absegeln.

Dein Schiff taugt nichts.
Deine Großmutter ist tot.
Deine Heimat ist verloren.

Zorn und Enttäuschung stiegen wieder in ihr hoch – und zugleich kehrte der Hunger zurück. Und noch etwas anderes kehrte zurück – Furcht. Ein Geräusch hatte diese Furcht ausgelöst, das Geräusch von Schritten.

Runa hob den Kopf, trat aus der Vorratskammer und hoffte, dass Gisla zurückgekehrt war. Aber nicht Gisla stand da, sondern ein ganz anderer.

Das Feuer machte warm, aber es machte nicht satt. Je länger Gisla davorhockte, desto hungriger wurde sie. Aufstehen wollte sie jedoch auch nicht, wollte bleiben, am Strand liegen, auf diesem Fleckchen Welt, das nur ihr gehörte, nicht Runa...

Vielleicht gehörte es auch ein bisschen Thure, der aufgestanden war und sich an etwas zu schaffen machte. Erst jetzt sah sie, dass es ein Becher war, den er in seinen Händen hielt – einer jener, die Runa in den langen Winternächten geschnitzt hatte. Wann hatte er ihn gestohlen?

Gestohlen war allerdings ein böses Wort; gewiss hatte er sich ihn nur ausgeliehen, und nun reichte er ihn ihr.

»Trink, dann wird dir wärmer«, forderte er.

Sie setzte sich auf. Eine neue Rauchwolke nebelte sie ein und ließ sie husten. Sie griff nach dem Becher und trank das Gesöff, das glühend die Kehle hinablief. »Was ist das?«, fragte sie.

Er deutete auf den Beutel auf seiner Brust. »Den trage ich bei mir, ich weiß nicht mehr, warum. Die Körner, die sich darin befinden, kann man essen, und sie schenken schöne Träume.«

»Hast du wieder etwas geträumt?«, fragte sie. »Weißt du jetzt, wer du bist?«

Sein Gesicht verschwamm im Rauch. Erst schien es größer zu werden, dann schmaler. Sie sah die Narben nicht mehr, nur weiße glatte Haut. Und sie sah, dass seine Augen funkelten.

»Wie es scheint, träume ich nicht davon, wer ich bin. Ich träume nur Geschichten, die ich einmal gehört habe.«

Gisla trank noch mehr, der Becher leerte sich. Ihre Zunge schien sich zusammenzuziehen, so bitter war das Gesöff, doch die Wärme, die sich in ihrer Kehle und in ihrem Magen ausbreitete, war eine Wohltat. Kurz schien sich ihr Leib zu verkrampfen, dann löste sich der Knoten. Die Wange schmerzte nicht mehr.

»Und von welchen Geschichten hast du diesmal geträumt?«, fragte Gisla nuschelnd. Die Zunge stieß beim Reden gegen die Zähne.

Thure setzte sich zu ihr und wollte sich an sie lehnen. Noch war sie klar bei Sinnen, um es zu verhindern. Sie wich von ihm zurück und ließ sich stattdessen auf den Sand fallen, wähnte, darin zu versinken, immer tiefer, als bedecke der Sand nicht festen Boden, sondern ein Loch. Sie presste die Augen zusammen, öffnete sie wieder, sah sein Gesicht nicht mehr, weder breit noch schmal, weder mit Narben noch ohne, sah nur Grau, und dieses Grau begann sich zu drehen.

»Ja, ich habe wieder von einer Geschichte geträumt«, murmelte Thure. »Die Geschichte der Idun, die den Baum der ewigen Jugend behütete, und die Loki aus der Welt der Götter fortgelockt hat, um sie einem Riesen zu übergeben. Wie dumm sie war, die kleine Idun, wie leichtgläubig und weltfremd. Hat sie nicht geahnt, dass man Loki nicht trauen darf?«

Wieder überkam Gisla die Ahnung von Gefahr, und dieses Mal rieselte sie nicht heiß, sondern kalt über ihren Rücken. Erst fiel sie wieder, tiefer, immer tiefer, dann, als sie glaubte, sie hätte den Grund des Lochs erreicht, wurde ihr Körper leicht. Jetzt schwebte sie, schwebte Thure entgegen; ganz nah war plötzlich sein Gesicht, und sein Gesicht war wieder hässlich.

Sie schrie auf, wollte es zumindest, doch über ihre Lippen kam kein Laut, sie konnte ihre Zunge nicht bewegen.

»Ich glaube, ich werde dir eine andere Geschichte erzählen«, fuhr Thure tief über sie gebeugt fort. »Meine liebste

Geschichte. Die Geschichte von der Zerstörung der Welt. Ja, dies ist ihre Bestimmung – sie wurde im Chaos geboren und wird darin versinken. Sie wird neu erstehen und wieder versinken. Unser Geschick dreht sich im Kreis, und niemand kann ihm entkommen. Du kannst auch mir nicht entkommen... du dumme, kleine, leichtgläubige Idun...«

Warum nannte er sie bei diesem Namen?

Noch schwebte sie, dann erstarrte sie. Ihr Körper, federleicht, gefror zu Stein, fiel zu Boden, diesmal nicht in abgründige Tiefe, sondern auf Thures Leib, und der war nicht warm und weich, sondern hart und brutal. Er hatte sie auf seinen Schoß gezogen, zog an ihren Haaren, betastete sie überall. Tausend Hände schien er zu haben – oder vielmehr keine Hände, sondern kratzende, haarige Spinnenbeine.

»Ja, ich erzähle dir von der Zerstörung der Welt«, begann er raunend. »Ich erzähle dir von der Ragnarök, der Götterdämmerung. Mit drei Wintern begann sie, ohne einen Sommer dazwischen, mit Überschwemmungen und mit Erdbeben. Der Himmel verdunkelte sich, und Vulkane spien Feuer. Die Erde bebte, und der Mond und die Sonne wurden von Wölfen gefressen. Fenrir zerriss die Ketten, die ihn hielten, und Midgard, die Schlange, die sich bis dahin in ihrem Schwanz verbissen und somit das Gleichgewicht des Lebens gewahrt hatte, erhob sich aus dem Ozean.«

Gisla hörte seine Worte nicht nur, sie fühlte sie auch. Sie fühlte die Kälte der Winter, fühlte die Zähne der Wölfe, die an ihr nagten, fühlte die Flutwellen über sich hereinbrechen, fühlte die Erde beben, fühlte Fenrir an ihrem Ohr keuchen und fühlte, wie sich die Schlange um ihren Leib wand wie einstmals um die Erde. Dann erst erfasste sie, wer sich da um ihren Leib wand. Es war nicht die Schlange, es war Thure.

»Lass mich...«

Er hatte vielleicht vergessen, wer er war, aber nicht, wie man lachte. Jetzt lachte er laut und durchdringend.

»Als die Ragnarök begann, befreite sich Loki aus der Höhle, wo er nach Baldurs Tod gefangen gehalten wurde. Nicht länger tropfte Gift auf sein Haupt, nicht länger war er den Göttern unterlegen. Er erhob sich, er freute sich auf den letzten großen Kampf, und er war stärker als je zuvor.«

Runa glaubte, ihre Augen tragen sie, als sie den Mann erkannte, der da vor ihr stand. Mit lautlosen Schritten musste er sich angeschlichen haben. Nun, da sich ihre Blicke trafen, hielt er inne, stand erst starr da wie ein Baum und duckte sich dann einem Raubtier gleich, das zum Sprung ansetzt. Es war kein anderer als Taurin.

Unwillkürlich ging Runa in die Hocke, senkte leicht den Kopf. Die Welt schien den Atem anzuhalten. Da war nichts, kein Vogelgezwitscher, kein Meeresrauschen, kein Wind im Geäst. Da war kein Platz für Fragen. Warum lebt er noch, warum ist er hier, wie hat er mich gefunden? Da war auch kein Entsetzen, kein Erstaunen, kein Hadern, weil sie von ihm überrascht worden war.

Da war nur ein schlichter Gedanke: Er will mich töten.

Er trug ein Schwert, Runa ihr Messer. Er war stark, aber ausgezehrt und erschöpft – sie war nicht ganz so stark, aber sie hatte den ganzen Winter im Freien gearbeitet und im Warmen geschlafen.

Sein Blick war starr wie der eines Toten. Sie hingegen fühlte sich so lebendig wie lange nicht. Ihr Herz dröhnte in der Brust.

Ja, er wollte sie töten, und er konnte sie töten. Aber nur, wenn sie einen Fehler machte.

»Du weißt wieder, wer du bist?«, stammelte Gisla. »Du kannst dich an alles erinnern?«

Sie konnte wieder sprechen, aber aufsetzen konnte sie sich nicht, denn er lag schwer auf ihr. Ihr Kopf fiel zur Seite, ihr Mund schmeckte Sand und Asche.

»Ich habe euch nicht belogen«, erwiderte Thure. »Ich hatte wirklich vergessen, wer ich bin. Du jedoch hast mir meine Erinnerung zurückgebracht. Du und niemand sonst.«

»Aber...«

Ihre Zunge war so groß, ihre Lider so schwer, die Abscheu vor ihm so heftig. Wie hatte sie ihn je ansehen können, ohne vor Furcht und Hass zu vergehen?

»Du hast gesagt, du wolltest gütig sein«, fuhr er fort. Sein Hohn erkaltete, sein Blick wurde leer. »Und plötzlich wusste ich wieder, dass mein ganzes Leben lang niemand je gütig zu mir gewesen ist. Nicht meine Mutter, denn die verreckte, als sie mich gebar. Nicht die Zweitfrau meines Vaters, denn die warf das Kind der Rivalin ins Wasser, um es zu ersäufen. Nicht mein Vater, der mich aus dem Wasser zog, um mich fortan zu prügeln. Nicht die Krieger des großen Königs Alfred, in deren Hände ich fiel, als ich Rollo nach England begleitete. Sie wollten an mir erproben, ob ein Mensch ohne Nase, Augen und Ohren leben kann. Ehe sie mir all das abschnitten, griff ihr König ein, aber sie hatten mir genügend Wunden zugefügt, auf dass für immer Narben davon bleiben würden. Meinetwegen hätte der König nicht eingreifen müssen. Vielleicht lebt es sich besser, wenn man nicht hört, sieht oder riecht. Ja, ich kann auf Ohren, Augen und Nase verzichten – und auf die Güte verzichten, das kann ich auch. Denn nie ist jemand gütig zu mir gewesen, und dennoch lebe ich. Ich habe so viele Narben, und dennoch lebe ich.«

Er schrie, wie sie ihn noch nie hatte schreien hören, und

ganz gleich, wie viel Gleichgültigkeit und Verachtung seine Worte verhießen – das Schreien klang trostlos, und seine Augen waren nass, und sie begriff, dass nicht jeder böse Mensch gut wird, aber jeder böse Mensch einst verzweifelt war.

Dann verstummte er. Seine Hände krallten sich um ihre Schultern. Sie konnte sich nicht wehren, nur stammeln: »Lass mich ... bitte, lass mich gehen.«

»Nicht nur, dass man die Güte nicht braucht. Dumm ist es zudem, sie zu zeigen«, zischte er mit blitzenden Augen. »Denn am Anfang der Welt stand nicht die Güte, und am Ende wird sie auch nicht stehen. Die Welt kam aus dem Chaos und wird im Chaos untergehen.«

Dass er sie gefunden hatte, kam Taurin unwirklich vor. Dass er starr stehen blieb, auch. So lange hatte er kaum Rast gemacht, so lange hatte er sich getrieben gefühlt – und gefangen wie nie. Er hatte sich nicht frei fühlen können, ehe er die Frauen nicht fand. Doch das Land war groß, und die Menschen, die darin lebten, hatten Angst vor Fremden. Wen immer er nach den beiden fragte, hüllte sich in ängstliches Schweigen. Als der Winter vorüber war, zweifelte er daran, dass sie überhaupt noch lebten.

Daran aufzugeben dachte er dennoch nicht. Er hatte an seinem Ziel festgehalten. Er kämmte sich nicht mehr und schnitt seinen Bart nicht. Er wusch sich nicht mehr, nähte nicht seine zerrissenen Beinkleider. Viele Stunden verbrachte er im Wald, und einmal spiegelte er sich in einer Pfütze zwischen den Bäumen. Er erkannte sich selbst nicht wieder und zweifelte kurz, ob er überhaupt noch ein Mensch war. Allerdings glich er auch keinem Tier, eher einem Einsiedler, dessen

Verwahrlosung bewies, wie wenige irdische Dinge ihn zu fesseln vermochten. Ein Einsiedler suchte die Einsamkeit, um Gott zu preisen, er suchte die Frauen, um Rache zu nehmen – und Gott war anscheinend auch auf seiner Seite. Wer sonst hätte ihm eingegeben, an der Küste entlangzugehen?

Leer war das Land. Wer immer hier einst gelebt hatte, war aus Angst vor den Anstürmen der Nordmänner geflohen. Die Frauen hingegen waren nicht geflohen. Sie hatten den Winter überlebt, sie hatten sich an diesem Ort niedergelassen.

Taurin stand steif, aber das Herz schien ihm in der Brust zu zerspringen. Der Augenblick war so machtvoll. Gleich würde er sich wieder bewegen. Gleich würde er kämpfen. Aber kurz stand die Welt still und er auch. Nur Erinnerungen regten sich – wie immer in der Stille.

Es stank ... wie es stank! Im Palatium des Grafen wurden Verwundete behandelt. Seuchen brachen aus, frisches Wasser wurde knapp. Die Bewohner vom Umland flohen auf die Insel. Und wieder brannte es. Manche Schreie waren so laut, dass man sie nicht hörte. Meine Schöne ging zugrunde ... jeden Tag ein bisschen mehr.

Seine Augen verengten sich, er hob sein Schwert, die Welt stand nicht länger still. Er würde kämpfen, er würde töten, er würde seine Schöne rächen.

Taurins Augen waren starr wie die eines Toten auf sie gerichtet. Doch dann flackerte plötzlich ein irrer Glanz auf. Oder ist es weniger Irrsinn, dachte Runa, als vielmehr Trauer?

Sie wusste es nicht, wusste auch nicht, was er in ihren Augen sah. Sie atmete noch einmal tief ein. Sobald sie den Atem entweichen ließ, würde der Kampf beginnen, ohne dass sie auch nur ein Wort gewechselt hatten, ohne dass er erklären musste, dass er sie töten wollte, und sie, dass sie sich wehren würde.

Ihre Brust schien zu bersten, desgleichen ihr Kopf. Sie sah nicht länger in seine Augen, sie sah nur mehr Rot. Das Rot des Blutes.

Thures Worte brannten wie Feuer. Oder nein, nicht wie Feuer, wie Gift ... das Gift der Schlange, die sich um ihren Leib wand, die ihre Zähne in ihre Haut schlug. Oder vielleicht waren es keine Zähne, die sie verletzten, vielleicht nur seine Narben, die ihre Haut aufschürften, zarte, feine Haut. Ja, vielleicht war dies seine beste und grausamste Waffe: seine Narben.

»Lass mich!«, klagte sie. »Nicht!«

Kurz löste er sich von ihr, kurz war da keine Schlange mehr. An ihrer statt hockte nun der Fenrirswolf auf ihrer Brust, der, wie Thure zu erzählen fortfuhr, in der Ragnarök Feuer und zischenden Dampf aus Augen und Nüstern spie.

Runa atmete aus und zog ihr Messer. Keinem Menschen kommt man so nahe wie dem, den man töten will. Obwohl sie am Platz vor dem Brunnen standen und dieser breit genug für sie beide war, vermeinte sie, auf einer Klippe zu stehen, auf der nur einer Platz fand. Ihre erste Regung war, das Messer zu werfen, aber sie folgte ihr nicht. Das Messer war ihre einzige Waffe, sie durfte sie nicht verlieren. Und darüber hinaus war sie kleiner als das Schwert, somit war es unmöglich, Taurin damit nahe zu kommen, ohne dass seine Klinge sie traf. Doch sie besaß noch eine weitere Waffe: ihre Sinne, ihre Wendigkeit.

Als er auf sie losging, schien ihr Körper nicht länger aus harten Knochen zu bestehen. Sie wartete, bis er ganz dicht an sie herankam, erst als er das Schwert hob, wich sie ihm aus.

Gislas Körper schien ganz und gar vom Gift durchdrungen. Da war nichts, was sie Thure entgegenhalten konnte, nichts, um sich vor ihm zu schützen. Er riss ihr die Kleider vom Leib. Oder war es ihre Haut?
»Dumme, kleine Idun...«, murmelte er, während er auf sie herabblickte. »Dumme, kleine fränkische Prinzessin...«
Wieder hörte sie seine Worte nicht nur, sondern fühlte sie auch. Als er die bösen Geister beschwor, die aus dem Reich der Toten stiegen, glaubte sie, jeden ihrer Schritte zu spüren. Als er von Heimdal sprach, Odins Sohn, der die Glocke läutete, um die Götter zu warnen, glaubte sie, dass der Klang dieser Glocke ihren Kopf zerriss. Sie wollte die Hände heben, sie auf ihre Ohren pressen – es gelang ihr nicht. Auch Heimdal gelang es nicht, die Götter rechtzeitig zu warnen. Die Ragnarök ließ sich nicht aufhalten. Es war zu spät zu schreien, zu spät zu klagen, zu spät, sich zu wehren. Wie glatt Thures Körper war, so viel glatter als sein Gesicht. Und wie schwer er war, so viel schwerer als ihrer.

Immer wieder schlug Runa ihn mit ihrer Wendigkeit. Immer wieder konnte sie ihm ausweichen. Nur einmal nicht. Das Schwert spaltete zwar nicht ihren Kopf und stieß auch nicht in ihre Brust, aber traf ihre Hand. Der Schmerz war wie ein greller Lichtblitz. Rasch kam sie wieder zu sich, bedachte ganz nüchtern, dass sie sein ungeheures Tempo nicht unterschätzen durfte und dass sein Hass ihm viel Kraft gab. Als er erneut zum Sprung ansetzte, bedachte sie noch etwas: Nun, da sie an der Hand getroffen war, da sie blutete, wähnte er sie geschwächt. Er glaubte sich dem Sieg nah – und genau das konnte ihre Rettung sein. Sie stand nicht länger starr, sondern krümmte sich, als würde sie vom Schmerz in die Knie gezwungen werden und hätte mit dem Blut sämtliche Lebenskraft verloren.

Gislas Körper wurde taub. Da war kein Herzschlag mehr zu fühlen, kein Blut, das in ihr rann oder aus ihr heraus, da war keine Kraft mehr. Auch Thure schien nicht mehr über sonderlich viel davon zu verfügen, warum sonst würde er keuchen, als arbeite er schwer?

»Es gibt keinen Frieden. Es gibt keine Versöhnung«, rief er. »Wie konntest du glauben, dass ich ein anderer bin? Wie konntest du glauben, dass man mich mit Güte besiegen kann? Ich bin ein Krieger, und Krieger töten.«

Sein Körper schien den ihren zu erdrücken. Vielleicht würde sie unter seinem Gewicht ganz leicht und später vom Wind mitgerissen werden, leicht wie ein ausgetrocknetes Blatt, das vom Baum fällt. Der Wind stöhnte in ihren Ohren, Thure auch.

»Sechshundert Tore hatte Walhall, und alle Tore öffneten sich, um die Krieger freizulassen. Auf dem Schlachtfeld Vigrid kämpften und töteten sie. Heimdal und Loki kämpften gegeneinander, die Schlange Midgard und Thor, der Wolf Fenrir und Odin. Ihr Sieg war zugleich ihre Niederlage, ihre Leiber wurden von den Flammen zerstört, der faule Weltenbaum Yggdrasil wurde entwurzelt, am Ende war keiner mehr am Leben.«

Ich will leben, dachte Runa, ich will leben.

Taurin hatte sein Schwert gehoben, hielt es über ihren Kopf. Gleich würde es niedersausen, gleich würde es ihren Kopf spalten, wenn sie nicht auswich. Und plötzlich dachte sie, dass es dieser Augenblick war, für den sie gelebt hatte. Wie hatte sie jemals denken können, zu leben bedeutete, ein Schiff zu bauen, Wild zu erlegen oder eine Frankenprinzessin zu retten? Nein, dies war Leben: töten oder getötet zu werden.

Sie duckte sich, gab sich geschlagen. Als sie schon den kalten Hauch der Klinge spüren konnte, rollte sie sich zur Seite, hob die Hand und stieß ihr Messer in Taurins Bein.

Gisla war nicht länger nackt: Nachdem Thure sich von ihrem Leib gewälzt hatte, hatte er sie wieder mit ihren Kleidern zugedeckt. Aber wenn sie auch nicht länger nackt war, so blutete sie doch. Jetzt hörte sie wie aus weiter Ferne seine Stimme, weich, fast zärtlich.

»Die Welt«, sagte er, »die Welt wurde nur geboren, um zu sterben.«

Taurin heulte auf vor Schmerz, in seinen Augen funkelte purer Hass. Er ließ das Schwert nicht los, wie Runa erhofft hatte, aber hielt den Knauf nicht mehr so fest in der Hand. Sie zog das Messer aus seinem Bein, rammte es erneut in sein Fleisch. Diesmal fiel das Schwert zu Boden, und nach dem Schwert fiel er. Der Takt ihres Herzens beschwichtigte sich, ihr Atem ging ruhiger. Eben noch hatte sie geglaubt, sie würde auf einer schmalen Klippe mit ihm kämpfen, nun gewahrte sie, dass sie vor dem Haus stand, in dem es warm war, in dem es zu essen gab, in dem sie überwintert hatte. Und in dem sie weiterleben würde.

Eines muss man Fredegard lassen, dachte Hagano, sie weint nicht. Und ihre Stimme ist fest.

Früher hatte sie oft geweint, und ihre Stimme, schrill und unangenehm in seinen Ohren, hatte immer gebebt.

Ob die Zeit im Kloster ihr diese Stärke verliehen hatte? Oder die heutige Rückkehr ins vertraute Laon, die für alle unerwartet gekommen war.? Vielleicht auch der nicht länger verhohlene Hass auf ihn.

»Ich weiß alles, Hagano«, erklärte Fredegard mit dieser fremden, harten Stimme. »Ich weiß, dass du von meinem Betrug erfahren hast, dass Gisla – nunmehr als Aegidia – aus Rouen geflohen ist und dass du sie, als sie nach Laon zurückkam, töten wolltest.«

Hagano machte sich nicht die Mühe, es abzustreiten. Er war allein mit Fredegard. Der König war – noch immer oder schon wieder – in Lothringen. »Verfluchte Begga...«, knurrte er nur.

»Verfluchter Hagano!«, gab Fredegard zurück. »Du hast Begga dazu bringen können, Gisla zu verraten. Aber ich kenne sie seit Ewigkeiten. Sie würde nicht auch mich verraten! Sie brach zusammen, kaum stand ich ihr von Angesicht zu Angesicht gegenüber, und sie hat mir alles gesagt. Und was sie nicht wusste, habe ich aus Aegidias Brief erfahren, den sie mir in ihren letzten Tagen schrieb.«

»Aegidia, die alle Welt für Gisla hält«, murmelte Hagano, »und deren frühen Tod man allerorts betrauert hat... Ob die Tränen von Herzen kamen, bezweifle ich allerdings. Manch einer wird sich gedacht haben, dass ein Sarkophag aus Stein

ein besserer Ort für ein fränkisches Mädchen ist als Rollos Brautbett.«

Sie überhörte den höhnischen Klang. »Wo ist Gisla jetzt?«, fragte sie eisig.

»Wäre sie nicht tot, wenn ich es wüsste?«

»Du hast ihr gewiss einen Meuchelmörder nachgeschickt, nachdem sie mit dieser nordischen Frau aus Laon geflohen ist!«

Nun zitterte ihre Stimme doch, bekam die vermeintlich ausdruckslose Miene Sprünge. Der Hass auf ihn, wohl auch auf den König, gab ihr Kraft – der Gedanke an ihr Kind, schutzlos und einsam, raubte sie ihr wieder.

»So ist es«, gab er erneut unumwunden zu.

Etwas länger zögerte er, als es zu bekennen galt, dass er von Adarik seit Monaten keine Botschaft bekommen hatte. Weder konnte er sich sicher sein, dass dieser noch lebte, noch dass Gisla tot war. Womöglich war Adarik so dumm gewesen, sich mit den Normännern anzulegen.

»Was weißt du noch?« Fredegard schrie nun. Ihr Speichel traf sein Gesicht.

»Nichts. Nur dass der Winter lang war und deine Tochter nie besonders zäh ...«

»Du musst etwas tun, Hagano! Sonst wird der König alles erfahren, das schwöre ich!«

Hagano wischte sich ihren Speichel vom Kinn. Er dachte nach, lächelte Fredegard schließlich vermeintlich freundlich an. Sie verzog ihr Gesicht, als schmerzte dieses Lächeln wie der Schlag einer Peitsche.

»Warum so feindselig, gute Fredegard?«, fragte er. »Mag sein, dass wir in der Vergangenheit auf zwei verschiedenen Seiten standen. Doch wenn ich's mir recht überlege, wünsche auch ich mir mittlerweile nichts sehnlicher, als dass Gisla doch noch lebt. Ich meine ... nun, da Rollos Braut verschieden ist, braucht er doch eine neue, nicht wahr? Und wer würde jemals ernsthaft bezweifeln, dass du dem König eine zweite Tochter geboren hast?«

Fredegard wandte sich voller Grauen ab. Ihre Schultern zitterten. »Wag es nicht!«, zischte sie. »Wag es nicht, auch nur daran zu denken!«

Er umrundete sie, immer noch lächelnd. »Aber deine Erlaubnis, eine ... nein, zwei Truppen ins Nordmännerland zu schicken, auf dass sie jeden Stein umdrehen, um deine Tochter zu finden – diese Erlaubnis habe ich doch, oder nicht?«

Sie blickte hartnäckig auf den Boden. Ihre Miene wurde so starr, als würde ihre Haut zu Eis gefrieren. »Erwarte nicht, dass ich dich darum bitte«, sagte sie erstickt. »Tu es einfach!«

Kloster Saint-Ambrose in der Normandie
Herbst 936

Die Subpriorin hielt sich wacker, die zwei Schwestern, die ihr gefolgt waren, übergaben sich hingegen beim Anblick der Leichen.

Auch der Äbtissin stieg ein galliger Geschmack in den Mund, doch sie schluckte ihn und fuhr die Schwestern scharf an: »Wenn ihr es nicht ertragt, geht wieder hinein!«

Die beiden ließen es sich nicht zweimal sagen, sie stolperten über die eigenen Füße, als sie flohen. Die Subpriorin jedoch blieb an ihrer Seite. Der Schlachtlärm hatte geklungen, als würden Heerscharen aufeinandertreffen. An Leichnamen lagen hier jedoch nur fünf.

Die Äbtissin überlegte, ob einige verletzt geflohen sein könnten oder ob ihre überreizten Sinne ihr einen weitaus wüsteren Kampf vorgegaukelt hatten, als er tatsächlich stattgefunden hatte.

Die Subpriorin beschäftigte indessen etwas anderes mehr als die Zahl der Toten.

»Das alles könnte mit dem Aufstand von Rioulf zu tun haben«, murmelte sie.

Die Äbtissin zuckte mit den Schultern.

Rioulf war ein Heide, der, einige Jahre zuvor aus dem Nor-

den gekommen, gleichfalls heidnische Männer um sich geschart und sich gegen Wilhelm, den Herrscher des Nordmännerlandes, erhoben hatte. Wilhelm sei schwächlich und ein Christ, würde den Interessen seines Volkes nicht dienen und sei mehr Franke als Nordmann, hatte Rioulf behauptet. Er hatte Rouen belagert, stand kurz davor, die Stadt zu erobern, aber war von Wilhelm, der doch nicht so schwächlich war, wie Rioulf vermutete, am Ende zurückgeschlagen worden. Das war drei Jahre her, doch die Toten zu ihren Füßen konnten ein Zeichen dafür sein, dass die heidnischen Mächte Rache genommen hatten.

Die Äbtissin starrte auf sie und fragte sich, ob wirklich nur ihre Vergangenheit und ihr Geheimnis Arvid in Gefahr gebracht und zu diesen Kämpfen geführt hatten. Oder ob sie nicht vielmehr in einen ungleich größeren Krieg geraten war, der nichts damit zu tun hatte, dass in Arvids Adern christliches und heidnisches Blut floss.

In diesem Augenblick schien sein Blut zu stocken. Sie sah ihn wanken, sein Gesicht aschfahl und mit kaltem Schweiß bedeckt.

»Franken«, murmelte sie, »tote Franken ... weißt du, was das bedeutet? Sind das die Männer, die dich angegriffen haben?«

Es kehrte zwar keine Farbe in sein Gesicht zurück, aber durch seinen Körper ging ein Ruck. Er nickte – zumindest deutete sie die Kopfbewegung als ein solches. Ehe er auch sagen konnte, was ihm auf der Zunge lag, zuckte er zusammen, legte den Kopf schief, wie zuvor schon einmal, und lauschte ängstlich.

Auch die Subpriorin starrte argwöhnisch in die Richtung, aus der sie das Geräusch vernahm: das Knacken von Holz, das Rascheln von Blättern, das Keuchen eines Pferdes.

»Geh!«, rief ihr die Äbtissin zu.

Sie zweifelte keinen Augenblick daran, was diese Laute bedeuteten: Ihre Angreifer waren nicht alle tot. Einer, vielleicht mehrere von ihnen waren zurückgekehrt.

Eiskalt rann es der Äbtissin über den Rücken; Arvid indes griff schutzsuchend nach dem Amulett.

Die Äbtissin sah der Subpriorin nach, wie sie ins Kloster flüchtete, dann drehte sie sich langsam, ganz langsam um.

Zwischen den Bäumen stand ein Pferd. Von diesem Pferd sprang ein Reiter und trat auf sie zu.

In all den Jahren hatte sie viele Feinde gehabt.

Dieser, ging ihr auf, als sie ihn erkannte, dieser gehörte zu den schlimmsten.

X.

Nordmännerland
Frühling 912

Gisla erwachte, blickte sich um, orientierungslos, verwirrt, vor allem schlaftrunken, obwohl sie sich nicht einmal sicher war, tatsächlich geschlafen zu haben. Vielleicht war sie in tiefe Ohnmacht versunken. Vielleicht hatte Thures Gift sie betäubt.

Die Abenddämmerung hatte sich über das Land gesenkt. Das Feuer war erloschen und Thure verschwunden. Gisla fühlte sich wie steif gefroren, doch als sie sich aufsetzte, schoss warmes Blut in ihre steifen Glieder, und es kribbelte schmerzhaft. Eine Woge von Übelkeit stieg in ihr hoch, ihr Magen verkrampfte sich, ihr Kopf dröhnte vor Schmerz. Schlimmer als all das war aber das Gefühl, entzweigerissen zu sein. Sie wurde von Panik ergriffen – und zugleich hegte sie die Hoffnung, dass sich all das nicht wirklich zugetragen hatte, sondern nur ein böser Traum gewesen war. Die Welt war doch nicht untergegangen, Thure hatte sie nicht in die Tiefe gerissen, und Schlangen und Wölfe und Krieger hatten nicht miteinander in einem wüsten Kampf gelegen.

Als die Übelkeit sich etwas legte und der Kopfschmerz nachließ, blickte Gisla an sich herunter und sah voller Entsetzen das viele Blut zwischen ihren Beinen. Sie hatte es nicht geschafft, sich den Schlangen und Wölfen zu widersetzen ... hatte zu wenig gekämpft, sich zu wenig gewehrt ... hatte alles mit sich geschehen lassen.

Ihr Blick fiel auf den Beutel, den Thure für gewöhnlich um seine Brust trug, und der nun auf dem sandigen Boden lag. Sie starrte darauf, und ein Gedanke kam ihr, kalt und nüchtern wie die Abenddämmerung. Er hatte sie betäubt, geschändet und sie genauso achtlos liegen lassen wie diesen Beutel, gleichgültig, ob sie im Schlaf erfrieren würde.

Das hieß – vielleicht war es ihm doch nicht gleichgültig, er hatte immerhin ihren Leib mit ihren Kleidern bedeckt. Zerrissen waren sie, und als sie aufstand, rutschten sie von ihren kalten Gliedern. Der Wind biss an ihrer Haut, sie war nackt, und sie war nicht mehr dieselbe wie am Morgen, nicht die Frau, die die letzten Wochen aus eigener Kraft überlebt hatte, sondern ein Kind, schutzlos, mutterlos. Wo waren die Hände, tröstend, wärmend, Beggas oder Fredegards Hände, die sie einst gehalten hatten, wenn sie sich einsam fühlte oder unter Schmerzen litt?

Mutter, dachte sie, Mutter, wo bist du?

Am Morgen schien die Welt still gestanden zu haben, und sie hatte sich gedreht, immer schneller, immer wüster. Nun schien sich die Welt zu drehen, und sie stand steif, gewiss, dass sie sterben würde, machte sie nur eine falsche Bewegung. Doch ganz gleich, was sie tat, ob es das Richtige oder das Falsche, ob es christlich oder heidnisch war – nichts würde etwas daran ändern, was geschehen war. Nichts würde etwas daran ändern, dass das Geschäft missglückt war, wonach ihr Gutes geschehen müsste, wenn sie selbst Gutes täte.

»Runa...«

Aus der Tiefe ihrer Kehle löste sich der Name ihrer Gefährtin. Ihr schwindelte wieder, aber sie konnte klar denken: Wenn jemand stark genug war, die sich drehende Welt aufzuhalten, dann war es Runa.

Gisla verharrte nicht mehr reglos, sondern schlüpfte in ihre Kleider und ging den Strand entlang, um Runa zu suchen. Sie fühlte nicht, worauf sie trat – Tang oder Steine, Sand oder Treibholz.

»Runa ...«

Als sie das Haus erreichte, hatte der Wind ihren Schwindel vertrieben. Trotzdem verschwamm das Bild vor ihren Augen, als sie die Dinge, die nicht sein konnten, sah. Unmöglich, dass Taurin dort hockte – gefesselt und besiegt. Unmöglich auch, dass sein Schwert auf dem Boden lag und Runa, gleichwohl an der Hand verletzt, triumphierend daraufstarrte. So sah sie für gewöhnlich aus, wenn sie ein Tier erlegte oder vom Schiffbau kam – nur war dieses Gefühl jetzt hundert Mal stärker.

Taurins Blick hingegen war voller Wut – zumindest so lange, bis er auf sie fiel. Dann wich die Wut dem Entsetzen. Sie bot offenbar einen solch schauderhaften Anblick, dass selbst die gefährlichsten Feinde erschraken.

Runa folgte seinem Blick. Einzig dem Trachten hingegeben, Taurin zu bezwingen, hatte sie Gisla wohl nicht vermisst. Jetzt schien ihr aufzugehen, dass die Welt, in der sie die Stärkere war und ihre Feinde unterlagen, nicht so groß war wie gedacht, sondern winzig klein. Und dass sie sich nicht auf den Strand erstreckte, von dem Gisla kam.

Gisla sackte auf die Knie. Anders als ihre Fußsohlen waren diese nicht taub. Sie spürte Holzsplitter und Steine, die sich in die Haut bohrten.

Ein Name kroch aus Runas Mund. »Thure ...«

Gisla war froh, dass sie ihn nicht selbst aussprechen musste. Der Name, so war sie sich sicher, würde ihr die Kehle zerfetzen, so wie Thure ihr Kleid zerfetzt hatte. Sie nickte nur schwach.

Ein Pfeifen tönte aus Taurins Mund; er zerrte an den Fesseln, doch die hatte Runa – an Händen wie an Füßen – so fest gebunden, dass er sie nicht lösen konnte. Sie versetzte ihm einen wütenden Stoß, Taurin hielt still, und Runas Wut erlosch.

»Du ... du wolltest, dass ich ihn am Leben lasse«, stammelte sie, da ihr forschender Blick mehr erkannte, als Gisla ihr je hätte erklären können. »Du warst diejenige, die ihm helfen wollte ...«

Es gab nichts, was Gisla diesen Worten entgegenhalten konnte. Der Leib wurde ihr so schwer. Sie stützte sich mit den Händen ab und konnte die Last doch nicht halten – die Last dieses Leibes und die Last der Erinnerungen an das, was ihr geschehen war. Ehe sie zu Boden ging, war Runa bei ihr – Runa, die ahnte, dass nicht der rechte Zeitpunkt war, der Gefährtin das eigene Verhalten vorzuwerfen, Runa, die sie an sich zog und umarmte.

Taurin starrte die beiden Frauen an. Er wusste nicht, was genau Thure Gisla angetan hatte, aber er sah, dass sie weinte, dachte, dass sie tief gesunken sein musste, es so hemmungslos vor seinen Augen zu tun. Seine Wut, an der er geglaubt hatte, ersticken zu müssen – Wut auf Runa, die ihn bezwungen hatte, und Wut auf sich, weil er sich hatte bezwingen lassen –, schwand. Kalte Befriedigung kroch in ihm hoch.

Kein Wunder, dass Gisla so endete. Die Karolinger waren allesamt Schwächlinge und der Krone längst nicht mehr würdig. Sie taugte so wenig wie ihr Vater taugte, der zwar die Krone zurückerobert hatte, die man ihm als Kind raubte, aber dessen Reich von Nachbarn umgeben war, die allesamt stärker waren als er. Selbst die Nordmänner machten sich über ihn lustig, weil sein Körper in ihren Augen nicht trainiert und kampferprobt war, weil er zwar gut schreiben konnte, seine Pflichten als Herrscher jedoch vernachlässigte, und weil er den Luxus liebte. Vielleicht lag es daran, dass er ohne Vater aufgewachsen war, einen Vater, der ihm beigebracht hätte zu kämpfen, statt zu schreiben. Allerdings hatte auch ihm, Taurin, niemand beigebracht zu kämpfen – und dennoch hatte er es getan, hatte nie aufgegeben, sich nicht gehen lassen, hatte an seinem Wunsch nach Rache festgehalten. Rache für seine Schöne. Rache, die zu nehmen er an diesem Tag wieder einmal gescheitert war.

Die Befriedigung schwand, blanker Hass überwältigte ihn, verbittert zerrte er erneut an den Fesseln, obwohl es sinnlos war und obwohl seine Wunde am Oberschenkel, nicht tödlich, aber schmerzhaft, darob noch stärker blutete. Er versuchte, ein Ächzen zu unterdrücken – die schwarze Frau, Runa, hörte ihn trotzdem. Eben noch hatte sie auf die Königstochter eingeredet, um sie zu trösten – nun schritt sie, das Messer in der Hand, auf ihn zu.

Er war sich sicher, sie würde ihn töten, und er wollte, dass sie es tat. Doch als sie vor ihm stand, ließ sie das Messer sinken, und der Ausdruck ihres Gesichts war fragend, nicht entschlossen.

Gisla hatte aufgehört zu schluchzen, nun blickte sie nicht minder verwundert als Taurin auf und schien kurz das eigene Elend zu vergessen.

»Warum tötest du ihn nicht?«, fragte sie.

So erbärmlich der Anblick war, den sie bot – ihre Stimme war es nicht, sie war kalt und hart.

Runa presste ihre Lippen aufeinander.

Ja, dachte Taurin, töte mich doch, dann hat alles sein Ende.

Doch Runa hob ihr Messer nicht wieder, sagte nur: »Ihn soll ich also töten. Dass ich hingegen das Scheusal Thure töte, wolltest du nicht.«

Die Kälte schwand aus Gislas Stimme. Nunmehr schluchzend stammelte sie: »Das war ein Fehler! Ich habe mich geirrt. So töte aber doch wenigstens ... ihn.«

Das Messer entglitt Runas Händen. Es war zu weit entfernt, dass er es greifen konnte, und dennoch war es leichtsinnig, dass sie sich nicht bückte und es wieder aufhob.

»Ich bin nicht deine Sklavin«, murmelte Runa. »Und du bist nicht die Herrin, die mal befiehlt, ich müsse einen am Leben lassen, und mal, ich solle töten. Tu es doch selbst, wenn du es willst. Ich habe genug davon.«

Ganz steif blieb sie stehen. Gisla kroch näher, hob nun das Messer auf. Sie hielt die Waffe weit von sich und musterte sie befremdet, als hätte sie – obwohl sie doch schon lange genug in einer Welt lebte, in der das Gesetz des Stärkeren galt – dergleichen noch nie gesehen.

Taurin lachte auf – nein, eigentlich war es mehr ein Brummen als ein Lachen. »Das schaffst du nie!«, höhnte er.

Er wusste: Ein Messer in den Leib eines gesunden Mannes zu stoßen bedurfte viel Kraft. Und noch mehr Kraft brauchte man, wenn man es zum ersten Mal tat und all jene Stimmen zum Schweigen bringen musste, die aus einem selbst tönten und riefen, man solle es nicht tun.

Gisla hob den Blick und sah ihn an, nicht mehr verstört, sondern erstaunt, als könnte sie es nicht fassen, dass einer, vor dem sie so große Angst hatte, wie ein normaler Mensch reden konnte.

»Das schaffst du nie!«, wiederholte er.

Da ließ sie das Messer fallen, raffte sich auf und lief davon. Sie kam nicht weit, strauchelte schon nach wenigen Schritten. Ihre zerrissenen Kleider rutschten von den Schultern, entblößten ihre Brust.

»Bleib hier«, befahl Runa. »Wasch dich.«

Doch Gisla blieb nicht. Rasch bedeckte sie ihre nackte Haut und stolperte davon. Wieder waren er und Runa allein. Und wieder blickten sie sich schweigend und reglos an.

Nicht länger spiegelten ihre Augen seine Anspannung, sondern seine Erschöpfung. Und da war noch etwas anderes, was er mit ihr teilte, nicht länger Hass und auch kein anderes dieser inbrünstigen Gefühle. Vielmehr ein lähmendes, leises. Da war Verwirrung. Und so viel Überdruss.

Obwohl sie sein Schwert versteckt hatte und stets aufs Neue seine Fesseln überprüfte, hatte Runa Angst vor Taurin. Sie war sich sicher, dass sie kaum ein Auge zutun konnte, solange sie ihn in der Nähe wusste. Aber sie blieb bei ihrem Entschluss, ihn auch weiterhin nicht zu töten.

Was sie davon abhielt, wusste sie nicht – umso besser aber, dass es sehr mühsam sein würde, mit ihm zu leben. Am ersten Abend überlegte sie, ihn in jene Vorratskammer zu bringen und dort liegen zu lassen, wo Thure geschlafen hatte, aber entschied dann, ihn besser unter steter Beobachtung zu halten. So band sie ihn an einen der Holzpfosten, die das Dach stützten.

Am nächsten Tag galt es, neue Entscheidungen zu treffen. Die erste dringliche Frage war, wie sie ihn in dieser Lage seine Notdurft verrichten lassen sollte. Gisla und sie hatten für diesen Zweck ein Loch in die Erde gegraben, nicht weit vom Haus entfernt. Es war mit einem Stück Holz abgedeckt.

Unmöglich aber, weil zu gefährlich, war es, Taurin jedes Mal dorthin zu führen und zu diesem Zweck die Fesseln an seinen Beinen zu lösen. So überließ Runa ihm schließlich einen Holzzuber. Sie beobachtete argwöhnisch seine Reaktion.

Taurin rührte sich nicht, was Runa als Trotz und Bösartigkeit deutete. Nach einer Weile ging ihr auf, dass er sich gar nicht rühren konnte, hatte sie ihm am Abend zuvor doch auch noch einen Strick um den Hals gebunden, um ganz sicherzugehen, dass er nicht fliehen konnte. Den löste sie nicht, seine Hände aber befreite sie.

Taurin regte sich immer noch nicht, in seinen Augen blitzte jedoch etwas auf, das Runa fremd war: Scham.

»Also gut«, murmelte sie. »Ich werde mich abwenden. Aber ich habe mein Messer in der Hand. Eine rasche Bewegung, und du bist tot.«

Sich von ihm wegzudrehen war für sie eine ebenso große Überwindung wie für ihn, sich zu erleichtern. Demütigung war das, was Taurin empfand, aber er war auch müde, müde, sich zu widersetzen, zu kämpfen, gegen Runa aufzubegehren.

So verging die Zeit, die Wunde an seinem Oberschenkel heilte, und irgendwann schien sein Hass so fleckig wie seine verschwitzte Kleidung, so ranzig wie der Geruch, der von seinen Haaren ausging, und so dreckverschorft wie sein Gesicht. Ja, der Hass war nicht mehr frisch und rein. Er hatte sich wohl an ihren Lebensrhythmus gewöhnt und wurde immer träger.

Runa brachte ihm nicht nur dreimal am Tag den Holzzuber, sondern auch zu essen und zu trinken.

Eines Tages stellte sie einen Eimer mit frischem Wasser, in dem er sich reinigen konnte, vor ihn hin, und befreite ihm zu diesem Zweck erneut seine Hände. Er blickte reglos auf das

Wasser; die dunkle, glatte Oberfläche spiegelte Umrisse seines Gesichts, vor allem seinen Bart, der bis zu seiner Brust reichte. Weder dankte er ihr für dieses Labsal noch machte er Anstalten, sich tatsächlich zu waschen, und sie glaubte zu ahnen, was in ihm vorging.

Er hatte versagt, als er sie hatte töten wollen. Und Versager blieben schmutzig.

Da hob sie drohend ihr Messer. »Es ist nicht auszuhalten, wie du stinkst!«, brüllte sie. »Es ist für uns alle eine Qual! Also wasch dich!«

Sie ließ das Messer wieder sinken, erstaunt über die herrischen Worte. Eigentlich war es ihr gleich, wie er stank. Sie hatte in ihrem Leben schon schlimmere Gerüche ertragen.

Er indes blickte sie nicht hasserfüllt, sondern verwundert an. »Dann töte mich doch, schaff meinen Leichnam nach draußen, und ich stinke nicht mehr.«

Es waren die ersten Worte, die er zu ihr gesprochen hatte, seit er plötzlich vor ihr aufgetaucht war und versucht hatte, sie zu töten.

»Gestank ist mir lieber als Blut«, murmelte sie und wandte sich ab.

Sie war kaum einen Schritt gegangen, da vernahm sie hinter sich ein Platschen. Erschrocken fuhr sie herum, sah, dass er seinen Kopf in den Eimer gesteckt hatte, überzeugt, er wolle sich ertränken. Sie zauderte. Wenn er sich selbst tötete – so war dies seine Entscheidung, es zuzulassen und nicht zu verhindern war ihre.

Ehe sie eingreifen konnte, tauchte er prustend wieder auf. Das Wasser lief ihm über das Gesicht, über Nacken und Rücken; seine Haare und sein Bart klebten auf der Haut. Immer noch war sie voller Schmutz, aber darunter glänzte sie rosig.

»Du wäschst dich ja doch«, sagte sie, was sie jedoch dachte, war: Du willst ja doch leben.

Fortan brachte Runa jeden Morgen diesen Eimer, damit Taurin sich waschen konnte.

Mit ihm zu leben blieb gefährlich, doch noch größere Sorge bereitete Runa, Thure in der Nähe zu wissen. Jeden Tag ging sie zum Strand, um nach Spuren zu suchen, doch der Stein, auf dem er stets gesessen hatte, und die Stelle, wo er das Feuer entfacht hatte, blieben kalt. Er war verschwunden. Mit der Zeit wuchs ihre Hoffnung, dass er nicht wieder zurückkehren würde, dass er sich mit dem Ausmaß an Zerstörung, die er angerichtet hatte, begnügte.

Runa wusste, sie sollte das eine nicht mit dem anderen verknüpfen, und doch konnte sie sich des Gefühls nicht erwehren, ein Tauschgeschäft abgeschlossen zu haben, nämlich Taurin für Thure bekommen zu haben. Dies war ein Handel, mit dem sie zufrieden sein musste.

Für Gisla war es kein Trost, Thure nicht länger sehen zu müssen. In den ersten Tagen war sie noch starr vor Schock gewesen, danach hatte sie viel geweint, jetzt litt sie ohne Tränen.

Runa sah ihr zu, hilflos und verstört, wusste, dass sie sie trösten sollte, aber empfand mehr Hader als Mitleid. Gewiss: Das, was Thure Gisla angetan hatte, war ihm anzulasten, nicht ihr, ihn sollte sie verfluchen, ihn beschimpfen. Aber immer wenn Runa Gisla ansah, fragte sie sich im Stillen ärgerlich, warum sie so leichtgläubig war, warum so viel zu gut für die Welt. Es war nicht ihre Schuld, als zarte Prinzessin geboren worden und behütet aufgewachsen zu sein, sehr wohl aber, nichts dazugelernt und nicht das schlichteste Gesetz begriffen zu haben. Ich oder er. Wir oder sie.

Allerdings – auch sie war nicht fähig oder willens, Taurin zu töten. Sie konnte Gisla nicht vorwerfen, wofür sie sich selbst schuldig fühlte.

Irgendwann waren ihre Essensvorräte aufgebraucht, und Runa beschloss, auf die Jagd zu gehen. Das bedeutete, dass sie Taurin und Gisla allein lassen musste. Das erste Mal tat sie es nur ungern – sie gab Gisla das Messer, schnürte Taurins Fesseln enger und machte sich beunruhigt auf den Weg. Beim zweiten Mal fiel es ihr schon leichter zu gehen, und beim dritten Mal wurde aus der Notwendigkeit Vergnügen. Sie genoss es, ganz allein durch den Wald zu streifen und sich vom Wind alle trüben Gedanken an Gisla und Taurin vertreiben zu lassen.

Gisla erzählte ihr nie davon, was in der Zwischenzeit in der Hütte geschah, doch Runa ahnte, dass Taurin sie verhöhnte. Einmal weinte Gisla, als sie zurückkehrte, und verweigerte das Essen, indessen Taurin selig lächelte und von ihrem Leid tief befriedigt schien. Runa stellte ihn nicht zur Rede, aber erstmals kam ihr der Verdacht, dass er nicht minder bösartig war als Thure.

Dann kamen ihr doch wieder Zweifel. Jede Nacht wurde Taurin von schrecklichen Träumen heimgesucht. Wenn ein dunkler Alb ihn heimsuchte, verkrampfte sich sein Körper und er schlug – soweit es ihm die Fesseln ermöglichten – wild um sich, rief klagend und schluchzte wie die Königstochter selbst. Einmal nuschelte er einige Worte, die Runa nicht verstand. Sie sah, dass auf seiner Stirn Schweiß glänzte – und auf seinen Wangen Tränen. Des Tags hockte er starr da und schwieg eisern. Konnte ein böser Mensch von solchen Träumen geplagt werden?

Ob es nur an seiner Anwesenheit lag oder an seinen Träumen – auch Runa schlief schlecht und wenig. Oft erhob sie sich von der Schlafstatt, setzte sich ans Feuer, betrachtete Taurin und machte sich Gedanken über ihn. Eigentlich wusste sie nicht mehr über ihn als seinen Namen und dass er im Auftrag Popas Gisla töten wollte, jedoch weder, wie alt er war, noch was er erlebt hatte, das ihn so unruhig schlafen ließ. Sie kam zum Schluss, dass es etwas Schreckliches gewesen sein musste, so wie sie alle Leid erlebt hatten.

Eines Nachts erwachte Runa wieder einmal von Taurins Stöhnen. Sein Gesicht war derart verzerrt, dass sie seinen Anblick nicht länger ertrug. Sie trat zu ihm und beugte sich hinab und rüttelte ihn, bis er erwachte. Erst sah er verwirrt aus, noch trunken von Schlaf und bösen Erinnerungen, dann kehrte sein Hass zurück. Rüde entzog er sich ihrem Griff.

»Ich werde dich töten«, zischte er. »Dein Volk hat all das Unheil über mich gebracht.«

Runa wich zurück. Sie wollte nichts davon hören – und er offenbar nichts weiter erklären.

Einige Tage später suchte ihn jedoch ein neuer Traum heim, und diesmal war sein Gesicht nicht schmerzvoll verzerrt, sondern voller Sehnsucht. Kein Hass, keine Ohnmacht standen in seinen Zügen, nur Trauer. Wieder murmelte er etwas im Schlaf, und diesmal verstand sie seine Worte, wenngleich sie wirr waren.

Von seiner Geliebten war die Rede ... zu Boden gestreckt ... entweiht durch den Schmutz der Feinde. Taurin wurde von Schluchzern geschüttelt.

»Pferde kommen auf uns zu ... Ja, ... gefährliche Reiter...« Blitzschnell schienen Bilder an ihm vorbeizurasen, seine Worte kamen ihnen kaum hinterher. »... Tod, Tod, überall Tod ... Die Flotte Siegfrieds ... sie naht ... es ist

November... die Belagerung beginnt... niemand kommt zu Hilfe... niemand... niemand...«

Seine Stimme war so trostlos – und schwerer zu ertragen als sein Hass. Wieder trat sie zu ihm und berührte ihn, um ihn zu wecken, wieder schreckte er aus dem Schlaf hoch und starrte sie mit glasigen Augen an. Nur Verzweiflung war da dieses Mal, zu groß, zu absolut, um sich gegen ihre Hände zu wehren.

Runa hielt seinen Kopf, während sie seine Worte zu deuten versuchte.

»Deine Geliebte... deine Frau... ist sie tot?«, fragte sie.

Er starrte sie an. »Meine Frau?«, fragte er verständnislos, und menschlich wie nie zuvor klang seine Stimme. »Du denkst, ich leide wegen einer Frau?«

»Wer ist sie denn dann – deine Geliebte?«, fragte Runa. »Was wurde zerstört? Wer fiel den Händen der Nordmänner anheim?«

»Es ist keine Frau... es ist...« Er machte eine Pause, dann sprach er mit ehrfürchtiger Stimme, als gäbe er die Worte eines anderen wieder: »Dort liegst du, inmitten der Seine, mitten im reichen Land der Franken und rufst: Ich bin eine Stadt über allen, und wie eine Königin überstrahle ich alle mit meinem Glanz. Alle erkennen dich an der Erhabenheit deiner Gestalt. Eine Insel erfreut sich daran, dich zu tragen, ein Fluss umarmt dich, seine Arme liebkosen deine Mauern.«

Sie ließ ihn los, nicht von seinen Worten befremdet, sondern, weil er sie ruhig sagte – als wären sie zwei, die miteinander reden könnten, ohne von den Dämonen der Vergangenheit zerfleischt zu werden.

»Nein, ich rede von keiner Frau«, schloss er und senkte seinen Blick. »Ich rede von Lutetia...«

Gegen Morgen schlief Runa endlich ein, und als sie erwachte, stand die Sonne bereits hoch am Himmelszelt. Taurin hockte in sich gekehrt da und wich ihrem Blick aus. Sie wusste nicht, ob er von Hass oder Verlegenheit erfüllt war, und wollte es auch nicht ergründen. Gislas Schlafstatt war leer, und sie trat nach draußen, um nach ihr zu suchen.

Frische Luft kühlte rasch ihr vom Schlaf erhitztes und geschwollenes Gesicht. Sie nahm einige tiefe Atemzüge und fühlte ihre Brust von einem Druck befreit, von dem sie nicht recht sagen konnte, woher er rührte. Dann erst sah sie Gisla nicht weit von sich stehen. Sie wirkte seltsam bleich.

Runa trat zu ihr. »Wer oder was ist Lutetia?«, fragte sie.

Eine Weile starrte Gisla sie nur an, verwirrt, weil sie das wissen wollte. Dann erklärte sie bereitwillig: »Das ist der Name, den die Römer Paris gegeben haben.«

»Und was ist Paris?«

»Paris ist eine große Stadt. Eine sehr große Stadt. Sie zählt zwanzigmal tausend Einwohner.«

»Und wo liegt sie?«, fragte Runa.

Gisla zuckte sie Schultern. »Ich weiß es nicht genau. Ich weiß nur, dass ein großer Fluss an Paris vorbeifließt, die Seine, und dass viele Straßen dorthin führen. Man kommt durch Paris, wenn man Richtung Norden nach Soissons, Laon, Beauvais oder Reims geht. Wenn man Richtung Osten nach Troyes, Auxerre und Sens reist. Und wenn man die Straße Richtung Süden nach Orléans, Blois oder Bourges nimmt.«

Während sie sprach, schienen Erinnerungen in Gisla wach zu werden. Auch wenn sie die Städte, von denen sie sprach, wohl nie selbst gesehen hatte – sie waren doch Teil einer vertrauten Welt.

»Ist Paris von den Nordmännern zerstört worden?«, fragte Runa.

Gisla schien noch bleicher zu werden. Ihr schwindelte, und sie stützte sich rasch gegen die Hauswand, um nicht zu fallen. Erst jetzt erkannte Runa, dass sie abgemagert war. Zart war sie immer gewesen, nun stachen die Wangenknochen gelblich durch die fahle Haut.

»Lange vor meiner Geburt ist Paris belagert worden«, antwortete sie leise, »es dauerte monatelang, und es war schrecklich, heißt es. Mein Vater war noch nicht König, doch der, der herrschte, hieß Karl wie er. Der Dicke nannte man ihn. Und man sagte ihm nach, dass er nicht nur dick, sondern verrückt wäre.«

Gisla fröstelte, und Runa glaubte zu wissen, was sie dachte. Verrückt wie Thure...

»Und haben die Nordmänner die Stadt schließlich erobert?«

Gisla schüttelte den Kopf. »Die Bewohner haben erbittert Widerstand geleistet und die Stadt gehalten. Vor allem der Bischof und der Graf von Paris, Odo, der darum später König wurde. Und auch der Abt von Saint-Germain-des-Prés. Das ist ein sehr großes, sehr mächtiges Kloster. Die Nordmänner legten es in Schutt und Asche, die Stadt selbst jedoch blieb von ihnen verschont. Warum fragst du?«

»Sie haben die Stadt also nicht bekommen«, stellte Runa fest. »Aber im Laufe der Belagerung vieles zerstört.«

Gisla zuckte wieder die Schultern. »Begga hat mir furchtbare Geschichten darüber erzählt, obwohl meine Mutter nicht wollte, dass ich davon höre... Brücken brannten, Mauern wurden beschossen, Schlachten gekämpft. So viele starben an Seuchen oder an Hunger – oder unter Pfeilen und Schwertern.«

Ein Zittern überkam Gisla, und Runa dachte erst, dass der Gedanke an die geknechtete Stadt sie so erschütterte. Doch dann erkannte sie, dass weniger Beggas Geschichten sie quälten, sondern Übelkeit. Ihr bleiches Gesicht wurde grünlich, sie klammerte sich noch fester an die Hauswand und beugte sich abrupt vor, um sich zu übergeben. Es kam nicht viel aus ihrem Mund, der Magen war noch leer zu dieser Zeit. Nur zäher gelblicher Schleim troff auf den Boden.

Runa sprang zurück, um nicht beschmutzt zu werden. Plötzlich war es nicht mehr wichtig, was Taurin träumte, welche Geliebte er betrauerte und was die Menschen von Paris... Lutetia zu erleiden gehabt hatten.

»Sag, dass es nicht stimmt!«, rief sie schrill.

Gisla starrte betroffen auf das Erbrochene. Kalter Schweiß stand auf ihrem bleichen Gesicht. Sie wischte sich die Stirn ab, den Mund. Ratlos starrte sie Runa an.

»Sag, dass es nicht stimmt!«, wiederholte diese, diesmal heiser.

Gisla sagte nichts – da sprach es Runa selbst aus. »Du bist nicht mehr allein«, stellte sie fest.

Eine neue Woge der Übelkeit schien Gisla zu überkommen, sie verkrampfte sich, ging in die Hocke, würgte wieder. Diesmal kam nicht mal mehr Schleim, nur noch Speichel. Die Haare fielen Gisla ins Gesicht und blieben auf der Stirn kleben.

»Was heißt das?«, fragte sie.

»So sagen es die Frauen meines Volkes ... wenn sie ... wenn sie ...«, Runa konnte es kaum aussprechen, »... wenn sie ein Kind erwarten.«

Es war nicht wahr, unmöglich konnte es wahr sein, Runa musste sich irren!

Gewiss, es wäre die gerechte Strafe für ihren Leichtsinn, Thure vertraut zu haben. Doch obwohl Gisla sich nun Morgen für Morgen übergab, blieb es undenkbar, dass etwas in ihrem Leib wuchs, wo dieser doch immer dürrer, immer ausgezehrter wurde, dass sie neues Leben spenden könnte, wo sie doch so kraftlos, so müde war. Jemand wie Thure konnte nicht mit jemandem wie ihr Leben zeugen – nicht, weil sie eine fränkische Prinzessin und er ein so übler Taugenichts aus dem Norden war, sondern weil sie sich in einer Sache so ähnlich waren: Sie glichen beide – sie ob der Auszehrung, er ob seiner Bösartigkeit – mehr einem verdorrten Baum als einem frischen Trieb, mehr Asche als Erde, mehr starrem Eis als klarem Wasser.

Es konnte nicht sein, sie wollte nicht daran denken, sie wollte es sich nicht vorstellen.

Aber obwohl sie kaum aß und sich ständig übergab, wuchsen ihr nach einigen Wochen üppige Brüste, wurde das schmale Becken breiter und das magere Gesicht voller. Bis dahin hatte auch Runa nie wieder ausgesprochen, dass Gisla ein Kind erwartete, doch nun konnte sie sich gegenüber den Veränderungen ihres Körpers nicht blind stellen.

Zorn brach aus ihr heraus, von dem Gisla bis jetzt nicht gewusst hatte, dass er in ihr brodelte.

»Warum warst du überhaupt allein mit ihm?«, schrie Runa. »Habe ich nicht gesagt, du sollst ihm fernbleiben? Warum musstest du ihm unbedingt zu essen bringen, warum ihn in unserer Nähe schlafen lassen?«

Sie begnügte sich nicht mit heftigen Worten, sondern packte Gisla an den Schultern und schüttelte sie.

»Warum bist du so böse auf mich?«, klagte Gisla. »Mir hat er doch Gewalt angetan, nicht dir! Ich trage die Last!«

Runa griff nach ihrem Messer, und kurz hatte Gisla Angst, sie würde damit auf sie losgehen. Doch sie fuchtelte mit der Waffe nur vor ihrem Gesicht herum.

»Er hat dir Gewalt angetan, weil du dich nicht gewehrt hast!«, schrie Runa. »Ich hätte dir gezeigt, wie man das Messer zu werfen hat, aber du wolltest es nicht lernen!«

»Er hat mir etwas zu trinken gegeben, was mich betäubt hat«, hielt Gisla dagegen. »Ich hätte mich nicht wehren können, selbst wenn ich gewusst hätte, wie man ein Messer wirft. Ich war nicht bei Sinnen!«

Runa schüttelte heftig den Kopf. »Ich hätte niemals etwas getrunken, was Thure mir gibt. Und selbst im Schlaf hätte ich mich zu wehren gewusst. Weil ich es gelernt habe. Weil ich es geübt habe. Weil ich stets auf der Hut bin.«

Gisla senkte ihren Blick. »Du hast mich an diesem Tag geschlagen«, murmelte sie.

»Und du hast gesagt, dass mein Schiff nichts taugt!« Runa schrie jetzt nicht mehr.

»Vielleicht taugt das Schiff doch«, sagte Gisla leise, obwohl sie nicht daran glauben konnte.

Rüde riss sich Runa von ihr los. »Und selbst wenn es taugte – wir können unmöglich diese Reise antreten! Wie soll das denn gehen in deinem Zustand? Oder gar später – mit dem Kind?« Sie stampfte mit den Füßen auf. »Am liebsten würde ich dich allein hierlassen. Du hättest es verdient, so dumm wie du bist.«

Runa hob drohend die Faust, doch ihre Miene war verzagt. Ohne noch etwas zu sagen, wandte sie sich ab und stürmte aus dem Haus. Gisla rang damit, ihr zu folgen, blieb dann aber zurück, nicht sicher, was größer war – die Angst, dass Runa sie erneut als dumm beschimpfte, oder dass sie sie wieder schlagen würde.

Erst jetzt wurde ihr bewusst, dass Taurin ihren Streit mitangehört hatte und dass er, so höhnisch und verächtlich wie er blickte, wusste, dass sie ein Kind bekam. Einen Bastard.

Gisla sah ihn an. Nichts konnte schlimmer sein, als ein Kind von Thure zu bekommen, auch nicht der Hass dieses Mannes, der sie jetzt mit seiner ganzen Wucht traf. Sie hasste sich ja selbst. Kurz hoffte sie, es würde genügen, um daran zu verbrennen, aber sie verbrannte nicht.

Runas Messer lag auf dem Boden, sie musste es fallen gelassen haben, als sie hinausgestürmt war. Gisla hob es auf, markierte eine freie Stelle auf der Holzwand und zielte darauf. Am Anfang schoss das Messer weit an der Markierung vorbei. Später prallte es zwar an der richtigen Stelle auf, aber blieb nicht stecken. Irgendwann steckte die Spitze direkt im Ziel. Gisla zog das Messer aus dem Holz, warf es wieder und wieder, bis sie blind traf. Es wurde Mittag, es wurde Abend, ohne dass Runa zurückkehrte.

Gisla hatte an diesem Tag noch keine Träne vergossen.

Runa lief und lief, und ohne dass sie ein Ziel vor Augen hatte, fand sie sich plötzlich an ihrem Schiff wieder. Seit dem Tag, da Taurin aufgetaucht war und Thure sich wieder erinnern konnte, hatte Runa nicht mehr daran gebaut. Nun arbeitete sie verbissen und unermüdlich weiter. Sie stopfte die letzten Ritzen, brachte den Mast an und begab sich an die Feinarbeiten. Zum Schluss machte sie den Drachenkopf, den sie im Winter geschnitzt hatte, am Steven fest. Erst dann hielt sie wieder inne und begutachtete ihr Werk.

Der Drachenkopf schien sie bösartig anzustarren. Sein Blick erinnerte sie an den Thures. Runa ballte ihre Hände zu Fäusten und begann, laut auf ihn zu fluchen.

»Von Anfang an hast du meine Heimkehr vereitelt!«, schrie sie in die Stille. »Weil du immer alles vereiteln willst! Immer alles zerstören, einem das Leben unendlich schwer machen! Auf dass jeder sehen soll, dass auf dieser Welt nichts auf Dauer gelingt!«

Ja, sie musste es sich endgültig eingestehen: Es war ihr nicht gelungen, ein taugliches Schiff zu bauen. Sie würde nicht heimkehren.

Wütend hämmerte sie auf den Drachenkopf ein, nicht nur heftig, auch blind. Sie schlug sich auf die Hand, die Haut platzte auf, das Blut tropfte. Runa schrie vor Schmerzen – und sie blickte der ganzen Wahrheit ins Gesicht. Ihr Trachten war von Anfang an zum Scheitern verurteilt gewesen. Nicht nur, dass es ihr nicht gelang, ein taugliches Schiff zu bauen, sie würde es niemals zum Meer ziehen können, selbst wenn es ihr gelänge. Und sie hätte keine Ahnung, in welche Richtung sie es lenken müsste, wenn es dann doch auf dem Wasser läge. Ihre Heimat lag im Norden, aber wo im Norden genau, das wusste sie nicht.

Den ganzen Winter über hatte sie einem Traum nachgehangen – dem Traum, dass man nicht stirbt, wenn man sich als mutig erweist, dass man vom Leben nicht geknickt wird, wenn man ihm die Faust zeigt, und dass man mit starkem Willen den Lauf der Welt ändern kann. Aber der Lauf der Welt glich einem mächtigen Fluss, und dieser Fluss war so viel lauter als ihre Verzweiflung und ihre Hoffnung. Sie konnte nichts tun, als in diesen Fluss zu spucken und einzusehen, dass auch Mutige starben und Starke zugrunde gingen, Kreaturen wie Thure hingegen davonkamen, und dass der eigene Wille – so man in den Fluss geworfen wurde – bestenfalls ausreichte, um den Kopf über Wasser zu halten. Bestimmen, wohin man gespült wurde, aber konnte man nicht, was bedeutete, dass ihre Rechnung so wenig aufgegangen war wie die von Gisla. Für sie hatte es sich nicht gelohnt, gut zu Thure zu sein, auf dass er auch gut zu ihr wäre. Und für sie hatte es sich nicht gelohnt, jeden Tag an einem Schiff zu bauen, auf dass es sie nach Norvegur brachte.

Die Einsicht stimmte sie erst verzweifelt, dann nahm Runa die Axt und schleuderte sie auf den Drachen, ergriff das große Messer und stieß es in die Planken, trat mit Füßen und Fäusten gegen das Holz, bis es knackte und zerbarst.

Endlich verstand sie Thure – verstand, dass zu zerstören ein Weg war, das Leben zu ertragen, und vielleicht der einzige, um den Strudeln des reißenden Stroms zu trotzen. Auch wenn man zerstörte, wurde man in die Tiefe mitgerissen, doch wenn man sich mit ihnen drehte, konnte man aus Tod und Vernichtung einen Tanz machen.

»Es tut mir leid, Großmutter«, schluchzte Runa, als sie erschöpft innehielt, »es tut mir so leid.«

Sie wollte Asruns Bild heraufbeschwören, doch sie sah nicht die Großmutter, sondern sah in Taurins leere, traurige Augen, fühlte seinen Verlust und seine Trauer um die verlorene Heimat. Jahre musste das zurückliegen, und doch war sein Kummer nicht verjährt.

Werde ich auch so lange brauchen, bis ich den Verlust der Heimat verwunden habe?, ging ihr plötzlich durch den Sinn. Werde ich auch Rache schwören, ob nun gegen Gisla oder Thure oder Taurin? Werde ich hassen, bis nichts Menschliches mehr von mir bleibt?

Oder werde ich aufgeben?

Wieder schlug Runa auf das ein, was vom Schiff übrig geblieben war. Eine Wolke aus Holzstaub hüllte sie ein.

»Was tust du da?«, hörte sie eine Stimme hinter sich.

Runa hielt inne und fuhr herum. Von ihrer verletzten Hand tropfte Blut, von ihrer Stirn der Schweiß. Erst jetzt nahm sie wahr, dass es schon dämmerte, und in der Dämmerung stand kein anderer als Gisla.

Bevor Runa eine Antwort geben konnte, hob Gisla ihre Hand und schleuderte ein Messer. Es traf das Auge des Drachenkopfs. Runa konnte kaum fassen, was sie sah, aber sie war zu erschöpft, um darüber nachzudenken. Sie bückte sich, um das Messer aus dem Holz zu ziehen, strich erst über die Waffe, dann über das Holz – Holz, das sie gefällt, entrindet und unter unglaublichen Mühen zusammengezimmert hatte.

»Ich werde niemals wieder heimkehren nach Norvegur«, sagte sie. »Vielleicht werde ich jung sterben, vielleicht werde ich alt werden. Vielleicht werde ich im Wald leben oder weiter an der Küste. Vielleicht werde ich allein sein oder mit anderen vereint. All das weiß ich nicht. Ich weiß nur, dass ich die Heimat meiner Ahnen nie wieder betreten werde.«

Schweigend erreichten sie das Haus. Gisla wagte es kaum, Runa anzusehen. Sie hatte immer gehofft, dass Runa den Traum vom Schiff aufgeben und entscheiden würde zu bleiben, doch dass sie das Schiff nun vollkommen zerstört hatte, erschütterte sie.

Taurin hob den Kopf, als sie kamen, und funkelte sie an.

»Warum hasst du mich so?«, fragte Gisla. »Warum wolltest du mich töten?«

Taurin presste trotzig seine Lippen zusammen.

Zu Gislas Erstaunen antwortete jedoch Runa an seiner statt. »Er will mit aller Macht verhindern, dass zwischen den Nordmännern und den Franken Frieden herrscht. Die ganze Welt soll dafür büßen, dass er Lutetia verloren hat.« Runa stellte sich breitbeinig vor Taurin hin und fuhr mit harter, kalter Stimme zu sprechen fort. »Aber ob Frieden herrscht oder nicht, ob du uns tötest oder nicht – deine Heimat bleibt verloren.«

»Ja«, sagte er erstickt. »Weil ihr sie mir genommen habt!«

»Wer hat sie dir genommen?«, rief Runa. »Und wen von diesen Menschen siehst du hier? Ich bin eine Frau, die von ihrem Vater verschleppt wurde, die zusehen musste, wie dieser ihre Großmutter getötet hat, eine Frau, die nie wieder im dunklen Wasser des Fjords, an dem sie aufwuchs, schwimmen wird. Und Gisla ist eine Königstochter, die von ihrem Vater verschachert wurde, die seit Monaten durch diese raue Welt irrt und die von einem Nordmann geschändet wurde, der Spaß daran findet zu zerstören. Wo siehst du hier Feinde? Wo siehst du hier jemanden, der dir irgendetwas genommen hat?«

Taurin öffnete den Mund, schien um Worte zu ringen, aber heraus kam nur ein raues Knurren.

Gisla hatte den Tag über keine Träne geweint. Aber Runas Worte rührten sie; sie klangen traurig, aber gefasst, verhießen so Entsetzliches und so Trostloses, jedoch auch den festen Willen, sich der Welt entgegenzustellen. Sie schluchzte auf.

»Hör zu weinen auf!« Runa fuhr herum. »Du bist nicht mehr allein. Tränen schwächen das Kind in deinem Leib – und dich selbst schwächen sie auch. Du musst stark sein, wenn du das Kind gebären willst. Und das Kind muss stark sein, wenn es auf dieser Welt überleben will.«

Adarik hielt seine Hände über das wärmende Feuer – ein Labsal nach all dem Schrecklichen, das hinter ihm lag.

Manchmal war ihm in den letzten Monaten der Verdacht gekommen, dass der heilige Remigius ihn tatsächlich bestrafte und dass Gislas gewaltsamer Tod – ob nun dabei Blut geflossen war oder nicht – laut genug zum Himmel schrie, auf dass ihn von dort die Rache ereilte.

Manchmal dachte er sich auch, dass nicht Remigius' Fluch all das Unglück über ihn gebracht hatte, sondern jener grässliche, narbige Nordmann.

Für einen guten Fang hatte er diesen zunächst gehalten. Seine Männer hatten ihn zwar gefoltert und gequält, bis die wenige noch heile Haut in Fetzen von seinem Leib hing – notwendig wäre das aber nicht gewesen. Er erzählte ihnen freiwillig alles über die Kultur der Nordleute, ihr Recht, ihre Götter und über ihre Taktik bei Angriff und Kampf. Adarik lauschte aufmerksam und merkte sich, was nützlich sein würde – für die Zeit, da der Friede brach. Und diese Zeit würde kommen. Seit er lebte, hatte sich der Friede als so wenig ausdauernd erwiesen wie das Gefühl, mit sattem Magen wohlig in der Sonne zu liegen. Der Hunger kehrte immer allzu bald zurück, der Regen und der beißende Wind auch.

So oder so – die Freude über das viele neue Wissen währte nicht lange.

Ehe seine Leute den grässlichen Narbigen endgültig totgeschlagen hatten, stießen sie mit einer Truppe Nordmänner zusammen – diese zum einen in der Überzahl und zum anderen nicht bereit, auf seine Erklärung zu hören, wonach er zu Recht in ihrem Land war. Am Ende war Adarik nichts anderes übrig geblieben, als sich ihnen kampflos zu ergeben.

Sie wurden nach Rouen geschafft, landeten dort nicht vor Rollo, sondern im Kerker, blieben dort über Wochen der Kälte, der Todesangst, der Hoffnungslosigkeit preisgegeben. Haganos Verwandtschaft, auf die er pochte, hatte keinen Wert, die stets wiederholte Beteuerung, sie hätten nur das fränkische Grenzland sichern wollen, stieß auf taube Ohren. Sein Glück war Rollos Taufe, dank derer er und die Seinen begnadigt wurden. Sein Pech war, dass sich keiner der Nordmänner die Mühe machte, den Gnadenakt sofort zu vollziehen, sondern sie einfach vergessen wurden. Und als ihm endlich der Geruch von Erde in die Nase stieg, nicht länger nur der modrige nach verfaultem Stroh, war es nach dem langen Hocken unendlich schmerzhaft, die ersten Schritte auf dieser Erde zu tun.

Natürlich hatte man ihre Pferde einbehalten. Einzig die Waffen hatte man ihnen zurückgegeben, womit sie nun, einige orientierunglose Tage später, Wild erlegt hatten. Während das Fleisch über dem Lagerfeuer briet, hörte man nur das Knacken des Holzes und das Zischen des Fettes. Die lange Haft hatte sie alle wortkarg gemacht. Sie blickten sich nicht in die Augen, sondern starrten auf ihre Hände. Und Adarik hatte ständig das Gefühl, sich ducken zu müssen, nachdem er sich im niedrigen Kerker so oft den Kopf angeschlagen hatte.

Er war darum erstaunt, dass er trotz der steifen Glieder blitzschnell auf den Füßen war, als plötzlich ein anderes Geräusch als das Prasseln des Feuers erklang – das Rascheln von Blättern nämlich, das Knacken von Ästen. Er hatte seine Waffe noch nicht gezogen, als etwas vom Baum fiel, in dessen Schatten sie hockten. Oder nein... es fiel nicht vom Baum... es hing daran. Da waren zwei Hände, die den Ast umfassten, und ein Leib, der hin- und herpendelte.

»Wer ist da?«, brüllte Adarik. Die lange Gefangenschaft hatte ihn schreckhaft gemacht – und sein Augenlicht getrübt.

Es dauerte eine Weile, bis er erkannte, dass das baumelnde Ding ein Mensch war. Oder vielmehr eine Kreatur aus der Hölle.

Kaum dass er ihn erkannte, war er sich gewiss, dass hier etwas nicht mit rechten Dingen zuging – ob nun Remigius ihn einmal mehr strafte, sich Luzifer einen Spaß erlaubte oder die heidnischen Götter, grausamer und spöttischer als Christus, ihre Hände im Spiel hatten.

»Verflucht!«, brüllte er.

»Was kriege ich! Was kriege ich!«, antwortete das baumelnde Wesen.

Die Stimme klang unangenehm kreischend. Am liebsten hätte Adarik dem Mann ... der Kreatur sofort die Kehle durchgeschnitten, doch noch hing sie zu hoch, um nach ihren Beinen fassen zu können.

»Was kriege ich, was kriege ich?«, kreischte er in einem fort.

Thure.

Der Narbige.

Als sie mit der Truppe Nordmänner zusammengestoßen waren, hatten die ihn einfach liegen lassen – in der Gewissheit, dass er bald sterben würde. Vielleicht aber konnte einer wie er nicht sterben, vielleicht hatte er nie wirklich gelebt, sondern war von Anfang an nur ein verwunschener Geist gewesen.

»Was kriege ich?«

Der Wunsch, Thure zu töten, blieb, doch hinzu kam Neugier. »Wofür kriegst du was?«, fragte Adarik verwirrt.

Nun endlich ließen die Hände den Ast los. Polternd fiel Thure zu Boden, drehte sich ob der Wucht des Aufpralls einmal um die eigene Achse, kam alsbald aber wieder auf die Beine und hüpfte – ohne das geringste Anzeichen, dass ihn die Knochen nach dem Sturz schmerzten – auf und ab. Er war hässlich wie eh und je, aber nicht geschwächt wie bei ihrer letzten Begegnung. Irgendwie hatte er die Qualen der Folter und die bittere Winterkälte überstanden.

Adarik hob sein Schwert, und Thure duckte sich nicht einmal, als die Klinge auf ihn herabsauste. Nur wenige Augenblicke ehe sie seine Kehle durchschnitt, schrie er: »Was kriege ich dafür, wenn ich dir helfe, sie zu finden?«

Adarik zog das Schwert im letzten Augenblick zurück. »Wen ... wen sollen wir finden?«

Thure gab vor, lange nachzudenken. Er sah wohl in Adariks Augen, dass der ihn nun nicht mehr töten und er sich darum die Zeit nehmen konnte, ihn auf die Folter zu spannen.

»Sag schon!«, brüllte Adarik.

Thure dachte nicht länger nach. Er lachte. »Gisla und Runa – sie leben noch. Und ich weiß, wo.«

Kloster Saint-Ambrose in der Normandie
Herbst 936

Er hatte sich verändert, die Äbtissin wusste nicht genau, wie. Natürlich war er älter geworden: Dieser federnde, lautlose Schritt fiel etwas steifer und schwerfälliger aus, der muskulöse Leib war um die Schultern geschrumpft und um die Leibesmitte gewachsen, das Haar war schlohweiß. Doch das war es nicht, was aus ihm einen anderen gemacht hatte. Fremder noch als all das waren seine Augen: drängend, fordernd, verzweifelt, hasserfüllt hatten sie einst geblickt – jetzt nicht mehr. Menschen, die diesen Mann mochten, würden seinen Blick als abgeklärt benennen. Für sie, die ihn hasste, war er verschlagen.

Selbst wenn er älter geworden war und sich verändert hatte, blieb er ihr Feind. Und ob seine Augen nun denen eines Habichts oder denen einer Katze glichen – auch Zweitere konnte beißen und kratzen.

Bis jetzt hatten weder er noch sie ein Wort gesagt. Sie straffte ihren Rücken, trat ihm entgegen und hob zugleich die Hand in Arvids Richtung.

»Geh!«, befahl sie.

Anders als vorhin die Subpriorin gehorchte Arvid nicht. Steif blieb er stehen, als er dem Feind entgegenblickte. Er tat ihm nicht den Gefallen, ihm seine Angst zu zeigen. Die Äbtissin bewunderte ihn für den Mut und war dankbar für den eigenen. Sie zitterte nicht, schwankte nicht, wusste nur: Dies war einer der schlimmsten Feinde, jedoch der einzige, der noch lebte.

Hagano hatte ein unrühmliches Ende genommen, nachdem er den Bogen überspannt und die Großen des Reichs gegen sich aufgebracht hatte.

Popa war seit vielen Jahren tot – und nicht als Konkubine gestorben, sondern als Frau des Rollo. Die Ehe war nicht auf christliche Weise geschlossen worden, sondern nur more danico, *nach dänischer Sitte, und für die Kirche würde sie darum immer seine Geliebte bleiben. Aber selbst die Kirche wagte nicht, ihren Sohn Wilhelm und ihre Tochter Gerloc Bastarde zu nennen.*

Rollo selbst lebte auch nicht mehr. Wobei dieser nie ein Feind gewesen war und nie geahnt hatte, dass die früh verstorbene Verlobte eine falsche gewesen war.

Tot waren sie in jedem Fall alle – nur dieser hier lebte noch, obwohl er mittlerweile sehr alt sein musste. Nach allem, was sie von ihm wusste, lebte er schon sechs Jahrzehnte auf dieser Welt – zwei Jahrzehnte mehr als sie.

Noch einen Schritt ging sie auf ihn zu, stolperte fast über einen Leichnam. Warum sie hier lagen, begriff sie weniger als zuvor. Es konnte nicht sein Werk gewesen sein, denn er war Franke wie sie, doch wenn andere sie gemeuchelt hatten, warum lebte ausgerechnet er noch?

Es war nicht die rechte Zeit, darüber nachzudenken.
»Gisla«, sagte er.
»Taurin«, sagte sie.
Die Namen klangen wie eine Kriegserklärung.
Er wollte immer noch Rache.

*Sie wollte immer noch leben.
Und vor allem wollte sie, dass Arvid lebte.*

XI.

Nordmännerland
Frühling/Sommer/Herbst 912

Kurz nachdem Gisla wusste, dass sie ein Kind bekam, zog sich der Frühling, der so machtvoll gekommen war, hinter einem grauen kalten Himmel zurück. Alles, was frisch und bunt erblüht war, zitterte im Wind. Die Welt, nicht länger reich an Farben, sondern aschfahl, schien getäuscht worden zu sein von der trügerischen Sonne wie Gisla von Thure. Das Frieren nach den ersten warmen Tagen war schwerer zu ertragen als im an Licht und Hoffnung ärmeren Winter, doch Gisla sah es als Strafe und klagte nicht.

Irgendwann kehrte der Frühling wieder, langsamer nun, aber freundlich; die Wiesen schienen zu lächeln, das Meer, von glitzernden Schaumkronen bedeckt, rauschte nicht mehr gefahrvoll. Vögel tobten munter am Himmel, als wollten sie ausloten, wie fest dessen Zelt gespannt war. Gislas Welt blieb jedoch fahl und kalt, und sie fühlte sich wie tot. Die graue Mauer zwischen ihr und der Welt war keine aus Verzagtheit und Entsetzen gebaute, sondern aus Gleichgültigkeit.

Welches Urteil würde der Vater wohl über sie sprechen?

Ganz nüchtern befand sie, dass er sie wohl lieber tot sähe als mit dem Bastard eines Nordmannes im Leib, und dachte, dass dies nicht gerecht wäre. Schließlich wollte ihr Vater sie mit einem Nordmann verheiraten und hatte in Kauf genommen, dass sie dann auch seine Söhne gebären müsste, und selbst wenn diese, mit dem Segen der Kirche bedacht, keine Bastarde wären – Kinder eines Nordmannes wären sie allemal.

Sie dachte nicht nur an ihren Vater, sondern auch an ihre Mutter, kam bei ihr aber nicht recht zum Schluss, was sie für das schlimmste Unglück halten würde: dass die Tochter dies alles erlitt und dass der Plan nicht aufgegangen war, sie zu schützen, oder dass am Ende, grässlich verzerrt, jenes Geschick stand, das der Vater ihr auferlegt hatte – die Frau eines Heiden zu werden –, und dass sein Wille sich letztlich als stärker erwies. Fredegard konnte nur geschehen lassen, desgleichen, wie sie stets hinzunehmen hatte, seine Konkubine zu bleiben.

Popa hatte sich gegen gleiches Schicksal gewehrt, und ausgerechnet Fredegard müsste sie von allen am besten verstehen, obwohl dieses Aufbegehren und Trotzen, zu dem sie sich selbst niemals durchgerungen hatte, die eigene Tochter erst ins Unheil geritten hatte.

Ob Aegidia bereits tot war? Ob Popa ihr Ziel erreicht hatte? Und ob Rollo schon getauft war?

Keine dieser Fragen konnte sie erschüttern. Nichts änderte etwas daran, dass sie Thures Kind trug, dass dieses Kind nie einen Vater haben würde, desgleichen sie keinen mehr hatte – sie hatte nur mehr Runa, und die gab sich verschlossen und wortkarg wie sie. Stille lastete über ihnen allen: Die Frauen sprachen nicht miteinander, und Taurin sprach nicht mit den Frauen, er verfiel in Lethargie. Nur manchmal bleckte er die Zähne – vielleicht ein höhnisches Lächeln, vielleicht ein Zeichen, dass er sie am liebsten zerfleischen würde.

Am Anfang war die Stille noch erträglich. Gisla tat nichts anderes, als einfach dazuhocken, nach einiger Zeit wurden Stille und Nichtstun jedoch immer erdrückender.

Eines Tages wurde die Mauer aus Gleichgültigkeit, die sie um sich gebaut hatte, erschüttert – ein Fahrender Händler kam vorbei. Der Schrecken, in den seine Schritte und das Knirschen seiner Wagenräder Gisla versetzten, war altvertraut und lebendig. Sie klammerte sich an Runa und blickte sie angstvoll an, doch die schüttelte sie ab und trat dem Mann unerschrocken entgegen.

»Was hast du anzubieten?«, fragte sie.

Er schien erstaunt, in der Einöde auf ein Dorf zu treffen, und noch erstaunter, dass das Dorf aus so vielen Häusern bestand, aber nur so wenige Menschen beherbergte.

»Wo sind die anderen?«, fragte er.

Runa gab keine Antwort, und er wiederholte seine Frage nicht, offenbar daran gewöhnt, dass vielerorts das durchstandene Leiden die Menschen wortkarg gemacht hatte.

»Du kannst ein paar der Vögel haben, die ich gejagt habe«, bot Runa ihm an, »wenn wir im Gegenzug einen Tuchballen und Garne bekommen.«

Der Händler ging auf das Tauschgeschäft ein, aber zog danach hastig und ängstlich von dannen, noch ehe er erzählte, wer er war, woher er kam und was ihn hergetrieben hatte.

Gisla strich über das friesische Tuch, es war das Kostbarste, was sie seit langem besessen hatte. »Ich werde ein Kleid nähen können, das nicht nur von Flicken zusammengehalten wird und ständig droht, vom Leib zu fallen!«, rief sie voller Freude.

Ein Kleid zu nähen hieß allerdings, sich mit dem eigenen Leib zu befassen, der runder geworden war, in den nächsten Monaten noch weiter wachsen und vielleicht alsbald zu groß für das neue Kleid sein würde. Der Gedanke erzeugte Verzagtheit in Gisla, und Runa schien ihre Ängste zu erraten. Erstmals schwieg sie nicht.

»Warum versuchst du nicht, ein Kleid zu nähen, wie es die Frauen meines Volkes tragen: Anstelle Ärmel anzunähen, werden an der Brust zwei Bänder angebracht, die mit Broschen oder mit Lederbändern um den Hals befestigt werden. Wenn es kalt ist, trägt man eine Tunika darunter, bei Hitze bleiben die Schultern nackt.«

Auf diese Weise konnte sie ein sehr weit geschnittenes Kleid fertigen, das den Leib verhüllte, ihr jedoch nicht von selbigem rutschen würde.

Gisla begann zu nähen – und sie begann nun immer öfter, auf ihren Leib zu starren, sinnend, ob das, was da hinter der blaugeäderten Haut heranwuchs, womöglich kein Mensch war, sondern ein Inkubus, ein Dämon, und ob sein Gesicht, sobald die Sonne daraufffiel, so narbig werden würde wie das von Thure. Der Gedanke an die Geburt war Gisla unerträglich. Sie wusste nicht viel vom Gebären der Kinder, außer dass es wehtat und viele Frauen das Leben kostete.

»Wann wird es so weit sein?«, fragte sie eines Tages Runa.

»Nicht vor dem Spätherbst«, antwortete diese.

Doch schon lange vorher begann Gisla, aus dem Leib zu bluten, nicht stark, aber stetig. Sie verschwieg es Runa zunächst, aber in der Enge der Hütte konnte sie es nicht lange vor ihr verborgen halten.

Runa starrte ratlos auf den Blutfluss. »Die Frauen in meiner Heimat haben gearbeitet, auch wenn sie schwanger waren«, murmelte sie. »Sie bekamen irgendwann das Kind und arbeiteten weiter. Wenn das Kind kräftig war, lebte es – wenn nicht, dann ...«

Sie brach ab.

»Was passierte, wenn es nicht kräftig war?«, fragte Gisla besorgt.

Runa zögerte, wollte ihr die Antwort offenbar nicht zumuten, aber entschied, dass – wenn das Leben sie nicht schonte – sie es ebenso wenig tun sollte

»Bei uns«, sagte sie, »gibt es den Brauch, ein Neugeborenes zu töten, wenn es zu schwach ist, oder es auszusetzen, wenn die Familie dies nicht über sich bringt. Wenn es einen Tag in der Wildnis liegt und immer noch lebt, holt man es zurück – denn dann hat es bewiesen, für die Welt zu taugen.«

Gisla lauschte, erstaunlicherweise von jenem grausamen Brauch kaum erschüttert. Sie fragte sich im Stillen, ob man auch ein Kind, das sie Rollo geboren hätte, entsprechend geprüft oder ob dieses als so kostbar gegolten hätte, um auch als schwaches überleben zu dürfen.

Nach ein paar Tagen hörte sie zu bluten auf. In der kommenden Zeit wurde der Leib dicker und war irgendwann eine so große Last, dass Gisla die Tage auf der Schlafstatt zubrachte.

Runa hingegen wurde erneut von Unrast gepackt. Seit sie nicht mehr an ihrem Schiff baute, gab es nicht viel zu tun. Sie jagte und fischte, aber wenn sie mit der Beute zurückkehrte, war der Tag noch jung. Sie füllte ihn mit Beschäftigungen aus, deren Sinn Gisla nicht ganz durchschaute. Sie nahm ein Messer, dann ein zweites und drittes, und warf sie alle abwechselnd in die Luft, ohne eines von ihnen fallen zu lassen. Ob Gislas verwundertem Blick erklärte sie ihr Tun.

»Ein Mann meines Vaters konnte mit drei Dolchmessern jonglieren, das will ich auch können.«

Nicht nur Gisla, auch Taurin beobachtete sie. Die Müdigkeit der letzten Zeit fiel von ihm ab, stattdessen erwachten

Grimm und Trotz. Runa missachtete seinen dreisten, herausfordernden Blick. Gisla fühlte sich beschämt.

»Was starrst du mich so an?«, fuhr sie ihn eines Tages an.

»Schämst du dich denn nicht?«, gab er zurück.

Sie verstand nicht, was er meinte, dachte, er störe sich daran, dass sie ihr schäbiges Los nicht ausreichend beklagte und bereute. Doch dann stieß er noch mehr wirre, zornige Worte aus, und sie begriff, dass er die Sittsamkeit vermisste, ihre Schultern zu bedecken. Es war warm geworden, und sie trug die Träger des neuen Kleides auf der nackten Haut – ein Anblick, der für Taurin offenbar schwer erträglich war.

Runa aber funkelte ihn an. »Halt dein Maul!«, spie sie aus.

Anstatt sie zu beschimpfen, senkte Taurin den Blick, und sein Ärger erstarb.

In der Nacht hatte er erneut finstere Träume. Gisla lag im Dunkeln, lauschte und fragte sich, ob sie wohl auch so stöhnte und schluchzte und schrie, wenn sie schlief. In den Wochen, die folgten, schienen seine Träume immer schlimmer zu werden. Er zerrte an den Fesseln und brachte den Holzbalken zum Zittern, sodass Dach und Wände knarrten. Manchmal keuchte er nur, manchmal weinte er, manchmal tobte er im Schlaf. Gisla fragte sich, ob nicht nur in ihr, sondern auch in ihm ein Dämon hockte.

Eines Nachts schrie er so laut, dass Runa aufstand und ihn weckte. Sie streichelte über sein Gesicht, und Taurin stieß sie nicht fort, sondern ließ es, schlaftrunken und in dunklen Welten gefangen, zu.

Gisla verstand nicht, woher Runa den Mut nahm, ihm so nahe zu kommen und ihn zu berühren, aber sie war dankbar, dass ihre Gefährtin diese Macht über Taurin hatte. Ganz offenkundig beschwichtigte sie den Dämon – den in ihm... und den in ihr.

Runa kümmerte sich mehr und mehr um Gisla. Sie kochte ihr häufig eine kräftige Brühe, und diese Brühe schien nicht nur Gisla gutzutun, sondern auch dem Kind. Gisla bemühte sich, ihren runder und praller werdenden Bauch nicht zu berühren, doch dass das Kind sich eines Tages bewegte, ja Tag für Tag heftiger strampelte, konnte sie nicht missachten. Sie versteifte sich dann, presste die Augen zusammen und floh in Erinnerungen an Laon, als ihre Mutter und Begga sie beim kleinsten Anzeichen einer Krankheit ins Bett geschickt und mit einem Kohlebecken für Wärme gesorgt hatten, ungeachtet dessen, dass sie bereits unter der viel zu dicken Kleidung schwitzte. Sie hatte sich nie gewehrt, als hätte sie damals schon geahnt, dass sie eines Tages sehr viel frieren würde.

Die Zeit des Frierens war jetzt vorbei. Der Sommer senkte sich drückend heiß über das Land und mit ihm die Langeweile. Es war anstrengend, Tag für Tag zu liegen, die Schlafstatt war so klein und eng. Mehr zufällig denn willentlich begann Gisla eines Tages zu summen, erst zaghaft, dann laut genug, um zu hören, dass sie es nicht verlernt hatte. Ein warmer Ton entrang sich ihrer Kehle, hell wie das Gezwitscher der Vögel, die jetzt über den Himmel schossen oder auf Bäumen hockten und sich nicht darum scherten, dass irgendwann wieder der Winter kam.

Und Gisla fühlte, wie der Gesang sie belebte.

Sie setzte sich auf, sah, dass Runa nach draußen gegangen und sie mit Taurin allein in der Hütte war. Sie achtete nicht auf ihn – versuchte auf gar nichts zu achten. In der Hütte war es finster und heiß, aber die Töne aus ihrem Mund waren licht und leicht; sie schwebten bis zur Decke, schwebten durch das Dach, schwebten himmelwärts. Erst sang sie nur eine Melodie, dann formten ihre Lippen die Worte eines Psalms. Sie kamen aus der Tiefe des Gedächtnisses, wo ein

Schatz an Gebeten wartete, wiederentdeckt zu werden, Gebete, die Gott priesen, aber auch Gebete, mit denen die gebeutelten Menschen ihre Klagen vortrugen. Ja, sie klagte, klagte aus ganzer Seele, aber die Klage war keine Last. Der Psalm schwebte höher und höher, er war befreit von dieser Welt, und kurz, ganz kurz, war sie es auch.

»*Deus, Deus meus, quare me dereliquisti? Longe a salute mea verba rugitus mei. Deus meus, clamo per diem, et non exaudis, et nocte, et non est requies mihi. Tu autem sanctus es, qui habitas in laudibus Israel.*«

Mein Gott, mein Gott, warum hast du mich verlassen, bist fern meinen Schreien, den Worten meiner Klage? Mein Gott, ich rufe bei Tag, doch du gibst keine Antwort; ich rufe bei Nacht und finde doch keine Ruhe. Aber du bist heilig, du thronst über dem Lobpreis Israels.

Inmitten des leichten, hellen, warmen Tons erklang ein rauer.

»Hör auf!«

Gisla blickte auf, und Taurin starrte sie an, sein Gesicht verschwitzt und hochrot wie ihres. Er war magerer als früher, obwohl er genügend zu essen bekam. Während ihr Leib stetig wuchs, schien seiner zu schrumpfen. Kurz drängte alles in ihr, ihren Blick zu senken, aber sie fühlte sich sicher genug, um zu singen, so konnte sie auch mit ihm reden – und wieder ein wenig daran glauben, dass die Menschen menschlich waren und die Welt gut.

»Du bist doch Christ«, sagte sie. »Was stört dich daran, wenn ich zu Gott rufe?«

»Du darfst das nicht! Du bist unwürdig! Eine Hure bist du!«

Gisla zuckte zusammen. Seine Worte beschämten sie – und empörten sie auch.

Ich bin keine Hure, schrie es in ihr. Mir ist ein Unrecht geschehen.

Sie öffnete den Mund, um Taurin etwas zu entgegnen, aber nicht Worte kamen über ihre Lippen, sondern Gesang. Töne, lichte, leichte Töne, die man nicht fesseln konnte, nicht mit giftigen Pilzen betäuben; sie konnten sich aus einem vermaledeiten Leben davonstehlen.

Ihr Blick fiel auf Taurin, und was sie sah, waren schiere Panik und blankes Entsetzen – viel eindringlicher noch als der Vorwurf, sie sei eine Hure. Da war nicht nur Hass, da war Furcht. Fürchtete er sich vor dem Teufel, der daranging, seine Seele zu rauben?

Gisla wusste nicht, was sie antrieb, aber sie erhob sich von ihrer Bettstatt und trat auf ihn zu, von Befremden getrieben und auch von Neugier. Konnte ein anderer noch zerbrochener sein als sie? Es musste so sein.

Taurin hockte erst ganz steif, als sie einen weiteren Schritt auf ihn zu machte, zerrte dann aber jäh an seinen Fesseln. Er hob die Hände, soweit es ihm möglich war, und es genügte, um ihr Kleid zu fassen zu bekommen und sie zu sich auf den Boden zu zerren. Sie wollte sich wehren, ihm den Stoff entreißen, da schlug ihr Kopf gegen den Pfosten, und ihr Körper erschlaffte. Die Welt drehte sich kurz, und als sie stillstand, brummte ihr Schädel und seine Hände umklammerten ihren Hals.

»Hör auf!«, brüllte er. »Hör zu singen auf!«

Seine Hände waren kalt, vor allem aber waren sie stark. Gisla zog daran, versuchte sie wegzuschlagen, trat nach ihm; es gelang ihr nicht, schon raubte er ihr alle Luft, schon glaubte sie sich von Schwärze übermannt. Inmitten dieser Schwärze, mehr Wahnbild als Wirklichkeit, erhob sich ein Schatten. War es ihre Seele, die aus ihrem Körper floh?

Jäh ließ Taurin sie los, und sie fiel. Ihr Kopf schlug schmerzhaft auf dem Boden auf, der unerträgliche Druck um den Hals ließ jedoch nach; sie konnte wieder atmen. Wie durch einen Schleier nahm Gisla eine Gestalt wahr, die sich über sie beeugte. Als der Schleier sich auflöste, erkannte sie, dass es Runa war.

Taurin saß an seinen Pfosten gelehnt da, mit gesenktem Kopf und gekrümmten Schultern. Er bot einen erbarmungswürdigen Anblick. Was Gisla sah, war kein wahnwitziger Mörder, kein hassenswerter Mensch. Und dennoch – ihr Herz schien in ihrer Brust zu zerspringen, ihr Hals schmerzte, und sie spürte Zorn aufwallen.

»Er ist verrückt!«, schrie sie, sich die schmerzenden Glieder reibend.

»Warum hast du ihn am Leben gelassen? So töte ihn doch endlich! Töte ihn!«

Der Wunsch, ihn leblos vor sich liegen zu sehen, drohte sie nicht minder zu ersticken als eben seine Hände. Er ließ erst nach, als Runa ihr Gesicht zwischen die Hände nahm, sie zwang, sie anzusehen. Das Kind strampelte. Es wollte leben wie sie, und dieser Wunsch einte sie.

»Geh hinaus!«, befahl Runa. »Geh hinaus!«

»Töte ihn!«

»Wenn du ihn tot sehen willst, dann musst du es selbst tun.«

Gisla wich zurück. Sie wollte nichts anderes, als wieder auf ihre Schlafstatt zu flüchten, doch die war nicht länger ihre kleine, vertraute Welt. Taurins Blick konnte dort jederzeit auf sie fallen, und er würde sie wieder mit bösen Worten demütigen.

»Geh hinaus!«, wiederholte Runa.

Gisla ging, an der Tür drehte sie sich jedoch ein letztes Mal um. Was sie dann sah, konnte sie kaum glauben.

Runa hatte sich zu Taurin gekniet. Kurz gab sie den Anschein, als würde sie Gislas Wunsch befolgen und ihn töten, doch dann sah Gisla, dass ihre Händen nicht seinen Hals umfassten, sondern sein Gesicht, und dass diese Berührung nicht grob ausfiel, sondern zärtlich. Und Taurin hob auch seine Hände, nicht, um Runas abzuschütteln, sondern um bei ihr Hilfe zu suchen, ganz so, als würde er im Sumpf versinken und sie die Einzige sein, die ihn herausziehen konnte.

»Geh hinaus!«, befahl Runa wieder.

Und Gisla ging. Was immer in Taurins krankem Kopf vorging – sie wollte nichts damit zu tun haben.

Der Ton war grässlicher als das Klirren einer tödlichen Waffe. Alles konnte er ertragen, das Gelächter von Thure, das Jaulen sterbender Männer, das Flennen einer verzweifelten Prinzessin. Ihren Gesang jedoch nicht. Der Gesang war vertraut, auf andere Weise als die Töne des Krieges. Der Krieg löschte alle Sehnsucht aus, der Gesang fachte sie an. Der Wunsch nach Rache hatte seinen Kummer, seinen Schmerz stets im Zaum halten können, die hellen Töne aber ließen jede Beherrschung bersten, jeden Knoten zerplatzen, jeden festen Boden unter ihm zerfließen.

So wie Gisla sang, klang Lutetia. Nein, nicht die Stadt, aber das Kloster, in das sein Vater ihn gebracht hatte, als er acht Jahre alt geworden war. Das Kloster würde in einer der größten und schönsten Städte der Christenheit stehen, hatte der Vater gesagt – und damit seine Neugier geweckt und seine Angst vor der Fremde vertrieben. Der Vater hatte auch gesagt, dass Gott ihm eine besondere Gabe gegeben habe: Er sei sehr klug, er lerne schnell, er sei wie geschaffen für das Klosterleben. Die Aussicht, ohne Geschwister zu sein, war ihm eigentlich schrecklich, die Gabe ihm lange Zeit mehr als Last denn als Auszeichnung erschienen, aber je länger der Vater von der schönen Stadt und dem noch schöneren Kloster sprach, desto leichter fiel es ihm, Abschied zu nehmen.

Seine Erinnerungen zerstoben. Eine Stimme drang zu ihm: *Beruhige dich, so beruhige dich doch!*

Verspätet merkte er, dass er schluchzte. Er hob den Kopf, starrte in das Gesicht einer Frau, und obwohl er wusste, wer sie war und wie sie hieß, war sie ihm fremd. Die Hütte war ihm fremd, sein ganzes Leben war ihm fremd. Er führte es seit über drei Jahrzehnten nun, aber es war nicht sein Leben, nicht das, welches ihm bestimmt war. Er war fürs Kloster bestimmt gewesen, um Gott zu verherrlichen, zu schreiben, zu beten ... auch zu singen. Aber nicht, um zu töten.

Das Volk der Heiden hatte ihn dazu gezwungen. Das Volk dieser Frau. Er klammerte sich dennoch weiterhin an sie, blickte sie an. Wie anders könnte er es ertragen, dass das Bild von Lutetia vor ihm aufstieg, so klar wie an dem Tag, als er mit seinem Vater auf die Stadt zugeschritten war? Wie könnte er ihr nicht davon erzählen?

Die Worte stürzten förmlich aus Taurins Mund. Wahllos begann er zu reden – erst von der mächtigen Mauerumgürtung, die noch aus dem römischen Gallien stammte, dann von den Türmen und Zinnen, die sich stolz gen Himmel reckten.

»Zwischen den Mauern und dem mächtigen Strom klafften schmale Strände, an denen mancher Fischer seine Kate errichtet hatte. Sie waren aus Holz gebaut, die Häuser auf der Insel selbst aus Stein: der Palast des Grafen, daneben Saint-Étienne, der Bischofspalast mit der großen Aula und die Kirchen Saint-Martial und Saint-Germain-le-Vieux. Zwei Brücken verbanden die Insel mit den Ufern: die Pons major, mit römischen Rundbögen auf mächtigen Pfeilern ruhend, die man in der Mitte wie eine Zugbrücke öffnen konnte und an deren Brückenköpfen sich Türme erhoben. Und die Pons minor, nicht ganz so majestätisch, weil nur aus Holz gebaut. Das Holz kam von den vielen Wäldern aus dem Umland, und wo man sie gerodet hatte, erhoben sich kleine Vorstädte – Bauern lebten hier, Kaufleute mit ihren Kontoren, Handwerker mit ihren Stuben, und sie alle zahlten Pacht an die Klöster, denen das Umland von Paris gehörte: Saint-Germain-l'Auxerrois und Saint-Germain-des-Prés.«

Letzteres lag nicht in der Nähe des Waldes, sondern auf einem freien Feld, und es bot einen wunderschönen Blick auf die Insel und auf seine geliebte Stadt.

»Einer der Mönche von Saint-Germain-des-Prés«, fuhr Taurin fort, »hieß Abbo. Er schrieb am besten und am schönsten von allen, und er begrüßte mich an jenem ersten Tag, da ich mit meinem Vater eintraf und zum ersten Mal Lutetia erblickte. Nicht länger sehnte ich mich nach meinen Geschwistern und meinem Zuhause. Die Mönche waren jetzt meine Familie, das Kloster mein Zuhause und Lutetia der schönste Ort für mich auf Erden.«

Die Hände der Frau strichen über sein Gesicht, brachten ihn zurück in die Wirklichkeit. Eben noch hatten ihn diese Hände davor bewahrt, im Morast seiner Vergangenheit zu ertrinken, jetzt wurden sie auf einmal quälend. Er schlug sie weg und hätte am liebsten auch die Frau geschlagen, hätte sich selbst geschlagen, um den Schmerz in seiner Brust zu betäuben, und zog darum zornig an den Fesseln. Es war vergebens, natürlich, aber wenn er sich schon nicht befreien konnte – vielleicht war es möglich, den Holzpfosten einzureißen und damit das Dach zum Einsturz zu bringen. Er würde erschlagen werden, mit ihm der Schmerz... und sie auch.

In seinem neuen Leben in Lutetia ... im Kloster des heiligen Germanus, hatten Frauen keinen Platz gehabt. Und schon gar keine Frauen aus dem Norden. Genau betrachtet auch keine Männer aus dem Norden. Nicht bis zu dem Tag, da sie über seine geliebte Stadt hergefallen waren.

Bevor sie kamen, hatte er ein Jahr in Saint-Germain gelebt, und das war lange genug, um sich an den Tagesablauf zu gewöhnen und sich als Abbos bester Schüler herauszustellen. Er konnte alle Psalmen memorieren, er sprach und schrieb Latein, gerade lernte er, auch Griechisch zu schreiben.

Es war Herbst. Es war kalt. Sie kamen frühmorgens.

Schon seit Tagen, schon seit Wochen war über die drohende Gefahr getuschelt worden, aber zugleich gebetet und gehofft, dass diese Prüfung an ihnen vorübergehen möge. Doch sie ging nicht vorüber, sie blieb – und das über Monate. Die Flotte wurde von einem gewissen Siegfried angeführt, und diese Flotte suchte im September Rouen heim und stand im Oktober vor Pontoise. Nachrichten drangen bis nach Paris, wo hektisch versucht wurde, die Befestigung der Mauer zu erneuern. Im November war man mit der Mauer fertig, und kurz darauf waren die Barbaren da.

Sein Atem ging keuchend, während er immer heftiger an seinen Fesseln zerrte. Wenn er damit nicht aufhörte, würden seine Hände absterben, vielleicht gar abfallen, aber es war ihm gleich, er wollte seine Hände doch gar nicht mehr. Diese Hände hatte Gott geschaffen, damit sie schreiben sollten, nicht, um Waffen zu halten oder um eine Frau zu erwürgen. Genau betrachtet hatte er Gisla nicht gewürgt, es nur versucht, und bei Runa konnte er es nicht einmal versuchen. Erneut strich sie ihm über sein Gesicht, und die Berührung fühlte sich an wie ein Schlag.

»Geh!«, schrie er. »Geh!«

Sie wich nicht.

»Du, ja, du gehörst zu jener Brut, die die Hölle selbst ausgespuckt hat.«

Sie blickte ihn nur fragend an.

Sein Hals schmerzte, er fühlte sich zu schwach, um zu schreien. Nur reden konnte er, weitererzählen.

»Sie kamen im November. Die Schiffe ankerten am Uferstreifen inmitten eines Meeres aus Schilf. Noch wollten sie nicht in die Stadt, verlangten lediglich freie Durchfahrt, um jenseits von Paris zu morden und zu stehlen. Der Graf verweigerte sie ihnen. Und da begannen sie, die Stadt zu belagern.«

Er schloss die Augen. Die Bilder verfolgten ihn seitdem.

Brennende Pfeile ... umkämpfte Brückenköpfe ... Seuchen in der Stadt ... Hunger ... Rammböcke, die gegen Mauern donnerten ... heißes Pech, das man auf Angreifer kippte.

»Fahr fort! Was ist dir geschehen?«

Runas Stimme war leise und dennoch mächtig genug, um diese Bilder verblassen zu lassen.

Andere stiegen in ihm hoch.

»Als die Normannen näher kamen«, fuhr er fort, »rettete man die Gebeine des heiligen Germanus in die Stadt. Man trug sie die Mauerumgürtung entlang, betete zu ihm und erflehte seinen Schutz, und der heilige Germanus beschützte uns auch – zumindest ein wenig. Man erzählte sich manches Wunder, das er gewirkt hatte, um die Eindringlinge zurückzuschlagen. So gab es einen Brunnen, aus dem die Heiden Wasser schöpften, doch kaum benetzte einer seine Kehle damit, wurde aus dem Wasser Blut. Ja, Sankt Germanus hat das Wasser in Blut verwandelt, so wie Jesus bei der Hochzeit von Kanaan Wasser in Wein. Ich bin mir nicht sicher, ob sie den

Unterschied überhaupt schmeckten, ob für Barbaren wie sie das Blut nicht sogar köstlicher war als Wein.«

Er brach ab.

Verwirrung hatte sich auf ihrem Gesicht ausgebreitet, sie schien das Gerede von Wein und Wasser und Blut nicht recht zu verstehen. Doch sie fragte nicht nach.

»Wie bist du ... in ihre Hände geraten?«

Er schluchzte trocken auf und krümmte sich.

Alle anderen Mönche hatten damals solche Angst gehabt: Dass Lutetia fallen würde und sie selbst erschlagen, erhängt und erstochen. Oder dass sie versklavt werden würden und fortan für die Heiden schuften müssten.

Aber er hatte keine Angst gehabt. Lutetia – das war doch eine der schönsten und größten Städte der Christenheit, hatte sein Vater gesagt. Sie würde allen Barbaren dieser Welt, mochten sie noch so furchteinflößend sein, standhalten.

Die Mauer erwies sich tatsächlich als festes Bollwerk und die Tore als guter Schutz. Nur manchmal wurden die Tore geöffnet – wenn Graf Odo mit einer kleinen Truppe aus der Stadt ritt, ein paar Nordmänner erschlug und mit ihren abgeschlagenen Köpfen wiederkehrte. Jedes Mal fürchtete man um sein Leben, doch nicht Graf Odo, ein anderer starb: Gauzlin, der Bischof von Paris und zugleich der Abt von Saint-Germain. Sein Neffe wurde sein Nachfolger, Abbo, dessen bester Schüler Taurin war. Und Taurin war sich sicher, dass Gott alles zum Guten wenden würde. Andere starben an Krankheiten, am Hunger, an Pfeilen der Heiden, er aber lebte. Und er hielt an der Hoffnung fest, dass Lutetia, das schöne Lutetia, zwar grausam geschändet wurde, aber nicht untergehen würde.

»Wann ... wann wurdest du ihr Sklave?«, fragte Runa wieder.

Er stierte sie an.

»Noch nicht ... noch nicht«, brachte er heiser hervor. »Lutetia und die Menschen, die dort lebten, wurden von aller Welt im Stich gelassen. Karl der Dicke war damals König des Frankenreichs, und die Großen verlangten von ihm, er solle das Land von den Nordmännern befreien. Doch anstatt zu kämpfen, verlegte er sich aufs Verhandeln; anstatt Lutetia zu retten, gab er sich selbst und sein Reich der Schande preis. Wer hätte je glauben können, dass ein so ruhmreiches Königreich, so bewehrt, so groß, so reich bevölkert, auf diese Weise so erniedrigt und von einer so feigen und widerwärtigen Rasse geschlagen würde? Nun, König Karl war feige, aber Graf Odo von Paris war es nicht. Er hielt die Stadt. Monatelang. Er wehrte immer neue Angriffe ab, und irgendwann waren die Barbaren des Kämpfens müde. Sie gaben auf und zogen weiter in den Süden. Es war alles gut.«

Ja, er hatte darauf gehofft, und seine Hoffnung war wahr geworden, Lutetia war stärker als die Heiden und sein Glaube stärker als die Furcht. Nun konnte man die Toten begraben, die zerstörten Brücken aufbauen, die Spuren der Zerstörung beseitigen. Nun konnte man den Unrat in den Fluss kippen und die Straßen fegen und in niedergemähten Wäldern neue Bäume pflanzen.

»Doch ehe die geliebte Stadt in neuem Glanz erstrahlte«, fuhr Taurin fort, »ehe es nicht länger nach Tod und Blut roch, kehrten die Heiden wieder. Sie hatten Sens zerstört, aber ihren Hunger nach Gold hatte es nicht gesättigt. Als ihre Drachenschiffe das zweite Mal die Seine hinaufkamen, lebte ich wieder im Kloster. Das Leben unterlag dem gewohnten Takt, dem Takt des Schreibens, des Gebets, Gesangs.«

Er hatte in der Zwischenzeit keinen Psalm vergessen, er

konnte immer noch Latein, er lernte jeden Tag mehr griechische Buchstaben.

Ehe er alle kannte, kam es zur zweiten Belagerung von Paris, nicht ganz so lange und nicht ganz so schlimm, aber dieses Mal...

»Wieder sind die Mönche von Saint-Germain in die Stadt geflüchtet, wo sie von den Mauern geschützt waren«, stieß er aus. »Wieder bin ich mit ihnen geflohen. Doch diesmal hatten wir die Reliquien des heiligen Germanus vergessen – Reliquien, die die Nordmänner schänden, einfach in die Seine werfen oder dazu nutzen würden, Menschen zu erschlagen. Also schickte der Abt jemanden, die Reliquien zu holen, doch er wählte keine erwachsenen Ordensbrüder zu diesem Zweck, sondern zwei Novizen. Und mich.«

Er machte eine kurze Pause, keuchte wieder. »Wir hatten das Kloster kaum erreicht, als sie kamen. Wir konnten die Reliquien nicht schützen – und uns selbst auch nicht. Sie nahmen alles mit sich, was ihnen in die Hände fiel: Monstranzen, Goldgefäße, goldene Kruzifixe, Fleisch, Mehl und Wein aus den Kellerräumen.« Taurin geriet ins Stocken.

»Und sie verschleppten auch dich«, stellte Runa ruhig fest.

Er nickte. »Ja, sie verschleppten auch mich.«

Er konnte nichts mehr sagen. Es war nicht möglich, es in Worte zu fassen. Nicht diese Todesangst, diese Ohnmacht, diese Verzweiflung. Nein, es gab keine Worte, und es gab auch keine Bilder – seine Erinnerungen waren an dieser Stelle schwarz und tief.

Er wusste nicht mehr, was in diesen ersten Tagen nach der Verschleppung geschehen war. Er wusste nur, dass er sich gewünscht hatte zu sterben und dass er dennoch weiterlebte. Er war noch jung damals, nicht einmal zehn Jahre alt, aber er war groß gewachsen, und er war sehr klug.

Gequält ging sein Atem. Die Gefühle verblassten, die Worte kamen zurück.

»Ich lernte kein Griechisch mehr«, sagte er leise. »Ich memorierte keine Psalmen mehr. Ich lernte ihre Sprache.«

Er erlangte Wert für sie – als ihr Übersetzer, erzählte er weiter. Nur deswegen ließen sie ihn am Leben, aber sie hielten ihn gefangen und nahmen ihn auf weitere Feldzüge mit. Erst musste er für Siegfried übersetzen, später für einen anderen ihrer Anführer, Rollo. Mit Rollo kam er bis nach Bayeux, und anders als Lutetia fiel jene Stadt schon nach kurzer Zeit in die Hände der Heiden. Er sah zu, wie Männer getötet, wie Häuser in Flammen gesetzt und Frauen geschändet wurden, er schmeckte wieder Todesangst, Ohnmacht und Verzweiflung – aber diesmal waren es nicht mehr die eigenen Gefühle, sondern die von Fremden.

»In Bayeux lernte ich Popa kennen, die Tochter des Grafen, die inmitten von Kampf und Feuer ihre Haare kämmte, ihr schönstes Kleid anzog und zu lächeln versuchte, als sie sich vor Rollo niederwarf. Das Lächeln missglückte, aber ihre Haut war pfirsichzart, ihre Brüste voll und üppig, ihre Lippen rot und feucht, und Rollo gefiel sie auch ohne Lächeln.« Taurin hob den Blick. »Ich wiederum gefiel Popa, weil ich noch weniger lächeln konnte als sie, aber dafür in der Sprache ihrer Kindheit mit ihr redete. Sie lernte das Nordische wie ich, doch im Herzen blieb sie eine Fränkin.«

Sein Atem ging immer noch schwer, aber der Druck in seiner Brust war nicht länger unerträglich. Jetzt sah Taurin Runa an.

»Ich lernte kein Griechisch mehr«, fuhr er fort. »Ich memorierte keine Psalmen mehr. Ich lernte, mich zu verstellen, mich anzupassen und vorzugeben, dass ich meine Vergangenheit vergessen hatte.«

Am Anfang hatte er nur für seine Feinde übersetzt. Dann war er noch größer und kräftiger geworden und unterwarf sich Rollo, wie Popa sich ihm unterworfen hatte. Popa trug Rollo an, seine Konkubine zu werden – Taurin hingegen trug Rollo an, für ihn zu kämpfen. Und Rollo sah ihnen beiden in die Augen und erkannte die Wahrheit nicht. Er hielt Popa für eine üppige, schöne Frau und war blind dafür, dass sie zerstört war. Und er hielt Taurin für einen tapferen jungen Mann und und war blind dafür, dass er voller Hass war.

»Ich lernte kein Griechisch mehr«, wiederholte er. »Ich memorierte keine Psalmen mehr, ich lernte zu kämpfen. Zuerst war ich Mitglied von Rollos Leibgarde, dann führte ich die Leibgarde von Popa an. Sie hat mir oft die Freiheit versprochen, aber Freiheit war nicht das, was ich wollte.«

Er schwieg erschöpft. Er vermeinte, sein Leben noch einmal gelebt zu haben mit all seinen Anstrengungen und Entbehrungen und Enttäuschungen, und dieses Leben schien plötzlich so lange gewährt zu haben wie das eines Greises. Er war zu müde, um noch zu reden – nur weinen konnte er, und er weinte lange und bitterlich.

Am Ende begnügte sich Runa nicht damit, über sein Gesicht zu streicheln und seine Tränen zu trocknen. Sie umarmte ihn, zog seinen Kopf auf ihre Brust, und die Brust war nicht weich und üppig wie die Popas, sondern klein und fest. Er hatte dennoch seit langem nicht mehr so weich gelegen. Er ließ sie gewähren.

Als seine Tränen versiegten, löste er seinen Kopf von ihrer Brust und wandte sich ab – so gut es trotz seiner Fesseln ging. Er war beschämt.

Wie erbärmlich, vor ihr geweint zu haben! Wie erbärmlich, ihre Umarmung gesucht zu haben! Wie erbärmlich, so viel preisgegeben zu haben!

Doch als er wieder hochblickte, sie ansah, trug sie nicht das Antlitz einer Feindin, sondern das Antlitz der Frau, mit der er nun über Monate unter einem Dach lebte, die ihm Essen gab und frische Kleidung, die ihm Wasser brachte, damit er sich waschen konnte, und die ihn losband, damit er seine Notdurft verrichten konnte. Vor allem war sie die Frau, an deren Brust er getrauert hatte.

»Wenn du mir dein Wort gibst, uns nicht zu töten – dann lasse ich dich gehen«, sagte sie.

Sein Zorn verrauchte. Seine Scham auch. Nur die Erschöpfung blieb.

»Du darfst mir nicht trauen«, sagte er leise. »Du bist eine Heidin. Wenn ich dich belügen würde, wäre es nicht einmal eine Sünde.«

»Dann belüg mich nicht. Sag mir die Wahrheit!«

Er wartete, dachte nach, sein Geist war so leer, die Tränen hatten jeden nüchternen Gedanken weggespült. Runa erhob sich, weil er immer noch schwieg, und dann war der Augenblick verstrichen, um zu versprechen, sie nicht zu töten.

Runa war erschöpft, als sie sich abwandte. Es war eine andere Erschöpfung als nach einem Kampf, einer Jagd, einer kalten Nacht oder zu langem Hungern. Zu viel ihrer Lebenskraft war durch ihre Adern gepeitscht, heftiger, als ein Mensch es ertragen konnte. Solange sie in Taurins verwundete Augen geblickt hatte, hatte sie seinen Kummer ertragen, doch kaum draußen angekommen gab sie dem Beben, das ihren Körper erfasst hatte, nach. Sie ging in die Hocke, vergrub den Kopf zwischen den Knien. Tränen schossen ihr in die Augen, von denen sie nicht wusste, ob sie ihr oder Taurin oder ihnen beiden galten. Sie wusste nur: Diese Trauer hatte nichts Leises,

Gemächliches, Halbherziges an sich. Sie schlich sich nicht an, sondern sie raste wie eine spitze, tödliche Waffe auf sie zu, um sich in ihr Fleisch zu graben, tief und schmerzlich.

Als Runa nach Ewigkeiten die Tränen wegwischte, war sie verwundert, dass an ihren Händen kein Blut haftete. Verwirrt stellte sie fest, dass die Tränen sie beruhigten und das Zittern nachließ. Sie schämte sich ihrer nicht. Sie dachte an die Geschichte vom schönen Baldur, der durch Lokis gemeine List getötet worden war, und den die Göttin Hel einzig freizugeben versprach, wenn alle Kreaturen um ihn weinten. Wie konnten Tränen ein Zeichen von Schwäche und Versagen sein, wenn sie so machtvoll waren, einen guten, schönen Gott aus dem Reich des Todes zurückzuholen?

Da Loki als Einziger nicht geweint hatte, war Baldur nicht wieder lebendig geworden. Aber sie war sich sicher, dass sie und Taurin ins Reich der Lebenden zurückgekehrt waren.

Gisla wusste nicht, wie Runa Taurin dazu gebracht hatte, sich zu beruhigen, aber als sie abends zurück in die Hütte kehrte, saß er reglos auf seinem Platz und schwieg. Sie war am Strand gewesen, jenem Ort, den sie in den letzten Wochen immer gemieden hatte, dem Ort, an dem Thure sich an ihr vergangen hatte. Doch an diesem Tag zählte nur, dass der Strand menschenleer war. Es gab nur sie. Oder nein – sie und das Kind. Hoffnung erwachte in ihr. Vielleicht war ein Mann, verrückt wie Thure, nicht fähig, ein echtes Kind zu zeugen, vielleicht war es nur eine List – seine oder vielmehr die ihres Körpers – ihr vorzugaukeln, sie trüge eines unter ihrem Herzen. Vielleicht war das Kind nichts weiter als ein Windhauch, der in die Weite fuhr und die Wellen peitschte. Aber je länger sie dastand und auf das Meer starrte, gleichmütig, nicht wild und brodelnd, von Gesetzen kündend, die älter als die Menschen waren und wonach auf das Werden das Vergehen folgte, desto deutlicher wurde ihr, dass sie sich selbst belog.

Auch Runa schwieg. Sie wich Gislas Blick aus. Diese konnte nicht ergründen, was es war, das ihr an der Gefährtin fremd schien.

Verhieß das Schweigen Frieden? Die Pflichten des Alltags und der Rhythmus, den diese den Menschen auferlegten, hielten allen Ausbrüchen stand. Am nächsten Tag jedoch begann das Schweigen zur Last zu werden.

Runas Gebaren erschien Gisla absonderlich. Sie sah Taurin nicht in die Augen, aber sie suchte seine Nähe. Wenn sie ihm das Essen hinstellte, tat sie es nicht schnell wie sonst, sondern blieb eine Weile bei ihm hocken, als warte sie auf etwas. Sie brachte ihm öfter frisches Wasser als früher und sah zu, wenn er sich wusch. Sie nähte ihm Kleidung, obwohl dies bisher Gislas Aufgabe gewesen war.

Mit jedem Tag wuchs Gislas Verwirrung. Sie versuchte sich das sonderbare Verhalten damit zu erklären, dass Runa nicht mehr am Schiff baute und sich irgendwie die Zeit vertreiben musste, aber das half nicht zu verstehen, warum auch Taurin Runa so oft anstarrte – nicht hasserfüllt wie bisher, sondern brennend, als wären seine Augen glosende Kohlestücke.

Gisla bekam Angst. Schwor Taurin der Rache ab, oder wurde auch er wahnsinnig wie Thure? Würde er eines Tages in Gelächter ausbrechen, so schrill und quälend wie das ihres Peinigers? Doch die Zeit verging, und Taurin lachte nicht.

Wenn sie sein Weinen in den Nächten hörte, zog sich Gisla das Fell über den Kopf und wälzte sich unruhig hin und her, bis sie eine Stellung gefunden hatte, um trotz des wachsenden Leibes und der immer größer werdenden Brüste ohne

Schmerzen liegen zu können. Und immer wieder fragte sie sich, warum Runa Taurin nicht getötet hatte.

Ob auch Runa sich manchmal diese Frage stellte, wusste Gisla nicht – nur, dass diese mit der Zeit immer verbissener und angespannter schien und ihre Kräfte auf gar sonderbare Ziele richtete. Es war ihr nie wichtig gewesen, ob sie befleckt durch die Welt gingen oder sauber, doch jetzt erwachte in ihr plötzlich Ärger, wenn sie auf die Tunika blickte, die aus dem neuen Stoff gemacht worden war, und feststellte, dass sie von Fettspritzern und Erdflecken übersät war.

»Man muss sie sauber bekommen können!«, rief sie zornig.

Gisla blickte sie verständnislos an.

»Es reicht nicht, sie ins Wasser zu tauchen«, rief Runa. »Davon allein wird sie nicht rein!«

Was Runa sagte, stimmte ohne Zweifel, aber bis jetzt hatte sie sich nie an derlei Dingen gestört.

»Womit wäscht man bei euch die Wäsche?«, fuhr Runa sie an. »Meine Großmutter hat die Kleidung immer rein bekommen.« Sie fügte hinzu, dass diese stets mithilfe eines Mittels, das aus Jauche gewonnen wurde, gewaschen habe. »Eigentlich merkwürdig«, schloss sie in Gedanken versunken, »dass aus Jauche etwas entstehen kann, was sauber macht.«

Gisla zuckte die Schultern. »Ich habe gehört, dass man auch Asche zum Waschen verwenden kann.«

Und wieder sagte Runa: »Eigentlich merkwürdig, dass aus Asche etwas entstehen kann, was sauber macht.«

Eine Weile hockte sie reglos da, dann stürmte sie ins Freie. Gisla schüttelte den Kopf und fragte sich, ob nicht nur Taurin langsam den Verstand verlor, sondern auch Runa – und dass sie von ihnen dreien, obwohl doch am schwächsten, am ängstlichsten und obendrein schwanger, als Einzige Herrin ihrer Sinne war.

Die Tage verrannen, und nicht nur die Stille, sondern auch die Hitze lastete schwer auf ihnen. Im kalten Winter hatten sie sich danach gesehnt, nun war sie kaum erträglich. Selbst in den Nächten trockneten ihre Kittel nicht, sondern blieben nass vom Schweiß.

Gisla setzte die Hitze mehr zu als alles andere. Immer wieder verließ sie die Hütte, schleppte sich zum Meer, watete bis zu den Knien hinein, weiter hinaus wagte sie sich nicht. Runa hingegen stürmte juchzend an ihr vorbei, tauchte selbst ihren Kopf unter und schwamm weit hinaus. Sie schien es zu genießen. Gisla wünschte sich, sie würde sich gleich ihr einfach ins Wasser fallen lassen können. Sie wusste jedoch: Sie würde nicht juchzen, sondern untergehen. Das Kind würde sie in die Tiefe ziehen, schwer wie ein Stein.

Sie stellte es sich nun oft genau so vor – grau und leblos wie ein Stein – dann konnte es nicht höhnisch lachen wie Thure.

Es war wohl ein Jahr her, seit Karl und Rollo bei Saint-Clair-sur-Epte den Vertrag geschlossen hatten, und sie überlegte sich, was in diesem Jahr geschehen wäre, wenn sie nicht von Rouen geflohen wäre. Trüge sie Rollos Kind? Oder hätte Taurin sie schon getötet? Taurin, dem Runa nun manchmal die Fesseln lockerer band, damit er nicht gekrümmt hocken, sondern sich erheben, sich strecken und die schlaffen Muskeln stärken konnte.

Gisla gönnte ihm diese Gnade nicht, doch sie brachte keinen Einwand hervor. Ihre Empörung brach sich erst Bahn, als Runa Taurin nach einer stickigen Nacht vorschlug, ihn loszubinden, damit er wie sie im Meer schwimmen könne.

»Versprich, dass du uns nichts zuleide tust«, bat sie ihn.

»Das kann ich nicht versprechen«, antwortete Taurin traurig.

Gisla sprang von der Bettstatt hoch, packte Runas Arm und schüttelte sie.

»Bist du von Sinnen? Wie kannst du ihm so etwas anbieten?«, fuhr sie die Gefährtin an.

»Auch wenn er etwas anderes sagt – ich bin sicher: Er würde uns nichts tun«, erwiderte Runa.

Trotz stand in ihrem Blick und etwas anderes: ein wenig von dem schwarzen Feuer Taurins, ein wenig Schmerz und Verlorenheit.

»Wie kannst du ihm vertrauen?«, schrie Gisla. »Ausgerechnet du, die du mir vorgeworfen hast, dass ich Thure vertraut habe!«

Ihr Griff lockerte sich, doch nun war es Runa, die sie packte: »Du kannst die beiden nicht vergleichen!«, rief sie.

»Warum nicht? Sie haben es beide darauf angelegt, uns zu töten! Sie sind gefährlich! Der Tod ist nicht weniger endgültig, ganz gleich, von welcher Hand er kommt.«

»Ja, er wollte uns töten, aber...«

Sie sprach nicht weiter.

Gislas lautes Schreien hatte das Kind geweckt, und nicht nur das Kind, sondern auch einen grässlichen Schmerz. Ihr Leib wurde hart, verkrampfte sich. Zugleich schien etwas an ihm zu zerren, glühender als übliches Rückenweh. Die Beine wurden zu schwach, die Last zu schleppen. Gisla sackte auf die Knie, umklammerte ihren Bauch. Ein Messer schien darin zu hocken, sich immer wieder umzudrehen. Unter ihr wurde es nass.

»Mein Gott!«, schrie Gisla auf.

Sie griff sich zwischen die Beine, betrachtete die Hände.

»Es ist doch viel zu früh«, hörte sie Runa stammeln. »Es ist doch noch lange nicht Zeit!«

Die Flüssigkeit, die über ihre Schenkel und nun auch über

ihre Hände tropfe, war warm. Gisla dachte, es wäre Blut, aber es war farblos wie Wasser und farblos wie Tränen.

Adarik blickte zu den Reitern hoch. Sie hatten ihn ertappt, als er auf dem Boden saß, die Beine von sich gestreckt und an einen Stein gelehnt. Vor allem hatten sie ihn ganz allein ertappt.

Schon als er in der Ferne die Pferde gehört hatte, die sich ihm näherten, hatte er geahnt, dass er sterben würde. Nun, da die Pferde in einem Kreis um ihn herumstanden, war er sich dessen sicher – und empfand es als ungerecht. Warum ereilte ihn ausgerechnet jetzt Remigius' Strafe? Er hatte seinen Männern zwar befohlen, Thure zu den Frauen zu folgen, er selbst hatte sich aber entschlossen, zurück- und darum fernzubleiben, wenn das Blut der fränkischen Prinzessin floss.

Und diesmal würde es fließen. Diesmal würden seine Männer sie nicht einfach nur ins Wasser stoßen, sondern sich überzeugen, dass kein Leben mehr in ihrem Körper war.

Zu seinem Erstaunen blieben die fremden Krieger auf ihren Pferden sitzen, und er starb nicht. Adarik schirmte seine Augen mit den Händen ab, um sich vor der Sonne zu schützen.

»Wer ... wer seid ihr?«, fragte er und erhob sich rasch.

Einer der Männer sprang vom Pferd, deutete erst auf sein eigenes, dann auf Adariks Schwert. Dass die Waffen gleich groß und gleich schwer waren, wies die beiden Männer als seinesgleichen aus. Die Reiter waren Franken.

Wie merkwürdig, dachte Adarik. Wir erkennen uns nicht an einem Gruß, einem Lächeln, einer Geste, sondern an unseren Waffen.

»Wir kommen aus Laon. Hagano schickt uns ...«, erklärte der Mann.

Adarik atmete hörbar aus. »So wie er einst mich und die Meinen geschickt hat«, sagte er. »Wir wären längst ins Frankenreich zurückgekehrt, aber wir wurden über Monate gefangen gehalten. Auf jeden Fall – der Auftrag, den Hagano mir erteilt hat, ist erfüllt.«

Oder würde es noch in der nächsten Stunde sein, setzte er still hinzu.

»In Wahrheit sind wir hier, um eben das zu verhindern«, erklärte der Mann.

Adarik riss die Augen auf. »Sie ... sie soll leben?«

Ihm war nie wohl bei dem Gedanken gewesen, Gisla zu töten – weder damals, als er sie ins Meer hatte werfen lassen, damit sie dort ersoff, noch heute, als er seine Männer mit Thure losgeschickt hatte. Dennoch regte sich nun ein befremdendes Gefühl – Empörung.

Wie erbärmlich, nichts weiter als ein Spielball in der Hand eines wankelmütigen Mannes zu sein, der sich einmal aufs Töten, einmal aufs Lebenlassen verlegte! Sein Leben lang hatte er das Schwert geführt, weil andere es so befahlen, doch nun deuchte es ihn als Zumutung, dass er auf dieser Welt, wenn sie schon ein grässlicher, grausamer Ort war, nicht einmal den geraden Weg gehen durfte, sondern zum Zickzack gezwungen war.

»So ist es«, erklärte der andere, »wir sollen Gisla, so wir sie finden, zurückbringen.«

Da erst vertrieb Triumph den Anflug von Empörung. Auch wenn Hagano seine Meinung offensichtlich geändert hatte – die Dinge nahmen trotzdem ihren Lauf.

»Ihr kommt zu spät«, erklärte er. »Viel zu spät. Gisla ist längst tot. Macht euch keine Mühe, noch länger nach ihr zu suchen.«

Er zögerte kurz, dann entschied er sich, dass er lange

genug im Nordmännerland gewesen war. »Ich begleite euch gerne zurück nach Laon, um Hagano persönlich zu berichten, was geschehen ist.«

Der Schmerz war wie eine Schlange.

Zuerst rollte sie sich zu einem Knoten zusammen, kalt und hart wie Stein, dann wuchs sie, sodass Gisla dachte, ihr Leib würde platzen. Zuletzt streckte sich die Schlange und verspritzte ihr Gift. Der Schmerz kroch vom Kreuz hoch zum Hals – er war nunmehr einfach überall. Gisla keuchte, stöhnte, schrie. Thures Gesicht, an das sie all die Monate nicht hatte denken wollen, stieg vor ihr auf. Er selbst, nicht bloß sein Kind schien auf ihr zu hocken, einzig dazu da, sie zu quälen, über sie zu spotten und über sie zu lachen. Er wand seine Arme um sie, erdrückte, erstickte sie – nur das Kind herauspressen, das konnte er nicht.

»Du darfst nicht aufgeben, du schaffst es.«

Runas Stimme war beschwichtigend und warm wie nie, besorgt und mitleidig auch; sie zeigte all die Gefühle, die sie in den letzten Monaten nie gezeigt hatte, hockte ganz nah bei ihr und hielt ihre Hand fest umklammert. Tränen schossen aus Gislas Augen – weil jene Kluft nicht mehr zwischen ihnen stand, aber Freundlichkeit und Liebe nicht reichten, um die Schmerzen zu mindern.

»Du musst ruhig atmen!«, befahl Runa, und Gisla versuchte zu gehorchen.

»Und du musst sitzen!«, rief Runa und zog Gisla hoch. »Die Frauen bei uns gebären die Kinder im Sitzen ...«

Ihre Stimme war nicht mehr nur warm, sondern auch unsicher. Es schien das Einzige zu sein, was sie von Geburten wusste, und es war viel zu wenig.

Gisla wollte sich nicht setzen, denn ganz gleich, ob sie saß oder lag, die Schlange ließ sich nicht zähmen. Anfangs biss sie nur dann und wann zu, mit der Zeit immer häufiger und gieriger. Zuletzt war es nicht einmal mehr ein Trost, dass Runa ihre Hand hielt. Obwohl ihre Tränen längst versiegt waren, sah Gisla die Welt wie durch einen grauen Schleier, und die Hütte, die ihr eigentlich vertraute Heimat geworden war, wirkte dahinter fremd und abstoßend. So ärmlich war es an diesem Ort, so schmutzig, und das Bett war so hart! Oh, wenn sie nur weich liegen könnte in all ihren Schmerzen, wenn ihre Mutter und Begga sie trösten und liebkosen würden, ihr ein Daunenkissen unter den Kopf schieben und ein Kohlebecken an ihr Bett!

Aber Begga hatte sie verraten, und ihre Mutter würde entsetzt sein, dass sie das Kind eines Nordmannes gebar ... oder das eines Dämons.

Gislas Blick ging flackernd durch die Hütte, traf schließlich Taurins. In seinen Augen glühte kein Hass mehr; ausdruckslos und von ihren Schmerzen ungerührt starrte er sie an. Was immer sie erlitt, er fand wohl, sie hätte es verdient – sie, die gefallene Königstochter. Das schwächliche Kind eines schwächlichen Vaters. Der das Land nicht durch ehrlichen Kampf vor Nordmännern schützen konnte, sondern durch einen schmählichen Pakt.

Taurin zeigte seinen Hass nicht, aber er belauerte sie, er ließ sie nicht aus den Augen. Gewiss wartete er nur, bis das Kind aus ihrem Leib gekrochen käme, um es an sich zu bringen.

»Er muss weggehen!«, schrie Gisla. »Töte ihn! Er wird mir mein Kind nehmen.«

Zum ersten Mal sprach sie von ihrem Kind. Bis jetzt war es ein Stein, ein kleiner Dämon gewesen. Nun endlich wurde ihr bewusst, dass sie wollte, dass es lebte. Und sie wollte, dass sie selbst lebte.

Runa hörte nicht auf sie, hielt weiter ihre Hand, strich ihr manchmal über das Gesicht und murmelte etwas, was Gisla nicht verstand.

»Was ... was redest du da?«, stammelte Gisla.

Die Antwort drang nicht zu ihr durch, stattdessen begann Runa zu singen. Nicht hell und klar wie Gisla stets gesungen hatte, sondern mit rauchiger Stimme. Beschwor sie ihre Götter, ihr zu helfen? Aber die Götter konnten ihr nicht helfen! Sie waren böse und hässlich und auf Zerstörung aus! Nichts Gutes war von ihnen zu erwarten! Die heilige Margarethe war die Einzige, die ihr beistehen könnte, vielleicht auch die heilige Dorothea, doch sie war zu schwach, um sie um Hilfe anzuflehen, und Taurin war zu böse, es zu tun.

Als der nächste Krampf sie beutelte, floss etwas Warmes aus ihrem Leib. Sie hob den Kopf, sah frisches rotes Blut. Vielleicht war das Kind kein Stein, kein Dämon, kein Mensch, sondern nur ein großer Blutklumpen.

Gisla schrie durchdringend – diesmal nicht vor Schmerz, sondern vor Zorn, erbost, dass die Schlange nicht endlich von ihr abließ.

Erschöpft ließ sie den Kopf zurück auf die Bettstatt sinken. Nicht länger war ihr Blick von einem grauen, sondern von einem roten Schleier verhangen, und was sie dahinter sah, war zu schrecklich, als dass es wirklich sein konnte. Sie musste Fieber haben und all das träumen! Die Schlange begnügte sich nicht mehr, sie zu beißen und zu ersticken, sondern gaukelte ihr Bilder vor, die es nicht gab!

Unmöglich, dass Runa in diesem Augenblick ihre Hand losließ.

Unmöglich, dass jemand lachte und es wie Thures Lachen klang.

Und unmöglich, dass Taurin – oder war es der Dämon? – plötzlich ohne Fesseln im Raum stand.

Gisla hatte Runa anvertraut, dass Thure von der Ragnarök gesprochen hatte, als er sich an ihr verging, und obwohl Runa diese Geschichte kannte, begriff Runa erst jetzt, wie es sich anfühlte, wenn die Welt Stück für Stück zerbrach und im Chaos versank.

Die Ragnarök kam nicht plötzlich über die Welt, sondern kündigte sich durch viele kleine Katastrophen an. Und auch an diesem Tag wurde nach und nach alles schlimmer, nahm das Unglück langsam, wenn auch stetig seinen Lauf. Am Anfang dachte sie noch, sie hätte genügend Kräfte, es abzuwenden. Am Ende blickte sie in einen Abgrund, so tief, so schwarz, wie sie in noch keinen geblickt hatte. Eigentlich war es kein Abgrund, eher ein Monster mit weit aufgerissenem Maul und spitzen Zähnen. Sie wähnte diese Zähne schon zuzubeißen und war nicht sicher, ob sie genügend Kraft hatte, das Maul offen zu halten.

Das erste Unglück an jenem Tag war, dass sie nicht wusste, wie sie Gisla bei der Geburt am besten beistehen sollte. Sie konnte ihre Hand halten, ihr Mut zusprechen und Wasser holen, um die verschwitzte Stirn zu trocknen. Aber das alles genügte nicht, und das Kind kam nicht so selbstverständlich zur Welt wie der Morgen nach einer Nacht und der Sommer nach dem Winter.

Dass Gisla Schmerzen hatte, war wohl unvermeidbar – was nahm auf dieser Welt seinen Lauf, ohne Schmerzen zu bereiten? Doch zu den Schmerzen kam Blut, und irgendetwas sagte ihr, dass es viel mehr war, als es sein sollte. Am schlimmsten war, dass Gisla schließlich so geschwächt war, dass sie nicht mehr schreien konnte, sondern nur mehr wimmern.

Immer noch versuchte sie, beruhigend auf sie einzureden, magische Beschwörungen zu murmeln, die in den Tiefen ihres Gedächtnisses vergraben waren, und Lieder ihrer Großmutter zu singen, obwohl ihre Stimme nicht dafür taugte. Aber ihr Herzschlag ging immer unruhiger, ihre Kehle wurde enger, und schließlich fühlte sie sich wie an jenem Tag, da sie Gisla verletzt aus dem Fluss gezogen hatte und das Leben unter ihren Händen geschwunden schien: hilflos und ohnmächtig.

Einmal ließ sie Gisla los, ging unruhig im Kreis umher. Als sie ihren Kopf hob, traf ihr Blick den Taurins. Gleichgültig war seine Miene, doch vielleicht diente die vermeintliche Kälte nur dazu, Ekel zu verbergen – und Unbehagen.

Runa blieb stehen. »Was soll ich tun?«, rief sie verzweifelt und schämte sich nicht, ihre Schwäche einzugestehen.

»Ich kann beten, schreiben und kämpfen«, murmelte Taurin, »aber einem Kind auf die Welt helfen ist Frauensache.«

Als ob Frauen es im Blut hätten! Als ob ihnen die Gabe angeboren wäre, solch ein Ungeheuer, wie es in Gislas Leib tobte, zu beschwichtigen!

Dieses schien ihn nicht verlassen zu wollen, sondern ihn vielmehr zu zerreißen.

Sie trat zurück an das Lager und sah, dass mit jeder Wehe neues Blut kam. Und inmitten einer Woge neuen Bluts ragte plötzlich eine Kinderhand aus Gislas Leib. Sie war zu einer winzig kleinen Faust geballt und bewies zwar, dass in Gislas Leib ein Menschenkind hockte, kein Ungeheuer – aber dass sie zuerst kam, war falsch, grundfalsch. Runa wusste nicht viel über Geburten, aber dies schon: dass der Kopf als Erstes nach draußen drängen sollte.

Sie starrte auf die winzige Hand. Sollte sie daran ziehen oder sie zurück in den Leib schieben? Sollte sie überhaupt etwas tun oder besser abwarten? Würde ihr Zögern Gisla und das Kind das Leben kosten – oder es retten, weil die Natur eine bessere Hebamme war als sie?

Panik befiel sie, größere, als wenn sie um ihr eigenes Leben gefürchtet hätte. Schließlich schüttelte sie die Schreckensstarre ab, hockte sich zwischen Gislas Beine und drückte die winzige Hand. Warm war sie. Und glitschig wegen des vielen Bluts. Gislas Leib hingegen schien wie aus Wachs zu sein – eine Berührung würde genügen, auf dass er schmolz, noch kleiner, noch schwächer wurde und schließlich dahinschwand. Das Wimmern erstarb.

»Halt dich irgendwo fest! Du musst dagegendrücken!«, schrie Runa.

Gisla hörte sie nicht mehr. Ihre Augen waren geschlossen, ihre Glieder schlaff. Sie konnte Runa nicht helfen, konnte ihr die Entscheidung nicht abnehmen, ob sie nicht doch an der Hand ziehen sollte. Wenn sie es täte, ging ihr auf, bräuchte sie jemanden, der Gisla festhielt.

Sie fuhr mit blutverschmierten Händen und schweißnassem Gesicht herum. Immer noch war Taurins Blick auf sie gerichtet, nicht länger kalt, sondern verwirrt.

Gisla hatte jenen schmalen Pfad zwischen Leben und Tod betreten, als die Geburt begann, Runa war ihr gefolgt, als sie ihr beistand, und auch Taurin machte einen Schritt auf diesen Pfad zu, nicht weil er es wollte, sondern weil er in dieser Hütte gefangen war. Und nun galt es, jeden Ballast abzustreifen, um nicht zu fallen – falschen Stolz und Trotz, aber auch Verachtung und Schmerz, galt es überdies, sich jener Macht hinzugeben, die plötzlich im Raum wirkte, die stürmischer und beißender als der salzige Meerwind sämtliche Gefühle fortwehte, und die verlangte, dass alle Kräfte dem nächsten Schritt auf diesem schmalen Grat geweiht würden.

Runa stand auf. Sie merkte kaum, wie sie die Distanz überwand, dann hatte sie Taurin schon erreicht.

»Wirst du mir helfen, das Kind auf die Welt zu bringen?«, fragte sie.

Er sagte nichts, aber sie ahnte, was ihm durch den Kopf ging. Dass er es gerne versprechen wollte, aber nicht konnte. Dass der gefesselte Taurin womöglich ein anderer war als der befreite, und der eine über den anderen keine Gewalt hatte.

Runa nahm ihr Messer, hielt den Griff umkrampft. Kurz verharrte sie, beugte sich zu Taurins Fesseln herunter, verharrte wieder. Ihr Blick und seiner versanken nicht länger ineinander, sie starrten aneinander vorbei wie Fremde. Tu es, sagte eine Stimme in ihr. Tu es nicht, sagte eine andere.

Ehe sie entschied, auf wen sie hören sollte, schlug das Unheil endgültig über ihr zusammen.

Da war ein neuerliches Stöhnen von Gisla zu hören – und plötzlich ein ganz anderer Laut, schrecklicher als dieser, vernichtender. Ein Lachen.

Thures Lachen.

Es war zu laut, um sich einzureden, es sei eine Täuschung. Das Messer entglitt Runas feuchten Händen. Sie stürmte hinaus. Die Ragnarök, dachte sie, jetzt wird sie kommen, langsam, aber unerbittlich.

Am Ende der Welt steuerte der verrückte Gott Loki ein Schiff, das die Dämonen der Zerstörung mit sich führte. Thure kam nicht auf einem solchen, kam vielmehr zu Fuß auf sie zugeschritten, aber als sie ihn erblickte, erschien es ihr, als hätte er gleich Loki die Unterwelt geöffnet und ihre finstersten Kreaturen freigelassen.

Sie wich zurück, aber nicht schnell genug. So gemächlich er auf sie zugeschritten war, so blitzschnell sprang er sie jetzt an. Sie wollte nach ihrem Messer greifen, aber da hatte er schon ihre Hand auf den Rücken gezerrt. Erst jetzt ging ihr auf, dass es ohnehin sinnlos gewesen wäre, sich gegen Thure zu wehren, denn auch wenn sein Anblick mehr an Zerstörung und Irrsinn denn an Kraft denken ließ – er hatte genügend davon, zumindest mehr als sie. Nicht zum ersten Mal musste sie das erleben, doch nie hatte sie sich so ohnmächtig gefühlt wie an diesem Tag. Sie heulte vor Wut und Schmerz und konnte doch nicht verhindern, dass er sie zurück ins Haus stieß. Ob seines festen Griffs stand sie gebückt und sah nichts, aber sie wusste, welcher Anblick sich Thure bot, als der nun seine funkelnden Augen kreisen ließ: Da war Taurin, immer noch gebunden und wehrlos. Da war Gisla, gepeinigt, sich windend und von Schmerzen erfüllt. Aber da war niemand, der sich ihm entgegenstellen konnte – was immer er auch vorhatte.

»Warum bist du zurückgekommen?«, presste sie keuchend hervor. »Warum lässt du uns nicht einfach in Frieden leben?«

Noch mehr Worte lagen ihr auf den Lippen – dass Gislas Kind seines wäre und dass er sie darum verschonen möge. Doch zum einen konnte er das selbst erahnen, und zum anderen war das für einen wie ihn kein hinlänglicher Grund, Menschlichkeit zu beweisen.

»Wenn es nach mir gegangen wäre«, sprach Thure mit falschem Bedauern, »hättet ihr gerne weiterleben können, ob nun in Frieden oder nicht. Allerdings will ich auch leben – und zwar gut leben. Das Einzige aber, was ich zu verkaufen habe, ist das Wissen, dass ihr noch lebt und wo genau.«

Sein Griff ließ ein wenig nach, und sie konnte sich aufrichten. Gisla hatte ihre Beine leicht angezogen, Runa erkannte nicht, ob dazwischen neues Blut hervortrat, das Kind oder beides. In jedem Fall waren ihre Augen geschlossen. Die schwarzen von Taurin hingegen nicht. Als sich ihre Blicke trafen, glaubte sie, in einen Spiegel zu sehen und fühlte in ihm, was in ihr selbst rumorte: Hass auf Thure, Unverständnis, warum er hier war, Angst, was es bedeutete.

Sie ahnte es früher, als ihr lieb war. Schon im nächsten Augenblick hörte sie Pferde, die sich dem Haus näherten. Sie war nicht sicher, wie viele genau, aber gewiss, dass es genügend waren, um ihre Lage zu einer vollends hoffnungslosen zu machen.

Thures Augen wurden plötzlich ganz leer. Und sie dachte: Lass es schnell gehen. Lass es ihn nicht quälend langsam tun. Lass ihn nicht lange Reden halten wie sonst, ehe er zuschlägt.

Doch dann konnte sie nicht auf Worte verzichten: »Wie ist es dir nur wieder gelungen, neue Männer um dich zu scharen?«

Thures Griff gab noch ein wenig weiter nach. Sie stand nun vor ihm, sah, dass zu den alten Narben in seinem Gesicht neue Blessuren gekommen waren, dass es tatsächlich möglich gewesen war, diesen zerstörten Mann noch mehr zu verwunden.

Er zuckte die Schultern. »Ich fürchte, dies ist zu viel der Ehre für mich.«

Stimmen wurden von draußen laut, und sie redeten nicht in der nordischen Sprache miteinander, sondern fränkisch.

»Ich war nicht fähig, Männer um mich zu versammeln. Ich bin lediglich zufällig auf Adarik und die Seinen gestoßen und habe ihnen ein Geschäft vorgeschlagen«, er zuckte die Schultern, »am Ende gilt inmitten des Chaos ein schlichtes Gesetz: Ich bin mir mehr wert als ihr.«

Ihr Mund wurde trocken, als sie ihn anstarrte. Aus den Augenwinkeln meinte sie zu sehen, dass Taurin an seinen Fesseln zerrte. Er spie einen Namen aus, den sie noch nie gehört hatte.

»Judas!«

Ihr selbst ging ein anderer durch den Sinn.

Adarik.

Da draußen stand Adarik oder zumindest Männer, die er beauftragt hatte. Und diesmal würden sie nicht den Fehler machen, sie nur über die Klippen zu werfen. Noch warteten sie, noch drangen sie nicht in die Hütte ein – vielleicht jenen Teil der Abmachung einhaltend, dass Thure die Frauen töten durfte, wenn er sie zu ihnen führte. Sie glaubte ihm nicht, dass ihn dabei einzig der Hunger nach Leben trieb – vielmehr, dass er sie immer noch für ihren einstigen Verrat bestrafen wollte. Aber alles Sinnieren half nicht – sie würde sich nicht wehren können. Und es war zu wenig Zeit, um zu hoffen, dass sie den Weg zu Hel finden würde, bei der es zwar kalt und finster war, aber bei der sie auf Asrun treffen würde.

Erstaunlich nur, dass Thure nicht lachte, dass er vielmehr ernst blickte. Da stand kein Hohn in seinem Gesicht, kein Wahnsinn und keine Lust an Grausamkeit, nur der feste Wille, zur Tat zu schreiten. Er zog eine Streitaxt, und als Runa auf die blitzende Klinge starrte, ging ihr auf, dass er zum ersten Mal freundlich zu ihr war. Er machte ihren Tod nicht zum Spiel, und indem er sie nicht mit bloßen Händen erwürgte, sondern wie eine Kriegerin tötete, erwies er ihr mehr Ehrerbietung denn je.

Sie schloss die Augen. Ob er nun lachte oder nicht – sie wollte nicht in sein Gesicht sehen, wenn sie starb, wollte ein anderes heraufbeschwören. Das Gesicht ihrer Großmutter, ihres Vaters, Gislas, Taurins...

»Thure!«

Sie verstand nicht, wer da schrie. War es Taurin? Und warum er schrie, verstand sie noch weniger. Im nächsten Augenblick erhielt sie einen Stoß, aber nicht eine scharfe Klinge durchschnitt ihre Haut, sondern eine Faust traf ihren Leib. Sie taumelte, stieß gegen die Wand. Als sie sich umdrehte und die Augen öffnete, sah sie, dass Taurin aufgesprungen war. In einer Hand hielt er die durchgeschnittene Fessel, in der anderen ihr Messer, das sie hatte fallen lassen – nahe genug, damit er es an sich ziehen und sich damit hatte befreien können. Wieder trafen sich ihre Blicke, wieder konnte sie fühlen, was er fühlte.

Dies ist meine Rache.

Er war nicht besitzgierig, überließ ihr einen Teil von der tiefen Genugtuung, dem gerechten Zorn, dem Genuss, das Messer auf Thure zu schleudern.

Unwillkürlich ahmte sie die Bewegung nach. Ihr Vater hatte ihr einmal erzählt, dass Odin vor jeder Schlacht eine Waffe geopfert werden müsse – ein Speer, den man über die Reihen der Feinde schleuderte. Dieses Messer würde nicht über den Feind hinwegzielen, es würde Thure treffen – und dennoch schien es plötzlich Menschen- und Götterwelt zu verbinden.

Runa konnte den Luftzug spüren, als das Messer an ihr vorbeischnellte und Thure mitten in der Kehle traf. Eben noch hatte sie geglaubt, dass es kein Fleckchen Haut gab, das nicht verwundet oder vernarbt war – nun sah sie, dass seine Kehle glatt und weiß gewesen war, ehe das Messer sie zerfetzte. Blut schoss hervor, sie spürte seinen warmen Strahl. Ein Röcheln erklang, ein Japsen, vielleicht wollte Thure etwas sagen, aber konnte es nicht. Erst als er stürzte und das Röcheln verstummte, wusste sie, dass er nichts mehr hatte sagen, sondern selbst am Ende noch hatte lachen wollen – wenn nicht über ihren, so über seinen Tod.

So zusammengekrümmt wie Thure lag auch Gisla da. Als Runa einen Blick zu ihr warf, war sie sich gewiss, dass sie tot war wie er: Noch mehr Blut war zwischen ihren Beinen hervorgesickert, die Haut war bleich, die Augen waren geschlossen.

Es war ein grauenhafter Anblick – und er stimmte Runa doch erleichtert. So war Gisla von dem Kind gemordet worden und würde nicht von Adariks Männern erschlagen. Ihr war zwar kein schmerzhafter Tod erspart geblieben, aber zumindest ein gewaltsamer.

Dann lauschte sie den fränkischen Worten, die draußen vor der Tür gewechselt wurden. Obwohl sie der Sprache eigentlich mächtig war, verstand sie sie nicht, und noch weniger verstand sie, warum Taurin das Messer aus Thures Kehle gezogen hatte, es aber nicht sofort gegen sie richtete – nun, da ihre Wut auf Thure sie nicht mehr einte, da sie nicht länger genau das Gleiche fühlte wie er: die Entschlossenheit zu töten und das Wissen, stärker zu sein.

Taurin trat zur Fensterluke, blickte hinaus, zählte lautlos die Männer. Einen Augenblick lang stand die Welt still, dann wich er plötzlich zurück, und die Tür wurde aufgestoßen. Jener fremde Mann hatte kaum einen Schritt über die Schwelle gesetzt, da lag er schon tödlich getroffen auf dem Boden. Ehe Runa erkannte, wer es war, wer ihn so blitzschnell ermordet hatte und warum, sah sie etwas auf sich zufliegen. Es war das Messer, ihr Messer, an dem noch Thures Blut klebte, und es war Taurin, der es ihr entgegenschleuderte. Aber nein, nicht, um auch ihr die Kehle zu zerfetzen, sondern damit sie es auffing und mit ihm kämpfte.

Runa konnte keinen klaren Gedanken fassen, instinktiv jedoch griff sie nach der Waffe, als ein zweiter Mann in die Hütte stürmte, und warf sie auf ihn. Sie fühlte nicht die gleiche Befriedigung wie bei Thures Tod, doch die Kraft, die im Töten lag. Von einem roten Blitz schien ihr Körper getroffen und in Flammen gesetzt zu werden, zerstörerisch für andere, nicht dagegen für sich selbst. Der Mann sank nieder, und sie stürzte auf ihn los. Gerade noch rechtzeitig zog sie das Messer aus seiner Brust, um den dritten abzuwehren, der eben sein Schwert hob. Sie traf sein Bein, eine schmerzhafte, aber keine tödliche Wunde. Mit einem Aufschrei hob er erneut das Schwert. Runa duckte sich, rollte sich zur Seite, es gelang ihr indes nicht, ihre Waffe ein weiteres Mal zu werfen – für einen Moment war sie wie gelähmt.

Und dann sah sie, dass Taurin ihre Axt in den Händen hielt. Die Axt, mit der sie die Bäume für ihr Schiff, das niemals das Meer sehen würde, geschlagen hatte. Er tötete damit einen Franken, der niemals den Frieden erleben würde – und sie erkannte, dass er gemeinsam mit ihr kämpfte. Weil es die Nordmänner gewesen waren, die ihn gefangen genommen und versklavt hatten, aber die Franken, die ihn in die Gefahr geschickt hatten, um Reliquien zu schützen, und die ihn später im Stich gelassen hatten. Weil er mit ihr das Leben geteilt hatte – mit seinem Volk aber schon lange nicht mehr. Weil er mit ihr um seine Liebste geweint hatte, mit seinesgleichen aber nie.

Taurin schnellte herum, als ein neuer Eindringling in die Hütte stürmte, und bevor Runa auch nur einer Regung fähig war, hielt er ein Schwert in seinen Händen und schlug ihn nieder. Da erwachte sie aus ihrer Starre und sprang auf. Thure hatte Chaos und Zerstörung gebracht – beides entfachte ihren ganzen Groll, und dieser Groll gab ihr Kraft.

Es gab nur mehr Leben oder Tod.

Es kostete Taurin große Überwindung, die Franken zu töten, aber sein Hass war stärker. Er hasste sie, weil er für sie nicht einer ihresgleichen war, sondern ein Nordmann, und auch, weil sie ihn – selbst wenn sie ihm die Herkunft angesehen hätten – dennoch getötet hätten.

Sie wussten, dass er wusste, wer Gisla in Wahrheit war, und das war zu viel Wissen, um weiterleben zu dürfen. Wer er selbst war, woher er stammte, welche Sprache die erste war, die er erlernt hatte, und dass er darüber hinaus auch des Lateinischen und Griechischen mächtig wäre – all das würde ihm nicht helfen, genauso wenig, wie es ihm damals geholfen hatte.

Man hatte ihn geschickt, die Reliquien in Sicherheit zu bringen, weil ein Kind geringeren Wert hatte als ein erwachsener Mönch, dem man jahrelang das Schreiben beigebracht hatte, weil bloßes Talent, wie er es besaß, weniger zählte als Können und das Leben eines anderen weniger als das eigene. Letzteres galt auch für den Teufel Thure. Für diese Franken. Und für ihn selbst.

Nur für Runa war es anscheinend anders. Sie schützte nicht nur das eigene Leben, sondern auch das von Gisla – obwohl die Frankenprinzessin leblos dalag und darum nicht einmal gewiss war, ob es noch etwas zu schützen gab.

Unbeirrt schwang sie das Schwert – und sie tat es mit gewandten, schnellen und bestimmten Bewegungen. Ein Mann nach dem anderen fiel. Taurin und Runa kannten jeden Winkel der Hütte und konnten nicht nur die Waffen der Gefallenen nutzen, sondern auch alles andere, was sich im Haus befand.

Runa warf einem die Bank vor die Füße, und während er strauchelte, hieb sie ihm den Kopf ab. Taurin schleuderte einem anderen den Kessel vor die Füße und nutzte den Moment der Unachtsamkeit, da der ihn mit dem Fuß zur Seite stieß, um ihm das Schwert in den Leib zu rammen. Er stolperte, hatte jedoch im gleichen Augenblick schon wieder die Balance gefunden, um einen Nächsten zu töten.

Der Krieg klang immer gleich, zischend und ächzend und klirrend und stöhnend. Immer gab es solche, die ihn überlebten, und solche, die zugrunde gingen. Der Krieg war immer blutig und schmutzig, und er machte kalt, eiskalt ums Herz.

Taurin wusste, dass er mit jeder Regung Rache nahm – an Verrätern und an Feiglingen, an schwachen Herrschern und an sittenlosen Mördern. Er hatte nicht mehr damit gerechnet, seine Rache zu bekommen. Vor allem nicht auf diese Weise.

Dann war plötzlich Stille. Heckten sie draußen einen neuen Plan aus, das Haus zu stürmen, oder waren alle tot, die es auf ihr Leben abgesehen hatten? Taurins Blick fiel auf Runa, die an der Tür stand und das blutbefleckte Schwert schwang, so kraftvoll, so elegant. Wie kann etwas, das so grausam ist, dachte er, so endgültig und vernichtend, zugleich jedoch so schön sein?

Die Stille blieb. Runa ließ das Schwert fallen, stoßweise ging Taurins Atem.

Eine Weile verharrten sie noch, dann schauten Runa und

Taurin vorsichtig hinaus, um sich dessen zu versichern, was sie erhofften. Und ihre Hoffnung bestätigte sich. Die Männer waren tot, nur sie lebten.

Da erklang ein leises Stöhnen von der Bettstatt. Als Runa zu Gisla eilte, sah sie, dass ihr Brustkorb sich hob und senkte, dass auch in ihr noch Leben war. Ein neuer Schwall Blut ergoss sich zwischen ihren Beinen. Gisla bäumte sich auf, und dann sah Runa, dass noch etwas anderes aus ihrem Leib quoll.

»Runa, so hilf mir doch!«, schrie sie.

Und Runa half ihr.

An ihren Händen klebte das Blut der getöteten Franken und das von Gisla, aber andere Hände hatte sie nicht. Sie griff nach dem, was aus dem Leib der Gefährtin ragte, erkannte nicht, ob es ein Füßchen, der Kopf oder die zweite Hand war, und versuchte, vorsichtig daran zu ziehen. Es gelang ihr kaum, die Kraft ihrer Hände zu mäßigen. Wie sollten sie Zartheit aufbringen, nachdem sie doch eben getötet hatten? Aber vielleicht lag gerade darum in diesen Händen eine sonderbare Macht?

Gisla schrie erneut auf, dann lag das Kind endlich zwischen ihren Beinen – ein Anblick, der Runa kurz Angst machte. Sie ließ das Kleine los und sprang auf, dann beugte sie sich wieder zu ihm hinunter. Noch war das winzige blutverschmierte Wesen mit einer bläulichen Schnur an Gislas Leib gebunden, doch dieser Leib konnte es nicht weiter nähren. Runa wusste von Erzählungen der Großmutter, was sie jetzt tun musste. Einen kurzen Moment sträubte sie sich dagegen, dann atmete sie tief ein, nahm ihr Messer und durchschnitt die Schnur.

Der Winzling lag reglos da und bewegte sich nicht. Nein, fuhr es Runa durch den Kopf, es darf nicht noch mehr Tote geben, nicht an diesem Tag! Was hatte ihr die Großmutter einst über die Geburt eines Kindes erzählt? Wenn es leben soll, muss es schreien, man muss es an den Füßen hochheben, damit es seinen ersten eigenen Atemzug tun kann. Vorsichtig nahm Runa das kleine Wesen hoch – es glich tatsächlich einem Menschen, einem sehr kleinen Menschen. Der kleine Mensch regte sich nicht.

»Lebe!«, rief Runa und schüttelte das Kind. »Hörst du? Du sollst leben!«

Es hatte keinen Sinn. Das Kind war tot, vielleicht schon in Gislas Leib gestorben, vielleicht von Anfang an dazu verurteilt zu sterben. In Wahrheit hatte Runa nie geglaubt, dass Gisla es schaffen könnte, dieses Kind zur Welt zu bringen. Und vielleicht war es auch besser, wenn Thures Kind nicht lebte.

Doch dann spürte sie, dass da etwas in ihr war, das sich für das Leben entschied, und dass sie, wenn sie so viele Menschen töten konnte, die lebendig waren, offenbar auch einem Kind zum Leben verhelfen konnte, das tot war.

Da war keine falsche Hoffnung, die sie trieb, kein banges Warten auf Gnade, kein Flehen um Schonung. Da waren nur Stärke und Unbeugsamkeit und Entschlossenheit.

»Lebe, so lebe doch!«, flehte sie erneut.

Das Kind hing immer noch leblos mit dem Kopf nach unten. Sie legte es vorsichtig nieder, wischte ihm Nase und Mund ab, und auf den kleinen Mund presste sie ihren, um ihm den Befehl zu leben nunmehr einzuhauchen.

Runa wurde blind für alles um sie herum. Es gab nur sie und das Kind, und sie war ihm Mutter und Vater zugleich. Nein, sie wollte sich nicht eingestehen müssen, dass sie verloren hatte. Sie wollte mit aller Macht, die sie besaß, dieses Kind ins Leben zurückholen.

Sie hob den Kopf, holte Atem, presste ihren Mund erneut

auf die Lippen des Kindes und ließ ihren Lebensodem entweichen.

Endlich zuckte das Kind, erst zaghaft nur, dann bewegte es die Ärmchen und Beinchen. Runa löste ihre Lippen von denen des Kindes und sah es ungläubig an. Das Kind schrie nicht, aber es gluckste. Es lebte, und sie lebte auch. Sie hatte getötet an diesem Tag, aber sie hatte auch Leben gegeben. Sie hatte dem Tod getrotzt.

Sollte sie das Kind jetzt mit Wasser besprengen und zum Himmel emporheben, als eine Art Opfergabe an die großen Mächte der Natur? Runa verzichtete darauf. Sie hatte diesen Mächten schon genug geopfert und musste sie nicht erst milde stimmen. Sie standen schon auf ihrer Seite – und auf der des Kindes standen sie auch.

Sie hob das Kind hoch, presste es an sich, und auf einmal wurde ihr bewusst, dass sie nicht mit ihm allein war. Taurin stand starr und mit geschlossenen Augen da. Die von Gisla waren geöffnet, und obwohl der Blick erschöpft und leer war, sah auch sie, dass das Kind lebte. Ihre Lippen verzogen sich zum Anflug eines Lächelns.

»Es ist ein Sohn«, murmelte Runa.

Sie konnte nicht sagen *dein* Sohn. Natürlich war es Gislas Sohn und Thures. Aber zugleich war es nicht minder ihrer und irgendwie auch Taurins Sohn.

Gisla war zu schwach, um das Kleine im Arm zu halten, so wickelte Runa es in ein Tuch und presste es an sich. Sie musste frisches Wasser holen, aber sie wollte das Kind nicht zurücklassen. Taurin folgte ihr nach draußen und hockte sich auf die Türschwelle, die Augen zwar wieder geöffnet, aber der Blick versunken, als befände er sich in einer anderen Welt.

Sie ging zum Brunnen, verharrte dort aber unverrichteter Dinge und wandte sich ab, um den Weg Richtung Wald einzuschlagen. Runa hatte bisher auf sämtliche Rituale verzichtet, um das Kind den Mächten der Natur darzubieten. Jetzt fühlte sie einen immer stärkeren Zwang, ihnen zu danken, und fand keinen Ort tauglicher als einen inmitten von Bäumen, die viel länger und tiefer in der Erde verwurzelt waren als sie.

Sie hob den Kopf, blickte in die Baumkronen, und das rauschende Grün streichelte nach all dem blutigen Rot ihren Blick.

Das Kind braucht noch einen Namen, dachte sie und entschied, ihm einen zu geben.

Im Norden war es Sitte, ein Kind nach seinen Vorfahren zu benennen, so wie sie nach Asrun und Runolfr benannt worden war, aber für den Kleinen entschied sie anders. Sie wollte ihn nicht mit ihrem oder Gislas Schicksal beflecken, ein Vertriebener zu sein, der fern von der Heimat, fern von den Ahnen leben musste. Nein, er sollte keinen alten Namen bekommen, sondern einen neuen.

Durch die Baumkronen fiel Licht. Im Gebüsch raschelten Tiere oder der Wind.

»Soll ich dich nach dem Wolf benennen?«, flüsterte sie.

Nein, dachte sie dann, er soll nicht wie der Wolf heißen. Er soll seinen Namen nicht von einem Tier erhalten, das durch den Wald schleicht. Besser ist eins, das über ihn hinwegfliegt, machtvoll und stark.

Ein Tier wie der Adler.

»Ja, du sollst fliegen wie ein Adler, und zugleich sollst du tief wurzeln in der Erde wie die kräftigen Bäume«, murmelte sie dem kleinen Bündel in ihren Armen zu.

Adler und Wald.

»Arvid«, bestimmte Runa den Namen des Kindes.
So wie sie bestimmt hatte, dass es lebte.

Die Schmerzen waren wie ein rotes Meer; ganz tief war sie darin untergetaucht und fast ertrunken, doch nun lag sie am Strand, zwar erschöpft, aber nicht tot. Gisla konnte die Augen offen halten, sie konnte sich aufrichten, sie konnte erkennen, was geschehen war. Oder es zumindest erahnen.

Franken, da lagen so viele tote Franken. Runa hingegen war fort und das Kind auch; vielleicht hatten sie sich in Sicherheit gebracht – vor jenem Feind, der noch lebte. Taurin.

Noch hockte er reglos auf der Schwelle, aber Gisla wusste, dass er sie gleich töten würde, dass Runa nur einen von ihnen beiden retten konnte und sich für das Kind entschieden hatte. Die richtige Entscheidung, befand Gisla – denn anders als das Kind konnte sie vielleicht mit eigener Kraft überleben. Sie hatte zu lange mit dem Tod gerungen, um jetzt aufzugeben.

Taurin hob den Kopf, da sah sie Runas Messer neben ihrer Bettstatt auf dem Boden liegen und griff danach. Die Waffe lag schwer in Gislas Händen; sie war sich nicht sicher, ob sie genügend Kraft hatte, sie zu werfen, aber sie war sich sicher, dass sie es versuchen würde, sobald er sie angriff.

Er tat es nicht. Er erhob sich, aber hielt Abstand.

»Du kannst es nicht«, stellte er fest.

Sie leckte sich über ihre Lippen, die rau waren und wund gebissen.

»Doch, ich kann es«, sagte sie mit heiserer Stimme und hob die Hand.

»Nein!«, rief da eine Stimme von der Tür her. Runa war mit dem Kind zurückgekehrt.

Die Waffe entglitt Gisla und ging klirrend zu Boden. Ihr Körper fiel zurück auf die Schlafstatt.

»Ich habe doch gesagt, dass du es nicht kannst«, höhnte Taurin nicht länger gleichmütig.

Als sie ihren Kopf wieder heben konnte, hatte Taurin die Hütte verlassen. Noch immer darin waren jedoch die vielen Leichname.

»Was... was ist geschehen?«, fragte Gisla.

Das Einzige, an das sie sich erinnern konnte, waren die schrecklichen Schmerzen – einem dunklen, erstickenden Tuch gleich. Es hatte sich über alles, was geschehen war, gelegt und es verborgen. Nur einen hatte es nicht verborgen: Thure. Er war da gewesen, sie wusste es genau, er hatte gelacht, er hatte gekämpft.

Runa gab keine Antwort. Sie trat mit dem Kind näher, und Gisla erhaschte einen ersten Blick auf das Kleine. Es war nicht aus Stein, wie sie manchmal gedacht hatte, sondern aus rotem warmem Fleisch. Es war kein durchtriebener Dämon, der höhnte und lachte, sondern winzig und zart. Sie wagte kaum, danach zu greifen, es zu halten.

»Warum hast du Taurin nicht getötet?«, fragte Gisla, wie sie es schon so oft gefragt hatte. »Er ist doch unser Feind«, fügte sie hinzu. »Er...«

Dann konnte sie nicht weitersprechen, denn Runa legte das Kind neben sie auf die Bettstatt. Seine Augen waren offen und blau, sein Köpfchen zerdrückt, die Haut runzelig, blut- und schleimverschmiert. Die Fingerchen waren zu Fäusten geballt, Schaumbläschen standen in den Mundwinkeln, und es atmete. Gisla streckte die Hand aus, die gleiche Hand, mit der sie eben das Messer gehalten hatte. Undenkbar war nun, als sie das kleine Köpfchen streichelte, dass sie es hätte nach jemandem schleudern können.

Runa hockte sich zu ihr aufs Bett. Ihr schien Ähnliches durch den Sinn zu gehen.

Sie streichelte das Kind, zärtlich und liebevoll wie Gisla, und dann verkündete sie: »Ich werde nie wieder jemanden töten.«

Kloster Saint-Ambrose in der Normandie
Herbst 936

Gisla. Taurin.

Seit sie einander gegenüberstanden, waren nicht mehr Worte gefallen als diese zwei.

Je länger der Klang ihres Namens, den so lange keiner mehr benutzt hatte, in ihren Ohren echote, je länger sie in Taurins Gesicht starrte, das fremd und vertraut zugleich war, desto mehr Fragen regten sich in ihr. Was hatte Taurin mit den toten Franken zu schaffen? Wer waren diese überhaupt? Warum hatte er als Einziger überlebt?

Zu diesen neuen Fragen kamen alte, die sie all die Jahre nicht losgelassen hatten: Warum hatte Runa ihn damals nicht getötet? Warum hatte er sie nicht getötet, sondern war verschwunden? Vor allem aber: Warum hatte sie nicht das Messer, das sie schon in den Händen hielt, auf ihn geworfen?

Hätte sie es getan, würde er nicht hier stehen. Arvids Leben wäre nicht bedroht.

Wut erwachte in ihr, auf ihn und auf sich selbst.

»Du hast mich gejagt«, brach es aus ihr hervor. »Du wolltest mich töten. Obwohl ich die Tochter eines Königs war.«

So viel Zeit war vergangen, doch was sie einander zu sagen hatten, war immer noch dasselbe wie einst.

»Das Blut der Karolinger ist schwach«, zischte er. *»Sie waren nicht fähig, Paris zu retten. Und schau dir an, wie dein Vater geendet ist.«*

Jenes Blut in ihr, ob nun schwach oder nicht, rauschte. Er fuhr nicht fort, doch sie glaubte noch mehr höhnende Worte zu hören. Glaubte zu hören, wie er von den Großen sprach, die sich über ihren Vater empörten, weil jener im Schatten eines Mannes ohne Ehre stand. Von den vielen Skandalen, von Gier und Eitelkeit, von abgesetzten Bischöfen. Von mächtigen Feinden, die entschieden hatten, Karls Krone an sich zu reißen, nicht nur ihn, auch den verhassten Hagano zu stürzen, und die Krone erst Robert, dann Rudolf zu geben, Herrscher des mächtigen Burgund.

Er hat Recht, dachte Gisla. Er hat Recht, dieses Urteil über meinen Vater zu fällen und gleiches Urteil über mich. König Karl war schwach – und sie auch, sonst hätte sie sich nicht in diesem Kloster versteckt.

Aber an diesem Tag würde sie sich nicht verstecken und schwach sein. An diesem Tag würde sie es sich zunutze machen, dass er sie unterschätzte.

Sie starrte weiter auf Taurin, den Feind, der Arvid verfolgte, aber zugleich stieg Runas Gesicht ganz deutlich vor ihr auf. Runa, deren Augen so blitzschnell waren, wenn Gefahr drohte, die in Windeseile erfassten, wie und womit man sich retten könnte, die mit einigen wenigen wendigen Bewegungen ihre Feinde bezwingen konnte.

Aus den Augenwinkeln erkannte Gisla ein Messer; es steckte am Gürtel eines der Toten, vielleicht hielt seine erschlaffte Hand es auch umklammert, und sie hatte kaum mehr als die Dauer eines Atemzugs Zeit, es an sich zu bringen.

Im nächsten Augenblick fiel sie schon vor Taurin auf die Erde, tat, als würde sie sich ihm unterwerfen und um Gnade flehen. Während er verächtlich auf sie herabblickte, ließ sie sich zur Seite rollen, griff noch in der Bewegung nach dem Messer, stand alsbald mit der Waffe in der Hand wieder vor ihm. Obwohl es Jahre, Jahrzehnte her war, dass sie mit einem solchen Messer zu werfen geübt hatte, fühlte es sich vertraut an.

Taurin löste sich aus seiner Starre, trat auf sie zu. »Du kannst mich nicht töten«, sprach er, beschwichtigend wie zu einem Kind. »Du hast es auch damals nicht gekonnt.«

Sie hob das Messer.

»Nein!«, rief Arvid.

Ihr entging die Angst in seiner Stimme nicht. Obwohl es ihn zutiefst verstört hatte zu erfahren, dass sie seine Mutter war und nicht Runa, fürchtete er um ihr Leben und dass Taurin sie als Erster überwältigte.

Runa würde es schaffen, dachte er wohl, sie nicht.

Aber in diesem Augenblick war sie Runa.

Die Frau, die kämpfte, die Frau, die Arvids Leben schützte.

»Das schaffst du nicht«, wiederholte Taurin. »Das wagst du nicht.«

»Nein!«, rief Arvid wieder.

Sie dachte nicht weiter nach und schleuderte das Messer, fühlte die Kraft, die ein Raubvogel fühlt, wenn er auf den Hasen niederstürzt, fühlte die Kraft der Wölfin, wenn sie ihre Zähne in das Opfer schlägt, fühlte die Kraft der Schlange, wenn sie ihr Gift verspritzt.

»Doch«, sagte sie. »Doch, diesmal wage ich es.«

XII.

NORDMÄNNERLAND
HERBST 912

Runa hatte Wasser erhitzt, Gisla gewaschen und versorgt. Das Kind war eingeschlafen, nachdem Gisla es an ihrer Brust genährt hatte, obwohl sie vor Fieber glühte. Runa wusste nicht, wie lange die Milch reichen, ob das winzige Wesen, das viel zu früh geboren worden war, überleben konnte, und ob Gisla das Fieber überstehen würde. Aber jetzt schlief auch sie, und der Schlaf tat den beiden gewiss gut.

Runa mochte nicht daran denken, was sie jetzt tun musste, aber es führte kein Weg daran vorbei. Sie vermied es, in die Gesichter der Toten zu sehen, vor allem in das von Thure, presste die Augen zu Schlitzen, um nur unscharfe Konturen zu erkennen, und machte sich daran, die Leichen nach draußen zu schleppen.

Plötzlich nahm sie einen Schatten wahr. Runa zuckte zusammen, glaubte kurz schreckerstarrt, dass einer, den sie für tot gehalten hatte, noch lebte und sich nun rächen wollte. Doch dann erkannte sie, dass der, der da stand, keinen Durst nach Rache mehr hatte.

Es war kein anderer als Taurin, der zurückgekommen war.

»Du bist noch hier...«, stellte sie fest.

Er sagte nichts, half ihr schweigend, die Männer in den

Wald zu schleifen. Die Arbeit war schweißtreibend und anstrengend wie jede andere harte Arbeit auch, aber er war wie sie – er tat, was getan werden musste.

Sie hatte versucht, Thures Leichnam zu ignorieren, doch irgendwann konnte Runa sich nicht länger blind stellen und überwand sich, ihn zu betrachten. Es bereitete ihr weniger Ekel als vielmehr Triumph, ihn so zu sehen und sicher zu sein, dass er ihr nie wieder schaden konnte. Noch im Tod war sein Mund zu einem Lächeln verzerrt, und sie fragte sich unwillkürlich, wo er jetzt war. Im dunklen Reich Hels? In Walhall, weil er im Krieg gestorben war? In jener Höhle, wo Loki gefangen saß?

Sie begannen, ein Loch zu graben, und es wurde Abend, bis es tief genug war, um die Leichen zu verscharren. Die Luft kühlte ab, aber sie schwitzten immer noch. Sie schwiegen, während sie gruben, und waren sich auch ohne Worte nah wie nie zuvor. Das Verscharren der Toten schien sie mehr zu einen als die Monate in der Hütte, der Tag, da er von Lutetia erzählt hatte, oder der gemeinsame Kampf gegen die fränkischen Krieger.

Als die Arbeit endlich getan war, wandte Runa sich ab, ging durch den Wald, kletterte über die Klippe und erreichte den Strand. Die Wellen waren ungewohnt schweigsam. Das Wasser umspülte ihre Füße, aber das war ihr zu wenig Abkühlung. Sie riss sich ungeduldig die verschmutzte Kleidung vom Leib, watete tiefer ins Wasser, tauchte erst bis zum Hals hinein und ließ dann die Fluten auch über ihrem Kopf zusammenschlagen. Als sie prustend wieder auftauchte und zum Ufer blickte, stand Taurin dort.

Sie sah, dass er begann, sich seinerseits auszukleiden, nicht ruhelos wie sie, sondern langsam, fast bedächtig. Sie wandte sich ab, versank wieder im Wasser. Als sie auftauchte, sah sie, dass Taurin ihr ins Wasser gefolgt war. Sie schwamm ein Stück weg, dann auf ihn zu, kam ihm jedoch nicht nahe genug, um seinen Körper zu spüren, der im schwindenden Licht so dunkel schien.

Als sie aus dem Meer stiegen, wurden ihre Körper vom letzten Sonnenlicht des Tages in Bronze getaucht. Taurin hatte seinen Lendenschurz nicht abgelegt. Er beeilte sich nicht, sich wieder anzukleiden, und sie beeilte sich nicht, wegzuschauen. Sein Körper war muskulös und sehnig und straffte Thure Lügen, der einst über die Christen gespottet hatte, sie wären so schwächlich wie ihr Gott. Am Ende war dieser Christ stark genug gewesen, ihn zu töten.

Als sie den Strand erreicht hatte, fühlte Runa die Wärme der Sonne vom Boden aufsteigen – und sie fühlte Taurins Wärme – die Wärme seines Körpers, der nun dicht hinter ihrem stand.

»Was willst du nun tun?«, fragte sie, ohne sich zu ihm umzudrehen.

»Ich bin frei«, murmelte er. »Aber es hat keine Bedeutung. Für mich nicht. Für niemanden.«

»Doch.« Sie spürte, wie das Wasser über ihre Brüste lief, und sie spürte, wie sein Blick darauffiel, als sie sich nun doch umwandte. »Ohne deine Hilfe wären wir alle tot. Auch das Kind.«

»Du hast es gerettet. Nicht ich.«

»Wir haben beide getötet. Und somit haben wir beide das Leben des Kindes gerettet.«

Nur ein Hauch trennte sie noch. Würden sie diese letzte Distanz überbrücken, würden sie einander berühren? Schließlich taten sie es und lösten sich nicht mehr voneinander.

Runa verbannte all ihre Gedanken. An nichts, an gar

nichts wollte sie denken. Nur fühlen wollte sie sie – die Macht des Lebens.

Alle Kraft schien aus ihr herauszufließen. Ihre Knie bebten, ihre Haut erzitterte, ihre Regungen wurden langsam. Mit der Kraft schwanden die schmerzlichen Erinnerungen, der krampfhafte Hunger nach Leben, die stete Sorge um die Zukunft, die Sehnsucht nach dem Zuhause. Es perlte von ihr ab wie das Meerwasser von ihrer Haut oder entwich unsichtbar wie der Atem aus ihrem Mund. Sie hob die Arme, legte sie um Taurin, fühlte seinen festen, warmen Körper, fühlte ihre Haut auf seiner, und alles war leicht. Der Boden unter ihren Füßen schien nicht länger steinig. Sie schien zu schweben – schwebte immer höher bis zum Himmel.

Am Beginn der Welt hatten die Sonne und der Mond dort ziellos ihre Bahnen gezogen, doch die Götter hatten den beiden zwei Wölfe zur Seite gestellt, und die Wölfe lenkten sie auf den Weg, den sie zu gehen hatten. Irgendetwas lenkte jetzt auch sie. Es war so selbstverständlich, was sie taten und warum, so selbstverständlich, ihre Hand zu heben und über sein Gesicht zu streichen, so selbstverständlich, ihre Wange an die seine zu schmiegen. Der Schmerz schwand hinter dem köstlichen Gefühl, als sie ihre Lippen auf seine presste und ihn schmeckte.

Taurin wusste, dass es eine Sünde war, aber als er Runa hielt und spürte und küsste und streichelte, kamen ihm keine Worte in den Sinn, die dieses Tun verurteilten, sondern nur solche, die ihn drängten, damit nicht aufzuhören, Worte aus der Heiligen Schrift, der Bibel, die er in all den Jahren nicht ausgesprochen hatte – genauso wie er, nicht länger künftiger Mönch, sondern Sklave der Nordmänner, keine Messe mehr mitgefeiert hatte. Das Hohelied Salomons war es, das seinen Geist erfüllte, und seine Art, es nach all den Jahren zu beten, war eine nie erprobte: Er betete nicht mit Worten, er betete mit seinem Körper, der sich an den Runas presste.

Die Liebe ist besser als Wein ... Ja, so wirkte Wein, so heiß, so berauschend, so auf der Zunge kitzelnd. *Ich bin schwarz, die Sonne hat mich verbrannt ... und dennoch bin ich eine Seele, die liebt.* Ja, er war nicht zu zerstört, nicht zu verhärtet, nicht zu erstarrt, um ihren heißen Atem fühlen zu können.

Jenes Gefühl, ganz leicht zu sein und direkt in den Himmel aufzusteigen, schwand wieder. Runa kehrte zurück auf die Erde, doch die Erde bestand aus nichts weiter als Taurins warmen Armen. Sie spürte den Boden, auf den sie sanken, nicht. Sie wusste, dass sie auf Sand und Steinen lagen, doch es roch nach Erde, nach fruchtbarer, lebensspendender Erde. Vielleicht roch nicht der Boden so, sondern seine Haut. Seine Härchen hatten sich in der kalten Luft aufgerichtet; sie wärmte ihn, indem sie seine Haut mit Küssen übersäte. Als er es ihr gleichtat, trat ein Geräusch über ihre Lippen. Es klang nicht menschlich, doch es hatte auch nichts mit ihrem einstigen Murren gemein, glich eher dem Schnurren einer Katze – Freyjas Katzen gleich, die ihren Wagen zogen, den Wagen der schönsten und lüsternsten Göttin, unersättlich in ihrer Wollust, von unendlicher Fruchtbarkeit. Ihre Gaben waren nicht Krieg und Chaos und Tod, ihre Gaben waren der Frühling und die Liebe und das Glück und die Zauberei. Und jetzt verzauberte die Göttin sie. Sie war nicht mehr Runa, die hungrige Wölfin, sondern Runa, die Katze, geschmeidig und weich und lustvoll schnurrend.

Siehe, meine Freundin, du bist schön ... unser Lager ist frisches Grün ... Wie eine Lilie unter Dornen, so ist meine Freundin. Ihre Haut war so glatt und weich, er hatte Narben erwartet, aber da waren keine, und er spürte auch seine eigenen nicht, fühlte weder die Erschöpfung noch Hunger. *Die*

Liebe erquickt mich mit Traubenkuchen und labt mich mit Äpfeln... die Frucht ist in meinem Gaumen süß. Denn siehe, der Winter ist vorbei, der Regen ist vorüber, er ist dahin... Blumen erscheinen im Lande, die Zeit des Gesanges ist gekommen... So süß ist deine Stimme...

Runa hatte die Augen zusammengepresst und öffnete sie erst wieder, als Taurin auf ihr lag. Er stützte seine Hände neben ihrem Kopf ab und betrachtete ihren Körper wie einen kostbaren Schatz. Sein Blick entfachte etwas, was sie nicht beschreiben konnte. Ein Knoten schien sich in ihr zu schlingen, und zugleich schien alles um diesen Knoten herum fortzufließen. Sie schlug Wurzeln in den Boden und schien zugleich zu fliegen. Freyja, die lustvolle Göttin, ließ sich nicht nur von ihrem Katzenwagen ziehen. Manchmal nahm sie die Gestalt eines Falken an, schwang sich wie dieser durch die Lüfte, und die Lüfte waren klar und warm. Runa weinte wie die Göttin weinte, und es waren Tränen aus Gold wie die Tränen Freyjas, weil nichts, was ihr Körper hergab, hässlich und nichtig sein konnte, weil alles, was aus ihr strömte, wertvoll war.

Siehe, meine Freundin, du bist schön... Wie eine Schnur von Karmesin deine Lippen... Deine Brüste sind wie ein Zwillingspaar junger Gazellen, die unter Lilien weiden... Kein Makel ist an dir... Du hast mir das Herz geraubt, meine Schwester, meine Braut, mit einem deiner Blicke, mit einer Kette von deinem Halsschmuck.

Freyja trug einen Schmuck, kostbarer als jeder andere Schmuck – die Kette Brisingamen. Sie glänzte und funkelte und war, wenngleich nicht schwer, sehr lang. Runa vermeinte erst, dass einzelne Perlen ihre Haut kitzelten, dann wickelte sich die Kette um sie beide. Ihre Körper pressten sich aneinander, sie öffnete sich ihm, er drang in sie ein, in Wärme und

Nässe, während die Kette immer fester um sie geschlungen wurde, ihre Perlen immer heißer glühten. Er senkte seinen Mund auf ihren, seine Zunge traf ihre.

Du glänzt hervor wie die Morgenröte... du bist schön wie der Mond, rein wie die Sonne, furchtbar wie Kriegsscharen... Dein Nabel ist eine runde Schale, in welcher der süße Wein nicht mangelt... die Biegungen deiner Hüften sind wie ein Halsgeschmeide ... das herabwallende Haar deines Hauptes ist wie Purpur.

Wie konnten zwei, die in verschiedenen Ländern geboren waren und so unterschiedlichen Völkern entstammten, so selbstverständlich diesen gleichen Rhythmus finden, wie sich vereinen zu einem Ganzen, wie vermeinen, für diesen Augenblick gelebt zu haben? Ja, leben war mehr als überleben, war Lust und Hunger und Gier und Verschmelzen. Leben war auch Vergessen. Was zählte, war, dass sich traf, was eigentlich nicht zusammengehörte, er, der christliche Franke, sie, die Tochter des Nordens. Auch Skadi – die Göttin der Jagd und des Winters – und der Meeresgott Njörd gehörten nicht zusammen. Er hasste die Berge, und sie hasste das Meer, aber dennoch liebten sie sich, Freyja war ihre Tochter, und auf die Kälte des Winters, für den ihre Mutter stand, und die Kälte des Meeres, für die ihr Vater stand, antwortete sie mit der Frühlingssonne. Warm, als würde diese Sonne auf sie scheinen, wurde ihr Körper, heiß schließlich, als würde er verbrennen, nicht schmerzhaft und qualvoll, sondern von Flammen erfasst die sie liebkosten, zärtlich, köstlich und süß. Sie dachte nicht länger an die Götter. Die große Welt, in der diese wohnten, wurde so klein, dass nur Taurin und sie darin Platz fanden. Und diese kleine Welt zersprang mit einem letzten lustvollen Aufbäumen, Seufzen und Stöhnen in viele kleine, schimmernde Funken.

Die Worte erstarben in ihm. Er konnte nichts mehr denken, konnte nicht mehr beten, konnte sich ihr nur gleichermaßen hingeben, wie sie sich ihm hingab. Er war nicht mehr Herr seines Körpers, zuckte, zitterte, wand sich. Etwas in ihm zerbrach, und etwas in ihm wurde heil. Er bäumte sich mit einem Aufschrei auf, schloss die Augen, sah Schwärze und dachte, dass es die Schwärze des Todes sein müsste. Doch die Schwärze war nicht tief und nicht kalt, und als er die Augen aufschlug, lebte er immer noch, und sie lag immer noch unter ihm. Er senkte sein Gesicht in ihr Haar. Vielleicht war er tatsächlich gestorben, aber – die Gedanken kehrten in den leeren Geist zurück – aber ... *stark wie der Tod ist die Liebe.*

Sein Körper lag schwer auf ihr, sie spürte die Last nicht, spürte nur das Nachbeben der wohligen Schauer. Sie streichelte über seinen Nacken, über seinen Rücken, über sein Haar. Als er sich von ihr löste, blieben sie nebeneinanderliegen und sahen in den Himmel. Mond und Sonne standen kurz vereint am Himmelszelt. In der Ragnarök fielen sie vom Himmel und wurden von den Wölfen gefressen. Doch die beiden hatten geahnt, was kommen würde. Rechtzeitig hatten sie eine neue Sonne und einen neuen Mond gezeugt, und diese neue Sonne und der neue Mond würden in einer neuen Welt wiederauferstehen.

Als die Nacht endgültig kam, richtete Taurin sich auf. »Ich kann nicht bleiben«, murmelte er, »ich kann nicht sterben, ohne Lutetia noch einmal gesehen zu haben.«

Sie zog ihre Knie an sich, ihr Körper war ausgekühlt. Das neue Leben war wieder das alte.

»Ich weiß«, erwiderte sie und stand auf. »Ich muss nach Gisla und dem Kind sehen.«

Kloster Saint-Ambrose in der Normandie
Herbst 936

»Nein!«, schrie Arvid wieder.

Sie hörte ihn nicht. Als sie Taurin das Messer entgegenschleuderte, auf jene Art, wie Runa es ihr einst gezeigt hatte, schien Arvid verschwunden.

Wir oder sie, hatte Runa einst gesagt.

Ich oder er, ging es ihr jetzt durch den Kopf. Und dass es in einer Welt, in der von zweien nur einer leben darf, im Augenblick vor der Entscheidung, welcher es ist, nur diese beiden gab, sonst niemanden.

Taurin wich nicht zur Seite, starrte sie nur an, und die Verachtung wandelte sich in Ungläubigkeit, der Hohn in Verwirrung. Zumindest glaubte sie später, dass das so gewesen war. In Wahrheit ging alles so schnell, dass er in dem Glauben getroffen worden sein musste, sie könne ihn nicht treffen.

Doch sie traf.

Der Griff des Messers ragte aus der Brust, dort, wo das Herz schlug; die Klinge hatte sich ihren Weg durch Kleidung und Haut und Fleisch gebahnt. Er fiel nicht gleich, stand erst noch starr, sackte dann in die Knie – tödlich getroffen zwar, aber nicht fähig, schnell zu sterben. Noch rang er nach Luft, dem Klang nach mehr Gelächter als ein Hilferuf.

Dann übertönte ihn Arvids neuerlicher Ruf: »Nein!«

Im nächsten Augenblick hockte Arvid bei Taurin, fing den blutenden Leib auf, hielt ihn kurz in den Armen und ließ ihn dann sachte auf den Waldboden sinken.

Gisla ließ ihre Hand sinken. Sie fühlte sich leer an, als hätte sie all die Jahre, Jahrzehnte nicht gebetet oder geschrieben, sondern stets ein Messer gehalten, um zu töten.

»Flieh vor ihm!«, rief sie Arvid zu, gewiss, dass Taurin noch im letzten Atemzug versuchen würde, Leid über sie zu bringen.

Doch Arvid floh nicht, sondern beugte sich tief über das alte, welke Gesicht. Sie hörte nicht mehr, dass Taurin nach Luft rang, aber noch hob und senkte sich seine Brust.

»Geh weg!«, rief Gisla. »Er kann noch gefährlich sein, er...«

»Du hältst ihn für meinen Feind?« Arvids Augen, so oft schamvoll vor ihr gesenkt, richteten sich brennend auf sie. »Du denkst, dass ich vor ihm geflüchtet bin, dass er mich verwundet hat?«

»Natürlich!«, rief Gisla, und jetzt erst begann ihre Hand zu zittern, und ihre Knie wurden weich. »Alle anderen Feinde sind tot.«

»Und auch alle, die mich beschützen könnten! Er war der Einzige, der es noch tat.« Er deutete auf die Toten. »Die fränkischen Krieger... niemand anderer als er hat sie getötet.«

Gisla wusste nicht, was an seinen Worten aberwitziger war – dass Taurin sie allein getötet oder dass ausgerechnet er es getan hatte.

»Nicht er ist mein Feind«, fuhr Arvid fort, »nicht er, sondern... der König hat es auf mein Leben abgesehen.«

»Welcher König?«, fragte Gisla verständnislos.

Sie wusste, was sich im Frankenreich seit dem unrühm-

lichen Ende ihres Vaters zugetragen hatte, aber ihr Geist war wie ausgehöhlt.

»*Ludwig Outremer*«, *sagte Arvid schlicht.*

Er wandte sich ab, stützte den Kopf des sterbenden Taurin.

Und Gisla begriff.

Im Januar dieses Jahres war König Rudolf gestorben – jener König, der ihrem Vater die Krone gestohlen hatte. Doch er hatte keinen Sohn, der sein Erbe werden konnte, ihr Vater hingegen schon. Ludwig – Outremer genannt, weil er von jenseits des Meeres kam. Seine Mutter Ogiva, König Karls zweite Frau, war mit ihm nach England geflohen und hatte in all den Jahren für das Ziel gelebt, ihren Sohn zum König zu machen. Und nun, nach Rudolfs Tod, hatte sie es erreicht, nicht dank Intrigen oder Kämpfen, sondern weil es sonst niemanden gab, dem man die Krone aufsetzen konnte. Ja, die Mächtigen des Landes hatten Ludwig Outremer ins Frankenreich zurückgeholt, und nun war er der neue König. Gislas Halbbruder. Arvids Onkel. Für sie, die ihn nie kennengelernt hatte, war er ein Fremder. Für ihn ein Feind.

Eben hatte sie sich so stark gefühlt, nun sackte auch sie auf die Knie. Bläschen hatten sich in Taurins Mundwinkeln gesammelt, färbten sich langsam, ganz langsam rot; auch der Tod kam nicht plötzlich, sondern so zögerlich wie die Nacht oder der Herbst. Gisla konnte sich nicht wieder erheben.

»*Die Männer König Ludwig Outremers haben mich gejagt*«, *murmelte Arvid.* »*Sie waren es, die mich verwundet haben. Und sie haben mich bis hierher verfolgt.*«

»*Aber warum...*«

»*Wie ich schon sagte – weil sie mich töten wollten.*«

»*Großer Gott! Ich begreife einfach nicht...*«

Sie brach ab, weil nun auch Taurin etwas zu sagen versuchte, doch aus seinem Mund kamen nur Blut und Speichel.

»Ludwig Outremer genügt es nicht, dass er die Krone der Francia trägt. Außerdem will er das Nordmännerland zurück – es also wieder seinem Herrschaftsbereich einverleiben, zu dem es vor Rollos Zeit gehörte ...«, bekundete Arvid an seiner statt.

Gisla schüttelte den Kopf. »Aber nicht zuletzt dank Rollos Sohn Wilhelm ist Ludwig überhaupt König!«, rief sie. »Soweit ich weiß, hat Wilhelm sich bei den Großen des Reichs dafür eingesetzt, dass man Ludwig zum König macht. Ohne ihn hätte er nie ins Frankenreich, nie nach Laon zurückkehren können! Und jetzt will er ihm sein Land rauben?«

Arvid schwieg, aber sie konnte sich seine Antwort denken. Dankbarkeit gehörte nicht zu den Eigenschaften eines machtbesessenen Königs. Jemand, der als Kind aus der Heimat verjagt wurde, strebt keine Gerechtigkeit an.

»Ja, er will das Nordmännerland zurück«, hörte sie jetzt Taurin Arvids Worte wiederholen, die Stimme schwach nur, aber deutlich vernehmbar.

Gisla konnte sich der Wahrheit nicht länger blindstellen: Die Wahrheit war, dass Ludwig Outremer Wilhelm nicht als Verbündeten, sondern als Gegner betrachtete. Und dass auch Arvid ein solcher Gegner, wenngleich ein viel harmloserer, sein könnte – Arvid, der Sohn von Gisla und somit der Sohn der Frau, die mit Rollo verlobt gewesen war. Was machte es nach all den Jahren für einen Unterschied, dass die Ehe nie zustande gekommen war! Was, dass Rollo betrogen worden war und die falsche Frau zugeführt bekam! Was, dass nicht der mächtige Herrscher des Nordmännerlandes Arvid gezeugt hatte, sondern ein Gesetzloser wie Thure!

Trotz allem war Arvid königlichen Blutes. Und er war halb

Franke, halb Nordmann. In Zeiten, da Grenzen täglich verrückten und das Land ein stets umkämpftes und darum blutdurchtränktes war, waren Menschen wegen geringerer Anlässe gemeuchelt worden. König Ludwig hatte erfahren, dass Gisla einen Sohn hatte, sah in ihm nicht den Neffen, sondern eine Gefahr, und schickte seine Meuchelmörder, auf dass alle Ansprüche, die Arvid selbst oder andere in seinem Namen auf das Nordmännerland stellen konnten, in seinem Blut ertränkt würden.

Noch mehr Worte traten über Taurins Lippen: »Ich bin schuld...«

Fragend blickte Gisla Arvid an. Sie sah, wie Tränen in dessen Augen traten.

»Er hat mich immer beschützt«, erklärte er stockend. »Er hat dafür gesorgt, dass ich wieder ins Kloster gehen konnte. Und als Ludwig Outremer König wurde, war er davon überzeugt, dass ich als dessen Verwandter unter seinem Schutz stand. Er ist selbst nach Laon geritten, um ihm von mir zu berichten und die Wahrheit über dich zu erzählen. Er hat es nur gut gemeint, dachte, er ermögliche mir auf diese Weise eine große Zukunft. Doch wenig später kamen Ludwigs Männer ins Kloster ... nicht, um mich als Verwandten zu ehren oder an den Hof von Laon zu holen, sondern um mich zu töten ...«

»Aber warum ...«, setzte Gisla an und verstummte.

Es zählte nicht mehr, warum Taurin Arvid beschützte und warum Arvid in einem Kloster lebte wie sie. Fest stand, dass Taurin sterben würde und sie schuld daran war.

Sie schlug sich die Hand vor den Mund. »Ich wollte doch nicht ...«

Ehe ihr aufging, was sie tat, hielt sie Taurins Kopf auf ihrem Schoß.

»Es ist gut, so zu sterben!« Blut lief ihm aus dem Mund. *»Ich bin seit langem krank, du hast mir einen quälend langsamen Tod erspart...«*

Vergebende Worte. Er sprach so vertraulich zu ihr, als wäre sie eine langjährige Gefährtin, der man das Innerste ausschütten könnte, als wären sie beide nicht Opfer und Mörderin, sondern ganz allein auf der Welt.

Für Taurin schien sich diese Welt plötzlich im strahlenden Licht zu zeigen. Er riss die Augen weit auf, als würde er etwas ungemein Schönes sehen, das Schönste überhaupt. Sein Mund verzog sich zu einem Lächeln, und dieses Lächeln war voller Frieden.

Und er sagte ein Wort, gab dem Schönen, das sein Gesicht im Sterben so viel jünger und leuchtender und glücklich machte, einen Namen.

Gisla verstand das Wort nicht.

Lutetia ... oder Runa.

XIII.

Nordmännerland
Herbst/Winter 912 – Frühjahr 913

Sie hatte es nicht geschafft, Taurin zu töten, aber dennoch war er aus ihrem Leben entschwunden. Als Gisla am Tag nach der Geburt ihres Kindes erwachte, war sein Platz leer, und als Runa von draußen kam, war er nicht an ihrer Seite.

Gisla blickte Runa fragend an, doch die sagte nichts. Sie beugte sich über das Kind, nahm es hoch und drückte es an sich. Bis jetzt hatte es noch kein einziges Mal laut geschrien, nur ein leises Jammern trat über seine Lippen, das eher nach den Lauten eines Tieres klang als nach denen eines Menschen. Gisla sank auf die Bettstatt zurück. Nicht dass sie das Kind nicht auch betrachten oder halten wollte. Sie hatte keine Angst mehr, einem kleinen Thure ins Gesicht zu blicken, denn das Kind war klein und zart, und das war Thure nie gewesen. Aber sie fühlte sich zu kraftlos.

»Du musst deinen Sohn nähren«, sagte Runa.

Gisla rührte sich nicht, und Runa schob an ihrer statt den Stoff ihres Kleids beiseite, sodass ihre Brust bloß lag. Ein kühler Lufthauch traf sie.

Es wird Winter, dachte Gisla. Noch einmal Winter. Schon wieder Winter.

»Wird er überleben?«, fragte sie besorgt.

»Aber gewiss!«, rief Runa. »Sieh nur, wie kräftig er ist, zwar klein, aber kräftig!«

Sie spürte den Leib kaum, er war so leicht, so weich, so süß. Ja, der Duft, der von diesem Köpfchen aufstieg, war der köstlichste, den sie je gerochen hatte. Doch ihre Brust brannte, als das Kind zu saugen begann; der Schmerz zog sich bis in den Unterleib, und sie fühlte, wie sie zwischen den Beinen feucht wurde. War es Blut, mit dem sie das Kind nährte oder Milch, die zwischen ihre Beine tropfte? War sie eine, die ihr Kind nähren konnte, aber daran zugrunde ging, weil die Kräfte nicht für zwei reichten?

»Und Taurin?«, fragte sie. »Lebt Taurin noch?«

Runa hatte sich abgewandt. »Er ist fort«, sagte sie schlicht und nichts weiter. Erst nach einer Weile fügte sie hinzu: »Zurück nach Lutetia.«

Ihre Stimme zitterte verräterisch. Weil Taurin in seine Heimat zurückkehren konnte, sie aber nicht nach Norvegur? Doch als sie sich Gisla wieder zuwandte und das Kind ansah, lächelte sie, roch die köstliche Süße wohl auch, fühlte es – dieses Weiche, Warme, Glatte, Neue, Unschuldige.

Sie erfreute sich nicht lange an diesem Anblick, sondern breitete nun ihren Wolfspelz aus, legte Dinge darauf – Werkzeuge, Nadeln, Gefäße – und verschnürte das Ganze zu einem Bündel.

»Was tust du denn da?«, fragte Gisla verwirrt.

»Wir müssen auch fort«, erklärte Runa. »Wir haben so viele Franken getötet, aber ich bin nicht sicher, ob nicht einer von ihnen rechtzeitig fliehen konnte. Wenn er eine Nachricht überbringt ... an Adarik ... oder an Hagano ... dann sind wir hier nicht länger sicher.«

Das Kind schmatzte zufrieden, Gisla jedoch seufzte. »Aber wohin sollen wir gehen? Ich kann doch nicht ...«

»Nicht gleich«, sagte Runa, »erst morgen. Ich jage ein Tier. Du musst viel essen, um zu Kräften zu kommen.«

Ohne ein weiteres Wort verließ Runa die Hütte.

Wie seltsam, ging es Gisla durch den Kopf, dass sie jetzt erst zur Jagd geht.

War sie nicht erst gerade von dort gekommen? Was hatte sie denn am frühen Morgen nach draußen getrieben?

Doch als Runa später zurückkehrte, schlief Gisla bereits, und als sie vom leisen Quäken des Kindes wieder erwachte, dachte sie nicht mehr daran, sie danach zu fragen.

Runa trug das Kind, als sie aufbrachen. Sie kamen nur langsam voran und mussten immer wieder rasten, damit Gisla sich ausruhen konnte. Sie verlor nicht mehr so viel Blut, doch ihr Milchfluss machte ihr Sorgen. Sie hatte genug, um den schlimmsten Hunger des Kindes zu stillen, aber zu wenig, um es ganz und gar zu sättigen.

Der Kleine schrie nunmehr oft, und Gisla vermeinte manchmal, ihr Kopf müsste zerplatzen ob dieser Laute. Runa hingegen schienen sie nicht zu stören – zeugte das Schreien für sie nicht nur von Hunger, sondern auch von Lebensdurst.

In den ersten beiden Tagen hatten sie es in Tücher gewickelt. Nun trug Runa es nackt auf ihrer Haut und schlang den Pelz um sie beide. Gisla wusste nicht recht, was sie damit bezweckte.

»Muss man einen Säugling nicht fest umwickeln, damit er gerade wachsen kann?«, fragte sie unsicher.

Doch Runa schüttelte den Kopf. »Noch wichtiger ist, dass er es warm hat, und kein Tuch ist so warm wie meine Haut.«

Gisla war froh, dass Runa das Kind wärmte. Sie selbst, dessen war sie sich sicher, hätte es nicht gekonnt. Bei jedem

Schritt, der sie von der vertrauten Siedlung fortführte, wurde ihr kälter. Sie blickte auf das winzige Geschöpf, wusste, dass sie ihren Lebensmut nicht aufgeben durfte, solange sie es nicht irgendwo in Sicherheit wusste, wo es behütet aufwachsen konnte, aber blieb verzagt. Was, dachte sie, wird die Zukunft uns bringen? Würde sie selbst oder das Kind jemals Laon sehen? Gisla wäre am liebsten aufs weiche Moos gesunken, um zu weinen. Sie wollte nicht mehr. Sie konnte nicht mehr. Ein weiterer Winter ohne Heimat war zu viel.

Runa hatte es immer schwerer, Gisla anzutreiben. Immer langsamer wurden ihre Schritte im raschelnden Herbstlaub. Das Kind quäkte kläglich, der Wind pfiff.

»Ich werde sterben«, flüsterte Gisla dem Wind zu, »nicht an diesem Tag, aber bald.«

Sie verbrachten eine Nacht im Schilf, nur notdürftig geschützt, aber am nächsten Morgen lebte sie immer noch und dachte: Ich werde auch heute noch nicht sterben.

Wie am ersten Tag wanderten sie die Küste entlang, später wählte Runa einen Weg ins Landesinnere. Gisla machte sich Gedanken darüber, warum sie diese Entscheidung traf – weil ihr der Anblick von Meer zu viel Heimweh bereitete oder weil im Landesinneren höhere Bäume wuchsen, die sie vor Wind und Wetter und vor aufdringlichen Blicken schützten? Runa trug das Kind fest an sich gepresst, und Gisla hörte sie nun oft mit ihm murmeln.

»Du wirst es schaffen«, bestimmte sie immer wieder. »Du musst leben.«

Aber Worte konnten keine Milch ersetzen, und Gisla sorgte sich, dass nicht nur sie, sondern auch das Kind sterben würde. Sie sprach ihre Ängste nicht aus, sagte sich stattdessen immer wieder, dass Runa das nicht zulassen würde, weil sie so willensstark war.

Als sie am Nachmittag plötzlich aus der Ferne ein Dorf sahen, vermeinte Gisla kurz, dass es nicht zufällig dort stand, sondern dass Runa es kraft ihrer Gedanken hatte erstehen lassen.

»Gott sei Dank!«, stieß sie aus und sank, am Ende ihrer Kräfte, auf die Knie.

»Hoffentlich vertreiben sie uns nicht gleich wieder«, murmelte Runa indessen zweifelnd. Doch die Menschen, die vom Anblick der zwei fremden Frauen angelockt auf sie zugelaufen kamen, sahen sie zwar misstrauisch, aber nicht böse an. Gisla nahm das alles nicht mehr wahr. Noch ehe sie das Dorf erreichten, brach sie zusammen.

Die Siedlung bestand aus einem halben Dutzend Höfen, und genauso viele Menschen waren ins Freie gekommen, blickten ihnen entgegen, aber wahrten noch Distanz. Runa ließ ihren Blick kreisen und sprach von allen Frauen schließlich jene an, die am rundlichsten wirkte, deren Augen am lebendigsten blickten und deren Wangen von gesundem Rot waren.

»Bitte, wir brauchen Hilfe«, erklärte sie. »Ich werde so viel arbeiten wie nötig, ganz gleich, was es ist. Es gibt kaum etwas, was ich nicht kann. Doch meine Gefährtin und das Kleine brauchen eine Schlafstatt, Essen und Milch.« Sie zögerte kurz, dann fügte sie eine Lüge hinzu. »Wir sind Bäuerinnen«, bekundete sie. »Wir kommen von der Küste. Unsere Männer sind gestorben, und wir waren nicht fähig, unsere Höfe weiter allein zu bewirtschaften.«

Sie hoffte inständig, dass die Menschen sie nicht sofort verjagen würden, dass das Lächeln der Frau echt war und die Freundlichkeit nicht aufgesetzt wie einst bei Bertrada, die ihnen zu essen gegeben, ihnen ihren Namen aber nicht gesagt und sie verraten hatte.

Diese Frau nun verschwieg ihren Namen nicht. »Ich bin Audinga«, sagte sie. »Wie heißt ihr?«

Runa fiel auf, dass ihre Sprache eine seltsame Mischung zwischen dem Nordischen und Fränkischen war, und das gab ihr Mut, keine weiteren Lügen auszusprechen.

»Das ist Gisla, und ich bin Runa – sie ist Fränkin, und ich komme aus dem Norden.«

Die Frau, die Audinga hieß, reagierte nicht bestürzt, sondern schien daran gewöhnt zu sein, dass zwei Menschen zusammengehörten, obwohl sie unterschiedlichen Völkern entstammten.

»Dann kommt hinein – wenn ihr könnt.«

Gisla lag im weichen Gras und regte sich nicht. So brachte Runa erst Arvid ins Haus und holte dann die Gefährtin, die nicht sonderlich schwerer schien als das Kleine. Zurück in der Hütte sah sie, dass Audinga Arvid an ihre Brust gelegt hatte. Um den Tisch herum hockte eine Horde verlauster, verrotzter Kinder; das Kleinste war höchstens zwei Jahre alt und wohl der Grund, warum Audinga noch Milch hatte.

Als Runa Gisla auf die Bank legte, stiegen ihr Tränen in die Augen. Die letzten Tage hatte sie die Angst um die Zukunft, den Gedanken an Taurin, die Lust nach seinem Körper verdrängt, nun überkam sie Erleichterung, dass Arvid nicht sterben würde, und Sehnsucht nach dem Mann, der ihr größter Feind gewesen und ihr doch nahegekommen war wie kein Zweiter.

Hastig wischte sie sich die Tränen ab.

»Wo sind wir hier?«, fragte sie Audinga. »Wie heißt dieses Dorf?«

Das Einzige, was Runa über das Fleckchen Erde wusste, war, dass es stark bewaldet und kaum besiedelt war.

Die Kinder jagten nunmehr kreischend um den Tisch herum, anstatt noch länger ruhig zu sitzen, aber das störte die Bäuerin nicht. Nichts schien sie aus der Ruhe zu bringen, nichts sie zu verärgern. So gut genährt wie sie und ihre Kinder aussahen, musste es eine reiche Ernte gegeben haben – dies war sicher mit ein Grund, dass sie so gleichmütig war.

»Das Gebiet hier im Osten des Nordmännerlandes«, erklärte die Frau, »ist nicht dicht besiedelt. Dort wo die Klippen nicht so hoch stehen, befinden sich noch andere Siedlungen, aber sie liegen alle weit auseinander.«

Je länger sie sprach, desto offenkundiger wurde ihr Sprachengemisch. In jeden fränkischen Satz streute sie ein nordisches Wort ein und umgekehrt. Es klang absonderlich – und es klang für Runa tief vertraut, war es doch die gleiche Sprache, die sie und Gisla miteinander tauschten, und wohl die Sprache aller Menschen, die ihre Heimat verloren und an diesem Ort wiedergefunden hatten.

»Auch wenn wir hier recht einsam leben«, fuhr Audinga fort, »sind wir von den Nordmännern nicht verschont geblieben. In den ersten Jahren sind sie gekommen, um zu stehlen, zu verbrennen und um zu töten – mein Mann, Gott hab ihn selig, ist erschlagen worden.« Einen Moment hielt sie inne und senkte den Kopf, bevor sie fortfuhr. »Dann wurde Frieden geschlossen, und die Nordmänner kamen, um das Land zu dem ihrigen zu machen. Sie übernahmen lieber fränkische Dörfer, anstatt eigene Siedlungen zu gründen, und sie übernahmen fränkische Frauen, weil ihre eigenen in der nordischen Heimat zurückgeblieben waren.

Einer der Nordmänner, der unsere Siedlung heimsuchte, hieß Alfr, und Alfr machte mich zu seiner Frau.«

Ob sie der Ehe zugestimmt hatte oder dazu gezwungen worden war, ließ Audinga offen. Immer noch sprach sie langsam und unaufgeregt, doch als sie fortfuhr, klang sie, wenn auch nicht glücklich, so doch erleichtert.

»Es ist doch ganz gleich, ob es ein Nordmann oder Franke ist, bei dem wir liegen, Hauptsache, es gibt einen Mann, der das Feld beackert. Und die Kinder brauchen einen Vater.«

Mittlerweile waren sie so lange verheiratet, dass Alfr ihre Sprache sprach und sie die seine.

Unsere Sprache, dachte Runa wieder, unser aller.

»Alfr...«, fragte Runa vorsichtig, »... stammt er aus Norvegur?«

Als sie auf die Antwort wartete, wusste sie nicht, ob sie erhoffen oder befürchten sollte, in diesem Dorf einem zu begegnen, der die dunklen Fjorde kannte und die Einsamkeit, die schneebestäubten Berge und die steilen Hänge ihrer Heimat.

Doch Audinga verneinte. »Nein, Alfr ist Däne wie die meisten hier. Kaum jemand stammt aus Norvegur.«

Sie löste Arvid von der Brust, hob ihn über die Schulter und klopfte auf seinen Rücken, bis er aufstieß. Dann reichte sie ihn Runa, und kurz senkte sich Stille über sie. Gisla lag immer noch reglos auf der Bank, aber atmete, Arvid gluckste – zum ersten Mal, seit er das Licht der Welt erblickt hatte, gesättigt. Sein Gesicht war nicht länger rot von hungrigem Geschrei. Und Runa war dankbar. Nichts Schlimmes konnte mehr geschehen, wenn eine Frau Arvid nährte, die so selbstverständlich den Namen ihrer Heimat aussprach.

Audinga stand auf, um etwas zu essen zu holen, und stellte alsbald eine Schüssel vor Runa ab. Sie aß gierig und beugte sich tief darüber.

Audinga fuhr zu erzählen fort: »Ich war nicht die Einzige,

die sich ein nordischer Mann zum Weib genommen hat. Viele unserer Männer und Söhne sind versklavt oder getötet worden und mussten ersetzt werden. Meine Schwester im Nachbarhaus ist nicht mit einem Nordmann verheiratet, sondern mit einem Bauern aus Irland. Als Unfreier und im Gefolge der Nordmänner ist er hergekommen; erst hat er sich mit harter Arbeit seine Freiheit erkauft, dann eigenes Land.«

»Wo ist dein Mann jetzt?«, fragte Runa.

»Er ist Richtung Küste aufgebrochen. Dort wächst Wein, und man findet Salz. Es ist fast ein wenig wie früher – die Frauen bleiben so oft allein mit der Arbeit zurück. Früher fehlten die Männer, weil sie tot waren, heute, weil sie es nie lange an einem Ort aushalten.«

»Ich kann arbeiten wie ein Mann«, erklärte Runa entschlossen.

»Das ist gut«, sagte Audinga.

Plötzlich schlug Gisla die Augen auf und blickte sich mit glasigen Augen um.

»Wo bin ich?«, fragte sie im Fieber.

»Sei unbesorgt«, gab Runa zurück. »Dein Kind und du, ihr seid vorerst in Sicherheit. Jetzt musst du essen, um zu Kräften zu kommen. Sei stark für den Kleinen.«

Runa war zuversichtlich, dass auch sie es schaffen würde.

Fredegards Zelle im Kloster von Chelles war karg und einfach, ihre Pritsche hart, ihr Kleid aus kratzendem Hanf.

Früher hatte sie schön sein wollen, fein und elegant, nicht um ihrer selbst willen, sondern um dem König zu gefallen. Und sie hatte ihm gefallen, wenn auch nicht genug, damit er ihr gab, was sie wollte. Und sie hatte ihn geliebt, wenn auch nicht genug, um ihm zu verzeihen, dass er die Tochter an den

Feind verschachert hatte. Jetzt zählte all das nicht mehr – nicht die schöne Kleidung, nicht der König. Jetzt zählte nur mehr Gisla.

Fredegard starrte auf das Pergament in ihren Händen, auf dem Gislas Name geschrieben stand. Und noch viel mehr. Er habe nach ihr suchen lassen, wochenlang, es gebe keine Hoffnung, dass sie lebe, ließ Hagano sie in seinem Schreiben wissen.

Die Zeilen verschwammen vor Fredegards Augen. Ob er falsch wie stets gelächelt hatte, als er sie schrieb? Ob sie die Kraft gehabt hätte, ihn zu schlagen, wenn er selbst vor ihr gestanden und sie ihr laut ins Gesicht gesagt hätte?

In jedem Fall hatte sie nun die Kraft, aufrecht stehen zu bleiben, die aufsteigende Verzweiflung und Hoffnungslosigkeit zu schlucken, das Pergament zu umkrampfen und eine Entscheidung zu treffen.

Hagano mochte seine halbherzige Suche eingestellt haben, aber solange sie Gislas Leichnam nicht mit eigenen Augen gesehen hatte, würde sie nicht aufgeben. Haganos Männer hatten wohl die Wälder durchforstet, Bauern gefragt, Nordmänner zur Rede gestellt, aber waren sie auch von Kloster zu Kloster gegangen, viele zerstört, manche nach Rollos Taufe aber auch wieder bewohnt und vielleicht Zufluchtsort der Tochter?

Fredegard hatte von Mönchen gehört, die diese Nacht im Kloster in Chelles schliefen und am kommenden Morgen zu ihrer Pilgerreise in den Norden aufbrechen würden. Sie ließ das Pergament zu Boden fallen, stieg darüber hinweg und verließ die schlichte Zelle, um mit ihnen zu sprechen.

Die Ernte war in diesem Jahr, wie Runa schon vermutet hatte, reichlich ausgefallen. Audinga glaubte, dass es ein Zeichen von Gottes Zuspruch für den Frieden zwischen Nordmännern und Franken war. Gott musste überdies die Taufe der Heiden, die mit diesem einherging, gefallen – fast mehr noch als der Friede selbst. Aber die reiche Ernte war bestimmt auch die Folge der neuen Pflugscharen, die aus dem Norden kamen.

Wenn Audinga langsam und ruhig erzählte, änderte sich ihr Tonfall nicht – ganz gleich, ob es um den Tod des ersten, das Leben mit dem zweiten Mann oder die Verwendung besagter Pflugscharen ging.

»Früher«, erzählte sie, »haben wir ohne Ochsen und Kühe gepflügt, später mithilfe der Tiere – der Pflug jedoch war derselbe. Er hatte die Form einer Harke, mit der man die Erde nicht umdrehen, sondern nur eine Vertiefung darin machen konnte.« Runa wusste, was das bedeutete. Die Oberfläche des Ackers war dadurch nur gering aufgelockert, die handgesäte Aussaat oft vom Wind davongeweht worden. »Die Nordmänner haben eine neue Art von Pflugschar ins Land gebracht«, fuhr Audinga fort. »Eine wuchtige und eisenbeschlagene, die sich tief im schweren Boden eingräbt.«

Was sich nicht verändert hatte, war, dass das Getreide mit Sicheln geschnitten wurde. Dies war in diesem Sommer bereits geschehen, doch noch war das Getreide nicht gedroschen und gemahlen worden, um es zu lagern. Im Dorf war ein Streit darüber ausgebrochen, ob man das Korn zum nächsten Müller bringen sollte oder ob die Gefahr von Überfällen und Raub auf dieser Strecke zu groß wäre. Durchgesetzt hatten sich jene, die Letzteres heraufbeschworen, und so wurde das Korn nun mit Mörsern zerstampft, bis es platzte und Mehl herausquoll, das sich nicht gänzlich von der

Schale trennen ließ. Das Brot, das daraus gebacken wurde, war immer noch besser als das aus Asche und Birkenrinde.

Runa half gerne beim Mörsern und war zugleich froh, dass Audinga immerfort sprach. Das lenkte sie von der zwar nicht mühsamen, aber langweiligen Arbeit ab.

Wenn Audinga gerade nicht über die Ernte sprach oder beschwor, wie gut sie es mit ihrem neuen Mann getroffen hätte, rühmte sie Rollo, von dem Alfr ihr viel erzählt hatte.

»Er ist ein wahrer Herrscher und in vielem den Franken bereits sehr ähnlich«, begeisterte sie sich. »Während sich die freien Männer im Norden einander ebenbürtig fühlen und ihrem Anführer widersprechen dürfen, hat Rollo hierzulande beschlossen, dass nicht alle Männer gleich, sondern er der Größte ist, und dass jene, die ihm folgen, nicht länger seine Gefährten, sondern Diener sind.« Sie lächelte. »Wem das nicht gefällt, der wird prompt mit Land und Gütern beschwichtigt, die umso größer ausfallen, je bedeutender Status und Herkunft dieses Mannes sind.«

Der Status von Alfr kann nicht besonders hoch sein, wenn er nur diesen Hof bekommen hat, dachte Runa, aber sie sagte es nicht laut.

»Rollo«, so fuhr Audinga indes fort, »achtet nicht nur darauf, dass er respektiert wird, sondern dass alle Gesetze eingehalten werden. Die Strafen bei Zuwiderhandlung sind sehr streng. Man erzählt sich die Geschichte einer Frau, die ihren Pflug begrub, um ihn nicht mit den Nordmännern teilen zu müssen. Als man ihren Betrug aufdeckte, hatte sie mit dem Leben dafür zu bezahlen – und ihr Mann auch, weil sie seine Frau war, ganz gleich, ob er nun davon gewusst hatte oder nicht.«

Erstmals veränderte sich Audingas Tonlage. Ihre Stimme klang nicht gleichmütig, sondern voller Respekt. Offenbar fiel es ihr nicht schwer, einen neuen Mann an ihrer Seite zu akzeptieren, eine neue Sprache zu erlernen oder zu ertragen, dass Landsleute wegen geringer Vergehen hingerichtet wurden – solange der gewohnte Alltag seinen Lauf nahm und es jemanden gab, der die große Ordnung des Lebens wahrte.

Auch Runa hatte nichts gegen diese Ordnung einzuwenden. Sie genoss die Tage mit Audinga. Es war zwar ungewohnt, zu tun, was andere ihr auftrugen, aber Arvid gedieh nun, auch ohne dass sie ihm immer wieder befehlen musste zu leben.

Eines Tages kehrte Alfr zurück. Audinga nährte gerade das Kind an ihrer Brust, und Runa erschrak. Würde er darüber erbost sein, dass seine Frau sie aufgenommen hatte? Doch ihre Sorge war unbegründet. Alfr beachtete sie gar nicht. Seine Stiefkinder und das Kleine, das ihm Audinga geboren hatte, schienen ihm nicht minder fremd – er konnte sie nicht einmal auseinanderhalten.

Alfr befahl, einen Teil des Getreides zu verwenden, Met zu brauen, und als Audinga erklärte, sie wisse nicht, wie man das mache, erhob sich Runa.

»Aber ich weiß es!«, rief sie und machte sich gleich an die Arbeit.

Alfr vermied es auch in der folgenden Zeit, mit Runa zu reden, aber den Met, den Runa braute, trank er gerne. Lange auf dem Hof hielt es ihn dennoch nicht, und alsbald zog es ihn wieder fort – dieses Mal nicht an die Küste, sondern in den Wald. Er sagte, dass er Holz roden müsse, damit sie im Winter nicht froren, doch Runa glaubte, dass er in Wahrheit lieber mit seinesgleichen zusammen war als mit seiner fränkischen Frau. Ihr war es recht; sie fühlte sich sicherer, wenn er nicht da war.

Der Herbst schlug erst goldene Kerben ins grüne Laub und schickte dann kühle Winde, die das Laub hinwegfegten. Der Boden war morgens gefroren, und am Abend wurde es früh finster. Runa trug Arvid immer noch oft auf ihrer nackten Haut, um ihn zu wärmen, und manchmal hielt ihn jetzt auch Gisla. Sie betrachtete den Kleinen ehrfürchtig, weil es in ihren Augen ein Wunder war, dass er lebte, und zugleich war sie traurig, weil dieses Wunder anscheinend nicht ausreichte, um auch sie zu retten.

Sie aß, arbeitete fleißig mit, zerstampfte Körner, nähte, webte und kochte. Aber anders als Runa bekam ihr das ruhige Leben nicht: Sie wurde bleicher und dünner und fieberte immer wieder.

Kopfschüttelnd beobachtete Runa sie und verstand nicht, warum es ihr ausgerechnet jetzt so schlecht ging, wo sie es gut hatten wie nie, und warum sie weiter blutete, obwohl die Geburt nun schon so lange zurücklag.

Eines Tages saßen sie am Feuer beisammen, und Gisla hielt Arvid auf dem Schoß. Er konnte seinen Kopf schon eine Weile aufrecht halten, ohne dass man ihn stützen musste, und auf diesem Kopf wuchs ein blonder Flaum, der an Gislas Haar denken ließ. Seine Augen waren groß und blau. Er juchzte. Runa schöpfte wieder Hoffnung. Auch Gisla würde es bald bessergehen. Doch dann wurde sie jäh von der Gefährtin aus ihren Gedanken gerissen.

»Nimm du ihn«, sagte Gisla rau und mit Tränen in den Augen. Runa wollte ihre Hände ausstrecken, aber Gisla hatte etwas anderes gemeint. »Nimm du ihn ganz. Morgen. Für immer. Ich kann nicht für ihn sorgen, ich kann nicht einmal für mich selbst sorgen. Wenn ich so weiterlebe, gehe ich zugrunde.«

Runa hatte Gislas Worten nichts entgegengesetzt. Am nächsten Tag ging sie mit Audinga zusammen ihrer Arbeit nach, wie sie es an jedem anderen Tag auch getan hatte. Sie erhitzten Milch, bis sie gerann, pressten den Quark in einen hölzernen Seiher und nutzten die wässrige Molke, um darin Gemüse einzulegen und es solcherart über den Winter frisch zu halten.

Noch war dieser Winter ein unsteter Gast; er kam zwar manchmal, um an der Tür und am Dach zu rütteln, versteckte sich dann aber wieder vor den letzten schönen Tagen. Mit der Zeit wurden diese seltener, und in der Luft lag der Geruch von Schnee.

Runa deutete auf die Wände aus Lehm und Flechten. »Lass uns das Dach ausbessern!«, schlug sie vor. »Es ist nur mit Reisig bedeckt. Das Reisig wird der Winterwind rasch fortwehen, schweren Torf hingegen nicht.«

Audinga sah sie zweifelnd an und schüttelte den Kopf. Das Vermögen, sich neuen Zeiten anzupassen, schien sich am Pflügen, Sprechen und bei der Gewöhnung an einen neuen Mann verbraucht zu haben – sie wollte nicht auch noch Torf stechen und ein Dach damit bedecken.

Doch Runa sprang auf. »Ich kann es auch allein tun!«, rief sie voller Tatendrang.

»Das ist harte Arbeit«, entgegnete Audinga.

»Sehe ich aus, als würde ich sie scheuen?«

»In jedem Fall siehst du nicht aus, als wärst du zu schwach dazu«, gestand Audinga ein – die erste Bemerkung, die verriet, dass sich Runa in ihren Augen von anderen Frauen unterschied.

Ihre Haare waren gewachsen, aber ihre Gestalt war sehnig wie eh und je, ihre Schultern so breit wie die eines Mannes und die Arme kräftig. Knabenhaft flach war die Brust, an der Arvid ruhte.

»Was du an Kraft zu viel hast, hat deine Gefährtin zu wenig«, stellte Audinga fest. »Gut, dass du das Kind bekommen hast, nicht sie.«

Runa blickte die Bäuerin verwirrt an. Ihr war nie in den Sinn gekommen, dass Audinga glauben könnte, sie habe Arvid geboren und nicht Gisla. Gisla war es doch, die immer noch an den Folgen der Geburt litt. Allerdings war meist sie es, nicht Gisla, die Arvid herumtrug und versorgte.

Runa stritt es nicht ab. »Gisla ist keine ... gewöhnliche Frau«, setzte sie zögerlich an. »Sie wurde nicht als Tochter eines Bauern geboren, sondern ...«

Sie brach ab, wollte nicht zu viel verraten, nur gerade genug, dass Audinga verstand, warum Gisla nicht so viel arbeiten konnte wie sie.

Doch Audingas Worte waren nicht vorwurfsvoll gemeint. »Das habe ich mir gedacht«, meinte sie, um schließlich nachdenklich hinzuzufügen: »Sie ist keine Bäuerin, sondern eine Nonne, nicht wahr? Die Barbaren aus dem Norden haben die Klöster zerstört. Dass sie aus Stein gebaut sind, konnte sie nicht davon abhalten.« Zum ersten Mal verriet sie, dass sie einst in einer Welt gelebt hatte, in der es ihresgleichen und Feinde gab, kein Einerlei aus beiden Völkern. »Manche der frommen Frauen wurden sogar geschändet«, fuhr sie mit gesenkter Stimme fort. »Aber davon spricht keiner mehr. Einige kehrten heim zu ihren Familien, andere irrten durchs Land. Wovon man spricht, ist, dass die Klöster keine Ruinen bleiben sollen. Rollo lässt sie wieder aufbauen.«

Nun stand wieder Glanz in ihren Augen – wie in der Stunde, da sie die Zucht und Ordnung beschworen hatte, für die er sorgte.

»Er hat dem Klerus und den Bistümern viele Güter und Ländereien zurückgegeben«, fuhr sie fort. »Nicht weit von hier steht ein solches Kloster. Früher sind mein Mann und ich einmal im Jahr dorthin gepilgert, um den Segen der Nonnen zu erbitten. Dann gab es keine Nonnen mehr und keinen Segen. Nun leben zwar wieder Frauen dort, aber Alfr will ihren Segen nicht.«

Sie zuckte die Schultern, und schweigend arbeiteten sie weiter am Käse.

Als sie mit ihrer Arbeit fertig waren, schlug Runa vor, hinauszugehen, um zu prüfen, wie viel Torf sie stechen musste, um das Dach ausreichend zu decken. Sie öffnete die Tür und fuhr zusammen. Runa hatte Gisla auf ihrer Schlafstatt vermutet, aber offenbar hatte sie im Freien ihre Notdurft verrichtet. Am ganzen Leib zitternd stand sie vor ihr und sah sie mit großen Augen an.

»Was tust du denn hier? Geh wieder hinein! Du wirst dir den Tod holen«, fuhr Runa ihre Gefährtin an.

Gisla gehorchte nicht. »Dort drinnen kannst du leben, ich nicht«, sagte sie leise.

»Natürlich kannst du es! Es wird besser werden. Wenn die Schmerzen nachlassen, wenn dein Körper wieder verheilt, wenn es Frühling wird...«, gab Runa ungehalten zurück.

Gisla hob abwehrend die Hand, um sie zum Schweigen zu bringen. »Ich habe euch gehört«, sagte sie schlicht. Plötzlich beugte sie sich vor und schob das Gesicht ganz nah an das Runas heran. »Arvid ... Arvid soll wissen, dass königliches Blut in seinen Adern fließt, versprich mir das.«

»Was redest du denn da?«

»Erzähl es ihm! Erzähl ihm, wer seine Mutter war!«

»Du wirst es ihm selbst erzählen. Du wirst...«

Wieder hob Gisla abwehrend die Hand, und wieder lag darin eine ungewöhnliche Macht, der sich Runa nicht entgegenstellen konnte.

»Ich trage elende Kleidung«, murmelte Gisla. »Aber ich spreche Latein, ich kann lesen und schreiben. Wenn ich sage, ich bin eine der Ihren, werden die Nonnen des nahen Klosters mich aufnehmen.«

Runa schüttelte verständnislos den Kopf. »Aber du bist keine von ihnen!«

Gisla lächelte traurig. »Das stimmt...«

»Warum willst du dann dort leben, warum...?«

Diesmal brachten Runa Gislas Worte, nicht ihre Hand zum Schweigen. »Du sorgst für Arvid, ja? Du wirst immer für ihn sorgen, ja? In gewisser Weise ist er mehr dein Sohn als meiner.«

Sie klang so flehentlich, dass Runa ihr nicht länger widersprechen konnte. Sie sagte nichts mehr, nickte nur stumm.

Gemeinsam gingen sie ins Haus, und Gisla trat zu Arvid. Sie hob ihn nicht hoch, sondern strich nur flüchtig über sein Köpfchen. Alsbald zog sie die Hand weg und legte sie an ihre Brust, als wäre der Geruch des Kindes ein kostbarer Schatz, den es – so flüchtig er auch war – so lange wie nur möglich zu bewahren galt.

»Ich tue es nicht nur für mich«, sagte sie. »Ich tue es vor allem für ihn. Ich bin nur eine Last – und solange ich an deiner Seite lebe, müsstest du dich ständig um uns beide kümmern. Ohne mich bist du besser dran. Und er ist es auch.« Sie machte eine Pause und seufzte. »Nenn mich feige, nenn mich schwach – zumindest bin ich nicht an Thure zugrunde gegangen, und ich habe Arvid geboren. Aber du warst es, nicht ich, die ihn zum Leben erweckt hat.«

Am Tag, als sie zum Kloster gingen, fiel der erste Schnee. Ihre Schritte auf der weißen Decke waren lautlos, und die Spuren, die sie hinterließen, kaum zu sehen. Bis das Gebäude vor ihnen aufragte, war Runa vorangegangen, dann überließ sie Gisla den Vortritt. Arvid war bei Audinga geblieben und Gisla froh, von ihm bereits Abschied genommen zu haben.

Der Abschied von Runa war lautlos wie ihre Schritte auf dem Schnee. Sie wechselten keine Worte mehr miteinander, blickten sich nur schweigend an. Sie gedachten des Guten und des Bösen, das sie miteinander erlebt hatten: des eiskalten Wassers der Epte und des Meeres, des ersten Feuers, das sie im Wald gemacht hatten, des harten Fleisches und der grätenreichen Fische, die sie gegessen hatten, aber auch der süßen Früchte, die sie gefunden hatten. Sie dachten an den Tod, an den Kerker von Rouen und Laon, an den Brand, an Thure. Und sie dachten an das Leben, Arvids Geburt und wie er das erste Mal geschrien hatte.

Dann umarmten sie sich. Oft hatten sich ihre Leiber aneinandergepresst – in Stunden der Not oder um sich im Schlaf zu wärmen, doch noch nie zuvor hatten sie sich umarmt. Jetzt taten sie es lange und inniglich, und als Gisla sich von Runa löste, wusste sie, dass sie nie wieder einen Menschen so umarmen, so halten würde.

Gisla sah nicht in Runas Gesicht, sondern auf ihr Amulett, selbst dann noch, als Runa sich längst abgewandt hatte. Erst als sie auf der weißen Schneedecke davonging und ihre dunkle Gestalt immer schmaler wurde, bis sie mit dem Weiß verschmolz, senkte Gisla ihren Blick, schritt auf das Kloster zu und klopfte an die Pforte.

Es war so leicht, wie sie es sich erhofft hatte. Sie log, was ihre Herkunft anbelangte, aber sprach die Wahrheit, als sie bekundete, was sie gut konnte und was nicht. Man glaubte ihr.

Ihre Hände sahen zwar aus, als hätte sie hart gearbeitet, aber der Leib, der dazugehörte, hatte nichts mit dem jener Menschen gemein, die für diese Arbeit geboren worden waren. Vielmehr war es der Leib einer, die die Erbsünde durch Schweigen, Fasten und Gebet, nicht im Schweiße des Angesichts zu sühnen hatte.

Gisla erklärte, sie sei eine Nonne und stamme von Saint-Amand in Rouen ab, berichtete von Unruhen, als Rollo die Stadt erobert hatte, von Flucht und Vertreibung und dass sie sich nicht mehr zurückgewagt habe.

Das Kloster – dem heiligen Ambrosius geweiht – war groß, die Wände wieder aufgebaut, aber die Schwestern nicht sehr zahlreich. Es waren nur sieben, zwei davon blind und alt und darum nicht fähig, dem Gemäuer zu altem Glanz zu verhelfen. Gisla zeigte wieder ihre Hände. Ja, eigentlich sei sie nicht dazu bestimmt, durch Arbeit ihre Sünden auszumerzen, und dennoch sei sie bereit, das Ihrige zu tun, damit dieser Ort nicht länger von Zerstörung künde, sondern von Heiligkeit.

Das Erste, was sie mit ihren Händen tat, war, einen Brief an ihre Mutter Fredegard zu schreiben, die sie immer noch im Kloster in Chelles vermutete. Sie schrieb ihr, wo sie war, aber sie schrieb nicht, unter welchen Umständen sie dorthin gekommen war. Sie deutete an, dass ihr ursprünglicher Plan zwar zwischenzeitlich scheitern drohte, aber am Ende aufgegangen sei. Sie schrieb auch, dass sie im Kloster bleiben wolle. Noch gab es keine Möglichkeit, der Mutter diesen Brief zu schicken, aber sie trug ihn stets unter ihrer Kutte – als Zeichen der Hoffnung, dass ihr Leben irgendwann in jenen geordneten Bahnen verlaufen würde, die Fredegard vorgesehen hatte.

Als es Frühling wurde, klopften Mönche aus dem Frankenreich an die Pforte des Klosters. Sie waren zu einer Pilgerreise nach Rouen aufgebrochen, um die Reliquien zu ehren, die während all der Kämpfe dorthin und später nicht wieder in die umliegenden Diözesen zurückgebracht worden waren, und hatten obendrein einen Auftrag Fredegards zu erfüllen – nämlich in jedem Kloster, das sie passierten, nach einer Gisla oder Aegidia zu fragen. Gisla hatte all die zurückliegenden Monate nicht geweint, und sie tat es auch jetzt nicht, aber sie fiel auf die Knie, um erst Gott, dann den Mönchen dafür zu danken, dass es nun die Möglichkeit gab, der Mutter die erlösende Nachricht zu übermitteln. Ihr zu sagen, dass sie noch lebte. Dass alles gut gegangen war. Zumindest in dem Augenblick, da sie den Mönchen den Brief überreichte, den sie so lange mit sich getragen hatte, fühlte sich tatsächlich alles gut an. Erst nachdem die frommen Männer aufgebrochen waren, überkam sie wieder Schmerz: Ihre Mutter würde nun wissen, dass ihr Kind wohlbehalten war, indess sie nur darauf vertrauen konnte, dass Arvid bei Runa auch weiterhin gut aufgehoben war.

Einige Wochen später bekam sie Antwort – und noch mehr. Von nun an schickte Fredegard Silber, Kleidung und Essen, allesamt Gaben, die sie wohl ihrerseits vom König empfing. Zwar bat Fredegard die Tochter des Öfteren darum, sie möge ihr nach Chelles folgen, aber Gisla erklärte hartnäckig, dass die neue Heimat, die Gott ihr zugewiesen hatte, die rechte für sie sei. In Wahrheit spürte sie, dass sie sich für den Rest ihres Lebens überall heimatlos fühlen würde. Doch es war ihr unmöglich, jemals wieder der Frau gegenüberzutreten, die in ihr das kleine, schutzbedürftige Mädchen sah. Wie hätte sie ihr anvertrauen können, was ihr zugestoßen war? Wie es ihr verschweigen?

In den Briefen, die sie sich schrieben, war es leichter, sich dem Trugschluss hinzugeben, dass Gisla noch die Alte und alles so gekommen war, wie sie es geplant hatten.

Aus dem armseligen Kloster wurde dank Fredegards Gaben ein reiches; es zog mehr und mehr Schwestern an, denen man erzählte, Gisla sei eine Verwandte des Königs. Fredegards Schenkungen galten als Beweis der hohen Herkunft – und als einer der Gründe, um sie schließlich zur Äbtissin zu machen.

Sie lebte fortan ein vorbildliches Leben ohne Laster. Die neue Äbtissin war ruhig, unaufdringlich und dennoch bestimmt. Sie neigte nicht zu Gefühlsausbrüchen und ließ sich nicht zu unsittlichen Verfehlungen hinreißen.

Gislas Körper blieb zwar schwach und kündete bis zum Ende ihres Lebens von der erlittenen Auszehrung, aber der Körper zählte in einem Kloster nicht – und ihr Geist war gestählt von der harten Zeit, die sie mit Runa zusammen durchgemacht hatte. Die Entscheidung, Arvid bei Runa zurückzulassen und selbst aus der Welt zu fliehen, tat ihr Übriges.

Für die Sicherheit und den Frieden, die sie im Kloster fand, wollte Gisla einen hohen Preis bezahlen – den Preis, niemandem ihr Leid zu zeigen. Sie trug es allein, und sie trug es entschlossen. Es blieb jedoch immer etwas, das fehlte. Sie stellte sich vor, wie groß Arvid nun war und wie er wohl aussah, und sie weinte lautlos, weil Runa ihn beschützen durfte – sie aber niemals die Möglichkeit dazu haben würde.

Die erste Schneedecke schmolz wieder. Bevor die zweite das Land bedeckte, schwerer und erstickender als diese, kam ein Mann vorbei, um die Abgaben einzutreiben. Alfr war zu diesem Zweck zurückgekommen und feilschte um deren Höhe – mit Erfolg. Statt vierzehn Scheffel Getreide gab er am Ende nur zehn, statt vier Ferkel nur zwei, auf die Hühner wurde ganz verzichtet, an ihrer statt bekam der Mann noch eine Metze Leinsamen und eine Metze Linsen.

Audinga war glücklich, denn als das Land noch den Franken gehört hatte, hatte man bei den Abgaben nie feilschen können. Warum es jetzt möglich war, wusste sie nicht – vielleicht war es bei den Nordmännern üblich, eine Summe nicht so genau zu nehmen, vielleicht war Alfr einfach nur ein furchteinflößender Mann, den niemand gegen sich aufbringen wollte.

Kurz nachdem der Mann, der die Abgaben eingetrieben hatte, wieder gegangen war, trieb es auch Alfr wieder in die Wälder zu seinen Gefährten und zum Met. Audinga war erleichtert, ihre Kinderschar und Runa auch. Sie erwartete, dass sie irgendwann ähnliche Unrast befallen würde wie Alfr, denn wie er war sie ein unstetes Leben gewohnt. Doch die Hütte wurde ihr nie zu eng, solange Arvid wuchs und sie genug Arbeit hatte.

Auch wenn es über die kalten Monate nichts zu säen, zu ernten und zu dreschen gab, fand sie Aufgaben, die zu erledigen waren.

Als die Schneedecke im Frühling von bräunlichen Flecken beschmutzt wurde, beschloss Audinga, das Haus zu verlassen und mit Runa den Wochenmarkt im nächsten größeren Dorf zu besuchen. Sie war schon lange nicht mehr dort gewesen und nicht sicher, ob in der Gegend überhaupt noch Menschen lebten, aber unter den ersten warmen Sonnenstrahlen erwachte die Neugier, es herauszufinden.

Und ja, es gab noch Menschen. Der Wochenmarkt, der wie immer am Freitag stattfand, war ein belebter Ort, wo munter fränkische Worte mit denen der nordischen Sprache vermischt wurden. Audinga hatte Hühner dabei, die an den Beinen zusammengebunden waren und aufgeregt gackerten, Eier, die diese in den letzten Tagen gelegt hatten, und sie tauschte beides gegen die Waren des Töpfers und des Schmieds.

Was auch getauscht wurde, waren Neuigkeiten. Rollo, so erfuhren sie, hatte mittlerweile die meisten vagabundierenden Banden verjagt und warb fränkische Bauern an, sich im Süden seines Landes anzusiedeln, denn die Nordmänner blieben lieber an den Küsten.

Der Lärm des Wochenmarktes machte Runa zu schaffen. Seit langem hatte sie nicht mehr so viele Menschen an einem Ort versammelt gesehen. Doch es gefiel ihr, dass niemand nach der Herkunft und Vergangenheit des anderen fragte, dass jedem einzig daran gelegen war, sich aus den Trümmern des alten Lebens eine Zukunft aufzubauen, und dass alle der Meinung waren, ein Land, in dem es keine Kriege mehr gab, aber einen starken Herrscher, böte gute Möglichkeiten dazu.

Von nun an gingen sie regelmäßig zum Markt.

Als die Schneedecke endgültig schmolz, der Frühling immer süßer roch und das Grün der Wiesen mit roten und gelben Blumentupfern gekrönt wurde, verbrachte Runa die meiste Zeit im Freien. Arvid saß im Gras, betrachtete die summenden Bienen, begann zu krabbeln und nannte sie seine Mutter.

Runa dachte daran, dass sie Gisla versprochen hatte, Arvid von seiner königlichen Abstammung zu erzählen. Sie wollte dieses Versprechen nicht brechen, aber sie wollte auch seine Mutter sein. So entschied sie, eines Tages einen Franken zu erwähnen – von hoher Geburt dieser, mit dem König verwandt und leider seit langem tot –, der ihn gezeugt hätte. An diesem Tag würde sie ihm auch ihr Amulett umlegen.

Nach dem Frühling kam der Sommer, und wenn die Sonne gar zu heftig brannte, ging sie in den Wald, roch Erde und Moos, Rinde und Sümpfe und fühlte sich an diesem Ort, den Audinga als gefahrvoll verschrie, zuhause. Sie wollte nie wieder herumirren wie einst, ganz allein und ohne ein anderes Ziel, als zu überleben, aber sie genoss die Stille nach Audingas gleichmütigem Geschwätz, und manchmal dachte sie, dass die Tiere des Waldes, ja selbst die Bäume ihr liebere Brüder und Schwestern wären als jemals die Menschen – Arvid ausgenommen.

Gisla gab es in Runas Leben nicht mehr, damit hatte sie sich abgefunden. Eines Tages – es war Herbst, und Arvid lernte laufen – kehrte jedoch ein anderer in dieses Leben zurück. Er kam, wie er seinerzeit an der Küste aufgetaucht war – auf leisen Füßen wie aus dem Nichts.

Es schien für sie so selbstverständlich, dass er zurückkehrte, und für ihn so selbstverständlich, dass er sie gefunden hatte, dass beider Erstaunen sich schnell legte.

Sie hob Arvid hoch.

»Was machst du hier?«, fragte sie heiser.

»Ich war in Lutetia«, bekannte er knapp.

»Das ganze letzte Jahr?«

»Nein, nur ein paar Tage. Die restliche Zeit des Jahres habe ich damit verbracht, euch zu suchen.«

Arvid begann zu quengeln und ungeduldig zu strampeln, sie setzte ihn wieder auf den Boden, wo er Blumen und Gräser ausriss.

»Warum bist du nicht länger in Lutetia geblieben?«, fragte sie.

Taurin trat einen Schritt auf sie zu. Ihr fiel auf, dass sein Haar schütter geworden war und an manchen Stellen ergraut, dass sich tiefe Furchen in seine Wangen eingegraben hatten und sein Bart noch länger gewachsen war. Seine Hände waren rau, seine Füße verschmutzt und von Wunden übersät, sein Rücken von unsichtbarer Last gebeugt.

Sein Blick hingegen war jung und lebendig.

»Lutetia ist mir fremd. Ich kenne keine Menschen dort. Nichts kommt mir vertraut vor. Ein Ort, an dem ich noch nie gewesen bin, könnte nicht weniger Heimat sein.«

Die Wehmut, die in diesem Bekenntnis lag, übermannte auch sie. »Und ich...«, stammelte sie. »Ich kann mich nicht mehr an das Gesicht meiner Großmutter erinnern.«

Wie er senkte sie den Kopf, um unauffällig die Tränen abzuwischen – nicht sicher, ob sie aus Trauer um Asrun weinte oder aus Glück, weil er wieder bei ihr war.

Sie schwiegen, sahen sich schließlich erneut an.

»Ich weiß nicht, wohin ich gehen soll«, sagte er.

»Dann bleib hier«, gab sie zurück.

Kloster Saint-Ambrose in der Normandie
Herbst 936

Taurins Gesicht war friedlich: Er kehrte endlich heim, wo auch immer seine Heimat war. Gisla hingegen verweigerte sein Tod den Frieden. Sie blickte auf den Leichnam und konnte nichts anderes denken, als dass der Tod nicht freundlich war und schon gar kein Fest, obwohl man im Kloster stets ein solches feierte, wenn Gott eine Mitschwester zu sich holte und das Gebot galt, dass man nicht trauerte. Alles andere war Ausdruck von Schwäche und ein Zeichen, dass es am Glauben ans Ewige Leben mangelte.

Ob Taurins Tod würde sie jedoch trauern.

Gemeinsam mit Arvid bedeckte Gisla den Leichnam mit seinem Mantel, damit niemand sah, wie er gestorben war, aber sie wusste, dass sie es nie vergessen würde. Sie würde fortan damit leben müssen, dass sie ihn getötet und dass sie nicht mehr an das Gute geglaubt hatte.

Still standen sie neben dem verhüllten Toten, und stockend begann Arvid zu erzählen von all den Jahren, da er Runa für seine Mutter hielt. Er konnte nicht mit Sicherheit sagen, wie eng das Band zwischen Runa und Taurin war, ob sie es an seinen Enden nur zaghaft hielten oder immer wieder neue Knoten schnürten. In der ersten Zeit, als er noch ein Kind gewesen war, hatte Taurin im Wald gelebt und Runa weiterhin auf Audingas und Alfrs Hof. Man hatte sie für eine ganz gewöhnliche Bäuerin gehalten und Taurin für einen Einsiedler.

Vielleicht war er tatsächlich ein solcher gewesen und hatte sein Leben Gott geweiht. Vielleicht aber hatte er nur den Anschein gegeben, fromm zu sein, weil niemand erfahren sollte, dass er eine Frau aus dem Norden, die ihr Leben lang eine Heidin blieb, liebte.

»Manchmal war ich mir sicher, dass sie ihn des Nachts besuchte«, murmelte Arvid. »Aber womöglich ging sie nur in den Wald, um zu jagen oder um allein zu sein. In der Früh kehrte sie oft mit erlegten Tieren und roten Backen wieder, ein wenig außer Atem und mit Holzzweiglein im Haar. Ob auch mit Liebe im Herzen – ich weiß es nicht.«

»Sie sind also nie wirklich Mann und Frau geworden«, murmelte Gisla.

Arvid zuckte die Schultern. »Runa hat mir oft die Geschichte von Skadi und Njörd erzählt. Die eine liebte die Berge und hasste das Meer, der andere liebte das Meer und hasste die Berge, und doch blieben sie ein Paar. Njörd folgte Skadi in die Berge, dann folgte Skadi Njörd ins Meer. Und weil Skadi die Stärkere war, verbrachten sie mehr Zeit in den Bergen als im Meer. Deswegen dauert in Norvegur der Winter acht Monate und der Sommer nur vier. Runa und Taurin – sie waren wie Skadi und Njörd.«

»Aber Runa und Taurin haben nicht zusammengelebt ... weder im Winter noch im Sommer?«

»Nein, das haben sie nicht ...«

Arvid schien noch etwas sagen zu wollen, aber dann hörten sie Schritte hinter sich. Die Nonnen kamen aus dem Kloster, die Subpriorin allen voran, dicht dahinter Mathilda, und

Gisla war nicht mehr Gisla, sondern die Äbtissin, und sie fragte Arvid nicht mehr nach der Wahrheit, sondern erzählte den Nonnen Lügen.

Sie begruben Taurin am nächsten Tag – auf dem Friedhof, der sich gleich neben der Kirche befand, damit Christus am Jüngsten Tag nicht allzu lange nach den Seinen suchen musste. Erst einige Wochen zuvor hatten sie dort eine alte Nonne begraben. Diese hatte einen Steinsarkophag bekommen, gefüllt mit Schätzen für die Reise ins Jenseits, obwohl es Aberglaube war, dass man dergleichen brauchte, und gute Taten zu Lebzeiten das Einzige waren, was zählte.

Für Taurin hatten sie keine Schätze und auch keinen Steinsarkophag. Sie legten ihn, nur in seinen Mantel gehüllt, in ein Grab. Gisla starrte auf den Mann, den sie getötet hatte. Nicht länger schien es ihr grausam, sondern vor allem unwirklich, und kurz gab sie sich dem Trug hin, dass sie nicht ihn, sondern Runa begrub.

All die Jahre war sie davon überzeugt gewesen, dass eine, die so stark war wie Runa, nicht vor ihr sterben könnte, doch sie hatte sich geirrt. Wäre sie noch am Leben, hätte sie Arvid gegen die Feinde beschützt, und Runa hätte die Richtigen getötet, nicht wie Gisla den Falschen.

»Sie war doch glücklich, oder?«, fragte sie ihn.

»Sie hat nie anderes behauptet, und ich habe nie anderes vermutet. Desgleichen wie ich nicht daran gezweifelt habe, dass sie meine Mutter war – und mein Vater ein Franke, der mit dem König verwandt war. Taurin hielt ich für dessen Freund.«

»Wie ist ihr Leben weitergegangen? Wie ... wie ist sie gestorben?«

Arvid antwortete nur zögernd. »Sie lebte friedlich mit den Bauern, zehn Jahre lang – dann kam es beinahe zum Krieg.«

Gisla erinnerte sich vage daran, dass der Frieden zwischen Nordmännerland und Frankenreich einmal für kurze Zeit in Gefahr gewesen war. Rollo unterstützte damals den Heiden Rögnvald, der die Bretagne heimsuchte, und Rudolf, König der Franken, überschritt daraufhin mit anderen Grafen die Epte und metzelte Rollos Truppen nieder. Zunächst war das Kriegsglück auf seiner Seite, dann kämpfte Rollo entschieden um sein Leben und sein Land. Am Ende überwog auf allen Seiten die Angst vor einem Blutbad, und die Truppen legten ihre Waffen nieder.

»Was ist geschehen?«, *fragte Gisla.*

»Wir mussten fliehen und haben einen Winter im Wald zugebracht. Später sind wir zurückgekehrt, aber die Ernte fiel künftig mager aus. Die nächsten Winter mussten wir nicht mehr im Wald verbringen – aber hart waren sie dennoch. Runa wurde krank, sie rang lange mit dem Tod, schlug ihn zwar zurück, aber war danach nie mehr so stark wie einst.«

Gisla lächelte traurig. »Sie war eine Kämpferin. Sie war stur.«

»Sie blieb von der Krankheit gezeichnet. Taurins Ruf als Einsiedler hatte sich verbreitet. Einmal kam eine Gruppe Mönche aus Jumièges, jenem großen Kloster, das von den Nordmännern zerstört wurde und dessen Wiederaufbau Rollo befahl. Sie luden Taurin ein, bei ihnen zu leben. Er lehnte ab, sah in der Abtei aber eine Zukunft für mich. Runa hat mich immer als ihren Sohn betrachtet, aber wie ihr Sohn verhalten habe ich mich nie.« *Auch er lächelte nun – und wie bei ihr war es ein halbherziges Lächeln.* »Ich tauge weder *zum Bauern noch zum Jäger noch zum Krieger«, gestand er ein. »Für all das bin ich zu zögerlich, zu langsam oder vielleicht einfach zu ängstlich. Vielleicht hätte ich schon früher darauf kommen müssen, dass nicht ihr Blut in meinen Adern fließt.«*

»Taurin hat bestimmt, dass du Mönch wirst?«, fragte Gisla und erschauderte, als sie sich einmal mehr vorhielt, wie sehr sie sich in ihm geirrt hatte.

»Runa hat mir von ihren Göttern erzählt, Taurin hingegen, in dessen Hütte im Wald ich viele Stunden verbrachte, von dem einen wahren Gott und wie man in einem Kloster lebt. Er hat mich gelehrt, wie man Latein und Griechisch spricht und alle Psalmen betet.«

»Und so bist du ins Kloster Jumièges eingetreten.«

»Nicht gleich. Als Runa immer schwächer wurde, entschied Taurin, nicht länger Einsiedler zu sein. Er ging nach Fécamp, das ist eine Stadt am Meer, in der Rollos Sohn Wilhelm viel Zeit verbringt. Und weil er schreiben konnte, verdingte er sich an dessen Hof als Notar. Mit seinem Lohn nährte er Runa, die nicht mehr jagen und nicht mehr bei der Ernte helfen konnte.«

Es war schwer, sich eine Runa vorzustellen, die irgendetwas nicht mehr konnte.

»Ich habe keine Entscheidung getroffen, solange sie lebte, aber nachdem sie starb – zwei Jahre ist das nun her –, bin ich nach Jumièges aufgebrochen und habe um Erlaubnis gebeten, mit den Mönchen zu leben. Sie haben mich als Novizen aufgenommen, die Profess habe ich noch nicht abgelegt.«

Gisla dachte kurz daran, dass sie nie die Profess abgelegt – und somit nicht nur die anderen Nonnen belogen hatte, sondern auch Gott.

»Du solltest ins Kloster zurückkehren«, sagte sie. »Und

was König Ludwig anbelangt und die Gefahr, die von ihm droht... Nun, ich werde selbst an ihn schreiben und ihm drohen, unliebsame Wahrheiten aufzudecken, wenn er jemals wieder wagen soll, nach deinem Leben zu trachten.«

»Aber wird das genügen?«, fragte Arvid zweifelnd. »Was ist, wenn er versucht, nicht nur mich, sondern auch dich zum Schweigen zu bringen?«

Gisla nickte. Darüber hatte sie sich selbst in der vergangenen Nacht Gedanken gemacht, da sie lange wach lag. »Du bist Novize – ich Äbtissin«, erklärte sie rasch. »Es wäre ein zu großes Sakrileg, eine Frau in diesem Amt zu meucheln. Das weiß auch Ludwig.«

Arvid schwieg lange.

»Das bedeutet natürlich auch«, fuhr Gisla fort, »dass ich von meinem Amt nicht zurücktreten kann, so wie ich es wollte. Ob all der Aufregung werden die Schwestern nicht mehr daran denken oder froh sein, wenn ich es nicht zur Sprache bringe.«

Wieder nickte sie bekräftigend. Was zählte es, wenn sie sich unwürdig fühlte? Was zählte es, dass sie fortan das Amt einzig als Last empfinden würde? Eine weitaus größere hätte sie sich aufgebürdet, um Arvid zu schützen – und hatte es getan in dem Augenblick, da sie zu Taurins Mörderin wurde. Für diesen einen Moment wollte sie nicht daran denken. Vorsichtig legte Gisla ihre Hand auf Arvids Arm und war froh, dass er sie nicht abschüttelte.

»Bleib noch einige Wochen hier – zu deiner Sicherheit. Und dann geh nach Jumièges und leg dein Gelübde ab. Ich meine, wenn es das ist, was du wirklich willst. Die meisten können nicht tun, was sie wollen, und viele wissen gar nicht, wozu sie imstande sind. Seinen Weg zu kennen und ihm unbeirrt folgen zu können ist eine Gnade.«

Sie sah nicht länger auf das Grab, sondern auf ihre Hände. Ja, setzte sie im Stillen hinzu. Man bekommt nicht immer, was man will. Runa wollte heimkehren. Ich wollte gut sein. Taurin wollte Rache. Und Thure wollte töten. Doch Runa hat ihre Heimat nie wiedergesehen. Ich war nicht gut, sondern habe getötet. Taurin war gut, hat aber keine Rache bekommen. Und Thure hat auch Leben geschenkt, anstatt nur zu töten.

Gisla schüttelte den Kopf, die Gedanken vertreiben konnte sie nicht. »Nein, so viele bekommen nicht, was sie wollen«, *sagte sie nunmehr laut.* »Vielleicht haben die Heiden Recht. Nicht Gott hat die Welt geschaffen, sondern die Götter haben es getan, und der Weltenbaum Yggdrasil, der in ihrer Mitte steht, ist durch und durch faul.«

Sie hob den Blick, weil sie Arvids Augen auf sich ruhen fühlte. »Warum faul?«, *fragte er schlicht.* »Runa liebte mich, Taurin liebte Runa, und du hast ihn doch nur getötet, weil du dachtest, du tätest es für mich. Das war grausam ... aber auch mutig.«

Sie wollte nicht widersprechen, weniger, weil sie ihm glaubte, sondern weil sie ihm nicht das Gefühl geben wollte, sie redeten aneinander vorbei und wären sich fremd.

»Ich weiß nicht, ob ich mutig bin. Ich weiß nur, dass die Menschen, die im Nordmännerland leben, viel Mut brauchen. Immer noch. Oder schon wieder – jetzt, wo Ludwig Outremer nach dem Land trachtet und wo der Friede einmal mehr bedroht ist.«

»Man nennt es nicht mehr Nordmännerland«, *gab Arvid zu bedenken.* »Man nennt es jetzt Normandie.«

Es war ganz gleich, wie man es nannte. Unwillkürlich schloss Gisla die Augen und betete zum ersten Mal seit Jahren nicht nur zum Schein, sondern aus dem Herzen.

»Agnus dei, qui tollis peccata mundi. Miserere nobis. Et dona nobis pacem.«

Ja, erbarme dich, Lamm Gottes, und gib uns Frieden.
Dem Land, dem toten Taurin, mir selbst, vor allem Arvid.
Als sie die Augen öffnete, blickte Arvid sie verwundert an, und da erst erkannte sie: Sie hatte nicht nur im Stillen gebetet. Sie hatte nach all den Jahren zum ersten Mal wieder gesungen.

Nachwort

Die Völker des Nordens, die ab dem 7. Jahrhundert zu Raubzügen in den Süden aufbrachen, werden heute gemeinhin als Wikinger bezeichnet – ein Name, den sich jene Männer selbst gegeben haben und der sich entweder vom Verb *vigja* (»schlagen«) ableitet, von der Phrase *fara ì vìkingu* (»auf Reisen sein«) oder von Viken, einem Küstenbezirk um den Oslofjord.

In den christlichen Quellen der damaligen Zeit ist hingegen nur selten von den Wikingern, vielmehr von Dänen oder Barbaren, Piraten oder Heiden, Ungläubigen oder eben *nordmanni*, Nordmännern, die Rede – Letzteres der Begriff, den ich in diesem Buch vorzugsweise verwende, leitet sich von diesem doch der Name der Normandie ab. Zu Lebzeiten Rollos war dieser Name übrigens noch nicht im Gebrauch. Man sprach vage vom Gebiet der Nordmänner oder vom »Nordmännerland«.

Auch was andere Eigennamen und Begrifflichkeiten anbelangt, habe ich diverse Entscheidungen treffen müssen: So benutze ich bei den Personennamen einheitlich die deutsche anstelle der französischen Form (Karl statt Charles, Gisla statt Giselle), weil die *lingua romana*, die im Westfrankenreich gesprochen wurde, mehr dem Lateinischen als dem uns bekannten Französischen gleicht. Bei Ortsnamen hingegen (Rouen, Laon, Saint-Clair-sur-Epte) habe ich mich an die heute gebräuchliche Bezeichnung gehalten, was zwar etwas anachronistisch anmutet, dem Leser aber die Orientierung erleichtern soll. Einzige Ausnahme stellt Norwegen dar, das in meinem Buch Norvegur genannt wird und das – übersetzt mit »Weg in den Norden« – weniger ein konkretes Staatengebilde bezeichnet, sondern die geographische Lage beschreibt.

Nachdem ich während früherer Recherchen über die Wikinger zum ersten Mal auf die Frankenprinzessin Gisla aufmerksam geworden bin, hat mich das Schicksal dieser Frau, für die die Angreifer aus dem Norden zunächst eine Geißel Gottes sind und die dessen ungeachtet plötzlich deren Anführer heiraten musste, nicht mehr losgelassen. Die Idee, daraus einen Roman zu machen, reifte jahrelang. Als ich mich eingehender mit den Quellen beschäftigte, um mehr über Gisla zu erfahren, stieß ich jedoch auf mehr Lücken als auf konkrete Informationen.

Grund dafür ist, dass die Ereignisse um Saint-Clair-sur-Epte und ihre Verlobung mit Rollo weitgehend im Dunkeln liegen. Der Chronist Dudon ist einer der wenigen, der darüber berichtet – allerdings lebte dieser erst Jahrzehnte später, ist also kein Zeitzeuge. In den Annalen der Normannen, auch als Annalen von Rouen bekannt, wird das Ereignis zwar beschrieben, doch ein Großteil dieses Textes ist verloren gegangen und musste später mühsam rekonstruiert werden. Die Annalen von Saint-Vaast, die viele Informationen über die damalige Zeit bieten, hören im Jahr 900 auf – die Annalen von Flodoard setzen erst im Jahr 919 an.

Nicht zuletzt aufgrund dieser mageren Quellenlage und der Tatsache, dass man über Gislas weiteres Leben nach 911 rein gar nichts mehr erfährt, bestehen berechtigte Zweifel daran, ob eine Heirat von Rollo und Gisla tatsächlich stattgefunden hat oder ob diese nicht vielmehr ins Reich der Legenden zu verweisen ist. Überdies lässt sich nicht einmal Gislas Existenz mit Sicherheit belegen: Zwar sprechen fränkische Quellen König Karl dem Einfältigen eine Tochter dieses Namens zu, doch sie wurde erst um 907 geboren, kommt also als Rollos Braut nicht in Frage.

Viele Historiker nehmen darum an, dass es eine Verlobung oder gar eine Heirat von Rollo und Gisla nie gegeben hat, sondern hier lediglich eine Verwechslung vorliegt – hat sich doch ein anderer Anführer der Wikinger, Gottfried Haraldsson, etwa drei Jahrzehnte zuvor im Zuge seines Friedensschlusses mit Karl dem Dicken mit einer fränkischen Adligen namens Gisla vermählt.

Trotz dieses Mangels an Beweisen konnte ich von dem Thema nicht lassen – zumal mir Gislas Schicksal plötzlich als äußerst beispielhaft erschien. So viele Frauen mussten in früheren Epochen ihr persönliches Lebensglück politischen Bündnissen opfern, wurden einstigen Erzfeinden ungefragt und ungewollt ins Ehebett gelegt und waren hinterher bestenfalls Fußnoten der Geschichte – wenn sie nicht überhaupt völlig vergessen wurden.

Dass die Figur dieser Gisla und die Ereignisse um Saint-Clair-sur-Epte letztlich so rätselhaft bleiben, erscheint mir symptomatisch für einen Blick auf die Geschichte, in der die Taten von Kriegern mehr zählen als die Leiden von Frauen. Ich hingegen wollte den Blick gerade auf Letzteres lenken, nicht zuletzt, weil sich an der Gestalt von Gisla meines Erachtens ein Grundthema der Zeit herauskristallisiert, nämlich das, was man heutzutage wohl als *Clash of Civilisations* bezeichnen würde, als Kampf der Kulturen: Die nordisch-heidnische und die christlich-abendländische Kultur prallten im Nordfrankreich des 10. Jahrhunderts gewaltsam aufeinander, ehe sie langsam zusammenwuchsen. Die Angehörigen dieser Kulturen mussten nicht selten mit dem schmerzhaften Verlust von Heimat und Identität zurechtkommen und erst mühsam lernen, sich den neuen Gegebenheiten anzupassen.

So habe ich aus den vielen Lücken, den vagen Vermutungen und den wenigen Behauptungen ein Konstrukt entwickelt, wonach Gisla eine uneheliche Tochter des Königs war – dass Karl der Einfältige mehrere »Bastarde« hatte, so die Söhne Arnulf, Drogo, Rorico und die Tochter Alpais, ist erwiesen –, jedoch kurz nach Saint-Clair-sur-Epte beziehungsweise vor der geplanten Eheschließung mit Rollo »verschwunden« ist. Bei der Schilderung der Ereignisse war viel Fantasie im Spiel, an manchen Stellen aber habe ich auf überlieferte Legenden zurückgegriffen, so zum Beispiel auf die Geschichte von zwei fränkischen Kriegern, im Buch Faro und Fulrad genannt, die Gisla in Rouen beschützen sollten, allerdings aufflogen und enthauptet wurden.

Diverse Legenden sind es im Übrigen auch, die Einzelheiten über Rollos Leben berichten und die nicht selten im Widerspruch zueinander stehen: Bis heute ist nicht geklärt, ob er nun aus Norwegen oder aus Dänemark stammte und ob er in den Süden zog, weil er aus seiner Heimat verbannt oder schlichtweg – wie viele andere seines Volkes – von den Reichtümern angelockt wurde. Anders als Historiker, die in ihren Fachbüchern diverse Deutungen einander gegenüberstellen, musste ich mich für eine von ihnen entscheiden – nämlich für die norwegische Variante.

Historisch verbürgt ist die Existenz von Popa, Rollos

Konkubine und späterer Ehefrau und Mutter seines Sohnes und Erben Wilhelm, doch auch von ihrer Herkunftsgeschichte gibt es mehrere Varianten: Mal wird sie als keltische Sklavin bezeichnet, mal als Tochter des Grafen von Bayeux, die Rollo nach der Belagerung ihrer Heimatstadt in die Hände fiel.

Eine historische Figur ist ferner Hagano, der einflussreiche Günstling von Karl dem Einfältigen, der nicht zuletzt durch seine Machtgier das ruhmlose Ende des Königs mitverschuldet hat. Dass er allerdings schon 911 diesen Einfluss auf den König ausgeübt hat, ist eher zweifelhaft, taucht er in den Quellen doch erst gegen 917 auf. Ich wollte trotzdem nicht auf diese durchaus schillernde Figur verzichten – und habe ihm obendrein einen Vetter, Adarik, angedichtet.

Nicht nur hinsichtlich der Ereignisgeschichte gibt es Lücken, die ein Romanautor zu schließen hat.

Über das Alltagsleben der Wikinger wissen wir zwar gut Bescheid, denn wie sie gelebt, was sie gegessen, wie sie sich gekleidet oder wie sie ihre Schiffe gebaut haben, lässt sich nicht zuletzt dank diverser archäologischer Funde belegen. Ihre Religion ist jedoch ungleich schwerer zu erfassen, war sie doch keine Buchreligion, sondern baute auf vielen mündlich überlieferten Geschichten, Sagen und Mythen auf. Nicht selten wurden diese erst von christlichen Autoren aufgeschrieben – aus zeitlicher Distanz und überaus tendenziös.

Wenn ich also diese Geschichten über diverse Götter, das Jenseits, das Weltende etc. erzähle, so tue ich es zwar im Vertrauen, nicht aber in letztgültiger Gewissheit, damit wirklich den Kern damaliger Weltanschauung wiederzugeben.

Einen wahren Kern hingegen haben die Schicksale der anderen Protagonisten nebst Gisla.

Die Figur von Runa entspricht den Schilderungen fränkischer Annalen, die von teilweise sogar kämpfenden Frauen im Wikingerheer berichten. Die Figur von Taurin ist Repräsentant der vielen christlichen Sklaven, die sich bei den Wikingern – so sie denn zur Unterwerfung bereit waren – durchaus hocharbeiten konnten.

Die Figur von Thure orientiert sich wiederum am Typus des – vielfach belegten – listigen Wikingers, der alles andere als ein tumber, drauflosschlagender Krieger war, sondern seinen Erfolg nicht zuletzt durch Taktik und Manipulation erzielte. Zugleich hat er viel mit den Schilderungen jener wahnsinnigen Raufbolde gemein, die sich offenbar mit giftigen Pilzen in einen Zustand von Raserei versetzten und als Berserker bezeichnet wurden.

Was sich überdies aus fast allen Geschichten über die Wikingern herauskristallisiert, ist einerseits ihr Mut zum Aufbruch und andererseits ihre Bereitschaft, sich anzupassen – also fremde Kulturen nicht einfach zu zerstören, sondern sie zu übernehmen und zu prägen.

Das war eine der wichtigsten Voraussetzungen dafür, dass die Normandie als eigenständiges Herrschaftsgebiet über Rollos Tod hinaus Bestand hatte und seine Nachfolger Wilhelm und Richard von ihren fränkischen Nachbarn nach und nach als ihresgleichen angesehen wurden.

Wie es aber genau mit ihnen weiterging, ist eine andere Geschichte, die ich gerne in meinen nächsten Büchern über die Nordmänner erzählen möchte…

Julia Kröhn

Die abenteuerliche Flucht einer Frau, die alles riskiert – für die Liebe ihres Lebens

Ricarda Jordan
DAS GEHEIMNIS
DER PILGERIN
Historischer Roman
560 Seiten
ISBN 978-3-404-16081-5

Burg Falkenberg, Oberpfalz, 1192: Obwohl ihr Herz dem Ritter Florís gehört, heiratet Gerlin von Falkenberg auf Wunsch ihres Vaters den erst vierzehn Jahre alten Erben der Grafschaft Lauenstein. Sie ist ihm ehrlich zugetan und schenkt ihm bald einen Sohn. Doch als der junge Graf unerwartet stirbt, wendet sich das Schicksal gegen Gerlin: Ein entfernter Verwandter ihres Mannes sieht seine Zeit gekommen, die Hand auf Lauenstein zu legen. Völlig gesichert wäre sein Machtanspruch, wenn Gerlin und ihr kleiner Sohn zu Tode kämen. Eine waghalsige Flucht beginnt …

Bastei Lübbe Taschenbuch

Werden Sie Teil der Bastei Lübbe Familie

- Lernen Sie Autoren, Verlagsmitarbeiter und andere Leser/innen kennen
- Lesen, hören und rezensieren Sie Bücher und Hörbücher noch vor Erscheinen
- Nehmen Sie an exklusiven Verlosungen teil und gewinnen Sie Buchpakete, signierte Exemplare oder ein Meet & Greet mit unseren Autoren

Willkommen in unserer Welt:

 www.luebbe.de

 www.facebook.com/BasteiLuebbe

www.twitter.com/bastei_luebbe

 www.youtube.com/BasteiLuebbe